山东省社会科学规划研究项目文丛·青年项目

青年学术丛书·文化

YOUTH ACADEMIC SERIES·CULTURE

台湾当代散文艺术流变史

张清芳　陈爱强　著

人民出版社

目　录
contents

下编　后现代的新变——90 年代至今的台湾散文

序　一

范培松

　　和研究大陆散文相比,对台湾散文研究的难度相对要大一些。一是历史和地理的原因,台湾和大陆长期隔断,影响了我们对台湾文学,包括散文的了解。尤其散文是抒情写志的文体,在文学作品类型中,它是比较敏感的文体,特定的时空环境,决定了台湾散文变化的迅速和纷繁;二是台湾的出版体制的民营化,使出版比较宽松。我在台湾东吴大学任教时,常碰到这样的情况,他(她)送给我十多本散文著作,可是我却还是第一次听见他(她)的名字,这就给我们研究者带来一个鉴别的难度;三是台湾相对开放,许多编辑、选家和研究家,根据他们各自的水平和癖好,选编各种类型的选本,让你眼花缭乱,难识他们的庐山真面目,若让他们牵着鼻子走,很可能误入歧途。可以想象,研究台湾散文,尤其是台湾散文艺术流变,要阅读大量的散文,还要细致鉴别,把各种散文类型代表作剥离出来,从变上勾勒出它们的轨迹,这是何等艰难的工程!这本论著的两位青年学者张清芳和陈爱强却知难而上,其精神可嘉。

　　论著采用时间的年代的划分来勾勒当代散文艺术流变的历程,把它分为20世纪五六十年代,七八十年代和90年代至今三个时期来加以论述,并把笔墨重点放在70年代之后,这样的安排,也是有它的合理性。作者非常投入,书中各个时期所选出的一些散文艺术类型,是经过他们的精心研读,鉴别出来的。在论述过程中,他们的创新意识强烈。如对五六十年代的怀乡散文的艺术评论,作者全力以赴地推出他们的论断:怀乡散文诗意地建构"真实的中国历史",这也是一家之言,且能自圆其说。又如对台湾散文评论家郑明娳对琦君的《髻》的结尾的评论的评论,都显示了作者不想嚼别人嚼过的馍,也不愿四平八稳,或许这样的创新会出现一些偏颇,但是,我们应该鼓励,只有如此,学术研究才会在创新中不断前进。

散文艺术流变是一个生动的复杂的文学现象。"变"是绝对的,"不变"是相对的。"变"与"不变"构筑了一部台湾散文艺术流变史。论著着眼在"变"上,是正确的。因为只有这样,才能使这本书呈现出动态的流变。诚然,"变"是复杂的,俗话说,千变万化,就是这个道理。"变"的因素、变的形态如何从渐变到突变,以及变的后果,都是生动而复杂的。就以对台湾散文艺术流变产生深远影响的余光中的《剪掉散文的辫子》来说,作者写这篇文章有许多主客观原因。在我看来,作者余光中是仓促上阵,因为它基本上是移植一些作者的诗歌经验,这就决定了它的影响的特别——既有积极的,又有某些消极的影响。然而就专著《台湾当代散文艺术流变史》来看,总体而言,无论从纵的线还是从横的面来看,作者在书中精心布局,形成了一定的谱系。不过,在归类上,我感到有些归类还可研究,如把林燿德归入"散文小说化"之列,我总感到勉强。同时,在对一些个体散文家进行论述时,有些作家的笔墨还应该强化,如简媜,在我看来,她是台湾散文艺术蜕变中的标志性的代表人物,她的散文创作,前后判若两人,后期她成功运用现代派的色彩意象创作散文,成就赫然,在台湾散文艺术蜕变史上实在应该有她重重的一笔。

我长期从事散文史的研究工作,深知这种长线研究的艰辛。对这两位作者的努力我十分理解。我真诚地表示祝贺,为他们的成果鼓掌。希望他们能继续前进。台湾散文是一座富矿,值得持之以恒地去开采,我也期待着他们的新的成果面世。

序 二

黄万华

一本学术著作，能给人名至实归的学术思想，其学术处理有令人眼亮之处，哪怕仅仅是一点，它也就不辜负"学术"二字了。《台湾当代散文艺术流变史》（以下简称《台湾散文》）就是这样一部好的学术著述，它的第一编"五六十年代的台湾散文"是个学术难度相当大的课题，尤其在中国大陆的语境中，其处理更有被简化、被遮蔽的危险，而此编作为《台湾散文》一书的开篇，却作了恰如其分的学术处理，作者既正视 50 年代台湾文坛的种种政治戒律和文学禁忌，又充分顾及五四文学传统"离散"至台湾的现实境遇，揭示台湾作家在"好散文"上作出的种种努力。围绕此时期台湾怀乡散文艺术成就和政治意识形态之间的复杂纠结，论著既从作品自身出发，充分论析了五六十年代台湾怀乡散文"从多个层面多个角度来化中国古典诗歌为己所用"，"内涵深厚丰富，境界辽阔宽广"的艺术成就，又清醒意识到五六十年代台湾文学"审美意识形态"影响之深，较详尽地分析了其文本建构的"中国历史的真实性"的复杂性。尽管如果作者能更充分地了解 50 年代台湾的文学生态环境，更真切地理解当时台湾作家的创作心态及其实践，更全面地把握文学自身及其传统的生命力，那么，相关艺术审美方式和政治意识形态关系的认识应该还能进一步深化，但《台湾散文》一书现已展开的层面丰富的论述，也足以揭示了政治压抑的五六十年代台湾散文何以能突围而出，取得骄人的成就，但又隐伏了危机。在这种论述中，简单化、想当然的结论不见了，取而代之的是对具有丰富差异性的作品的细致解读，从中发现文学历史的奥秘，例如，1949 年后大陆赴台作家潜意识中"中国人"身份认同的焦虑使他们的散文更多地展开了传统中国的想象，这一论析就是在作品的认真解读中自然发生的，其中包含的学术创意自然也更具生命力了。

五六十年代文学作为中国当代文学的"发生"和中国现代文学的"延伸"，正引起研究者的重新关注，《台湾散文》将这一时期文学的研究视野扩展至台湾地区，是颇具学术眼光的。此时期中国社会的转型、中华民族命运的变化需要在一个更开阔的历史视野中考察，这一历史视野就包含了中国大陆和台湾地区的"互为参照"。这一自觉的学术意识使《台湾散文》在考察五六十年代的台湾散文时，既将其置于整个中国文学的宏阔历史背景上，又时时展开与同时期大陆散文的比较（例如五六十年代海峡两岸"散文诗化"的比较就很精当）。这不只是研究方法的拓展，更有学术意识的深化。当今现当代文学的研究，人为分割成了中国现代文学、中国当代文学、世界华文文学三大块，"老死不相往来"的情况也似成常态。从地域空间言，中国大陆、港台地区、海外的研究者也往往难以摆脱各自的"中心论"。这种纵横隔绝的研究格局实在不利于学术的深化，"打通"遂成为研究者们新的努力方面。《台湾散文》就是青年学人"打通"的努力，反映出作者身处大陆、关注台湾的开阔视野和开放意识。研究台湾文学，以大陆文学为参照，便有了书中的学术新发现。这启迪我们，如果研究中国大陆文学，能以台湾文学作某种参照，是不是也会有更多的新发现呢？在研究中国大陆"十七年文学"上，尤其可与同时期台湾文学构成参照。《台湾散文》一书起码让我们看到了这种收获。

《台湾散文》一书在五六十年代台湾散文研究上的突破，很大程度上取决于它对台湾散文艺术流变的关注。政治高压的五六十年代，台湾文学能取得足以传之后世的成果，自然是文学自身的力量得到了充分发挥的结果。文学研究回到文学层面上来，就是要深入探讨文学性因素与非文学因素复杂性纠结中文学的生长或失落。《台湾散文》一书以"被称为是最少艺术变化"的散文文体的"当代流变"作为主要研究对象，对七八十年代及其后的台湾文学也作了很好的学术思考，为中国现当代散文艺术流变的深入研究提供了富有建设性的材料。

也许是完成课题的时限原因，《台湾散文》一书一些章节还是显得粗疏，预设结论也影响了更深入的研究的展开，注释一类的细节处理当更细致。相信在从容耐心的学术研究展开中，作者的学术生命会有更多硕果可以收获。

导论：台湾当代散文 60 年的
艺术流变概况

　　中国现代散文内涵和外延的形成、确立，是从五四新文化运动开始，贯穿整个现代文学 30 年的历史①。以 1949 年为界，由于特殊的政治环境和地理环境，中国现代散文就分化为大陆散文和台湾散文两脉。在 20 世纪 50 年代之后，大陆散文领域出现狭义的散文和广义的散文两种概念范畴。广义的散文包括抒情性散文、报告文学、特写、杂文、杂感、回忆录、人物传记和写实性的史传文学，狭义的散文则只包括抒情性散文②。台湾散文界对现代散文的定义则以学者郑明娳③的观点为典型代表。郑明娳从三个方面来定义现代散文：

　　（1）内容方面的要求：必须环绕著作家的生命历程及生活体验。

　　（2）风格方面的要求：必须包含作家的人格个性与情绪感怀。

　　（3）主题方面的要求：应当诉诸作家的关照思索与学识智慧。

---

① 可参考郑明娳的专著《现代散文类型论》中的第二节"现代散文的涵义"一文，提到诸多现代文学作家所界定的现代散文概念。其中包括刘半农的散文观、傅斯年的白话散文观、周作人的美文概念、胡适的小品散文观、王统照的纯散文概念、胡梦华的絮语散文观、朱自清的小品散文观、林语堂的小品文概念，等等。亦可看做是现代散文概念变化、发展和成熟的一部变迁史。

② 洪子诚：《中国当代文学史》（修订版）中第十一章"散文"，北京大学出版社 1999 年版，第 134 页。

③ 郑明娳（1949—　　），原籍湖北武汉，著有评论集《现代散文欣赏》、《儒林外史研究》、《读书与工具》、《西游记探源》、《珊瑚撑月——古典小说新向量》、《现代散文构成论》、《现代散文纵横论》、《现代散文类型论》、《古典小说艺术新探》、《当代文学气象》、《蔷薇映空》；散文集《葫芦再见》等。

郑明娳指出:"以上三项要件,都以'有我'为张本,亦即要求其'文字上的真诚'。所以现代散文的定义是:凡符合上述三项要件,而在形式上未归入其他文类的白话文学作品,便属于现代散文的范畴。"①她把散文分为八种类型,分别为小品、杂记随笔、游记、日记和尺牍(书信)、序跋、报告文学和传记②。而其中的小品文是现代散文的正统主流,它的定义实际就是狭义的"现代散文"。现代小品文的特征可归纳如下:

"(1)专力描写、表达作者个人片断的情思,常无章法结构上的严格要求。至于叙事结构严谨的散文作品,若以人为主,则形成后叙的'传记'体裁;若以写景记游为主题,则衍变为后叙的'游记'体裁。

(2)文字以简洁峭拔为尚。

(3)思想格局精致统一,正是小品文之'小'的涵义。

(4)笔调以闲适雍容为常。

(5)以造境取胜。"③

也就是说,狭义的现代散文某种程度上就是指小品文。而从狭义散文的艺术特征来看,其实质就是指抒情写景的艺术性散文,和大陆学界狭义散文所指的"抒情性散文"的概念相同和一致,可以互相指代,均具有"无论抒情、叙事或说理,其形式必须是美文。也就是在内容与形式上都必具备散文的基本条件,内容求其深,形式求其美"④的特点。本专著所讨论的台湾当代 60 年(1949—2010 年,实为 61 年,现取其整数以便叙述)"散文",就是指台湾散文家用白话文写就的,在五四新文化运动期间产生,时间界限从 1950 年至 2010 年,并且在内容、艺术上不断发展和进行新变的抒情写景之狭义散文。也就是说,台湾当代散文中的"当代"一词,是描述台湾现代散文 60 年来不断发展、变迁的一个时间概念,而现代散文中的"现代"却是指台湾当代散文的本质是属于五四以来的现代散文的范畴,以便与中国古典散文相区别。进而言之,

---

① 郑明娳:《现代散文纵横论》,台湾大安出版社 2002 版,第 4 页。

② 郑明娳:《现代散文纵横论》,台湾大安出版社 2002 版,第 6—7 页。

③ 郑明娳:《现代散文纵横论》,台湾大安出版社 2002 版,第 5 页。

④ 郑明娳:《现代散文纵横论》,台湾大安出版社 2002 版,第 17 页。

"台湾当代散文"的内涵和外延远远超出郭枫①的"写台湾人、叙台湾事、描台湾景、名台湾物"之定义，而是范围更广泛。从作家的角度来说，包括了由大陆迁到台湾居住的"外省"散文家、有台湾生长背景但后来留学国外的散文家、台湾本土散文家以及从东南亚国家到台湾留学并留下居住的散文家等。这几类散文家写作发表的现代散文，均属于台湾当代散文的范畴。

从中国现代散文发展史来看，从1949年到2010年的61年间，大陆和台湾的散文创作都非常繁盛，尤其是台湾散文界，出现了很多著名的散文家和作品，有的研究者概括为三个层面或是三起波澜②，以及四代散文家③。不过这仅列举出一部分知名散文家，实际上台湾散文创作数量之庞大，参与写作的作家人数之多，几乎无法进行明确的统计。暂以1984年一年为例，可看出台湾散文作品数量庞大和全民皆散文家的盛况："1984年，在台北举办的有350家出版单位参加的图书展览会所展出的共88类25000本书中，散文类达1514本。大约是参展小说类图书数量（594本）的三倍；1985年，台湾出版的散文作品集又约占文学类图书总数的一半，1986年散文集的出版量仍很大，这一年仅龙应台的《野火集》，因其敢于针砭时弊，引起读者的强烈共鸣，在不到两

---

① 郭枫（1933—2006），1950年到台湾就读台北师大附中，在台湾期间曾任《新地文学》双月刊社长兼总编辑。出版的散文集有《早春花束》（1953）、《九月的眸光》（1971）、《老家的树》（1985）、《永恒的岛》（1985）、《山与谷》（1990）、《空山鸟语》（1991）、《郭枫散文选》（1991）、《寻求一窗灯火》（1994）。其中《蝉声》、《寻求一灯火》、《异乡人》、《我走过长夜》、《老家的树》、《一缕丝》等最为脍炙人口；主编过四册散文集《台湾艺术散文选》；已经出版的诗集有《郭枫诗选》、《第一次信仰》、《海之歌》；论文集有《高举民族文学的大旗》等。

② 楼肇明在《穿越台湾散文五十年——序〈一九四五年至二○○○年台湾散文选〉》（《海南师范学院学报》2004年第5期）一文中指出：台湾散文创作的第一波，大体上是由大陆移居台湾，且在大陆时期已经成名，创作个性已基本定性的一批作家为其叱咤风云之主将，包括梁实秋、林语堂、台静农、苏雪林、沉樱、凌叔华、胡品清等人。第二波则是在大陆虽未成名，但业已受到了完整的文化教育，到台湾后才在文坛上崭露头角的作家，包括徐钟佩、钟梅音、吴鲁芹、思果、张秀亚、琦君等人；第三波则是指20世纪50年代后出生在台湾的本省籍作家，如阿盛、林清玄、简媜、陈冠学、叶石涛、黄永武等人。

③ 楼肇明在《台湾散文四十年发展的轮廓》中把台湾散文家分为四代，第一代是指在大陆二三十年代就成名，在1949年前后移居台湾的梁实秋、林语堂、台静农、苏雪林等人；第二代是指在大陆度过青少年并接受教育，而在台湾成名的散文家，包括琦君、思果、张秀亚、钟梅音、吴鲁芹、胡品清等人；第三代指在大陆度过童年和少年，在台湾受教育并在台湾文坛崛起的散文家，包括余光中、王鼎钧、陈之藩、杨牧、许达然、张晓风等；第四代指1949年后在台湾出生并成长的"新世代"作家，有阿盛、林清玄、简媜、林耀德等人。李源的《台湾当代散文创作鸟瞰》（《广东社会科学》1989年第1期）持有相似的观点。

月内即印行 25 版,发行量达 22 万册,可谓刮起了'龙卷风';1989 年,台湾'《中国时报》'统计了台湾近 30 年十大畅销书,散文集又近乎半数。"①据有些学者的统计,台湾刊载散文的期刊杂志和书籍非常多,简直令人"目眩神摇",大致包括"《中国时报》"、《联合报》和《台湾日报》等 17 种报纸近 20 个散文副刊,《中外文学》、《皇冠》等十余个月刊登载散文,每年至少有 4000 篇公开发表的散文作品,这还不包括散文家们出版的个人散文集作品。较有影响的散文选集则包括:1971 年正中出版社的两卷本《六十年散文选》;1972 年巨人出版社的《中国现代文学大系》中的两卷散文;1976 年 4 月"书评书目"版的《中国现代文学选集》第一卷(诗、散文);从 1976 年的《联副二十五年散文卷》到 1981 年的《联副三十年文学大系散文卷》,共计七大卷;1977 年源成出版社的《中国当代十大散文家选集》;1979 年天视出版社的《当代中国新文学大系》散文两卷;其他还有《中国近代散文选》、《中副散文选》、《华副散文选》、《怀念四书》等散文系列;此外九歌出版社从 1981 年开始每年都出版"年度散文选"②,该社还推出了《中华现代文学大系·台湾 1970—1989》中的散文四卷,2003 年又出版了《中华现代文学大系(二)·台湾 1989—2003》中的散文四卷。

　　台湾当代 60 年间的散文无论是在内容主题上,还是艺术形式上,总是在不断地创新发展,求新求变。虽然散文被称为是最少艺术变化的一种文学类型,但台湾散文实际上从 20 世纪 50 年代起,直至 21 世纪的今天,却总是随着时代环境的变化、散文本身内部规律的要求以及散文家们自身创新求变的艺术追求,而不断发生变化,作家们也不间断地在其思想内涵和艺术形式上进行各种先锋试验和艺术探索。而台湾散文求新求变的一个主要趋势,则体现在持续不断地向其他文学类型"出位",也就是向诗歌、小说、戏剧,甚至电影和音乐、美术等吸收营养,并且加以渗透、融合和化用,不断突破和模糊现代散文与小说、诗歌、戏剧等文类之间的界限,扩展散文在内涵和外延上的艺术表现力,从而出现很多具有跨文类艺术特征的散文作品,像诗化散文、小说化散文、戏剧化散文等。而且使个体与群体、感性与知性、虚构与真实等散文观念发生变化,使台湾散文在每一个时代都具有自己的"新"和"变"的特点。这亦是台

---

① 孙宜君、毛宗刚:《台湾当代散文鸟瞰》,《文艺理论与批评》1992 年第 2 期。
② 李源:《台湾当代散文创作鸟瞰》,《广东社会科学》1989 年第 2 期。

湾当代散文在 60 年发展历程中始终保持旺盛势头的重要原因。

散文之所以比小说、诗歌、戏剧、电影等文类更易于向其他文类"出位"，即向它们汲取养料和进行渗透融合，其原因可从现代散文的源头、文类特色及其本身写作特点三个方面来加以探究。

首先，从现代散文的源头和所受的影响来说，现代散文与中国古典散文、中国传统白话小说及西方小品文渊源颇深。在五四新文化运动期间，现代散文的实绩最早得到承认，人们公认散文小品的成功犹在小说、戏曲和诗歌之上①。至于现代散文的文学传统和源头，林非②在其专著《中国现代散文史稿》中指出，现代散文"合乎逻辑地继承了中国古典文学的优秀传统，并且创造性的借鉴了外国文学的有益的经验。"③他还对其深受的古典散文影响加以说明："中国古代散文在艺术表现方面积累了十分丰富的经验，诸如刻划性格的形神具备，描写景色的富有意境，情节结构的清晰简洁，抒情议论的紧密融合，运用文字的丰富精练和渗透着感情色彩等等，这些都在'五四'以后的散文创作中得到了。"④钱理群⑤等人撰写的《中国现代文学三十年》持有相似的

---

① 鲁迅的《小品文的危机》一文中对五四现代小品的评价以及曾朴的观点堪为代表。

② 林非（1931— ），江苏海门人，出版著作有学术论著《鲁迅前期思想发展史略》、《鲁迅小说论稿》、《现代六十九家散文札记》、《中国现代散文史稿》、《治学沉思录》、《文学研究入门》、《鲁迅和中国文化》、《散文论》、《散文的使命》、《中国现代小说史上的鲁迅》、《林非论散文》等；散文有《访美归来》、《绝对不是描写爱情的随笔及其他》、《西游记和东游记》、《林非散文选》、《林非游记选》、《令人神往》、《云游随笔》、《中外文化名人印象记》、《离别》、《当代散文名家精品文库 林非卷》、《世事微言》、《人海沉思录》等；回忆录有《读书心态录》、《半个世纪的思索》，并主编《中国散文大词典》、《中国当代散文大系》等。

③ 林非：《中国现代散文史稿》，中国社会科学出版社 1981 版，第 198 页。

④ 林非：《中国现代散文史稿》，中国社会科学出版社 1981 版，第 199 页。

⑤ 钱理群（1939— ），1939 年 1 月 30 日生于四川重庆，祖籍浙江杭州。作品主要有《心灵的探寻》、《话说周氏兄弟》、《与鲁迅相遇》、《走近当代的鲁迅》、《远行以后：鲁迅接受史的一种描述（1936—2001）》、《鲁迅作品十五讲》、《鲁迅九讲》、《周作人传》、《周作人研究二十一讲》、《学魂重铸》、《论北大》、《压在心上的坟》、《六十劫语》、《人之患》、《我的教师梦》、《我的精神自传》、《追寻生存之根：我的退思录》、《生命的沉湖》、《漂泊的家园》、《世纪末的沉思》、《丰富的痛苦：堂吉诃德与哈姆雷特的东移》、《大小舞台之间：曹禺戏剧新论》、《返观与重构：文学史的研究与写作》、《精神的炼狱：中国现代文学从"五四"到抗战的历程》、《1948：天地玄黄》、《那里有一片心灵的净土》、《语文教育门外谈》、《钱理群讲学录》、《致青年朋友：钱理群演讲、书信集》、《中国现代文学三十年》（合著）、《绘图本中国文学史》（合著）、《二十世纪中国文学三人谈》（合著）、《拒绝遗忘：1957 年学研究笔记》（香港牛津大学出版社）、《知我者谓我心忧：十年观察与思考 1999—2008》（香港星克尔公司）等。

观点:"新文学的小说、诗歌、戏剧形式上较多舶来品,借鉴外国从头做起,自然难一些,而散文小品则与传统保持保留更多的联系,虽然也取法英国的随笔和其他外国散文的笔调体式,但比起其他文学形式来,散文作家创作时往往更便于也更自觉地从传统散文中寻找创新的根基。'化传统'不是照搬传统,如同朱自清所言,散文的'体制'可能承用了旧的,然而'精神面貌'又颇不相同。特别是那些偏重个人情性的小品文,显然从明人小品中得到过很多借鉴。"①现代散文较好地化用了中国古代文学,尤其是古典散文的传统,已经成为当前学术界的共识,毋庸再赘言。

西方小品文作为中国现代散文的源头之一,对中国现代散文的形成和影响一方面体现在语言形式上。周作人的《美文》一文对此特点进行的分析堪称代表:"外国文学里有一种所谓论文,其中大约可以分作两类。一批评的,是学术性的。二记述的,是艺术性的,又称作美文,这里边又可以分出叙事与抒情,但也很多两者夹杂的。这种美文似乎在英语国民里最为发达,如中国所熟知的爱迭生,阑姆,欧文,霍桑诸人都做有很好的美文,近时高尔斯威西,吉欣,契斯透顿也是美文的好手。读好的论文,如读散文诗,因为它实在是诗与散文中间的桥。中国古文里的序,记与说等,也可以说是美文的一类。但在现代的国语文学里,还不曾见有这类文章,治新文学的人为什么不去试试呢?我以为文章的外形与内容,的确有点关系,有许多思想,既不能作为小说,又不适于做诗(此只就体裁上说,若论性质则美文也是小说,小说也就是诗,《新青年》上库普林作的《晚间的来客》,可为一例),便可以用论文式去表它。它的条件,同一切文学作品一样,只是真实简明便好。我们可以看了外国的模范做去,但是须用自己的文句与思想,不可去模仿它们。"②另一方面体现在散文作家宽泛的知识结构和内容题材的多元上。由于西方撰写散文的作家并非仅限于文学学者或是专业散文家,而且包括其他学科的很多专家,像哲学家、历史学家、自然科学家、教育家、政治家甚至银行家等均能够成为很好的散文家③,所写内容广泛多样、无所不包。这种观点无疑给中国现代散文家们树立了典

---

① 钱理群等:《中国现代文学三十年》(修订版),北京大学出版社1998年版,第114页。
② 周作人:《美文》,《晨报·副刊》1921年6月8日。
③ 思果:《中英美散文之比较》,转引自郑明娳《现代散文类型论》,台湾大安出版社2002版,第27页。

范和模仿的榜样。包含多种散文作品类型的广义现代散文概念的出现，当主要归功于西方散文小品的影响。

但是，已经有很多学者认识到，现代散文的传统除了中国古典散文和西方的随笔以外，还有一个传统就是传统白话小说。郑明娳认为现代散文的源头有三个："中国古典散文以及传统白话小说和西洋散文（Essay）。"①也就是说，中国古典散文和明清古典小说同为现代白话散文的两个源头，而前两者均为后者提供了结构形式上、语言上的借鉴。杨牧②在《文学的源流》中亦认为："传统的白话小说使中国文字的流动性、朗畅性得到最大的发挥，而且它本身有趣味性，我们不但可以看它的情节，也可以看它艺术锤炼的过程。"③如果说中国古典散文对现代散文的影响主要体现在意境的营造和写景抒情的层面，那么中国传统白话小说则在塑造人物性格和故事性的叙事层面对现代散文产生影响。尤其是宋元以来的话本和明清的章回小说等传统白话小说具有的"尚奇"特点，则赋予现代散文不拘一格、自由灵活的风格④。同时，这也使现代散文先天就带有小说化的气质，向小说吸收、渗透和融合也就成为一种自然而然的艺术趋势。

其次，散文是中间文类，具有极大的伸缩性。早在1917年的《我之文学改良观》一文中，刘半农就把散文看做是与韵文相对的、包含小说在内的一种文学类型。既然"所谓散文，亦文学的散文，而非文字的散文"，而且"韵文对于散文而言，一切诗赋歌词戏曲之属，均在其范围之内"，那么"一切诗赋歌词戏曲"之外的、不讲究声韵格律的文学类型，包括小说在内的文类，均属于散文范畴。换言之，刘半农的散文定义，依然保留了散文作为"文类之母"的中间文类的特色。以此为基础，刘半农才能够提倡散文的灵活性和伸缩性："……故学究授人作文，偶见新翻花样之课卷，必大声呵之，斥为不合章法。不知言为心声，文为言之代表。吾辈心灵所至，尽可随意发挥。万不宜以至灵活之一

---

① 郑明娳：《现代散文类型论》，台湾大安出版社2001年版，第7页。
② 杨牧（1940—　），本名王靖献，台湾花莲人。早期以笔名"叶珊"发表诗作，写作诗歌的同时也写作散文，作品结集为《叶珊散文集》。1972年起改笔名为"杨牧"。著名的诗文集有《水之湄》、《花季》、《灯船》、《瓶中稿》、《海岸七迭》、《禁忌的游戏》等；另散文集有《年轮》、《山风海雨》、《亭午之鹰》及《昔我往矣》等。杨牧除了诗集和散文集见长外，兼擅翻译和评论。
③ 转引自郑明娳：《现代散文类型论》，台湾大安出版社2001年版，第10页。
④ 郑明娳：《现代散文类型论》，台湾大安出版社2001年版，第10页。

物,受此至无谓之死格式之束缚。"①而从散文的发展史来看,由于散文是"文类之母",原始的诗歌、小说和戏剧均是以散行文字写就,在发展过程中逐渐脱离散文母体而成为独立的文学类型,现代散文亦具有此"残余"的中间文类特点,依然包含有诗歌、小说和戏剧的某些因素,所以"散文之名为'散',不是散漫,而是针对其他文类之格律而言,诗、小说、戏剧各自发展成充分必要的严谨条件,已走进一个有负担和束缚的发展轨迹,而散文仍然能保持它形式的自由。也因此,散文的伸缩性非常大,它的母性身份仍然保有其孕育出来的子孙之特色,所以,散文'出位'的可能性也比其他文类要大些。"②这是散文作为中间文类的特有优势,因而出现具有小说化色彩的散文、诗化的散文和散文诗,以及戏剧色彩的散文不足为奇。早在 20 世纪 30 年代陆蠡的作品中,就出现散文向小说渗透、融合的小说式散文,其特点为:"陆(蠡)氏描写人物,兼具小说化与寓言化的倾向,往往在介绍人物的时候,不仅只做个相的呈露,也同时把那个时代的缩影,同类人物的典型,做完整的抽样演示,因此它人物小品所涵盖的面相当大。"③简媜④亦持有相类似的观点:"散文在中国是一个大宗,经过千百年的发展,它的可塑性非常强。它既可以如长江大河,洋洋数万字,自成一个完整的散文世界,也可以是小品文只寥寥二三百字。它可长可短,可重可轻,千变万化。……经过不同的作家文体上不断的实验、改变,台湾的散文在发展中渐渐吸收了诗、小说的质素。这是现在的一种新趋势。"⑤反之亦然,诗人、小说家和戏剧家均可以撰写出艺术质量较高的散文作。余光中在《剪掉散文的辫子》一文中就公开宣称:"对于一位大诗人而言,要写散文,仅用左手就够了。许多诗人用左手写出来的散文,比散文家用右手写出来的更漂亮。一位诗人对于文字的敏感,当然远胜于散文家。"⑥原因就在于此。

---

① 刘半农:《我之文学改良观》,《新青年》1917 年第 3 卷 3 号。

② 郑明娳:《现代散文类型论》,台湾大安出版社 2001 年版,第 22 页。

③ 郑明娳:《现代散文纵横论》,台湾大安出版社 2002 年版,第 54 页。

④ 简媜(1961—),本名简敏媜。台湾宜兰人,著有散文集多种,包括《水问》(1983)、《只缘身在此山中》(1985)、《月娘照眠床》(1986)、《七个季节》(1987)、《私房书》(1988)、《浮在空中的鱼饼》(1988)、《下午茶》(1989)等。曾是《台湾文学经典》最年轻的入选者。此外作品还有《空灵》、《胭脂盆地》、《以箭为翅》、《密密语》、《红婴仔》、《女儿红》、《烟波蓝:简媜散文精品集》、《天涯海角》、《玻璃夕阳》、《好一座浮岛》、《老师的十二样见面礼》、《忧郁女猎人——金蜘蛛丛书》、《微晕的树林》、《顽童小番茄》等。

⑤ 简媜:《类型化·模糊化·私语化》,《台港文学选刊》2002 年第 8 期。

⑥ 余光中:《余光中集》第 4 卷,百花文艺出版社 2004 年版,第 153 页。

现代散文具有四个特色，分别是多元的题材、开放的形式、流动的结构和生活的语言①。这亦与散文作为"中间文类"的特点有关。就题材的多元性来说，"由于题材无所不包，散文的功能也特别光大，它不但能描绘事物，例如器物、动物、人物。也能叙写事件，例如记录生活，反映现实。也能描摹景色，例如游记文学。也能抒发性情，传达思想，辨证观念。基于形式的自由，作者常常把诸种功能融为一炉而又各有侧重，造就新颖缤纷的面貌"②。散文题材上的广泛性、多元性，也是造成散文向其他文类渗透、融合的一个原因。作为"中间文类"，散文在形式上具有随物赋形的"水"的灵活性："基本上散文不像戏剧有固定的形式结构，也没有诗的格律要求，它不必分行，不必追求有规律性的节奏音效，也不必像小说家以固定的模式追求想象世界。散文家对于其他文类的基本形式，可以完全不理会，但已可以参酌选用，散文是'水'性的，完全看作者放它在怎样的框架之中，作家有绝大的发挥余地，所以有人试图将散文出位，而吸收其他文类的优点，成为一种更具'弹性'的文体。也有人在标点符号上标新立奇，或者绝少使用，或者完全摈弃，都是较具实验性的尝试。"③同时，这也使散文在行文结构上具有流动性："散文的结构具有相当大的变通性，也可以'流动的结构'来概括活络的散文结构体系的特色。换言之，结构的价值，乃是使创作的目的，例如作者所欲表达的思想、情感等，有最理想的、系统的表达次序。"④

最后，现代散文自身的写作特点就是突出综合性。其实这个特点与前面所提到的现代散文的传统，以及其作为中间文类的特点均有密切关联，只是分析的角度不同，是从作家写作散文的视角切入的，可看做是前两点的进一步补充。李广田认识到，现代散文虽然是独立的文类，但是从写作实践的角度来说，却必须要综合其他文类的写作特色："好的散文，它的本质是散的，但也须具有诗的圆满，完整如珍珠，也具有小说的严密，紧凑如建筑。"除此以外，写作散文者最好是有其他文类的写作实践为基础，以便在写作过程中能够吸收它们的长处，因为"初学写作，从散文入手固然很好，但也并不是没有毛病，因

---

① 郑明娳：《现代散文类型论》，台湾大安出版社2001年版，第27—32页。
② 郑明娳：《现代散文类型论》，台湾大安出版社2001年版，第29页。
③ 郑明娳：《现代散文类型论》，台湾大安出版社2001年版，第22页。
④ 郑明娳：《现代散文类型论》，台湾大安出版社2001年版，第30页。

为写散文成了习惯,习惯既久,就容易失之于不能开展,不能壮大,不能表现宽阔的场面,不能处理较繁复的事件,这种短处以受于诗人的散文影响为较多,而小说家的散文则比较可免于这种影响。"①范培松②亦指出:"散文不要求写完整的矛盾冲突,又不要求塑造人物形象,所以构思时的思维活动有不利的一面:它可以依靠的、凭借的东西太少,无路可循,无法可依,无章可求。但是,这样也给思维活动带来了极为有利的一面,它所受到的各种牵制也相对地少,既不受这样那样规则的制约,也不受这样那样框框的羁绊,它不必严格讲求规则,只要有利于情感的抒发,出格、乱步、越轨都可以,简直可以说'无法无天'。"③

废名的《竹林的故事》既可以看做是小说,被称为是用唐绝句的手法写出的抒情性小说④,也可看做是用小说手法写就的散文。出现这种情况的原因,一方面是由散文具有"中间文类"的特点所决定的,另一方面则是在散文写作实践的漫长历史过程中形成的。具体来说,"文学的创作在先,分类在后。文学创作的产量到达某一种程度时,便会有约定俗成的表达方式、与形式结构,并搭配特点的内容,类型便逐渐产生。……文学类型是不断的在形成之中,也不断的在修改,类型虽然给作家以规范,但又时常被作家所修改、补充。认识文学类型,不仅要认识其原始基型,同时也要认知,各类型之间时常会互相包容、重叠,类型划分越仔细,这种现象越少"⑤。虽然现代散文内部的分类越来越细、越来越精微,但是作家在创作散文的过程中总是有意无意地突破散文和其他文类之间的界限,吸收、借鉴或是融合其他文类的某些艺术特点。相比较

---

① 俞元桂主编:《中国现代散文理论》,广西人民出版社 1984 年版,第 150—151 页。

② 范培松(1943—   ),笔名艾衰,江苏宜兴人。著述等身,主编有《写作教程》(1982)、《写作艺术示例》(1983)、《文学写作教程》(1984)、《中外爱情诗鉴赏辞典》(分卷主编,1988)、《散文的春天》(1989)、《中外典故引用辞典》(1990)、《贾平凹散文选集》(1992)、《师陀散文选集》(1992)、《酒魔》(1993)、《中国散文通典》(1999 年);学术专著有《散文天地》(1984)、《散文写作教程》(1985)、《报告文学随谈》(与晓林等合著,1985)、《文学技巧七十题》(与张耀辉合著,1987)、《悬念的技巧》(1988)、《报告文学春秋》(1989)、《散文了望角》(1992)、《中国现代散文史》(1993)、《旧体诗文集叙录(1919—1949)》(合著,1998)、《江苏文学五十年·散文卷》(1999)、《二十世纪中国散文批评史》(2000)、《插图本苏州文学通史》(2004)、《中国散文史》(2008)。

③ 范培松:《散文写作天地》,语文出版社 1985 年版,第 37 页。

④ 钱理群等:《中国现代文学三十年》,北京大学出版社 1998 年版,第 62 页。

⑤ 郑明娳:《现代散文类型论》,台湾大安出版社 2002 年版,第 5—6 页。

而言，现代散文向诗歌"出位"的现象最多。已经有很多作家和研究者指出此种现象。张晓风①在《再生缘·透明》一文中指出，散文家杨牧、罗青、渡也、叶维廉等人在散文写作实践中曾把现代诗的素质融入其中："独创而密集的意向，巧妙的借喻形容，灵活多变的句子结构和语气，使他们的散文在自然流露信笔而书之中，左右逢源，五步一楼，十步一阁，步步莲花，字字珠玑，绝无冷场。中国方块字的形象性和平仄声在他们笔下达到了神奇高超的表现力。"②学者型散文家许达然③同样认为，写作散文的实践过程和写作思维实际上和诗歌创作很相似："因为我一直认为诗和散文没有什么不一样，除非我们写的散文是论述性的，那就不一样了。假如是创作性的散文，我想跟诗是一样的。至少我是这样做，写散文的时候，我一直把它当作诗在写。"④颜昆阳亦有相似观点："散文由于形式自由，因此并无'定体'。一般性的'叙事'也非小说一体所专有，而是小说、散文、戏剧，甚至'叙事诗'各界域之间的'交集'。因此，'叙事'是散文的基本功能，也是古来常见的一体。不能仅凭'叙事'就认为它越界到'小说'的疆域了，除非它大幅度地出现类如上述那种'情节'结构的叙述形式。另外，'意象'也不是'诗'所专有，它同样是各文类界域的'交集'，不能仅凭作品中出现某些'意象'就说'散文'越界到'诗'的疆域了。"⑤但是需要指出的是，更多的散文家在写作过程中，往往并不仅仅只吸收、借鉴某一

---

① 张晓风(1941—)，笔名有晓风、桑科、可叵，原籍江苏铜山，出生于浙江金华。代表作有小说《白手帕》、《红手帕》、《梅兰竹菊》、《潘渡娜》等。作品文集主要有《九十年散文选》、《三弦》、《大地之歌》、《小说教室》、《中华现代文学大系·台湾 1970—1989·散文卷》、《中华现代文学大系(二)·台湾 1989—2003》散文卷、《心系》、《文学选粹》、《玉想》、《再生缘》、《地毯的那一端》、《如果你有一首歌》、《安全感》、《有情人》、《有情天地》、《血笛》、《你的侧影好美》、《你还没有爱过》、《我在》、《我知道你是谁》、《步下红毯之后》、《武陵人》、《花之笔记》、《非非集》、《幽默五十三号》、《星星都已经到齐了》、《哲思小品》、《哭墙》、《桑科有话要说》、《祖母的宝盆》、《动物园中的祈祷室》、《问题小说》、《张晓风精选集》、《从你美丽的流域》、《第一篇诗》、《第五墙》、《这杯咖啡的温度刚好》、《通菜与通婚》、《画爱》、《给你莹莹》、《乡音千里》、《黑纱》、《爱在深秋》、《愁乡石》、《舅妈只会说一句话》、《诗诗、晴晴与我》、《与爱同行》、《蜜蜜》、《晓风小说集》、《张晓风自选》、《张晓风经典作品》等。
② 张晓风：《再生缘》，台湾尔雅出版社 1982 年版。
③ 许达然(1940—)，本名许文雄，台湾台南人。他的第一本散文集是《含泪的微笑》，自 1979 年起相继出版了《土》(1979)、《吐》(1984)、《远方》、《水边》(1984)、《人行道》(1986)、《防风林》(1986)、《同情的理解》等散文集。
④ 许达然：《蓦然看到》，《语文世界》1998 年第 1 期。
⑤ 颜昆阳：《九十二年散文选》，台湾九歌出版社 2004 年版，第 32 页。

种文学类型的因素,而是把多个文类,甚至是与文学不同的艺术类型,均根据行文表达的需要而攫取它们的养料。举例来说,余光中①在《亦秀亦豪的健笔》中指出包括他自己在内的台湾第三代散文家的创作特点是:"他们当然欣赏古典诗词,但也乐于运用现代诗的艺术,来开拓散文的感性世界。同样,现代的小说、电影、音乐、绘画、摄影等艺术,也莫不促成他们观察事物的新感性。"②也就是说,登上台湾文坛的新一代散文家,并不满足于从诗歌、小说等文学类型汲取养料,而是把视界扩展到新兴的电影媒体,以及音乐和绘画等其他艺术类型,均将其拿来为己所用,增强、开拓散文的表现力。

散文家们之所以在创作实践中不断吸收诗歌、小说、戏剧等其他类型的各种因素,突破既有的创作成规以及在内容和语言形式上进行创新,不仅是为了寻找到最合适的艺术形式作为表达外壳,最重要的原因则在于现代散文属于有个性的文学类型,其目的是为了保持现代散文的个性,创作出"有个性的文学"。根据周作人的看法,所谓"有个性的文学"是指:"(1)创作不宜完全抹煞自己去模仿别人,(2)个性的表现是自然的,(3)个性是个人唯一的所有,而又与人类有根本上的共通点,(4)个性就是在可以保存范围内的国粹,有个性的新文学便是这国民所有的真的国粹的文学。"③具体到现代散文来说,其个性不但体现在每个散文家特有的写作风格,即带有这个散文家独特特色的"这一个",而且还体现在作家不断突破逐渐模式化的自我成规、寻求艺术新

---

① 余光中(1928—),生于江苏南京,1949 年赴台。先后在台湾师大、政治大学、台湾大学、香港中文大学和台湾"中山大学"文学院任教。代表诗歌集有《蓝色的羽毛》(1954)、《钟乳石》(1960)、《万圣节》(1960)、《莲的联想》(1964)、《武陵少年》(1967)、《天国的夜市》(1968)、《敲打乐》(1969)、《在冷战的年代》(1969)、《白玉苦瓜》(1974)、《天狼星》(1976)、《与永恒拔河》(1979)、《余光中诗选(1949—1981)》(1981)、《隔水观音》(1983)、《紫荆赋》(1986)、《梦与地理》(1990)、《安石榴》(1996)、《五行无阻》(1998)、《余光中诗选(1982—1998)》(1998)、《高楼对海》(2000)、《藕神》(2008)。散文及文艺批评文集有《左手的缪斯》(1963)、《掌上雨》(1964)、《逍遥游》(1965)、《望乡的牧神》(1968)、《焚鹤人》(1972)、《听听那冷雨》(1974)、《青青边愁》(1977)、《分水岭上——余光中评论文集》(1981)、《记忆像铁轨一样长》(1987)、《凭一张地图》(1988)、《隔水呼渡》(1990)、《从徐霞客到梵谷》(1994)、《井然有序》(1996)、《日不落家》(1998)、《蓝墨水的下游》(1998)、《连环妙计》(1999)。翻译作品有《梵谷传》(1957)、《老人和大海》(1957)、《英诗译注》(1960)、《美国诗选》(1961)、《英美现代诗选》(1968)、《录事巴托比》(1972)、《不可儿戏》(1984)、《土耳其现代诗选》(1984)、《温夫人的扇子》(1992)、《守夜人》(1992)、《理想丈夫》(1995)。
② 张晓风:《你还没有爱过》,台湾大地出版社 1981 年版,第 4 页。
③ 周作人:《谈龙集》,上海书店 1987 年版,第 110 页。

路的创作实践中。余光中在散文集《焚鹤人》的"后记"中对散文写作的固定模式就提出质疑，认为作家无论是写得像小说还是像其他文类，均要富有自己的独特个性："任何文体，皆因新作品的不断出现和新手法的不断试验，而不断修正其定义，初无一成不变的条文可循。与其要我写得像散文或是像小说，还不如让我写得像——自己。"①林燿德②在《城市·迷宫·沉默》中坦言自己始终在追求特立独行的散文个性："自己一直是以'异端'的身份进行散文创作；在《一座城市的身世》和《迷宫零件》这二部创作集中的文体，可以说，那是我对传统散文艺术定规的质疑以及对自己创作观的具体实践。"③也正是因为台湾散文家们持之以恒地追求散文的个性，所以才成就了台湾当代散文的无比繁盛，散文领域人才辈出，散文创作始终保持强劲的发展势头。

因而，可以毫不夸张地说，现代散文更易于向其他文类，包括小说、诗歌和戏剧，以及音乐、绘画和新兴的电影等，进行吸收、渗透乃至融合，这也是台湾当代散文 60 年代来不断推陈出新、繁盛发展的艺术诀窍。而各种文类互相融合，始终是各类文学类型继续发展、获得艺术生命活力的一个基本途径，是已经被文学史实践所证明的一个事实。

不过，上面只是从散文向其他文类吸取艺术养料和向对方渗透、融合的角度，概括而言台湾当代散文 60 年艺术流变的大体特点和艺术创新的趋势。实际上，在每一个历史阶段，台湾散文均呈现出不同的特点。

具体而言，台湾 20 世纪五六十年代的散文主要包括怀乡散文和小品文。由于该阶段的散文家几乎都具有长期在中国大陆生活的经历和背景，主要因为特殊的政治环境而在 40 年代末迁到台湾生活、居住，所以他们均受到五四现代散文的影响，而此阶段的怀乡散文和小品文显而易见是对五四散文的继承和发展，在五四现代散文的基础上追求艺术上的创新求变。"诗歌化"是台湾五六十年代散文的一个主要特点，尤其是该阶段的怀乡散文多角度多层面地吸收、融合和化用中国古典诗歌的诸多艺术因素，使该阶段的散文出现诗歌化的主流趋势，亦使诗歌化散文达到鼎盛。从艺术创新的角度来说，台湾五六

---

① 余光中：《余光中集》第 5 卷，百花文艺出版社 2004 年版，第 162 页。

② 林燿德(1962—1996)，原籍福建厦门，生于台北。有诗集《银碗盛雪》，散文集有《一座城市的身世》、《钢铁蝴蝶》、《迷宫零件》、《恶地形》等，小说有《大东区》、《一九四七高砂百合》等。

③ 林燿德：《钢铁蝴蝶》，台湾联合文学出版社 1997 年版，第 12 页。

十年代散文对中国古典诗歌的"出位"所造成的诗歌化特点,是从多个层面多个角度来"化"中国古典诗歌为己所用,使散文内涵深厚丰富,境界辽阔宽广,或是缠绵绯恻如李商隐《无题》诗歌的神韵,或是颇具杜甫《秋兴》之苍凉慷慨气魄,或是二者兼具,在较完美的艺术形式中不露痕迹地隐藏着当时的意识形态思想,而且艺术手法多样,其艺术实验性又成为其突出特点,无疑增强了现代散文的艺术表现力和文学生命力。

虽然台湾五六十年代的怀乡散文一方面具有较高的艺术成就,其艺术审美魅力迎合了台湾大众的审美口味,但是另一方面,它却以混淆、泯灭现代散文中"艺术真实"和"现实真实"的界限为基础,通过各种艺术手法置换、改变了"现实真实性"和"历史"的内涵,因而在文本中建构出"中国历史的真实性",巧妙地迎合了当时主流的政治意识形态思想;而且在创作实践中能够把"莎士比亚式"和"席勒化"较好地结合起来,即用比较完美的艺术表现形式达到宣传鼓动的教化效果,被公认为具有很高的艺术水准,堪称是实践了伊格尔顿①的"审美意识形态"思想的散文创作实践。也就是说,怀乡散文在 50 年代后期和 60 年代能够逐渐占据散文文坛并成为主流,最重要的一个原因,就在于用艺术审美的方式表现、迎合了当时台湾国民党当局"反攻大陆"的政治意识形态,所以后者才默许了它的存在和发展壮大。而从历史发展的角度来看,需要辩证地理解台湾五六十年代怀乡散文中所建构的"真实的中国历史"产生的积极影响和其消极后果。显而易见,这种有意被"乡愁"主题所隐藏的"真实的中国历史"观,所强调和强化的台湾人的"中国人"之身份特征,以及他们"中国根"的意识,固然确实符合台湾是中国不可分割的一部分和台湾与祖国大陆血肉相连的历史事实,但是不可忽略的是,其中还隐含着一些消极因素。不但赋予当时台湾国民党当局所倡导的"反共复国"、"反攻大陆"的政治意识形态思想以情感上和社会现实的合理性,而且还隐含着不承认和排斥中

---

① 　特里·伊格尔顿(1943—　),西方马克思主义文学理论家和文化批评家。从 20 世纪 60 年代末直到现在,伊格尔顿已出版美学理论、文学批评著作十多种,主要有《莎士比亚与社会:莎士比亚戏剧论文集》、《旅居国外和旅居国外的作家》、《力量的神话:对勃朗特姐妹的马克思主义研究》、《克拉莉萨的被污:塞缪尔·理查森的作品中的文体、性行为和阶级斗争》、《批评与意识形态:马克思主义文学理论研究》、《马克思主义与文学批评》、《瓦尔特·本雅明,或革命的批评》、《文学理论引论》、《批评的作用:从观察家到后结构主义》和《审美意识形态》等。

国共产党领导下的中华人民共和国之因子,而90年代"台独"分子所抛出的混淆视听的"台独"言论,其源头之一则可追溯到五六十年代怀乡散文作品中所建构的"真实的中国历史"之消极影响。

经过了近20年的鼎盛时期,怀念大陆故土和人情风物为主题的"诗歌化"式怀乡散文逐渐在内容和形式上显现出模式化和雷同的缺陷,在60年代末开始衰落。

相比五六十年代的散文,台湾七八十年代散文的艺术创新则走得更远,不但对小说、诗歌、戏剧等文学类型,而且对电影、音乐、美术等艺术类型进行渗透和化用,台湾散文出现了全多方位的文类融合和"出位"。小说化的散文、戏剧化的散文和诗化散文、电影化的散文等等新式散文类型的出现,均是对现代散文概念内涵和外延的一种拓展。从内容题材的开拓来说,其中的一个表现是对现代散文"有我"特点的进一步强调和深化。与台湾五六十年代怀乡散文中"有我"是为了建构"真实的中国历史"之政治意识形态目的迥然不同,七八十年代的散文之所以强调文本中"有我"之特点,是为了强调其内容题材的多元性和复杂多样,不仅三毛可以在散文中讲述撒哈拉沙漠的传奇故事,而且陈芳明也可在自叙传散文文本中回忆其社会政治经历,更不用说几代怀乡散文家们在七八十年代,纷纷从怀念大陆生活、返回大陆探亲,以及在海外期间对大陆和台湾的乡愁别绪等多个角度所写的怀乡散文了。除此之外,还有属于台湾"学者散文"范围的散文小品创作中所强调的"有我",学者散文家们不但多以书写自己亲身经历和回忆旧事来抒情言志,表达自我的真情实感,而且还表现在台湾学者散文加重了学术味和知识性的分量,使其成为介于散文小品和专业学术论文之间的一种中间类型,"有我"亦表现出散文家们作为"学者"的一面来。这亦是此阶段台湾散文多样化的一个表征。台湾七八十年代散文内涵创新的另一个表现则在于其内容题材的现实性增强,与社会生活密切结合。具体到作品来说,描写台湾农村经济凋敝而城市入侵的散文,包括田园散文和新世代散文家们回忆台湾农村田园生活的怀乡散文中的一些篇章,均是对当时台湾农业经济凋敝的如实反映。

从散文艺术创新的角度来划分,台湾七八十年代散文诗歌化或曰诗化散文可以进一步细分为多种类型。此阶段的一些散文家依然坚持余光中在《左手的缪斯》中"散文是诗歌的余绪"的散文诗化观,因此散文向中国古典诗歌、中国现代白话诗歌和西方现代诗歌的"出位"均成为常态。七八十年代的诗化散文作品除了余光中、杨牧、许达然等诗人创作的诗歌化散文之外，其他诗化散文可以根据内容主题的不同归为两大类。一类是在诗情画意中充满人生哲理的诗话散文，有着重向中国古典诗歌"出位"的佛禅散文，在中国佛禅观念中阐发对现实人生的领悟。另一类则指田园散文，其诗意体现在对优美田园风光的抒情描写上。但是需要注意的，台湾七八十年代的怀乡散文，尤其是80年代之后的台湾怀乡散文之诗化色彩却远远不如五六十年代怀乡散文那样浓郁，对中外诗歌因素的借鉴和"出位"并不积极。

台湾七八十年代散文中体现出的小说化特点亦是多种多样，异彩纷呈。尤其是70年代末之后的小说化散文，呈现出非常鲜明的"小说"之艺术特征。具体来说，以三毛、陈列、叶笛、林燿德、季季、袁琼琼、履疆等人为代表的小说化散文家们，不仅把小说的基本因素，包括现实主义小说中的故事、情节、人物性格、叙述角度等艺术因素，而且还把现代主义小说和奇幻小说中的某些因素，诸如叙事动力、象征性、人物心理的细致剖析、神秘色彩、亦真亦幻的传奇性等等，均化入该类散文文本中。有的散文家甚至用小说的手法来写散文，不但削弱、泯灭了散文与小说之间的界限，而且结构严谨，故事情节有头有尾，其散文作品俨然可看做是小说。由此可以这样说，台湾七八十年代的小说化散文在对小说因素的化用上已经比较成熟，使小说化散文进入第一个鼎盛时期。需要指出的是，从表面上看，小说化散文是对小说诸多艺术因素的吸收、融合和化用，自有现代散文艺术创新的追求作为其学理依据，但是从深层来说，却由表及里地触及现代散文艺术的一些基本原则，更重要的是，这种小说化特点在某种程度上已经改变了这些基本原则的内涵。由于小说化散文或是强调人物性格的鲜明生动和故事情节的生动曲折，或是细致剖析人物的心理活动，或是有意渲染其神秘奇特的氛围和营造象征性意蕴，或是用现代小说的叙事方式来推进散文叙事的发展等等小说特点，因而与非小说化的散文相比较来说，前者结构更加严谨整饬，常常会追求有头有尾、逻辑严密的故事性，以及在描述中用冷静、客观的旁观者态度来代替"有我"的感性表达。从这个角度来说，小说化散文在创作实践中遵循的文学艺术规律与其说是属于现代散文的，不如说是属于小说的。还有一些构思奇特的散文，不但吸收五四文学中现代小说、现代诗歌等文类中的艺术因素，还把中国古典志怪小说中的某些因素化入文本中，其内涵显然超出了狭义的现代散文范畴。概而言之，小说化散文一方面为七八十年代台湾散文艺术的创新求变之追求注入生命活力，另一方面同时为 90 年代之后的散文向后现代主义类型的小说之"出位"奠定了文学基础。

而 90 年代之后的台湾散文在艺术的创新求变上又不同于七八十年代。台湾 90 年代之后进入"后现代主义时代"的背景,既使台湾当代散文的继续发展面临困境,又为其艺术新变提供了新的机遇。从内容题材上来说,90 年代之后的散文领域出现了聚焦某一主题和社会现象的专题散文,因此该阶段的散文根据不同的内容题材被进一步细分为不同的类型,出现了游记散文、环保散文、城市散文、捷运散文、自然写作散文、花卉散文、饮食文化小品、海洋散文等新的散文类型。这些专题性散文虽然以某一专门主题为中心内容,但是其文本亦蕴涵着丰富的社会内容和生命意识。

从散文艺术形式的创新来说,在经过了七八十年代多方位向其他文类的"出位"之后,90 年代后的诸多散文作品在后现代主义文学和文化背景下继续向诗歌、小说和戏剧等文学类型"出位",在深度和广度上比此前的散文艺术实验走得更远。具体来说,台湾 90 年代后散文向其他文类的"出位",不仅表现在分别化用某一文类的艺术因素,而且还出现了同时化用多种文类或是艺术类型艺术因素的"混血"特点,使其艺术风格经常带有后现代主义的混合、拼贴色彩。除此之外,90 年代台湾散文化用闽南语入文成为普遍现象,相比此前阶段的散文作品亦是一种语言创新。此阶段出现了"小说式的诗化散文",以及"混血"的戏剧化散文。最能够体现 90 年代后散文艺术创新之特点的则是那些混合多种文类因素于一体的散文作品。这些散文作品既具有不同于小说、诗歌、戏剧、电影、音乐、美术等艺术文类的特征,某种程度上却又是融合了其他文类因素的"混血"散文。例如简媜在 90 年代之后的散文创作,以及唐捐、钟怡雯等人的散文作品,已经无法用常规的单向小说化、诗歌化和戏剧化等现代散文艺术手法来概括,不但是各种文类的混合搭配,更以语言表达的奇崛怪异和意象的奇特取胜,可用"奇崛的台湾散文风景"一语来形容,这些散文家亦可称为"奇崛派"。从现代散文艺术创新求变的角度来说,台湾的"奇崛派"散文已经把 90 年代后的台湾散文的创新追求推到一个后来人不容易超越的艺术高度。

概而言之,90 年代之后的台湾散文,尤其是其中的"奇崛派"散文,极大地拓展了现代散文的内涵和外延,符合现代散文的历史发展规律。从这个角度来说,这种拓展导致现代散文的广义概念和狭义概念产生合流现象,也就是说,由于 90 年代之后的台湾散文不仅包括拥有小说化、诗歌化和散文化等特点的抒情美文和言志小品,而且把报告文学、传记、通讯、文艺评论等广义散文概念的因素纳入其中,在某种程度上可说属于广义现代散文的概念。从中国现代散文史的发展来说,广义的散文和狭义的散文之间的分化合流过程,亦是现代散文继续发展和其艺术生命力得以延续的一个必要环节。

但是,从另一个角度来说,"奇崛派"散文所追求的"语不惊人死不休"的艺术境界,虽然代表着 90 年代之后台湾散文艺术创新的最高成就,但是这种一味"险"、"奇"、"怪"的表达方式,以及对多种文学类型艺术因素的大量吸取和化用,其贵在因数量少而在读者中会产生"惊艳"的艺术审美效果,不过当散文家大量创作和不断发表这种"奇崛"风格的散文之后,其雷同化的行文风格和雕琢的匠气等弊病则在诸多作品文本中显露无遗,无法避免,反而不如一些纯朴风格的散文作品更能够体现出现代散文的潇洒自然之特点。与此同时,如何界定现代散文,特别是文学性散文与其他文学类型之间的界限以及其艺术特征,在今日的文学史中又被提上议事日程。此外,90 年代之后的台湾散文对现代散文艺术创新的无止境追求还会产生其他一些问题,亦引起当下一些散文家和学者们的忧虑。

从现代散文史的角度来说,无论是五六十年代台湾散文的诗歌化特点,七八十年代全方位向其他文类的"出位",还是 90 年代之后台湾散文在后现代主义文学和文化背景下出现的"混血"特点,均体现出台湾散文家对现代散文艺术创新求变的追求。而这种新变追求在某种程度上亦是一把双刃剑,在拓展现代散文的内涵和外延的同时,也不可避免地会产生某些消极的艺术效果。或许这就是台湾当代散文谋求继续发展和繁荣必须要经受的一个艺术考验和挑战,当然这亦是一种机缘。也只有如此,台湾当代散文才能够不断为中国现代散文的发展与繁荣作出新的贡献。

上　编

"诗歌化"散文的鼎盛
——五六十年代的台湾散文

第一章　五六十年代台湾散文的背景

作为台湾当代散文的开端,20 世纪五六十年代的现代散文在行文表达上已经比较成熟和完善,并且台湾散文家们并不满足于现有的散文艺术,他们在语言形式上进行各种艺术实验,尤其是在向诗歌借鉴、汲取其艺术养料和对其进行渗透、融合的"出位"实验中取得了很高的艺术成就,不仅使台湾散文创作在起点阶段就非常繁荣昌盛,拥有庞大的散文家群体和散文作品,能够与当时的诗歌、小说作品旗鼓相当甚至有超越后两者的趋势,同时还带来了五六十年代"诗歌化"散文在台湾文坛的鼎盛发达,并使得散文的"诗歌化"特点成为贯穿台湾当代散文 60 年发展史的一条红线,对七八十年代乃至 90 年代至今的台湾散文的继续发展提供了艺术借鉴并对它们产生了深远影响。

从源流上来看,台湾五六十年代散文所接受的前人文学"遗产"和影响,首先是来自中国古典文学和西方文学。中国古典诗歌词赋,甚至整个中国古典文学的传统,均成为台湾五六十年代怀乡散文和小品文的重要养料,导致该阶段的散文出现了不断向中国古典诗词出位的"诗歌化"特点,使"诗歌化"散文创作达到了鼎盛。余光中不断呼吁散文返回中国古典文学中,他在《凤·鸦·鹑》一文中指出:"实际上,任何稍具文化背景的心灵,莫不深受古典文学的作用,而在想象上,不知不觉之中,呈现古典或神话的投影。一个民族的古典、神话、宗教、传说、民俗等等,实际上等于该民族潜意识的投影,也可以说,等于该民族的集体记忆;它们存在于传统的深处,一个民族的想象,往往在这神奇的背景上活动。"①杨牧的《一首诗的完成》一文虽然谈论的是诗歌创作,

---

① 余光中:《余光中集》第 4 卷,百花文艺出版社 2004 年版,第 177 页。

但是对其他文类,尤其是对了解散文在写作过程中如何吸收中国传统文学养料也不无借鉴意义:"必须领悟到诗经以降整个中国文学的存在……要让三千年的中国文学笼罩你虔敬创作的精神,也要让四百年的台湾经验刺激你的关注,体会到这些是同时存在的,是构成一个并行共生的秩序……历史意识教我们将永恒与现世结合看待。我们下笔顷刻,展开于心神系统前的是无垠漫漫的文学传统,我们纸上任何构造,任何点线面,任何内求和外发的痕迹,声音无论高低,色彩纵使是惊人的繁复,狂喜大悲,清明朗净,在在都有传统的印证,却又与过去的文学迥异,却又如此确切地属于现代,和今天的社会生息相应。"①同时,西方现代主义的艺术技巧也成为台湾文学尤其是诗歌和小说的重要养料。概而言之,从20世纪五六十年代的文学背景来看,该阶段的台湾文学浸泡在西风美雨之中,以模仿和化用西方文学、文化为时尚和潮流,其中尤以在西方现代主义诗歌影响下出现的现代诗歌最为昌盛发达,台湾三个主要的现代派诗社"现代诗"(1953)、"创世纪"(1954)和"蓝星"(1954),均出现在50年代期间。小说同样受到影响,出现了以白先勇、欧阳子、王文兴等人为代表的现代派小说作品。但是台湾五六十年代怀乡散文的情况却有些特别,它虽然受到了西方现代主义诗歌的影响,但是在语言形式和意象等方面却以吸收中国古典诗歌为主。这种选择既有台湾散文艺术自身的原因,更重要的是与在文本中建构"真实的中国历史"之意图和政治意识形态思想有关。这将在下面的章节中详细论述,此处就不再进行分析。

古继堂②在《简明台湾文学简史》中指出,50年代初期的台湾文坛笼罩着政治戒律和文学禁忌:"首先,文学创作的自由受到严重威胁。文学作品动辄遭到检查、删改、查禁、没收,作家稍涉严重者,更以叛乱罪起诉。其次,禁书政策'漫天撒网与无边无际'。国民党当局检查'戡乱战争'失败的原因,把它归咎于30年代的文艺。以致1949年以前大陆出版的进步文学作品和理论书籍几乎被一网打尽……清除现实社会中的政治反对力量,禁绝五四以来的新文化传统,限制文学创作的自由发展等等,这种社会生存环境的泛政治化,以及

① 杨牧:《历史意识》,台湾洪范书店1989年版,第64页。
② 古继堂(1936—),河南修武人,出版的著作有《台湾新诗发展史》、《台湾小说发展史》、《台湾新文学理论批评史》、《台湾青年诗人论》、《台湾爱情文示论》、《静听那心底的旋律——台湾文学论》、《台湾女诗人十四家》、《评说三毛》、《柏杨传》、《古继堂诗集》等10余部。另主编有《台港澳暨海外华文新诗大辞典》等。

它所带来的文学生态环境的恶劣化,为'战斗文艺'运动的官方话语霸权姿态的出现,提供了特殊的社会背景。"①但是当时散文领域的情况却迥然不同,五四现代散文(指狭义的现代散文)的传统在台湾散文界产生较大的影响,李丰楙②在《〈中国现代散文选析〉序论》一文中认为:"美文,尤其抒情、写景之作则自始即为散文的主流,因为这类散文较属于纯文学,并不牵涉政治,因而美文作家为早期文学沙漠中的少数绿洲,稍解文艺爱好者的饥渴。五十岁以下,尤其在台湾土生土长的一代均有实际的经验,就是徐志摩、朱自清、许地山等为书店书架上最易购得的散文集,因而对于文艺青年的沾溉最深、启迪最大。"③也就是说,五四现代散文传统亦成为台湾五六十年代散文的重要资源。

楼肇明④所说的台湾当代散文中的第一代散文家和第二代散文家,就是五六十年代非常活跃的散文家。其中第一代指在二三十年代已在大陆成名,于1949年前后移居台湾继续写作散文,尤其是小品文的散文家,如林语堂、苏雪林、谢冰莹⑤、台静农、梁实秋等人。而第二代则指在大陆度过青少年时代,并业已受过高等教育,到台湾以后才真正登上文坛的散文家,包括琦君、张秀亚、钟梅音、徐钟佩、思果、吴鲁芹、言曦、胡品清等人。这两代散文家均在大陆接受过高等教育,受过五四新文学的熏陶,前者是经历过五四精神洗礼的作

---

① 古继堂:《简明台湾文学史》,时事出版社2002年版,第212—213页。

② 李丰楙(1948—),台湾云林人,编有《中国新诗赏析》等书。

③ 余光中主编:《中华现代文学大系·台湾1970—1989》评论卷二,台湾九歌出版社1989年版,第773页。

④ 楼肇明(1938—),浙江东阳人。1979年开始发表作品。著有散文诗集《细流与暮雨》等。

⑤ 谢冰莹(1906—2000),原名谢鸣岗,字凤宝,湖南冷水江铎山人。代表作有《从军日记》(1928)、《前路》(1930)、《中学生小说》(1930)、《青年王国材》(1933)、《青年书信》(1930)、《麓山集》(1932)、《血流》(1933)、《伟大的女性》(1933)、《我的学生生活》(1933)、《一个女兵的自传》(1936)、《军中随笔》(1937)、《湖南的风》(1937)、《在火线上》(1938)、《第五战区巡礼》(1938)、《新从军日记》(1938)、《梅子姑娘》(1940)、《在日本狱中》(1940)、《一个女性的奋斗》(1941)、《抗战文选集》(1941)、《战士的手》(1941)、《姊妹》(1942)、《写给青年作家的信》(1942)、《女兵十年》(1946)、《生日》(1946)、《女叛徒》(1946)、《红豆》(1954)、《圣洁的灵魂》(1954)、《绿窗寄语》(1955)、《雾》(1955)、《我的少年时代》(1955)、《冰莹游记》(1956)、《碧瑶之恋》(1959)、《故乡》(1957)、《马来亚游记》(1957)、《我怎样写作》(1961)、《空谷幽兰》(中、短篇小说集,1993)、《林琳》(儿童文学,1966年)、《秦良玉》(通俗小说,1966)、《梦里的微笑》(1967)、《作家印象记》(1967)、《我的回忆》(1967)、《海天漫游》(1968)、《在烽火中》(1968)、《爱晚亭》(1969)、《旧金山的雾》(1974)、《生命的光辉》(1978)、《谢冰莹自选集》(1980)、《谢冰莹作品集》(1985)等。

家,后者在散文风格上基本上继承了五四现代散文的流风余韵①。李丰楙持有相似的观点,他认为,尤其是 50 年代的台湾散文,与五四现代散文有更密切的血缘关系:"从作品的文字风格言,大体是承袭前三十年的散文传统,其中有些属于衔接的一代,如梁实秋、苏雪林之类;有些则在学生时代或文艺青年的阶段,对于三十年代的作品已曾亲灸,因而汲取为一己的创作根基,抵台之后时代情境刺激其从事散文的写作,像宣建人、艾雯之类。余光中先生曾据之而分为台湾的第一、二代,以第其先后,此就其与前三十年新文学的关系而言。在此,因第一代的作家较少,因此同归为早期十年(指五十年代,著者特此说明)。他们都是与三十年代有亲密的血缘关系,并开拓出台湾新一代的散文之路。"②台湾散文界就公认张秀亚③继承了何其芳的散文《画梦录》之美文传统:"张秀亚作为承继他的美文传人,台湾文坛不作第二人想。"④因此,就不难看出此阶段的台湾散文和五四现代散文的传承关系了。

不过台湾文坛在公认台湾散文吸收、借鉴五四现代散文传统的同时,却也存在怀疑的声音。由于台湾五六十年代特殊的政治文化背景,五四散文作家对台湾散文创作产生的影响也并不均等,其中最受到广泛推崇和被竞相模仿的散文家和作品并不是很多,"而林语堂虽曾一度在六十年代辟有专栏,无所不谈,而其格调仅为'论语'时期之延长,并无具体的影响。值得注意的是,梁

---

① 此观点见于楼肇明著的《穿越台湾散文五十年序》等文章中。

② 余光中主编:《中华现代文学大系·台湾 1970—1989》评论卷二,台湾九歌出版社 1989 年版,第 783 页。

③ 张秀亚(1919—2001),河北沧县人,笔名陈蓝、张亚蓝。1937 年出版第一本小说集《大龙河畔》。1948 年到台湾,1952 年出版到台后第一本散文集《三色堇》。著作和文章主要有短篇小说集《大龙河畔》(1937)、《皈依》(1939)、《幸福的泉源》(1941)、《珂罗佐女神》(1943)、《寻梦草》(1953)、《感情的花朵》(1960)、《七弦琴》(1964)、《那飘去的云》(1969)、《艺术与爱情》、《张秀亚自选集》;散文集有《少女的书》(1961)、《三色堇》(1952)、《牧羊女》(1954)、《凡妮的手册》(1955)、《怀念》(1957)、《湖上》(1957)、《爱琳日记》(1958)、《两个圣诞节》(1961)、《北窗下》(1962)、《曼陀罗》(1965)、《我与文学》(1967)、《心寄何处》(1969)、《书房一角》(1970)、《水仙辞》(1973)、《天香庭院》(1973)、《人生小景》、《我的水墨小品》(1978)、《石竹花的沉思》(1979)、《白鸽·紫丁花》(1981)、《海棠树下小窗前》(1984)、《爱的轻歌》(1985)、《杏黄月》(1985)、《湖水·秋灯》(1979);诗集包括《水上琴声》(1957)、《爱的又一日》(1987)、《秋池畔》(1966);其他还有《诗人的小木屋》(文艺理论、散文合集,1978)、《写作是艺术》(文艺理论、散文合集,1978)、《张秀亚选集》(1964)、《张秀亚散文集》(1964);另有与法国 Lefeuvre 合著的《西洋艺术史》著作 11 册,翻译著作 10 余种。

④ 痖弦:《把文学的种子播在台湾的土地上》,台湾《文讯杂志》2001 年版。

实秋的《雅舍小品》一印再印，让中、青两代得以一窥当时随笔的风貌"，因此"在台湾文艺青年心中的三十年代散文家，几乎只是徐志摩、朱自清等寥寥数位"①。而太多的模仿习作又缺乏这几位散文家的艺术功力，遂导致当时台湾散文在艺术方面出现了一些弊病，如伤感说教的花花公子散文、平淡无味的浣衣妇散文、半生不熟的洋学者散文，一集夹缠难读的国学者散文等②。因此引起了一些散文家的反思和警醒。

余光中堪为反思者的代表。他在《左手的缪斯·后记》中就提出："更重要的，我们的散文家们有没有自《背影》和《荷塘月色》里破茧而出，且展现更高更新的风格？流行在文坛上的散文，不是挤眉弄眼，向缪斯调情，便是嚼舌磨牙，一味贫嘴，不到一CC的思想，竟兑上十加仑的文字。出色的散文家不是没有（我必须赶快声明），只是他们的声音稀罕得像天鹅之歌。"③紧接着，他又在1965年出版的散文集《逍遥游》中列入几篇文章，分别从各个角度和层面来探讨台湾当代散文在语言表达上如何突破五四白话文传统，走出"现代散文"的新路来。在《下五四的半旗》一文中，余光中公开宣称五四文学的死亡："至少至少，在现代文艺的金号铜鼓声中，苍白的五四已经死了，已经死了好几年了。苍白，而且患严重的心脏病。当胡适之先生在南港倒下，中国新文学史的第一章便翻过去了。写第二章的几枝笔，握在40岁以下的一代。五四固然也有零零落落的几个遗老，可是那几枝秃笔已经无能为力，最多最多，每年到了今天，回忆一番罢了。他们的笔，只能为第一章加几条注解，不能写第二章的大标题了。五四死了。新文化的老祖母死了。让我们下半旗志哀，且列队向她致敬。"五四文学死亡的原因则在于："西化不够，对中国古典文学的再估价也不正确。"④在文章《凤·鸦·鹑》中，他指出白话文在当时台湾文坛产生的缺陷："很显然地，目前的白话尚未臻于丰富精美的境界"⑤，贫乏、单调的白话文只代表着台湾文学的大众化，而远未达到审美的艺术境界，因而他主张现代散文不可尽废文言和用典，而是在语言运用上要"文白交融"。他在

---

① 余光中主编：《中华现代文学大系·台湾1970—1989》评论卷二，台湾九歌出版社1989年版，第774—798页。
② 见余光中著的《剪掉散文的辫子》一文中的观点。
③ 余光中：《余光中集》第4卷，百花文艺出版社2002年版，第128页。
④ 余光中：《下五四的半旗》，台湾文星出版社1964年版，第79页。
⑤ 余光中：《余光中集》第4卷，百花文艺出版社2002年版，第172页。

《剪掉散文的辫子》中就公开宣称:"将文白的比例作适当的安排,使文融于白,如鱼之相忘于江湖,而仍维持流畅可读的白话节奏,是'文白佳偶',不'文白冤家'。《雅舍小品》,《鸡尾酒会及其他》,《文路》等属于这一种。"①再结合他的《象牙塔到白玉楼》一文的观点:"中国的古典诗,到了杜甫,可以说已经登凌绝顶,譬之西方,相当于伊丽莎白的英国,路易十四的法国。"②显而易见,余光中盛赞以唐诗为代表的中国古典诗歌的成就。

由以上论述可以看出,余光中实际上是从现代散文不断突破陈旧语言窠臼、寻求新的艺术生命力的角度来质疑、否定五四现代散文的白话文传统,目的是为了改变台湾当代散文改革的流弊,并寻求新的艺术表达之路。换言之,余光中只是对五四现代散文提倡的白话文的这个传统提出疑问,而他提出的现代散文由单调的白话语言进一步进化、发展到丰富多彩的"文白相融"语言,吸收、借鉴中国古典文学中有益的精华为己所用,此观点却无疑属于五四文学传统中推崇现代散文等文类不断发展进步、推陈出新思想的一脉。他的很多散文作品,尤其是收录在《逍遥游》和《望乡的牧神》两部散文集中的大部分作品,均是这种散文改革观在创作实践中的体现。现举其散文《逍遥游》一例加以说明。《逍遥游》一文主要书写作者在美国求学期间对祖国大陆产生的乡愁。但是他不是直抒胸臆,而是借用中国古典文学中常用的意象来描摹美洲大陆的秋景,用文白夹杂、典丽丰瞻的语言连缀起意象,层层递进表达出在异乡而思故乡的怀乡之苦和寂寞情绪:"远行。远行。念此际,另一个大陆碧云天。黄叶地。爱奥华的黑土沃原上,所有的瓜该又重又肥了。印第安人的落日熟透时,自摩天楼的窗前滚下。当冥色登上楼的电梯,必有人在楼上忧愁。摩天三十六层楼,我将在那一层朗吟登楼赋?可想到,即最高的一层,也眺不到长安?当我怀乡,我怀的是大陆的母体,啊,诗经中的北国,楚辞中的南方!"③其中"碧云天,黄叶地"的意象来自宋词范仲淹的《苏幕遮》,"落日"意象出自唐诗王维的《使至塞上》中描写异域风光的"大漠孤烟直,长河落日圆"一句,"瓜"的意象来自南宋词人吴文英的《梦窗稿》中的"瓜果几度凄凉,寂寞罗池客","当瞑色登上楼的电梯,必有人在楼上忧愁"中的意象则化用了唐朝

① 余光中:《余光中集》第 4 卷,百花文艺出版社 2002 年版,第 156 页。
② 余光中:《余光中集》第 4 卷,百花文艺出版社 2002 年版,第 182 页。
③ 余光中:《余光中集》第 4 卷,百花文艺出版社 2002 年版,第 257—258 页。

诗人李白的词《菩萨蛮》中的"暝色入高楼，有人楼上愁"，"登楼"意象来自"建安七子"之一的王粲所写的汉赋《登楼赋》，其中的"登兹楼以四望兮，聊暇日以销忧"中的意象表达出作者久留客地后的思乡之情；"长安"、"诗经"和"楚辞"意象均指代拥有灿烂古典文学传统的中国。以上这些古典诗词意象看似是作者顺手拈来，其实均是经过精心选择，因为这些意象全出于中国古人表达异国他乡游子之感怀的诗词歌赋，恰与余光中在异国异乡思念祖国大陆的怀乡情绪相吻合，因而这种化用古典诗词意象入散文的方式，非但不令人感到生硬，凝练优美的语言反而更宜于读者与作者产生情感上的共鸣。也正是在这种文化背景下，对于五四开创的现代散文传统，台湾五六十年代的散文不但对其继承，而且又在内容主题和艺术形式上有所超越和新变。

当然，台湾散文家们还怀有自觉的"好散文"观念。余光中在《左手的缪斯·后记》中提出了"好散文"的标准是："应该有声、有色、有光。应该有木箫的甜味，釜形大鼓的骚响，有旋转自如像虹一样的光谱，而明灭闪烁于字里行间的，应该有一种奇幻的光。一位出色的散文家，当他的思想与文字相遇，每如撒盐于烛，会喷出七色的火花。"①张秀亚在文章《我的写作经验》中指出："在写散文之前，一定要清楚地知道，在文中要表现的是什么，然后再执笔。以思想为主体，情感为核心，想象添羽翼，灵感敷色彩，自然能成就一篇音调铿锵，叶合雅丽的美妙文章"②，而且要能够激起读者们的审美感受并激发起他们的审美联想："好的散文，莫不是'风格保存了内容，而内容影响了风格'的，欣赏它的时候，也不只是揣摩玩弄其字句，而是在字句以外，去发现作者的用心与深意，因为一篇绝妙散文，莫不是余韵缭绕，意在言外，贵在细心的读者能够领悟，高山流水，心会神通。"③

五六十年代的散文还具有"诗歌化"（或曰"诗化"）的特点，不论是大陆散文还是台湾散文。这是一个颇有趣的文学现象，正如范培松所指出的："耐人寻味的是，几乎与此同时，大陆以杨朔为代表的散文家，也在呼喊散文'当诗一样写'，并写出了如《海市》、《泰山极顶》等一批诗一样的散文。两岸散文

① 余光中：《余光中集》第4卷，百花文艺出版社2002年版，第128页。
② 张秀亚：《湖上》，台湾光启出版社1960年版，第152页。
③ 张秀亚：《湖上》，台湾光启出版社1960年版，第140页。

家树的是同一面旗,要把散文当成诗一样写"①,诗歌化散文达到鼎盛。从这个角度来说,20世纪五六十年代可称之为"诗歌化散文时代"。但是,大陆的诗歌化散文与台湾散文对诗歌因素的借鉴、融合却有不同的侧重点,导致二者的"诗歌化"特点差异颇大。以杨朔散文作品为代表的大陆抒情散文对诗歌艺术的借鉴,主要是借鉴中国古典诗歌意境的艺术手法来创造散文中的意境。具体来说,"他的很多散文用诗的比兴手法,托物言志、借景抒情,以创造诗的象征比附的境界。如以海边浪花冲击礁石的执著气势,比喻'老泰山'人老心不老奉献残生余热的美(《雪浪花》);以虚无缥缈的海市蜃楼,比喻人间的'海市'——欣欣向荣的长山列岛(《海市》);以蚂蚁垒起的神奇蚁山,比喻非洲人民反对殖民主义斗争的雄伟力量(《蚁山》);等等。这类散文的思想表现的委婉含蓄、诗趣盎然。"②不过其散文并不从古典诗歌中选择意象,而是寻找那些能够表现时代精神的政治抒情诗中常用的意象,也就是说,五六十年代大陆抒情散文只是有选择性地,部分借鉴、吸收中国古典诗词中的一些艺术因素,艺术实验性亦很有限。

相比之下,台湾五六十年代散文的诗歌化则彻底得多,是多层面多方位地吸取诗歌的艺术因素为己所用,从而使诗歌化成为该阶段散文的主流风格特点。这可能也与很多诗人在诗歌创作的同时也写作散文的"诗人散文家"身份有关。这亦是五六十年代台湾散文家与大陆散文家的差异之一。具体来说,这些"诗人散文家,就是右手写诗、左手写散文的一群,他们不但以现代诗影响了散文界,本身即在散文的独创性上具有开辟之功。纪弦③有《终南山》及《小园小品》,文字平白,不似其一部分标榜'现代'的诗,造语奇特;但仍多奇思妙想,而具有风趣。而独创性之大,则余光中最有意为之。他所写的评论

---

① 范培松:《中国散文史》(下),江苏教育出版社2008年版,第642页。

② 朱栋霖:《中国现代文学史1917—1997》(下册),高等教育出版社1999年版,第65页。

③ 纪弦(1913—),原名路逾,笔名路易士、青空律。生于河北清苑。1929年以路易士笔名开始写诗。1934年创办《火山》诗刊,翌年与杜衡合编《今代文艺》。1936年支持戴望舒等创办《新诗》月刊,同年创办《诗志》,抗战胜利后始用纪弦笔名写稿。1948年由上海赴台湾,曾编辑《和平日报》副刊《热风》,创办《现代诗》季刊。著有诗集《易士诗集》、《行过之生命》、《火灾的城》、《爱云的奇人》、《三十前集》、《烦哀的日子》、《不朽的肖像》、《在飞扬的时代》、《纪弦诗甲辑》、《摘星的少年》、《饮者诗抄》、《槟榔树》(分甲乙丙丁戊5集)、《晚景集》(1985)、《纪弦诗选》、《纪弦精品》和《半岛之歌》,诗论集《纪弦诗论》、《夜记》、《一封信》、《纪弦论现代诗》以及《纪弦自选集》等。

文字,善于制题,而且笔力深刻,属于随笔一类;且艺术性较高,是以诗人之笔为文,具有创意,甚而让有些评论家欣赏其文过于其诗。杨牧的文如其诗,以浪漫情绪为主,贯串于鲜活的诗化语言中,形成公认的诗人而具有一支散文之笔。以诗人而试作散文,仍具有所作诗的趣味的,为管管①的《请坐月亮请坐》,句法奇特,又有童趣及乡土味。另周梦蝶②则在《闷葫芦居尺牍》,常常参用文言,又时引佛典,自具风格。诗人之为文较为平实而有力的,一为夏菁③的《落矶山下》,多写旅居之所见所闻,语言明澈如诗。张健④在1967年出《哭与笑》,又有《汉津杂文集》、《春风与寒泉》、《神秘与诗意》、《野鹤的白羽》,兼写小品与专栏,是兼以诗人与学者关照世界,发而为文的。在台湾,诗人而兼擅散文,几乎是常见的事,而写作之量较多,风格较有独创者,均能获致一定的成就"⑤。以余光中为代表的台湾怀乡散文的诗歌化最具有代表性。五六十年代的怀乡散文不但如同诗歌创作一样炼字炼句、寻找"文"眼并营造具有诗歌风格的意境,而且还经常把中国古典诗歌中的诗词丽句和华美的意象直接化用在散文作品中。除了上文列举的余光中的《登楼赋》外,他的散文《逍遥游》的全文都很具有典型性。现选取其中的一些字句加以说明:"诗经蟹行成英文。谁谓河广,一苇杭之。招商局的吨位何止一苇,奈何河广如是,浅浅的海峡隔绝如是!人人尽说江南好,游人只合江南老。今人竟羡古人能老于江南。江南可哀,可哀的江南。惟庾信头白在江南之北,我们头白在江南之南。嘉陵江上,听了八年的鹧鸪,想了八年的后湖,后湖的黄鹂。过了十五个台风季,淡水河上,并蜀江的鹧鸪亦不可闻。帝遣巫阳招魂,在海南岛上,招北宋的诗人。'魂兮归来,南方不可以止些!'这里已是中国的至南,雁阵惊

① 管管(1929—　),本名管运龙,山东青岛人,后移居台湾。诗集有《荒芜之脸》、《管管文选》等;散文集有《请坐月亮请坐》、《春天坐着花轿来》、《管管散文选》和《早安鸟声》等;参加新视觉艺术的画展联展6次,参加演出的电影有《超级市民》、《策马入林》等二十几部。

② 周梦蝶(1920—　),原名周起述,河南淅川县人。1948年只身一人随国民党军来到台湾。出版的诗集有《孤独国》(1959)和《还魂草》(1965)等。

③ 夏菁(1925—　),本名盛志澄,1925年生于浙江嘉兴,是台湾"蓝星诗社"创始人之一。1954年出版第一本诗集,目前已出版9种,包括近年出版的《雪岭》(2003)和《夏菁短诗选》(2004)等。

④ 张健(1939—　),浙江嘉善人,笔名汉津。论著涉及诗歌、散文、小说、文学批评、传记、文学研究及翻译等。散文集主要有《人生的回廊》(1989)、《无垠的阳伞》(1975)等。

⑤ 余光中主编:《中华现代文学大系·台湾1970—1989》评论卷二,台湾九歌出版社1989年版,第786页。

寒,也不越浅浅的海峡。雁阵向衡山南下。逃亡潮冲击着香港。留学女生向东北飞,成群的孔雀向东北飞,向新大陆。"①作者把《诗经》、《楚辞》、《忆江南》、《鹧鸪天》、《孔雀东南飞》等中国古典诗词中的意象,以及达摩一苇渡江、庾信被扣留在北朝等中国历代相传的文学典故,都巧妙化在散文之中,把中国古典诗词中缠绵的情感化为今人沉重的感叹。

余光中对中国古典诗词的融合并不仅于此,他还借鉴中国古典诗歌的韵律来创造散文的平仄节奏、推敲声律;此外,他还善于用西方现代派诗歌常用的无标点符号、一气呵成写作等艺术形式来表达中国古典诗词的意象。② 从文学史的角度来说,台湾五六十年代怀乡散文向中国古典诗歌的融合和"出位",虽然在艺术上还存在一些矫揉造作的人工斧凿痕迹,但是瑕不掩瑜,可称做是散文向诗歌"出位"的诗歌化之成功案例。

通过以上的比较可以看出,虽然五六十年代的台湾文坛和大陆文坛都盛行诗歌化散文,但是因二者诗歌化的程度并不一样,前者的散文,尤其是怀乡散文从多个层面多个角度来"化"中国古典诗歌,使其内涵深厚丰富,境界辽阔宽广,或是拥有缠绵绯恻如唐代李商隐《无题》诗歌的神韵,或是颇具杜甫的《秋兴》之苍凉慷慨气魄,或是二者兼具,在较完美的艺术形式中不露痕迹地隐藏着当时的意识形态思想,而且艺术手法多样,其艺术实验性又成为其突出特点,为今日海峡两岸的散文创作都提供了宝贵的模仿和借鉴意义。这大概也是台湾和大陆的学者们总是推崇五六十年代怀乡散文的文学性和艺术性,而忽略其具有的政治意识形态功能的一个重要原因。而以杨朔、刘白羽和秦牧三大散文家的作品为代表的大陆散文对中国古典诗歌因素的吸收、借鉴,"大致集中于'情景交融','意境'营造,以及谋篇布局上的曲折有致,语言在传神达意的锤炼等方面。这既显示了他们的实绩,也表明了时代的局限。尽管作家开放个人经历和体验的可能性有了增加,但是情感、观念仍难以有超越意识形态规范的可能。固定格式的写作倾向的蔓延,便是必然的后果。散文在这一时期普遍的'诗化'追求,和在技巧上的经营、雕琢,虽说是属于提升艺术质量的目标,但也是以'精致化'来掩盖精神创造上苍白的缺陷"。以这三

---

① 余光中:《余光中集》第 4 卷,百花文艺出版社 2002 年版,第 254—255 页。
② 郑明娳:《现代散文纵横论》,台湾大安出版社 2001 年版,第 101—104 页。

大散文家为代表的散文作品,亦分别演化为散文创作的几种主要"模式"①,虽然被其他一些大陆散文家广泛模仿和推广,并对后人产生了很大影响,但是其文本中明显表露的意识形态意图、有限的个人想象空间和生硬的八股文式的结构模式,却始终被研究者诟病。

总的来说,台湾五六十年代的散文类型主要包括怀念祖国大陆故土主题的怀乡散文和言志的小品文两类,而散文家的身份基本上是从大陆来台的外省籍作家,主要归类在所谓的第一代、第二代作家中,而余光中、张晓风等第三代散文家虽然已经在台湾文坛上成名,但是在此阶段主要是第一代和第二代作家占据台湾文坛,而第三代散文家到 70 年代之后才完全进入鼎盛时期。

从五六十年代台湾散文的艺术成就来说,不论是在内容主题上,还是在语言形式结构、行文逻辑的创新开拓上,该阶段的散文均成为很好的开端,为台湾当代散文在七八十年代和 90 年代之后至今的蓬勃发展,奠定了坚实的基础。

①　洪子诚:《中国当代文学史》(修订版),北京大学出版社 1999 年版,第 138 页。

第二章 台湾五六十年代怀乡散文概况

　　五六十年代的台湾散文从内容和风格来看，通常被分为两大类，"一类是着眼政治教化和宣传效应，其中有一部分是军中作家所写，这类散文就是所谓'战斗散文'，代表作家有刘心皇①、凤兮②、徐钟佩③、冯牧民、何凡、叶苹等。这类散文直裸，力图保持和官方口径一致，宣传反共复国"。不过随着历史的发展，其中所包含的太过强烈的政治意识形态，以及粗糙、模式化的艺术表达方式逐渐成为这类散文的致命伤，它们随着社会语境的变迁而烟消云散，失去存在的文学价值。除此以外还有另一类散文，内容主题是"怀念故乡，抒写家庭儿女情感"，这类怀念祖国大陆的怀乡散文无疑是数量最多，并且艺术质量也最高的一类散文作品。其特点是"无论是日据时期延续下来的台湾本土作家，还是从大陆流亡到台湾的作家，都沾染不同程度的'孤儿意识'和'孤独意识'，他们以'流浪者'自居，在内心深层意识中时时想'回家'，怀乡成了他们的精神病。但倾诉到散文中，又尽量避免和时事政治相牵达，抚今忆昔，感慨

---

① 刘心皇（1915—　），字龙图，号觉堂，笔名有梦白、明园等。河南叶县人。先后创办《艺秋》月刊、《中原文艺》、《新诗世界》、《劲风》月刊等文学杂志。并出版长篇小说《砦园里》、散文集《辉河集》。1948年到台湾。作品有小说《兰娜》，散文《春华秋实》，诗集《人间集》，传记《徐志摩与陆小曼》、《郁达夫与王映霞》，杂文集《人间随笔》，论著《现代中国文学史话》、《二十世纪的中国散文》等，计三十多种。
② 凤兮（1919—1988），原名冯放民，笔名石渊、冯荒民、凡禽，江西九江人。1949年到台后，曾主编《青年》、《学识》半月刊、《民间知识》、《幼狮文艺》、《创作》、《作品》、《中华文艺复兴月刊》等刊物，作品包括散文、小说等，《干杯》为唯一小说集。
③ 徐钟佩（1917—　）女，散文家，江苏常熟人。1948年去台湾，有小说集《余音》等。

丛生,时时发出直性情的叹息"①,五六十年代常被提到的怀乡散文的代表作家有张秀亚、钟梅音、林海音、艾雯、宣建人、梁容若、王鼎钧、尹雪曼、王文漪、琦君和余光中等。

需要指出的是,余光中的散文创作贯穿 60 至 80 年代,有的研究者把他归类到七八十年代的散文家中加以探讨,这种归类自有其学理的依据。但是考虑到余光中的散文集,包括《左手的缪斯》(1963)、《掌上雨》(1964)、《逍遥游》(1965)、《望乡的牧神》(1968)和最具有"余光中特色"——语言汪洋恣肆、感情充沛和诗情画意——的单篇散文作品,如《逍遥游》、《咦呵西部》、《登楼赋》、《地图》、《南太基》、《望乡的牧神》等等,均是创作于 60 年代,而且被当做散文改革宣言的《剪掉散文的辫子》一文写于 1963 年,他在该文中提出的"现代散文"必备的三大要素,分别为弹性、密度和质料,亦成为作者散文创作的指导思想。从这个角度来说,虽然余光中在 70 年代之后又陆续出版了散文集《焚鹤人》(1972)、《听听那冷雨》(1974)、《青青边愁》(1977)、《记忆像铁轨一样长》(1987)、《凭一张地图》(1988)、《隔水呼渡》(1990)和《日不落家》(1998),但是其艺术风格却是在 60 年代形成并成熟的,因此笔者把余光中归入五六十年代散文家行列加以探讨。

从台湾散文史的发展、流变来看,描写乡愁和家国之思念内容的散文作品从 50 年代肇始,贯穿 60、70 和 80 年代,共计 40 余年,始终占据散文创作的主流。按照写作时间、写作者及内容主题和艺术风格的不同,五六十年代的乡愁散文可看做是第一阶段的怀乡散文,以示与七八十年代的第二阶段的怀乡散文相区别。具体来说,五六十年代写祖国大陆乡愁的怀乡散文具有以下几个特点:

从散文家的身世经历来说,除了林海音,其他散文家均在大陆生活过,是从大陆来台的"外省人"。不过林海音②虽是台湾省人,但是五岁之后就跟随父辈去北平生活了二十几年,在北平度过难忘的童年、少年、青年阶段,并工作和结婚生子,北京是她魂牵梦萦的"第二故乡",生活背景和经历与其他"外省

---

① 范培松:《中国散文史》(下),江苏教育出版社 2008 年版,第 640—641 页。

② 林海音(1918—2001),原名林含英,生于日本大阪,原籍台湾苗栗县头份镇。父母曾在日本经商,出生后不久回到台湾,但旋即又举家迁往北平居住,1948 年赴台居住。以小说《城南旧事》(1960)闻名,曾被改编成电影。著有散文集《窗》(与何凡合作)、《两地》、《做客美国》、《芸窗夜读》、《剪影话文坛》、《一家之主》、《家住书坊边》,散文小说合集《冬青树》;短篇小说集《烛心》、《婚姻的故事》、《城南旧事》、《绿藻与咸蛋》;长篇小说《春风》、《晓云》、《孟珠的旅程》等。

人"散文家并无不同,对大陆的思乡之情和乡愁回忆亦相似。正如林海音的亲戚张光正在其散文集《两地》的"序言"中所指出的:"从她十八岁到现在,整整过去半个世纪。彼此的外貌自然都有很大变化。但令人惊奇的是,她对几十年前北京的景物还记得那么清楚,像文章里提到的西单拐角那间和兰号食品店、绒线胡同里的瑞玉兴百货铺、安儿胡同口上的烤肉宛饭馆,以至丹凤牌的红头火柴、郎家园的枣子……这些逝去年代的景物早已被我淡忘了,而她却没有,我想这必是那些眷恋的往事反复在她心又闪现的原故。"①

从内容主题来说,第一阶段的怀乡散文虽然在内容主题上具有共同点,即都围绕对大陆故土风物人情的回忆来抒情或是叙事,不过散文家们为了避免走向雷同化、模式化的弊病,在散文创作实践中又追求内容的"同中有异":从不同视角对该主题加以具体化或是延展、拓宽、深化,因而或是直接书写祖国大陆乡愁和故土之恋,或是把抽象的怀乡之情与具体可感的家乡亲人之间的亲情、友情、爱情联系起来,或是在作者对大陆度过的美好青少年时代和人生阅历的回忆中融合进乡愁因素,或是在勾勒大陆亲人音容相貌中凸显对祖国大陆的怀念,或是在书写家庭日常生活琐事中追溯大陆故土之根,或是把一个家庭在大陆生活阶段和迁到台湾后的生活加以对比,在怀旧中表现出怀乡之情,等等。这些多种多样的写作方式,使怀乡散文作品的主题内涵与艺术视野变得非常广阔、丰厚。这遂造成了散文家们各有千秋的写作风格,均带有个人特色,成为台湾当代散文史上无可替代的"这一个"。具体来说,琦君②怀乡散

---

① 林海音:《两地》,北京出版社 1988 年版,第 3 页。
② 琦君(1917—2006),原名潘希真,1949 年赴台湾。代表作品有散文集、小说集及儿童文学作品 30 余种。散文集有《溪边琐语》(1963)、《琦君小品》(1966)、《红纱灯》(1969)、《烟愁》(1969)、《三更有梦书当枕》(1975)、《桂花雨》(1976)、《细雨灯花落》(1977)、《读书与生活》(1978)、《千里怀人月在峰》(1978)、《与我同车》(1979)、《留予他年说梦痕》(1980)、《母心似天空》(1981)、《灯景旧情怀》(1983)、《水是故乡甜》(1984)、《此处有仙桃》(1985)、《玻璃笔》(1986)、《琦君读书》(1987)、《我爱动物》(1988)、《青灯有味似儿时》(1988)、《泪珠与珍珠》(1989)、《母心·佛心》(1990)、《一袭青衫万缕情》(1991)、《妈妈银行》(1992)、《万水千山师友情》(1995)、《母亲的书》(1996)、《永是有情人》(1998)、《春酒》(2008);小说有《菁姐》(1954)、《百合羹》(1958)、《缮校室八小时》(1958)、《七月的哀伤》(1971)、《钱塘江畔》(1980)、《橘子红了》(1991);其他作品有《琴心》(1953)、《琦君自选集》(1975)、《文与情》(1990)、《琦君散文选》(2000)、《母亲的金手表》(2001)、《梦中的饼干屋》(2002)、《卖牛记》(1966)、《老鞋匠和狗》(1969)、《琦君说童年》(1981)、《琦君寄小读者》(1985)、《鞋子告状》(2004);学术专著有《词人之舟》(1981)等。

文的特点在于把乡愁化在童年生活的回忆中。有的评论家还指出,她以真善美的视角写童年故家,在她笔下,童年不是一般意义上人类个体生存史上的童蒙期,而是"蓦然回首,不复存在的心灵伊甸园",她是把对儿童圣洁心灵的描述、对童年的回忆当成是涤滤心灵的一次巡礼。在琦君的心目中,童心和童年即是审美的人间教堂。她已将童年演化和提升为一种鉴别真善美和假丑恶的价值尺度了①。而林海音怀乡散文的"优势在于生活气息的浓郁和风格的亲切自然",而"散文是最自然的文体,它与作者的生活贴得最近,抒写作者的性灵最为直接,可以说生活和性灵的最'原生态',理所当然是在散文中"②。与林海音五六十年代怀乡散文中的直抒胸臆相比,张秀亚在五六十年代怀乡散文中的怀乡情愫,则是把通过自我心灵过滤过的大陆生活回忆,用清丽典雅的语言和词句婉转、间接地表达出来。换言之,她很少直接悲叹离开大陆故土的乡愁,而是常常用带有个人细腻情思的笔触来写大陆故土风物,以及大陆青少年时期的生活,包括求学阶段的各种经历。钟梅因③对大陆故土的回忆则穿插在对在台期间日常生活琐事的描述和易逝人生年华的慨叹中,她的《四十岁》是其代表。艾雯五六十年代的怀乡散文比较特别,"大陆故乡"常常作为一个背景出现,作者的着重点在于当下的台湾生活。而张晓风写于五六十年代的怀乡散文则以《愁乡石》为代表,她对大陆故土的怀念并不是通过具体的大陆故土风物和自己的大陆经历表达出来,而是通过对当下台湾风物的描写而回忆起昔日的大陆故土,来直接抒发怀乡之情;余光中该阶段的怀乡散文最擅长用中国古典诗词中的"怀乡"之意象和意境,来营造自己对大陆故土的深深思恋。在余光中的笔下,大陆故土已经成为一种"图腾",无论作者身在台湾省还是美国,祖国大陆均是永远无法割断血缘关系和亲情的"母亲"。

但是毋庸讳言,从艺术特点来看,这些怀乡散文在艺术手法上却不约而同地体现出一个共同特点:散文的诗歌化风格,这亦是台湾五六十年代怀乡散文的主要特色,也是对中国当代散文艺术的一个贡献。不过每个散文家的散文

---

① 伊始主编:《琦君散文》,浙江文艺出版社 1994 年版,第 3—4 页。
② 卞新国、徐光萍:《林海音散文述评》,《镇江师专学报》1997 年第 1 期。
③ 钟梅音(1922—1984),笔名音、爱珈、绿诗。福建上杭人。1946 年到台湾。著有散文集《我只追求一个圆》、《冷泉心影》、《春天是你们的》、《风楼随笔》、《这就是春天》、《旅人的故事》、《母亲的怀念》、《海滨随笔》、《十月小阳春》、《到巴黎去》、《梦与希望》、《塞上行》、《小楼听雨集》,小说《迟开的茉莉花》等多种。

诗歌化之特点,又各有其特点。张秀亚的怀乡散文语言华丽优美,却又纤浓得体,颇得晚唐五代诗词之神韵,她除了在怀乡散文中经常直接引用和化用古典诗词语言和意境,还通过五四以来的现代诗歌作品和诗化散文而间接接上了中国古典文学和古典诗词的血脉,其散文语句也常常带有诗歌化倾向。艾雯的散文虽然是洗练的白话文,但是也追求情与景、意与象的艺术融合与统一,在《渔港书简》、《昙花开放的晚上》等篇什中,亦直接引用和化用古典诗词与现代诗的语言,并且化用诗词节奏和其中的意境带入散文中。琦君以母亲为主要人物的叙事性的怀乡散文作品,以及林海音的怀乡散文,经常通过一些事件和情境来构成意象,其凸显的不仅是富有中国古典文学特色的意境美,同时也强调独具特色的古典中国之文化传统、生活于这个传统之下的人物,以及他们的"中国式"生活方式。余光中自称是"左手写散文,右手写诗歌"的散文家,他在此阶段的怀乡散文是"以诗为文",把意象、意境、节奏、韵律和神韵等中国古典诗歌的艺术因素均"化"入怀乡散文中,堪称最能够体现出该阶段怀乡散文作品的诗歌化特点之典型。

造成这种诗歌化的原因,除了散文自身最易于向诗歌艺术汲取营养和渗透之外,还有更深层的社会文化原因,如建构"真实的中国历史"之文化和政治意图等。本书将在下面章节中详细探讨该问题。

需要注意的是,此阶段的乡愁散文还有一个很有趣的现象,那就是此阶段写乡愁的散文家以女性居多且表现最为突出。因此,此阶段书写乡愁的怀乡散文,常被看做是台湾女性散文创作的起点[①]。其实不止怀乡散文领域,在整个台湾散文领域,大半壁江山均被女性占据,尤其是在 50 年代:"首先值得注意的为女作家群,其人数最多,可列出一排名单来:徐钟佩、艾雯、张秀亚、潘琦君、钟梅因、王文漪、张漱菡、刘枋、王琰如、林海音、张雪茵、郭晋秀、罗兰、叶蝉贞、邱七七、叶苹、新蕊及陈香梅、侯榕生等,均有文集行世,获致好评。这些极有表现的女作家中,曾被列入十大散文家的有张秀亚、徐钟佩及琦君。"[②]60年代的情况则有所改观,很多男性散文家出现并逐渐成名,与女散文家们平分秋色。女散文家们的怀乡散文普遍拥有细腻委婉的抒情风格,也常被称做是

---

① 程国君:《论台湾女性散文的诗学建构》,《文学评论》2007 年第 4 期。

② 余光中主编:《中华现代文学大系·台湾 1970—1989》评论卷二,台湾九歌出版社 1989 年版,第 779—780 页。

"闺秀文学"的一个分支。正是因为有女散文家们支撑起第一阶段怀乡散文的"大半边天",才有了怀乡散文行文风格上的丰富多彩。她们的怀乡散文不仅有家国之思,还常常包含着更多层次的思想内涵。有些评论家指出,在苏雪林、琦君、林海音、张秀亚等第一代台湾女性作家的散文里,因为独特的历史变迁和漂泊境遇,家国与乡土情怀交相渗透,乡愁书写多了份民族的忧患意识;由于女性生活的历史经验和女性的立场,这种乡愁书写中又多了份性别省思的内涵;还更多地包含了对于农业文明的传统价值观念的沦丧的深深叹息①。也正是这种丰富多元的内容主题,构成了这些女散文家怀乡作品的丰厚和丰美特色。

从散文艺术成就来说,这些远离祖国大陆的散文家们所写大陆故乡的风物人情均带有个人回忆的烙印,笔锋常带感情,因此作品常常充满浓郁的感情色彩,具有较高的艺术审美价值。当时带有强烈政治色彩和宣传意味的"战斗散文"普遍被看做是怀乡散文的反例,也就是说,五六十年代的怀乡散文通常被认为是远离政治意识形态的抒情美文,使文学回归到自身,这亦使散文成为一种审美的艺术。其中较具有代表性的一种观点是:尽管这一时期乡愁散文集中出现,在题材内容上显得较为单一,但还是有积极意义的。因为这一时期正是国民党当局推行的"反共文学"甚嚣尘上的阶段,诗歌和小说扮演着排头兵的角色。散文创作虽然在当时也出现了部分配合反共政治宣传的作品,但总体上它沉浸于怀乡的忧思,距离强烈的政治宣传要求较远。散文家们躲避在心灵的一隅,哪怕悲悲切切,也总算保住了文学的品格②。

但是,如果从当时台湾社会文化背景和审美的意识形态角度来深入考察的话,这一常见的结论,尤其是台湾五六十年代怀乡散文"远离政治意识形态"的结论却值得商榷。因为怀乡散文并非是脱离当时台湾社会政治思想而追求为艺术而艺术的文学观的高蹈派,实际上它具有强烈的社会时代意义。一些评论家已经指出:"刘心皇认为非战斗性的软性文学,50年代初期即已渐渐出现,包括一些风花雪月、身边琐事、个人趣味等,并警告'如果这种情形,继续发展下去,将来会形成战斗文艺的低潮'。其实,在战斗性要求之外,出现向往自由创作的艺术倾向,也可视为紧张时局下的松弛,尤其1956年以后

---

① 程国君:《论台湾女性散文的诗学建构》,《文学评论》2007年第4期。
② 孙宜君、毛宗刚:《台湾当代散文鸟瞰》,《文艺理论与批评》1992年第2期。

美式的意识形态之出现,实与美援的进入,美国经济的移入有关,在早期的文学刊物上开始有随笔文字刊登,以较为艺术的手法处理人生的各种经验,多能扩大较为一致性的战斗文艺的单一格局,仍有其正面的意义。"①具体来说,台湾五六十年代怀乡散文拥有的艺术审美魅力以及所表达的思念祖国大陆故乡的思想内容,契合了从大陆迁移到台湾居住的广大民众的审美口味和心理情绪,因此拥有广泛的读者基础。但是更需要注意的是,这些散文以现代散文的"真实观"特点为基础,利用包括"诗歌化"在内的各种艺术手法巧妙地混淆、泯灭"艺术真实"和"现实真实"之间的界限,从而置换、改变"现实真实性"和"历史真实性"的内涵,在文本中建构出"真实的中国历史",用艺术审美的方式来表现、迎合当时台湾国民党当局倡导的"反攻大陆"、"反共复国"等政治意识形态思想。进而言之,台湾怀乡散文在 50 年代后期到 60 年代在台湾文坛能够逐渐代替艺术性粗糙的"反共散文"而成为主流散文,其中最重要的一个原因即在于此。

当然还要看到,随着社会时代的变迁,五六十年代怀乡散文在文学艺术层面的成就越来越受到学术界,尤其是 80 年代以来大陆学术界学者的关注、认可和强调,而它在文本中通过建构"真实的中国历史"来迎合当时政治意识形态的特点,却被有意无意地遮蔽、掩盖和遗忘。以艺术审美的角度切入台湾五六十年代的怀乡散文,详细分析和评价怀乡散文在台湾文学史,甚至是整个华人文学史中的重要文学价值,自有其严谨的学理依据。但是,不能因为怀乡散文具有很高的文学艺术成就,而仅强调该特点却隐藏或是忽视它拥有的政治意识形态色彩。反之亦然,虽然怀乡散文迎合了当时台湾国民党当局的政治意识形态,却不能以此来抹杀或是降低它的艺术成就。只有把台湾五六十年代怀乡散文的这两个特点均清楚呈现出来,并加以学术剖析,才能够全面、准确地评价它的价值。

---

① 余光中主编:《中华现代文学大系·台湾 1970—1989》评论卷二,台湾九歌出版社 1989 年版,第 779 页。

第三章　在怀乡中诗意建构"真实的中国历史"：现代散文的"真实观"

　　上文已经指出,五六十年代写作怀乡散文的作家都在中国大陆生活过,并且均把大陆当做是自己的故土,不断思之、念之、想之、忆之,"孤悬海外的抑郁心境与刻骨铭心的思乡情怀,无可奈何的失落感,是台湾'乡愁'散文创作最强有力的催化剂和源泉"①,造就了第一阶段怀乡散文或曰乡愁散文的兴盛。当时乡愁主题笼罩着整个台湾文坛,除了散文体裁外,还出现了艺术水平很高的乡愁诗歌和乡愁小说。但是,怀乡散文的艺术成就,并不能够掩盖它通过建构"中国历史的真实性"来迎合当时政治意识形态的特点,正如上文已经指出的那样。那么,"中国历史的真实性"是如何建构起来的? 这种建构又是怎样被散文作品的艺术性所容纳和呈现的? 下面将从多个角度和层面对此进行详细剖析,并涉及现实真实和艺术真实的关系、文学虚构和历史真实的关系,以及作品艺术审美和思想倾向之间的关系等等文艺理论问题的探讨。这亦是台湾五六十年代的怀乡散文在文学层面和学术层面提供给今人的启示。

　　正如上面章节已经讨论过的,五六十年代台湾怀乡散文家们均在大陆长时间生活过,或是从大陆来台定居人员,同时怀乡散文的内容均围绕对大陆风物人情的回忆进行回忆,即散文家们在台湾的土地上以背井离乡者的身份书写回忆大陆生活的自传式的散文。不仅他们的背景和人生经历相同或相似,而且这种背景和经历赋予他们更特殊的身份:他们都是散文文本中所写的大陆生活的"亲历者",因而散文作品就是大陆历史和大陆经验的一种真实记录。这一方面可增加散文"真实性"的艺术效果,使读者相信作品中的事件和人物都真实存在过,由此产生亲历其境的阅读感受,另一方面这种"亲历者"

---

① 孙宜君、毛宗刚:《台湾当代散文鸟瞰》,《文艺理论与批评》1992 年版。

身份也有意无意地为当时的台湾怀乡散文立法——只有从大陆去台湾的作家,只有拥有大陆生活经验的作家,并且经历了离乡背井、漂泊离散和思乡精神痛苦的作家,才有资格写作怀乡散文。从这个角度来说,写作怀乡散文也就变成了一批拥有共同大陆背景经历的作家的特权,均经过了当时社会文化的精心选择,并非是随意和偶然的,而没有该生活背景的台湾"本省人"散文家就被剥夺了这种文学创作权力。但是,后者被"剥夺写作怀乡散文的权力"之境况却比较具有隐蔽性,不容易被察觉。从表面看来,这只是台湾五六十年代怀乡散文自觉的艺术选择,因为如果从现代散文在创作实践中追求"真实"的艺术特点和阅读效果的"真实性"角度来看,这样的格局符合现代散文的某些创作规律。不过事实上却并非如此,原因比较复杂,并且还牵涉到现代散文的"真实观",以及现实真实和文学"真实"在理论上和写作实践中的复杂关系。

与小说、诗歌和戏剧等文学类型强调艺术"虚构性"的特点不同,现代散文拥有特殊的"真实观"。童庆炳[1]的观点较能代表当下学者对现代散文"真实观"的理解。作为《文学理论教程》的主编,他把"真实"看做是现代散文艺术的核心因素:"真实的境遇与真实的感受,是散文艺术表现的核心",虽然"散文的写实并非对生活的机械摹写,它也要运用剪裁、取舍、提炼和比喻、拟人、象征等方法,但这都要建立在描写真情实感基础上"[2]。也就是说,现代散文的"真实"观包括两个层面的"真实",除了包括作者在作品中流露出的真情实感的"真实"外,还要求文本中所写的事件和境遇都是作者自身的经历,这样文本中流露出的感情才不会被认为是虚假乱造和为情造文,达到艺术效果上的"真实"。这也成为评价现代散文艺术性高低的一个重要尺度和标准。如果从五四以来的现代散文发展史的角度来考察,诸多作家的确在探讨现代散文艺术特点时均强调和探讨过其"真实"的特点。周作人在《美文》中把"真

---

[1]　童庆炳(1936—　),主编和参加编撰的著作有《文化生活手册》(1987)、《文学理论基础读本》(与梁仲华合著,1988)、《文艺美学辞典》(1987)、《文学理论导引》(1988)、《文学活动的美学阐释》(1989)、《中国老年实用大全》(1989)、《新知识手册》(1986)、《文学概论》(1989年第一版;1990年第二版)、《文学概论》(上、下册,与钟子翱、梁仲华合著,1985)、《文学概论自学考试指导书》(1990)、《文学概论》(上、下册,1984)、《艺术与人类心理》(1991)、《文学理论学习参考资料》(上、下册,1983)、《高等师范院校文学概论教学大纲》(与梁仲华合写,1982)、《中国古代心理诗学与美学》(1992)、《文学理论教程》(1992)、《现代文学体裁知识》(1980)、《现代心理美学》(1993)等。

[2]　童庆炳:《文学理论教程》,高等教育出版社1992年版,第252页。

实"和"简明"看做是抒情美文（也就是现代散文）的两个必备艺术特点："我以为文章的外形与内容，的确有点关系，有许多思想，既不能作为小说，又不适于做诗（此只就体裁上说，若论性质则美文也是小说，小说也就是诗，《新青年》上库普林作的《晚间的来客》，可为一例），便可以用论文式去表它。它的条件，同一切文学作品一样，只是真实简明便好。"葛琴①的《略谈散文——散文选序》一文写于 1942 年，作者认为现代散文的"真实"特点首先是指内容题材具有现实的真实性："它不同于诗或散文诗的地方，不仅是形式上较为自由广泛，而在内容上，它不采用虚构的题材。散文往往是作者对于实际生活中间所接触的真实事物、事件、人物以及对四周的环境或自然景色所抒发的感情和思想的记录。"②李广田在 1944 年所写的《论身边琐事与血雨腥风》一文中，则把"立诚"和"真"放在一起来探讨现代散文的特点："'立诚'是创作的根本态度，所谓'要写你所深知的'，也就是立诚。自己不熟悉，不深切知道的，要想写得'像'，写得真切尚不可能，当然也就写不'好'。要写好，第一须先得真。"③

　　正是为了契合现代散文的这种"真实观"原则，散文家们在怀乡散文作品的创作实践中有意无意地来体现、加深这种真实性效果，甚至在某种程度上不惜损害作品本身的艺术风格。举例来说，郑明娳在《琦君论》一文中对琦君的很多散文的结尾不甚满意："有许多抚今追昔的文章，在她历历叙写往事时，那层深深的感慨，已款款地打动了读者，所以作者本身似乎不必再加以诠释了。"但是，有的作品的结尾却如画蛇添足，如《杨梅》、《晒晒暖》、《三划阿王》等文："若此之类，作者似乎习惯在文尾述说感情，其实有许多感情是寄托在叙事中，作者不必再跳出来补充说明，反造成画蛇添足的结果。这个小毛病，甚至在最精彩的《髻》文中也不免，例如：

　　'人世间，什么是爱，什么是恨呢？'

　　又结尾可以割爱：

---

① 葛琴（1907—1995），江苏宜兴人。1932 年起开始从事文学创作，并发表了第一篇小说《总退却》，之后又创作并出版了《罗警长》、《一天》、《犯》、《枇杷》、《路》、《结亲》、《栏牛》、《窑场》、《生命》、《一个被迫害的女人》等中短篇小说或小说集。担任过报刊《大家看》、《大刚报》主编和副主编。1948 年将自己创作的同名小说《结亲》改为电影剧本（南洋影业公司摄制），之后又创作了《女司机》（上影拍摄）、《三年》（上影拍摄）等。还曾创作过电影剧本《海燕》等。

② 俞元桂主编：《中国现代散文理论》，广西人民出版社 1983 年版，第 138 页。

③ 俞元桂主编：《中国现代散文理论》，广西人民出版社 1983 年版，第 145 页。

'这个世界,究竟有什么是永久的,又有什么是值得认真的呢?'"①

其实这种有些画蛇添足意味的结尾,从艺术性上来说是散文作品的一个缺陷,但是从阅读效果的真实性角度来说,则是必须和必要的。琦君散文中的抒情主人公"我"叙写大陆故乡亲人的事迹和故事,虽然已经能够激起读者的"似真"感受,但是为了进一步强化这种阅读效果,其结尾的议论抒情部分则不可省略,因为这也是体现作者"真情实感"的一种艺术手段,同样属于现代散文"真实观"的范畴。也就是说,作者在散文结尾部分多增添一些自我感慨和议论,读者相应就会减少对作者回忆中所掺杂的虚构、联想成分的质疑。

但是怀乡散文如此严格地遵守和实践现代散文的"真实观",目的并不仅仅是为了遵守现代散文的艺术规律,使作品达到"真实"的艺术效果和引起读者的情感共鸣。实际上"真实"只是它表面上故意要取得的艺术效果,最重要的目的则是为了在文本中建构起"真实的中国历史",迎合当时台湾国民党当局宣传的"反共复国"、"反攻大陆"的政治意识形态思想并为之服务。也就是说,怀乡散文不仅仅是一种表达个人体验的文学样式,还是土生土长的台湾本省人无法问津的一种社会特权,更变成了呈现所谓"真实的中国历史"之重要手段。换言之,怀乡散文强调作家们大陆背景经历的"真实性"、文本中所写大陆风土人情的"真实",以及作者所表达的真情实感的"真实",一方面契合和强调了现代散文作品具有的"现实生活的真实反映"之特点,另一方面则有意用这种"真实观"掩盖、混淆了现代散文的"现实真实"特点和其作为文学艺术所具有的"艺术真实"特点之界限,是建构"真实的中国历史"的艺术策略之一。所谓"艺术真实",就是"既不同于生活真实又有别于科学真实,这是一种特殊的审美化的真实",与"生活真实"相比较而言,"艺术真实不是对生活真实的自然主义摹本,而是对它的反映。反映具有主观能动性,也就是说,艺术真实是作家对社会生活的认识和感悟的产物……如果说表现社会生活中某些本质性的东西,是艺术真实的内在的特征,那么艺术情境的假定性,则是艺术真实的外在的特征……以假定性的艺术情境反映和表现社会生活,是一切艺术、包括文学生产的共同规律。文学既然不是对生活真实的照抄照搬,作家就必然要根据自己的认识和感悟,对生活真实进行选择、提炼、发掘、补充、集中、概括,通过想象与虚构予以重视、变形和再造";与"科学真实"相比较,"艺术

---

① 郑明娳:《现代散文纵横论》,台湾大安出版社 2001 年版,第 78—80 页。

真实对客体的反映具有主观性与诗艺性……文学是站在人的生命活动与审美感受以及对社会人生关注的立场上看待客体世界的，因而其对客体世界的认识、感悟与表现带有浓厚的主观性……由于文学是按照审美的方式把握客体世界并以激发人们的情感为目的，因此它必然讲究技巧和'诗艺'，正如席勒所说：'它有权利，甚至于可以说它有责任使历史的真实性屈从于诗艺的规则，按照自己的需要，加工得到的素材。'这就使艺术真实成为艺术技巧创造的真实，即诗艺的真实"①。简而言之，"艺术真实"是主观的真实，也就是一种建立在"现实真实"基础上的艺术虚构。

虽然文学中的"艺术真实"是一种虚构，并不是对现实真实生活完全、彻底的真正反映，但是它通过"艺术情境"的形式来反映客观现实真实，由于"首先，艺术情境自身要具有完整性、统一性和内部演讲的必然性，用亚里斯多德的话说，叫做'把谎话说得圆'。其次，这个'谎话'应该或者符合客观的事理逻辑，或者符合主观的情感逻辑。符合事理逻辑的艺术情境，即或其时空、环境及人物关系的设定荒诞不经，也会在读者的心里唤起真实的幻觉"②。也就是说，只要"艺术情境"符合事理逻辑或情感逻辑，用"艺术真实"手法写出的文学作品同样会在读者心中产生"真实"的阅读感受，某种程度上与"现实真实"产生的效果相似或是相同。虽然现代散文被看做是一种真实的、无虚构的文学形式，但是在创作实践中却无法脱离"现实真实"和"艺术真实"相统一的文学生产原则。实际上现代散文的"真实观"原则中同样隐含着"艺术真实"，即文学虚构的因素。而"作者的真情实感"中所指的"真实"，其实是经过了作者主观筛选、过滤过的"真实"感受，是一种带有虚构性的、主观的，而非客观的"真实"。张秀亚在《我的写作经验》一文中讨论自己的散文创作实践的感受可为例证："一种近乎神秘的，无可抗拒的力量在催逼着我，来自我心上的字句，像是檐上的残滴，不得不滴落，又像是一座火山，到时候，它的熔岩要迸发一阵，也许，我另有一种不分明的意识——要表现自己的感受……一日日的写着，一日日的读着，我更深感于文学与'生活'二者是不可分割的，而这'生活'，在文学作品中，指的是经过作者情感、心灵所滤过、透过、融汇过的生

---

① 童庆炳：《文学理论教程》，高等教育出版社 1992 年版，第 193—194 页。
② 童庆炳：《文学理论教程》，高等教育出版社 1992 年版，第 193—194 页。

活。"①只是由于作者的真情实感常常是以真实事件、真实经历、真实人物为基础,而且选择的"艺术情境"又入情入理,所以产生的"真实感"往往遮掩了另一层面的"幻"和"假"的审美效果,但这并不是说后者不存在。

具体到台湾五六十年代的怀乡散文来说,为了尽量减少"艺术真实"带来的主观虚幻和矫情假造效果,其假定的"艺术情境"往往被设置在作品中的抒情主人公"我"身上。怀乡散文作品中的主人公"我"通常有三种情况。一种是指作者本人,是作品中的一个人物,这种情况在怀乡散文中最普遍。林海音的散文集《两地》中对"第二故乡"北京生活的描述,是通过作者"我"——小英子对童年和青少年生活的回忆来完成的。以《苦念北平》一文为例:"不能忘怀的北平!那里我住得太久了,像树生了根一样。童年、少女、而妇人,一生的一半生命都在那里度过。快乐与悲哀,欢笑和哭泣,那个古城曾倾泻我所有的感情,春来秋往,我是如何熟悉那里的季节啊!……最不能忘怀的是'说时迟,那时快'的暴雨;西北的天空忽然乌云密布,一阵骤雨洗净了世间的污浊。有时不到一小时的工夫,太阳又出来了,土的气息被太阳蒸发出来,那种味道至今还感到熟悉和亲切。我喜欢看雨后的红墙和黄绿琉璃瓦,雨后赶到北海划小船最写意。转过了北池子,经过景山前的文津街,是到北海的必经之路。文津街是北平城里我最喜爱的一条路,走过那里,令人顿生怀古幽情。"②还有张秀亚的散文集《湖上》中收录的散文均写了"我"的所思所想,包括"我"对大陆生活的怀念,正如作者在"自序"中所说的:"这集子里有的是缺点,但也许还没有矫饰和矫情处。我牢记莎翁在哈姆雷特中说的一句话:'对你自己忠实!'这句话曾为英国批评家荷伯·瑞拿来引申解释为:'这是文学与生命的基本原则。'"③艾雯④1951 年出版的散文集《青春篇》中的篇什也多用第一

---

① 张秀亚:《湖上》,台湾光启出版社 1960 年版,第 132—137 页。

② 林海音:《林海音文集·英子的相恋》,浙江文艺出版社 1997 年版,第 37—38 页。

③ 张秀亚:《湖上》,台湾光启出版社 1960 年版,第 2 页。

④ 艾雯(1923—2009),生于江苏苏州,本名熊昆珍。1949 年赴台,1951 年出版了第一本散文集《青春篇》。小说集主要有《生死盟》(1953)、《小楼春迟》(1954)、《魔鬼的契约》(1955)、《夫妇们》(1957)、《雾之谷》(1958)、《一家春》(1959)、《与君同在》(1962)、《池莲》(1966)、《弟弟的婚礼》(1958)、《森林里的秘密》(1962)等。出版的散文集有《青春篇》(1951)、《渔港书简》(1955)、《生活小品》(1955)、《艾雯散文》(1956)、《昙花开的晚上》(1962)、《浮生散记》(1975)、《不沉的小舟》(1975)、《艾雯自选集》(1980)、《倚风楼书简》(1983)、《缀网集》(1986)、《明天,去迎接阳光》(1990)、《花韵》(2003)以及《童年在苏州》、《古吴轩与谁同坐》、《孤独凌驾于一切》和以"怀乡草"为名的十几本散文集。

人称"我"。在这种情况下,由于抒情主人公"我"就是作者的化身,而其客观生活的事理逻辑,即"我"的所见所思所想尽量贴近社会现实生活,构成了文本中"艺术情境"的统一和完整,所以最容易激发起读者的共鸣,往往使他们忽略了"艺术情境"的虚构性,而把散文看成是作者在大陆生活经历的自传,从而产生"真实"的阅读感受。

第二种情况的"我"主要出现在讲述人物事迹的叙事性的怀乡散文中。抒情主人公"我"虽然也是怀乡散文作品中的一个人物,但是常常只是一种陪衬,而主要人物却另有其人,不过后者一定是"我"在大陆故乡生活期间的亲人或是该阶段认识的一些人物。琦君回忆自己母亲在大陆生活的那些怀乡散文,包括70年代所写的一些散文最有代表性:"《毛衣》是纪念母亲的节俭,《母亲新婚时》是写母亲的爱情;《母亲那个时代》是写母亲的勤劳;《母亲的偏方》写母亲的干练;《一朵小梅花》、《髻》写母亲的幽怨。除了这些专文外,在其他主题的散文中,也给母亲来一些侧写,像《阿荣伯伯》写母亲之善待长工;《三划阿王》写母亲的慈悲为怀;《母亲母亲》写母亲温而厉的教育方法等等,不胜枚举。读者可以配合许多片段,塑造出一个具备三从四德的旧式妇女。也可以从任何角度去肯定她许多勤劳、节俭、容忍、慈悲、宽怀的美德。"①抒情主人公"我"的作用在于,不但通过"我"的视角串联起大陆故乡的风土人情,而且从"我"的角度来或隐或显地评价和凸显人物某一方面的性格。以上所举的琦君以母亲为内容主题的那些叙事散文,就是通过作为女儿的"我"的眼光来凸显母亲的性格和诸多美德。这种情况下的"我"的作用与第一种情况中"我"所起的作用有些相似,作者自叙传的因素较多,经过"我"的视角所描述的他人事迹和故事同样符合客观生活的事理逻辑,因而读者产生的"真实"阅读效果得到强调,自然就掩盖了作者主观筛选过的"艺术情境"在文本中所造成的虚构性和假定性。

第三种情况的"我"则带有某种虚构性,与其说是作者自己的真实写照,不如说是作者在作品中有意设置的理想化人物,带有想象和联想成分,目的是为了作者便于借"我"之口抒发汪洋恣肆的感情。从这个角度来说,抒情主人公"我"只是承载作者情感的一个载体,因而无论是用第一人称"我"、"我们",还是第二人称"你"或是第三人称"他"或"她",其功能均相同,并无实质

① 郑明娳:《现代散文纵横论》,台湾大安出版社2001年版,第72页。

差别。这种情况常出现在抒情意味极其浓厚的怀乡散文作品中。在《论朱自清的散文》一文中,作者余光中从散文创作实践的角度入手,把这种情况下的抒情主人公"我"看做是作者的"艺术人格":"每一位作家在自己的作品里都扮演一个角色,或演志士,或演浪子,或演隐者,或演情人,所谓风格,其实也就是'艺术人格',而艺术人格愈饱满,对读者的吸引力也愈大。一般认为风格即人格,我不禁信此说。我认为作家在作品中表现的风格(亦即我所谓的'艺术人格'),往往是他真正人格的夸大,修饰,升华,甚至是补偿。无论如何,'艺术人格'应是实际人格的理想化:琐碎的变成完整,不足的变成充分,隐晦的变成鲜明。读者最向往的'艺术人格',应是饱满而充足的。"①张晓风的散文《愁乡石》中的"我"实际上是为了抒情需要而设置的,所以在文本中经常和第一人称复数"我们"交替使用,也无损于作者的乡愁情感之抒发:"我不知道四百五十海里有多远,也许比银河还要迢遥吧?每次想到上海、总觉得像历史上的镐京或是洛邑那么幽渺,那样让人牵起一种又凄凉又悲怆的心境。我们面海而立,在浪花与浪花之间追想多柳的长安与多荷的金陵。我的乡愁遂变得又剧烈又模糊。"②郭风在1968年所写的怀乡散文《蝉声》中的抒情主人公"我们"亦具有相似的功能。

在余光中的散文《四月,在古战场》中,抒情主人公"我"与第三人称"他"交替出现:"我的春天在急湍险滩的嘉陵江上,拉纤的船夫们和春潮争夺寸土,在舵手的鼓声中曼声而唱,插秧的农夫们也在春水田里一呼百应地唱,溜啊溜连溜哟,咿呀呀得喂,海棠花。他霍然记起,菜花黄得晃眼,茶花红得害初恋,营营的蜂吟中,菜花田的浓香薰人欲醉。更美,更美的是江南,江南的春天,江南春。春水碧于天,画船听雨眠。一次在中国诗班上吟到这首词,他的眼泪忍不住滚了出来。他分析给自己听,他的怀乡病中的中国,不在台湾海峡的这边,也不在海峡的那边,而在抗战的歌谣里,在穿草鞋踏过的土地上,在战前朦胧的记忆里,也在古典诗悠扬的韵尾里。"③在《登楼赋》和《地图》等散文中,"我"、"我们"、"你"和"他"均是作者"艺术人格"的外化,也均相互交替出现成为文本的抒情主人公。与单用一个抒情主人公"我"的散文作品相比而

---

① 余光中:《余光中集》第5卷,百花文艺出版社2004年版,第566—567页。

② 张晓风:《晓风经典作品》,当代世界出版社2004年版,第32页。

③ 余光中:《余光中集》第4卷,百花文艺出版社2004年版,第276页。

言，"你"、"我"、"我们"和"他"多种人称混合使用的散文，不但避免了自"我"
单一视角造成的行文风格之单调和单一，而使怀乡散文作品变得生动活泼一
些，而且多种人称在文本中互相呼应答和，一方面是作者"艺术人格"的多层
面多角度的呈现，像《登楼赋》中的"你"侧重的是作者的留学生身份，"因为这
是纽约，陌生的脸孔拼成的最热闹的荒原。行人道上，肩相摩，踵相接，生理的
距离不能再短，心理的距离不能再长。联邦的星条旗在绝壁上丛丛绽开。警
笛的锐啸代替了鸣禽。人潮涨涨落落，在大公司的旋转门口吸进复吐出。保
险掮客。商店的售货员。来自欧洲的外交官。来自印度的代表。然后是银发
的贵妇人戴着斜插羽毛的女帽。然后是雌雄不辨的格林尼治村民和衣着不羁
的学生。卷发厚唇猿视眈眈的黑人。白肤淡发青睐瞭然的北欧后裔。须眉浓
重的是拉丁移民。尽管如此，纽约仍是最冷漠的荒原，梦游于其上的游牧民
族，谁也不认识谁。如果下一秒钟你忽然死去，你以为有一条街会停下来，有
一只眼睛会因此流泪？如果下一秒钟你忽然撞车，除了交通失事的统计表，什
么也不会因此改变"[1]。作者主要借此抒发由异国城市纽约的冷漠无情而产
生的陌生孤单之感。而"我"和"我们"则强调作者作为留学生的"中国人"身
份，以及中国留学生虽然身在冷漠的异国他乡，但是却对中国大陆念兹在兹的
乡愁情绪。虽然中国留学生的"你"可能会因触目所及的异国情调而惶惑和
迷惑，却无法缩短自己心灵上与异国城市的遥远距离；但是作为"中国人"的
"我"，却因为无时无刻不在思念中国大陆而与后者虽有地理上的距离，但是
却没有心理距离，心灵始终如一地与祖国大陆融为一体："风，在日落时从港
外吹来，吹向大陆，吹过最国际最敏感的纽约。将此地的一切吹至世界的每一
个角落。因为这里是现代的尼尼微和庞贝，历史在这座楼上大概还要栖留片
刻。洪的暮色里，纽约的面貌显得更陌生。再也数不清的摩天楼簇簇向远处
伸延，恍惚间，像一列破碎的山系，纷然杂陈着断崖与危石，而我立在最高峰
上，前，无古人，后，无来者，一任苍老的风将我雕塑，一块飞不起的望乡石，石
颜朝西，上面镌刻的，不是拉丁的格言，不是希伯莱的经典，是一种东方的象形
文字，隐隐约约要诉说一些伟大的美的什么，但是底下的八百万人中，没有谁
能够翻译。"[2]另一方面，散文文本中的多种人称明显带有虚构色彩，是作者抒

---

① 余光中：《余光中集》第4卷，百花文艺出版社2004年版，第328页。
② 余光中：《余光中集》第4卷，百花文艺出版社2004年版，第331—332页。

发感情的载体和作者情绪情感的外化,使怀乡散文作品中的抒情主人公由真实的、具体的作者个人之写照,拓展为虚构的、抽象的人称代词。从产生的审美感受来说,作者已经意识到散文作品中混合交替出现的抒情主人公实际上是真实和虚构色彩相掺杂的人物,不过因作者设定的"艺术情境"符合人物主观情感情绪的逻辑,换言之,抒情主人公虽是虚构的,但是这个作者借前者抒发的情感情绪却是真实感人的,即主观情感合情合理并符合人类情感逻辑。所以才会引起读者心灵感性的共鸣,同样符合现代散文"真实观"原则中强调作者的真情实感之条件。

把怀乡散文中的这三种类型的抒情主人公相比较,前两种情况中的抒情主人公是作者自身形象的化身,而经过作者筛选过的背景环境和事件亦是真实存在过和现实发生过的,因而其客观理性层面使读者产生的真实感,超过和遮掩了文本中由作者主观设置的"艺术情境"所产生的虚假效果;第三种情况的抒情主人公是负载了作者情感的虚构色彩之人物,虽然不符合"艺术情境"中的客观事物的事理逻辑,不过却契合作者主观心灵的情感逻辑,这同样会对读者产生似真的艺术效果。当然,后者的效果是引起读者主观感觉上的"似真",相比之下不如前两者艺术效果上的"真实"可信。余光中之所以通过真实和虚构色彩相掺杂的抒情主人公来彰显怀乡散文具有"艺术真实"特点的一面,不可否认在某种程度上是为了提高台湾当代散文的艺术品质,并实践自己在《剪掉散文的辫子》、《凤·鸦·鹑》等文章中提出的散文改革宣言,创作出符合现实真实和艺术虚构相结合的,又"讲究弹性、密度和质料的一种新散文"①,也就是他所谓的"现代散文"。而范培松在80年代所提倡的虚实结合的散文创作观可称得上是与余光中的观点遥相呼应:"实,是基础,是依据,必须充满深情地写,形象地写;虚,是结晶,是升华,必须写出它的新鲜意趣,写出它的独特内涵,从而使文章由实到虚,产生一种情趣美,诗意美。"②

但是,从台湾五六十年代怀乡散文产生的整体阅读效果来说,其"真实性"的效果和作用却并未被削弱。究其原因则在于,散文家们在文本中以真实的大陆经验背景、环境、人物,以及真实发生过的大陆故乡故事为基础来表达真情实感,只是怀乡散文在文本中建构"真实的中国历史"的一种手段。除

---

① 余光中:《余光中集》第4卷,百花文艺出版社2004年版,第160页。
② 范培松:《散文写作教程》,语文出版社1988年版,第12页。

此之外，此阶段怀乡散文向诗歌"出位"产生的诗歌化风格，则是另一个重要的手段。如果说怀乡散文用符合现代散文"真实观"艺术特点的因素，不但在作品中达到了"艺术真实"的审美效果，并同时给读者一种"客观真实地反映出大陆生活"的"现实真实"的社会效果，为建构"真实的中国历史"奠定了基础，那么怀乡散文文本风格的"诗歌化"，则是从中国文化传统和情感归属的角度，进一步运用了"现实真实"和"艺术虚构"相统一的艺术原则，从风格上强化了其内容的真实性和可信度。这两种手段彼此相辅相成和相互映衬，正如张秀亚所说的："好的散文，莫不是'风格保存了内容，而内容影响了风格'的，欣赏它的时候，也不只是揣摩玩弄其字句，而是在字句以外，去发现作者的用心与深意，因为一篇绝妙散文，莫不是余韵缭绕，意在言外，贵在细心的读者能够领悟，高山流水，心会神通。"①台湾五六十年代怀乡散文由此既具有很高的艺术成就，同时兼顾达到了建构"真实的中国历史"来迎合当时的政治意识形态之政治和社会目的。

---

① 张秀亚：《湖上》，台湾光启出版社 1960 年版，第 140 页。

第四章　建构"真实的中国历史"的 另一手段：向中国古典诗歌 "出位"的诗歌化特点

　　台湾五六十年代怀乡散文文本风格的诗歌化,从表面上看同样符合现代散文向诗歌借鉴吸收和融合其艺术因素为己所用的创新趋势。我们在第一章中已经详尽论述过现代散文易于向诗歌"出位"的内在原因,在此就不再重复。但是,如果从五六十年代的文学背景来看,该阶段的台湾文学浸泡在欧风美雨之中,以模仿和化用西方文学、文化为时尚和潮流,其中尤以在西方现代主义诗歌影响下出现的现代诗歌最为昌盛发达,台湾三个主要的现代派诗社,分别是"现代诗"(1953)、"创世纪"(1954)和"蓝星"(1954),就均出现在50年代期间。小说同样受到影响,出现了很多现代派的小说作品。余光中在《下五四的半旗》一文中,就把五四文学失败的一个原因归结为:"可是五四的留学生们并没有努力介绍西洋的,尤其是现代西洋的文学"①。散文界亦是如此,诸多怀乡散文家,像余光中、琦君、钟梅音、张晓风、郭枫等人都有在欧美、日本等异国长期留学、讲学或是居住的背景和经历,了解甚至是谙熟英美国家现代派诗歌和现代主义小说等文类的艺术技巧,特别是余光中的很多怀乡散文篇什就是在美国留学期间写就。从这个角度来说,五六十年代怀乡散文对西方文学因素的吸收和化用具有非常便利的条件。

　　但是实际上并非如此,而且恰恰与当时的现代派诗歌和小说"西化"趋势相反,五六十年代的怀乡散文家们,即使是在描述掺杂着异国生活的怀乡散文中,可能会在某种程度上借鉴一些欧化句式,或是化用五四白话诗歌的某些艺术因素,但是文本中使用的意象、意境的营造,连同蕴涵的意蕴以及语言却一

----

① 　余光中:《下五四的半旗》,台湾《文星》1964 年第 4 期。

定是属于中国古典诗歌的，凸显出中国古典文学传统和"中国化"特色。有的评论家指出，余光中写于五六十年代的怀乡散文，包括 70 年代的怀乡散文"如《逍遥游》、《咦呵西部》、《丹佛城》、《登楼赋》等散文令人想起古代豪华的赋体文章；《听听那冷雨》、《莲恋莲》、《蒲公英的岁月》等篇章则洋溢着宋词的风采；而《雨城古寺》、《四月在古战场》、《塔》等就直是诗歌的放大或诗歌翻成的白话文。他的多数文章中诗句似的句子更是不胜枚举，有的甚至是诗句中的诗句"①。艾雯创作的包括怀乡主题在内的散文亦呈现出与余光中相似的特点。一些评论家认为，艾雯深受中国古典诗歌美学传统的影响，不但"吸收了诗的想象和激情，精心地经营意象，巧妙创设意境，同时在散文创作中呈现出以诗入文的审美取向"，而且"散文中经常直接引用和化用古典诗词和现代诗，或化用诗词中的意境，或用典，其散文语句也常有诗化倾向"②。至于琦君，"她所写的散文中最好的都是怀乡思亲的作品，这些'寻寻觅觅'式的回忆，这些'直抒真情'的佳作，是来自李后主、李清照的影响"③。而张晓风的怀乡散文具有同样的特点："我们似乎都能看见唐诗宋词的清风摇曳，元曲清史的红烛高照，可以说张晓风是在古典文学的影响之下成长起来的，所以在她的作品中我们还可以看见李杜的意境和元白的神韵，历史典故和诗词名句她都是信手拈来，随心所欲的贯穿在文章之中，十分巧妙地把历史与现实结合起来，营造出一种十分幽邃而古朴的气氛，让人在现实中感怀历史的沧桑于亘古，又疑似回到了历史之中感怀伤世。"④相比之下，七八十年代的怀乡散文同样具有向诗歌"出位"的趋势，不过却是对中国古典诗歌和西方诗歌，尤其是现代派诗歌的兼容并蓄，同样取得了较高的艺术成就。而五六十年代怀乡散文只向中国古典诗歌"出位"的中国化特点，是很有意思也颇令后人感到奇怪的一个现象。

　　从中国古典文学，尤其是中国古典诗歌词赋的传统来看，"怀乡"是其中的一个重要母题，历代诗人都有很多佳作传世。台湾五六十年代的怀乡散文

---

①　杨迅滋：《余光中散文艺术特征一瞥》，《济南交通高等专科学校学报》1995 年第 4 期。

②　余文博：《一个多层次的审美艺术空间——艾雯散文艺术论》，《重庆邮电学院学报（社会科学版）》2005 年第 6 期。

③　潘梦园：《魂牵梦萦忆故乡——试论琦君怀乡思亲的散文》，《暨南学报》1984 年第 4 期。

④　李祖军、石炼军：《一花一草一世界——张晓风散文艺术论》，《思茅师范高等专科学校学报》2007 年第 5 期。

受到其深刻影响并加以吸收借鉴,自有其文学传统的渊源和学理上的依据,但是以余光中为代表的怀乡散文家们却把中国古典诗词的语言、意象、意境等基本因素均直接化用在文本中,或是干脆就用中国古典诗词的常用意象来贯穿整篇作品,虽然可以说是为了追求"现代散文"风格而对当时台湾散文流弊的一种改革和创新,不过却无法仅仅从学理上来解释这种与台湾当时"西化"背景相悖的、具有极端化甚至带有"复古"色彩的散文改革措施。

而出现这种奇怪现象的原因,如果进一步深入文本从多个层面进行分析的话,则会发现怀乡散文的这种向中国古典诗歌"出位"的诗歌化趋势和独特特点,实际上是散文家们有意为之的一个举措,主要是为建构"真实的中国历史"目的而服务的。进而言之,怀乡散文家们试图借用散文易于向诗歌借鉴、融合的艺术特点,从中国文学和文化传统层面来强化"中国人"身份认同和"中国"意识,以便兼得艺术效果和社会效果,达到一箭双雕的双重目的。

首先从常采用的意象和营造意境的角度来看,台湾五六十年代抒情性极强的怀乡散文作品几乎全部采用中国古典诗词的意象并营造出带有中国古典文学特色的乡愁意境。意象是现代散文的一个基本要素,与诗歌的意象相比具有不同的独特特点:"从总体来说,诗歌的意象比较单纯凝练、峭拔新尖,其跳跃要大一些;散文的意象则往往借助于虚实结合的记叙与描写,构成一种虽零散,却是多重组合的画面,其思路的推进也较为平缓和连贯。其次,诗歌意象较含蓄朦胧、缥缈玄妙,散文的意象虽也有象征、通感和隐喻之类,不过与诗相比还是要明确浅显一点。"[①]也就是说,散文意象的选择范围一般都比较宽泛,可以直白浅显一些,不论意在抒情写景还是叙事记人,只要其意象能够契合现代散文的"散而有序",或曰"形散神不散"的规律特点,而不需要像诗歌一样构成绵密细致的意象体系以便达到浓厚的象征和比喻的目的。

现代散文作家郁达夫的名作《钓台的春昼》是一篇游记性质的抒情美文,作者于1932年在上海回忆旧游、感怀时政而写出,可以此篇为例来考察现代散文对意象的选取和运用。作者以去富春山(即钓台)沿途经过的景物为经,其中包括夜访桐君观、次晨乘船去钓台访古等事件,以自己忧愤郁闷的心情为纬,交织成一篇寓情于景的优美散文。在文本中,作者沿途经过的山峦、江水等风景事物,并不都是"物象",像描述桐君山风物时就是客观介绍,其中的很

---

① 陈剑晖、李谋冠:《论散文的诗性意象》,《海南师范学院学报(社会科学版)》2005年第6期。

多景物也是客观事物："说起桐君山，却是桐庐县的一个接近城市的灵山胜地；山虽不高，但因有仙，自然是灵了。以形势来论，这桐君山，也的确是可以产生出许多口音生硬，别具风韵的桐严嫂来的生龙活脉。地处在桐溪东岸，正当桐溪和富春江合流之所，依依一水，西岸便瞰视着桐庐县市的人家烟树。南面对江，便是十里长洲；唐诗人方干的故居，就在这十里桐洲九里花的花田深处。向西越过桐庐县城，更遥遥对着一排高低不定的青峦，这就是富春山的山子山孙了。东北面山下，是一片桑麻沃地，有一条长蛇似的官道，隐而复现，出没盘曲在桃花杨柳洋槐榆树的中间，绕过一支小岭，便是富阳县的境界，大约去程明道的墓地程坟，总也不过一二十里地的间隔。"①其中的"桐严嫂"、"桐溪"、"富春江"、"花田"和"青峦"等风景人物并未被作者有意附着象征寓意，即使有隐喻含义的话也很单薄，并不像诗歌的意象那样经过精心选择和刻意雕琢，亦没有达到具有艺术的虚实相生特点的"意象"层面。相比之下，该文其他段落所描写的一些景物则是"意象"，例如"第二日侵晨，觉得昨天在桐君观前做过的残梦正还没有续完的时候，窗外面忽而传来了一阵吹角的声音。好梦虽被打破，但因这同吹觱篥似的商音哀咽，却很含着些荒凉的古意，并且晓风残月，杨柳岸边，也正好候船待发，上严陵去；所以心里虽怀着些儿怨恨，但脸上却只现出了一痕微笑，起来梳洗更衣，叫茶房去雇船去。雇好了一只双桨的渔舟，买就了些酒菜鱼米，就在旅馆前面的码头上上了船"②。"残梦"、"哀咽的商音"等物象经过作者心情的浸染，是作者"移情"后的"有我"的"有情之物"，从而成为具有抽象和象征意味的文学意象，并赋予该散文拥有中国古典诗词的意蕴。进而言之，与其说沿途风物是文本中的意象，不如说"夜访桐君山见闻"和"钓台访古感怀"是作者用多种风物层层铺垫点缀而成的两个意象，亦是该散文的核心意象，贯穿起前后文。这也正是现代散文意象的一个特点，只有经过作者心灵过滤，并蕴涵着作者浓厚感情的事物或是事件才构成了散文文本中的意象。

从以上的分析可看出，现代散文作家在写景抒情时会选择一些意象来表情达意，不过散文却又是表达比较自由的一种文体，不仅可用具有象征寓意和浸润"有我"感情的物象和事件作为意象，而且亦可在文本中随性情信笔所至

---

① 郁达夫：《郁达夫诗文名篇》，时代文艺出版社 2003 年版，第 255 页。
② 郁达夫：《郁达夫诗文名篇》，时代文艺出版社 2003 年版，第 259 页。

写景物而不需苦心营造意象,使散文行文结构在严谨有序中又不乏洒脱自然,"形散"和"神聚"完美地结合在一起,"散有序"并"严有度",这才达到了现代散文的最高艺术境界。否则就带有太过雕琢的匠气和矫揉造作之感,而这正是二十世纪五六十年代的大陆散文家杨朔和台湾散文家余光中等人的诗歌化散文的缺陷——语言结构的精致严谨有余,而形式行文的自然洒脱不足。如果把余光中抒情色彩极浓的怀乡散文《逍遥游》中的任何一节单独拿出来阅读和分析,其中最为人称道的就是其表现"乡愁"之思的意象均直接来自中国古典诗词歌赋,或曰直接化用中国古典诗词意象为该作品之意象,由此可看出作者对怀乡散文艺术性的苦心经营来,如经常被引用的这一节:"百仞下,台中的灯网交织现代的夜。湿红流碧,林阴道的彼端,霓虹茎连的繁华。脚下是,不快乐的 Post Confucian 的时代。凤凰不至,麒麟绝迹,龙只是观光事业的商标。八佾在龙山寺凄凉地舞着。圣裔饕餮着国家的俸禄。龙种流落在海外。诗经蟹行成英文。谁谓河广,一苇杭之。招商局的吨位何止一苇,奈何河广如是,浅浅的海峡隔绝如是!人人尽说江南好,游人只合江南老。今人竟羡古人能老于江南。江南可哀,可哀的江南。惟庾信头白在江南之北,我们头白在江南之南。嘉陵江上,听了八年的鹧鸪,想了八年的后湖,后湖的黄鹂。过了十五个台风季,淡水河上,并蜀江的鹧鸪亦不可闻。帝遣巫阳招魂,在海南岛上,招北宋的诗人。'魂兮归来,南方不可以止些!'这里已是中国的至南,雁阵惊寒,也不越浅浅的海峡。雁阵向衡山南下。逃亡潮冲击着香港。留学女生向东北飞,成群的孔雀向东北飞,向新大陆。有一种候鸟只去不回。"①这一段文字意象的精美、构思的精巧和语言行文的精致华丽使其包含的中国古典文学韵味堪与唐诗宋词相媲美,就是其中不太典型的一些章节也不乏这样的意象,例如用现代知识和现代人的感受对星空进行描写的一段:"于是大度山从平地涌起,将我举向星际,向万籁之上,霓虹之上。太阳统治了钟表的世界。但此地,夜犹未央,光族在钟表之外闪烁。亿兆部落的光族,在令人目眩的距离,交射如是微渺的清辉。半克拉的孔雀石。七分之一的黄玉扇坠。千分之一克拉的血胎玛瑙。盘古斧下的金刚石矿,天文学采不完万分之一。天河蜿蜒着敏感的神经,首尾相衔,传播高速而精致的触觉,南天穹的星阀热烈而显赫地张着光帜,一等星、二等星、三等星,争相炫耀他们的家谱,从 Alpha

---

① 余光中:《余光中集》第4卷,百花文艺出版社 2004 年版,第254—255 页。

到 Beta 到 Zeta 到 Omega，串起如是的辉煌，迤逦而下，尾扫南方的地平。亘古不散的假面舞会，除倜傥不羁的彗星，除爱放烟火的陨星，除垂下黑面纱的朔月之外，星图上的姓名全部亮起。后羿的逃妻所见如此。自大狂的李白，自虐狂的李贺所见如此。利玛窦和徐光启所见亦莫不如此。星象是一种最晦涩的灿烂。"①可以这样说，虽然有些物象和词汇是现代世界所特有，如"霓虹"、"钟表"、"半克拉的孔雀石"、"Alpha"、"假面舞会"等等，不过浸染了作者情思和富有象征意蕴的意象，包括"盘古斧"、"后羿的逃妻"（也就是月亮）、"李白"和"李贺"、"徐光启"等等意象，同样是化用了中国古典文学史中的著名人物和其典故，神韵精髓依然属于中国古典文学和文化传统。从艺术效果上来说，如此大量密集、经过精心选择的中国古典诗词意象出现在怀乡散文作品中，毋庸置疑可以引起读者强烈的审美感受，让他们在中国古典文学的艺术美中流连忘返。但是从另一个角度来说，则是把怀乡散文中"一切景语皆情语"的抒情只限制在中国古典文学美的层面上，反而失去了散文洒脱自然的情趣美。

　　台湾五六十年代怀乡散文的意境同样萦绕着中国古典文学传统特有的怀乡氛围和心理情结。从现代散文的创作实践来说，散文作家在作品中书写意象只是其浅层目标，最终是为了构成了完整统一的意境并赋予其一定的内涵意蕴。所谓意境，根据范培松的看法，散文的意境与诗歌的意境虽然有相同之处："（一）从意境创造过程看，二者都是作者寓情于景，注重情与景之和谐，主观与客观相契合。可以说，都是形象思维根蔓上结出的硕果……（二）从意境内容看，都是通过或凭借一些富有特征性、代表性已经有很多例子可以加以说明的景物，或人物的形象描绘所构成的画面……（三）从意境作用来看，都是含不尽之意，见于言外。读者都是通过对形象的意境画面的欣赏和画面之外的想象回味，从中受到教益。"②不过两者之间又存在区别，散文创造意境不需要像诗歌那样受到严格的韵律的约束，笔墨可以自由洒脱，并且不需要如诗歌意境般含蓄蕴藉，可以情理并重，在辞语表达上比较直露③。而台湾五六十年代怀乡散文中的一部分作品，例如余光中的抒情色彩极浓的《逍遥游》、《望乡

———————————

① 余光中：《余光中集》第4卷，百花文艺出版社2004年版，第253—254页。
② 范培松：《散文天地》，花城出版社1984年版，第146—147页。
③ 范培松：《散文天地》，花城出版社1984年版，第147—148页。

的牧神》等,因为选择的意象来自中国古典诗词,所以营造出的"怀乡"意境也带有浓得化不开的古典中国文学之烙印和特色。这些怀乡散文作品的意境被严格地约束在中国古典诗词歌赋的"怀乡"意境层面,某种程度上是对散文艺术的一种"窄化"和损害。

　　台湾诗人郭枫60年代的怀乡散文《蝉声》对意境的营造较为独特,从表面上来看,他并不直接把中国古典诗词中的意象化到文本中,以便营造出中国古典文学特色的氛围和意境来,而是把中国现代文学史上著名诗人艾青20世纪30年代所写诗歌中"土地"和"中国农民"的意象与意境,吸收、融入自己的散文作品中。不过,表面上《蝉声》体现出的诗歌化趋势是由它向五四以来的现代诗歌"出位"造成的。但是实际上《蝉声》对意境的营造,却是通过艾青的白话诗歌接通了流宕在《诗经》、《楚辞》、杜甫的《茅屋为秋风所破歌》等中国古典诗歌中"先天下之忧而忧,后天下之乐而乐"的忧国忧民传统的一脉。《蝉声》在开头部分反复运用诗情画意的语言来赞美夏天的蝉声:"谁能忘记那一片蝉声呢?在太阳能把人烤焦的三伏天,看哪!那一树青条的老柳,垂挂着多少殷勤。赶着路的,做够了活儿的,来吧!到绿阴里来,到柳丝中来,到蝉声里来。这里有的是成缸的绿豆汤或大麦茶,别问是谁家的,你只管喝吧!喝着凉茶,听着蝉声。蝉声在枝头,弹声在心头——撒给你满身的清爽。"①"蝉声"作为文本的中心意象,不但在本段中与"三伏天"、"老柳树"、"赶着路的人"、"做够了活儿的农民"、"绿豆汤"和"大麦茶"等物象联系在一起,而且是贯穿整篇散文的"文眼",再举文中的一段对此进一步加以说明:"谁能忘记那一片蝉声呢?日正当中,老牛在树下嚼沫,老人在树下打着盹,上半天忙累的人,用斗笠盖着脸,东倒一个,西歪一个,各自去寻梦。麦场上,暴晒着的新收的小麦,黄澄澄的,每一个颗粒都散放着希望的光彩。心房中,存放着祖传的敦厚,傻乎乎的,每一张脸,都流露着自得的颜色。那一片恬静,一片安详!谁都知道:啄食的小鸡知道,散步的小猫知道,连呆模呆样在一旁喘气的小花狗也知道。可是,谁也无法说得出来,谁也无法描画出来。只有蝉,才会高踞枝头,吟着赞美的诗篇。"②作者意在借助"蝉"和"蝉声"的意象营造出生活于中国土地上的农民辛勤劳作之场景的意境。可以这样说,虽然郭枫的这篇散文

---

① 郭枫主编:《台湾艺术散文选》二,百花文艺出版社1990年版,第6页。
② 郭枫主编:《台湾艺术散文选》二,百花文艺出版社1990年版,第6页。

以"蝉声"起兴的艺术手法是吸收融合了中国古典诗词常用的比兴手法，不过"蝉声"意象所代表和象征的内涵并不来自唐诗宋词。清代施补华①在《岘佣说诗》中曾对唐诗中的"蝉"和"蝉声"意象所象征的不同内涵进行过分析："三百篇比兴为多，唐人犹得此意。同一咏蝉，虞世南'居高声自远，端不藉秋风'，是清华人语；骆宾王'露重飞难进，风多响易沉'，是患难人语；李商隐'本以高难饱，徒劳恨费声'，是牢骚人语。比兴不同如此。"它也不是来自于宋代词人柳永所写的《雨霖铃》中"寒蝉凄切"的"蝉"的意象。换言之，《蝉声》中的"蝉声"意象被作者赋予了不同于唐诗宋词的独特内涵，而且作者并非只是借悠扬的蝉声来回忆和赞美大陆故土的美丽夏景，更重要的是，作者把"蝉声"和"土地"、"黄河两岸的农民"等意象，连贯构成一个较完整统一的意境：赞美黄河两岸劳动人们保家卫国的抗日情怀，包含着作者对抗日历史期间，历经苦难而坚强不屈的中国农民和中国土地的书写和深沉的热爱。由此升华为更高层次的意境——不管中国这块土地所经历的是苦难还是欢欣，作者对祖国大陆故土和整个中国，均怀着始终如一的热爱之情。这在《蝉声》的结尾体现得更加明显：

"在黄河两岸：那些褪了色的城，那些灰黯黯的村落，那些泥土路，那些守信用的花朵。……都像课本，都像蝉声，向我们述说同样的故事——生活，应该恬淡、勤恳和拙朴——而，那无边的大平原，那浩浩荡荡的黄河，那飞扬着的黄沙，狂舞着的白雪，和突然而来突然而去的风暴，却又教给我们另一种榜样——人啊！应该活得爽快，死得坚强。

那些把根扎在黄土里的人们，生与死，都有绚丽的光彩。当抗日的战争，沉重地滚过，土地流着血。于是，愤怒的男人们，擦亮了久藏的枪支，向着抗日的战场，呼啸而去。那些倔强的女人，却擦干了眼泪，挺起腰杆，撑起家的担子。凡是以暴力加给我们的，我们要把暴力还给他们，凡是耀武扬威地来的，我们要让他抱头鼠窜地回去。这是打不倒的族类。中国的希望不灭，人们的心头有火。"②

这篇散文中平仄押韵的句式和铿锵激昂的抒情旋律是属于诗歌的，而文中表达出来的对土地和中国劳动人民的深情和赞美之情，不由让人想起艾青

---

① 　施补华（1835—1890），字均甫，浙江乌程人，著有《泽雅堂文集》八卷。
② 　郭枫主编：《台湾艺术散文选》二，百花文艺出版社 1990 年版，第 7 页。

写于 1938 年的诗歌《我爱这土地》："假如我是一只鸟，/我也应该用嘶哑的喉咙歌唱：/这被暴风雨所打击着的土地，/这永远汹涌着我们的悲愤的河流，/这无止息地吹刮着的激怒的风，/和那来自林间的无比温柔的黎明……/——然后我死了，/连羽毛也腐烂在土地里面。/为什么我的眼里常含泪水？/因为我对这土地爱得深沉……"二者产生的审美艺术效果可相媲美。不过《蝉声》对中国土地和中国劳动人民的热爱、悲悯与同情，以及激荡在其间的忧国忧民感情以及由此营造出的意境，追根溯源却是来自《诗经》中的"国风"、屈原的《离骚》和唐代"诗圣"杜甫以降的中国古典诗词，是属于古典中国文学和文化的。

其次，除了借写大陆之景物以抒作者强烈怀乡感情的散文作品外，台湾五六十年代怀乡散文中叙事记人一类的作品，对中国古典文学中怀乡意象和意境的借鉴、融合则灵活得多，行文也开放自由得多。张秀亚的很多叙事色彩浓厚的怀乡散文，如同郭枫的《蝉声》一样，是通过五四以来的现代诗歌作品和诗化散文而间接接上了中国古典文学和古典诗词的血脉。在 50 年代出版的《灯》一文中，张秀亚充满诗情画意地描绘着灯光："我爱看茅舍里漏出来的青色油灯的光，小镇旅店里墙上的玻璃灯，以及在船头水上同时飘行的入梦灯影。更记得一次在古城的雪地上散步，抬头看见警局分驻所的红灯，映着雪光，它显得是如此可爱，我们感到惊喜。菁说那是一盏潇洒的小红灯，照着的是爱斯基摩的雪。"[1]作者从灯光引出在天津的童年和少年时代，由父亲牵着"我"的手在"双十节"夜晚去看灯的往事。如同朱自清的散文《背影》是通过父亲的"背影"之意象来表达父爱，张秀亚的《灯》则以"父亲的手"为意象来表达父亲的舐犊情深："我常忆起父亲那灰呢的衫子，那花白的头发，以及那被烟蒂头熏得微黄的手，是这一只可感的手，带我走过那一带如画的桥，引我看到一盏盏辉明的希望的灯，尽管桥下面是深灰的夜色，是呜咽的流水，但桥上的孩子是幸福的，她的眼前只有灯光。"[2]此处的意境可上溯至唐代诗人孟郊的《游子吟》："慈母手中线，游子身上衣。/临行密密缝，意恐迟迟归。/谁言寸草心，报得三春晖！"只是以抒发"父爱"之情取代了"母爱"，其意象和意境均是赞美父母对子女无私之爱的。《书斋》、《湖上》等怀乡散文中意象和意境的营造亦具有此特点。相比余光中等人的抒情色彩浓厚的怀乡散文，这类

---

① 张秀亚：《湖上》，台湾光启出版社 1960 年版，第 46 页。

② 张秀亚：《湖上》，台湾光启出版社 1960 年版，第 47 页。

叙事性质的怀乡散文虽然在行文构思上不如前者严丝合缝，但是从另一个角度来说，却又相应少了一份约束，多了一份散文所追求的"散"之随意洒脱。

台湾五六十年代的怀乡散文家之所以常常借用中国古典文学中的意象和意境来营造出一个古香古色的中国形象，一方面是因为作家们的中国古典文学素养深厚，这已经有很多学者进行过分析，但是另一方面则要归因于作家潜意识中的"中国人"身份认同之焦虑。他们越是地处边陲小岛，远离中国大陆的怀抱，就越要凸显自己对"中国人"身份的认同。而正是散文家们内心的这种无法排解的焦虑感，才使得他们创作出的怀乡散文作品与中国传统文学和文化的结合越发紧密。可以这样说，在他们的潜意识中，中国的真实境况和真实历史，可能只有用中国传统文学的表现形式，尤其是最具有中国特色和代表性的古典诗歌赋意象和意境，才能够准确、真实地表现出来，才会最具有艺术说服力，可以让读者产生"真实"的阅读效果。而大概这也是余光中把唐诗宋词的语言、意象和意境均引入他在《剪掉散文的辫子》中所提倡的"现代散文"中的一个深层原因。更进一步说，他的包括怀乡主题在内的散文作品向中国古典诗词"出位"的文学实验并不止于此，他还根据中国文字的音韵特点，即"中国文字的双声叠韵，最富音乐性，现成的连绵字词已是取之不尽，而非连绵字造成的双声叠韵更因作者用在不经意处，但却配合事物的情态、作者的情感，更可强化效果，这是白化散文最足取法的"①，把中国古典诗歌的韵律节奏都化到散文中。典型的例证是他写于 1966 年的《登楼赋》的开头："汤汤堂堂。汤汤堂堂。当顶的大路标赫赫宣布：'纽约三英里'。该有一面定音大铜鼓，直径十六英里，透着威胁和恫吓，从渐渐加紧、加强的快板撞起。汤堂傥汤。汤堂傥汤。F 大调钢琴协奏曲的第一主题。敲打乐的敲打敲打，大纽约的入城式锵锵铿铿，犹未过赫德逊河，四周的空气，已经震出心脏病来了。"②在这一段文字中，"前八个字是摹声的同音字，姑且不论。'当顶的大路标'"便是有意塑造一串的双声字。从前八字到后边，就是靠'当'字与'堂'字叠韵而带下来的"③。而这种双声叠韵的韵律节奏感显然是化用了中国古典诗词歌赋的。

---

① 郑明娳：《现代散文纵横论》，台湾大安出版社 2001 年版，第 106 页。
② 余光中：《余光中集》第 4 卷，百花文艺出版社 2004 年版，第 326 页。
③ 郑明娳：《现代散文纵横论》，台湾大安出版社 2001 年版，第 106 页。

此外，虽然有论者认为，余光中的散文的个别地方还存在着化用西方现代诗歌的现象，如："'就这样孤悬在大西洋里，被围于异国的鱼龙，听四周汹涌着重吨的蓝色之外无非是蓝色之下流转着压力更大的蓝色'(《南太基》)，其间'蓝色'二字是上下兼摄的。它的原来句法应是：'听听四周汹涌着重吨的蓝色，蓝色之外无非是蓝色，蓝色之下流转着压力更大的蓝色。'作者故意将上一句叠在下一句下面，使'蓝色'二字同时具有领上与托下的作用，造成堆叠拥挤的感觉，正好配合意思上过于泛滥的蓝色攻势。这种利用句型兼摄意义的方法，来自'具象诗'技巧的援引变化。此类例子极多，不赘举。"[①]但是，该句与其说是在不用标点符号和词汇省略手法上吸收了西方的具象诗因素，不如说是化用了中国古典诗歌中常用的顶针手法并且略加变形，而且文中语言的凝练华美与平仄押韵，均是属于中国古典诗歌的，深得中国古典诗歌之神韵。

颇有意思的是，台湾五六十年代怀乡散文中的这种古典中国化特色，同样体现在很多具有西方现代主义色彩的怀乡诗歌和怀乡主题的小说中。例如余光中的诗歌《乡愁》和白先勇发表于1966年的小说《游园惊梦》等等。前者是乡愁诗歌的典型代表，其中所包含的中国传统诗歌的"思乡"主题以及语言和韵律节奏等因素，均可看出对中国古典文学的吸收和借鉴；而《游园惊梦》常常被看做是使用了西方意识流手法写就的、带有浓厚现代主义色彩的小说。虽然也常被看做是中西文学手法相融合的一部佳作，但是小说的题目《游园惊梦》源自孔尚任的昆曲《牡丹亭》，而且其语言、人物和情节构思均带有明显的中国古典文学《红楼梦》的痕迹，连那种"旧时王谢堂前燕，飞入寻常百姓家"的艺术意蕴都深深扎根于包括唐代诗词在内的中国古典文学传统。从这个角度来说，这些同为"乡愁"主题的现代主义诗歌和小说等文学类型，在吸收借鉴中国古典文学因素方面，均在深层次上与五六十年代的怀乡散文拥有某些相似特点，只是这些怀乡诗歌和小说的"西化"特点遮住了它们的"中国化"艺术特色，而怀乡散文却有意识地凸显其向中国古典诗歌词赋"出位"之艺术特点。也就是说，向中国古典文学吸收、借鉴，甚至融合其艺术因素，实际上是五六十年代台湾文学的一个普遍特点，其原因如果仅从怀乡散文体现出

---

① 郑明娳:《现代散文纵横论》，台湾大安出版社2001年版，第100页。

"文学对艺术的一种回归"①的角度来加以理解，显然并不全面，当时怀乡散文出现如此特征实际上与当时台湾的社会文化背景有千丝万缕的复杂联系，就是与当时颇为流行的文学质量低下的"反共文学"在社会作用上也有共同之处——均以建构出"真实的中国历史"为己任。

再次，部分散文作家的散文常通过一些事件和情境来构成意象，其凸显的不仅是富有中国古典文学特色的意境美，同时也强调独具特色的古典中国之文化传统、生活于这个传统之下的人物，以及他们的"中国式"生活方式。这样的作家以林海音和琦君为代表。具体到作品来说，林海音的怀乡散文大部分是讲述自己青少年时期在"第二故乡"北平的经历和事件，如《陈芝麻、烂谷子》可看做是作者"怀乡"之思的宣言："我漫写北平，是为了多么想念她，写一写我对那地方的情感。情感发泄在格子稿纸上，苦思的心情就会好些。它不是写要负责的考据或掌故，因此我敢'大胆的假设'，比如我说花汉冲在煤市街，就有细心的读者给了我'小心的求证'。他画了一张地图，红蓝分明的指示给我说，花汉冲是在煤市街隔一条街的珠宝市，并且画了花汉冲的左邻谦详益布店，右邻九华金店。如姐，谁说没有读者呢？不过读者并不是欣赏我的小文。而是藉此也勾起他们的乡思罢了。"②也就是说，林海音在回忆大陆生活的怀乡忆旧散文中所呈现的中国大陆，并非是符合严格历史考证的客观存在物，而是有意无意地掺杂了作者主观回忆和虚构想象成分在内的"中国大陆"，更何况作者表现的生活场景和情境看似随意，实则或多或少地带有特定的文化指向。而林海音的怀乡散文常常选取的情境则是带有古典中国乡土城镇生活特色的风情人物。以《难忘的姨娘》为例来说，该散文的内容主题和琦君的《髻》有些相似，均是作者以回忆口吻，来描写独特的古典中国特色的一夫多妻制家庭生活之场景。不过《髻》的目的是塑造出一位具有隐忍和宽容等中国传统美德的女性形象，而《难忘的姨娘》的重点却不在此，作者林海音更希望呈现的，却是中国多妻制家庭中传统女性和丈夫之间微妙复杂的关系：

"有鲫鱼或是火腿这类好菜，差不多都是婆婆专门烧了给公公送过去下饭的。我们是大家庭，却是合住分炊。公公和姨娘是一份，婆婆带着未婚的儿子们一份，凡是结过婚的儿子们，又各报房头。婆婆一生不懂得丈夫究竟官做

---

① 范培松：《中国现代散文史》，江苏教育出版社1993年版。
② 林海音：《两地》，北京出版社1988年版，第16页。

到多大？钱赚了有多少？她只知道要使丈夫儿女吃饱穿暖。她没有娱乐，一年就听（毋宁说是）一回戏，七月七的牛郎织女天河配，一年就打一回牌，三十晚上的对对儿和！其余全是忙吃的。她不认识字，却有她自己的生活态度和人生观。她说：'要饱早上饱，要好祖上好。'所以她从早上起来就忙吃的。婆婆也恨公公，恨他在和她生了九个儿女之后，又娶了一房姨太太！可是仍然不忍心，煮了美味的家乡菜，总要把头一份给公公送去，明明知道她的情敌也在桌上享用。

婆婆当然会常常不愉快，不愉快时就要闹一闹，公公也没有办法，他对婆婆是敬重的，有几分怕她。当然他也爱她；他爱婆婆是敬畏的爱，责任的爱；他爱姨娘是怜惜的爱，由衷的爱。"①

这里，与其说作者是在塑造出公公（即爷爷）、姨娘和婆婆（即奶奶）三个人的人物性格，不如说是在缅怀古典中国特有的一种文化生活和敦厚朴实的人际关系：在拥有一妻一妾的中国古典封建士大夫的家庭结构中，虽然存在一些矛盾，但是人们却互相体谅和宽容大度，最终达到和睦相处。不过需要说明的是，作为一个现代作家，林海音在该文中并不是在宣扬和赞同中国封建传统社会的一夫多妻制，而只是用艺术审美的眼光来凸显古典中国文化传统中温柔敦厚、和谐美丽的一面。

如果说一部分怀乡散文作品无论是在语言、意象上，还是在营造的氛围和意境中向中国古典诗词多角度多层次的"出位"，意在借用文学的审美形式不断返回中国古典文学和中国传统文化构成的"中国"，那么林海音的散文集《两地》中的一些篇章对乡土中国之传统生活方式的强调，则是为了从潜意识的文化层面来持续强化、巩固台湾人是"中国人"和祖国大陆是在台中国人之"根"的思想意识。这些怀乡散文的现实指向均是相似和相同的。

最后，台湾五六十年代的怀乡散文作品也经常借助抒情主人公"我"、"我们"在中国大陆所经历过的战乱生活，来接通那段有历史资料可供严格考证和确认的中国历史——从 1912 年孙中山建立中华民国为肇始，到国民党政府撤离祖国大陆迁到台湾的 1949 年为止的近四十年的中国历史——这是中国人经历了北洋军阀混战、日本侵华战争以及解放战争的历史，是中国历史长河中不可割断亦无法忽略的一段历史。余光中在《逍遥游》一文中，用非常富有

---

① 林海音:《两地》,北京出版社 1988 年版,第 99—100 页。

唐诗宋词意韵而且文白夹杂的精练语言,形象生动地描绘出自己在中国大陆生活期间饱经战乱之苦的人生经历,既可看做是个人所经历的战乱忧患的大陆生活之缩影,又可视为这段中国历史之现实写照:"我生在王国维投水的次年。封闭在此中的,是沦陷区的岁月,抗战的岁月,仓皇南奔的岁月,行路难的记忆,逍遥游的幻想。十岁的男孩,已经咽下了国破的苦涩。高淳古刹的香案下,听一夜妇孺的惊呼和悲啼。太阳旗和游击队拉锯战的地区,白昼匿太湖的芦苇丛中,日落后才摇橹归岸,始免于锯齿之噬。舟沉太湖,母与子抱宝丹桥础始免于溺死。然后是上海的法租界。然后是香港海上的新年。滇越路的火车,览富良江岸的桃花。高亢的昆明。险峻的山路。母子颠簸成两条黄鱼。然后是海棠溪的渡船,重庆的团圆。月圆时的空袭,迫人疏散。于是六年的中学生活开始,草鞋磨穿,在悦来场的青石板路。令人涕下的抗战歌谣。令人近视的教科书和油灯。桐油灯的昏焰下,背新诵的古文,向鬓犹未斑的父亲,向扎鞋底的母亲,伴着瓦上急骤的秋雨急骤地灌肥巴山的秋池……钟声的余音里,黄昏已到寺,黑僧衣的蝙蝠从逝去的日子里神经质地飞来。这是台北的郊外,观音山已经卧下来休憩。"① 艾雯的一些怀乡散文也具有类似特点。虽然作者的重点在于写从大陆到台湾之后的生活经历,不过在一些散文篇什中,如《渔港书简》中亦写到了自己从大陆到台湾的逃难经历:"在我唯一的记忆中,海是狂放的、粗犷的,不是吗? 在开赴台湾的船中,我被风浪颠簸得半僵的躺在舱板上,眼睁睁地望着黑压压的波涛山似的矗立在舷旁,巨浪却似一群激怒的野马,奔腾扑击——可是,如今展现在窗下的海却是那么平静,平静得像一个深邃的湖沼,只在风过时掀起粼粼涟漪,微波轻拍着沙岸,宛如朵朵昙花忽明忽灭,那一片黯蓝远远地,远远地展延开去,又衔接了另一片蔚蓝,分不清海里有天,天上有海。"②

　　这种把个人经历融入中国历史洪流中的叙述方式,不但具有进一步强调作者的"中国人"身份之作用,更重要的在于,个人的苦难经历成为那段中国历史苦难的一个具体表征,亦使个人在大陆经历过的遭际与祖国大陆的历史合二为一,个人的乡愁由此升华为所有住在台湾地区的中国人的乡愁。换言之,这种从个人在战乱期间逃难的角度来描写中国大陆历史的怀乡散文,与那

---

① 余光中:《余光中集》第 4 卷,百花文艺出版社 2004 年版,第 256—257 页。
② 郭枫主编:《台湾艺术散文选》一,百花文艺出版社 1990 年版,第 217—218 页。

些反复书写浸润古典中国诗词歌赋之文学传统和文化传统的乡土中国的怀乡散文相比较来说，表面上前者悲叹中国所经历的战乱历史，后者则赞美具有中国古典传统文学色彩和文化底蕴的中国之历史，是两种不同的"中国"之历史，但实际上深层写作动机却一致，均强调中国大陆是迁移到台湾生活的中国人永远的"根"，以及他们是"中国人"的身份特征。从建构"真实的中国历史"之角度来说，这两个层面的"中国"之历史在"乡愁"主题下又相辅相成、互相补充，充盈着唐诗宋词之意象和意境的中国形象与充满战乱历史的中国面貌，恰好一虚一实，在文本中把主观的艺术虚构和真实的客观历史描述融为一体，无形中又契合了现代散文的"真实观"原则，从阅读效果来说，这无疑使怀乡散文中所建构的"中国历史"又增加了几分真实性和可信度。

除了上文列举的散文之外，台湾五六十年代怀乡散文建构"真实的中国历史"的艺术手段和文学措施，还常从一个较为独特的主题和意象——"中国地图"入手，把它作为一个触发点，触动记忆而与遥远的大陆生活经历相连，与积淀在中国人集体无意识中的中国历史记忆相连，更重要的是把过去的大陆记忆与当时台湾当局的"反攻大陆"等政治意识形态思想相连。虽然怀乡散文家们都是在台湾或是其他国家、地区写出怀念中国大陆的怀乡散文，表达出他们对祖国的款款深情，但那是存在于作家记忆中的"中国"。由于当时特殊的时代背景，置身与大陆处于完全隔绝状态下的台湾岛中的他们，实际上处于"失乡"状态，中国大陆是"不在"的。范培松在探讨台湾怀乡散文时就敏锐地指出了这一点："但是'我'又在中国边缘上，离乡背景的失去家园的乡愁，使他们对中国的认识中，'自我'成为'弃儿'，'流浪儿'有一种飘泊感、流浪感。这种感觉的真实，滋生的是'在'与'不在'的虚实、真幻的交错和纠葛。这一时期的散文家的主流思维模式是血浓于水，以中国情操为主宰，站在台湾的中国边缘上思'乡'，'乡'成了大陆中国的代名词和符号，失'乡'离'乡'的必然是望'乡'愁'乡'。身在中国，却不在'乡'，只能以残缺和破碎的心情去阅读'乡'。"①从这个角度来说，怀乡散文家不仅通过个人在大陆的经历而接通中国的历史，用个人历史象征着中国的历史，而且还试图通过"中国地图"的意象再次打通个人记忆与中国历史的记忆，把过去的记忆与现在的现实连接起来，进一步从感性和理性角度为当时台湾怀乡散文中泛滥成灾的"乡愁"

---

① 范培松：《中国散文史》（下），江苏教育出版社2008年版，第645页。

情感提供现实存在的依据，强化台湾人怀念中国大陆的"乡愁"情感，以及他们与大陆血脉相连的"母子"关系。当然，这亦使文本中所隐藏的政治意识形态思想更加隐蔽，更不易被察觉和辨认。

　　台湾诗人焦桐①在一篇评论文章《散文地图》中明确指出，台湾现代散文中所讨论的"地图"并不是对某处地理位置的客观描述和真实反映，而是人为建构出的一个产品："对台湾现代散文作家而言，地图形象是一种哈更（Graham Huggan）所谓知觉的变形（Perceptual Transformation），一种重新审视台湾、中国文化、历史的隐喻，'地图空间普及在当代后殖民的文学文本里，这些地图里频繁的反讽、戏仿手法，连接了欧洲殖民史的修正，以及对阅读地图

---

① 焦桐(1956—　)，台湾高雄人，作品集有《蕨草》(诗集，1983)、《咆哮都市》(诗集，1988)、《我邂逅了一条毛毛虫》(散文，1989)、《台湾战后初期的戏剧》(1990)、《乌鸦凤蝶阿青的旅程》(童话，1992)、最后的圆舞场(散文，1993)、《失眠曲》(诗集，1993)、《在世界的边缘》(散文，1995)、*A Passage to the City：Selected Poems of Jiao Tong*(1998)、《台湾文学的街头运动：1977——世纪末》(1998)、《完全壮阳食谱》(诗集，1999，2004)、*Erotic Recipes：A Complete Menu for Male Poetency Enhancement*(诗集，2000)、《焦桐：世纪诗选》(诗集，2000)、《黎明的缘》(诗集，2003)、《青春标本》(诗集，2003)、《台湾现代诗Ⅱ》(《青春标本》日译本，2004)、《完全强壮レシピ：焦桐诗集》(《完全壮阳食谱》日译本，2007)、《我的房事》(散文，2008)、《暴食江湖》(散文，2009)、《焦桐诗集：1980—1993》(诗集，2009)、《台湾味道》(散文，2009)、*RECETTES APHRODISIAQUES*(诗集，2009)、《在世界的边缘》(散文，重印本2010)、《焦桐集》(诗选集，2010)。主编的作品包括：《爱的小故事第1辑》(1989)、《爱的小故事第2辑》(1990)、《爱的小故事第3辑》(1991)、《爱的小故事第4辑》(1991)、《童年的梦第1辑》(1993)、《童年的梦第2辑》(1993)、《心灵恋歌第1辑》(1997)、《心灵恋歌第2辑》(1997)、《八十六年短篇小说选》(1998)、《航向爱情海》(1998)、《八十七年诗选》(1999)、《赶赴繁花盛放的飨宴：饮食文学国际研讨会论文集》(与林水福合编，1999)、《八十八年散文选》(2000)、《九十年代诗选》(与辛郁、白灵合编，2001)、《九十年诗选》(2002)、《台湾饮食文选Ⅰ》(2003)、《台湾饮食文选Ⅱ》(2003)、《屋檐下的风景》(2003)、《母亲的花圃》(2003)、《文学的餐桌：饮食美文精选》(2004)、《台湾医疗文选》(2005)、《中央大学九十周年校庆特刊1：中大风光》(2005)、《中央大学九十周年校庆特刊2：中大学人》(访问，2005)、《中央大学九十周年校庆特刊3：中大文集》(2005)、《中央大学九十周年校庆特刊4：中大校史》(历史，2005)、《2006台湾诗选》(诗歌，2007)、《2007台北餐馆评鉴》(2007)、《酒食：美酒与佳肴的恋情》(2007)、《火锅：评比台湾55家火锅名店》(2008)、《2007台湾饮食文选》(2008)、《素美食：评比台湾49家优质素食餐馆》(2008)、《星级名厨的料理秘诀》(2008)、《台北经典小吃指南》(2008)、《2008台北餐馆评鉴》(2008)、《2008台中餐馆评鉴》(2008)、《味觉的土风舞："饮食文学与文化国际学术研讨会"论文集》(2009)、《2008台湾饮食文选》(2009)、《养生蔬果食典》(2009)、《2009台中餐馆评鉴》(2010)、《2009北台湾餐馆评鉴》(2010)、《2009饮食文选》(2010)、《饭碗中的雷声：客家饮食文学与文化国际学术研讨会论文集》(2010)等。

的解构、建构'。哈更在讨论当代加拿大和澳洲文学的殖民现象时,指出地理的消散(Geographical Dispersal)和文化的分散(Cultural Decentralization)双重倾向,会在传统地图符号的'模仿的谬见'中被看到。地图不再作为描绘可见的范例,而是不同系统生产出来的地方,这地方是暂时地制图上的连结,暗示一种直觉的变形。哈更认为将地图视为表示浮动土地的一种喻辞,毋宁视为一种近似'精确的真实'的表现。"①台湾五六十年代怀乡散文中涉及的"地图",同样带有某种艺术虚构的色彩,是散文家有意设置的一个连接过去大陆之记忆与五六十年代台湾现状的枢纽。具体来说,"地图"首先是一个能够触发和连接大陆记忆的意象,总是紧密联系着个人的大陆经历和往事记忆,而且作者通过"地图"来重组和重建个人的大陆记忆,以此达到在文本中重新选择材料来建构中国"真实历史"的目标。在《一张地图》中,作者林海音通过一张北平地图来重温、缅怀她在大陆度过的美好童年生活:"在北平,残留下来的这样的人物和故事,不知有多少。我也想起在我曾工作过的大学里的一个人物。校园后的花房里,住着一个'花儿把式'(新名词:园丁。说俗点儿:花儿匠),他镇日与花为伍,花是他的生命。据说他原是清皇室的一位公子哥儿,生平就爱养花,不想民国后,面对现实生活,他落魄得没办法,最后在大学里找到一个园丁的工作,总算是花儿给了他求生的路子。虽说惨,却也有些诗意。"②正是通过查阅地图,个人因时间久远而变得模糊的大陆记忆再次重新变得清晰,使大陆记忆借助地图重新获得生命,并且得以从个人当下的情感层面来梳理记忆并重建那段记忆,同时个人记忆反过来又对"地图"产生作用,而使现实生活中客观存在的大陆地名以及它们真实的地理位置都蒙上一层主观情绪色彩,"地图"由此转化成为一个融合了客观现实物象与作者主观情绪的文学意象,是寄托着作者怀念大陆故土之乡愁的一个象征物:"整个晚上,我们凭着一张地图都在说北平。客人走后,家人睡了。我又独自展开了地图。细细的看着每条衔、每条胡同,回忆是无法记出详细年月的,常常会由一条小胡同,一个不相干的感触,把思路牵回到自己的童年。想起我的住室,我的小床,我的玩具和伴侣,……一环跟着一环,故事既无关系,年月也不衔接。思想

---

① 余光中总主编:《中华现代文学大系(二)·台湾 1989—2003》评论卷二,台湾九歌出版社 2003 年版,第 856—857 页。
② 林海音:《两地》,北京出版社 1988 年版,第 27 页。

就是这么个奇妙的东西。"①大陆记忆在"地图"的激发下得以呈现，显然已经过了作者的美好童年之记忆的过滤和变形，而且已经有选择性地保留了那些与美好记忆有关的大陆历史部分，而自动剔除掉另一些不愉快的、与作者情绪不相符的大陆历史，即个人记忆中所包含的"真实中国历史"只是作者当下主观心理感受上的"真实"，一种艺术虚构出来的"真实"，而非对客观真实的中国历史的还原。

在王鼎钧的怀乡散文《地图》一文中，抒情主人公"我"把一幅中国地图作为结婚礼物送给好友"他"及其未婚妻"她"，请他们两人在这幅中国地图上画出他们曾经生活过的地方和他们的足迹。这幅地图激发起的是"他"个人悲惨的记忆："我从他手里把地图取回来，发觉他所画的线条，粗细不匀。从家乡开始出发时，线条细弱，像滑行一般不费力气，象征一段只见幻景不见现实的旅行。后来，线条画得很粗，有时像肌肉隆起的臂，有时像老树的枝杈，有时像逆流而上的缆。这里面似乎有愤怒的不同意，有勉强吞咽的悲辛，也有滔滔奔流的豪气。他在画线时，剧本在他眼前重演一次，已熄的几座火山在他心中重新轮流喷发一次，他的指和腕的筋肉像记录地震的仪器，记下震动的幅度。广告社里的塑胶线万万无法照式复制。"②可以这样说，中国地图再次激发起尘封在心底的记忆，尽管这种记忆是不愉快的，甚至可说是悲惨的，但是却是从大陆迁到台湾居住的"他"生命中不可或缺的一部分，是永远不可能被遗忘的。对于同样具有大陆生活经历的"她"来说，中国地图中的山河岁月也已经溶化在她的生命中："看哪，她举起铅笔，默默不语。看哪，绿线由松花江岸开始，她默默不语。看哪，她画过黄河，画过淮河，画到长江，默默不语。铅笔采取和江水相反的方向，到了上游，画一个多角形。又采和江水相同的方向，到了海岸。看哪，铅笔停住了。有雨点打在草叶上的声音，有重感冒时通鼻孔的声音。她哭了，冰店里的人，这里那里，又为她放下茶杯，或为她戴起眼镜。"③换言之，王鼎钧的《地图》通过"中国地图"的意象来唤起和强化在台生活人们的中国大陆之记忆，提醒他们不要忘了自己的"根"不是在当下住的台湾，而是在中国大陆。

---

①　林海音：《两地》，北京出版社 1988 年版，第 28 页。

②　王鼎钧：《大气游虹：王鼎钧散文选》，中国友谊出版公司 1994 年版，第 46 页。

③　王鼎钧：《大气游虹：王鼎钧散文选》，中国友谊出版公司 1994 年版，第 47 页。

余光中也有一篇著名的怀乡散文名曰《地图》,不过作为文本意象的"中国地图"的内涵与象征意义,与王鼎钧的《地图》既有相似之处,又有差异。在余光中的《地图》一文中,作者把中国大陆的地图、台湾地形图和美国大陆地图放在一起进行比较,寄托其中的感情是复杂的:"他将自己的生命划为三个时期:旧大陆、新大陆和一个岛屿。他觉得自己同样属于这三种空间,不,三种时间,正如在思想上,他同样同情钢笔、毛笔、粉笔。旧大陆是他的母亲,岛屿是他的妻,新大陆是他的情人。和情人约会是缠绵而醉人的,但是那件事注定了不会长久。在新大陆的逍遥游中,他感到对妻子的责任,对母亲深远的怀念,渐行渐重也渐深。去新大陆的行囊里,他没有像萧邦那样带一把泥土,毕竟,那泥土属于那岛屿,不属于那片古老的大陆。他带去的是一幅旧大陆的地图。"[1]所谓的"旧大陆",实际上就是作者出生、度过青少年时代的中国大陆,是为了与他当时正在留学的美国大陆——"新大陆"相区别。而"旧"大陆的"旧"在该文中具体包括两重内涵:一方面与美国几百年的历史相比较来说,"旧"指五千年来的中国文化和中国历史的古老悠久;另一方面,"旧"中国的历史文化不但包含着积极因素在内,同时也必然包含着历史的因袭和重担,包括无尽的战乱和苦难等等一些消极因素。"旧大陆"的地图不但激起了他对大陆经历的回忆,而且还促使他把记忆延伸到古代中国的历史和文化中:"在山岳如狱的四川,他的眼神如蝶,翩翩于滨海的江南。有一天能回去就好了,他想。后来太阳旗在中国降下,他发现自己怎么已经在船上,船在白帝城下在三峡,三峡在李白的韵里。他发现自己回到了江南。他并未因此更加快乐,相反地,他更加怀念起四川来。现在,他只能借地图去追忆那山国和山国里那些曾用蜀语摆龙门阵甚至吵架的故人了⋯⋯那古老的大陆,所有母亲的母亲,所有父亲的父亲,所有祖先啊所有祖先的大摇篮,那古老的大陆。中国所有的善和中国所有的恶,所有的美丽和所有的丑陋,全在那片土地上面和土地下面。上面,是中国的稻和麦,下面,是黄花岗的白骨是岳武穆的白骨是秦桧的白骨或者竟然是黑骨。"[2]从中可以看出,作者阅览"地图"的一个目的,就是为了能够顺理成章地用今日经过重组之后的记忆进入过去的中国历史,达到用今日记忆重新建构过去中国历史之目的。

---

① 余光中:《余光中集》第4卷,百花文艺出版社2004年版,第351页。
② 余光中:《余光中集》第4卷,百花文艺出版社2004年版,第353页。

　　在焦桐看来，余光中的《地图》中的那张破旧的中国大陆地图，与其说是文本中的一个意象，不如说已经变成了一种幻想出来的、被顶礼膜拜的图腾，其中蕴涵着当时台湾的意识形态思想："这图腾所象征的意涵包括了空间和时间，里面除了是对故土深远的想念，也是对岁月的缅怀。值得注意的是，地图上许多地名甚至是'虚构'出来的，如'长安'、'洛阳'、'楚'、'湘'等等古地名，不会和现代都市同时出现一张高中生读地理课本用的标准地图上。因此，地图既可以虚构，地图里的地名也可以成为幻想、意识形态的力量。"①这个评价是准确的。与林海音的《一张地图》和王鼎钧的《地图》中的"地图"相比较来说，余光中的《地图》中的"旧大陆地图"就是一种图腾，已经完全被迎合当时台湾意识形态思想的所谓"大陆记忆"重新建构和加工，并通过"地图"把诸多想象、虚构出来的"祖国大陆"特点——充满唐诗宋词韵味之美和古典中国的文化传统以及生活情调，等等——从地理位置的角度加以历史化，以求得所谓中国历史的"真实"。

　　综上所述，在20世纪五六十年代的台湾散文文坛中，无论是直接化用中国古典诗词意象与意境的、抒情色彩极浓厚的怀乡散文作品，还是通过现代白话散文和现代白话诗歌而接通了中国古典文学传统的叙事记人之类的怀乡散文，其文本中所呈现的中国是一个充满了唐诗宋词韵味的、古色古香的古典中国，中国是经过散文家们的记忆过滤的一块土地，用余光中在《四月，在古战场》一文中的话来说就是："他的怀乡病中的中国，不在台湾海峡的这边，也不在海峡的那边，而在抗战的歌谣里，在穿草鞋踏过的土地上，在战前朦胧的记忆里，也在古典诗悠扬的韵尾。他对自己说，西北公司的回程翼，夹在绿色的护照里，护照放在棕色的箱中。十四小时的喷射云，他便可以重见中国。然而那不是害他生病害他梦游的中国。他的中国不是地理的，是历史的。"②可以这样说，台湾五六十年代怀乡散文作品中反复回忆和讲述的，不管是浸润了中国古典文学色彩的、充满了特有的中国古典文化符号的"中国"之历史，还是所谓可以进行史实考据的中国之战乱历史，或是激发和寄托着乡愁的"中国地图"所呈现出来的中国历史，其实均不是客观真实存在的中国（包括大陆与

---

① 余光中主编：《中华现代文学大系（二）·台湾1989—2003》评论卷二，台湾九歌出版社2003年版，第865页。

② 余光中：《余光中集》第4卷，百花文艺出版社2004年版，第276页。

台湾）的历史。这样的"中国历史"，是怀乡散文家们在大陆真实经历过的一些事情和作家对真实存在的家乡亲人的真情实感的基础上，以现代散文"真实观"中的"现实真实"和"艺术真实"互相统一之理论原则为指导，在创作实践中有意泯灭、模糊客观现实和主观虚构之间的界限而建构出来的。他们在文本中用假定的"艺术情境"之设置来使其艺术虚构部分产生"似真"的阅读效果，用文学世界中掺杂融合了艺术虚构色彩的个人记忆和所谓"现实生活"，巧妙地置换了客观现实生活的内涵，从而在怀乡散文作品中建构出虚实相生的所谓"真实的中国历史"。进而言之，台湾五六十年代怀乡散文一方面取得了高度的艺术水平和文学成就，另一方面则通过各种手段在文本中建构起所谓"真实的中国历史"——虽然也有战乱苦难，但永远浸润着特有的中国古典文学和文化色彩的中国之历史；一方面反复强调所有在台居住的"中国人"的身份特征，甚至用"母亲"与"孩子"的关系来比喻他们与中国大陆之间永远无法割断的血缘关系，另一方面却亦暗暗与当时台湾国民党当局提倡的"反共复国"、"反攻大陆"之政治意识形态思想互相呼应、相互契合。从这个角度来说，怀乡散文与当时台湾的"反共文学"涵盖的政治意识形态差别不大，只是前者用高度的艺术成就巧妙而成功地隐藏、遮掩了其意识形态思想。

因此，从历史发展的角度来说，我们必须辩证地理解台湾五六十年代怀乡散文中所建构的"真实的中国历史"产生的积极影响及其消极后果。显而易见，这种有意无意被"乡愁"主题所隐藏的"真实的中国历史"观，所强调和强化的台湾人的"中国人"之身份特征，以及他们的"中国根"意识，固然确实符合台湾是中国不可分割的一部分和台湾与祖国大陆血肉相连的历史事实，但是不可忽略的是，其中隐含着一些消极因素：这种建构出来的"真实的中国历史"之观念，从另一个角度来说，太过于强化台湾人的中国历史之记忆，认为台湾从中国文学传统和当时的世界版图上均代表着中国，而中国大陆则处于共产党的"铁幕"统治下，国民党统治下的台湾地区迟早会打回大陆，收复所谓的"失地"。这不但赋予当时台湾国民党当局所倡导的"反共复国"、"反攻大陆"的政治意识形态思想以情感上和社会现实上的合理性，而且还隐含着不承认和排斥中国共产党领导下的中华人民共和国之因子。所以当七八十年代的怀乡散文由怀念祖国大陆，逐渐变迁为正视台湾是故土的思想观念，乃至到 90 年代中后期进一步强化后一种观念之后，就有一部分台独分子趁机混淆视听，他们叫嚣着"台湾独立"的"台独思想"，只强调台湾是故土，他们的身份不是"中国人"而只是"台湾人"。其主要原因当然在于陈水扁领导下的台湾民进党当局的误导，不过其中不可忽视的一个原因和源头，却应该追溯到五六十年代各种文学作品中所建构的"真实的中国历史"之消极影响。在诸多情况下，真理和谬误往往只有一步之隔，台湾五六十年代怀乡散文的成功与过失、缺陷亦可作如是观。

　　如果从中国现代散文史和现代散文艺术性的角度来考察，台湾五六十年代的怀乡散文在艺术效果上产生的一些负面影响，也与其文本中建构"真实的中国历史"有莫大关系。具体来说，怀乡散文为了建构大陆历史的"真实性"，其内容主题均被限定在怀念和追忆大陆故土和大陆经历中，某种程度上就是一种内容"窄化"；而从散文艺术创新的角度来说，台湾五六十年代怀乡散文化用中国古典诗词的语言、意象、意境和声音节奏等文学因素的创新实验，固然在中国现代散文的发展史中作出了无法抹杀的艺术贡献，但也不能忽视由此带来的雕琢匠气的消极效果；再从现代散文内部规律的发展变迁来说，保持现代散文生命活力并推动其不断发展前进的一个文学内部规律，是其语言与形式结构的不断创新变化。具体到台湾五六十年代的怀乡散文来看，当诗歌化风格成为其作品的主要特点和主流趋势之后，固然出现了很多充满诗情画意、感情充沛的怀乡散文佳作，并使诗歌化散文进入了鼎盛时期，但是还要看到，这种鼎盛实际上已经蕴涵着衰落和新变的种子，怀乡散文逐渐在内容和形式上显现出模式化和雷同的缺陷。有的研究者明确指出："柔情缱绻乡思难耐的负面效应是显而易见的。它们很快导致了台湾散文的滥情、矫饰、文弱和单调。作家们或沉溺于家庭琐事的记录和日常杂务的自我陶醉中，谈居室小摆设、唠叨买菜做饭、小狗小猫、津津乐道于浇花赏木、漫步听风，或事无巨细地纠缠于个人情怀的无休止的编织中，追忆往昔恋人的踪影、喋喋不休于家族兴变的感慨、上至先祖在宫廷为官的遗物残书下至小女玄孙的打闹哭骂……台湾散文因其情浓趣永曾一度给人耳目一新之感，但近乎千篇一律的路数也逐渐让人腻味索然。"①也就是说，经过了近二十年的鼎盛时期，以怀念大陆故土和人情风物为主题的怀乡散文在60年代末开始衰落。

　　此外，大量化用中国古典诗词中关于怀乡的意象和意境有利于增强作品的感情力度，使感情充沛成为五六十年代怀乡散文的一个艺术特点。但是要

---

① 刘春水：《告别温柔的乡愁——兼评王鼎钧的文化散文》，《当代文坛》1995年第3期。

注意的是,如果感情不加以适当节制则会走向另一个极端,即情感泛滥成灾,过于夸张和矫情。怀乡散文情感泛滥的最明显标志之一,就在于文本中的"眼泪"太多。余光中曾在《论朱自清的散文》一文中批评朱自清散文《背影》中的一个瑕疵是:"短短千把字的小品里,作者就流了四次眼泪,也未免太多了一点。"①但是一些怀乡散文作品也不能避免此毛病。具有代表性的是张晓风的散文《愁乡石》。在文本中,抒情主人公"我"一想到大陆的故土风物,总是情感特别充沛,或是怀着"又凄凉又悲怆的心境"、"我的乡愁遂变得又剧烈又模糊",或是有"嚎哭的冲动"、"恸哭","心灵便脆薄得不堪一声海涛","绕着故国的沙滩岩岸而流泪",最后"淌出眼泪"。这种泛滥的情感,不免有为情造文和人为雕琢之嫌,必然会削弱或减损五六十年代怀乡散文的艺术性。

① 余光中:《余光中集》第 5 卷,百花文艺出版社 2004 年版,第 570 页。

第五章　台湾五六十年代怀乡散文
代表作家的创作特点

　　虽然五六十年代怀乡散文利用各种手法在散文文本中构建出"真实的中国历史",从而暗合了当时台湾的政治意识形态思想主流,但从艺术追求角度来看,怀乡散文作家们是怀着对艺术无比尊崇的心理进行创作的,他们把散文看做是至高无上的缪斯,是终身不懈追求和无限热爱的一种理想和信仰。余光中在《四面楚歌谈文学》、《剪掉散文的辫子》和《风·鸦·鹑》等文章中倡散文改革,其中的一个重要原因就是不满当时台湾散文千篇一律模式化、艺术上不思创新进步的弊病,体现在《剪掉散文的辫子》中所批判的翻译腔的"洋学者的散文"、食古不化的"国学者的散文"、做作的"花花公子的散文"和枯燥无文采的"浣衣妇的散文"等散文类型中,他所追求和赞许的"现代散文"则是出于对文学缪斯的尊敬和热爱。张晓风作为《中国新文学大系(二)·台湾1989—2003》四册散文卷的主编,在散文卷"序"中指出,包括她在内的老一代台湾作家对文学创作都抱持着虔诚的态度:"而老辈的作者,他们手中捧着火苗前行,那火苗便是文学。那烫得人手心灼痛欲焦的文学。你忍受,只因在茫茫荒郊、漫漫长夜,风雪相侵,生死交扣的时刻,舍此之外,你一无所有。"①张秀亚在《写作·写作》一文中谈到的散文写作的心得亦很具有代表性:"我对文字的爱好,几乎已经成为一种不可抑制的情热,每读到一个优美的而隽永的句子,我的眼睛就会发亮,我的心灵就会急速地震颤,因此'对文字的癖好,在我已成为不治之症了'。我爱的不是文字的表面,而是字与字之间的奇妙组

---

① 余光中:《中华现代文学大系(二)·台湾1989—2003》散文卷一,台湾九歌出版社2003年版,第6—7页。

合,以及由那组合而形成的谐和、完美,逐出的芳香,生出的魅力,闪出的火花,发出的光亮。"①此感受还可以概括为这样的一句话:"一个文艺工作者,倘对供他驱遣的文字,以及他的写作的工作能付与如此多的热情,也许才能写出感人的作品吧。"②艾雯同样表达过把文学当做人生之柱的看法:"写作犹如一通窄门,进去时果然不易,而一旦怀着庄严崇敬的心情跨进门坎,情不自禁就会染上那种近似献身宗教的狂热,把自己视为一束燃料,投入创作的热情中。那份热忱进人灵魂深处,那份兴趣融入生命里,终于成为习惯,成为生活,成为一生顶礼的精神事业——我写作,由于内在那股冲激的力量——创作欲,不断地鼓励我;我写作,为的享受那份最高的心灵生活。"③她还说过:"一支笔在坎坷的人生长途上,成为我的生命之光,成为我的希望之火,成为我转变时的支柱,成为我彷徨时的指标,成为我生存于这个世界的凭恃,成为我接受挑战的对抗武器,也成为我的心腹朋友。"④因此,台湾五六十年代怀乡散文作品虽然暗合了当时台湾政治意识形态思想,但是其高度的艺术成就却是有目共睹的,并且常常会掩盖、遮蔽作品中的思想倾向,正如上面章节已经详尽论述过的。

具体来说,台湾五六十年代怀乡散文家中较有代表性的作家包括林海音、钟梅因、艾雯、张秀亚、琦君、张晓风、余光中等。这些散文家往往是多面手,除了散文创作之外,在诗歌、小说和戏剧等领域也颇有建树。例如余光中首先是著名的诗人,然后才是用"左手写散文"的散文家,艾雯在1941年以小说《意外》获得《江西妇女》征文第一名之后登上文坛,琦君出版的第一本作品是散文小说合集《琴心》,林海音、张秀亚也均是先出版小说作品之后,才开始涉猎散文领域的。这种多方面的文学素养不可避免地会影响到散文创作,使他们的怀乡散文作品虽然以"乡愁"为共同的主题,但是每个作家的写作风格却又各有特点,不但各异其趣、异彩纷呈,而且在创作实践中均有意无意地追求散文艺术形式的创新求变,使该阶段的怀乡散文作品除了具有向中国古典诗词歌赋"出位"而造成诗歌化特点的主流趋势之外,还或多或少地吸纳、融合了其他文学类型的一些艺术因素和表现手法,由此达到了余光中在《剪掉散文

---

① 张秀亚:《月依依》,人民日报出版社1996年版,第300页。
② 张秀亚:《月依依》,人民日报出版社1996年版,第301页。
③ 转引自阎纯德:《青春和爱的歌唱——艾雯的生平与创作》,《新文学史料》2005年第4期。
④ 艾雯:《自我塑像》,《文学时代》双月丛刊1982年版。

的辫子》一文结尾中所表达的对改变当时台湾散文的流行弊病之期望:"现代散文的年纪还很轻,她只是现代诗和现代小说的一个幺妹,但是一心一意要学两个姐姐。事实上,在现代小说之中,那散文就是现代散文,司马中原的作品便是一个例子。专写现代散文的作者还很少,成就自然还不够,可是在两位姐姐的诱导之下,她会渐渐成熟起来的。"①从这个角度来说,七八十年代怀乡散文全方位对诗歌、小说、戏剧等文学类型的渗透、融合,也是在五六十年代怀乡散文"出位"的基础上总结经验教训进一步发展而来的。

还需要说明的是,五六十年代的怀乡散文作家的年龄不均等,林海音、梅钟音、艾雯、琦君等人的年龄较大一些,属于"第二代"散文家,而余光中、张晓风则属于年轻一代的"第三代"了,虽然下面主要针对他们写于五六十年代的怀乡散文的艺术特色进行分析,但是由于一些作家的散文生命力长久,跨越几十年,可能直到古稀之年仍然会有佳作出版,所以本章在分析他们五六十年代怀乡散文的艺术特点时,不可避免地会牵涉到这些散文家们在五六十年代之后所创作、出版的散文作品之风格特点,包括七八十年代,甚至在 90 年代至今的散文作品。而且由于怀乡散文家的散文风格常会存在两种情况:有时作家的散文创作风格并不随时间而发生变化,其完整性和连贯性可能会保持十几年,甚至是三四十年,直到文学生命的终止;有时作家在散文创作中有意追求艺术的创新变化,所以在同一个十年中其风格又经常会发生某些变化,这种追新求异的特点可能会贯穿其创作生命始终,也可能或在某个时期较明显,而在另一个时期则承袭旧有的风格特点。在前一种情况下,考虑到作家散文创作艺术风格的连贯性和统一性,本章在分析某散文家五六十年代怀乡散文艺术特点(包括在散文艺术方面的创新求变试验)的同时,亦会把该作家除了怀乡主题之外的其他内容主题的散文作品,以及其他阶段的散文作品均看成一个统一的整体,来探讨、阐释其所有散文作品的风格特点;而后一种情况则较为复杂,由于一些散文家的艺术风格多变,并无统一的散文风格,所以在本书的后两编均会再次对这些散文家在七八十年代和 90 年代创作的散文作品进行探讨,如余光中、张晓风等散文家的创作。

林海音首先以"小说家"之名闻名台湾文坛,她在 1960 年发表了小说成名作《城南旧事》,以童年记忆中的"第二故乡"北平的风物为背景而写就,成

---

① 余光中:《余光中集》第 4 卷,百花文艺出版社 2004 年版,第 162 页。

为怀念祖国大陆的乡愁小说或曰怀乡小说的代表作之一。她在50年代和60年代的散文作品主要汇编为两部集子,分别为《两地》(1966)和《作客美国》(1966)。后一部散文集是她旅居美国时所写在美的生活和所见所闻,而前一部散文集《两地》则是台湾五六十年代怀乡散文的代表作之一。

《两地》中的"两地"指北平和台湾,共收录了作者在1950年1月到1966年8月期间所写的散文作品,大体上一半篇幅写在北平度过的童年和青少年阶段的生活与经历,包括《北平漫笔》、《文华阁剪发记》、《天桥上当记》、《黄昏对话》、《吹箫的人》、《虎坊桥》、《骑小驴儿上西山》、《难忘的姨娘》、《模特儿"二姑娘"访问记》和《家住书坊边——琉璃厂、厂甸、海王村公园》等二十几篇散文,另一半写在1948年与家人迁到台湾后的生活和见闻,包括《新竹白粉》、《台北温泉漫写》、《台湾的香花》、《台南"度小月"》和《台湾民俗杂辑》等二十几篇散文作品。林海音之所以选择北平和台湾两个地方的风物人情写入怀乡散文,和作者的特殊身世经历有关:她是台湾人,但是自从五岁后随父辈迁到北平居住,在这个古都度过了美好的童年、少年和青年时期二十几载的岁月,因而林海音怀乡感情指向这两个"故乡"也就不足为奇了。有的批评家认为,林海音怀乡散文中的乡愁并没有固执的地域指向,漫出了地域的界限。富于传奇色彩的人生经历使她的故乡很难确定,也使她摆脱了安土重迁的土地情结,告别了囿于乡土的狭隘和偏执。台湾是她的故乡,她对台湾怀有深厚的赤子情怀,但如骨鲠在喉的对北平的记忆,又使她对北平的山光水色和花草树木魂牵梦萦"①。相比较而言,该散文集回忆第二故乡北平的那些散文所呈现的"乡愁"之情更为真挚感人,常常被当做是作者怀乡散文的代表作品。

从艺术手法上来看,林海音的怀乡散文语言非常朴素,无论是《骑小驴儿上西山》等重在写景抒情的篇什,还是《难忘的姨娘》、《模特儿"二姑娘"访问记》等故事性较强和写人记事的散文作品,均娓娓而谈如话家常,具有谈话风式的叙谈风格,语言句式也较为质朴无华,如:"最不能忘怀的是'说时迟,那时快'的暴雨;西北的天空忽然乌云密布,一阵骤雨洗净了世间的污浊。有时不到一小时的工夫,太阳又出来了,土的气息被太阳蒸发出来,那种味道至今还感到熟悉和亲切。我喜欢看雨后的红墙和黄绿琉璃瓦,雨后赶到北海划小船最写意。转过了北池子,经过景山前的文津街,是到北海的必经之路。文津

---

① 黄发有:《女儿情结:逃逸与自囚》,《胜利油田师范专科学校学报》1999年第1期。

街是北平城里我最喜爱的一条路,走过那里,令人顿生怀古幽情。"①。其散文诗歌化的艺术特点主要体现在由描摹北平故居的人情风物带来的温馨诗意上。有的研究者指出,林海音善于运用传统的白描手法,信手绘成一幅幅都会人情风习图,咏物寄怀,织进她对古都北平的无限情思。如果将这些画幅依次连缀起来,就展现出一部中国近代京都民俗沿革的编年史②。也就是说,林海音的怀乡散文不仅是表达对大陆故土深刻思念之情的散文作品,还在某种程度上具有民俗学、社会学的价值,这大概超出了作者因抒发思乡情绪而主动写作的初衷,正如她在《苦念北平》一文中所说的:"不能忘怀的北平! 那里我住得太久了,像树生了根一样。童年、少女,而妇人,一生的一半生命都在那里度过。快乐与悲哀,欢笑和哭泣,那个古城曾倾泻我所有的感情,春来秋往,我是如何熟悉那里的季节啊!"③也正是因为念之深爱之切,所以发而为文后在文本中表现出的感情就非常质朴感人。

林海音的怀乡散文虽然表达了作者对大陆故土的怀念感情,但是与当时怀乡散文中普遍流行的"愁天恨海"的悲情基调却不同。具体而言,"林海音的散文主情而不主理,而其中的情总显出积极乐观的色彩,我们极难从中感受到苦涩和感伤的情调。在林海音散文中你很难找到对社会世态的深刻揭露,也许这是她散文的薄弱之处。然而正如锥子不会两头尖一样,任何风格都是长短并存的。林海音不大写暴露性的散文,并不是因为她对世事不知,而是因为她总是以和善、审美的心态来观照生活。她的平常心不是表现为对生活的泰然的冷漠,而是对生活的热情的参与。她在描写平凡生活时总是发掘其中的乐趣"④。如《天桥上当记》一文中,记述了姐妹俩人在天桥买布上当受骗,开始感到有些懊恼和愤怒,但是很快就释然了,并借人物"我"之口来写对"吃了亏,但是并不厌恶它的"的天桥艺术之感叹:"他的话,也有一种催眠的力量,吸引着人人驻足而现,其实围观的人,并不是各个要买布的——","而是要欣赏他们的艺术,使我们的听觉和视觉都得到观感的快乐,谁不愿意看见便

①　林海音:《两地》,北京出版社 1988 年版,第 38 页。
②　党鸿枢:《试论林海音散文的艺术结构》,《西北师范大学学报》1986 年第 3 期。
③　林海音:《两地》,北京出版社 1988 年版,第 37 页。
④　卞新国、徐光萍:《林海音散文述评》,《镇江师范专科学校学报(社会科学版)》1997 年第 1 期。

宜不占呢？谁不愿意听顺耳的话呢？天桥能使你得到"①。作者在娓娓回忆中凸显了她的乐观心态。

艾雯虽然也是以小说创作登上文坛的，不过她开始写作散文后文采便一发不可收拾，是一个多产的散文家。她在五六十年代出版的散文集就有五部，分别是《青春篇》（1951）、《渔港书简》（1955）、《生活小品》（1955）、《艾雯散文集》（1956）、《昙花开的晚上》（1962）。在此后出版的散文集依然很多，主要包括：《浮生散记》（1975）、《不沉的小舟》（1975）、《艾雯自选集》（1980）、《倚风楼书简》（1983）、《缀网集》（1986）、《明天，去迎接阳光》（1990）、《花韵》（2003）以及《童年在苏州》、《古吴轩与谁同坐》、《孤独凌驾于一切》和以"怀乡草"为名的十几本散文集。其中以散文集《青春篇》的影响最为巨大。在1956年举办的"青年最喜爱的作品及最推崇的文艺作家测验"中，《青春篇》获得第一，成为台湾青年"最喜爱阅读之作品"，艾雯也被誉为台湾"最受推崇的作家"。其中的散文《路》还被选入台湾的中学国文教材，流传数十年。此书连续出了八版，由于书局结束而改由台湾大业出版社于1958年重版，之后又由台湾的水芙蓉出版社于1978年出版，1987年经过增订，又经由台湾的尔雅出版社出版。该书还影响了一批台湾散文家，如余阿勋②在《涓涓集·写作生涯》中说自己在求学期间"早晨四五点起来，利用路灯背诵《青春篇》"；张拓芜③也在《左残闲话·瘠土》中自述，他有艾雯《青春篇》的手抄本，大部分还能背诵下来。

艾雯的散文被称做是"青春与爱的歌唱"，正如她在1978年《青春篇》重版的题记中所说的："如果青春不只是红颜，也包括一种心情，一种意志，一份永远对事物的好奇，对一切美好的喜悦，对人类的关怀。那么，青春虽然不再，庆幸我还多少剩有这些，可以作为明日创作的资源。"这种"青春与爱的歌唱"的主题和乐观精神，成为一条鲜明的红线，贯穿艾雯从50年代至今的五十多

---

① 林海音：《两地》，北京出版社1988年版，第36页。

② 余阿勋（1935—1983），出生于台湾花莲，出版作品包括《涓涓集》（1975）、《爱的种种》（1984）等散、杂文集；翻译作品有《雪地之死》等四十余部。

③ 张拓芜（1928—　），笔名沈甸、左残，安徽泾县人。自幼家贫，后参加国民党军队，随军去台湾。1973年后中风致残，生活穷愁潦倒，以写自传性散文《代马输卒》度日。其作品有诗集《五月狩》（1962）、《张拓芜自选集》（诗、散文合集，1978），散文集有《代马输卒手记》（1976）、《代马输卒续记》（1978）、《代马输卒余记》（1978）、《代马输卒补记》（1979）、《代马输卒外记》（1981）、《左残闲话》（1983）等。

年散文创作历程。但是艾雯散文作品的内容主题并不仅限于对青春与光明、爱与美的书写与赞美,而是非常丰富多样,"不仅是要描写自己的身边琐事、宣泄自己的感情,更要积极深入社会底层,撷取、提炼民间那些感人的生活万象;此外,还要把希望、理想和奋发的精神带给读者,把那些苦闷烦恼和忧国忧时的人引领到光明之中"①。

　　艾雯写于五六十年代的怀乡散文比较特别,"中国大陆故乡"常常作为一个背景出现,作者的着重点在于当下的台湾生活。以《渔港书简》一文为例来说,大陆虽然有作者魂牵梦萦的亲人和故乡,但是从大陆来台的艰苦颠簸的乘船经历却又像是作者急于忘记的一场噩梦:"在我唯一的记忆中,海是狂放的、粗犷的,不是吗? 在开赴台湾的船中,我被风浪颠簸得半僵的躺在舱板上,眼睁睁地望着黑压压的波涛山似的矗立在舷旁,巨浪却似一群激怒的野马,奔腾扑击。"相比之下,当下在台湾度过的平静安稳生活,使作者赋予大海一种含情脉脉的诗情画意:"如今展现在窗下的海却是那么平静,平静得像一个深邃的湖沼,只在风过时掀起粼粼涟漪,微波轻拍着沙岸,宛如朵朵昙花忽明忽灭,那一片黯蓝远远地,远远地展延开去,又衔接了另一片蔚蓝,分不清海里有天,天上有海。海里三两点白帆,仿佛天上的白云,天上朵朵白云又似海里的白帆。在海天的大和谐中,我溶失了自己,我觉得我自己一瞬间就是那一朵云,那一支帆。"②而在诗意的抒情中,台湾渔港渔民生存环境的恶劣和他们贫苦的生活,也成为作者关注的重点。可是颇有意思的是,随着时间的流逝,艾雯在七八十年代创作的怀乡散文却逐渐开始倾向大陆,对大陆故土生活的回忆明显加大了比重,尤其是在《梦入江南烟水路——怀乡草》一文中,作者用中国古典诗词的华美语言和意象描绘出一幅秀丽的大陆江南风光:"雨一停,接待着人们的又是怎样一个崭新的世界! 一个从长长的冬眠中苏醒过来,充沛着活力,洋溢着生意伸出亿万支柔和温暖的手指,来拥抱一切的世界。纵使庭院深深如许,几番春雨滋润,几度春风拂拭。也春意盎然,梅椿上萌发了深绿的嫩芽,柳条儿摇曳着青翠的新叶。海棠翘扬着一簇簇蓓蕾,春兰结着一串串花蕊,木兰的花苞就像一枚枚毛茸茸的橄榄。"③因艾雯此阶段怀乡散文集

①　阎纯德:《青春和爱的歌唱——艾雯的生平与创作》,《新文学史料》2005 年第 4 期。
②　郭枫主编:《台湾艺术散文选》二,百花文艺出版社 1990 年版,第 217—218 页。
③　艾雯:《艾雯自选集》,台湾黎明文化事业股份有限公司 1980 年版,第 171 页。

79

的主题基本上是怀念故乡苏州的人情风物,因此获得了"艾苏州"①的雅称。

艾雯的文笔细腻生动,富有艺术感染力。在50年代成名的那一批台湾女散文家中,她的文学贡献在于:"最讲求修辞艺术的她对于白话文的实验与提升具有不容低估的贡献。"②除了化用具有诗情画意的语言入文之外,艾雯还在散文的语言节奏感上进行实验创新。朱光潜在《散文的声音节奏》一文中指出现代散文(此处他称为"语体文")特有的声音节奏在于:"语体文的声音节奏就是日常语言的,自然流露,不主故常。⋯⋯但是语体文必须念着顺口,像谈话一样,可以在长短、轻重、缓急上面显出情感思想的变化和伸展。"③艾雯在散文实践中则走得更远,她的散文作品体现出鲜明的音乐节奏美,主要包括以下三个方面:一是大量运用博喻的修辞手法以及排比、对偶、复沓等句式。从而加强了散文的语言节奏,形成铿锵音律,使感情的波涛奔流直下。二是骈句和散句相结合,这使文章既有骈句的整齐匀称的对称美,又配之以散句,松紧相间,从而造成了节奏鲜明、音韵和谐之美。三是语句长短张弛,参差错综。长句舒徐从容,短句短而急促,流势快而迅疾。句式的长短、轻重、缓急相搭配,使情感的表达曲折尽意,语言的情韵铿锵抑扬④。

作为50年代知名的台湾女散文家,张秀亚实际上早在1937年就出版了第一本小说集《大龙河畔》,成名较早。此后她在中国文坛上勤耕不辍,除了小说创作之外,还在诗歌、翻译,尤其是散文领域流连忘返,文学生命长达70年之久,为后人留下了颇为丰盛的文学作品。在2005年,台湾文学馆出版了15册的《张秀亚全集》,分别包括诗卷、散文卷、小说卷、翻译卷、艺术史卷、资料卷六大类。其中散文就占了8册。如果按结集出版的本数来算的话,则共计有三十七本散文集(含选集)。张秀亚在1948年渡海到台湾居住后,于1952年结集出版了散文集《三色堇》,受到台湾读者的热烈欢迎。她在50年代还出版了《牧羊女》、《凡妮的手册》、《怀念》、《湖上》和《爱琳的日记》等散文集,使其跻身于著名散文家之列。60年代出版的散文集则主要包括《少女的书》、《北窗下》、《曼陀罗》和《心寄何处》等。

---

① 见范培松:《"艾苏州"——台湾女散文家艾雯散文印象》,《瞭望》1990年第2期。

② 陈芳明:《台湾新文学史:女性诗人与散文家的现代转型》,台湾《联合文学》2003年第2期。

③ 转引自俞元桂主编:《中国现代散文理论》,广西人民出版社1984年版,第131页。

④ 余文博:《一个多层次的审美艺术空间——艾雯散文艺术论》,《重庆邮电学院学报》2005年第6期。

与林海音五六十年代怀乡散文的直抒胸臆特点相比,张秀亚在五六十年代怀乡散文中的怀乡情愫,则是通过自我心灵过滤过的大陆生活回忆婉转、间接地表达出来。具体来说,她很少直接悲叹离开大陆故土的乡愁,而是常常用带有个人细腻情思的笔触来写大陆故土风物,以及大陆青少年时期的生活,包括求学阶段的各种经历。因此,就可以理解,为何张秀亚对母校辅仁大学所在的北平不直呼其名,而总是称为"古城",因为后者承载了作者充满青春的欢乐和惆怅感情的美好时光。

张秀亚此阶段的散文还奠定了其散文作品中一以贯之的一个艺术特色:语言典雅清丽,擅长描摹自然景物和抒发细腻情感。她常在散文中夹带具有中国古典诗词之美的白话诗歌,温婉清丽而略带惆怅和幻灭的美感色彩。例如《湖上》一文引用了女诗人沈思思的一首白话诗歌,与其说这是为散文后半部分"她"与"他"在大学期间相爱却最终分手的爱情悲剧故事渲染氛围,不如说是作者把美丽却又忧愁的青春年华的回忆融入到对大陆故土生活的深深思念中。而如果从接受中国古典诗词神韵的角度来说,其散文作品颇有南宋女词人李清照的婉约风格。

需要指出的是,张秀亚的散文是典型的白话美文,她被认为是何其芳的美文传统在台湾的传人①。她最具有代表性的散文作品当推 1953 年出版的《寻梦草》。常常被看做是具有小说色彩的散文《寻梦草》,讲述一个神秘美丽的女人在湖边对寻梦草执著寻找而不得,最终郁郁而终的凄美故事。文中充满了迷离梦幻的想象色彩,虽然篇幅较长而且带有故事性,但是在意象的选取和意境的营造上均颇得何其芳的美文《梦后》之韵味。从意象来说,何其芳的《梦后》谈到了所谓的"梦花":"我家乡有一种叫做梦花的植物:花作雏菊状,黄色无香,传说除夕放在枕边,能使人记起一年所作的梦。我没有试过。"②张秀亚的《寻梦草》中的"寻梦草"则具有相似作用,只是更加神秘缥缈:"它长着秀美细长的叶子,按照心灵的季节开花,开着耀目的、星一样的花。这种草,是没有一定生长地带的。有时,和诸葛菜一同生在山坡;有时,和色儿一齐隐在水底;有时,混迹在别种杂草里;有时,高高地,爬在山毛榉树上生根。什么地方它也能生长,然而,却不容易寻到它。……只要一寻到它,就可以很幸福地

---

①　痖弦:《把文学的种子播在台湾的土地上》,台湾《文讯杂志》2001 年第 12 期。
②　何其芳:《画梦录》,人民文学出版社 2000 年版,第 16 页。

寻着梦了。它一在你眼前开花的时候,梦便在你眼前开花了。"①除此以外,在《梦后》一文中,何其芳用清丽缠绵的文笔描绘出一个梦幻般的女性:"这两个梦萦绕我的想象很久,交缠成一个梦了。后来我见到一幅画,'年轻的殉道女';轻衫与柔波一色,交叠在胸间的两手被带子缠了又缠,丝发像已化作海藻流了;一圈金环照着她垂闭的眼皮,又滑射到蓝波上;倒似替我画了昔日的辽远的想象,而我自己的文章迟了两年遂不能写了。"②而在《寻梦草》中,张秀亚塑造的主人公同样是一个美丽孤独的女人,只是其外貌形象的描写更具体一些:"只记得是一个到处听得见水鸪鸪叫、看得见白蝴蝶飞的日子。来了一个女人,像一切史诗、神话里边的女人一般,她有一个精巧的外貌,和比丝绸还细致的灵魂。披一袭乌黑的纱衣,就像每一个黄昏湖边景物的一部分,具有悲哀的美丽、晦暗颜色。她来了就住在这座屋子里,住在那座白石屋子了。……这女人还有修长苗密的睫毛,眼光从那后面投射出来,宛如撼过秋苇的月光,有这样眼睛的人,必定是多梦的。她只是一个人,没有仆从,更没有伴侣,孤单而美丽,真像一只天鹅。"③可以看出,这两篇散文中的这两个女性并非写实,而是两个作者梦幻和理想的化身,分别寄托着他们的相似理想:对爱与美的体验和不懈追求。

有研究者认为,何其芳的美文散文具有如下艺术特点:"纤弱的感情,雾般的朦胧,文字是绚丽和缠绵的,集合了晚唐五代诗词及外国印象派的艺术之美"④,这与艾雯五六十年代散文的特点也颇相似。

不过《寻梦草》并非是对《梦后》的改写,这主要体现在"梦"之意象的不同内涵中。在何其芳的《梦后》一文中,作者通过中国古典文学中关于梦的一些典故,如"梦中无岁月。数十年的卿相,黄粱未熟。看完一局棋,手里斧柯遂烂了。倒不必游仙枕,就是这床头破敝的布函,竟也有一个壶中天地,大得使我迷惘——说是欢喜吧又像哀愁",所叹惋的是抽象的"人生如梦"的虚幻感。而张秀亚的《寻梦草》是把整个中国古典文学中"梦"之意象纳入自己的笔下,充满梦幻色彩的"寻梦草"实际上是那个美丽孤独的女人之化身,而她夜夜寻找"寻梦草"不得而最后忧伤死去的悲剧结局,则进一步强化了爱与美

---

① 张秀亚:《张秀亚人生情感散文》,湖南文艺出版社1998年版,第79页。
② 何其芳:《画梦录》,人民文学出版社2000年版,第17页。
③ 张秀亚:《张秀亚人生情感散文》,湖南文艺出版社1998年版,第74页。
④ 钱理群等:《中国现代文学三十年》(修订本),北京大学出版社1998年版,第310页。

的幻灭之感,而且全文紧紧围绕"寻梦草"而结构成篇,有较完整的人物和故事情节,在艺术性上比《梦后》更精致一些。也就是说,张秀亚的《寻梦草》是把《梦后》中抽象的个人感悟具体化为一个美丽忧伤的感人故事,是对后者的巧妙化用和诗意氛围的拓展,而不改变其具有的中国古典诗词的神韵和意境。

　　张秀亚散文拥有诗情画意特点的原因还在于,无论是写景还是抒情性的散文篇章,基本上都有对美丽自然风景和风物诗意描写的段落。在《写作二十年》中,她说:"我爱的是自然,对大自然的爱好,自幼时一直保持到现在。人间的一切会给你欢笑,但那欢笑里含有着毁灭,物质上的一切会给你刹那的幸福之感,但那一刻的幸福背后,却跟踪着满船的不幸,能给人永恒快慰的,只有那时时微笑着的大自然的慈母。"优美的田园风光实际上是作者的真善美追求的一种外化。可举《鹰的梦》一文为例来加以说明。在这篇散文中,作者借被捕雄鹰的怀乡梦来象征自己对大陆故土的思念。该散文的开头是这样的:"偶得空闲,我总喜欢仰望那一道夏日的长空,那蓝如潭水的天色,那大堆的、凝止不流的白云,如同一张名画的背景。我常以自己的想象,在上面补画上一只鹰鸟,任它在云天之间盘旋往复,画着优美的弧线……"①也就是说,具有浓郁诗意的自然风物其实是带有作者主观情思和联想虚构成分的意象,是经过作者精心选择的。张秀亚散文体现出的田园风格,还为她带来巨大的文学声誉,诗人痖弦②认为她的散文是台湾永远的田园牧歌:"在这样一个光怪陆离的时代,张秀亚那行云流水、清新秀丽的田园文学,对人们失去已久的、属于心灵的纯美素质,具有一种唤起、警醒的作用。"③

　　从台湾现代散文史的角度来看,张秀亚的另一个贡献则在于对现代散文艺术的创新实验具有自觉意识。虽然艾雯等其他女散文家也对散文艺术进行过某种创新,但是相比之下,张秀亚的散文创新实践则涉及现代散文的更多层面。除了对诗歌因素的化用之外,她还把戏剧的对话特点引入散文中,散文集《湖上》中的《对话》一文,就全篇用两人的对话构成对话体。而节奏对散文之重要,如同对诗歌一样,尽管二者有不同的表现特点,正如张秀亚在《声音的

---

① 张秀亚:《张秀亚人生情感散文》,湖南文艺出版社1998年版,第169页。
② 痖弦(1932—　),河南南阳人。1949年赴台。诗集主要有《痖弦诗抄》(1959)、《深渊》(1968)、《痖弦诗集》(1981)等。
③ 痖弦:《把文学的种子播在台湾的土地上》,台湾《文讯杂志》2001年第12期,第91—92页。

节奏》一文中所认识到的:"动人的文字是以意象、语言与声音以及音响的节奏组成的,我们一向太注意诗的节奏了,而忽略了散文中的,其实,在一篇动人的散文中,有着最自然而优美的节奏,随着情绪的昂扬或幽沉,形成了起伏。写文章的技巧,更在于模仿纪录天籁的声音节奏,用以表达我们情绪的起落。"①她的很多散文就是具有节奏美感的散文诗。而她在60年代的散文中就开始追求艺术的创新求变,其中尤以《杏黄月》为典型:"文中写了一个女子对青春的回忆,采用时空交错手法和大量的意识流描写。跳跃性的联想,诸多的意象,月光、热带鱼、箫声,各具象征意味,与张秀亚过去写作手法明显不同,虽数量不多,但相对同辈女作家而言,可谓先锋之举。"②在70年代之后的散文作品中,她又逐渐改变此前的艺术风格,而有新的追求。她在1978年发表的《创造散文的新风格》一文中指出,在此阶段,她所写的"新的散文已逐渐地摆脱了往昔纯粹以时间为脉络的写法,而部分地接受了时间与空间、幻想与现实的流动错综性"③。这种自我认识是符合她当时的散文创作实践的。与此同时,张秀亚七八十年代之后的怀乡散文风格也有所变化,虽然依然保持了一贯的清丽典雅之抒情诗似的风格,不过其风格却明朗直白了很多,例如《古城的湖》等怀乡散文。

琦君也是一位文学生命力长达近60年的作家,在小说、散文等领域成果颇丰。她的散文集主要有《烟愁》、《红纱灯》、《三更有梦书当枕》、《桂花雨》、《细雨灯花落》、《读书与生活》、《千里怀人月在峰》、《与我同车》、《留予他年说梦痕》、《琦君寄小读者》、《琴心》、《母心似天空》、《玻璃笔》以及《灯景旧情怀》等等。其中最知名和写得最多的散文就是关于怀旧内容的,也就是怀乡散文。从她60年代开始写的怀乡散文为开端,一直到七八十年代,甚至是90年代的怀乡散文,在内容和艺术表达方式上均具有连贯性和统一性,前后期的风格基本上一致:"琦君堪称以真善美的视角写童年故家的圣手,在她笔下,童年不是一般意义上人类个体生存史上的童蒙期,而是'蓦然回首,不复存在的心灵伊甸园',她是将儿童圣洁的心灵,对童年的一次回忆,当成是涤滤心

① 张秀亚:《湖上》,台湾光启出版社1960年版,第72页。
② 刘秀珍:《苦奈花开来时路寻萝草留身后香——从创作历程看张秀亚散文的艺术嬗变》,《重庆职业技术学院学报》2008年第1期。
③ 赵立忠、田宏:《张秀亚作品选》,陕西人民出版社1987年版,第385—386页。

灵的一次巡礼。"具体到作品来说,琦君在怀乡散文中绝少采取直抒胸臆的手法,而是笔致细腻柔婉,善于精心筛选出典型的生活细节来表达对大陆故土的生活和亲人的追忆和思念。她也擅长捕捉人物心理活动的微妙之处,尤能抓住见出人性深度的心理活动①。换言之,琦君的怀乡散文大部分属于叙事散文,是对大陆亲人和大陆故土所经历事件的回忆,而对大陆故土深切思念的浓浓乡愁,就在叙事写人的过程中自然而然渗透出来。

不仅郑明娳等台湾学者,大陆的一些学者也认为,琦君怀乡散文的最成功之处在于塑造出较鲜明的故乡人物形象系列,"其中母亲形象是表现得最为成功的。琦君塑造的母亲形象是一位旧社会的典型的贤妻良母,充满了'母心'、'佛心',有关母亲的点点滴滴,无不让琦君刻骨铭心,难以忘怀。《母亲那个时代》写母亲一天到晚操劳家务,但却得不到丈夫的爱,突出了母亲的勤劳和容忍;《母亲的手艺》表现了母亲的心灵手巧;《母亲的偏方》描述母亲能用各种偏方治病,简直就是一位'全科医生',突出了母亲的聪明干练、多才多艺;《母亲!母亲》和《母亲的教导》都着重叙写了母亲对自己严厉又温和、浅显而深刻的教导;《毛衣》回忆了母亲对女儿的慈爱关怀;《髻》是琦君脍炙人口的散文名著,作品写了母亲的幽怨、愁苦,文中二妈头上耀武扬威的发髻深深地刺痛了母亲的心,也刺痛着'我'的心,琦君替母亲鸣不平,更为母亲虽在情感上被丈夫抛弃,却独自默默地承受着巨大的痛苦而感动。这些散文使读者看到了一个永恒的形象,普天下的母亲,莫不是如此勤俭持家,心性宽厚柔韧,甘为子女承担生命的悲苦。母亲,是世间勤劳、节俭、容忍、慈善的象征,也是一切力量的泉源。"②不过,琦君的怀乡散文常常在叙事写人之中,通过强调"有我"的真情实感而抒发作者个人对真善美的追求,正如她曾经说过的:"就我个人来说,我就只会写自己:自己的童年与故乡、自己的亲人师友、自己的悲欢离合,自己在这动荡的大时代里如何挣扎奋勉。尽管在写自己,却仍觉得在写和我同时成长、同时受苦受难、同时努力奋斗的所有的朋友们。因此我也就没有放弃这支写自己的笔。"③也正是因为有了融化在散文叙事中的浓郁感情,所以才造就了琦君散文亲切动人的风格:"她以真挚朴实之情,淡雅自然

---

① 伊始主编:《琦君散文》,浙江文艺出版社1994年版,第3—4页。
② 姚皓华:《琦君思乡怀人散文研究》,《渤海大学学报(哲学社会科学版)》2005年第6期。
③ 转引自张丽明:《试论琦君怀旧散文的审美意蕴》,《美与时代》2007年第2期。

的彩笔写出对故乡的眷恋以及对亲人、师友的怀念。文字如流水行云,字里行间充满着一片温柔敦厚的情怀,形成一种朴素优雅的诗情画境,读来亲切感人,显示作者乡愁亲情的深沉和文学造诣的功力。"①

虽然琦君在怀乡散文中化用了中国古典诗词的语言和意境,正如夏志清②指出的:"琦君的散文和李后主、李清照的词属于同一传统,但她的成就、她的境界都比二李高。"③不过其散文的语言却并非是长于抒情的、中国古典味十足的清词丽句,而被公认为是简洁朴实的:"她的文字看起来似乎平淡无华,未曾迸射出异样的火花。然而平淡并不意味着苍白,而是简约所致。而简约往往同质朴相伴相随。"④其语言文字虽简约质朴却流畅自然如行云流水,并不逊色于张秀亚怀乡散文中清丽缠绵的语句。这亦成为琦君怀乡散文的一个显著特点。

从散文艺术创新的角度来说,虽然琦君在每个时间阶段创作出的散文风格变化较少,具有统一的风格面貌,但这并不是说琦君的怀乡散文就缺乏艺术独创性,相反地,琦君从 60 年代出版第一部散文集《溪边琐语》开始,就有意识地把小说的一些艺术因素融入到其散文创作中,是较早把小说因素化用在散文作品中的台湾当代散文家。也就是说,琦君的散文除了具有向中国古典诗词"出位"的特点以外,同时还具有小说化的特点,有的研究者指出,"她常常采用小说的笔法来写人物。她的散文既能抓住人物外貌特征进行肖像描写,也能深入人物内心世界进行心理描写。她注重以形写神的手法而又能细腻地把握人物的情感律动,因此她笔下的人物摇曳多姿、生动传神"⑤。这种小说化的散文传统可以追溯到三四十年代著名作家萧红和沈从文等人的散文

---

① 潘梦园:《魂牵梦萦忆故乡——试论琦君怀乡思亲的散文》,《暨南学报》1984 年第 4 期。

② 夏志清(1921—),江苏苏州人。1962 年出版英文著作 *A History of Modern Chinese Fiction*,1971 年又出版 *The Classic Chinese Novel*。他也是 *Modern Chinese Stories and Novellas*,*1919—1949* 的编者之一,并以中文出版了多册评论及论文集。中文作品主要有《爱情、社会、小说》(1970)、《文学的前途》(1974)、《人的文学》(1977)、《夏志清文学评论集》(1987)、《中国现代小说史》(1979)、《新文学的传统》(1979)、《鸡窗集》(1984)、《印象的组合》(1983)、《中国古典小说导论》(1988)和《中国现代小说史》(2005)等。

③ 转引自伊始主编:《琦君散文》,浙江文艺出版社 1994 年版"扉页"。

④ 魏赤:《台湾女作家琦君的散文世界》,《临沂师范学院学报》2002 年第 1 期。

⑤ 方忠:《留予他年说梦痕 一花一木耐温存——琦君散文论》,《世界华文文学论坛》1992 年第 1 期。

创作。从这个角度来说,写作散文的琦君可说是现代文学史中小说化散文一脉在台湾的传人。

张晓风在 60 年代中期就以散文成名,其创作除了散文之外,还涉及小说、戏剧等领域。代表性散文集有《地毯的那一端》、《愁乡石》、《你还没有爱过》、《我在》、《从你美丽的流域》等。她的散文在 1977 年被选入《台湾十大散文家选集》,编者管管认为张晓风的作品"是中国的,怀乡的,不忘情于古典而纵身现代的,她又是极人道的",张晓风也是台湾获各类文学奖最多的作家之一。张晓风的散文风格多种多样,并不像一般女散文家们通常在文字风格上偏向于柔婉,虽然一部分散文作品有女散文家们常有的那种委婉细腻风格,但是有一些作品的风格却刚健豪迈,颇有豪气,具有一种阳刚之美。余光中在《亦秀亦豪的健笔——我看张晓风的散文》一文中热情评价张晓风的散文成就:"张晓风不愧是第三代散文家里腕挟风雷的淋漓健笔,这枝笔,能写景也能叙事,能咏物也能传人,扬之有豪气,抑之有秀气,而即使在柔婉的时候,也带一点刚劲。"①大陆学者方忠②亦在《张晓风散文创作初探》一文中持有相同看法:"她的散文取材广泛,体裁多样。从思想内容上来说,有亲子之爱、男女之情、天伦之乐、师友之谊、乡土恋情、童年回忆、异地旅思、山水风情、文化乡愁、民族大爱等等。从形式上来说,有山水游记、抒情散文、叙事散文、幽默小品等。"③

张晓风在 1966 年出版了第一本散文集《地毯的那一端》,其中的散文作品多写作者对爱的理解,却很少涉及怀念大陆故乡的乡愁内容。她的五六十年代怀乡散文的代表作,当推写于 1967 年的《愁乡石》一文。与其他五六十年代的怀乡散文家相比,张晓风对大陆故土的怀念并不是通过具体的大陆故土风物和自己的大陆经历表达出来,而是通过当下台湾的风物而回忆起昔日的大陆故土,并由此抒发怀乡之情:"忽然间,就那样不可避免地忆起了雨花

---

① 余光中:《余光中集》第 7 卷,百花文艺出版社 2004 年版,第 321 页。
② 方忠(1964—),江苏南通人。出版和主编的学术著作主要有《台湾通俗文学论稿》(2000)、《世纪台湾文学史论》(2004)、《郁达夫》(2002)、《台港散文四十家》(1995)、《郁达夫传》(1999)、《海派名家名作欣赏丛书·叶灵凤卷》(1997)、《海派名家名作欣赏丛书·施蛰存卷》(1997)、《海派名家名作欣赏丛书·章衣萍 刘呐鸥卷》(1997)、《1917—1997 中国现代文学史》(1999)、《百年中华文学史论》(合著,1999)、《香港文学史》(合著,1999)、《二十世纪中国文学史》(2000)等。
③ 方忠:《张晓风散文创作初探》,《世界华文文学论坛》1990 年第 10 期。

台,忆起那闪亮了我整个童年的璀璨景象。那时候,那些彩色的小石曾怎样地令我迷惑。有阳光的假日,满山的拣石者挑剔地品评着每一块小石子。那段日子为什么那么短呢?那时候我们为什么不能预见自己的命运?在去国离乡的岁月里,我们的箱箧里没有一撮故国的泥土! 更不能想象一块雨花台石子的奢侈了。"①这种乡愁情思虽然相对来说有些抽象和概念化,但是某种程度上却也挣脱了女作家怀乡散文常因专注于回忆大陆日常生活而眼界往往只放在个体的"家"上的模式,而是把思乡怀乡扩展到思"国"的范围,抒发出一个失去了家乡和故土的游子之乡愁别绪。张晓风在七八十年代及以后所写出的怀乡散文作品,在本书的中编部分会再次涉及,此处不再赘言。

作为一个艺术风格多样的散文家,张晓风对散文艺术的创新不仅表现在化用中国古典诗词的语言和意境上,还体现在把戏剧艺术中的一些因素融入散文中,造成其散文的戏剧化色彩。有的研究者指出,"通过写景、写动作、写对白这些具体手法来抒情、说理,正是中西文学论者所说的'寓景于情'、'用形象来表现思维'、'以象来表意'(艾略特的'意之象'objective correlative 写法)的创作技巧,也就是余光中在张氏《你还没有爱过》序言中说的具有临场感(sense of immediacy)。张晓风把一段一段直接或间接的生活经验记在脑海中,写在稿纸上,让读者阅读时如闻其声,如见其人,如观戏剧,对其描述的世界可触可感。这位常常感动于天地万物的作家,表现了丰富的感性。"②从这个角度来说,张晓风是较早把散文向戏剧"出位"的台湾散文家,为此后散文家对戏剧(包括现代话剧和中国古典戏曲)因素的吸收、化用提供了一些可资借鉴的经验。

余光中不但是海内外公认的诗人,还是著名的散文家,他自称"左手写散文,右手写诗歌",在汉语诗歌和汉语散文领域均作出了巨大贡献。从散文领域来说,余光中的贡献不仅体现在散文创作实践中,更体现在其散文的生命力上,其散文生命从 50 年代延续至今,著名的散文集就有《左手的缪斯》、《逍遥游》、《望乡的牧神》、《听听那冷雨》、《凭一张地图》等十几部,海外著名批评

① 张晓风:《张晓风经典作品》,当代世界出版社 2004 年版,第 33 页。
② 黄维樑:《美丽的张世界——〈晓风过处——张晓风选集〉序》,《华文文学》2009 年第 4 期。

家夏志清就认为"在台湾论诗与散文无人能及余光中之重要";香港学者黄维梁①称余光中为"文字的魔术师";大陆学者徐学②称余光中的散文"大气磅礴出入古今"、"论空灵秀逸论潇洒气魄,比之其现代诗毫不逊色";更有的研究者认为余光中的散文成就直追徐志摩:"行文跳跃飞翔的姿态,波澜壮阔、一泻千里的气势,排比重叠、缤纷华丽的词句,以及融欧化句法、文言词句、方言俚语于一炉的语言结构,均与当年徐志摩的散文有相近之处。在徐志摩之后,中华大地上,无论是文化视野还是才气,能与徐相颉颃的散文大家,当数余光中了。"③余光中在现代散文改革和散文理论建设方面也有极为突出的贡献。大陆学者楼肇明指出"首先揭橥变革'五四'现代散文旗帜的是余光中"④,余光中 60 年代就在《剪掉散文的辫子》和《象牙塔到白玉楼》等文章中公开倡导散文改革,针对当时台湾散文的流弊,提倡具有"讲究弹性、密度和质料的一种新散文",也就是他所说的"现代散文"。本书在前面章节中已经探讨过余光中的散文改革主张,此处也就不再举例说明。

　　余光中被视为台湾学院派散文的代表,亦被看成是台湾诗化散文的集大成者。他写于五六十年代的怀乡散文,除了散文集《左手的缪斯》、《逍遥游》、《望乡的牧神》等中的一些怀乡散文之外,还包括《焚鹤人》中收录的怀乡散文《下游的一日》、《焚鹤人》、《伐桂的前夕》和《蒲公英的岁月》,亦写于 60 年代末,均属于典型的诗歌化散文,可看做是余光中怀乡散文的早期阶段。如果说林海音、艾雯、张秀亚等第二代怀乡散文家,以及当时与余光中同属第三代作家的张晓风的怀乡散文仅是从语言、意境等方面化用中国古典诗词歌赋的部分因素,那么余光中对中国古典诗歌艺术因素的化用则很彻底,几乎化用了中

---

① 黄维梁(1947—　),原籍广东澄海。散文集主要有《突然,一朵莲花》、《大学小品》、《我的副产品》、《黄维梁散文选》等。主要著作包括《中国诗学纵横论》、《火浴的凤凰——余光中作品评论集》、《清通与多姿——中文语法修辞论集》、《怎样读新诗》、《突然,一朵莲花》、《中国现代中短篇小说选》、《中国现代中短篇小说选》、《余光中作品评论集》、《香港文学初探》、《香港文学初探》等。

② 徐学(1954—　),安徽合肥人。专著主要有《台湾当代散文综论》、《厦门新文学》、《八十年代的台湾》,编辑《台湾幽默散文选》、《台湾两才女》、《台湾杂文选》、《我的另一半》、《单身是不必说抱歉》等作品 20 部,散文集《陀螺人生》、《窗里窗外》等。

③ 奚学瑶、黄艾榕:《期待中华散文的全面复兴——余光中散文的文化意义》,《甘肃社会科学》2001 年第 4 期。

④ 此处对余光中的散文成就和散文改革主张的评价,均引自刘小新:《余光中散文创作初论》,《镇江师专学报》1996 年第 2 期。

国古典诗歌艺术所有的因素,也就是说,他不仅在语言、意象和意境、平仄的节奏韵律等因素上,甚至在篇章结构布局上都吸收、融合了诗歌的严谨紧凑特点,把散文之"散"的潇洒灵活和诗歌的严饬有度结合起来,由此"余氏散文之结构,伸展自如,变异多端,因时空而制宜,然而结构之谨严,首尾脉络编制之精妙,又为此间翘楚"①。而范培松对余光中诗歌化散文特点则有如下分析:"语调是诗歌的,形式是散文的。诗化了的散文,散文化了的诗,但不是散文诗"②,这在某种程度上也正是对余光中诗歌化散文结构的正面肯定。而70年代的怀乡散文作品,像写于1970年的《丹佛城——新西域的阳关》则与60年代作品的诗歌化风格很接近。

余光中散文备受称赞的一个艺术特点还在于其语言具有的"感觉性","余氏的散文常常要读者视觉、听觉、触觉、味觉与嗅觉同时'享受'",以便"可以引起读者各种感官的刺激,使读者如闻如见,如履其境,造成感同身受的效果,也能使散文具有引人的魅力"③。概而言之,余光中的散文世界可以用"美不胜收"、"声色俱全"来形容和比拟,正如有的研究者指出的:"在余光中的散文世界里,簇新的意象代替了被嚼烂的少女和梦的俗喻,澎澎湃湃的谈吐抒发代替了矫揉造作的伪情溢调,徐疾多致的节奏代替了沉缓无力的行板,灵活多变的句法代替了呆稳板滞的语序,幽默风趣的妙语代替了装腔作势的教训,信手拈来的活引代替求援卖弄的搬古……这确确实实是一个声色气味俱有的世界。"④不过这种通过诗歌化而追求散文精致的艺术性的风格,也会走向另一个极端,即过于雕琢和矫情,为情而造文。80年代之后,余光中散文的风格发生了变化,散文趋向平实质朴和文理自然,这与他该阶段反省诗化散文的缺点,而提倡"本位散文"有关。这将在本书中编部分章节中再进行分析。

至于对余光中散文改革理论及其散文建设的观点,大多数研究者持赞同态度,并认为余光中的散文改革和建设理论使台湾当代散文变得"现代化",能够与现代小说和现代诗歌并驾齐驱。其中范培松的观点颇具代表性:"台

① 郑明娳:《现代散文纵横论》,台湾大安出版社2001年版,第123页。
② 范培松:《中国散文史》(下),江苏教育出版社2008年版,第642页。
③ 郑明娳:《现代散文纵横论》,台湾大安出版社2001年版,第117页。
④ 何龙:《余光中的散文艺术世界》,《当代作家评论》1986年第3期。

湾散文批评一直落后于小说和诗,究其原因,据台湾散文批评家分析:一是现代散文在世界文坛上一直缺少重要文类的地位;二是台湾高校中,一直没有散文专业课程及研究者,散文研究风气不彰实为必然。直到 60 年代,余光中发表了《剪掉散文的辫子》,对中国现代散文进行了理论总结,严厉批评了散文创作中的一些不良现象,呼吁散文变革,成为'大步迈向'现代散文'的一篇宣言',从而打破了散文理论批评的沉闷的局面。同时,余光中又不断著文,批评五四散文,诠释现代散文的现代意识,他还根据他的散文创作经验,积极研讨散文的文体意义。所有这些散文批评成就使他成为台湾的第一代散文理论批评的领衔人。"①不过也有少数研究者持反对意见,认为过于夸大了余光中的散文改革主张对中国现代散文发展的贡献,而余光中所提倡的"现代散文"带有雕琢的匠气,失却了散文的"散"之率性自然特点,因此"余氏把自己在散文领域中所作的个人探索上升为一个时代'散文革命'的高度似乎并不理智。余光中散文所造的一条新路主要是散文语言的革新,虽然成就不可低估,但他毕竟只是探索了一条新路而已,而这条新路并不代表散文创作的一般规律,甚至可以说并不是一条最正宗的散文之路"②。而在《余光中论》一文中,郑明娳批评余光中散文因追求创新求变而产生的"四不像"消极后果:"一般而言,各种的文体,因使用的对象不同,表达的内涵不一,所以出现的形态也相异。同一时代更有不同的文体存在。这些文体本身又是不断因袭时代,又不断改变前代的。而无论如何,文体形成后,百篇之所以诞降而为诗,都是天然与人为通力合作的结果;而目前我们的现代散文似乎尚未达到炉火纯青的阶段,此刻就要把它与小说熔为一炉而冶之,造就另一新形式,以余氏目前才力,似嫌躁进。"③

由此,我们一方面要辩证地认识和理解余光中的散文改革主张及其散文创作成就,但另一方面不可否认的是,余光中的散文创作实践及其散文改革的主张,使得当时的作家们认识到现代散文具有极大的发展和创新空间。换言之,"现代散文有它极广大的发展余地,所以在技巧上,它可以斟酌吸收其他

---

① 范培松:《台湾散文变革的智者和勇者——评余光中散文理论批评观》,《海南师范学院学报(人文社会科学版)》,2001 年第 5 期。

② 徐光萍、卞新国:《"散立的辫子"在哪里——余光中散文的误区》,《理论争鸣》1997 年第 4 期。

③ 郑明娳:《现代散文纵横论》,台湾大安出版社 2001 年版,第 93 页。

文体的长处:如小说的结构,戏剧的对话,诗的节奏,甚至音乐的弦律,绘画的色彩等等,可以丰富散文的内涵"①,在某种程度上为后来人的现代散文艺术革新在理论和实践上均提供了很多经验。

---

① 郑明娳:《现代散文纵横论》,台湾大安出版社 2001 年版,第 93 页。

第六章　诗意地"言志"：五六十年代的台湾小品文

在中国现代散文史中,最初的"小品文"概念等同于"现代散文"概念,这主要体现在从五四运动初期到 30 年代的现代散文理论中。郁达夫在《中国新文学大系·散文二集》的"导言"中说:"所以英国文学论里有 *prose fiction*, *prose poem* 等名目。可是我们一般在现代中国平常所用的散文两字,却又不是这么定义的,似乎是专指那一种既不是小说,又不是戏剧的散文而言。近来有许多人说,中国现代的散文,就是指法国蒙泰纽 Montaigne 的 Essais,英国培根 Bacon 的 Essays 之类的文体来说,是新文学发达之后才兴起来的一种文体,于是乎一译再译,反过来又把像英国 Essays 之类的文字,称作了小品。有时候含糊一点的人,更把小品散文或散文小品这四个字连接在一起,以祈这一个名字的颠扑不破,左右逢源;有几个喜欢分析,自立门户的人,就把长一点的文字称作了散文,而把短一点的叫作了小品。其实这一种说法,这一种翻译名义的苦心,都是白费的心思,中国所有的东西,又何必完全和西洋一样? 西洋所独有的气质文化,又哪里能完全翻译到中国来? 所以我们的散文,只能约略的说,是 prose 的译名,和 Essays 有些相像,是除小说,戏剧之外的一种文体;至于要想以一语道破内容,或以一个名字来说尽特点,却是万万办不到的事情。"①如果说郁达夫从现代散文独立的角度出发,对"小品文"和"现代散文"之间的等同关系未明确认可的话,那么周作人在《中国新文学大系·散文一集》的"导言"中则明确用"小品文"概念来代替"现代散文"一词,虽是两种不同的叫法,实则其内涵和外延完全重合:"小品文是文艺的少子,年纪顶小的

---

① 郁达夫主编:《中国新文学大系·散文二集》,良友图书公司 1935 年版,第 3 页。

老头儿子。……小品文是文学发达的极致,他的兴盛必须在王纲解纽的时代。……在朝廷强盛,政教统一的时代,载道主义一定占势力。统是平伯所谓'大的高的正的',可是又就'差不多总是一堆垃圾,读之昏昏欲睡'的东西,一直到了颓废时代,皇帝祖师等等要人没有多大力量了,处士横议,百家争鸣,正统家大叹其人心不古,可是我们觉得有许多新思想好文章都在这个时代发生,这自然因为我们是赞成诗言志派的缘故。小品文则又在个人的文学之尖端,是言志的散文,他集合叙事说理抒情的分子,都浸在自己的性情里,用了适宜的手法调理起来,所以是近代文学的一个潮头,他站在前头,假如碰了壁时自然也首先碰壁。"①从这段引文可看出,周作人把浸泡着作者个人性情的"言志"特点,作为"小品文"的艺术特征,以示与其他文类相区别,亦把"美文"概念等同于小品文。

梁遇春在《〈小品文选〉序》一文中这样定义"小品文":"大概说起来,小品文是用轻松的文笔,随随便便地来谈人生,并没有俨然地排出冠冕堂皇的神气,所以这些漫话絮语很够分明地将作者的性格烘托出来,小品文的妙处也全在于我们能够从一个具有美好的性格的作者眼睛里去看一看人生。许多批评家拿抒情诗同小品文相比,这的确是一双很可喜的孪生兄弟,不过小品文更是洒脱,更胡闹些罢!小品文像信手拈来,信笔写去,好像是漫不经心的,可是他们自己奇特的性格会把这些零碎的话儿焙成一气,使他们所写的篇篇小品文都仿佛是在那里对着我们拈花微笑。"②他还认为小品文的出现和兴盛与定期出版的报刊紧密相关,他指出:"有了《晨报副刊》,有了《语丝》,才有周作人先生的小品文字,鲁迅先生的杂感"③,他较明确地把"小品文"和"杂文"加以区分。但是由于"杂感"中也可以夹杂着作家的个人性情和"自我",梁遇春并没有再对此进一步的区分。

林语堂在《论小品文笔调》中则把小品文看做是属于"现代散文"中的一种"笔调":"今之所谓小品文者,恶朝贵气与古人笔记相同,而小品文之范围,却已放大许多,用途体裁,亦已随之而变,非复拾的入笔记形式,便可自足。盖诚所谓'宇宙之大,苍蝇之微',无一不可入我范围矣。此种小品文,可以说

①　周作人主编:《中国新文学大系·散文一集》,良友图书公司1935年版,第6—7页。
②　俞元桂主编:《中国现代散文理论》,广西人民出版社1984年版,第27页。
③　俞元桂主编:《中国现代散文理论》,广西人民出版社1984年版,第28页。

理,可以抒情,可以描绘人物,可以评论时事,凡方寸中一种心境,一点佳意,一股牢骚,一把幽情皆可听其由笔端流露出来,是之谓现代散文之技巧。故余意在现代散文中发扬此种文体,使其侵入通常议论文及报端社论之类,乃笔调上之一种解放,与白话文言之争为文字上一种解放,同有意义也。"①在《人间世》创刊号发刊词中则把"小品文"的特点概括出来："盖小品文,可以发挥议论,可以畅泄衷情,可以摹绘人情,可以形容事故,可以割记琐屑,可以谈天说地,本无范围,特以自我为中心,以闲适为格调,与各体别,西方文学所谓个人笔调是也。"②

　　其他很多现代散文家则把小品文看做是现代散文中最主要的一种类型。李素伯③在《什么是小品文》中指出："'小品文'是散文里比较简短而有特殊情趣和风致的一种","冷嘲,警句,滑稽,屈愤,是表现力法上的自由;自个人生活的记录至天下国家的大事,这是内容材料选择的自由。所以,把我们日常生活的情形,思想的变迁,情绪的起伏,以及所见所闻的断片,随时的抓取,随意的安排,而用诗似的美的散文,不规则的真实简明地写下来的,便是好的小品文"。但是需要看到,李素伯虽然把小品文看做是现代散文中的一种类型,但也仍然把它看做是抒情散文,实际上与周作人、梁遇春等人的观点近似。

　　但是在40年代之后,"小品文"的内涵和外延则有所变化。小品文不仅可以"言志"和书写性情,还可更进一步细分为很多种类。李广田认为："但小品散文也有各种各样,写'身边琐事'的小品文是一种,写'身外大事'(恕我随便用一个名词)的小品散文又是一种,于是有柔性的小品散文,也有刚性的小品散文,有闲逸的小品散文,也有强力的小品散文。"④郑明娳也把小品文看做是抒情散文,细分为三类:情趣小品、哲理小品和杂文。并且还总结概括出小品文的基本特色:一是格局精致;小品文的文字虽然没有硬性规定,但是以精致的格局而言,通常不超过一万字";二是"以写实为主;小品文给读者最亲切感、贴己感,因为它把题材写得落实,完全在作者与读者的生活范畴之中,逼真而亲切";三是"意境独到";四是"小品文不论是造境或写境,其境必含情、趣、

---

①　俞元桂主编:《中国现代散文理论》,广西人民出版社1984年版,第67页。
②　林语堂:《发刊词》,《人间世》1934年第4期。
③　李素伯(1908—1937),江苏启东人。原名李文达,又名李绚,字素伯,号质庵、梦秋、梦秋子,主要笔名所北。1932年出版专著《小品文研究》,其小品文作品汇编成《李素伯诗文选》。
④　俞元桂主编:《中国现代散文理论》,广西人民出版社1984年版,第145页。

韵等因素。而与其他散文类型不同,小品文中作者的自我色彩较其他类型更为浓厚。"①

至于本章所探讨的台湾五六十年代的"小品文",属于抒情散文,又名文学散文,是美文中的一种类型,而文学散文中的另一类型则是指强调主观抒情和情感充沛的抒情性美文。相比较而言,台湾五六十年代的"小品文"在题材内容上虽广泛,但是重在"言志"和强调理性、知性,正如钱歌川在1947年发表的《论小品文》一文中所指出的:"小品文是一种表现自己的文学,尽管取材的范围没有涯尽,但总是以自己为中心的。最上乘的小品文,是从纯文学的立场,作生活的记录,以闲话的方式写自己的心情,其特征第一是要有人性,其次要有社会性,再次要能与大自然调和。静观万物,摄取机能由一粒沙子中间来看世界。所以题材不怕小,不怕琐细,仍能表现作者伟大的心灵,反映社会复杂的现象。有时象显微镜,同时又象探照灯。普通不被人注意的东西,都在小品文中显露出来了。"②从这个角度来说,台湾五六十年代的小品文专指智慧型的文学散文。除此之外,还以周作人的以"自我"为中心的、言志特色的小品文为具体典范和选择标准。周作人的小品文的风格特点在于:"周作人的选材极平凡琐碎,一经过他的笔墨点燃,就透露出某种人生滋味,有特别的情趣。……周作人的小品常将口语、文言和欧化语杂糅调和,产生一种涩味和简单味,很耐人咀嚼。他的闲话体散文有些类似明人小品,又有外国随笔那种坦诚自然的笔调,有时还有日本俳句的笔墨情味,周作人显然都有所借鉴,又融入自己的性情加以创造,形成平和冲淡、舒徐自如的叙谈风格"③。具体而言,本章涉及的台湾五六十年代的小品文,是指从大陆迁移到台湾后的梁实秋④、苏雪林、钱歌川、柏杨、王鼎钧等人在该时期创作发表的表达个人性情的散文

---

① 郑明娳:《现代散文类型论》,台湾大安出版社2001年版,第43—45页。

② 俞元桂主编:《中国现代散文理论》,广西人民出版社1984年版,第154页。

③ 钱理群等:《中国现代文学三十年》(修订版),北京大学出版社1997年版,第116页。

④ 梁实秋(1903—1987),号均默,原名梁治华,字实秋,笔名子佳、秋郎、程淑等,祖籍河北邢台市沙河县,出生于北平。作品集主要有《冬夜草儿评论》(与闻一多合著,1923)、《浪漫的与古典的》(1927)、《骂人的艺术》(1927)、《文学的纪律》(1928)、《偏见集》(1934)、《约翰孙》(1934)、《雅舍小品》(1949)、《北平年景》、《实秋自选集》(1954)、《谈徐志摩》(1958)、《梁实秋选集》(1961)、《清华八年》(散文,1962)、《秋室杂文》(1963)、《文学因缘》(1964)、《谈闻一多》(1967)、《秋室杂忆》(1969)、《略谈中西文化》(1970)、《实秋杂文》(1970)、《关于鲁迅》(1970)、《实秋文存》(1971)、《西雅图杂记》(1972)、《雅舍小品续集》(1973)、《看云集》(1974)、《槐园梦忆》(1974)、《梁实秋自选集》(1975)、《梁实秋论文学》(1978)、《梁实秋

作品,也包括一些杂感性的散文或曰杂文,但是却不包括同时期情感汪洋恣肆的怀乡散文在内。还要指出的是,由于王鼎钧在此阶段较年轻,他虽然在60年代就已经有一些怀乡散文和小品文的佳作问世,不过其小品文生命力却要到70年代之后才达到鼎盛,因而此阶段并不重点探讨他的小品文特点,因为在下面章节中会继续涉及其散文的艺术成就。

　　与现代文学三十年(指1917—1949)期间的小品文相比,台湾五六十年代的小品文对前者既继承其传统,又在内容和艺术形式上有所拓展、发展和创新。究其创新的动力来源,其中一个原因在于,小品文同样要服从文学不断冲破旧有的形式、追求创新求变的内部规律。朱光潜早在40年代的《论小品文》一文中,就公开表达对小品文定型后所产生的模式化后果的忧虑:"《人间世》和《宇宙风》已经把小品文的趣味加以普遍化了,让我们歇歇口胃吧。……我对于晚明小品也有同样的感觉"[1],他从而提倡小品文的创新求变精神。如果从现代散文史的角度来说,现代小品文实际上自从产生伊始,就始终处在不断缓慢变革其艺术因素、追求新变的过程中。以周作人为例来说,他虽然提倡"言志"的小品文,但是他的小品文作品在创作中却力避雷同,风格上可分为"浮躁凌厉"和"冲淡平和"两种,只是后一种风格更受世人瞩目。其他的中国现代散文家创作的小品文风格也是如此。还要看到,小品文的内涵和外延在40年代之后的拓展发展,使其成为一个涵盖面较大的、能够容纳多种类型和风格的概念范畴,在学理上为五六十年代小品文吸纳、化用其他文学艺术因素提供了依据。另一个原因则在于,小品文家们虽然以五四小品文的传统为基础,但是在创作过程中为了"言志"的需要,亦有意无意地在文本中加入一些新的艺术因素。梁实秋在《论散文》一文中指出散文(主要指小品文)在表达上要随形赋物和灵活生动:"散文的文调应该是活泼的,而不是堆砌的——应该是像一泓流水那样活泼流动,要免除堆砌的毛病,相当的自然是

札记》(1978)、《白猫王子及其他》(1980)、《雅舍小品》(3、4集,1982—1986)、《雅舍杂文》(1983)、《雅舍谈吃》(1986)、《英国文学史》(1985)等;翻译作品有《阿伯拉与哀绿绮斯的情书》(1928)、《结婚集》(1930)、《潘彼得》(1930)、《西塞罗文录》(1933)、《职工马南传》(1932)、《威尼斯商人》(1936)、《奥赛罗》(1936)、《哈孟雷特》(1936)、《暴风雨》(1937)、《吉尔菲先生之情史》(1944)、《情史》(1945)、《呼哮山庄》(1955)、《百兽图》(1956)、《莎士比亚戏剧集20种》(1967)、《雅舍译丛》(1985)、《莎士比亚全集》(1986)、《沉思录》等。

① 俞元桂主编:《中国现代散文理论》,广西人民出版社1984年版,第124页。

必须保持的。用字用典要求其美,但是要忌其僻。文字既能保持相当的自然,同时也必须显示作者个人的心情,散文要写得亲切,即是要写得自然。"①虽然其创新程度和力度有限,与同时期怀乡散文的创新无法相比,但是也同样体现出一些不同于五四散文的新风貌来。而如果与台湾五六十年代的怀乡散文相比,该阶段小品文的创新更能体现散文的"散"和"杂"之特点,比前者多了一份随意洒脱。

具体而言,台湾五六十年代小品文的"新风貌"主要体现在以下几个方面:首先从语言形式的角度来说,诗化特点成为该阶段小品文风格的一个主要特征和主流趋势。这主要是因为该阶段的小品文创作延续了现代小品文的诗化传统。这与台湾五六十年代的小品文作家的特殊身份有关。由于这些小品文作家大部分属于台湾"第一代"散文家,也就是直接继承五四现代散文传统的一代,他们早在三四十年代就已经成名,形成了自己一贯的风格,五六十年代在台湾创作发表的小品文风格即使有所变化,但在某种程度上也无法避免地带有早期小品文的一些特点。而这些小品文作家早期作品中的一个特点就是诗化。赵景深②在 1946 年指出,苏雪林的早期散文,即从 20 年代中后期到 40 年代的散文风格具有诗情画意的特点:"总之,她的文辞的美妙,色泽的鲜丽,是有目共赏的,不像志摩那样的浓,也不像冰心那样的淡,她是介乎两者之间而偏于志摩的,因为她与志摩一样的喜欢用类似排偶的句子,不惜呕尽她的心血。她用她那画家的笔精细的描绘了自然、也精细的描绘了最纯洁的处女的心。"③而迁到台湾居住之后,其 50 年代小品文的风格发生了变化,收录在《欧游揽胜》集子中的大部分小品文虽然更加重视学理和智性,这与她此阶段逐渐转向学术研究有关,但是还有一小部分作品依旧保持着诗意特点。以《春山顶上探灵湖》为例来说,作者对戈贝湖的描写充满诗情画意:"因其位于万山深处,高峰顶上,人迹不易到,所以湖的四周,长林丰草,麋鹿出没;又汊港歧出,芦荻丛生,凫雁为家,那苍莽中的妩媚,雄浑中的明疏野中的温柔,倒像

---

① 俞元桂主编:《中国现代散文理论》,广西人民出版社 1984 年版,第 37 页。

② 赵景深(1902—),曾名旭初,笔名邹啸,生于浙江丽水。主要戏剧论著有《宋元戏文本事》(1934)、《元人杂剧辑逸》(1935)、《读曲随笔》(1936)、《小说戏曲新考》(1939)、《元人杂剧钩沉》(1956)、《明清曲谈》(1957)、《元明南戏考略》(1958)、《读曲小记》(1959)、《戏曲笔谈》(1962)、《曲论初探》(1980)等 10 种,还有其他作品多种。

③ 苏雪林:《花都漫识——苏雪林作品经典》,群众出版社 1999 年版,第 6 页。

一个生长蛮荒的美丽少女，不施脂粉，别有风流；又似幽谷佳人，翠秀单寒，独倚修竹，情调虽太冷清，却更增其倏然出尘之致。但我们所爱于它的，则是它所泛的那种灵幻之光。湖水澄澈，清可见底，本来碧玉翡翠，映着蔚蓝的天色，又变成太平洋最深处的海光。"①其中语句多用典雅对仗的四字词语，颇合韵律又贴切生动，深得中国四言诗之神韵，而用清词丽句对山中意象和意境之美的描述，也具有中国古典诗词歌赋的美感。

　　梁实秋的小品文通常被认为深得周作人小品文之"冲淡平和"特点，尤其是他出版于 40 年代的小品文集《雅舍小品》："《雅舍小品》明显受到周作人的苦茶小品及英美随笔的影响，说古道今，谈人论物，取材于平凡的日常人生，不为时尚所左右，节制情感，发掘理趣和情趣，体现出一种清雅通脱、闲适恬淡的艺术品格。"②《雅舍小品》中的一些篇章也充满了诗情画意，从中可看出梁实秋的小品文对诗歌艺术因素的借鉴和吸收。最典型的为《鸟》："几乎没有例外的，鸟的身躯都是玲珑饱满的，细瘦而不干瘪，丰腴而不臃肿，真是减一分则太瘦，增一分则太肥那样的秾纤合度，跳荡得那样轻灵，脚上保是有弹簧。看它高踞枝头，临风顾盼——好锐利的喜悦刺上我的心头。不知是什么东西惊动它了，它倏地振翅飞去，它不回顾，它不悲哀，它像虹似的一下就消逝了，它留下的是无限的迷惘。有时候稻田里伫立着一只白鹭，蜷着一条腿，缩着颈子，有时候'一行白鹭上青天'，背后还衬着黛青的山色和釉绿的梯田。就是抓小鸡的鸢鹰，瞅瞅地叫着，在天空盘旋，也有令人喜悦的一种雄姿。"③姑且不论其语言的诗情画意，就是其中对鸟飞的生动描摹，就有徐志摩的诗歌《黄鹂》之韵味："一掠颜色飞上了树。/'看，一只黄鹂！'/有人说。翘着尾尖，/它不作声，/艳异照亮了浓密/……像是春光，/火焰，像是热情。/等候它唱，/我们静着望，怕惊了它。/但它一展翅，/冲破浓密，化一朵彩云；/它飞了，不见了，/没了/……像是春光，火焰，像是热情。"从这个角度来说，小品文《鸟》对现代白话诗歌的借鉴不言而喻。

　　除此之外，梁实秋小品文中诗情画意的特点还表现在诗意化了的闲适风格。有的研究者指出："在梁实秋的闲适小品文中，既看不到如泣如诉、惨淡

---

① 苏雪林：《苏雪林文集》第 2 卷，安徽文艺出版社 1996 年版，第 519 页。
② 方忠：《周作人与台湾当代小品散文》，《江海学刊》2003 年第 4 期。
③ 梁实秋：《雅舍小品》，解放军文艺出版社 2001 年版，第 121 页。

悲哀的生活图景,也见不到时代风云变迁的巨幅画卷,一切都是诗化了的闲适,是人生与大自然的和谐、完美,即使偶有沉重,似也是一种美的点缀。"①闲适风格产生的和谐之美感某种程度上也易营造出诗歌化的意境氛围来。

钱歌川写于三四十年代的一些小品文同样具有诗化特点。在《飞霞妆》一文中,诗情画意的风格主要体现在描写风景的语言上:"时候正是暮春三月。江南的杨柳已染成鹅黄色,像金钱一般一条条垂在行人的头上。公园中的游人渐渐增多了。平、沪通车由上海北站出发以后,从田野中一直驶去,车窗外不仅树木都已抽芽,死去的黑枝上忽现出新绿的生命来,就是阡陌间的野草闲花,都带着几分春意了。日午风来,吹得人们格外的懒,除了打盹之外,什么事都不想做。但车身的簸动,使你又睡不稳,懒洋洋地时而睁开惺忪的两眼朝车窗外望去。只看见路旁杨柳千丝,临风而舞,小桥流水,各自悠悠,澄清的空气不含一点尘埃,目穷千里地透出前面的水田千顷,远树重重。"②他的小品文亦讲究语言的音乐美。钱歌川曾在《文人的词藻》一文中提倡语言文字的音乐美。他说:"我们写散文,虽不必像写诗一样地格律谨严,但节奏还是需要讲求纳。文章要有节奏之美,读来始觉顺口,够得上称流利。现在许乡作家,把文字中音乐的成分完全抛却了,结果写出来的文章,噪音满纸,毫无美感。若再加上许多误用的辞句,使意义含糊不清,那还怎样可以叫做文学作品呢?"其小品文以《巴山夜南》、《冬天的情调》等为代表,均具有散文诗一样的节奏感和诗意美。钱歌川还擅长用比喻和比拟句子来状物,由此产生诗意化风格。例如他在《北门锁钥》中仔细描摹京张火车"则仿佛是两条巨蟒,口吐毒焰,正在山上斗争,后面一条咬住前面一条的尾巴,把它迫得穿山过岭,满地乱窜。时而怒吼一声,四山皆应,时而停止下来,暂伏不动,我们便在它们中途停住的时候,赶忙从它腹中爬了出来"③。

在继承现代小品文的诗化传统基础上,台湾五六十年代的小品文作家在诗化特点上也有所拓展和创新。典型的代表作当推王鼎钧的一些小品文。与梁实秋、苏雪林、钱歌川等第一代来台作家喜欢在小品文中化用中国古典诗词意象和意境不同,王鼎钧在小品文中所化用的诗歌意象,更带有西方现代主义

① 郑群:《双峰并峙:古典的流风遗韵》,《重庆教育学院学报》2005年第2期。
② 钱歌川:《也是人生:钱歌川小品精粹》,上海书店1996年版,第2页。
③ 杜学忠等主编:《钱歌川散文选集》,百花文艺出版社1992年版,第68页。

诗歌的色彩。他在《迷眼流金》一文中仔细描摹落日余晖："晚年的太阳达到它最圆熟的境界，给满天满地你我满身披上神奇。它轻轻躺在宽大干坦的眠床上，微微颤动。如果眠床再铺一层厚厚的云絮，它就在云里絮里化成琥珀色的流汁，不肯定型，不肯凝固，安然隐没。一天结束了，而结束如此之美，死亡如此之美，毁灭如此之美，美得你想死。想毁灭。"①作者把夕阳的意象与美的死亡联系起来，带有一种颓废耽美的情调，显而易见是化用了西方印象主义诗歌的一些因素。

　　台湾五六十年代小品文在语言形式上的创新还表现在对"幽默"内涵的拓展上。"幽默"是现代小品文一个必不可少的因素，不仅是一种艺术手法和一种风格，更代表着小品文作家的一种精神境界和人生态度。黑格尔曾经探讨过"幽默"的内涵，认为"真正的幽默，要有深刻而丰富的精神基础"，"于无足轻重的东西之中见出高度的深刻的意义"，从而"放出精神的火花"②。林语堂认为小品文中的幽默并不是嘲讽，而是一种智性的人生态度："幽默既不像滑稽那样使人傻笑，也不是像冷嘲那样使人在笑后而觉得辛辣。它是极适中的，使人在理知上，以后在情感上，感到会心的，甜蜜的，微笑的一种东西。"③梁实秋的幽默观则近似于林语堂："讽刺文学的出发点是爱，不是恨"，"我自己觉得我是'古典头脑，浪漫心肠'。这是一个矛盾，常使我苦痛。写散文时，真想任性纵情，该说的说，想骂的骂，把胸中所蓄一泻无余，但是我所受的训练不允许我如此"④。也就是说，他提倡的是诗情画意的幽默感，能够化丑为美，带有淡淡的苦涩味，实则也是一种豁达的人生态度。散文集《雅舍小品》中的作品均带有这种幽默特色。以《雅舍》一文为例来说，所谓"雅舍"其实是陋屋，也不具有遮风挡雨之作用，如作者所描述的："细雨蒙蒙之际，'雅舍'亦复有趣。推窗展望，俨然米氏章法，若云若雾，一片弥漫。但若大雨滂沱，我就又惶悚不安了，屋顶湿印到处都有，起初如碗大，俄而扩大如盆，继则滴水乃不绝，终乃屋顶灰泥突然崩裂，如奇葩初绽，轰然一声而泥水下注，此刻

---

①　王鼎钧：《大气游虹：王鼎钧散文选》，中国友谊出版公司1994年版，第55页。

②　黑格尔：《美学》第1卷，人民文学出版社1958年版，第360页。

③　转引自苏雪林著《苏雪林文集》第3卷中的《林语堂所提倡的幽默文学》一文，安徽文艺出版社1996年版，第296页。

④　梁实秋：《实秋语丝》，台湾皇冠出版社1984年版。

满室狼藉,抢救无及。此种经验,已数见不鲜。"①对于这样的"雅舍"作者却毫不抱怨,而是通过自嘲的幽默方式来表达乐观精神。因此,香港文学史家司马长风认为:"在现代散文作家中,论幽默的才能首推梁实秋。"并认为他的作品"风趣,惹人发笑",能使读者"有所会心,话中有耐得咀嚼的智慧,此外还有博雅的知见","从他的作品中,不但可以欣赏精彩的幽默,同时也获得知和慧"②。

钱歌川写于40年代的小品文《巴山夜雨》同样以幽默口气谈论所住房子漏雨的情况:"起初是一处漏,后来竟有好几处流水进来。南边漏水,恰漏在我的床头,我只好把床朝北移,漏的范围也就跟着追过来,最后迫到床铺靠紧北窗,无法再退。"这种艰苦情况并没有引起作者的愤慨或是怨天尤人,作者有着一种豁达和以苦为乐的精神,通过自我解嘲引起幽默感:"这时我既不能把床移到墙外去,似乎只好以困兽精神,作背水之战。不幸我所抵抗的正是水! 水是无孔不入的,是世间唯一的伟力,温柔时可以像女人的泪,刚强时可以冲破坚固的堤。以我区区的微力,如何能抵挡得住? 我并没有遮天的巨掌,所有的武器,只是一把雨伞而已,我把它撑在床头,像临到危险的驼鸟一样,只要把头部遮住,不受雨淋头之苦,便算满足。常常早起一看,室内顿成泽田,棉被也就半湿了。"③不过如果与梁实秋《雅舍》中的幽默仔细进行比较的话,会发现《巴山夜雨》中的幽默在表面的温和自嘲之下,还隐含着一种社会批判意识,掺杂着杂文的意味。这与作者的幽默观有关。在收录于小品文集《秋风吹梦录》中的《小品文写作技巧》一文中,钱歌川指出:"冷嘲热骂的文章,使人一读即知为冷嘲热骂,所以不免浅薄庸俗。唯有在字面上毫无嘲骂的痕迹,而骨子里实在是嘲骂,这才是最高明的写法。"他在1947年迁到台湾之后,在五六十年代所写的小品文中就充满批判色彩,幽默中带有辛辣味。在《战争孤儿》一文中,作者在台南居住所饲养了几只羊,这些羊"则全是为我们服务,因为我们请人来割草还要付工钱,让羊来吃掉,又有什么不好呢? 但我们邻居那家汽车厂的人,却认为这是罪大恶极的,厂长不仅下令,而且悬赏,要他的部下,遇到老百姓的羊来吃草时即行刺杀,他们要食其肉而寝其皮呢!"作者显

① 梁实秋:《雅舍小品》,河北教育出版社1994年版,第121—122页。
② 可参考司马长风著的《中国新文学史》中的观点,香港昭明出版社1978年版。
③ 钱歌川:《也是人生:钱歌川小品精粹》,上海书店1996年版,第216页。

然用一种幽默语气来评价汽车厂员工屠杀羊的行为，不过作者随后笔锋一转，由两只羊被杀死，而只剩下两只尚在哺乳期的可怜小羊羔之事件，指责这些人屠杀母羊的行为毫不人道，而小羊羔就如同战争遗存下来的孤儿："你看见过持枪的兵士用刺刀去杀死抱有婴儿的母亲么？我想不会有这样残酷的人吧，在作战时的兵，要杀的也只是敌人，而不是妇孺，尤其不忍危害哺乳中的母亲，而使小生命无依无靠。"①因此幽默转变成"骨子里的嘲骂"了。

柏杨②有杂文家之誉，不过他写于60年代的很多杂文其实也是抒情说理的小品文。有的评论家把柏杨杂文中独特幽默感的风格称为"柏杨笔调"，认为"他善于捕捉日常生活中的喜剧性矛盾，使之交错聚结，闪射出讽刺的火花.让人会心而笑。他以机智而轻松的笑眼，去观察台湾社会的世态人情、人性的善良与丑恶。他对社会既有所憎恶.又有所热情；他洞察人情世故.既看到国民的劣性，有那么多可悲可笑之处；又发现他们的许多缺点，原是社会的缺陷所造成；他们贫困、辛苦、穷而失格，身不由己，应以悲悯和同情对待他们。他的幽默，少严肃而多轻松，带点黑色幽默的苦涩"③。可以这样说，柏杨的幽默既包含了自嘲和对人世的悲悯情怀，又富有强烈的批判反思精神。从这个角度来说，相比三四十年代的小品文，幽默在台湾五六十年代小品文中的内涵变得更复杂丰富了。而被称为台湾新世代作家之一的阿盛，在七八十年代创作的戏剧化散文中，显然继承了这种既辛辣批判又对社会人世充满悲悯情怀的幽默感，并且赋予其新的内涵。这将在后面的章节中进行探讨，此处不再

---

① 郭枫主编：《台湾艺术散文选一》，百花文艺出版社1990年版，第49页。

② 柏杨（1920—2008），河南通许人，1949年到台湾。1968年被台湾国民党当局逮捕入狱，以政治犯罪名被关押。直至1977年出狱返回台北。一生著述丰富。小说集主要有《蝗虫东南飞》、《魔鬼的网》、《周彼得的故事》、《苍穹下的儿女》、《挣扎》、《旷野》、《莎萝冷》、《怒航》、《秘密》、《柏杨短篇小说选》、《云游记》（后改为《古国怪遇记》）、《打翻铅字架》、《凶手》等；杂文集主要有《玉雕集》、《怪马集》、《堡垒集》、《圣人集》、《凤凰集》、《高山滚鼓集》、《道貌岸然集》、《红袖集》、《前仰后合集》、《闻过则怒集》、《神魂颠倒集》、《鬼话连篇集》、《大愚若智集》、《立正集》、《越帮越忙集》、《心血来潮集》、《蛇腰集》、《剥皮集》、《死不认错集》、《牵肠挂肚集》、《活该他喝酪浆》、《按牌理出牌》、《大男人沙文主义》、《早起的虫儿》、《猛撞酱缸集》、《丑陋的中国人》等；报告文学有《异域》、《金三角.边区.荒城》等；回忆录有《家园》等。史传著述主要有《中国帝王皇后亲王公主世录》、《中国历史年表》、《皇后之死》、《中国人史纲》、《帝王之死》、《柏杨版资治通鉴》（共78册）、《现代语文版通鉴纪事本末》（共28册）等。

③ 刘会文：《柏杨杂文的幽默性》，《世界华文文学论坛》1996年第1期。

赘言。

其次,从内容题材上来说,五六十年代台湾小品文涉及的内容题材丰富多彩,不仅"言志"的小品文很多,而且"载道"的小品文同样风行。换言之,此阶段的小品文有多重层面和多种社会内涵,一些小品文的社会指向明显增强,不再是鲁迅在《小品文的危机》一文中所批评的"小摆设"了。如果说梁实秋的散文是对周作人"言志"散文的继承和发展,那么苏雪林的散文则倾向于"载道"——强调散文是社会生活的反映,以及文学和社会生活紧密相连。当然,此"载道"并非周作人所反对的"载道"概念。这与苏雪林的文学观有关。在《文学写作修养》一文中,苏雪林把作家的写作修养总结为四点,分别是"多读书"、"收集个人经验"、"培养个人丰富的感情"和"创作完美的人格"。而第四条在于强调作家个人的人格和修养:"不知真正伟大的文学,除了忠实地反映人生之外,还须含蕴崇高的理想,超卓的见解,纯正的主义,才可以纠正人类生活,指导世界潮流,创造新的社会和明日的黄金世界。完美的人格是伟大文学的根本,这是谁都不能否认的。我国人说'言为心声',西洋学者则说'作品即人',作家人格若不完美,则其人必龌龊卑琐,自私自利,写出的文章纵极其美丽,究竟没有灵魂不能感动读者,且引读者反感。作家人格若有相当的完美,则其人必光明磊落,有正义感,有真理爱,写出来的文章,虽技巧稍欠熟练,字里行间,自喷溢着一种充沛的生命力。若他的文章手段高强,则他便成为时代的信号和灯塔,他将跻身于伟大作家行列。"①在小品文创作中,苏雪林不但在三四十年代,而且在迁到台湾后五六十年代创作发表的小品文中同样体现出这种"载道"观念来。

以同写中年人心态的小品文为例来说,梁实秋在 40 年代写过一篇散文《中年》,其中认为,"别以为人到中年,就算完事。不,譬如登临,人到中年像是攀跻到了最高峰"。而且还指出"中年的妙趣,在于相当的认识人生,认识自己,从而作自己所能作的事,享受自己所能享受的生活",所写是"中年之乐"②。而苏雪林在 40 年代也写过同名小品文《中年》,是从人类客观生理机能的退化和记忆的衰退、主观感情的深沉等角度来写"中年之衰"和"中年之哀",亦不乏自我嘲讽的幽默感:"我们是空洞的。打开我们的脑壳一看,虽非

---

① 苏雪林:《苏雪林文集》第 3 卷,安徽文艺出版社 1996 年版,第 45 页。
② 梁实秋:《雅舍小品》,解放军出版社 2000 年版,第 66—68 页。

四壁萧然,一无所有,却也寒伧得可以。我们的学可在哪里,在书卷里,在笔记薄里,在卡片里,在社会里,在大自然里,幸而有一条绳索,一头连结我们的脑筋,一头连结在这些上,只须一牵动,那些埋伏着的兵,便听丁暗号似的,从四面八方蜂拥出来,排成队伍,听我自由调遣。这条绳索,叫做"思想的系统",是我们中年人修炼多年而成功的法宝。我们可以向青年骄傲的,也许仅仅是这件东西吧。设若不幸,来了一把火,将我的精神的壁垒烧个精光,那我们就立刻窘态毕露了。但是,亏得那件法宝水火都侵害它不得,重挣一份家当还不难,所以中年人虽甚空虚,自己又觉得很富裕。"①然后借"中年之衰"来激励青年不要辜负大好青春,要好好用功读书。可说是倾向于社会写实性质的小品文。不过在三四十年代的社会背景下,周作人、林语堂等人提倡的闲适风格的小品文始终占据小品文的主流,而苏雪林的"载道"小品文产生的影响并不大②。

　　而苏雪林在赴台之后于五六十年代所写的一些小品文作品,则依然保持这种风格,即使是在游记类的小品文中也是如此。在《罗马的地下墓道》中,作者在参观古罗马墓道古迹的旅程中,也不忘文学艺术是对社会生活的反映之观念:"今日墓中所留下的基督徒壁画,倒值一谈。为了避免统治阶级的注意,他们不敢明目张胆地绘制宗教性的画图,只有利用象征。譬如画只鸽子,原所以象征和平,也可以指示灵魂之圣洁;画只羔羊,原所以象征牺牲,亦可以指示信德;孔雀象征天国的永久;马象征生命逝去之迅速;雄鸡象征光明的先驱;鹿饮清泉,象征对天主之爱慕;棕榈枝象征胜利及不朽的光荣;蛇则除罪恶及一切黑暗的邪祟,别无可指。可见蛇之为物,实乃全人类所憎恶的东西。"③钱歌川的《木栅和秩序》一文,是针对五六十年代台湾公园所设置的把游人"视同放牧的牛羊"的狭窄栅栏而写的,具有较明显的社会批判指向:"设计这种木栅的人,难道是认为台湾的公园收拾得太美了,怕人们要争先恐后地来游览,所以才竖立这种只许排成单行走入的木栅吗? 而且似乎是禁止人们在下雨天走进公园去的。你要不相信的话,你不妨在下雨时撑着伞去试试,看你是

①　苏雪林:《花都漫识——苏雪林作品经典》,群众出版社1999年版,第6页。
②　近十年时间大陆出版的中国现代文学史都不提或是很少提到苏雪林的文学成就,钱理群等著的《中国现代文学三十年》和王嘉良、金汉主编的《中国现当代文学》等文学史著作根本就没有提到苏雪林的散文。
③　苏雪林:《花都漫识——苏雪林作品经典》,群众出版社1999年版,第217页。

不是能走进台北公园去?"①柏杨写于60年代的《怪马集》、《堡垒集》、《圣人集》、《凤凰集》、《高山滚鼓集》等散文集对当时台湾社会不良现象和恶风陋习的批判,亦很有现实针对性。换言之,社会现实性较强的"载道"小品文,以及以自我为中心的"言志"小品文在五六十年代的台湾均受到欢迎。

综上所述,台湾五六十年代创作小品文的散文家基本上均是从大陆去台的第一代和第二代作家,他们早在三四十年代已经成名,而此阶段的小品文虽然在风格上大体沿袭此前作品,但是在内容题材和语言风格上却也在某种程度上有所拓展和新变。但是,小品文直到七八十年代之后才发生较明显的变化,出现了一批学者散文,不仅重视知识性和趣味性,而且文本中往往有体现作家自身学术素养的内容。此时的小品文题材范围得到了拓展,风格亦庄亦谐,显然不同于五六十年代的小品文;而90年代之后的小品文成就主要体现在诗化小品和饮食文化散文中,从另一个层面上实践了小品文"宇宙之大,苍蝇之微"之题材上无所不包的追求,其写作手法和艺术风格亦出现一些新特点。这在后面的章节中将会作详细分析。

具体来说,台湾五六十年代小品文风格上的诗化特点既是对五四小品文的继承,又是一种发展和超越,而且汇入台湾五六十年代散文诗化特点的主流中。而幽默内涵的拓展,标志着此阶段除了闲适风格的小品文之外,也有一些现实社会指向性较强的、杂感的小品文出现,反映出五六十年代小品文的多样化。这些小品文作家的创作生命力同样很长久,能够跨越三四十年甚至五六十年,他们不仅在七八十年代还时有小品文作品发表出版,就是90年代之后他们大多已届耄耋之年,亦有佳作出现,像苏雪林。因而,下面对几个代表性的小品文作家五六十年代作品艺术特点的分析,也会不可避免地牵涉到对他们其他时间阶段的作品或者其整体艺术成就的评价。

梁实秋在20世纪三四十年代已经成名,最著名的小品文集是《雅舍小品》。收录于其中的作品创作于1939年到1947年之间。不过40年代末赴台后的梁实秋在50年代却很少再写新作品,而《雅舍小品》及其选编集却在台不断再版,影响深远。司马长风曾在《中国新文学史》下册中说过:"自新文学运动以来,若论散文集的销量,大概还没有比《雅舍小品》更大的了。到一九七六年为止台湾版已销了三十七版,香港翻印的版数则无可查考,但起码应有

---

① 郭枫主编:《台湾艺术散文选》一,百花文艺出版社1990年版,第45页。

台版的半数,加在一起当在五十版以上,真是个卓绝的纪录。"①梁实秋直至
1958 年后才重又开始动笔撰写散文,先后创作发表《谈徐志摩》(1958)、《清
华八年》(1962)、《秋室杂文》(1963)、《谈闻一多》(1967)、《秋室杂忆》
(1969)、《西雅图杂忆》(1970)等集子。在 1973 年写作出版《雅舍小品续
集》,后来在 80 年代又陆续出版了《雅舍小品》(三、四集)、《雅舍杂文》和《雅
舍谈吃》等集子,构成了以"雅舍"为名的系列小品文。雅舍小品文的闲适风
格与作者梁实秋的个人性格紧密相关:"中年以后的梁实秋顺应境遇,襟怀澹
泊,既不奢求,也不自弃,安享恬淡生活,品味生活的意味,追寻人生的愉悦,达
到了一种随遇而安、优游自得的人生境界,形成了克服和超越实用功利的审美
心态。这就使他的散文内容冷落政治、疏离时代,避遁社会的大潮大势,绝无
铿锵激越的壮歌强音。他的散文不是'受难的散文',更不是'怒吼的散文',
而是闲适的散文。梁实秋是学贯中西的学者,有渊博的知识,又关注人生,观
察锐敏,洞悉世事,所以,他的散文虽缺乏时代精神和思想深度,却有着丰富的
生活层面,充满人生真趣,品味高雅,富有艺术情调。其内容可概括地分为观
照世态、针砭时弊;感受生活,品味人生;怀人思乡、寄寓情怀;传达趣味、丰富
多彩四个方面。"②"梁实秋的散文,不仅具有学者的丰赡和智慧,而且还具有
名士的潇洒与雅趣。他在以自己丰厚的学识构成散文境界的时候,也以潇洒
的名士风度为自己散文的境界涂抹淡泊的色彩,将一种士大夫的恬适、淡雅的
风格,力透纸背地呈现在读者面前。"③司马长风在其《中国新文学史》下册中
认为梁实秋散文的特点在于"以遣趣为主,抒情和致知也自在其中"。一些研
究者则把梁实秋小品文的风格看做是一种"雅"幽默,并总结为三个美学特
征:"注重生活智慧的理性开垦"、"学者幽默的高雅文化品位"和"在审美距离
中创造闲适幽默"④。

　　除了"雅舍"系列小品文外,梁实秋在 70 年代还写了悼念亡妻的长篇散
文《槐园梦忆》,情真意切,感人至深,成为作者悼念散文的代表作。其抒情笔
调为梁实秋小品文多种风格之见证,亦可看出作者写作怀人小品的艺术水平
之高:"怀人的散文中,人物描写是主要内容,同时也借人物描写抒发人生感

---

① 可参考司马长风著的《中国新文学史》一书中的观点,香港昭明出版社 1978 年版。
② 丁文庆:《梁实秋散文论》,《西北第二民族学院学报》1995 年第 3 期。
③ 许祖华:《梁实秋散文风格论》,《湖北教育学院学报》1995 年第 1 期。
④ 王春燕:《略论梁实秋散文"雅幽默"的美学特征与意义》,《东方论坛》2005 年第 2 期。

受。写人物时,梁实秋善于截取生活片断,以似乎无足轻重的小事、闲事勾勒人物的特性,展开人物的描写,往往寥寥数语,便能写出并写活一个人的性格,真实可信,生动有趣。梁氏晚年,视物超脱,文笔老练,写回忆文章时,诚恳朴实,细言慢语,较少摧肝断肠的激拗挥洒,多为缕缕旧情丝丝往事的从容追叙,故能与读者作心灵的交流,引起深切的交感反应。"①

苏雪林也是著名的散文家,作为从大陆迁台的第一代小品文作家,在五四现代散文史上就已经较有名气,被阿英②称为"女性作家中最优秀的散文作者"。她在"二三十年代即已出版《绿天》、《青鸟集》及《屠龙集》,抵台之后继续写作不辍,属于衔接的一代。此期(指50年代,著者特此指出)间凡出《楚赖雷童话集》、《归鸿集》及《欧游揽胜》,颇记述游学法国之事,健笔如昔"③。而在60年代,"苏雪林仍有《人生三部曲》、《眼泪的海》、《闲话战争》等新旧作品"④。苏雪林在台湾文坛上勤耕不辍,直到90年代末期仍然有作品问世。但是,对苏雪林文学成就的评价却存在两极分化的现象:尽管苏雪林在台湾和海外颇有盛名,被看做是中国当代文学史上的著名散文家,但是在大陆编写的中国现代文学史中却很少提到她的文学成就,可能与她从20年代末与鲁迅展开论战,30年代开始直至60年代末一直反对鲁迅(所谓"半生反鲁事业")有着极大关系。

苏雪林的小品文内容丰富多样,正如前面已经指出的,除了书写个人性情的言志小品外,她还提倡反映社会现实生活的"载道"散文小品。她在40年代出版的《屠龙集》等散文集,就是具有很强现实性的"载道"小品文。《屠龙集》的内容大体有三:一是揭露日本侵略者烧杀抢掠罪行的,如《乐山惨炸身历记》、《敌兵暴行的小故事》等;二是张扬民族正气、讴歌中华儿女爱国主义

---

① 丁文庆:《梁实秋散文论》,《西北第二民族学院学报》1995年第3期。

② 阿英(1900—1977),安徽芜湖人,原名钱杏邨,笔名又有钱谦吾、张若英、阮无名等。在弹词方面曾著有《弹词小说评考》、《女弹词小史》等。在编著的《晚清文学丛钞》、《鸦片战争文学集》等著作中,均有曲艺、弹词作品及资料。著有小说《义冢》,散文《夜航集》,剧本《碧血花》、《李闯王》,论著《现代中国文学作家》、《现代中国文学论》、《中国年画发展史略》。辑有《中国新文学运动史资料》、《晚清文学丛钞》等。

③ 余光中主编:《中华现代文学大系·台湾1970—1989》评论卷二,台湾九歌出版社1989年版,第780页。

④ 余光中主编:《中华现代文学大系·台湾1970—1989》评论卷二,台湾九歌出版社1989年版,第788页。

精神的,如《寄华翙》、《奇迹》等;三是抒写战时知识分子动荡生活与痛苦经历的,如《炼狱——教书匠的避难曲》、《雨天的一周》、《家》等。此时的苏雪林满怀爱国热情,充满战斗朝气①。而在五六十年代的台湾,她则写了很多回忆现代作家生平的怀人小品,包括《吴稚晖先生与里昂中法学校》、《陈源教授逸事》、《女词人吕碧城与我》、《悼女教育家杨荫榆先生》、《凌叔华女士的画》等等,笔法细腻传神,很善于抓住人物最具有代表性的外貌和动作来表现其性格,寥寥几笔就写得栩栩如生。

而苏雪林游记类的小品文又是另一种风格。以写于 50 年代的《彭贝依古城的凭吊》为例来说,作者在陈列室看到一种骰子,"这种骰子作方形,比中国现在的骰子大几倍。骰上所绣的一二三四五六的形式,与中国无异,不过颜色都是黑色的",然后便古今中外地考证起来:"今日意大利民间仍有此种博戏,法国也有,称'顶针戏'。"再引证《楚辞·招魂》中关于"菎蔽象棋"一段,认为"这一段所描写的都是博具。象棋本属外国传来,现暂不论,枭庐五白是樗蒲的彩名,樗蒲据《国史补》之所述,其制签繁,今久废,莫得而详。伾其中也有做子五枚,凭掷而得彩,故骰子也有樗蒲之称"。并由此考证出"中国从前骰子上的点,原亦黑色,今有红色者乃唐明皇所赐。可见中国这种博具实由外国传入,而且战国时代便入了我们的国土"②。这种中西比较的手法,还用在作者参观彭贝依古城遗址中朱比特神庙时的所感所想:"入口处置有凯旋坊两座,虽然已残缺,穹隆仍是完全,气象很雄壮。坊口的内外竖大石三块,外二内一,作品字形,阻止车马入内。想到中国文庙和比较庄严的公共建筑,大门口竖立'文武官员,至此下马'的石碑,古今中外,如出一辙,觉得很有趣"③。由此可以说,这篇小品文在注重知识性、趣味性的言志特色时,还在中西文化比较中加入考古学知识以及丰富的想象力。作者所写未必揭示出历史真相,但是读来却趣味横生、生机盎然。可说拓展了小品文的表现范围。

钱歌川首先是著名的翻译家,然后才是散文家。他曾以"味橄"为笔名,早在三四十年代就已经出版了散文小品集《詹詹集》、《流外集》、《偷闲絮话》、《巴山随笔》、《游丝集》等。钱歌川从 1947 年入台到 1964 年离台,在台

① 谢昭新:《论苏雪林散文的艺术风格》,《中国现代文学研究丛刊》1994 年第 1 期。
② 苏雪林:《花都漫识——苏雪林作品经典》,群众出版社 1999 年版,第 228 页。
③ 苏雪林:《花都漫识——苏雪林作品经典》,群众出版社 1999 年版,第 233 页。

湾整整生活了 17 年。他在台湾期间,除了从事教书、翻译和学术研究之外,其他时间则专心写作小品文,先后出版了《淡烟疏雨集》、《三台游赏录》、《虫灯缠梦录》、《竹头木屑集》、《狂瞽集》、《搔痒的乐趣》和《罕可集》等七八个散文集子,被称为是他散文创作的第三个高潮。钱歌川这一时期的作品,主要记述台湾的风俗文化、山川景物,作者个人的生活经历、思想变迁等等;还写了许多知识小品、文艺散论和针砭时弊的杂文①。

他于 1964 年离台到新加坡讲学,到 1972 年年底退休移居美国纽约,此间的散文结集为《秋风吹梦录》。在美国生活期间,钱歌川的散文小品创作再次进入高潮,陆续出版了《客边琐话》、《篱下笔谈》、《瀛偻消闲录》、《浪迹烟波录》、《楚云沧海集》、《云容水态集》、《苦瓜散人自传》和《浮光掠影集》等八部文集。所以"就数量而言,仅次于周作人,超过了林语堂和梁实秋;就质量而言,也是文采风流,具有鲜明的个人风格,可谓成就斐然,被誉为不可多得的中国现当代散文大家"②。

钱歌川的小品文一方面追求"闲适"风格,也就是"与个体生命相联系",他的散文"以闲话的方式,写出自己的心情,所谓'一粒沙里见世界,半瓣花上说人情',这也是钱歌川对于'最一乘小品'的追求。它既不同于周作人的'忙里偷闲,苦中作乐',也不同于鲁迅的辛辣怒骂,他主张'笑中含泪'的幽默显示法"③。从《南都的风趣》等小品文中所写的台湾南部风物人情,可看出其娓娓而谈的闲适风格;但是另一方面却也有反映台湾社会弊病的杂感类小品文,如前面所列举的《木栅和秩序》、《战争孤儿》等,均可作为例证。与苏雪林的小品文一样,钱歌川的小品文亦丰富了台湾五六十年代的小品文世界。

---

① 杜学忠等主编:《钱歌川散文选集》,百花文艺出版社 1992 年版,第 5 页。
② 钱歌川:《也是人生:钱歌川人生小品精粹》,上海书店 1996 年版,第 3 页。
③ 田青:《漫谈钱歌川的散文》,《语文学刊》1996 年第 6 期。

中　编

多方位的文类融合
——七八十年代的台湾散文

第七章　七八十年代台湾散文概况

在 20 世纪五六十年代的台湾文学界,写作怀乡散文和小品文作品的散文家们主要由有大陆背景经历的作家构成。相比之下,七八十年代的台湾散文界则发生明显变化,出现了不论是老一辈,还是中青年作家;不论是外省人、外省第二代,还是本省籍作家均同时创作散文的兴盛局面。具体来说,"散文的作者则遍于各阶段中:老作家可继续其老练的文笔,续写小品续集,如梁实秋。也有年老的偶因机缘,因晚鸣而成一家之言,如夏元瑜①、叶庆炳②。老作家或年大而成作家的,饱经人事的诸般阅历,人情练达,洞烛世事,试写小品,或随兴而笔之,均有洞达世情之妙,这种散文非青苍年少故作老成者可以为之,此事关乎学问,关乎阅历之深沉,为散文中的老成之作"。但是这些老作家的创作"至此期间逐渐减少产量,甚或封笔者也有不少。也有些仍老当益壮,反

---

① 夏元瑜(1909—1995),祖籍浙江杭州。著作主要有《老生闲谈》(1975)、《老生再谈》(1976)、《以螳螂为师》(1976)、《谈笑文章》(1977)、《青山兽迹》(1977)、《万马奔腾》(1978)、《流星雨》(1978)、《生花笔》(1979)、《升天记》(1979)、《马后炮》(1980)、《百代封侯》(1980)、《千年古鸡今日啼》(1981)、《梦里乾坤》(1982)、《弘扬饭统》(1983)、《现代人的接触》(1984)、《金鼎梦》(1985)、《现代人的接触2》(1985)、《龙腾虎跃》(1986)、《大漠寻龙》(1988)、《东西财神来报到》(1991)等。
② 叶庆炳(1926—1993),浙江余姚人,笔名青木,其斋号为晚鸣轩。主编和撰写的专著有《中国文学史》(1966)、《汉魏六朝小说选》(1974)、《谈小说鬼》(1976)、《唐诗散论》(1977)、《谈小说妖》(1977)、《关汉卿》(1977)、《明代文学批评资料汇编》(与邵红合编,1979)、《清代文学批评资料汇编》(与吴宏一合编,1979)、《晚鸣轩爱读诗》(1979)、《晚鸣轩爱读词》(1985)、《古典小说评论》(1985);教学及研究之余,从事散文创作,已出版散文集《长发为谁留》(1976)、《秋草夕阳》(1977)、《谁来看我》(1978)、《一通电话》(1978)、《假如没有电视》(1978)、《暝色入高楼》(1983)等,总集名为《晚鸣轩散文集》。

而退休之后以写作自娱。梁实秋既有多种新作,结集出版,如《雅舍小品续集》、《槐园梦忆》之类。但这衔接两代的第一代作家,停笔者多矣。年长而重拾文笔的,有两位值得介绍:一为陈火泉,这位自称'八十岁学吹鼓手'的作家,艰辛地在'跨越语言的一代'中凸显而出,将其尝尽的人生况味,苦思苦修后,写出三集《悠悠人生路》及一集《人生长短调》,从日文到中文,从年少到老年,这种人生历程在经历由苦读学到的文字中表现出来,确可作为典型之一。另一为夏元瑜,其散文集与陈火泉一样,均列于畅销之列,但他却以杂谈、风趣的文笔取胜,而非直接谈人生、谈道德。其人其学,杂学博通,而文字处理亦任意为之"①。

除了这几位老作家外,还有一些年龄稍轻的作家的作品也都颇丰,"思果②在出版《河汉集》(以方纪谷为名)后,中间停笔甚久,直到《看花集》,始又陆续出版,产量惊人。萧白③因专事写作,1971 年写《无花果集》等,凡有七八种之多。王鼎钧则写人生修养的警句,有《人生试金石》等六七种。子敏④的散文,有《小太阳》等四种,以及继续《茶话》的写作,言曦也续有多种杂文。他们都持久地坚持散文的写作,产量可观,而个人在品质的提升上也努力不懈,因而获致较高的成绩"⑤。但是更新一代的年轻作家,包括外省第二代和本省籍散文家的所谓"新世代"作家群在该阶段登上台湾文坛,并且成为散文创作的主力军,"但年轻才俊者在此期间亦倍于前,他们汲取二十余年来的散文成果,吸收消化,融为己有,成为一波波推涌而前的新浪。新世代虽与前三十年

---

① 余光中主编:《中华现代文学大系·台湾 1970—1989》评论卷二,台湾九歌出版社 1989 年版,第 792 页。

② 思果(1918—2004),本名蔡濯堂,笔名思果,另有笔名挫堂、方纪谷、蔡思果等。散文集有《香港之秋》、《私念》、《沈思录》、《思果散文选》、《林居笔话》、《霜叶乍红时》、《晓雾里随笔》、《思果人生小品》、《河汉集》、《林居笔话》、《橡溪杂拾》、《远山一抹》等十多种。翻译包括狄更斯的《大卫·科波菲尔》与克罗宁的《西泰子来华记》等。专著有《翻译研究》、《翻译新究》。2000 年出版《我 82 岁非常健康》,其遗作书名为《迷人的唠叨》。

③ 萧白(1925—),本名周仲勋,字寒峰,浙江诸暨浬浦大尖溪人,1948 年从长沙迁到台湾。1968 年出版散文集《山鸟集》。除此之外,还著有《萧白自选集》(1975)以及《响在心中的水声》、《浮雕》等多部散文集。

④ 子敏(1924—),本名林良,祖籍福建同安,习惯以笔名"子敏"发表散文,以"林良"本名为小读者写作。他以儿童文学工作为生平职志,至今仍在台湾为《国语日报》及《小作家》、《国语日报周刊》等儿童刊物撰写儿歌故事专栏。

⑤ 余光中主编:《中华现代文学大系·台湾 1970—1989》评论卷二,台湾九歌出版社 1989 年版,第 792—793 页。

无直接的血缘关系,无缘亲灸诸大师的风范,但由于社会的多元化、艺术的多元化,而能广纳的写作素材远过于前二代,而且他们普遍具有求新求变之心,现代中可以取法,而回首寻根,传统事物中也自有安身立命之处。从现代到乡土,从欧美到中国,这条路走得曲折而又自然,但是终于走了出来,这就是头角峥嵘的新一代"①。可以这样说,"新世代"散文家们的出现,给七八十年代的台湾散文注入了新的活力,他们在借鉴五六十年代散文变革的基础上,成为台湾散文在七八十年代继续创新求变、拓展现代散文艺术表现力的一个主要群体。

与台湾五六十年代的散文家相比,七八十年代的散文家们,尤其是 80 年代的散文家所要面对的社会现实已经变得错综复杂,人们的思想价值和文化观念亦多元化。自从 1975 年蒋经国接任台湾地区领导人之后,他在政治制度上进行改革,一方面使台湾国民党当局的白色恐怖色彩逐渐淡化,在政治意识形态上也不再严加控制人们的思想,另一方面该阶段的台湾社会面临社会的剧烈转型,从农业社会向现代都市社会的转变已经成为不可逆转的潮流,这是现代性进程中的一个必然过程,同时亦伴随着文化和文学的转型和剧烈变化。作为《中华现代文学大系·台湾 1970—1989》的总主编,余光中在其所作的"总序"中就坦率指出:"四十年间(指从 1949 年到 1989 年,著者特此说明),台湾能够转危为安,转贫为富,这成就实在值得自豪。但是若问一位台湾的作家他是否快乐,则他的答复也许会迟疑而不肯定,因为他觉得,为了目前的富有,他付出的代价颇高。因为他发现,有钱的社会未必幸福。钱可以买东西,包括各式各样的机器,来为人代劳,供人享受。但是机器多了,也会制造噪音,阻塞交通,带来车祸,并且引起各种污染。繁荣的社会有利可图,所以从前的纯朴勤奋变成了今日的投机取巧。另一方面,在一个文化失调的暴发社会里,一般人也往往只顾争取自己的权利而不顾他人的权力,面对多元化的分歧而陷入价值的混乱。"②从这个角度来说,由社会转型带来的阵痛和新变,对散文家来说既带来了烦恼,也未尝不是幸事。社会转型一方面使他们在文学上面

---

① 余光中主编:《中华现代文学大系·台湾 1970—1989》评论卷二,台湾九歌出版社 1989 年版,第 792 页。

② 余光中主编:《中华现代文学大系·台湾 1970—1989》散文卷一,台湾九歌出版社 1989 年版,第 2 页。

临新的挑战,另一方面又从社会文化层面为他们提供了新的机遇和艺术上创新求变的广阔空间。

同时还要看到,台湾社会的现代化转型带来了物质条件上的现代化,其中现代化的声光电器对散文家们同样产生心理上、文学上的冲击力。有的研究者指出,当代台湾经历了农业社会、工业社会、信息社会的转变,人们周围的环境从田园变为钢筋水泥的都市,而最后又突然发觉已被 CD、传真、电视等声光电化所包围。这种转变带来了人们思维方法、行为方式、语言表现的变革,人们对信息的接收,已经从过去面对现场的"看",而变为透过摄影机和传真屏幕的"看"。看到的多是经过选择、剪接、编辑过的影象,这种"阅读"方式的变化,必然会影响文学艺术的创作。台湾新生代散文家开始思索在这种变革中散文创作该有怎样的新风貌①。实际上不仅是新生代散文家,在七八十年代从事散文创作的作家都要面对这种"现代化"的媒体手段,包括电脑兴起后对文学写作的威胁,如同沈静②在散文《只缘那阳光》中所忧虑的:"看来写作这最古老的手艺,正面临革命性的考验。我们必须有信心穿越这个考验,去证明心灵与物质能够和平共存,而直接的知觉与认识永远不会被机械公式击败,这样我们才能为文化加添礼貌,为知识加添智慧,为了解加添宽容,达成文学艺术的原始使命——团结人类。"③他们均要思考现代散文在这种新的时代背景下如何继续发展、拓展的问题。

台湾七八十年代散文在艺术创新求变上的追求,还体现在散文家们在此阶段具有较为普遍的、亦较为自觉的"散文改革"之观念意识上。余光中在 60 年代率先举起散文改革的大旗,发表了《下五四的半旗》和《剪掉散文的辫子》等文章来呼吁和提倡情文并茂的"现代散文"。虽然张秀亚在 60 年代的《杏黄月》等散文篇什中有意运用小说化、意识流等多种艺术手法,从创作实践上来呼应余光中的散文改革理论,其他一些散文家在创作中也或多或少地表现出对散文艺术创新的追求,但是总体来说,在五六十年代创作散文的大部分作家并没有明确的散文改革意识,而且由于这种诗歌化散文占据着当时散文领域的主流,一方面为散文向中国古典诗歌的出位积累了诸多丰富经验,另一方

---

① 徐学:《台湾当代散文中的意象与寓言》,《当代作家评论》1994 年第 2 期。
② 沈静(1955—),原名周芬伶,台湾屏东人。著有散文集《绝美》、《花房之歌》等。
③ 林锡嘉主编:《七十四年散文选》,台湾九歌出版社 1986 年版,第 35 页。

面却也无形中限制了散文家对其他文类因素的借鉴和吸收,并没有形成较大规模的散文改革风气。如果说五六十年代的台湾散文在"诗歌化"的主流中使现代散文产生过分雕琢和模式化的弊病,那么七八十年代的散文家们则尽力纠正此前的艺术流弊,他们不但在创作实践中有意无意地追求现代散文艺术手法的创新求变,而且通过对已经定型的现代散文概念的质疑和颠覆,徐了吸收中国诗歌和西方诗歌的艺术因素外,更试图广泛化用小说、戏剧、影视媒体,以及音乐、美术等文学和艺术类型中的艺术因素为己所用,以便进一步拓展现代散文的艺术表现力,为现代社会背景下的现代散文之发展兴盛寻找到一条可行性道路。

　　余光中在 1981 年评论张晓风散文风格的文章《亦秀亦豪的健笔——我看张晓风的散文》中,对约定俗成的"散文"概念提出了质疑:"在散文的批评里,梁实秋的风趣,思果的恬淡,琦君的温馨,早已公认,赏析已多,但散文天地的广阔正如人生,淡有淡味,浓有浓情,怀旧的固然动人温情,探新的也能动人激情。说散文一定要像橄榄或清茶,由来已久,其实是画地为牢。谁规定散文不可以像哈密瓜像酒? 韩潮苏海,是橄榄或清茶吗?"[1]叶石涛[2]在 1986 年出版的散文集《女朋友》的"序"中,亦通过创作实践对现代散文的定义提出疑问:"这是我生平第一本散文集。说散文集吗,自己也觉得不太像;因为里面有几篇像评论的,又有几篇像小说的。不过还好,我国自古以来对散文的界限和范围定得不太明确,说理的、抒情的、风花雪月的都可以插上一脚,因而我就不拘束于是不是散文集了。就算他是杂文集好了,这大概也没什么不对。"[3]一些 50 年代后出生的新世代散文家同样怀有自觉的散文创新意识,尤其是对诗歌、小说、散文和戏剧等文类之间泾渭分明的界限提出自己的看法。举例来说,痖弦在为散文集《林燿德散文》所写的序言《在城市里成长——林燿德散文作品印象》中指出:"林燿德不赞成'诗人'、'散文家'这样硬性的角色定

---

① 余光中:《余光中集》第 7 卷,百花文艺出版社 2004 年版,第 321 页。

② 叶石涛(1925—2008),台湾台南人。小说集有《妈祖祭》(1940)、《征台谭》(1941)、《热兰遮城陷落记》(1946)、《殖民地的人们》(1947)、《噶玛兰的柑子》(1975)、《采硫记》(1979)、《卡萨尔斯之琴》(1980)、《西拉雅族的末裔》(1990)、《台湾男子简阿淘》(1990)等;文学评论著作有《台湾乡土作家论集》(1979)、《台湾文学史纲》(1987)等;散文集有《女朋友》(1986)、《一个老朽作家的五十年代》(1991)、《府城琐忆》(1996)等;翻译作品有《西川满小说选(1)》(1997)等。

③ 叶石涛:《女朋友》,台湾晨星出版社 1986 年版,第 1 页。

位,他主张突破文类的界限,把形式的选择当成一种"策略"。也就是说,当作者在进行他的制作时,他不再像上一代诗人那样,有意识的在写一首诗或一篇散文,而是在经营一个作品。"①阿盛则认为在散文创作中不应该拘泥于散文特有的表达形式,不要因形式而束缚其艺术想象力,而应该根据行文需要把各种文类综合起来:"不要以形式争论,诗经国风、郑板桥讽咏诗皆是散文体,古人的民歌欢唱,唐朝佛教文体或一些变文。没有固定形式,'文无第一,武无第二',文章不以固定形式来画地自限或定高下,这样会妨害文学的发展。诗经、楚辞、汉赋、骈文、唐诗、宋词、元曲,明清小说,一路演变,他有意这样做,只是对现今社会有所映射、讽刺、批判,读者应以其写得好不好来论断,而不是以形式来责难,最怕的是为了顾全形式,束缚作者想象的发挥。"②可以这样说,散文家们自觉的散文改革意识,为台湾七八十年代的散文变革风气提供了精神基础。

从台湾七八十年代散文接受的影响来说,五四现代散文的文学影响不仅体现在五六十年代的散文家身上,亦延绵到此阶段作家的散文创作中,虽然不如前者那么明显。杨牧曾经在《〈中国近代散文选〉序》一文中列举事例加以说明。他指出,对于周作人的散文,"近代散文受知堂笔路影响者最多,五十岁以上的作家如丰子恺、梁实秋、思果等人都属于这一派;他的基本风格也见于庄因、颜元叔、亮轩、也斯、舒国治";而夏丏尊③的《白马湖之冬》则"树立了白话记述文的模范,清澈通明,朴实无华,不做作矫揉,也不讳言伤感,是为其特征;……如林文月、从甦、许达然、王孝廉等人的作品也多少流露出白马湖风格";许地山散文的影响面也颇深远:"其影响复见于司马中原、王尚义、林泠、罗青、童大龙等人的作品";而以徐志摩散文的影响力为最大,"以诗人之笔为文,潇洒浪漫,草木人事莫不有情,激越飘逸,旋转自如,其文字最富音乐性,开创一代新感性的抒情文章",不仅影响到苏雪林、张秀亚、余光中、张晓风等人,而且七八十年代之后登上台湾文坛的一些散文家,包括"逯耀东、张菱舲、

---

① 王昶主编:《林燿德散文》,浙江文艺出版社 1999 年版,第 8 页。
② 阿盛:《心情两纪元》,台湾联合文学出版社 1990 年版,第 16 页。
③ 夏丏尊(1886—1946),名铸,字勉旃,后改字丏尊,号闷庵。浙江上虞人。著作有《阅读与写作》、《文章讲话》、《文艺论 ABC》、《生活与文学》、《现代世界文学大纲》,另编著有《芥川龙之介集》、《国文百八课》、《开明国文讲义》等。译作有《社会主义与进化论》、《蒲团》、《国木田独步集》、《近代的恋爱观》、《近代日本小说集》、《爱的教育》和《续爱的教育》等。

白辛、季季、陈芳明、渡也等人的作品亦属之"①。而陈芳明的散文则受到鲁迅散文的极大影响。正如有的评论家指出的："一个迷路的诗人，却反倒成了一个成功的散文家，这之间介入的是鲁迅。鲁迅文章里的草莽性格，刚强中有柔情、哀伤中夹着悲愤，'行文过处，都是力量'是革命时期的陈芳明十分心仪的。在《失去国籍的地图》一文（《受伤的芦苇》序）中，他明白表示，'疏离自己感性的一面，过滤过剩的自我情绪，是我八十年代之后尝试去做的工作'。一般人容易感受到陈芳明散文中的'美丽'。可是背地里那一种'强悍'造就了他令人惊艳的独特文体，亦即'以诗般的语言写政论，以柔情万种的文字打笔战'的绵里针能耐。"②如前所述，不断追求散文艺术的创新求变亦是五四现代散文的一个传统，因而台湾七八十年代散文的改革和新变追求，在某种程度上同样是受了五四散文之影响，而后者亦成为七八十年代散文创新的另一精神基础。进而言之，台湾五六十年代的散文与七八十年代散文的创新均汇入中国现代散文的发展史中，为现代散文的内涵和外延在不同历史阶段的拓展和继续发展注入新的文学生命力。

如果说五六十年代的台湾散文，不论是怀乡散文还是小品文，均呈现出诗歌化的特点，也就是说，当时散文创新求追求主要体现在诗歌化上，而且成为其主流趋势，那么七八十年代散文的创新求变就无法用单一的艺术特点来归纳概括。换言之，七八十年代的散文出现了多方位的文类融合特点，出现了诗歌化、小说化和戏剧化，甚至是向音乐、美术等艺术类型，以及向电影媒体"出位"的散文类型。

具体到作品来说，诗歌化或曰诗化散文出现多种类型。此阶段的一些散文家依然坚持余光中在《左手的缪斯》中"散文是诗歌的余绪"的散文诗化观。举例来说，"陈芳明的散文，似乎很容易使人将他与其早期仰慕的杨牧、余光中等诗人散文作联想，其风格有明显的'诗化'和'抒情'表征。回忆少作，他自称'是一位相当失败的诗人'，'最早写出的散文，其实都是诗的余绪'。在《诗的未完成》这篇文章里，剖白了自己三十年来在诗与文之间的心路历程"③。不过相比五六十年代散文的诗歌化特点，此阶段散文向

---

①　余光中主编：《中华现代文学大系·台湾1970—1989》评论卷二，台湾九歌出版社1989年版，第768页。

②　陈义芝主编：《陈芳明精选集》，台湾九歌出版社2003年版，第32页。

③　陈义芝主编：《陈芳明精选集》，台湾九歌出版社2003年版，第31页。

西方现代诗歌的"出位"亦成为常态,例如许达然散文的诗歌化明显具有西方现代派诗歌思维跳跃性大和词汇扭曲变形之特点,郭枫对此作了如下总结:"其一,沉思的境界。许达然的散文,几乎每篇都得正襟危坐来品味,不可朗诵,只宜沉思……其二,内敛的精神。在许多篇章中,我们发现作者对于事物景象,不加解说,不加描绘,有心地让读者从片言只字中,去领会他的命意所在……其三,反讽的手法……言在此而意在彼,造成曲折幽邃的情势。"①

　　七八十年代的诗化散文除了余光中、杨牧、许达然等诗人创作的诗歌化散文之外,其他诗化散文可以根据内容主题的不同归为两大类。一类是在诗情画意中充满人生哲理的诗话散文,这一类中包括着重向中国古典诗歌"出位"的佛禅散文,在中国佛禅观念中阐发对现实人生的领悟。林清玄的《佛鼓》一文堪称为典型代表:"我站在通往大悲殿的台阶上看那小小的身影击鼓,不禁痴了。那鼓,密时如雨,不能穿指;缓时加波涛,汹涌不绝;摄时若海啸,标高教丈;轻时若微风,抚面轻柔;它急切的时候,好像声声唤着迷路者归家的母亲的喊声;它优雅的时候,自在得一如天空飘过的澄明的云,可以飞到世界最远的地方……那是人间的鼓声,但好像不是人间,是来自天上或来自地心,或者来自更邈远之处。"②这一类也包括借鉴、吸收冰心、宗白华等人创作的五四现代小诗艺术因素的哲理化散文小品,虽然言简意赅,但是在浓郁的诗情中蕴涵着人生哲思。另一类则包括田园散文,其诗情画意体现在对优美田园风光的抒情描写上。但需要注意的是,台湾七八十年代的怀乡散文,尤其是80年代之后的台湾怀乡散文之"诗化"色彩远远不如五六十年代怀乡散文中的浓郁,对中外诗歌因素的借鉴和"出位"并不积极。究其原因在于七八十年代台湾社会文化的变化和作家们散文观的变化。这在下面的章节中将会详细阐述,此处不再赘言。

　　散文中体现出的小说化特点亦是多种多样,异彩纷呈。琦君曾经探讨过小说化特点的散文:"尤其是有人物,有故事、有对话的散文,我们似可姑称之为'散文小说',正如似诗的散文可称之为'散文诗'。'散文小说'具备小说

① 许达然:《远与近》,中国友谊出版公司1988年版,第299—300页。
② 徐学主编:《隔海说文——台湾散文十家》,厦门大学出版社1988年版,第213页。

的成分,而结构不必如'纯小说'之严谨。"①尤其是70年代末之后的小说化散文,呈现出非常鲜明的"小说"之艺术特征。具体来说,以三毛、陈列、叶笛、林燿德、季季、袁琼琼、履疆等人为代表的小说化散文家们,不仅把小说的基本因素,包括现实主义小说中的故事、情节、人物性格、叙述角度等艺术因素纳入散文之中,而且还把现代主义小说和奇幻小说中的某些因素,诸如叙事动力、象征性、人物心理的细致剖析、神秘色彩、亦真亦幻的传奇性等等也化入散文文本中。有的散文家甚至用小说的手法来写散文,不但削弱、泯灭了散文与小说之间的界限,而且结构严谨,故事情节有头有尾,其散文作品俨然可看做是小说。由此可以这样说,台湾七八十年代的小说化散文在对小说因素的化用上已经比较成熟,使小说化散文进入第一个鼎盛时期。需要指出的是,从表面上看,小说化散文是对小说诸多艺术因素的吸收、融合和化用,自有现代散文艺术创新的追求作为其学理依据,但是从深层来说,却由表及里地触及现代散文艺术中的一些基本原则,更重要的是,这种小说化特点在某种程度上已经改变了这些基本原则的内涵。小说化散文或是强调人物性格的鲜明生动和故事情节的生动曲折,或是细致剖析人物的心理活动,或是有意渲染神秘奇特的氛围和营造象征性意蕴,或是用现代小说的叙事方式来推进散文叙事的发展等等,因而与非小说化的散文相比较来说,小说化散文结构更加严谨整饬,常常会追求有头有尾、逻辑严密的故事性,以及在描述中用冷静、客观的旁观者态度来代替"有我"的感性表达。从这个角度来说,小说化散文在创作实践中遵循的文学艺术规律与其说是属于现代散文的,不如说是属于小说的艺术规范。概而言之,小说化散文一方面为七八十年代台湾散文艺术的创新求变之追求注入了生命活力,另一方面同时为90年代之后的散文向后现代主义类型的小说之"出位"奠定了文学基础。

当然,很多作家的散文创作也出现了多种文类相交融的特点。王鼎钧在60年代就已经成名,尤以擅长小品文著称,不过他的代表性散文作品却是出现在70年代之后,例如《那树》、《网中》、《红头绳儿》、《旧曲》和《脚印》等等。他的散文作品不但吸收诗歌因素,而且全方位多角度地借鉴其他文类的艺术因素为己所用。王鼎钧散文的特点在于:"能用浅近的语言表达深远的寄托,写法灵巧,形式活泼,激情洋溢,每含哲理。并且常常破除散文与小说、评论、

---

① 季季:《夜歌》,台湾尔雅出版社1976年版,第8页。

诗歌的界线,将抒情、叙事、评论和传说、神话糅为一体,浪漫里有写实,豪放间见风骨,温柔里含悲怆,平朴中显奇崛。"①古远清②教授持有相似的观点,他认为:"王鼎钧的散文具有散文小说同质化特征。所谓同质化,就是散文写得像小说,小说写得像散文,其界线越来越模糊。他的散文中充满了'令人爱'的小故事;他不仅善于在小说中讲故事,而且还善于用散文笔法塑造人物形象;甚至还将寓言技巧融入散文,将戏剧手法移植入散文中,让以叙事为媒介的文体多方联姻。这种兼采众体的写法,即以对话体、寓言体、书简体、语录体的独到运用,拓宽了散文的表现领域。"③而三毛的散文同样体现出各种文类融合的特点,司马中原在《奇异的两点零三分——追念三毛》一文中指出:"有些章节,诗意盎然,有些地方是行云流水的散文,有些段落却又转成小说的笔致。"④林燿德、简媜等人的散文亦具有这种特点。在此不再一一列举。

还有一些构思奇特的散文,不但吸收五四文学中现代小说、现代诗歌等文类中的艺术因素,还把中国古典志怪小说中的某些因素化入文本中,其内涵显然超出了狭义的现代散文范畴。收录在台湾九歌出版社出版的《七十年散文选》中的台湾散文《黑原》,使用了奇诡的意象和象征:不知自身已经成为鬼魂的人物"我"执著追求真挚爱情:"我已经作了很多年的孤鬼游魂,现在不一样了,我有了一位鬼侣。谢天谢地,我终于找到他了!原来在阳世找不到的,在阴间会找到,即使在阴间找不到,在某一辈子的轮回之中,终究会遇上的。"⑤作品体现出的深邃感情,构成了一种亦真亦幻的审美境界,让人想起鲁迅的散文诗集《野草》,但是故事情节的曲折生动,又明显带有《聊斋志异》等志怪小说的痕迹。

① 封秋屏、卢芸:《"首届王鼎钧文学创作国际学术研讨会"综述》,《海南师范大学学报》2009年第3期。
② 古远清(1941—),广东梅县人。专著主要有《中国大陆当代文学理论批评史》、《台湾当代文学理论批评史》、《香港当代文学批评史》、《台港澳文坛风景线》、《诗歌修辞学》、《诗歌分类学》、《海峡两岸诗论新潮》、《诗词的魅力》、《与青少年谈诗》、《恨君不似江楼月》、《看你名字的繁卉——蓉子诗赏析》、《隔海说书》、《诗的写作与欣赏》、《海峡两岸朦胧诗品赏》、《台港朦胧诗赏析》、《台港现代诗赏析》、《中国当代诗论五十家》、《文艺新学科手册》、《中国当代名诗一百首赏析》、《〈呐喊〉〈彷徨〉探微》、《诗词的魅力——留得枯荷听雨声》等。
③ 转引自封秋屏、卢芸:《"首届王鼎钧文学创作国际学术研讨会"综述》,《海南师范大学学报》2009年第3期。
④ 林锡嘉主编:《八十年散文选》,台湾九歌出版社1992年版,第305页。
⑤ 林锡嘉主编:《七十年散文选》,台湾九歌出版社1982年版,第160页。

　　电影作为一门新兴的艺术门类,从 20 世纪七八十年代开始在台湾社会民众中广泛普及,并且台湾电影的兴盛发达同样令人瞩目①,其艺术因素被七八十年代的台湾散文家们所吸收、借鉴也就不足为奇了。陈幸蕙在《人间咫尺千山路》中有这样承前启后一句话:"那样一幅云淡人清、两皆无心的景致,在心头一悬,就是十年岁月!"②在散文的细节表达以及结构的起承转合上,作者用这种电影蒙太奇式的手法,把人生的镜头从十年前从容切换到十年后,还把十年前和十年后的对比凸显出来。虽然这种手法并非作者首创,早在张爱玲的小说《金锁记》中就已经出现了,其中最经典的句子就是:"七巧双手按住了镜子。镜子里反映着的翠竹帘子和一副金绿山水屏条依旧在风中来回荡漾着,望久了,便有一种晕船的感觉。再定睛看时,翠竹帘子已经褪了色,金绿山水换为一张她丈夫的遗像,镜子里的人也老了十年。"③用电影蒙太奇的手法进行时间转换在小说中常见,但是在散文中却鲜有运用。从这个角度来说,陈幸蕙的这篇散文在化用电影艺术因素方面又有开拓之功。不过此阶段的散文创作为了表达的需要,经常在文本中化用电影的某个因素,而在散文中大规模地化用电影中的艺术因素,则成为 90 年代之后常见的散文创新现象,将在下编中详细论述。

　　还需要指出的是,如果说台湾七八十年代散文对诗歌、小说和戏剧等文学类型的"出位",表现出台湾散文外延层面的扩展,那么该阶段的一些散文家的创新意识则体现在对现代散文内涵的深化上。具体来说,这种散文创新的一个表现是对现代散文"有我"特点的进一步强调和深化。张晓风在《中华现代文学大系·台湾 1970—1989》散文卷的"序言"中强调散文的"有我"特点:"但散文作者不是显示影子而已,他经常以第一人称发言,他所写的是他本人的遭遇,他的看法或他的心境。"④三毛同样强调散文是个人真实生活和经历的写照,她在《我的写作生活——谈话记录之二》中自述说:"但是我的文章几乎全是传记文学式的,就是发表的东西一定不是假的。如果有一天你们不知

---

① 　[美]张诵圣:*Literary Culture in Taiwan*:*Martial Law to Market Law*,哥伦比亚大学出版社 2004 年版。
② 　萧萧主编《七十三年散文选》,台湾九歌出版社 1985 年版,第 224 页。
③ 　张爱玲:《张爱玲作品精选》,伊犁人民出版社 2000 年版。
④ 　余光中主编:《中华现代文学大系·台湾 1970—1989》散文卷一,台湾九歌出版社 1989 年版,第 20—21 页。

道我到世界哪一个角落去了,因为我又要走了。你们在没有看到我发表文章的时候,也许你们会说:'三毛不肯写,因为她不肯写假话。她要写的时候,写的就是真话。当她的真话不想给你知道的时候她就不写。'"①她们强调的是现代散文表达作者个人性情和真情实感的内涵特点。这种自传式的散文则以三毛的《撒哈拉的故事》和陈芳明的一些散文为代表。但是这些散文强调的"有我"特点,即表达作者的真情实感和真实经历,属于现代散文的"真实观"范围,实际上依然是社会真实和艺术真实(即艺术虚构)相结合的产物,这在前面章节中已经详细分析过,在此不再重复。但是,与台湾五六十年代怀乡散文中"有我"是为了建构"真实的中国历史"的政治意识形态目的迥然不同,七八十年代的散文之所以强调文本中"有我"的特点,是为了强调其内容题材的多元性和复杂多样,不仅三毛可以在散文中讲述撒哈拉沙漠的传奇故事,陈芳明也可在自传散文文本中回忆自己的社会政治经历,更不用说几代怀乡散文家们在七八十年代纷纷从怀念大陆生活、返回大陆探亲以及在海外期间对大陆和台湾的乡愁别绪等多个角度所写的怀乡散文了。除此之外,还有属于台湾"学者散文"范围的散文小品创作中所强调的"有我",不但包括夏志清、李欧梵②等散文家们多以书写自己亲身经历和回忆旧事来抒情言志,表达自我的真情实感,而且还表现在台湾学者散文加重了学术味和知识性的分量,使其成为介于散文小品和专业学术论文之间的一种中间类型,"有我"亦表现出散文家们作为"学者"的一面来。这亦是此阶段台湾散文多样化的一个表征。

台湾七八十年代散文内涵创新的另一个表现则在于其内容题材的现实性增强,与社会生活密切结合。与五六十年代苏雪林、钱歌川等散文小品中的反映现实生活的"载道"特点相比,七八十年代散文的"社会现实性"之内涵有进一步的丰富和拓展。从五四现代散文传统来说,反映社会现实生活和民生疾苦的现实主义精神,在每一个历史阶段都会被一些散文家继承。林锡嘉在《七十年散文选》的《编者前言》中明确指出:"近年来,由于诗人的投入散文领域,使得现代散文产生了某些改变。语言的改变方面……取材的改变方面:年

---

① 三毛:《梦里花落知多少》,湖南文艺出版社1993年版,第109页。
② 李欧梵(1942—),出生于河南太康,为国际知名文化研究学者。著述主要有《铁屋中的呐喊:鲁迅研究》、《中国现代作家中浪漫的一代》、《中西文学的徊想》、《西潮的彼岸》、《上海摩登》、《寻回香港文化》、《都市漫游者》、《世纪末呓语》等。

轻一代的散文作家,已摈弃了过去描写身边琐事,回忆过去等的桎梏。集聚精神去关注社会世态,以更大的爱投诸天地,这给散文写作扩大了取材领域。……综观七十年年度的散文,在散文作家都能独立而真挚地表现对现代社会的关注;更以纯熟的写作技巧,创造了这一年散文文学的辉煌成就。"①在七八十年代的台湾散文家中,许达然的散文堪为代表。许达然在《从感觉到希望——我对写作的想法》一文中提出自己的散文观:"我认为文学是社会事业。活在社会都对社会有责任,连纸都是别人替我们造的,写作要摆脱社会是不可能的了。不管作者的动机如何,作品发表就是社会行为。执意写个人的呼吸而忽视社会与时代的脉搏,那些自喜自怒自贺自吹就自看,发表徒费树的年轮及读者的时间。仅写无关人群的不是自渎就是自私。其实只有把别人当人,自己才算人。"②张晓风在《关情——序〈有情人〉》一文中也强调散文反映人生现实生活:"好文章不是按摩器。放在床头助人入睡。好文章是一根结实的杵,在历史的臼里一直杵一直杵,而我们是今秋新收购骄傲的金黄稻谷,直待捣尽我们强硬的壳,使我们露出柔软的稻仁来,我们才能有益于世、才能供人一饱。"③

　　具体到散文作品来说,除了许达然的《土》等散文集外,还有一些描写台湾农村经济凋敝而城市入侵的散文,包括田园散文和新世代散文家们回忆台湾农村田园生活的怀乡散文中的一些篇章,均是对当时台湾农业经济凋敝的如实反映。与此同时,反映台湾城市化和现代化社会现状与都市中"现代人"生活的所谓"城市散文"亦兴起。在《中华现代文学大系·台湾1970—1989》的"总序"中,余光中曾经指出:"六十年代的台北还说不上是怎样工业化的社会,生活节奏不很紧张,专业化的现象也不显著,机械对人性的压迫也不算怎样沉重。那时候的作家要追随现代主义,慨叹现代人的孤绝与失落,未免失之早熟。进入八十年代后,台北的都市生活加速地科技化,已经追上西方的社会,但西方的文艺却早已步入所谓的后现代主义。在为林彧④的诗集《梦要去旅行》所写的序言里我曾说:'如果说,六十年代的现代文学倾向揠苗助长的

---

①　林锡嘉主编:《七十年散文选》,台湾九歌出版社1982年版,第3—4页。

②　许达然:《远与近》,中国友谊出版公司1988年版,第286—287页。

③　张晓风:《从你美丽的流域》,陕西人民出版社1993年版,第252页。

④　林彧(1957—　　),曾任台湾芙蓉坊杂志主编。已出版著作有诗集《梦要去旅行》、《单身日记》、散文集《爱草》等。

前瞻,则七十年代的乡土文学倾向莫可奈何的回顾。目前的台北、高雄等地有的是现代大都市的新现实,等待新的知性和感性去探讨,新的语言和技巧去表现。'"①而余光中所说的"新的知性和感性"和"新的语言和技巧"等词语,亦可用来概括以林燿德散文为代表的"都市散文"之特点。焦桐写于1989年的散文《风尘五韵》具有强烈的社会现实批判色彩,是对台湾城市八十年代猖獗的"逼良为娼"的地下色情业的如实反映,从这个角度来说,是把林燿德散文中所说的城市的"黑暗的毒瘤"(关于猫的散文)由抽象化为具体,亦可归入"城市散文"一类中。这篇散文还具有较高的艺术成就,即"全文中五则各自独立的小品,均微具小说的情节感,却又显现了诗语言的机智光采,而终成其散文的面貌;所谓《风尘五韵》,不论就内容或文字看,却令人有其'韵'(哀韵)不绝之欢"②。也就是说,城市散文从城市化的角度来反映台湾社会的现代化进程,可说与反映台湾农村经济衰落的那些散文相辅相成,从两个不同的角度勾勒出当时的台湾社会现实。

还要注意的是,具有现实主义精神的散文虽然可以如实反映客观现实生活,但是这仅是现代散文的一个职能和作用,而且从表面看来,这些反映当时台湾社会生活的散文似乎仅仅是对五四现代散文传统的继承,强调散文和诗歌的区别,以及散文"与人世相亲、与生活格外贴近"的现实主义精神和特点。但是实际上却并非如此。反映当时社会现实生活的散文虽然继承了现代散文中的现实主义精神之传统,不过却并不为此而忽略散文特有的抒情言志、讲究情趣之个性特点,正如陈幸蕙③在《碧树的年轮——〈七十五年散文选〉序》中指出:"散文给人的感觉,很少是险滩、悬崖或飞瀑式的惊宕奇绝;一般来说,散文恒常是辽阔宽舒的平原,绵长流动的大江。而散文作者所带进作品里的,也常是一个日常的、思考的、热烈的或冷静成熟的自我;这个自我,掌握着中国文字的特殊性,在长短适度的篇幅里,与我们建立起分享生命经验的关系,向我们进行亲切的晤谈和对话。因此当语言贬值、人际疏离的时代,散文,格外提供了一些智慧、一点隽永的情趣、一分从容的余裕、一种属于浮世的温暖沟

---

① 余光中主编:《中华现代文学大系·台湾1970—1989》,台湾九歌出版社1989年版,第11页。

② 陈幸蕙主编:《七十八年散文选》,台湾九歌出版社1990年版,第148页。

③ 陈幸蕙(1953—),籍贯湖北武汉。著有文学赏析作品《闲情逸趣》、《采菊东篱下》等,学术论著《二十年目睹之怪现状研究》,小说集《昨夜星辰》和散文集《群树之歌》、《青少年的四个大梦》、《把爱还诸天地》等。

通给我们。"不过她同时也认识到,与现实生活密切相连的现代散文在语言形式上也不乏艺术创新的追求:"而在某些时候,当然,所谓散文,也可能竟是机锋四出的一记棒喝,或文字保养经营与推廓创新的一项实验过程。"①举例来说,许达然的散文集《土》中反映台湾民众疾苦的散文就带有浓厚的形式探索、创新意味。郭枫曾在《人的文学与文学的人——许达然散文艺术初探》一文中详细分析过许达然在散文语言上的创新:"许达然在散文写作中,是把创造语言作为他的基本目标之一的。他怎样创造散文的语言呢? 一是'用方言与俗语',一是用'历史悠久的语言'。关于前者:就是运用闽南话或客家话的生动词汇,来达到'表达贴切'与'内容落实'的目标。在这方面,他确已掌握了方言俗语的特性,加以灵活运用,毫无问题地达到他的要求。关于后者:他是运用文字学上'六书'的法则,把会意、形声、假借、转注等予以推广和改进,制造出许多同音异形、同字异义的双关语,浓缩了语言的形式而又扩大了语言的意境。"②

综上所述,台湾七八十年代的散文在继承五四现代散文传统上继续创新、拓展现代散文的内涵和外延,成为联结台湾五六十年代散文和 90 年代后散文之桥梁,同时亦为台湾散文在 90 年代后的后现代主义文学和文化背景下的新变提供了借鉴经验。

① 陈幸蕙主编:《七十五年散文选》,台湾九歌出版社 1986 年版,第 3 页。
② 许达然:《远近集》,中国友谊出版公司 1988 年版,第 302 页。

第八章　诗化的哲理散文

与台湾五六十年代散文主要向中国古典诗歌"出位"造成的诗歌化特征相比,七八十年代散文化用诗歌的范围明显扩大,不仅包括中国古典诗词歌赋,而且还包括五四现代白话诗歌和西方的现代主义诗歌。七八十年代散文对诗歌艺术因素的广泛吸收和化用,使其诗情画意风格的范围不只限于化用诗歌的语言、意象、节奏等语言形式因素所营造出的诗意氛围和意境,而且在内容上亦强调作者对当时台湾现实社会现状与人生的哲理性感悟。如果说台湾五六十年代怀乡散文的诗歌化特点既体现出散文家们对散文艺术创新的追求,同时又因其目的是为了建构"真实的中国历史"而带有当时政治意识形态的色彩,那么七八十年代台湾怀乡散文则大幅度地消除了意识形态思想的统治,在散文创作实践中化用中外古今诗歌因素的主要目的是为了寻找到合适的行文表达方式,从而成为台湾七八十年代散文多方位吸收、化用多种文学类型和艺术类型的散文艺术创新大潮中的一脉。

概括而言,台湾七八十年代的诗化散文可以归纳为三种情况,第一种是诗人用诗歌手法所写出的散文,或曰"以诗入文",可说是对五六十年代"右手写诗歌,左手写散文"的诗人兼写散文之风气的延续:"诗人而从事散文的仍是大有发展,除余光中、杨牧、张健、管管等仍时有文集应世。其他诗人亦纷纷兼事此技:洛夫①、

---

① 洛夫(1928—　　),本名莫运端、莫洛夫,湖南人。1949 年去台湾。出版的诗集有《灵河》(1957)、《石室之死亡》(1965)、《外外集》(1967)、《无岸之河》(1970)、《1970 诗选》(1971)、《魔歌》(1974)、《洛夫自选集》(1975)、《众荷喧哗》(1976)、《时间之伤》(1981)、《酿酒的石头》(1983)、《因为风的缘故——洛夫诗选(1955—1987)》(1988)、《洛夫精品》(1988)、《石

张默①、叶维廉、羊令野②、张拓芜等均是,其中叶维廉的记游文字,其文笔蜕化自诗,且与其最具特色的情境交融的新诗有血缘关系,可谓为诗人的散文。羊令野则有《必也正杂文集》、《见山见水集》、《面壁赋》等,融化文言于现代诗与白话文中,别有意趣。张拓芜早年用沈甸之名,写晦涩的现代诗;至此期间改而写散文,从《代马输卒手记》连续发表及出版之后,以写作为职业,作为谋生的工具。他的大兵文学写出大时代中一群人的侧面,其中自有谐趣、无奈与轻微的感伤。其实,他以残废的退伍军人心情,写在台北社会中的生活窘境,哀而不伤,自有发人深思之处"③。需要指出的是,诗人杨牧在散文创作实践中对中外诗歌艺术因素的化用和艺术实验并不输于余光中。范培松把杨牧创作于七八十年代的诗化散文归为前期散文范围,其中以《年轮》和《柏克莱精神》为代表,尤其是在写琵亚特丽切时,"这里运用现代诗的想象技巧,状写一种心情。作者不断反复地通过葡萄酒、海棠、夕阳,把傍晚的琵亚特丽切的夏景的底色搽抹得红红的,尔后通过想象,时隐时现,时起时落溢泄一种寂寞和企盼。这种境界是纯主观的,它有些虚无,但却飞扬和绝对,是一种青春的

室之死亡——及相关重要评论》(1988)、《爱的辩证——洛夫诗选》(1988)、《天使的涅盘》(1990)、《月光房子》(1990)、《诗魔之歌——洛夫诗作分类选》(1990)、《葬我于雪》(1992)、《我的兽》(1993)、《洛夫诗选》(1993)、《雪崩——洛夫诗选》(1993)、《梦的解图》(1993)、《隐题诗》(1993)、《石室之死亡》(英译本,1994)、《洛夫小诗选》(1998)、《形而上的游戏》(1999)、《雪落无声》(1999)、《魔歌(书法诗集典藏版)》(1999)、《洛夫·世纪诗选》(2000)、《洛夫短诗选——中英对照》(2001)、《漂木》(2001)、《洛夫诗抄》(2003)、《洛夫禅诗》(2003)等;散文集有《一朵午荷》(1979)、《洛夫随笔》(1985)、《一朵午荷——洛夫散文选》(1985,1990 再版)、《洛夫小品选》(1998)、《落叶在火中沉思》(1998)、《雪楼随笔》(2000)等;评论集有《诗人之镜》(1969)、《诗的边缘》(1986)等;翻译作品有《季辛吉评传》(1973)、《雨果传》(1975)、《邱吉尔传》(1979)等。2009 年秋由鹤山 21 世纪国际论坛出版《洛夫诗歌全集》。

① 张默(1931—　　),本名张德中,出生于安徽无为。1949 年 3 月去台湾。曾编辑出版《台湾现代诗编目》,出版的诗集有《紫的边陲》、《上升的风景》、《无调之歌》、《张默自选集》、《陋室赋》、《爱诗》、《光阴、梯子》、《落叶满街》、《远近高低》等;另有诗评集《现代诗的投影》、《飞腾的象征》、《无尘的镜子》、《台湾现代诗概观》、《梦从桦树上跌下来》等;散文集有《雪泥与河灯》、《回首故园情》等。

② 羊令野(1923—　　),原名黄仲琮。安徽泾县人。1950 年去台湾。出版的诗集有《贝叶》(1968)、《羊令野自选集》(1979)等;散文集《回首叫云起飞》;杂文集《必边正杂文集》及评论集《千手千眼集》等。

③ 余光中主编:《中华现代文学大系·台湾 1970—1989》散文卷二,台湾九歌出版社 1989 年版,第 793—794 页。

躁动和独白。杨牧的前期散文是诗性的。"①其诗化特点体现在:"把西方诗歌的现代源各种技巧引进散文,如大幅度的跳跃的想象,伤繁的朦胧意象,对现实的超越空间的集纳等等,尔后以诗的激情,托物寓意,凝成一种抽象的源的艺术境界。"②虽然同为诗人兼散文家,但是许达然的诗化散文却又具有自己的独特特点,正如郭枫指出的:"我们指陈许达然的散文是'以诗入文'而树立起'特殊风格',当然不会是从他的文章简短的外形来看,而是从他散文的内涵立论的。许达然是以写诗的手法写散文,更精确些该说他是以写抒情诗的手法来写散文。"③

可以这样说,台湾诗人们在七八十年代运用诗歌手法写就的散文作品,虽然在整体风格上均具有诗情画意的特点,但是其诗化特点却又各有独特表现:余光中70年代初期的诗化散文虽然加重对西方诗歌艺术因素的化用,不过其风格依然充满中国古典诗词的美感,而70年代中后期和80年代散文的风格却发生改变,其诗化特征则体现在清新淡雅的意境营造上。杨牧该阶段的散文则饱吸西方现代主义诗歌的语言和写作思维,在"请你随从的天使领我到浸信的忘川,用她柔荑的手压迫我让我淹没;果若暂时的淹没可以导向永恒的谅解,请你把我肢解吞食,如同第一次在弗洛冷斯的桥头"等类似后期印象派诗歌式的词句和意象中,其诗化特征体现在对唯美主义的情调的营造,以及对颓废之美的追求中。席慕蓉④在1981年后出版了《诗集》,翌年才出版散文集《成长的痕迹》,其诗化散文的特点在于:"席慕蓉的散文会有意或无意的出现诗中才有的'跳跃感',将散文中所需的连接词省略,或使用字句的排列,将诗感融入散文之中,更是别有一番风味。"⑤许达然散文的诗意化则体现在郭枫所总结概括的"沉思的境界"、"内敛的精神"和"反讽的手法"⑥等特点中。

---

① 范培松:《中国散文史》(下),江苏教育出版社2008年版,第653页。
② 范培松:《中国散文史》(下),江苏教育出版社2008年版,第651页。
③ 许达然:《远近集》,中国友谊出版公司1988年版,第299页。
④ 席慕蓉(1943—),主要作品集有《七里香》、《戏子》、《一棵开花的树》、《无怨的青春》、《时光九篇》、《边缘光影》、《迷途诗册》、《我折叠着我的爱》、《三弦》、《有一首歌》、《同心集》、《写给幸福》、《江山有待》、《席慕蓉和她的内蒙古》、《贝壳》、《蚌与珠》、《乡愁》和《外婆和鞋》等。
⑤ 冯光明:《席慕蓉散文作品的特色与写作技巧论析》,《伊犁教育学院学报》2001年第4期。
⑥ 许达然:《远近集》,中国友谊出版公司1988年版,第299—300页。

以余光中七八十年代的散文为具体例子来说,虽然其创作于70年代的抒情散文延续了60年代怀乡散文的诗歌化特点,但是却不再仅是向中国古典诗歌出位,而是加重了对西方诗歌艺术因素的吸收,或曰中西诗歌因素兼顾。余光中在70年代初期出版的散文集《焚鹤人》中收录的《焚鹤人》、《伐桂的前夕》、《蒲公英的岁月》等怀乡主题的散文均写于1969年,而《丹佛城——新西域的阳关》则写于1970年,虽然这些散文对中国古典诗词多种艺术因素的化用依然延续了60年代初期的《逍遥游》等怀乡散文的风格,但是作者在《焚鹤人》的后记中所说的"与其要我写得像散文或是像小说,还不如让我写得像——自己"①,既是作者对现代散文既有规范的质疑,又是其诗化散文风格在七八十年代转变的一个开端。出版于1977年的散文集《青青边愁》,风格已经发生改变,从浓郁的诗意抒情转向朴实简洁,正如作者在"后记"中谈到的:"有一位朋友看过《花鸟》,对我说:'这不大像你的作品。'其实该怎样写才像我的作品呢?我应该定下型来,专写雄奇磊落壮怀激烈的宏文吗?我的笔有兴趣向四方探索,有时也不妨写些闲逸小品,或是静观自得的工笔画。"②而他在1987年出版的散文集《记忆像铁轨一样长》中收录的散文,包括《沙田七友记》、《我的四个假想敌》、《爱弹低调的高手》等,则在"自序"中自称为是"纯散文",强调诗歌和散文之间的区别,以示与此前发表的"抒情散文"相区别。还公开声明自己"看法变了",散文的风格随之亦变,开始追求"清明的知性"的"本位散文"③。也就是说,余光中七八十年代散文的风格趋向多样化,不但有诗意盎然的诗化散文,更有接近英美小品文和周作人闲适风格的言志散文,体现出这位"艺术上的多妻主义者"在散文上的艺术魅力。

第二种诗化散文则是指篇幅短小而又充满哲理性的散文,或曰哲理性的散文小品。具体来说,这类哲理性散文简短意赅,最短篇幅可以只有几句话,重在个人感悟的书写,常常运用充满象征比喻内涵的诗意语言,在每一句话或是每一小节中均蕴涵一个或深或浅的人生哲理。从艺术渊源上来说,哲理性散文除了在语言形式上不分行之外,其意象的选择和抒发感情的方式与五四

①　余光中:《余光中集》第5卷,百花文艺出版社2004年版,第162页。
②　余光中:《余光中集》第5卷,百花文艺出版社2004年版,第621页。
③　余光中:《余光中集》第6卷,百花文艺出版社2004年版,第6—7页。

诗歌中的"小诗"有些近似,某种程度上可归类为散文诗一类。所谓"小诗",是指 20 世纪 20 年代以冰心的《繁星》和《春水》、宗白华的《流云小诗》等为代表的现代白话小诗,其特点是:"小诗是一种即兴式的短诗,一般以三行为一首,表现作者刹那间的感兴,寄予一种人生哲理或美的情思。"①哲理性散文虽然是用无韵散体形式写就的短文,但是却在哲理感悟中充满浓郁的诗意,是诗意和哲理的结合。

从中国现代散文史来说,用现代散文的形式来表达人生哲理情思,是中国现代散文的一个特点和传统。且不说冰心所写的近似于她的小诗风格的、书写人生感悟和哲思的美文,就是梁实秋、林语堂等人在三四十年代所写的小品中常常也贯穿着某种人生哲理和人生智慧。在五六十年代的台湾文坛,胡品清曾出版了充满浓郁诗情又有哲理性的抒情小品,包括《梦的组曲》、《晚开的欧薄荷》、《最后一曲圆舞》、《芒花球》和《仙人掌》等。而七八十年代的台湾散文家在创作中一方面追求散文艺术的多样性和完美性,另一方面依然认同追求哲理性和智慧的散文观:"散文的成长一如人的成长,肉体的成长之外,还有智慧的成长。因此愈是完美的散文,除了讲求语言结构的完美之外,更应充满熟润的智慧。所以近年来,尽管散文在题材或语言上有所改变,但仍具有人类那一份智慧和感情。"②有的研究者把七八十年代散文中的这种哲理化特点概括为:"有的散文家把自我人生作为研究对象,自我感觉、自我体验、自我分析,把自我省察作为开启他人心灵奥秘的一把钥匙,洞幽烛微,从生活中晤见生命的智慧;有的散文家描述自然界物体的生命现象,从中获得深刻的感悟与生命的启迪,去理解生命存在的意义,追求生活与心灵契合的艺术。一股理性的清泉荡涤着作家的艺术感觉与心灵,散文作品呈现出一丝丝提升人类灵魂的人生哲学,闪烁着智慧与超越的精神。"③

---

①　钱理群等:《中国现代文学三十年》,北京大学出版社 1998 年版,第 98 页。
②　林锡嘉主编:《七十一年散文选》,台湾九歌出版社 1983 年版,第 5—6 页。
③　倪金华:《近十年台湾散文新观察》,《文艺理论与批评》1999 年第 6 期。

哲理性散文作家中较有代表性的人物之一是杏林子①。作为和大陆作家史铁生一样身有残疾的散文家，杏林子（原名刘侠）的大部分散文作品都表达出对人生意义尤其是残疾人生命意义的更深入思考和哲理感悟。她在《天地岁月》一文的结尾部分写道："人生一世，我们不祈求苦难，也不歌颂眼泪，我们只是从中学习一点功课，好叫我们的心更温柔可亲。且把缺憾还诸天地，有爱，便能包容一切。"②收录于《七十四年散文选》中的《浊世》一文表达出杏林子对人生命运的领悟："我不祈望人生十全，但有九分便也心满意足，因知万事万物有得有失，有成有败，有盈有亏，有圆有缺，有喜有悲，有乐有哀，换一个角度看，缺憾何尝不是另一种圆满呢？"③但是与史铁生不一样的是，杏林子没有认为残废是上天对人生的考验，也没有史铁生在散文《地坛》中表现出的屈原式的天问思维。换言之，她并没有把残疾和人生命运的生、死等深奥问题进行哲学性思考，虽然某种程度上缺乏哲学思想深度，但是却表达出一种豁达之情，依然属于人生哲理性感受的范畴。

如果说杏林子散文的哲理性表现在人生态度的乐观和对生活的热爱，那么席慕蓉、罗兰、陈幸蕙等人的充满哲理的散文除了爱人生、爱生活之外，还用诗意的语言表达着对生之美的追求。以席慕蓉的散文《成长的痕迹》为例来说，其中一些充满人生感悟的词句，像"有缘的人，总是在花好月圆的时候相遇，在刚好的时间里明白应该明白的事，不多也不少，不早也不迟，才能在刚好的时刻里说出刚好的话，结成刚好的姻缘"等，就是在诗情画意的语言中体现

---

① 刘侠（1942—2003），笔名杏林子，12 岁时患类风湿关节炎，但写作不辍。作品集主要有《遥远的路》（1969）、《喜乐年年》（1976）、《生之歌》（1977）、《杏林小记》（1979）、《北极第一家》（1980）、《生命颂》（1981）、《谁之过》、《另一种爱情》（1982）、《凯歌集》、《皓皓长安月》、《牧羊儿——于右任的故事》（1983）、《大地注·生命注》（1984）、《我们》、《重入红尘》、《母亲的脸》（1985）、《行到水穷处》、《种种情怀》、《山水大地》、《杏林小语》、《杏林子作品精选一》、《读云——王禄松新诗水彩画集》（1986）、《感谢玫瑰有刺》（1989）、《相思深不深》（1993）、《留白的青春·叛逆的岁月》（1982 年《谁之过》易名重新出版）、《现代寓言》、《杏林子作品精选二》、《杏林子作品精选三》（1994）、《生之歌》（重版）、《生之颂》（重版）、《阿丹老爸》、《北极第一家》（1995 重版）、《心灵品管》、《宝贝书：残障娃娃家长亲职手册》（1997）、《生命之歌》、《身边的爱情故事》（1998）、《在生命的渡口与你相遇》（1999）、《为什么我没有自杀？如何度过生命低潮》（主编）、《探索生命的深井》、《真情是一生的承诺》、《美丽人生的二种宝典》（2000）、《打破的古董》、《好小子，乔比！》（图文书，2002）、《侠风长流：刘侠回忆录》（2004）等。

② 陈幸蕙主编：《七十二年散文选》，台湾九歌出版社 1984 年版，第 34 页。

③ 林锡嘉主编：《七十四年散文选》，台湾九歌出版社 1985 年版，第 13 页。

出人生的哲理感悟,因而有的研究者指出:"在写作散文时,她的诗人的气质自然地流淌于文字间,其散文,无论长短都满盈着一种诗意,尤其是那些小品文和连缀起来的短章,就是散文诗。充沛的丰富的情感与情绪是席慕蓉散文的最大宝藏。她从生活中引发的感悟和哲理也是一种抒情化的文字,类似哲理诗。"①罗兰在60年代已经成名,早在60年代就出版了散文集《罗兰小品》,其中的一些散文作品充满对人生、生命的哲理感悟。而她在80年代又出版了《罗兰作品选》,延续了此前在作品中表达人生感悟和哲思断想的特点。但是与席慕蓉在散文中追求"爱与美"的特点相比,罗兰散文的哲理性则表现在对"真与美"的体验和感悟上。换言之,罗兰写作散文的一个目的在于追求"期待自己的文学作品对于改造社会、净化心灵和完善人性能发挥较大的作用。因而在她的散文创作中,有较大比例的篇什是对社会人生发表看法。在这些作品中,罗兰谈人生,评时事,叙友谊,谈理想,论道德,话修养,以及爱情、生活、抱负等无所不及,从而抒写了自己对于社会人生的诸多认识与感慨"②,散文中的哲理性就蕴涵在其中。举例来说,罗兰在散文《爱情小语》中围绕"爱情"主题,从多个角度表达出一个现代人对"爱情"的多层面理解和感悟。这篇散文每一个段落就是感悟爱情的一个角度,共计二十八个段落。较长的段落像第一段:"真爱是没有罪的,有罪的爱都不是真爱。所谓有罪的爱是这爱里面有着别人的牺牲,别人的痛苦,受着社会的指责和自己良心的责备,有罪的爱是不会持久的";而最短的段落则是一句话,像"对爱情不必勉强,对婚姻则要负责"和"与其对爱情抱太大的希望,不如对它存几分戒心的好"③。语言的凝练生动和含蓄蕴藉赋予这篇短文以诗意美。陈幸蕙的散文集《把爱还诸天地》中的散文作品同样用充满浓郁诗意的笔触来抒写自己对"爱与美"的哲思。

林清玄的散文集《探索人生的方向》中收录的散文则是另一种类型的哲理性散文,意在用寓言式的短文来阐发一个道理,其哲理情思并不表现在优美的语言上,而是具有象征意味的意象和行文思维的跳跃上。作者在该散文集的"自序"中流露出自己的写作目的:"我们会有偶然的迷路,也必然会有许多

---

① 陆明:《怜爱与珍惜——论席慕蓉散文的特色》,《辽宁工学院学报》2003年第1期。
② 周成平:《罗兰散文与台湾风情》,《世界华文文学论坛》1999年第4期。
③ 罗兰:《罗兰作品选》,中国工人出版社2002年版,第1—4页。

灰黯的时刻,但是人生不会因为我们的迷路或灰黯,而停止流转;世间的一切也不会由于我们情境的失落,而驻足不前。选择做喜鹊或乌鸦,决定了一个人在灰黯时刻的未来。"①具体到文本来说,每一篇散文均先以动物故事来阐释一个人生道理,但是紧接着又与台湾现实生活联系起来,谈论人们在现实生活中遇到的一些类似问题。其风格颇类伊索寓言。例如《一群脏乱的猴子》开头先讲述猴子把垃圾扔进河中,因而引起森林中的所有动物都生病的故事,在结尾部分与台北的垃圾污染现象联系起来:"想想看,几只猴子可以让森林里的动物都生病,一条溪的污染就可能断送所有森林动物的生机,何况是几百万几千万人在同一块土地卖力的污染呢? 这种危机,一定要让每一个人都有警觉呀!"②在简单的故事中呈现出对现实生活的哲理性感悟,也自有动人的艺术力量。孟东篱③的《死的联想》亦是一篇典型与此类似的诗化哲理散文,作者以一个世俗普通人的角度来看待生存与死亡:"我知道,有人老早就参透了死,说生死不二等等,但我没有参悟,我没有解脱。在我看,生就是有,死就是无,我不相信我的亲人在死以后还在我的身边,安慰我并得到我的安慰;我也不相信我死后还有我,还可以看到天地日月,还可以看到孩子亲人,也让他们得我安慰。"④

　　需要注意的是,除了以上所列举的散文之外,从 80 年代中后期肇始,出现了一类篇幅更短小和精炼的散文类型,与现代白话小诗在形式上更加接近,其哲理意味亦更加浓厚。顾肇森⑤在 1990 年出版的散文集《感伤的价值》"自序"中指出这类短小散文流行的社会原因和弊病:"近几年来,大概是反映了工商社会急促的脚步,此地出版的作品,多以短小为主,而且都有极明显的主题,例如返乡经验、爱、禅或警句的合集。它们的好处,我想是给读者一个较快的认知和抉择的机会。而书的本身,亦呈现统一完整的风貌。这是出版业更趋专业化、商业性的发展,而非十几年前,只要作者积了几年作品,计算一下字

① 林清玄:《探索人生的方向》,贵州人民出版社 2001 年版,第 4 页。
② 林清玄:《探索人生的方向》,贵州人民出版社 2001 年版,第 7 页。
③ 孟东篱(1937—),本名孟祥森,著有散文集《幻日手记》、《耶稣之茧》、《万蝉集》、《爱生哲学》、《素面相见》、《滨海茅屋札记》、《野地百合》、《念流》、《佛心流泉》等。
④ 萧萧主编:《七十三年散文选》,台湾九歌出版社 1985 年版,第 239 页。
⑤ 顾肇森(1954—1995),浙江诸暨人。出版小说集有《拆船》、《冬日之旅》、《季节的容颜》等,小说集《猫脸的岁月》获台湾 1986 年度优良图书金鼎奖。

数就够了,就拿出来出版。以至一本书中,同时并列的可能有抒情散文、影评、食评、旅游随笔甚至一两篇小说,以今比昔,出版业显然进步了。懂得包装,也可以说是精致文化的一部分。问题出在过度重视包装,有时内涵反而被忽略了。"①

从七八十年代的台湾散文界来说,诸多散文家也或多或少写过这种类型的散文作品。简媜在1987年所写的散文集《私房书》就是这种类型的哲理小品散文的汇编。整部散文共分为5札,而每一札中的所有章节都用阿拉伯数字标出,每一节最多不超过百字,例如在第二札"险滩"中,共有69小节,其中"第10节"的内容是:"那女人说来可悯,自个儿的青春漂褪了,也见不得别人花团锦簇。好像别人家的丈夫该穿什么衣服、女人该买什么菜也要插手。智慧与知识不成正比,与年龄也无涉。"②而其他小节的语言形式均与此类似;收录于顾肇森的散文集《感伤的价值》中的最末一篇散文名曰《品味45》,共收录有45则充满哲理意味的小短文,每一小节只有两三句话,最长小节的字数则不超过50个字,但是却又细分为两个自然段,比如其中的26节为:"收集汽车小模型是有品味。/收集汽车是没品味。"27节为:"爱上美丽的女人是有品味。/收集美丽的女人是没品味。"28节为:"喝一杯碧螺春,和美丽的女人谈爱是有品味。/喝一杯碧螺春,和美丽的女人谈性是没品味。"③还有隐地④的散文《心的挣扎》中的章节安排和行文风格、语言形式亦是如此。现举20节到22节为例:

"20

阿谀者众,是因为大多数人都喜欢别人奉承我们。

21

当清晨第一道光照亮大地,我们呼吸到的是新鲜的空气,清风吹到身上,任谁都禁不住要祈祷:愿和平宁静常在,愿幸福环绕人间。

而事实是,世界没有一天没有战争。

---

① 顾肇森:《感伤的价值》,台湾汉艺色研出版社1990年版,第2页。
② 简媜:《私房书》,九州图书出版社2000年版,第38页。
③ 顾肇森:《感伤的价值》,台湾汉艺色研出版社1990年版,第192页。
④ 隐地(1937—),本名柯青华,浙江永嘉人,生于上海,后到台湾。作品集有《伞上伞下》、《幻想的男子》、《快乐的读书人》、《现代人生》、《欧游随笔》、《谁来帮助我》、《我的书名就叫书》、《隐地看小说》等。

22

偶一为之,总是令人难忘的!"①

90 年代之后,台湾散文界出现了一种所谓的"掌上札记",形式短小到每一节不超过 30 个字,其诗情和哲思紧密结合起来,可说是这类哲理性散文小品的最极端表现形式。显而易见,短小轻便的掌上小札具有逻辑思维的跳跃性和语言含蓄蕴藉、意在言外的特点,需要依靠读者的领悟和联想营造哲理意境,从这个角度来说,可看做是现代白话小诗的散体形式。

颇有意思的是,如果从散文史的角度来评价这类哲理性散文,总是存在正反两方面的评价。这又与对冰心、宗白华创作的现代白话小诗艺术价值的文学史评价相似,既有梁实秋的《现代中国文学之浪漫的趋势》中把现代白话小诗归入浪漫主义一派,批评其浪漫、浅薄特点的负面评价,又有钱理群等人著的《中国现代文学三十年》中对其文学史价值和"开一代诗风"②的艺术价值之肯定。台湾七八十年代哲理性散文亦是如此。其中反面评价意见以郭枫和余光中为代表。余光中在《论朱自清的散文》一文中,把这种深受白话小诗特点影响的哲理性散文看做是半生不熟的童话散文,他认为:"冰心,刘大白,俞平伯,康白情,汪静之等步泰戈尔后尘的诗文,都有这种'装小'的味道。"③而他在 60 年代所写的《剪掉散文的辫子》一文中所批评的"花花公子"式滥情、矫情的散文,实际上也是影射这类抒情散文;郭枫在《台湾艺术散文选·序言》中对此类散文也持批评态度,把其看做是"浅薄轻纤的短文",力陈其给台湾散文界带来的消极影响:"有一种介乎纯文学与俗文学之间的'散文',大量攻占了文学市场。这类东西以轻薄短小为争取工商时代读者的利器,以文章配合插画来吸引年轻人的注意,内容则轻薄飘浮,编梦织幻而已!这类东西发展到极致,变成每页只印二五行的'语录'或'几句话'之类的印刷物。流风所及,台湾文坛现阶段的散文,已一片模糊了。"④而这类短小的哲理性散文的正面评价则以陈幸蕙的观点颇有代表性。在《月到天心处,风来水面时——〈七十二年散文选〉编后记》中,她是这样评价的:"这类精简的文字,堪称散文的

① 陈幸蕙主编:《七十二年散文选》,台湾九歌出版社 1984 年版,第 256 页。
② 钱理群等:《中国现代文学三十年》(修订版),北京大学出版社 1998 年版,第 98 页。
③ 余光中:《余光中文集》第 5 卷,百花文艺出版社 2004 年版,第 565 页。
④ 郭枫主编:《台湾艺术散文选》二,百花文艺出版社 1990 年版,第 11 页。

极短篇;在格式上,和晚明小品相类,是文人灵光爆破之余产生的一点哲思……但如何经营这些片语只字,使成文学,而不致流于零碎的雨丝,那就是作者文学素养和创作能力的考验了。"①而她在 1989 年仍然肯定其艺术价值:"大体以言,此类掌中小品之精致者,多趋近于诗,字质稠秾,意象饱满,节奏鲜明,颇符合现代读者'新速实简'的阅读需求。但毕竟'负载量'有限,故仅能视为'寄居在散文壁炉'的一截炭薪、一块松脂或一束光焰,而不能以之视为光热的全部来源;维持自然且一定长度的作品,仍是正规散文之主流",并期望这类散文在发展中进一步完善其艺术特点:"至于如何在轻中求重,以免'轻薄短小'之讥,则是掌中小品创作者在下笔时,亟待斟酌考量的重点了"②。但是无论否定还是肯定性的评价,均不可抹杀其存在的文学史意义,也就是说,短小的哲理性散文小品是现代散文诗化特点的一种表现形式。从这个角度来说,它为散文向诗歌的"出位"提供了一条可能性的路径。

第三种诗化散文是台湾七八十年代的佛禅散文。所谓佛禅散文,并不是对佛门典籍进行阐释、解读的散文,而是作者借助一些佛禅道理来解读人生意义的散文小品。佛禅散文出现在 80 年代的台湾,实际上是人们以中国古典哲学"省己"的思考方式,向内深挖自己内心,以"清明的内心"来观照整个红尘世界和忙碌的现代生活,以此加强自身修养。与短小精练的哲理性散文相比较来说,虽然佛禅散文的句式较长,常常用充满诗情画意的语言来谈禅论理,但是它们对爱与美的追求和对社会人生进行哲理思考的目标却一致。从这个角度来说,台湾的佛禅散文可看做是蕴涵佛禅思想的哲理性散文。

从社会背景来说,台湾佛禅散文的出现,不仅与佛教等宗教文化对台湾社会生活的广泛影响相关,更与 80 年代台湾社会的现代化和商业化有关。在《当代禅理散文的特征》一文中,朱双一③把台湾禅理散文总结为三个特征:"台湾禅理散文有三个重要的内涵或特征:一是并不避讳写'情',特别是爱情,大声说出'我爱';二是将佛教与日常生活紧密相连,从日常生活中体悟禅

---

① 陈幸蕙主编:《七十二年散文选》,台湾九歌出版社 1984 年版,第 380 页。
② 陈幸蕙主编:《七十八年散文选》,台湾九歌出版社 1990 年版,第 7 页。
③ 朱双一(1952—　),福建泉州人。著作有《彼岸的缪斯——台湾诗歌论》(与刘登翰合作)、《近二十年台湾文学流脉》(台湾版名《战后台湾新世代文学论》)、《台湾文学思潮与渊源》、《闽台文学的文化亲缘》、《海峡两岸新文学思潮的渊源与比较》(与张羽合作)、《台湾文学与中华地域文化》、《百年台湾文学散点透视》、《台湾文学创作思潮简史》等。

理;三是以禅理作为疗治工商社会精神病症的良方。"①尤其是后两个特征,实际上也是台湾佛禅散文在 80 年代具有的社会作用——已经认识到台湾社会的现代化进程不可逆转,从而为当时的台湾人民提供一种缓解生活压力和消除精神焦虑的文学性药剂。换言之,佛禅散文亦是一类反映现实社会生活的散文,是通过佛禅道理开悟人们的智慧,由此给予他们面对现实生活的勇气。

在七八十年代的台湾文坛中,佛禅散文是较为流行的一种散文,很多作家都写过该类型的散文。台湾佛光出版社曾经在 1987 年出版过一套"佛禅散文选",其中第二册散文集《情缘》由星云法师主编,收录了诸多散文家所写的佛禅散文,其中以老一辈的台湾散文家琦君的劝解世人不要杀生的散文作品《诫杀篇》最有代表性。琦君和佛教的渊源颇深,她自称信佛②。除了这一篇佛禅散文外,她早在 1976 年所写的《犹有高枝——序季季散文集〈夜歌〉》一文中,就用佛家术语来比拟季季散文的特点:"佛家说摩尼珠是随物现其光彩的。季季对人间世相关照之微,人性探索之深,经由她哀矜而无喜的温厚情怀,和清新而不放纵、婉曲而不雕琢、精邃而不晦涩的笔触,反射而出,恰似一粒随物现其光彩的'摩尼珠'。"③而在七八十年代崛起的新世代散文家中,也有诸多人涉猎过此类散文。赵云④的散文《永不会有第二次》中又设三个小标题,分别为"生、老、死",借此把禅理写进人生的感悟之中:"但是,如从另一角度来看,悟了又当如何? 我生以前和我死后,世界依然照常运行,决不会因我而停顿,或因我而增加、减少些什么。我之存在或消失,对人类和历史也毫无影响。有时,我以一个超然的我去看现实的我,数十年来虽然也经过一些风风浪浪,却也谈不上是多彩多姿,更没有太多惊心动魄的震撼。生命中偶尔发生的痛苦和苦乐,像是一圈圈的涟漪,也在时间的冲激中,渐渐地扩散而流逝了。"⑤陈幸蕙在 1984 年所写的散文《人间咫尺千山路》同样具有浓厚的佛禅哲理意味,用虚实相生的手法写出世俗之人开悟的过程。她在开头借虚构人物"我"抒发人生感触:"而我,经过万千世途的跋涉,却不复是当年那个剑眉

① 朱双一:《当代禅理散文的特征》,《两岸关系》2005 年第 6 期。
② 可参考夏志清著的《鸡鸣集》中琦君所写的《附录:海外学人生活的另一面》一文,上海三联书店 2000 年版。
③ 季季:《夜歌》,台湾尔雅出版社 1976 年版,第 3 页。
④ 赵云(1933—　),广东南海人。著有散文集《沉下去的月亮》、《零时》、《男孩·女孩和花》等,并著有《中国传奇故事》、《开天辟地》、《音乐的小精灵》等儿童丛书。
⑤ 林锡嘉主编:《七十一年散文选》,台湾九歌出版社 1983 年版,第 73 页。

星目、胸无半点尘埃的少年了！遂不免悠悠想起：人生，究竟是三十而立，还是三十而惑呢？当少年的浮锐之气，渐被现实磨平殆光的时候，为什么单纯素朴的个性之美、赤子之真，也就不可免地要受到斫伤和损害呢？而就一个想忠实真诚活这一生的人而言，究竟要怎样护持或涵养，才能永远保有一份充盈圆足的天心与真情？才能不偏不倚地掌握生命的学问，不再有所困惑、不再失去真正的自己？"①然后借出家隐居的芭蕉上人之感悟来谈论佛理与人间生活的密切关系："……一个天机畅达，追求生命至理的人，其最高境界不是自登极乐，而是重回尘世，与众生共命，此即所谓己立立人，己达达人。因为，天下事乃天下人分内事，世间忧患不解，不安不真不善不美之种种不圆满未除，则任何人皆不可自外于此重任也。"②最后以"我"的开悟离开为结尾。简媜曾经在金光山的佛寺呆过并翻译过佛经，她用佛禅精神理解世俗人生的散文当推《红尘亲切》一文："果真有求成佛道之愿，一件僧衣那里是穿不动的？但是，'出家容易出世难'，若有人虽现出家相，而遗孀僧鞋走的是红尘路，一只僧袋装的是五欲六尘事，他何尝提掇得动百衲衣？若有在家之人，犹如维摩居士'示有妻子，常修梵行'，虽寻常衣冠，亦等然珍贵不逊于衣钵。这么说来，穿过僧衣终会出家之语，既点破'僧服之相'又启蒙'法衣之志'，绝非顽言笑语了。"③同为佛禅散文，林文义的《千手观音》却与上面列举的有些不同。在这篇佛禅散文中，作者的重点不是对佛禅思想的阐发，而是指出佛像代表着普通世人对人世的虔诚热爱之情："幽暗逐渐转亮，那是一处隧道的转角，洞口异常亮烁的天光，整个闪射过来，反照的，是一尊金色夺目的形体，仰首，惊栗……十八只曲线优美的金手，各执佛家法器。我转过身去，与他面对着，千手观音！他法相庄严慈蔼，以四十五度角的斜度，俯首望其尘世，望其芸芸众生。我仰望着千手观音，仿佛仰望着逝去的老人，我潸然泪下。"作者在散文的结尾进一步强化这种虔诚热爱的感情："在静肃庄严的金色莲台上，他赢得了永恒的崇拜与敬慕；是千年流传不息的神话与佛说塑造了他，君临天下般地面海昂坐，庸碌的凡人以热切的顾盼，仰首向他。千手观音，你的千手真能翻云覆海，普度众生吗？人们只交口不绝地礼赞你超俗非凡的形象，却从不问

---

① 萧萧主编：《七十三年散文选》，台湾九歌出版社 1985 年版，第 224 页。

② 萧萧主编：《七十三年散文选》，台湾九歌出版社 1985 年版，第 230—231 页。

③ 萧萧主编：《七十三年散文选》，台湾九歌出版社 1985 年版，第 267—268 页。

及：是谁巧手地将一块巨大的檀香木雕琢成今日，辉煌而又壮观的神祇？"①

虽然大部分新世代散文家都写过佛禅散文，但是最知名的佛禅散文家当推林清玄，而林清玄的佛禅散文也最能够体现出台湾七八十年代佛禅散文的特点：用诗情画意的语言来表达对现实社会人生的关怀，用中国古典佛禅思想来启发现代人对人生意义的追寻和其哲理性思索。

林清玄曾经在《在暗夜中迎曦》的"自序"中指出："所有的艺术文化都应该和生活结合才有真正的意义——于公，我期待我们的社会能有好的文化艺术环境让大家沉潜浸润，进而提高整个社会的品质；于私，我自觉到每个人都应该自我创造一个更适于生活的文化环境，自小格小局里走到开朗壮阔的天地。"②也就是说，散文并不是对社会现实生活的逃避，而是与此相反，作为一种文学类型，散文同样肩负着反映现实社会人生的责任。更何况林清玄在台湾文坛最初是以乡土气息浓厚的写实性散文而知名。他写于 80 年代初的一些散文，像《箩筐》、《红心番薯》等，均反映了当时台湾农村生活凋敝的现实，以及台湾农民在外国经济作物进口后所面临的困境。这是典型的表现民生疾苦的散文。例如，在散文《箩筐》中，林清玄深情地赞颂台湾农民和土地之间血脉相连的联系："我每看到农人收成，挑着箩筐唱简单的歌回家，就冥想起托尔斯泰的艺术论，任何伟大的作品都是蘸着血泪写成的。如果说大地是一张摊开的稿纸，农民正是蘸着血泪在上面写着伟大的诗篇，播种的时候是逗点，耕耘的时候是顿点，收成的箩筐正像在诗篇的最后圈上一个饱满的句点。人间再也没有比这篇诗章更令人动容的作品了。

遗憾的是，农民写作歌颂大地的诗章，不免有感叹号，不免有问号，有时还有通向不可知的……分号！我看过狂风下不能出海的渔民，望着箩筐出神；看过海水倒灌淹没盐田，在家里踢着箩筐出气的盐民；看过大旱时的龟裂土地，农民挑着空的箩筐叹息。那样单纯的情切意乱，比诗人揪断数根须犹不能下笔还要忧心百倍，这时的农民正是契科夫笔下没有主题的人，失去土地的依恃，更好的农人都变成浅薄的、渺小的、悲惨的、滑稽的、没有明天的小人物，他不再是个大地诗人了！"③可以这样说，这些散文为他此后所写的佛禅散文奠

---

① 余光中主编：《中华现代文学大系·台湾 1970—1989》散文卷四，台湾九歌出版社 1989 年版，第 2130 页。

② 转引自古继堂：《简明台湾文学史》，时事出版社 2002 年版，第 363 页。

③ 林锡嘉主编：《七十一年散文选》，台湾九歌出版社 1983 年版，第 154 页。

定了坚实的社会写实色彩。

林清玄的佛禅散文数量颇多,七八十年代的佛禅散文集主要包括《温一壶月光下酒》、《白雪少年》、《鸳鸯香炉》、《迷路的云》、《金色印象》和《玫瑰海洋》等。有的评论家指出:"80 年代以来,他的散文创作渐渐显出日渐浓厚的佛学色彩。他总以一种淡泊宁静、悲天悯人的态度来体察世间百态,观微言志。林清玄认为,在都市里过着快节奏生活的人,更需要一些古典的心情,诚哉斯言! 在人际关系日益疏离的年代,他的散文为偏枯社会中的疲惫心灵,提供了一份智慧与情趣,提供了一种从容的余裕和一种豁达的心境"①。

如果按照内容主题来细分的话,林清玄的佛禅散文大致可以分为两类,一类是通过自然界的动物来宣传佛法无边,可以《大悲殿的燕子》为代表。在这篇散文中,作者意在阐发佛法与世间万物之间的彼此呼应:"至于如何集结这样多的燕子,师父都说,佛寺的庄严清净慈悲喜舍是有情有生全能感知的,这是人间最安全之地,所以大悲殿里还有不知那里跑出来的狗,经常蹲踞在殿前,殿侧的大湖开满红白莲花,湖中有不可数的游鱼,据说听到经声时会浮到水面来"②。不过这类散文数量不多。另一类佛禅散文则是把佛禅思想与社会现实人生相接通,用前者来启发、感悟和化解现实人生的困境。这亦是作者数量最多的一类佛禅散文,也最能够表现出他的佛禅散文特点。在散文《可以预约的雪》中,林清玄用佛家的"因缘"观念来解读现实人生的"常"和"变":"我们谁不是在少年时代就渴望这样的人生:爱情圆满,维持恒久;事业成功,平步青云;父母康健,天伦永在;妻贤子孝,家庭和乐;兄弟朋友,义薄云天……这是对于生命'常'的向往。但是在岁月的拖磨里,我们逐渐看见隐藏在'常'的面具中,那闪烁不定的'变'的眼睛。我们仿佛纵身于大浪,虽然紧紧抱住生命的浮木,却一点也没有能力抵挡巨浪,只是随风波浮沉。也才逐渐了解到因缘的不可思议,生命的大部分都是不可预约的。"③作者不但把佛禅和自己内心的思考联系起来,如同"参禅",也把佛禅思想中"万物平等"观念与人类和自然万物和平共处、和谐共存的关系联系起来思考,实际上从另一个角度来反映现代化社会对自然生态的破坏。在《自知心如玉》一文中,作者直

---

① 徐学主编:《隔海说文——台湾散文十家》,厦门大学出版社 1988 年版,第 220 页。
② 徐学主编:《隔海说文——台湾散文十家》,厦门大学出版社 1988 年版,第 215 页。
③ 林清玄:《林清玄精品文集》,远方出版社 1999 年版,第 2 页。

接指出,佛禅思想的最终指向是个人"清明的心":

"心清明了,思想、情爱、心口意都为之清明,这时,即使孤立于岛上,也能自足的等待星夜与黎明。心如果混乱,在何时何地都是混乱的。"①

从艺术手法上来说,林清玄的佛禅散文吸收、借鉴中国古典文学的因素较多。可以这样说,林清玄谙熟中国古典文学的艺术手法,他已经认识到,"在中国古典文学创作中,更多的还是以境界为归,以温柔敦厚的情感表白或一种高妙的诗情画意为艺术表现的极致。特别是深受道家、佛家等宗教或准宗教哲学熏染的艺术家,孜孜追求一种'超绝言象'的'道'和'至理'的艺术境界,追求一种摄括宇宙的象征氛围。这种艺术追求使他们的作品常能显示出更深广的精神高度和象征幅度"②。因而其佛禅散文的诗意不仅仅依靠诗情画意的语言,更主要的是依靠文本中各种意象营造出的、充满象征意味的意境体现出来。以作于1985年的散文《佛鼓》为例来说,"一开篇作者就带给我们一个个绘声绘色的镜头:晨曦微露。鸟儿夜眠未醒,梦中啾啾。凤凰花醒来了,雄辩式地展露自己瑰丽的色彩。菩提树沉默地站立,暗中生发着精进的芽。静谧中庄严的醒板轻轻响起。燕子声中又传来晨钟。绵长的钟声余音袅袅不绝如缕……这正是中国古诗中'以动显静,以声写静'的常用手法,缓缓移动的镜头、微细的声响作用于读者的视觉与听觉产生了特殊的美感,使读者进入一个沉静肃穆而又生机内孕的境界"③。但是这种艺术手法又属于现代文学和现代艺术的范畴,正如有的评论家指出的:"在这种艺术处理中,我们看到了现代艺术的一个特征,作品的主旨不在'情节高潮'或'情感高潮'中体现,而是靠氛围象征的熏陶来勘破来烘托。这种表现貌似松散随意,信笔挥洒,却能让你于不注意中感悟到宏大的精神内涵,发现深层的幻境。"④正是因为具有这种象征性,台湾佛禅散文才能够利用中国古典文学的一些艺术因素,而把中国古典佛禅哲学转化为一种现代精神,在诗情画意中蕴涵人生哲理情思,为现代人所用。而这亦是台湾佛禅散文在中国文坛长盛不衰的艺术魅力所在。

---

① 林清玄:《林清玄精品文集》,远方出版社1999年版,第43—44页。
② 徐学主编:《隔海说文——台湾散文十家》,厦门大学出版社1988年版,第221页。
③ 徐学主编:《隔海说文——台湾散文十家》,厦门大学出版社1988年版,第220页。
④ 徐学主编:《隔海说文——台湾散文十家》,厦门大学出版社1988年版,第221页。

第九章　诗化的田园散文

　　在台湾七八十年代的散文中,除了第八章列举的三种诗化散文外,还有一类散文,即田园散文也拥有诗化特点。只是与前三种相比较来说,田园散文主要接受抒情写景的中国古典小品的深刻影响,其诗化特征体现在用诗情画意的语言仔细描摹大自然的田园风光美景,以及自然与人之间天人合一的和谐之审美感受。

　　田园散文在七八十年代的台湾出现,与当时台湾社会从农业社会开始向城市化发展的背景密切相关。余光中在《中华现代文学大系·台湾1970—1989》的总序中曾经指出:"进入七十年代之际,台湾的农业与工业、乡土与城市互为消长的现象,显著加速。一九六八年,制造业产值的比例占百分之二十四,开始超过了占百分之二十二的农业。次年,农业开始呈现百分之二的负增长。一九七二年,农民所得只及非农民的百分之六十六。到了七十年代的末期,工业品所占出口品比例终于突破百分之九十,与光复初期正好相反。"[①]而七八十年代的田园散文作品正是在农村经济衰退、乡村自然田园风光即将消失的时候大量出现的。从这个角度来说,田园散文与佛禅散文同为台湾现代化社会的产物。但是如果仔细分析,会发现这两者产生的作用和社会职能却并不相同,如果说台湾七八十年代的佛禅散文为现代人提供了舒缓现实社会生活压力的精神药剂,那么该阶段的田园散文则试图勾勒出传统中国乡村的美丽风景画,一方面是对大自然风物的赞美,另一方面却也表达出现代人对即

---

① 余光中主编:《中华现代文学大系·台湾1970—1989》散文卷一,台湾九歌出版社1989年版,第290页。

将消逝的中国传统农业生活的一种悼念。因而台湾七八十年代田园散文中不但充满诗情画意的自然风景描写，而且有的作品中也包含着对和大自然荣衰生死相依的农民生活的描绘，表达了对正在逝去的田园风光之美的惆怅之情。

需要指出的是，虽然描述田园风光美景和乡村自然风物的田园散文在台湾散文界直到七八十年代才成气候，出现了陈冠学、孟东篱、粟耘、张腾蛟等代表性的散文家和散文作品，但是从中国现代散文史的角度来说，早就有很多散文家涉猎过该领域。且不说徐志摩、萧红等作家所创作的写景散文名篇，就是五六十年代的台湾散文家中也不乏其人。张秀亚的散文中经常有大量的自然风物之描写，正如有的研究者指出的："秀亚深爱大自然，她以一颗极其敏感和热情的心体味着世间万物，哪怕是一朵花、一只鸟、一草一木的变化。她赞美自然，它们在她的笔下变得灵动多姿、生气盎然。她喜爱天地间的勃勃生机，叹服于造物主的伟大神奇，花朵的开落、星辰的含光耀彩、寒暑的变化、四季的更替，在她眼里正象征着谐和与美。因而她不吝惜以最饱满而细腻的笔墨，带着无限的感恩之情把大自然收入自己的笔下。"[①]为此她还被称为是"自然书写"的能手[②]。而在罗兰的哲理性散文中，其诗情画意的风格则来自对自然风物的仔细描摹和比喻。有的研究者指出，"罗兰常常用描摹人类生活的语言来抒写植物王国及其特点。例如，太阳花、非洲菊等是夏天嘹亮的高歌，而那些袅娜的花则是夏季的抒情小曲；白兰花则是晒不黑的南方佳丽，柔媚挺秀地吐着芬芳，晚香玉则是不想强调自我的北方女孩，晚风吹来时，就那么不假修饰地香啊香，香得整个的夏夜都充满了诗情；而野花则是夏天的民歌，它们不求闻达地在野地里、短篱边发展自己……总之，在罗兰眼中，自然界的植物就是大地生命力勃发怒放的象征，万紫千红的花草编织于大地上，装饰点缀着这绚丽的世界，向人类展示着自己的无穷生机。"[③]

而在台湾七八十年代的散文中，除了田园散文描述大自然的美丽风光之外，此阶段出现的乡土散文中亦经常牵涉到对乡村田野风光的描写，可说二者有类似的内容主题。但是，二者在内容侧重、语言风格和审美风格等方面的差

---

① 刘秀珍：《论张秀亚散文的自然书写》，《常州工学院学报（哲学社会科学版）》2008 年第 3 期。

② 刘秀珍：《论张秀亚散文的自然书写》，《常州工学院学报（哲学社会科学版）》2008 年第 3 期。

③ 周成平：《罗兰散文与台湾风情》，《世界华文文学论坛》1999 年第 4 期。

异却极大。首先,从内容上来看,由于台湾乡土散文的源头来自于 70 年代出现的台湾乡土小说,其主要内容在于呈现工业文明与农耕文明之间、工商现代社会与中国传统价值观念之间的内在冲突和矛盾。也就是说,在七八十年代的乡土散文中,城、乡之间的各种矛盾冲突占据中心位置,而乡村田园风景仅是文本的一个背景和配角而已。与之相比,台湾七八十年代的田园散文却以自然田园风光为描写的重点和作品主角,其中的田园风光和自然界景物均是美的象征和化身,正如陈冠学①在《田园之秋》中所说的:"艺术创作的终极目的或成就是美,大自然是亿万种创作的总合,换言之,大自然是美的总合,包括形式美与律动美。在大自然中,就好像是在一座无量大的美术馆中一般,真是目不暇接。"②即使有的散文作品中有人物出现,也多为与自然原野融为一体的朴实乡村人,他们与自然界的田园风物相互辉映、相辅相成,属于美丽田园风光的一部分。孟东篱的散文《地上的磐石》把辛勤的农民纳入田园风光图中:"我喜欢老唐扛着犁远远走来的样子。他那旧长裤撕掉半截裤筒露出来的腿,并不粗,但极有韧力,他那撕去半截袖子的旧衬衫里的身体,则是正正式式的三角形,自腰以上渐宽渐厚,而到肩膀时则微微弓起,扛着那犁子的巨大压力,你觉得他的脖子就和他的水牛的脖子一样强劲。"在这种美好的乡村田园生活中,农耕的水牛亦被美化,拥有与乡村田园生活相符合的俊美外形和健壮体魄。作者如此形容:"老唐的水牛是极其漂亮的一种。犄角短、宽、厚,非常刚毅,非常有力;脸也比较短,鼻头比较黑、润、厚,眼睛则显得特别干净,又大又纯,又'坏'。从下颌开始,它的脖子就横横的粗起来,到了肩膀则跟身体

---

① 陈冠学(1934—),台湾屏东人。专著有《象形文字》(1971)、《庄子新传:庄周即杨朱定论》(1976)、《论语新注》(1976)、《庄子宋人考》(1977)、《庄子新注》(1978)、《庄子新注内篇》(1978)、《台语之古老与古典》(1981)、《老台湾》(1981)、《田园之秋》(1983—1984)、《莎士比亚识字不多》(1987)、《父女对话》(1986)、《第三者》(1987)、《蓝色的断想:孤独者随想录A.B.C.全卷》(1994)、《访草》(第一卷,1994)、《访草》(第二卷,2005)、《莎士比亚识字不多?》(1998)、《进化神话——驳:达尔文物种起源》(第一部,1999)、《字翁婆心集》(2006)、《觉醒:字翁婆心集》(2006)、《高阶标准台语字典》(上册,2007)、《陈冠学随笔:梦与现实》(2008)、《陈冠学随笔:现实与梦》(2008)等;译著有《庄子——古代中国的存在主义》(福永光司著,1971)、《少年齐克果的断想》(1971)、《零的发现》(1973)、《人生的路向》(1977)、《人生论》(1984)等。

② 陈冠学:《田园之秋》,台湾草根出版事业有限公司 1998 年版,第 324 页。

浑圆相接,那种巨壮,使你眼晕,但它的肚子并不大,只是呈现着动力感,它是只公牛。"①这篇散文不仅写乡村的水牛,还写乡村的农人,农人与耕牛已经化为大自然田园图画的一个有机组成部分。除此之外,张腾蛟的田园散文《岩上孤松》和《山中人物志》也可称为代表,其中《山中人物志》的行文风格近似宋人笔记形式的速写,分别包括"崖下孤僧"、"恋山的老农"、"松柏亭主人"、"垦者"四个部分。自然山水已经与人类融为一体,如同中国古典山水画一样,台湾七八十年代的田园散文亦重在营造一种天人合一的和谐意境。

　　因此,也就可以理解为何林清玄的散文《箩筐》、《红心番薯》可归入乡土散文之列,却不属于田园散文。而其他一些散文家的作品,像阿盛的《厕所的故事》、许达然的《土》等描述台湾乡村生活的作品,亦归入乡土散文之列,而非田园散文了。更何况台湾乡土散文的题材范围宽泛,除了描写充满田园风物之美的乡村生活之外,还包括海边渔民生活题材、小乡镇人们生活的变迁等等内容的散文作品。这亦是与专写自然田园风景和事物的田园散文之间的一个区别。

　　从语言风格上来看,田园散文深受写景抒情的中国古代山水小品的影响,常常用诗情画意的语言和比喻句来仔细描摹大自然中的田园风光。张腾蛟②的田园散文可为例证。在《山坡与堤岸》中,作者仔细描摹大自然的田园之美:"正面是青翠的葫芦山,山的脚下有一条溪流自那里走过,一些小船,一些鸭群,经常为这条小溪装饰风景。极目左右,便是一片嫩绿的阳野,那里面装满了农人们的智慧和血汗。所有的庄稼虽然还是青青绿绿的,但是看上去就会使人立刻想到了打谷机、丰满的米仓,以及金黄的成熟季。"③诗情画意的意境和氛围跃然纸上。而在散文《读山》中,张腾蛟用拟人化的比喻句来表现大自然初春时节的盎然生机:"在读山的时候,也会读到一些偶发的事件。就像那年春天,当我正在初读一片新鲜的山林时,听到喊声自四面八方响了起来,并且,在喧嚣中还隐隐约约听到一些杀杀砍砍的声音,我便立刻攀登山巅,举

---

① 余光中主编:《中华现代文学大系·台湾 1970—1989》散文卷二,台湾九歌出版社 1989 年版,第 911 页。
② 张腾蛟(1930—　　),笔名鲁蛟,山东高密人。他早年从事新诗写作,后来转而尝试创作散文,著有新诗集《海外诗抄》;散文集《乡景》、《青青大地》、《张腾蛟自选集》等 19 种。
③ 郭枫主编:《台湾艺术散文选》一,百花文艺出版社 1990 年版,第 396 页。

目远眺,奥!看到了,山脚下,一群群勇壮的嫩芽,正在追撵着一个败阵的冬天。"①而乡土散文的语言常常倾向于写实,缺乏诗情画意之美,目的或是为了如实地表现农村的现实生活和农人的艰苦劳动,或是用对比手法,通过城市和乡村的对立来表现农村的衰败和破落。以吴晟②的《不惊田水冷霜霜》为例来说,其中对田园风光的描写仅仅是陪衬,真正的目的是表现农事的艰辛劳苦:"望望满园青翠鲜嫩的秧苗,每一片叶上沾满了细小的水珠,母亲说,沾在秧叶上的细小水珠,是霜水而不是露水,在朝阳升起之前,就必须用水泼掉,不然太阳一照,秧心大半会枯萎,这一期的秧苗就不够播了。"③当然,田园散文中也有一些表现农村艰苦劳作的篇什,但是其态度却不是突出其苦况和惨状,而是凸显田园劳动之美,如上面所列举过的《山坡与堤岸》和《地上的磐石》等散文,均表达了对田园风光和农家田野丰收盛景的赞美。

从作品的审美风格来说,田园散文是用诗情画意的优美语言赞颂自然田园风光以及人与自然的和谐与相融,表达出对田园风物的爱与美的追求,因此常常会产生优美的审美效果。举例来说,在陈冠学的著名散文《田园之秋》中,有对田园秋季晨雾变幻之美的详细描述,尤其是对九月田园芒花之美的赞叹:"顺着沙漠中的细径走,芒花高过人头,在朝阳中,绢缯也似的闪着白釉的彩光,衬着浅蓝的天色,说不出的一种轻柔感……明净的天,明净的地,明净的阳光,明净的芒花,明净的空气,明净的一身,明净的心;这彻上彻下,彻里彻外的明净,不是天国是什么?这片刻不是永恒是什么?"④这篇散文可看做是一部用散文形式写就的田园诗。也正是因为田园风物是独立的审美对象,因此粟耘⑤在《空山蝶影》一文中反思人类因实用目的而砍伐大自然中的植物,实质上是剥夺了它们独立生存权的不合理行为:"奇怪的,木瓜树砍倒后,我并不特别怀念绚烂飞舞的蝴蝶,反而常对着那仅仅露出地面几寸长的残余树干发愣;蝴蝶并未消失;只是散游他方,青山并未增长,只是由隐而显,二者并无

---

① 郭枫主编:《台湾艺术散文选》一,百花文艺出版社 1990 年版,第 400 页。

② 吴晟(1944—),本名吴胜雄,台湾彰化人。著有诗集《飘摇里》、《吾乡印象》、《向孩子说》等,散文集《农夫》、《店仔头》等。

③ 余光中主编:《中华现代文学大系·台湾 1970—1989》散文卷三,台湾九歌出版社 1989 年版,第 1400 页。

④ 林锡嘉主编:《七十一年散文选》,台湾九歌出版社 1983 年版,第 248 页。

⑤ 粟耘(1945—2006),本名粟照雄,笔名粟海、西米叔叔,台湾台北人。著有散文集《空山云影》一、二辑、《默石与鲜花》、《月之谱》、《净与尘》、《神祇的欢息》、《我的归去来》等。

改异,可是,这棵木瓜树有何罪? 它顺性开花,却引来并非所求的蝶影,获致并非所求的赞赏;顺性生长,却无心遮了一脉青山,招致无端的杀身之祸。从今以后,雄木瓜树不见了,还有,随己好恶滥操生杀大权的我的这颗心灵,是不是有所变质? 对着那段短短的残树干,似乎已无资格垂怜,而是隐隐约约触痛着的悔愧。"①而在《尘埃谱》中,粟耘对噬蚀老屋的白蚁同样充满关爱之情:"白蚁在空中乱飞,不! 应该说是狂舞,数目之多,几可遮天。紧接着,一只只坠下来,留着新折的透明翅膀,像薄薄的菊花瓣在空中漫无目的的漂浮着,这是令人无语无告的凄美之舞。在它们的阴影下,那坠在庭中的白蚁本体,有的已精力耗尽,只等安息。有的还用那几双细小的脚,苦撑着肥腻无用的重躯;其他的,也不过是在无声无息的步向那短暂的唯一小径罢了。"②在优美的审美风格和基调中,田园散文重点歌颂自然田园风物的美以及对自然田园生活的"爱",因此虽然它会牵涉到对萎缩的农村社会和凋敝的田园风光的描写,但是田园散文作家们对农村的对立面"城市"的态度,并非是壮怀激烈,而主要是一种哀婉惆怅的情绪。显然这又与台湾乡土散文作家对待"城市"的态度迥然不同。作为一个意象,城市在乡土散文中是丑恶的象征,是摧毁诗情画意的乡村田园生活的罪魁祸首,城市经济被看做是"罪恶的渊薮",因而乡土散文对现代化城市的态度是"恨",而对田园风物的态度是"怜"而不是"爱",其情感基调或是苍凉沉郁,或是悲愤交加,属于崇高的壮美范畴,像林央敏③在散文《大土爷之村》的结尾部分用反讽表达出的绝望之情:"然而,自从工业文明和都市文化入侵乡村后,大土爷生日的各种节目也变样了,而最大的变化莫过于公地上的野台戏,传统的歌仔戏早已消失,只剩下它的布景,布袋戏也仅是聊备一格,武打电影和歌舞康乐遂成了主流,尤其后者,更是'收集眼睛'的所在,主持人和表演者都以隐含'性趣'的黄腔对答,大跳艳舞,将脱衣秀搬到野台上。去年,更有两个戏团互相以完全坦白的女性胴体对抗,而名义上的主戏、歌仔戏为了争取观众,扳回面子,只好改写剧情,在戏台上让古代的贞妇烈女脱去罗裳,演出一出裸奔,一时间,少年郎的口哨声与村姑村妇的惊叫声夹

---

① 余光中主编:《中华现代文学大系·台湾 1970—1989》散文卷三,台湾九歌出版社 1939 年版,第 1493 页。
② 余光中主编:《中华现代文学大系·台湾 1970—1989》散文卷三,台湾九歌出版社 1939 年版,第 1513 页。
③ 林央敏(1955—),台湾嘉义人,著有诗集《睡地图的人》、散文集《第一封信》。

杂四起,引得管区派出所必须派员站岗,但也只能睁一眼闭一眼,轻罗薄裳依旧,比基尼是新式的戏服。看来大土爷拜拜,醉翁之意已经不在酒。"①

　　如果说台湾七八十年代的佛禅散文是在佛禅观念中来领悟个人与自然界的和谐关系,那么田园散文则是在优美的自然田园景物中来赞美人与田园之间的统一融合。其实这也是对工业化社会的一种变相的、间接的抵抗。范培松认为陈冠学归隐田园的行为是对自由精神的彻底追求,具有反抗当时主流社会的勇气和意义②。而能够较明显地体现出陈冠学反抗精神的田园散文,当推他写于1983年的《田园今昔》一文。在这篇散文中,虽然作者依然把描摹田园风光作为文本的中心,但是由于他把五六十年代的古朴的"过去田园"和80年代被城市入侵后的"今日田园"之间作鲜明的对比性描写,因而情绪基调有些剑拔弩张,削弱了此前风格中温柔敦厚的成分。具体到文本来说,在过去的田园生活中,农民快乐地生活着:"……农家这样严格对待自己是对的,娱乐与享受只会腐蚀精神体,糟蹋了生命。其实农家过的比谁都好,田园给予他们的是最高品质的生活。田园给了农家蓝天绿地,居家在里面,工作场也在里面,时时可以舒展心胸,怡养眼目。明亮的阳光,柔和的夜色,做活休息,百般的适宜。鸟只歌唱,蝴蝶飞舞,路边庭外,永远有着花色花香,精神岂不抖擞? 树木向上,静穆而舒畅,草卉遍地,无所不生,生机岂不鼓舞? 新鲜的空气,甘冽的清泉,养分完全滋味隽永的土产,血脉筋骨,岂不调达? 加上农人寡欲守愚,纯朴的心性,谁能不羡他是羲黄上人?"③但是乡村的现代化给乡村田园带来的害处多于利益,改变了天人合一的和谐场面,导致的后果是"夜色再不柔和了,电灯通明如昼,农人稍稍不早起了。鸡也少了,半夜里,再没有此起彼伏的啼声,有的只是寥落的几声而已。公鸡因为找不到对头厮打,找上人来了,啄幼童的后臀,啄成人的足踝,宛然着了魔般,到处横行",而且"回来十年,田园又有了更彻底的改变,平畴悉数围成了果园,全然不可游目了,也不可骋足了。居住在田园间,只有路面可走,田园之萎缩,这是到了极点。若真的植成整片果园,成为大片果树林,倒是身居山林般,失之东隅,收之桑榆,没什

---

① 阿盛:《岁月乡情》,台湾财团法人洪建全教育文化基金会附设书评书目出版社1987年版,第201—202页。
② 范培松:《中国散文史》(下),江苏教育出版社2008年版,第852—854页。
③ 陈幸蕙主编:《七十二年散文选》,台湾九歌出版社1984年版,第317页。

么损失。但每块果园都围了铁蒺藜,阡陌几乎尽毁,实在寸步难行"①;作者所忧虑的更可怕后果还在于:"即使土壤不死,传粉者健在,农人自己也要灭亡。原先在老田园时代,用热带病来调节人的劳力,以平衡生产与消费;用肺结核来调节人的寿数,以平衡出生与死亡。现代农村已无热带病、肺结核,但因毒害而起的疾病却方兴未艾;出生存活率提高了,而死亡率却更高。农村已戒了都市的替死者,都市以最低微的报酬,令农村呼吸百分之九十九的农药,自己躲得远远,只吃百分之一的余毒。农人是铁打的身体,也会腐蚀剥落而亡。纵然农人果真侥幸能逃过灭亡,下一代悉数流向都市,后继无人,农村依然要亡。"②

可以这样说,作者是因为太热爱自然田园生活而痛惜被毁掉的田园之美,因而其风格有些近似乡土散文。或许这也是对田园散文必然消逝之宿命的一个预示:随着城市化和现代化在乡村的不断推进,并且现代化的生活被冠以"文明"和"先进"之名,那么传统的乡村田园生活就必然成为"愚昧"和"落后"的代名词,田园散文在 90 年代之后的衰落和消逝,就成为一种必然。

---

① 陈幸蕙主编:《七十二年散文选》,台湾九歌出版社 1984 年版,第 321 页。
② 陈幸蕙主编:《七十二年散文选》,台湾九歌出版社 1984 年版,第 325 页。

第十章　诗意的淡化：台湾七八十年代的怀乡散文

　　怀乡散文不但在五六十年代的台湾繁荣昌盛,即使在七八十年代也依然在台湾散文领域占据一席之位。相比五六十年代的怀乡散文,台湾七八十年代怀乡散文在内容题材上具有以下的特点:"经过几十年的历史积淀,作家的怀乡情感趋向内敛深沉,较少不加节制的宣泄。这一时期的作家通常将乡愁包裹在具体的乡风乡物、故人故事中,通过平实朴素的叙述缓缓的流泻出来。其次,作家对几十年漂泊流离的痛苦有了更深一层的领悟。他们往往不是从一己的悲欢去理解历史,丈量历史,而是以一种达观的人生态度去体验生活传达出的中国文化真谛。因此,70年代以后乡愁散文更具文化意蕴,表现出一个个有着深厚文化意蕴的心灵。再次,这一时期写乡愁散文的大都不是专门的散文家,作者来自方方面面。贩夫走卒的语言,乡野之人的俗词俗语都进入了散文殿堂,给文坛带来了清新淳朴的新气象。除了上面这些主要不同之处,乡愁散文在其他方面几十年是一脉相承的,对传统的追忆和对乡情的抒写是乡愁散文永恒的内容。"①然而如果再进一步按照时间阶段来细分的话,70年代的怀乡散文和80年代之后的怀乡散文又有一些不同的特点。

　　具体来说,台湾70年代的怀乡散文以余光中、张晓风、司马中原等人的散文作品为代表。司马中原在写于1975年的《家宅》中表达出对大陆故土的思念:"最早,家宅的影子还常出现在思旧的梦里,幅幅图景都很清晰,仿佛身在其中,一点都未曾改变;连夜来亮在檐角上的那粒带芒刺的星子,也还挂在老

---

① 方忠:《从乡愁文学到探亲文学——台湾当代散文走向管窥》,《世界华文文学论坛》1993年第2期。

地方；只是家宅的颜色，被梦意染黯了许多，使人醒来后有些索落凄清。很难形容出一个人的成长，和他童年的生长环境，有着怎样微妙的关联。"①余光中在 70 年代的怀乡散文主要有《丹佛城——新西域的阳关》、《山盟》、《南半球的冬天》、《听听那冷雨》、《高速的联想》、《思台北，念台北》等。在这些散文中，作者们思之念之的"中国乡愁"意象之内涵正在悄悄发生变化，钟怡雯曾经在《风景里的中国——余光中游记的一种读法》一文中，从旅游散文的角度来分析余光中怀乡散文中的"中国"形象："余光中的旅游散文遍及南台湾、欧洲、美洲和南美洲等；中国（大陆）虽在他的旅游地图中缺席，他的异国游记却处处隐藏着一个想象的中国。古老的国魂宛如幽灵附身，伴随他走到海角天涯。"也就是说，"中国"意象正在失去其浓重的政治意识形态色彩，由思念中国大陆故土的政治性乡愁逐渐转化为一种无法割舍的、薪火相传的文化乡愁，"如果说文字的纯化出自余光中对中国文化的孺慕，出自与生俱来无法割舍的，一种类似对于母亲的感情，那么他理想中的艺术中国，则是一个可以提供他和古人相往来的国度，可以提供他寄寓感怀的对象。因此我们便不难理解，何以习外文的余光中，一个在西方旅游的现代旅人，总是不断和徐渭、苏东坡、柳宗元、韩愈对话，而他的'西游记'在笔法上，亦与中国的游记相呼应，在西方景色里和古典中国的山水相遇。我们读余光中的游记，仿佛在读他的中国乡愁"②。

台湾 80 年代之后的怀乡散文则又发生变化，其内容从怀念祖国大陆，到逐渐认同长期居住的台湾为故乡，祖国大陆和台湾在怀乡思绪中并存，甚至"台湾"有后来者居上的趋势，并成为 80 年代怀乡散文的主要潮流，一直延伸到 90 年代的怀乡散文中。黄万华③对此有过精辟的分析："乡愁因乡土而生，

---

① 余光中主编：《中华现代文学大系·台湾 1970—1989》散文卷二，台湾九歌出版社 1939 年版，第 665 页。

② 钟怡雯：《无尽的追寻》，台湾联合文学出版社 2004 年版，第 42—43 页。

③ 黄万华（1948—　　），浙江上虞人。出版著作有《中国抗战时期沦陷区文学史》、《东北沦陷时期文学史论》、《新马百年华文小说史》、《文化转换中的世界华文文学》、《中国和海外：20 世纪汉语文学史论》、《史述与史论：战时中国文学研究》、《中国现当代文学（五四—1960 年代）》、《传统在海外：中华文化传统和海外华人文学》、《在"旅行"中"拒绝旅行"——华人新生代与新华侨华人作家比较研究》等，主编《美国华文文学论》、《多元文化语境中的华文文学》、《全球语境·多元对话·马华文学》等 4 种，参与主编《中国文艺社团流派辞典》、《沦陷区文学大系》等 4 种，参与撰写《20 世纪中国文学史》、《中华文学通史》、《台港澳文学教程》和《中国现代文学史》等 13 种。

然而,何谓乡土,却在海外华人的漂泊生涯中发生了很多变化,正是乡土、故国空间的多种拓展,赋予了'乡愁'以丰富的美学内涵",更何况"乡愁是在离开家园后为了返回家园而产生的,家园情感必然要和他所到之处的人文地理相撞击而融会,从而引起其家园观念的变化",因此"当家园的空间有了拓展,在文化上、精神上频繁出入于家园,原先离乡背井的悲凉所孕蓄的乡愁,必然渐渐注入了繁衍生命的喜悦所带来的明朗"①。也就是说,对故土人情风物的回忆某种程度上已经过回忆者有意无意的选择,"乡愁"不可避免地掺杂着回忆者主观的爱憎情绪,而游子如果在远离家乡的异乡长时间地生活和定居,在耳濡目染和潜移默化下会逐渐融入并认同当地的社会文化风俗。这不但导致乡愁内涵的不断拓展,而且怀乡散文的外延亦在不断发展中,还出现了一些新的怀乡散文类型——新世代散文家们所写的怀旧散文和探亲散文。

其实早在余光中于 1967 年所写的怀乡散文《地图》中,"中国大陆"被喻为母亲,抒情主人公"我"与大陆母亲之间是一种无法改变的血缘亲情关系,而台湾则是"妻子",代表着"我"与后者之间无法割舍的爱恋关系,可以说作者对大陆祖国和台湾的感情是并重的:"他将自己的生命划为三个时期:旧大陆、新大陆和一个岛屿。他觉得自己同样属于这三种空间,不,三种时间,正如在思想上,他同样同情钢笔、毛笔、粉笔。旧大陆是他的母亲,岛屿是他的妻,新大陆是他的情人。和情人约会是缠绵而醉人的,但是那件事注定了不会长久。在新大陆的逍遥游中,他感到对妻子的责任,对母亲深远的怀念,渐行渐重也渐深。"②这篇散文可看做是预示"乡愁"内涵变化的先声。而写于 1977年的怀乡散文《思台北,念台北》则进一步强化了这种转变趋势。王鼎钧在 80年代的怀乡散文《水心》中忧心忡忡地指出:"作梦回家,梦中竟找到回家的巷路,一进城门就陷入迷宫,任你流泪流汗也不能脱身。梦醒了,仔细想想,也果然紊乱了巷弄。我知道,我离家太久了、太久了。"③而张晓风在散文《遇》中深情地说:"作为一个中国人,无论如何总霸道的觉得茉莉花是中国的,生长在一切前庭后院,插在母亲鬓边,别在外婆衣襟上,唱在儿歌里。"④此处的"中

① 黄万华:《乡愁是一种美学》,《广东社会科学》2007 年第 4 期。
② 余光中:《余光中集》第 4 卷,百花文艺出版社 2004 年版,第 351 页。
③ 王鼎钧:《左心房漩满水心》,台湾尔雅出版社 1988 年版,第 11 页。
④ 张晓风:《再生缘》,台湾尔雅出版社 1982 年版,第 8 页。

国"不仅指祖国大陆,也包括台湾岛在内。虽然郭枫在 1983 年所写的《老家的树》仍延续着 60 年代怀乡散文对祖国大陆的深沉思念,但是却已经无法改变此转变趋势。

　　台湾 80 年代怀乡散文的艺术风格相应也发生了变化,虽然依然具有诗化特征,但是相比之下其诗意色彩却已经被削弱和趋于平淡,无法与此前怀乡散文对诗歌"出位"所产生的浓郁诗意相比,反而具有朴素自然的写实主义倾向。究其原因,主要在于怀乡散文家们此时的散文观念倾向于写实。在老一代怀乡散文家中,余光中散文观的转变颇具代表性。他在 1977 年的《论朱自清的散文》一文中强调诗歌和散文之间的区别:"一般说来,诗主感性,散文主知性,诗重顿悟,散文重理解,诗用暗示与象征,散文用直陈与明说,诗多比兴,散文多赋体,诗往往因小见大,以简驭繁,故浓缩,散文往往有头有尾一五一十,因果关系交待得明明白白,故庞杂。"①该观点已经蕴涵着其散文观的新变。到了 80 年代,他在《记忆像铁轨一样长》的"自序"一文中提出了"本位散文"的概念,并且检讨自己 60 年代在《剪掉散文的辫子》等文章中提倡"以诗为文"的散文主张,转而提倡感性和知性相融合的"本位散文":"三十几岁时,我确是相当以诗为文,甚至有点主张为文近诗。现在,我的看法变了,做法也跟着变了……散文可以向诗学一点生动的意象,活泼的节奏,和虚实相济的艺术,然而散文毕竟非诗,把散文写成诗,正如把诗写成散文,都不是好事",并进一步阐明:"大致说来,散文着重清明的知性,诗着重活泼的感性。以诗为文,固然可以拓展散文的感性,加强散文想象的活力,但是超过了分寸,量变成为质变,就不像散文了"②。因此,在余光中等人于 80 年代创作的怀乡散文中,语言倾向于朴实简洁,其诗情画意的成分却被有意削弱和淡化。

　　至于七八十年代登上台湾文坛的新一代怀乡散文家,他们持有的散文观也均类似陈幸蕙在散文《把爱还诸天地》中所提倡的:"而作为一个完美的笔耕者,他不但是作家,同时也必须是道德家、哲学家、教育家,他必须是个人道主义者,他的所作所为、所言所行,都必是站在'为了别人好的'立场上出发的;他必须比别人想得深刻,比别人看得透彻,他必须具有'先天下之忧而忧,后天下之乐而乐'的胸怀,他必须朴素虔诚地生活,他必须最后享受……因

---

① 余光中:《余光中集》第 5 卷,百花文艺出版社 2004 年版,第 560 页。
② 余光中:《余光中集》第 6 卷,百花文艺出版社 2004 年版,第 6 页。

此，当一个笔耕者提起笔来创作，他最大的秘密，不是灵感，不是天才，而是爱；一种不能自已，对世界、对生命、对写作的爱。"①也就是说，这种散文观重点强调散文家应该具有社会责任感，散文是反映社会现实的一种文学类型。怀乡散文亦不例外。因而这些怀乡散文家们在艺术风格上并不特意去追求浓郁的诗意，虽然他们在散文创作实践中经常不自觉地追求艺术形式的创新，为了行文表达的需要亦会有意无意地把中西方诗歌的一些因素融入散文中。但是总体来说，台湾七八十年代的怀乡散文的主要特征为朴素平实，其诗化特点虽然存在，但是却并不明显。

从年龄层次来说，在台湾80年代为数众多的怀乡散文家中，除了五六十年代就开始创作和成名的老一代作家，即第一代、第二代和第三代散文家外，还出现了更新一代的所谓"新世代作家"，指50年代在台湾出生并成长起来的新一辈作家。不管这些新世代散文家的父辈是外省人还是本省人，台湾已经成为他们生于斯长于斯的地方，他们的童年和青少年时期均是在台湾度过的，祖国大陆只是一个遥远的存在于父辈所讲的故事中的一个地方，即使他们在理智上了解大陆是他们的"根"之所在，但是其思乡的感情归属却在其长大成人的台湾岛的某个具体地方，自然而言对台湾土地产生认同感②。新世代作家韩韩③在写于1981年的散文《乡愁之转换》中已经认识到："流浪的岁月里，乡愁若果真是'童年经验的延长'，那么乡愁恐怕就真不可恃了。乡愁啊乡愁，把它留在枕边梦中，它自有其娇贵和不可侵犯，可是一旦客观的时空条件日换星移，它也就失去了某些被人认同的条件，而粉身碎骨了吧。它的主观性，对流浪的中国人而言，是残酷的一个负数，我们有我们的乡愁，我们的父母有我们父母的乡愁，我们下一代有下一代的乡愁，彼此之间，本是强迫不来的，又何能勉强沟通。"④在林清玄的散文《红心番薯》中也这样写道："然后他用一只红笔，从我们久远的北方故乡有力地画下来，牵连到我们所居的台湾南部。那是第一次在十烛光的灯泡下，我认识到，芋头与番薯原来是极其相似的植物，并不是我们想象中那么判然有别的。也第一次知道，原来在东北会落雪

---

① 林锡嘉主编：《七十年散文选》，台湾九歌出版社1982年版，第151页。
② 可参考张清芳：《台湾"眷村小说"流派的流变》，《文艺争鸣》2009年第2期。
③ 韩韩（1948— ），原籍江西，曾任《大自然》杂志总编辑。著有散文集《有女怀乡》、《我们只有一个地球》。
④ 林锡嘉主编：《七十年散文选》，台湾九歌出版社1982年版，第169—170页。

的故乡,也遍生着红心的番薯!"①充分说明,新世代散文家把大陆和台湾同时都当做自己思念的故乡。

　　林央敏写于 1984 年的乡愁散文《在地图上》与余光中的《地图》同为书写故土的地图,但是后者把祖国大陆当成亘古不变的故乡,而前者则把大陆和台湾都当成故乡,一张地图不但包括了祖先长辈曾经呆过的大陆故土,而且包含着"我辈"生于斯长于斯的台湾,二者同为乡愁所怀念的对象:"虽然在世界地图上,台湾不过是'一粒鼻屎大',小时候他听家乡父老这样形容。但生命的成长不在乎土地的大小,一棵树,可能一辈子只拥有一块直径不满一公尺的方圆之地,连根也伸不出三丈远,但它照样存在,照样有春夏秋冬,照样可以享受整个夜空的星展。何况他,已经踏过全岛二十二个县市,何止八千里路的尘土呢,所以他满意于这个岛的体积,不管它蕞尔不蕞尔,因为,这里有他的一切。"②叶维廉在散文《故乡事》中就直接把台湾当做唯一的故乡了:"台湾的山水,奇危逸异,我曾醉而不欲归市居;无论是每进如入层层花瓣的梨山和武陵,或是飞升入云、境外有境的太平山,或是柔细如静听松叶呼吸的竹子湖,或是坦荡如撒沙网的嘉南平原,或是萦回如缎带舞动南端北端渔港的海岸,都是欲滴淋漓的美丽。"③可以这样说,台湾新一代散文家把思乡的对象由祖国大陆转移到台湾本省来,并以 80 年代的台湾为故乡而自豪,并用诗情画意的语言来深情赞颂台湾的山川景物:"自从东西横贯公路、北横公路、南横公路、北回铁路、北海公路、滨海公路,和许多由产业道路改成、无山不入、无谷不达的高山公路,和新建的有村必连、有弯必接的路网一一完成以后,再加上世界级的南北高速公路;又由于不少人有自用的车子,我们很容易便可以到达以前没有见过的地方。如由水里再攀登上去的东埔温泉,如南横公路上的雾鹿,如恒春附近的佳洛水,如以前难得一见的鼻头角和千叠敷……阿里山浓得不见天日的林中的穿行,和顿然把我拥抱在宇宙心胸中的云海!啊,大元山峰顶探月,兰阳溪谷下拨山寻村,……至于扎根在肥沃土地的农村,夹在萧萧的防风林和那如张晒着长长染布似的菜花黄之间,夹在一些浅水湖和一排排的木麻

①　余光中主编:《中华现代文学大系·台湾 1970—1989》散文卷四,台湾九歌出版社 1989 年版,第 2153 页。
②　萧萧主编:《七十三年散文选》,台湾九歌出版社 1985 年版,第 206 页。
③　林锡嘉主编:《七十年散文选》,台湾九歌出版社 1982 年版,第 55 页。

黄之间,夹在没有雨也青绿如水光闪烁的农田和沙河之间,一展无垠伸入海边。"①

　　台湾80年代乡愁散文内涵的转变,既标志着老一代散文家的乡愁——对祖国大陆的思念和怀念,正逐渐被新一代年轻散文家同时对祖国大陆和台湾土地的热爱所代替,同时也表明一种新式乡愁散文的出现已经成为必然趋势。具体来说,80年代的乡愁散文共包括四种类型,第一种类型是延续了五六十年代和70年代怀乡散文内容题材的怀乡散文,以余光中、张晓风、王鼎钧等作家在80年代所写的怀乡散文为代表;第二种则是散文家离开台湾省去国外留学或定居之后,用散文形式来表达对祖国大陆和台湾故土思念之情的怀乡散文。由于他们的身份是留学生,从这个角度又可称其为中国留学生怀念故乡的留学生散文。在余光中的怀乡散文《蒲公英的家族》中,他首次把"蒲公英"当成是漂泊异国的旅者和在异国留学的中国学生之代称,此后"蒲公英"就成为所有在异国他乡的留学生的统称。如果说五六十年代由台湾省去国外学习的留学生深深怀念的是祖国大陆故乡中的具体景物,那么在70年代之后去国外留学的散文家们所怀念的则是存于文化传统中的"中国"形象。风尼②在散文《裔的追寻》中详细描述留学生对"文化中国"的思念:"这飘洋过海的唐山人,不外是西潮撞击下残破中国的一方碎片,这纽约港畔的华埠些许像中土河畔的小镇。当我穿过那古旧的街景,看着那在其他许多地方已经消失的中国风物,我为这多年来持一不变的心境而感动。"③而由台去美留学,并留在美国工作的荆棘④在散文《异乡人》中,其思乡之情不是放在抽象的文化中国上,而是具体的台湾风物中:"台北也位于盆地。台北的夏日也是溽热不堪。土桑宽敞,多是平房,而台北,大概处处是高楼大厦了吧? 还有没有庭院别致的日式房子? 植物园的荷花也总该还在吧? 余光中在厦门街的房子总该还在吧? 还有什么如旧的? 除了学生仍为升学考试,而榜上榜下的无奈叹息?"⑤

　　第三种类型则是在七八十年代兴起的、由新世代散文家所写的怀念台湾

---

① 林锡嘉主编:《七十年散文选》,台湾九歌出版社1982年版,第55—56页。
② 风尼(1952—　　),本名葛萱萱,1978年赴美,于新泽西州西东大学主修美国研究。
③ 萧萧主编:《七十三年散文选》,台湾九歌出版社1985年版,第198页。
④ 荆棘(1942—　　),本名朱立立,原籍湖北黄冈。著有小说散文集《荆棘里的南瓜》、《异乡里的微笑》等。
⑤ 陈幸蕙主编:《七十二年散文选》,台湾九歌出版社1984年版,第22页。

某地故土的怀乡散文。其内容题材包括在台湾岛内生活的人们离开自己家乡，尤其是从农村市镇进入现代化大城市后所产生的"怀乡"之情，他们或是回忆在风景优美的大自然怀抱中度过的美丽童年和少年时光，或是把对乡村家乡的思念和回忆与台湾农业社会的衰败结合在一起，又可称为"忆旧散文"。阿盛在其散文集《心情两纪元》中曾经探讨过自己的怀乡忆旧情绪所产生的社会背景和心理原因："在作品中诉说对土地的感情，大约是每个写作者都难以自主回避的。那是一种沉淀了的怀想，不是单纯的念旧，总有一些什么值得提出来用心思'发酵'一番的人、事物。以我来做个小例，在故乡成长至20岁，之后出外当兵、读大学、就业、定居，从此'故乡'变成一种图腾——它并非遥不可及，但已然全貌更变——台湾社会的超速转换（一般称为进步），使得城乡差异几乎完全泯灭，于是，那些曾经存在过，且过去数百年没多大变化的物事，在短短十数年中令我觉得陌生了，变化惊人的大，大到可以用'受不了'来形容，因是，怀想并思考、记述成为十分必要的一件事。而，心中那份对土地的感情，大有别于昔人咏叹离乡背井，我可以说，比咏叹更深刻——含有历史观在内的深刻。"[1]如果推而广之，那么所有散文家的忆旧怀乡之情其实都很相似："不管是哪一型的出外人，怀乡念旧的心，总是差不多的。出外谋生，尤其是在大都会，竞逐激烈，一旦离了家，人在他乡，身不由己，纵使想念，往往无可如何。再说，'还乡'只是回家看看，这与旧时代的定义不同。工商社会，你还乡去住下来，能做什么？只好继续飞往高处远处，而将思意收拾起来，藏在内心深处。藏在内心深度的东西，通常都最真实，将这些真实掘出来，行诸文字，就会是佳作。"[2]

　　从新世代散文家们的成长背景来说，作为在战后成长起来的新世代作家，"这一代的作家经历了台湾由贫到富，由简到奢的整个过程，他们可以说是有史以来最幸运的一代，比起长辈，他们少了些折磨困苦，却深知生活艰难，比起晚辈，他们多了些冲击锻炼，却同样享受充足。因此，下笔行文，内涵显见，且多真性情，既鲜推宗举派、自限于小圈圈，亦不打高空谈'主义'，自慰于虚名"，因此他们对故土乡情的书写，不仅仅为回忆旧事，更是希望通过他们的

---

① 　阿盛：《心情两纪元》，台湾联合文学出版社1991年版，第1页。

② 　阿盛：《岁月乡情》，台湾财团法人洪建全教育文化基金会附设书评书目出版社1987年版，第5页。

描述来反思现代化进程给当下台湾社会带来的各种影响。正如阿盛所说的："这些作家的年龄、经历、思想，都已足够对台湾城乡变迁，提出深刻的检省。战后至今我们得到许多当年作梦也得不到的东西，同时我们失去许多如今连作梦也惟恐失去的东西。电视电脑电冰箱以及马赛克我们要什么有什么，然而那些'永恒的美好'，诸如谦和良善温暖等等何以消失了？何以在你我的家乡传统最后的堡垒，消失了？"①

相比前两类怀乡散文来说，第三种类型散文的思想主旨接近台湾七八十年代的乡土散文。实际上，怀乡散文中表现城市生活对乡村生活的入侵和破坏等消极影响的作品，常常也被归入台湾乡土散文的范围内。阿盛主编的散文集《岁月乡情》中收录的三十多篇散文可作为此类怀乡散文，或曰忆旧散文的代表作。其中简媜写于80年代末期的一篇散文《灶》，颇能代表此类怀乡散文的特色。作为在台湾宜兰出生并度过童年、少年时代的散文家，简媜的视野却并没有限制在故乡宜兰的风景事物中，而是选取了代表中国农业社会生活方式的意象"灶"，来写中国农村传统生活的美好："灶，是老祖宗们传下来的一座最重感情的建筑。堆砌的红砖头也曾新过，只是燃了各季的木柴、粗糠，才累积成那款出色的容颜。曾经是嗷嗷待哺的娃儿，曾经是牙牙学语的稚童，多少岁月的流转，多少灶前的辛勤，换来生命的成长与茁壮。有娶了媳妇的，有嫁为人妻的……又是一代。做母亲的闪着泪光紧紧握着披着嫁裳的女儿，不会说什么，只是紧紧地握着，那粗糙的双手已经以最神圣的方式把母亲心中的那座灶传给了女儿，总有一天，女儿也会将它传给她的女儿……一种属于母亲的骄傲和责任，只有灶才能诠注、才能分享。那灶里熊熊的火焰，正是母亲不熄的热爱。母亲的笑、母亲的泪、母亲的汗水与感叹，都曾洒在灶上。而灶，仍旧是默默地承受，仍旧是一年到头，燃着缕缕的炊烟。于是，一座灶，沾着数不尽的母爱，从古老古老的那一代传了下来。"②由此可以看出，乡村土灶不仅是勤劳俭朴的中国农民的象征，更是中国传统女性世世代代把深厚母爱传递给子女的一个媒介和比喻。这种象征意蕴无疑赋予该篇散文一种朴实

---

① 阿盛：《岁月乡情》，台湾财团法人洪建全教育文化基金会附设书评书目出版社1987年版，第5页。

② 阿盛：《岁月乡情》，台湾财团法人洪建全教育文化基金会附设书评书目出版社1987年版，第9—10页。

的诗意和意境。

　　第四种类型的怀乡散文则是指探亲散文。所谓探亲散文，就是指台湾作家以返回大陆探亲的所见所闻为内容的一类散文。除了有大陆背景的作家们的返乡探亲散文作品外，更多的探亲散文则是由在台湾成长成人的外省人第二代所写。有的研究者对探亲散文作过较详尽的论述："抒发思乡情怀的'探亲散文'承续台湾七八十年代乡土、乡愁文学的发展，得益于海峡两岸局势的缓和与和平统一呼声的高涨，不少散文家亲履日思梦萦的大陆家乡土地，记录下自己大陆之行的真情实感，表现出浓厚的血浓于水的亲情和母国关怀。刘静娟①的《同胞》、席慕蓉的《源》、《仰望九冀》、苏伟贞②的《问路回家》、龙应台③的《故乡、异乡》，以及由大荒等20多位知名作家写作的探亲散文结集《四十年来家国》，或者追怀与大陆同胞的温热情爱，体认自己的民族渊源与文化血缘；或着从与骨肉亲人的相会中感受伦理亲情的真挚与温馨；或者从探亲游历中抒发自己的悲悯情怀，显示出中华民族文化的巨大情感凝聚力，表现了存在于民族心灵深处的对于中国未来命运的忧患与关切。"④可以这样说，返乡探亲是居住台湾的人们返回祖国大陆的一个"寻根"过程，是对自己中国人身份的具体确认，并不包含政治意识形态的成分，显然没有五六十年代怀乡散文中所建构的"真实的中国历史"之意图。不过很多作家，尤其是新世代散文家常常通过把80年代末经济尚显落后的大陆地区和已经进入现代化阶段的台湾地区相对比的手法，在经济的"先进和落后"、"文明与愚昧"的框架中把探亲散文模式化和固定化了。顾肇森的《时间逆旅》可称为探亲散文的代表。该文获得第三届梁实秋散文奖第一名，在艺术价值上得到肯定和极高的评价，

①　刘静娟（1940—　），台湾彰化人。著有散文集《载走和载不走的》、《自小径那头》、《心底有根弦》、《眼眸深处》、《岁月就像一个球》、《解语花》、《笑声如歌》、《因为爱》等。

②　苏伟贞（1954—　），广东番禺人，长篇小说有《有缘千里》、《离开同方》、《陌路》、《过站不停》、《沉默之岛》、《梦书》等；小说集有《红颜已老》、《陪他一段》、《世间女子》、《旧爱》、《离家出走》、《流离》、《我们之间》、《热的绝灭》、《封闭的岛屿》等；散文集有《岁月的声音》、《来不及长大》、《预知旅行记事》等。

③　龙应台（1952—　），湖南衡山人，著有散文集《野火集外集》、《人在欧洲》；评论集《龙应台评小说》、《野火集》等。

④　倪金华：《近十年台湾散文新观察》，《文艺理论与批评》1999年第6期。

正如黄永武①在《哭不出的悲伤——评〈时间逆旅〉》一文中评价的："探亲文学,在一股热潮中已形成'时套',苦苦苦,哭哭哭,如此强烈感人的主题,奈何总缺乏一支沉艳冷峻而犀利的史笔,把四十年家国深入骨髓的隐痛掘发出来。当读到《时光逆旅》,才感到这支笔出现了,出奇的痛,哭不出声音的悲,与一般'时套'大不相同。"因而可以这样说,从艺术成就的角度来说,这篇探亲散文构思巧妙,"他是以侧面冷静的旁观者立场,给于灵动的描绘,而避开当事人同'概念'式的感情用语,全文是历历在目的意象浮现,使主角那千愁万恨之泪,不言而自堕,所以不须多写哀戚的感喟,而哀戚全涌在言外",能够取得感人的艺术效果,但是却也无法避免上面所指出的"先进与落后"和"文明与愚昧"模式框架的拘囿,文中不仅仔细描述出留在大陆故乡的亲人们的沧桑衰老的外貌形象,而且依然通过对比的手法表现对"经济落后"的大陆的失望之情。而林燿德写于1988年的散文《中国地图》,可说是对台湾人民返回大陆探亲大潮和台湾探亲散文之风的深刻反思,林锡嘉②指出,《中国地图》表现出台湾作家对祖国大陆故乡的矛盾心情:"……作为一个现代社会的知识分子和文艺工作者,燿德要'回大陆探临时腌制的七等亲',心中却有着大陆和台湾的交缠。而最后燿德流露出一个属于中国的情感,是一个圆圆的沉重句点,令人无尽思考。"③换言之,写作探亲散文的作家们对祖国大陆怀着深沉的热爱,他们希望祖国在经济上繁荣富强,成为世界强国。然而,当时中国大陆经济条件的落后和较差的生活水准,却使得很多在台的游子或是因为"破败的祖屋"、穷苦的生活;或是因为"令人魂飞魄散的蹲式厕所"④等具体琐碎的小事而不愿返回大陆探亲,或是探亲之后被失望沮丧的情绪所笼罩,而这种失望情绪常常在台湾探亲散文中被夸大和突出,很容易造成其不加节制的、滥情的倾向。这亦是探亲散文常被诟病之处。

颇有意思的是,大陆学者和台湾学者对台湾探亲散文的艺术评价却完全相反,甚至走向两个极端。大陆研究者普遍认为,探亲散文具有较为鲜明的艺

① 黄永武,著有《中国诗学》、《抒情诗叶》、《载爱飞行》、《诗与美》、《字句锻炼法》、《读书与赏诗》和《敦煌的唐诗》等。
② 林锡嘉(1939—),台湾嘉义人。多年来参与台湾九歌出版社的台湾"年度散文"编选工作,作品有《属于山的日子》、《六六集》、《流浪者及其欣赏》等十余种。
③ 林锡嘉主编:《七十七年散文选》,台湾九歌出版社1989年版,第55页。
④ 见顾肇森等著的《时光逆旅——第三届梁实秋文学奖得奖作品集》中的《时光逆旅》一文,台湾"中华日报"出版社1990年版。

术特点,具体表现在"客观记述与主观抒怀并举。既忠实地记述大陆几十年的历史变迁,逼真地描绘回乡见闻,又热情地抒发作者的观感和浓郁乡情,'我'字无时不有,无处不在。作品的感情色彩是强烈的,各式各样的人,各地各处的景,各种各样的事,都带着作者的感情色彩奔赴笔下。从探亲散文中我们可以看到台湾作家眼里五光十色的大陆人事景物和作者的心灵世界",同时也具有诗情画意的诗化特点,"情景交融,撩人神思,亲切感人。探亲散文以人物为中心,兼写环境和景色,作者毫不掩饰自己回乡的真挚感情。亲人相逢时的惊喜和分手时的离愁别绪,通过对家乡风俗风物的具体描写奔涌而出,追抚往昔的感情充溢字里行间"①,取得了较高的艺术水准。然而不少台湾学者却对怀乡散文的艺术成就持否定态度,认为80年代探亲散文的总体艺术水平并不高,较有代表性的观点如陈幸蕙认为:"但时过境迁,四十年后今日,解严、开放大陆探亲,台湾政治现实已迥异于前,怀乡文学、反共文学也早成历史名词,代之而起的,是更为真诚、实际、以探索中国人及中国未来命运为主题的篇章;至于返乡文学,也因为渡海人士不绝于途,而逐渐成为散文创作的心生地。此类母国关怀作品,都具有审判、反省现代史的意义。其中以返乡文学而言,近两年在报刊媒体上发表的数量甚多,惜此类散文多沦为政治体制的控诉,或流于浮面滥情的感伤,缺少深刻厚实的情感力量与反省基础,成就远不如诗,甚至小说。"②

这两种截然相反的评价都有自己的学理依据,其原因主要在于大陆和台湾两地学者的知识结构和依据的评价体系不同。从中国现代散文史的角度来说,台湾探亲散文作为怀乡散文中的一种,不论人们对其持肯定还是否定态度,均自有其存在的文学意义、文化社会意义和史学意义,这亦需要两岸学者进一步作深入的探讨和研究。

---

① 方忠:《从乡愁文学到探亲文学——台湾当代散文走向管窥》,《世界华文文学论坛》1993年第2期。

② 陈幸蕙主编:《七十八年散文选》,台湾九歌出版社1989年版,第5页。

第十一章　散文的小说化：台湾七八十年代小说化散文

　　多方位多层面地向小说"出位"所造成的"小说化"，是台湾七八十年代散文的艺术特点之一。如果说张秀亚、琦君等小说家兼散文家在五六十年代的散文创作实践中，对小说因素的吸收和化用极为有限，主要是在文本的个别细枝末节中表现出对诸如"曲折的情节"和"塑造人物形象"等小说因素的化用上，那么七八十年代台湾散文中的小说化特征却非常明显，很多散文家大刀阔斧地向小说"出位"，不仅化用现实主义、现代主义小说中的诸多因素，而且有的散文家创作出的散文作品由于小说化特征太过明显，以至常常被看成小说作品。七八十年代的台湾文坛写作小说化散文的散文家，大部分都在写作散文之前或是同一时期写作过小说作品，因而他们的小说创作实践经验不可避免地会影响到他们的散文风格，即使散文家们已经认识到二者在艺术手法上的不同，但是他们却并不刻意去避免二者的混淆。与此相反，他们甚至为了行文表达上的需要，而在散文中有意采用小说的艺术手法，正如阿盛所认为的："文学创作的体裁形式，约定俗成而已，形式不是决定作品好坏的标准。而且，文字之运用，各依其便，小说写得像散文，散文写得像小说，或者，诗写得像散文，散文写得像诗，都没什么不好——除非作品写得实在不好。"①可以这样说，在七八十年代的台湾文坛，散文和小说之间的互相渗透、相互融合，以及由此造成两者分类界限的模糊，均有利于分别拓展小说和散文两种文类的艺术表现力，而且这亦已经成为当时较为常见的现象，不但在台湾散文中常出现小说化特征，就是台湾小说作品中也亦不乏散文化作品。

---

①　阿盛:《散文阿盛·放马文学天地间》,台湾希代出版有限公司 1986 年版,第 265 页。

关于散文家撰写小说化特点的散文作品，李广田早在 1949 年发表的《谈散文》一文中专门探论过，并指出小说家所写散文之特点："这一种散文，因为是出于小说家之手，由于人们只注意他们的小说，便容易把他们的散文忽略了，其实在一个初学散文的人，读这一类散文也许最有益处，因为作者是小说家，他们偶尔写散文，也就有了小说的长处：比较客观，刻画严整，而不致流于空洞，散漫，浮浅，絮聒等病——而这些却正是散文最易犯的毛病。"①他还举出诸多写出小说化散文佳作的作家作为例证。这些作家作品主要包括茅盾、巴金、靳以、芦焚的散文，沈从文的散文《湘行散记》、《从文自传》以及鲁迅的散文《朝花夕拾》等。范培松在其主编的《散文的春天——新时期十年散文二十五讲》一书中，以中国当代文学史中的"新时期"阶段——20 世纪 70 年代末到 80 年代末期间的小说家们所创作的小说化"散文"为例，肯定小说家在散文创作实践中不拘散文固定的章法，而且其散文作品常带有小说的某些优点。他把小说家创作出的小说化散文之特征总结概括为四点："用多种手法描绘人物是小说家的拿手好戏，他们创作散文时，也把这些方法引进散文领域，使散文描绘人物更添风采"，"小说家的散文还把细致刻画同粗笔勾勒结合起来，使散文情趣横生，更加感人"，"说家的散文还富于丰富的想象"，以及"小说家还给散文园地带来了干预生活的勇气"②。由此可以看出，小说化散文在逐渐改变现代散文中的"真实"和"虚构"、"感性"和"理性"、"个人"和"群体"等思想观念。无论是在散文文本内涵的拓展上，还是行文表达的艺术创新手法上，它均为现代散文在七八十年代的中国（包括大陆和台湾地区）文坛上的继续发展和繁荣，提供了一种可行性和可能性。

从台湾当代散文史来说，发表于五六十年代台湾文坛的一些散文在某种程度上已经具备了小说化散文的某些特点。林海音、艾雯、琦君等人均具备小说家兼散文家的双重身份，不过她们的散文作品却鲜有明显的小说化痕迹，即使是记人叙事的散文作品虽然会牵涉到人物和故事情节，但是后两者仅是一种陪衬，不会像小说一样专门塑造出典型的人物形象，亦不会追求情节的曲折生动，作者的主要目的是书写个人情绪或是一段感想。也就是说，作家们严格

---

① 俞元桂主编：《中国现代散文理论》，广西人民出版社 1984 年版，第 149—150 页。
② 范培松：《散文的春天——新时期十年散文二十五讲》，贵州人民出版社 1989 年版，第 299—302 页。

遵守小说和散文之间的界限,在创作实践中遵循散文的"散"之不同于小说的独特特点,对小说因素的借鉴吸收非常有限,只是停留在情节、人物形象等个别因素上。举例来说,虽然林海音的小说《城南纪事》可看做是散文化的小说,但是她的怀乡散文集《两地》中写人物的篇什,如《难忘的姨娘》、《模特儿"二姑娘"访问记》等散文中的人物形象虽也颇为生动,不过作者对她们心理深度的挖掘却浅尝辄止,导致其虽有小说化特点却并不明显。其原因在于,作者在作品中主要借人物来凸显中国古都北京的风土人情和民俗文化,以及缅怀"乡土中国"的文化传统生活方式。余光中写于 60 年代末的散文《食花的怪客》中的小说化色彩相对来说浓厚得多,对"怪客"的语言和向往大自然生活、桀骜不驯之性格的刻画均颇为生动,但是对小说因素的化用依然停留在"人物形象"等一些因素上,并没有太多的艺术创新性。从这个角度来看,这些散文家们所创作出的所谓小说化散文,其实只是在散文作品文本中粗略地化用个别小说因素,勉强可以称做是小说化散文的雏形。

但是七八十年代在台湾出现的小说化散文,尤其是 70 年代末之后的作品,却呈现出非常鲜明的小说艺术特征。具体来说,以三毛、陈列、叶笛、林燿德、季季、袁琼琼、履疆等人为代表的小说化散文家们,不仅把小说的基本因素,包括现实主义小说中的故事、情节、人物性格、叙述角度等艺术因素,而且还把现代主义小说和奇幻小说中的某些因素,诸如叙事动力、象征性、人物心理的细致剖析、神秘色彩、亦真亦幻的传奇性等等,均化入该类散文文本中。有的散文家甚至用小说的手法来写散文,不但削弱、泯灭了散文与小说之间的界限,而且结构严谨,故事情节有头有尾,其散文作品俨然可看做是小说。由此可以这样说,台湾七八十年代的小说化散文在对小说因素的化用上已经比较成熟,使小说化散文进入第一个鼎盛时期。

需要指出的是,从表面上看,小说化散文是对小说诸多艺术因素的吸收、融合和化用,自有现代散文艺术创新的追求作为其学理依据,但是从深层来说,却由表及里地不但触及现代散文艺术中的一些基本原则,如强调"散"、强调"真实"("散文在于抒写作家真实的现实感受和真实的生活境遇"①)等特点,还在某种程度上改变了这些基本原则的内涵。进而言之,七八十年代的小说化散文具有小说式的"艺术虚构"的特点,虽然现代散文强调的"艺术真实"

---

① 童庆炳:《文学理论教程》,高等教育出版社 1992 年版,第 251 页。

也包含着"艺术虚构"的因子，但是后者所谓的"艺术虚构"却是用作者"真实的思想情感"和"真实经历"等客观现实因素的外壳所包裹着的，例如五六十年代怀乡散文有意凸显的"真实"之特征，因而不会使读者产生虚构和虚假的阅读感受。具体到作品来说，在遵循"真实观"原则的现代散文中，"艺术虚构"因素所占分量极少，因而可以用其他客观现实因素来遮掩住其虚构性产生的虚假审美效果；而大量引进小说因素之后的散文文本，却会因其具有小说的"艺术虚构"特点而凸显出其虚构、想象和夸张的一面；除此之外，现代散文强调的"散"之内涵，不仅指取材上的广泛，包括"举凡国际国内大事、社会家庭细故、掀天之浪、一物之微、自己的一段经历、一丝感触、一撮悲欢、一星冥想、往日的凄惶、今朝的欢乐"①等，而且指艺术风格上的信笔所致、挥洒自由、直接议论抒情的特点。小说化散文则或是强调人物性格的鲜明生动和故事情节的生动曲折，或是细致剖析人物的心理活动，或是有意渲染其神秘奇特的氛围和营造象征性意蕴，或是用现代小说的叙事方式来推进散文叙事的发展等等。因而与非小说化的散文相比较来说，前者结构更加严谨整饬，常常会追求有头有尾、逻辑严密的故事性，在描述中用冷静、客观的旁观者态度来代替"有我"的感性表达。从这个角度来说，小说化散文在创作实践中遵循的文学艺术规律与其说是属于现代散文的，不如说是属于小说的。

但是，从某种程度上来说，"小说化"散文的作者并没有忽略现代散文的"真实观"原则，他们在散文作品中也总是强调其"真实性"，三毛曾经在不同的场合反复表达过相似的散文观："我的文章几乎全是传记文学式的，就是发表的东西一定不是假的。"②陈列在散文集《山中岁月》的"小序"中指出："聊可自慰的是，我还算多少坚持了一些东西，譬如说，避免写远离社会现实的呓语谎言，但同时又深信文学应有它之所以是文学的艺术美质，是不该受到牺牲或迫害的等等。"③这番表白也可说是强调散文真实性特点的一种变相说法。具体到散文创作实践来说，他们中的大多数人在化用小说因素为己所用之时，亦会强调现代散文自身不同于小说的一些特点。因而，可以被看成小说的散文作品，除了三毛的散文集《撒哈拉沙漠的故事》中专门讲述撒哈拉沙漠异域

---

①　周立波主编的《1959—1961 散文特写选》中的"序"，人民文学出版社 1963 年版。
②　三毛：《梦里花落知多少》，湖南文艺出版社 1993 年版，第 109 页。
③　陈列：《山中岁月》，台湾汉艺色研出版社 1988 年版，第 2 页。

风情故事的作品（《沙漠纪事》、《结婚记》、《娃娃新娘》等十二篇），以及陈列的《狗·女·男》、季季的《梦幻树》等为数不多的作品以外，其他的小说化散文作品均是同时包含小说的和散文的艺术因素，即使一篇作品中小说因素占据的比重较大，也不是完全排除掉某些散文艺术因素，亦会为后者留一定的位置。其实就是在上面所列举的"可看成小说的散文"作品中，作者也大多采用第一人称"我"的限制性视角来讲述故事和塑造人物形象，尽量体现文本为作者亲身经历的"有我"之特点来。由此可以这样说，这些小说化散文的作者向小说"出位"的目的，主要在于追求现代散文艺术的新变，寻找的是能够拓宽台湾散文艺术的深度和广度的艺术手段，以此为台湾散文注入生命活力和保持其繁荣昌盛的局面。从小说化散文所取得的艺术成就来说，小说化散文的探索的确为台湾散文在七八十年代的进一步发展繁荣提供了一条创新求变的新道路。但是，不可否认的是，散文家们在散文创作实践中多角度多层面地化用小说中的诸多艺术因素，在艺术效果上具有双刃剑性质，即在增强、拓展现代散文内涵和外延的同时，却在客观上又有意无意地把小说的一些艺术规范套到小说化散文的脖子上，某种程度上亦是对现代散文的一种新约束。

如果从这个角度来看，五六十年代的台湾散文家之所以只停留在化用小说个别因素的浅层次上，并不是因为他们缺乏这样的艺术能力和创新勇气，其真正原因则在于，他们考虑到散文在小说化后，其作品文本将会呈现出小说的某些艺术特点，以致改变现代散文的艺术规范。所以他们写作虚构性的故事就用小说的形式，把表达真实的"自我"之情感和情绪留给散文。这亦是五六十年代台湾文坛较为单一的、带有浓厚政治意识形态思想的文学环境造成的一个结果。而七八十年代台湾散文家们之所以能够在散文创作实践中多方面位多角度地向小说"出位"，其原因主要在于当时社会环境发生的巨变以及散文家尤其是新世代散文家散文观的变化。从台湾当代散文艺术流变史的角度来说，小说化散文一方面为七八十年代台湾散文艺术的创新求变之追求注入了生命活力，另一方面也为 90 年代之后的散文向后现代主义类型的小说之"出位"奠定了文学基础。

具体到台湾七八十年代小说化散文家和作品来说，三毛是其中颇为多产的一位。她的散文集主要有《倾城》、《温柔的夜》、《哭泣的骆驼》、《雨季不再来》、《撒哈拉的故事》、《闹学记》、《万水千山走遍》和《稻草人手记》等十几部，而且它们自从问世以来就非常受读者尤其是青少年读者的热烈欢迎，直到今天依然在台湾和大陆被一版再版。这些颇带自传意味的散文作品,常被认为是作者三毛真实人生经历的真实反映,但是有一些研究者已经认识到,以《撒哈拉的故事》集子中的作品为代表的三毛散文,实际上是艺术虚构性极强的文学作品:"三毛的创作有浓厚的主观意向性和'自叙传'的色彩,她把自己的喜怒哀乐、悲欢离合很容易地纺织进她的众多'故事'之中。在三毛的作品中,几乎每一篇中都有'我'的足迹,'我'的身影,'我'的表演,'我'的倾诉,使读者阅读时产生一种比纯'虚构'的小说要亲切、真实、生动得多的愉悦快感。当然,在三毛的笔下,'我'只是她的'故事'中的一个人物,在不同的作品中,起着并不等同的作用。"①在《奇异的两点零三分——追念三毛》一文中,司马中原认为三毛的散文在艺术手法上不拘常规,散文、诗歌和小说的艺术因素均可在她的作品中发现:"若说文如其人,三毛的作品最能表现出这一点,她恒以活泼灵动的文字,很自然的信笔挥洒,他不太讲究结构和章法,只求能揭现出内心深处得真实感受,和读者密切沟通,有些章节,诗意盎然,有些地方是行云流水的散文,有些段落却又转成小说的笔致,她在作品中追忆往事,抒感述怀,记叙经历,拥抱梦幻,曲曲写来,书页上便响起高山流水的琤琮。"②可以这样说,三毛散文的艺术魅力不仅表现在飘逸潇洒、灵动活泼的语言和作品所包含的真情实感,更重要的在于,她的大部分散文都是讲述"故事",通过曲折动人的故事情节塑造出有血有肉的人物形象、充满浪漫传奇和异域风情色彩的人生故事和爱情故事,这亦是三毛小说化散文的重要特点。

从塑造人物形象的角度来说,三毛在一些散文篇什中用小说手法塑造出生动鲜明的人物。在《胆小鬼》中,作者惟妙惟肖地描摹出"我"偷钱后的行动和心理情绪变化的过程,先是"我的呼吸开始急促起来,两手握得紧紧的,眼光离不开它"。然后是"当我再有知觉的时候,已经站在花园的桂花树下,摸摸口袋,那张票子随着出来了,在口袋里。因为心虚,所以才没敢回房间去,没敢去买东西,没敢跟任何人讲话"③,还有吃饭时面对父母心慌脸红,睡午觉时假装头痛不脱装钱的长裤……作者正是通过细腻地描述人物行动和语言行为

---

① 陈敏:《在真实与虚构之间——评三毛的创作影响及其作品的阅读接受》,《福建广播电视大学学报》2004 年第 5 期。
② 林锡嘉主编:《八十年散文选》,台湾九歌出版社 1992 年版,第 305 页。
③ 三毛:《倾城》,中国友谊出版公司 1990 年版,第 4 页。

的艺术手法,刻画出一个做错事情的、天真烂漫的孩子形象。

而最能够表现出三毛小说化散文擅长塑造人物形象的例子,则以《撒哈拉的故事》、《结婚记》、《娃娃新娘》等以撒哈拉沙漠人情风俗为背景的诸多散文为代表。这些散文看似单独成篇,但是如果按照恋爱生活——婚后生活——丈夫荷西去世——"我"的悲痛心情和思念之意——返回台北这个时间线索排列的话,可以发现这些作品,包括三毛在荷西死后所写的思念他的《不死鸟》和《一个男孩子的爱情》等散文篇什,实际上可以看成是由两个主人公,也就是"三毛"(即作品中的"我")和"荷西"夫妻两人构成的系列故事,而他们的性格特点——"奇特"和"真诚"亦在这些作品中被成功地塑造出来。所谓的"奇",是指这两位主人公在性格上都具有特立独行、反叛世俗社会常规旧俗的鲜明特点。举例来说,在《结婚记》中,作者不仅展示出撒哈拉沙漠奇特的结婚习俗,而且通过奇特的结婚礼物表现出主人公独特的性格:"我赶紧打开盒子,撕掉乱七八糟包着的废纸。哗!露出两个骷髅的眼睛来,我将这个意外的礼物用力拉出来,再一看,原来是一付骆驼的头骨,惨白的骨头很完整的合在一起,一大排牙齿正龇牙咧嘴的对着我,眼睛是两个大黑洞。

我太兴奋了,这个东西真是送到我心里去了。我将它放在书架上,口里啧啧赞叹:'唉,真豪华,真豪华。'荷西不愧是我的知音。'哪里搞来的?'我问他。

'去找的啊!沙漠里快走死了,找到这一付完整的,我知道你会喜欢。'他很得意。这真是最好的结婚礼物。"①

至于主人公性格上的"真诚"特点,不仅体现在对周围邻居和朋友的真诚态度上,更重要的是体现在他们对爱情的忠贞和真诚。如果说散文集《撒哈拉的故事》中的篇什均是讲述夫妻二人之间真诚相恋和婚后幸福生活的故事,那么整部散文集《梦里花落知多少》中收录的十几篇散文,则表达着女主人公在荷西不幸遇难之后对他的刻骨铭心的怀念和伤悼之情,甚至为此萌生自杀之意。可说从另一个角度表达出对爱情的真诚态度。以《不死鸟》一文为例来说,作者直接抒发其思念之情:"许多个夜晚,许多次午夜梦回的时候,我躲在黑暗里,思念荷西几成疯狂,相思,像虫一样的慢慢啃着我的身体,直到我成为一个空空茫茫的大洞。夜是那样的长,那么的黑,窗外的雨,是我心里

---

① 三毛:《撒哈拉的故事》,湖南文艺出版社1987年版,第20页。

的泪，永远没有滴完的一天。"因此女主人公不是为自己而活，而是因为不愿爱人伤心才继续活下去："要荷西半途折翼，强迫他失去相依为命的爱妻，即使他日后活了下去，在他的心灵上会有怎么样的伤痕，会有什么样的烙印？如果因为我的消失而使得荷西的余生再也不有一丝笑容，那么我便更是不能死。"①这种近似言情小说的抒情语言，虽然感情有些夸张，但是，正是因为把爱情推到生与死的极端，再加上有三毛此前所写的诸多两人恋爱故事的铺垫，所以这种描述不但有助于凸显两个主人公性格的奇特和真诚，亦因此带有杜鹃泣血式的哀感顽艳之审美艺术效果，能够以情来感动读者。

从这个角度来说，三毛散文中男女主人公之间生死相依的爱情故事是作者重点描写的对象，这种爱情又因荷西的死亡而进一步被神化和崇高化，既是写实又带有某种虚构色彩，使其更富有浪漫传奇性和故事性。从某种程度上来说，这种充满浪漫传奇色彩的爱情故事，正是三毛的小说化散文所取得的艺术效果之一。

三毛小说化散文的另一个特点，则表现在常通过奇幻小说式的故事情节来表现具有象征和奇幻色彩的人生感受，作者尤其喜欢对其中具有神秘奇幻色彩的事件进行渲染，由此造成亦真亦幻的审美效果。散文《梦里梦外》以抒情主人公"我"的口吻详细地记述了一个重复出现的、情节曲折的噩梦，而这个梦境后来在现实生活中竟然再现，而且成为荷西意外身亡的一个预兆。其亦真亦幻的神秘色彩颇似中国古典小说《聊斋志异》的神怪风格，亦有马尔克斯的小说《百年孤独》的神秘色调。散文《巫人记》同样充满只有奇幻小说才有的神秘色彩，主要讲述巫师用巫术治病的几个神奇故事，包括中蛊解蛊、用祈祷和草药治疗各种疑难病症的神奇故事，其奇幻色彩不仅来自于异国异族原始部落的风俗人情，而且作者常常通过动作、心理感受等细节描述来渲染巫师神秘的举止："深奥的眼睛摄人心魂似的盯住每一个哀愁的女人。他是清洁的，高贵的，有很深的神学味道，在他的迫视下，一种催眠似的无助感真会慢慢的浮升上来。"②此外，散文《死果》里对诡异的毛里塔尼亚符咒的描写也颇具奇幻色彩。就是在《一定去海边》等"言志"特色的散文作品中，三毛也擅长通过选取"鬼"、"灵魂"等超自然事物作为意象，来描写个人奇异的人生感受。

---

① 三毛:《梦里花落知多少》，湖南文艺出版社 1993 年版，第 2—3 页。
② 三毛:《背影》，广西旅游出版社 1996 年版，第 58 页。

例如,作者这样描述阅读《红楼梦》的过程:"慢读《红楼梦》,慢慢的看,当心的看,仍是日新又新,第三十年了,三十年的梦,怎么不能醒呢? 也许,它是生活里唯一的惊喜和迷幻,这一点又使人有些不安。那本书,拿在手中,是活的,灵魂附进去的活,老觉得它在手里动来动去,鬼魅一般美,刀片轻轻割肤的微痛,很轻。"①阅读过程成了梦境和灵魂交互的神秘活动,在作者灵动细腻的文字下充满奇幻色彩。

如果探询三毛散文出现这种奇幻色彩和氛围的原因,则三毛相信灵魂等神秘现象存在的世界观显然是原因之一②,但是强调虚构性和想象力等小说的艺术因素也是重要原因。可以这样说,三毛的小说化散文的文学史贡献,不仅在于把现实主义小说中的艺术因素化用到散文中,而且还在于把巫术、"鬼"、"灵魂"等意象融入具有传奇色彩的人物性格和爱情故事中,在作品中营造出一种奇幻神秘色彩。虽然这种神秘奇幻意象和意境,带有后现代主义文学的色彩,在 90 年代简媜的一些散文,尤其是钟怡雯的散文中可再见其艺术魅力,但是在七八十年代的散文家中,三毛却开其先河。从这个角度来说,三毛的散文对 90 年代散文的影响非常深远,对后者化用小说,包括后现代主义文学中的魔幻现实主义小说,提供了较好的借鉴经验。

相比三毛来说,林燿德的小说化散文则不满足于描述故事和人物性格,而是在内容主题和语言形式上向更纵深处开掘,其文本带有更多的艺术实验意味。他的散文集主要有 1987 年出版的《一座城市的身世》、1992 年出版的《迷宫零件》、1997 年出版的《钢铁蝴蝶》(此时作者已逝世两年)以及 1992 年与徐炀合著的《梦的都市导游》。无论是写于 80 年代还是 90 年代,这些散文作品均具有相似的内容和艺术风格:以现代城市的人为景观为描写对象。因此林燿德的散文又被称为"都市散文"。一些批评家高度评价林燿德都市散文的文学价值:"对都市的界定与理解,不仅仅致力于描写都市景观,或挖掘工商业社会现实问题,更多则是重新探索都市身份,去捕捉一种都市现象背后的都市精神。他以其前卫作家的特异禀赋,接受和感应后现代消费社会都市带来的种种讯息,以一种知性的笔调与文类混淆的后现代书写方式,自觉地对这种都市观进行表达。在散文创作甚至都市文学的发展历程中,他的创作都具

---

① 三毛:《倾城》,中国友谊出版公司 1990 年版,第 103 页。
② 可参考《三毛生死簿》一书中对三毛"通灵"能力的描述,宁夏人民出版社 1994 年版。

有前瞻性及巨大的开拓意义。"①

在《林燿德论》一文中，作者郑明娳把林燿德散文看做是一种曲高和寡的知性散文："林燿德的散文，并非'可口可乐'型的散文。甚且可以说，它相当不易被大众接受"，郑明娳还把林燿德其散文特点概括为四点，分别是："一则因他的知性散文，缺少作者自我的人格、风格、个性与情感的流露，一反'文格即人格'的散文观念。可以说，作者想反映的，并不是小我一己的生命青态，而是大部分人类的生命"，"二则，他的散文，文字虽然洗练精致，但并不表示能吸引人。因为这只是骨架，他的肌肤是瘦削的，故他散文的本质是冷漠、干燥而坚硬。他受到安部公房等前卫作家的影响，作品的基调是沉闷、肃穆、冷静，《幻戏记》、《寓言三则》皆为代表，虽属上乘之作，但读者必然不多"，"三则，知性散文作者学域较博，常处理某学科的概念及专门术语或名词时，往往须直接与文字结合，不能像一般论文，先行诠释，或者在后边做注。所以，当这些特殊字眼出现时，一般读者会产生阅读上的隔阂"，第四在于其作品具有极强的艺术实验性，即"实验性高，变动性大。其价值很难在一两篇文章中可以窥见出来，就不容易在三两招内，打入读者心坎。更重要的是，在文学的创作上，一向，前卫作家反传统结构等实验，是不容易被大众所认同、接受甚至欢迎的"②。而充满诗意和戏剧色彩的小说化特点就是其散文艺术实验性的一个标志。

具体来说，林燿德散文的小说化不仅体现在用诗性语言来编织有头有尾的都市小故事，更体现在通过象征寓意描摹都市事物。所谓都市事物，既包括有生命的动物，亦包括现代都市生产出来的事物，也就是如同自动贩卖机之类的都市产物："永远保持着投币口上那一圈金属的沁凉；在冬日，并且因为消费者温暖的手指而浮泛一层薄命而均匀精巧的雾气。它们又像是一种灿烂的人工合成植物，寄生在无数的水泥岩洞口中，随时随刻，期待着：对它们而言都是上帝的陌生人口。他们到底是都市的景，还是都市的人物？它们的确是都市生活中的静态场景，适合进入精致的晚明小品；但是它们人格化的本质，又符合成为以人物素描为主流的英国散文对象。"③从这个角度来说，《幻戏记》

---

① 田级会：《林燿德都市观的散文表达》，《咸宁学院学报》2010 年第 3 期。
② 郑明娳：《现代散文纵横论》，台湾大安出版社 2001 年版，第 150—151 页。
③ 林燿德：《林燿德散文》，浙江文艺出版社 1999 年版，第 38 页。

中的主人公不是寻找黑猫的人类"我",而是那些生活在都市角落的猫们。与三毛小说化散文的奇幻色彩相比,该散文充满神秘色彩和象征寓意,显然是以现代都市真实的现况为坚实的文学基础。

陈列出版于 1988 年的散文集《地上岁月》奠定了他在台湾文坛作为小说化散文家的位置。这部散文集包括《无怨》、《地上岁月》、《同胞》、《矿村行》和《老兵纪念》等 12 篇散文作品,均颇能代表其散文独特的小说化特点。以《无怨》为例来说,该散文主要以"我"的视角来写监狱生活。作者讲述了"我"和"老林"、"船长"等犯人在监狱的生活。但是作者选取了很多生活细节来描写犯人的活动和心情,却没解释他们入狱的原因。可以这样说,这篇散文把犯人的入狱原因当成一个"谜",即叙事情节因果链断裂造成的空白,例如"我"在狱中回忆入狱之前的事情:"那个秋天,那个初识的女孩陪我逃向更深的山区,兴奋地要找一个地图上标明的水源,并且相信,如果能够到达那里,就会走上通往一处美丽海滩的一条公路。我们穿行在布满荒蓁密萝的山峦间,在微凹的洞穴过夜。冷气把我们冻醒。柴火早已熄了。我们对坐着说话,听鸟兽的叫声,等待黎明。后来,我们躺在山顶的一处缓缓下斜的草原上,望着全无阻挡的蓝天和白云,那个女孩把那次经验总结为'伟大'。放风仰望天空时,我总会看到在屋顶平台上踱步的荷着枪的警卫。"①由此可以看出,作者没有再提到他为何入狱和如何被抓捕入狱,紧接着便进入对狱中生活的详细描写。这是小说文本中常常有意为之的一种艺术手段,目的是为了造成情节的跳跃性;但是如果从散文艺术的角度来说,这或许又与散文重在营造情绪氛围而非注重情节之间的因果逻辑的特点有关。恰恰在这一点上,他的散文保持了散文特质,即书写个人性情的"有我"特点,同时又具备了小说的一些特点,亦可看做是一篇具有浓厚现代主义意味的小说作品。陈列的其他散文作品亦具有这种特点。

季季最初以小说家身份登上台湾文坛,她的散文最能够体现出小说家写作小说化散文的特点。季季出版于 1976 年的散文集《夜歌》,虽然是她出版的第八本书,但却是第一本散文集,琦君在为其所作的序言《犹有最高枝——序季季散文集〈夜歌〉》一文中指出:"季季是写小说的能手,以一支写小说的彩笔,来给散文着色,写到人物、情景之处自是出色当行,鲜明生动。《乡下老

---

① 陈列:《山中岁月》,台湾汉艺色研出版社 1988 年版,第 13 页。

妇》、《再见、翁锣仔》、《一个鸡胸的人》和《梦幻树》诸篇,就是最好的例子。如她形容鸡胸人的深黑的头发'一根根零乱地竖立着,充满了一种无可奈何因而十分任性的肃杀之气'。语言运用之巧妙,不亚于张爱玲。而我特别激赏《梦幻树》一篇。她发挥了高度的小说技巧,却又是一篇上乘的散文。"①从季季散文的创作实践来说,琦君的评价是非常精准的,季季的一些散文可以看做是结构严谨的小说作品,在塑造人物性格和细节描写上均见其艺术功力。

　　常被当做季季小说化散文代表作的作品当推《梦幻树》。在这篇散文中,作者以"我"作为旁观者,详尽地描写出阿山和两只狗相对抗相斗争的过程,在后半部分又通过对话交待出阿山对两只狗如此害怕又如此抵抗的原因:他曾经被狗咬过,在心理上留下怕狗的阴影,但是他又希望有勇气超越这道阴影,所以才和两只狗相对抗。作者通过语言和行动塑造出颇为生动的人物形象,故事首尾呼应,正如琦君所评价的:"但季季的这篇《梦幻树》却是结构十分严谨,以我个人看来,可称得起是一篇第一人称观点的好小说。她对阿山要把尊严维持到底,外表倔强而实萎缩的性格,透视的非常彻底,写他与凶犬殊死战的可怜相十分传神,而于冷静关照之中,透着同情与尊重"。在作品后半部分出现了一棵大榕树的意象。从作品结构安排来说,这棵树带有象征寓意,"梦幻树的出现,疑真疑幻,于惝恍迷离中见境界。与前文斗犬的场景,看似不关联,而气氛由紧张而转为冲和,神情由困惑而趋于澄明。季季抽丝剥茧似的,由一个层面进入另一个层面,正由于她纯熟地运用了小说的技法,有写实也有象征。配搭得天衣无缝"②。

　　与其他小说化散文家相比,叶笛在生理年龄上最大,出生于1937年,但是他在散文创作实践中却更有实验创新的勇气,可说是把散文当做小说来写,以小说为散文。郭枫主编的《台湾艺术散文选二》中收录了叶笛创作的20篇散文,这些作品均可以当做小说来看。在这些散文中,不但有完整的故事情节,还在人物语言、行动等细节上进行详细描写、刻画。最典型的例子是散文《狗·女·男》。这篇散文的开头部分由"我"看到一则妻子杀死丈夫的新闻入手,提出疑问:"这真是件令人惊骇的事,什么深仇大恨竟会叫一个弱者的女人奋起大勇杀戮在一个屋檐下同衾过将近二十载的丈夫呢? 即令不是丈

① 季季:《夜歌》,台湾尔雅出版社1976年版,第7—8页。
② 季季:《夜歌》,台湾尔雅出版社1976年版,第8页。

夫,要杀人也决不是轻而易举的。但是,更叫人哑然不解其故的,她杀死丈夫只是为了一条哈巴狗! 只要有点理性的,是男的抑或女的,怎会为一条狗杀人呢? 何况还是自己朝夕与共的丈夫? 然而,事实却摆在面前。"①这是典型的说书人口吻,而且这种悬疑手法常用在讲述曲折故事的小说中,可以起到吊起读者胃口的作用。然后作者开始详细讲述这个故事的来龙去脉,包括发生、发展、高潮和结尾。除此之外,叶笛还用充满小说色彩的细节来仔细描述妻子气愤丈夫踢伤狗,因此用刀刺入他心脏的过程:"瞧着那条仿佛末日来临的惊惧万状的狗,阿国的脸上闪过一种难以分析的表情,兀自立在那儿有一会儿功夫。当他听到身后有某种动静,一转身时,霎时,阿花猛冲上来,他突然觉得心窝一阵钝痛,一下子又变成抽搐的椎心的激痛,反射地推开阿花,跟跄了几步,阿花的冰冷而带着一丝惶惑混杂着愤怒的目光穿透自己的心。他想开口却说不出话,要抓住什么地伸出了手,却抓不住什么;他瘫痪下来,双手抱住自己的胸口倒下去了。"②由此可以看出,人物的动作、心理活动均被栩栩如生地刻画出来,而且这个细节描写在这个故事的发展中显然具有高潮的作用。

顾肇森散文的小说化特点,则表现在其具有心理分析小说的某些因素上,可称做是心理散文。从中国现代散文史的角度来说,鲁迅的散文诗集《野草》带有浓重的心理分析意味。汪晖③在《死火重温》的"序"中认为,《女吊》等杂文其实是鲁迅自身两难心理的真实写照:"那种由精神的创伤和阴暗记忆所形成的不信任感,那种总是把现实作为逝去经验的悲剧性循环的心理图式,也常常会导致鲁迅内心的分裂。"④其实鲁迅的很多散文作品,包括一些杂文也具有心理分析的意味,正如姜振昌⑤指出的:"鲁迅那浩如烟海的杂文尽管在内容和形式上每篇各不相同,但仍有着一种共同的面貌,即镂刻着只有鲁迅才有的那种特殊的精神、特殊的性格,因为这些作品都是从一个伟大的人格、一

---

① 季季:《夜歌》,台湾尔雅出版社1976年版,第94页。
② 郭枫主编:《台湾艺术散文选》二,百花文艺出版社1990年版,第96页。
③ 汪晖(1959—),江苏扬州人。主要著作有《反抗绝望:鲁迅及其文学世界》(1990)、《无地彷徨:"五四"及其回声》(1994)、《汪晖自选集》(1998)、《死火重温》(2000)、《现代中国思想的兴起》(四卷本,2005)等。编有《文化与公共性》、《发展的幻象》等多种著作。
④ 汪晖:《死火重温》,人民出版社2000年版,第34页。
⑤ 姜振昌(1952—),山东昌邑人。出版的专著有《中国现代杂文史论》(1995)、《缪斯的精灵》(1994)、《经典作家与中国新文学》(2003)、《鲁迅与中国学文学的精神》(主编,2004)、《民国杂文大系》(10卷本,1996)等。

个完整的不可分割的'我'生发出来的；反过来，又是人格的力量把全部作品贯穿成一个完整的统一体。"①余光中早在60年代所创作的散文中常用"我"、"你"等第一人称、第二人称的叙述方式，这种"独白"式散文已经具备了心理散文的某些特征。有的研究者曾经对"独白"式散文作过详尽的学理分析："'独白'式散文所表现出来的开放性是'诉说'式散文所不及的。由于'诉说'式散文所采用的是全知的叙述观点，因此作者成了无所不知的统领者，但读者始终处于阅读的被动地位。而'独白'式的叙述既涉及浅层明朗的心理领域，更能表现深层本能的心理内容，甚至记录片段的瞬间即逝的下意识。'独白'式的叙述并不注重经营一个完整的事件，而只是注重'心理现实'的呈现。因此当作者意识活动中的自由联想、无意识深处的意象骤然涌现时，读者的意识可以沿着这些纷然杂陈的片段不停地向前走，这样，一段完整的内心秩序就逐渐显露出来。因此，'独白'式散文打破了带有独断性封闭性的叙述方式，向读者开放了一个更大的想象空间，让阅读成为一种更为积极主动的活动。"②换言之，虽然现代散文是书写个人性情，即"有我"的一种文体，但是这种"言志"常常是由任意探讨"宇宙之大，苍蝇之微"的外在事物所引发的议论，展现的是作者渊博的学识和个人趣味、人生品味，即使从中流露出作者的思想情绪，也仅是浅层次的浮光掠影，往往只停留在意识的层面，根本无法开掘到更深的潜意识层面，亦无从展示出作者深邃的内在心理世界。其实，展示作者或是人物更深层内心世界的文学任务，经常由心理分析小说来担当，散文则较少涉及此内容。

　　然而，顾肇森的一些散文却把心理分析小说的一些因素化入作品中，能够较深入地开掘现代人复杂的心理结构。不过需要指出的是，虽然他借鉴了弗洛伊德心理分析学说的本我、自我和超我心理结构的观点，但是却并没有化用弗氏的利比多学说，其原因可能在于，作为神经科医生的顾肇森，在散文中对心理小说因素的选择和化用，均与他的职业背景有关。他在散文《犹记当时年纪小》中曾从人类神经生理的角度来探讨过记忆问题："大概只有小说人物才具备非凡的早年记忆吧。三岛由纪夫的《假面的告白》里，主人翁竟记得初降世时澡盆里映起的阳光。更不必提德国作家葛拉斯的《锡鼓》中的侏儒奥

① 姜振昌：《"缪斯"的精灵——论鲁迅杂文的"自我"表现特征》，《东岳论丛》1994年第1期。
② 徐光萍：《台湾当代散文叙述方式的演变》，《江苏大学学报》2002年第4期。

斯卡,他的记忆甚至回溯到母亲的胸腹。记忆力之惊人,我自叹不如。然而稍涉神经生理的人都知道,初生婴儿的视觉都不灵光,更遑论大脑功能了。"①也就是说,顾肇森散文中呈现出的心理世界是以人类神经生理原理而非弗洛伊德的精神分析学说为基础的,这亦使顾肇森的心理散文呈现出独特的风貌——不再仅限于从人类意识或潜意识的心理层面来开掘,而是拓展到对人类的三个人格结构层面的具体分析,并由此揭露出现代社会对人类心理世界的压抑和异化。在《犹记当时年纪小》一文,作者以自己的童年生活和少年生活为具体个案,通过抒情主人公"我"来详细描述人类人格是如何从"本我"走向"自我"的。由于五岁之前"开始为逐步成形的未来烦恼:联考,女朋友,青春痘",而且"我"没有什么记忆,因此童年实际上是从七岁之后开始的。无论是与小伙伴成群结队去捉萤火虫、在清冷的冬晨吃豆花,还是玩"城门鸡蛋糕"等游戏,实际上均是自由自在的人类喜欢游戏的天性之自然流露,属于"本我"人格阶段。但是进入少年时期之后,则开始收敛自然天性而与社会协调,开始逐渐适应、遵守社会秩序,标着着进入"自我"人格阶段。而散文《心情微近中年》则可看成是《犹记当时年纪小》的续篇,探讨的是人类在成年之后,确切地说是 30 岁之后进入"超我"人格阶段的具体表现,即"扪心自问,虽然一向老气,是那种惹人厌的小万事通,距'欲语还休'其实还有一段距离,我目前仍停在'快语难休'的阶段。只是我已非十年前那般话出如刀,无的放矢罢了,甚至已学会察言观色,懂得在适当时刻识相的闭嘴,我仍心向'说大人则藐之',却不致一如疯狗。可能甚至于类似感受"②。也就是说,经过少年阶段所养成的"自我"人格的调节、约束和节制,成年之后的人类已经完全变成为社会秩序中的人,无法再回到无拘无束、任意流露自我本性的"本我"人格阶段:"而今我烟酒不沾,对武侠小说挑剔的厉害,当年藏在被窝中点手电筒的兴奋,有如慈禧太后逃难时吃的番薯,时空有异,滋味便大不相同了;至今彻夜不归,光是想想足以使我觉得疲累,遑论起而行之。而一切想做的事呢?大半是未竟之志。仿佛下一局棋,起初人人手中都有一整套兵马将相,成败未

---

① 余光中主编:《中华现代文学大系·台湾 1970—1989》散文卷四,台湾九歌出版社 1989 年版,第 2251 页。

② 余光中主编:《中华现代文学大系·台湾 1970—1989》散文卷四,台湾九歌出版社 1989 年版,第 2264 页。

定,未来自然充满了可能性。杀到后来兵残马伤,就明白可走的路不如想象的多。"①现代人这三种人格结构的形成,是以人类自然天性的逐渐丧失为代价的,是现代人行为异化和心理异化的过程,而且现代社会中人类异化的后果是如此严重,即使是成年后有机会恢复自然天性,却已经在心理上彻底失去了恢复能力,完全被限制在社会秩序之内。由此可以说,顾肇森的心理散文实际上是对现代社会如何异化、规训人类心理世界之过程的具体描述,与一些化用弗洛伊德利比多理论的心理散文相比较,顾氏的心理散文更加具有社会现实性。这亦与七八十年代台湾散文在内容主题上倾向"社会写实"的主流趋势相契合。

从现代散文发展的角度来看,现代散文化用心理小说因素为己所用,其目的不仅是追求散文艺术的创新,并由此拓展现代散文的艺术表现力,同时亦是力图通过开掘人类深层心理的描写方式寻找到一条抒发作者强烈感情的艺术途径。正如苏雪林在《文学写作的修养》一文中分析的:"我们现在写文章,在情感的表现上,应该采取心理小说家的技巧,写得愈曲折,愈细微,愈足餍足现代读者的心理"。不过因为连篇累牍的心理描写太过冗长而会使读者产生厌倦感和审美疲劳,而中国旧式说书式小说却又因过多描述人物外部环境少内在心理情绪的勾勒而会产生太过拖沓的后果,"其弊更胜过现代的心理小说"。因而苏雪林指出,较好的写作方式是"一方面避免旧时代的程式主义,一方面酌取现代心理小说的写法,而避免其冗长繁琐,这是我们应该学习的表现感情的手段"②。

除此之外,由于心理小说属于现代小说的范畴,因而现代散文对心理小说艺术因素的借鉴、化用,属于对现代小说艺术因素化用的范围。进而言之,现代散文对心理小说的"出位",使前者在艺术上的创新求变不再仅限于化用现实主义小说的诸多因素,即对现实主义小说有头有尾的故事、典型人物性格的塑造以及故事情节发展模式的借鉴、吸收,而是进一步拓展到对人物心理世界,甚至现代人类心理世界的深入挖掘上。虽然台湾散文对现代主义小说因素的大规模吸收和化用出现在 90 年代之后,不过七八十年代心理散文的出现,可说是其先兆。

---

① 余光中主编:《中华现代文学大系·台湾 1970—1989》散文卷四,台湾九歌出版社 1989 年版,第 2265—2266 页。
② 苏雪林:《苏雪林文集》三,安徽文艺出版社 1996 年版,第 43—44 页。

第十二章　小品文的学术性：台湾学者散文的艺术特点

　　如前所述，在台湾七八十年代散文的大潮中，现代散文艺术的创新求变追求，主要体现在对诗歌、小说、电影等艺术因素的吸收、借鉴所产生的诗化散文和小说化散文等作品文本中。不过这种艺术新变追求同样也出现在言志风格的小品文中。该阶段台湾学者散文的出现就是小品文追求艺术创新的一个具体表征。

　　所谓七八十年代的台湾学者散文之定义，与余光中在《剪掉散文的辫子》一文中的"学者的散文"不同。余氏所谓的"学者的散文"是指："学者的散文（scholar's prose）：这一型的散文限于较少数的作者。它包括抒情小品、幽默小品、游记、传记、序文、书评、论文等等，尤以融合情趣、智慧和学问的文章为主。它反映一个有深厚的文化背景的心灵，往往令读者心旷神怡，既羡且敬。面对这种散文，我们好像变成面对哥德的艾克尔曼（J. P. Eckermann），或是恭聆约翰生博士的鲍斯威尔（James Boswell）。有时候，这个智慧的声音变得厚利而辛辣像史感夫特，例如钱钟书；有时候，它变得诙谐而亲切像兰姆，例如梁实秋；有时候，它变得清醒而明快像罗素，例如李敖。许多优秀的'方块文章'的作者，都是这一型的散文家。"①也就是说，余光中所说的"学者的散文"重在强调散文小品的知性、智性和趣味性，并非特指学者教授的散文作品。但是台湾七八十年代的学者散文却有更具体、更特殊的内涵和外延。从创作学者散文的散文家们的身份来说，他们首先是学者或大学教授，以学术批评和研究为主并且在自己的学术研究领域内颇为知名，兼有较高的学术素养和文学素养，

―――――――――――

① 余光中：《余光中集》第 4 卷，百花文艺出版社 2004 年版，第 155—166 页。

正如陈芳明在 1967 年发表的诗评《关于张默〈现代诗的投影〉》一文中所推崇的："一个批评家，除了应精通外文、文学史，'必须是个出色的散文家'"①，因而他们在研究著述之余还写出精彩的随笔式小品文自娱和娱人，于 70 年代和 80 年代期间在台湾发表。还需要补充的是，被称为台湾学者散文家的那些学者，不但包括在台湾的研究机构和大学长期任教、从事学术研究的学者，以康来新、李瑞腾、齐邦媛、陈芳明、叶石涛等人为代表；而且包括那些在欧美国家留学并留在异国任教的台湾学者，如荆棘、许达然、叶维廉等人；亦指由大陆迁到台湾生活，后又留学美国和长期在美任教的教授学者，则以夏志清、李欧梵两人具有典型性。

从台湾学者散文的风格特点来说，作者在散文创作实践中经常有意无意地把自己的学术观点和学术研究思维方式融入到作品文本中。从这个角度来说，很多学者散文可以看成是"学术著述之余"，或曰学术散文随笔，也就是带有学术研究色彩的小品文。不过它既不同于纯粹说理论证、格式严谨的学术论文，在行文表达上却自由松散得多，同时又与注重知识性的言志小品不同，因为后者体现出的"知识性"重在表达出一种人生趣味和人生智慧，以营造"趣味"和"情趣"为主；而学者散文所涉及的"知识"往往是作者自身学术研究领域的专业知识，并不带有广泛性和普及性，虽然作者在散文创作实践中往往会把学术知识和人生感悟融合在一起，使其既具有学术研究的知性和理性，又能够体现出现代散文的感性和"散"之特点，不过其"学术性"特征却依然鲜明，这亦成为台湾学者散文区别于言志小品文的一个独特特点。从这个角度来说，学者散文是介于学术论文和传统的言志小品文之间的一种散文类型，而由于其与小品文的血缘关系，亦可称为"学术性小品文"。因此读者通过阅读台湾学者散文的作品，经常能够看出作者学术研究的方向和范围，这成为一种普遍现象。当然，很多台湾学者发表的散文作品数量颇多且风格多样，具有学术性特点的学者散文只是其中的一部分罢了。

然而从严格意义上来说，台湾学者散文在七八十年代的台湾文坛中并非是一个具有鲜明流派特征的群体。从现实来看，创作学者散文的作家和作品在七八十年代大量出现，而且一直延续到 90 年代，甚至新世纪以后依然还有学者加入散文创作队伍，成为台湾散文界非常明显的一种散文现象，这些作品

---

① 　陈义芝主编：《陈芳明精选集》，台湾九歌出版社 2003 年版，第 21 页。

体现出鲜明的"专业学术知识"之共同特点,因此才被作为一个散文流派来加以研究。从中国现代散文史来说,早在五六十年代,台湾创作散文的著名散文家如余光中、琦君、苏雪林、张晓风、钱歌川等人均是大学教授和学者,他们也曾发表过一些风格有些近似散文的学术论文。举例来说,收录在余光中第一部散文集《左手的缪斯》中的散文《猛虎与蔷薇》是作者最早的一篇散文,写于1952年,可说是一篇融合了学术智性和个人人生感悟的散文,其风格显然不同于后来所写的《石城之行》、《塔阿尔湖》等汪洋恣肆、抒情写景的散文作品。具体到《猛虎与蔷薇》来说,作者由法国当代诗人萨松的一行诗歌"我心里有猛虎在细嗅蔷薇"入手,认为"猛虎"和"蔷薇"的意象分别代表着不同的两种人性本质和境界,第一种意象代表着"静如处女,动如脱兔"的境界,而"蔷薇"则象征着"骏马秋风冀北,杏花春雨江南"的境界。他认为人生应该是二者的调和:"完整的人生应该兼有这两种至高的境界。一个人到了这种境界,他能动也能静,能屈也能伸,能微笑也能痛哭。能像廿世纪人一样的复杂,也能像亚当夏娃一样的纯真,一句话,他心里已有猛虎在细嗅蔷薇。"[①]这篇散文虽然已经把诗歌理论研究和人生情思结合起来,但是其学术性太强,所以并不属于学者散文的范畴。在张晓风的一些散文作品中,如《错误——中国故事常见的开端》、《恋爱盛业式微史》等作品中,作者亦引证、论及中国古代典籍和外国名著的一些知识。不过此举并未达到化用专门学术文献知识和学术资料之目的,反而带有雕琢和斧凿痕迹,原因或许在于张晓风散文的主风格是书写个人性情的抒情叙事,因此这些文献资料只是随手拿来支撑作者情感抒发的外围材料罢了,而且她并没有想到要在文本中表达所谓的"学术性"和"文化味"。像余光中、钱歌川等人是文坛宿将,作为散文大家,他们最有名的散文作品为抒情散文和言志小品,所以研究者一般不把他们归类在学者散文家之列。

除了这些散文名家之外,在60年代已经有一些学界中人在教书和学术研究之余从事散文写作,并把自己的学术修养化在散文作品中。据统计,这些散文家以文史科系的教师为最多:"赵有培多从事文艺教育,1952年既已出版《答文艺爱好者》、《文艺书简》,60年代则有《海与天》及《国语文辅导记》,将教学经验以生动的文笔表现出来。另一专事艺术评论的为虞君质,为名艺评

---

① 余光中:《余光中集》第4卷,百花文艺出版社2004年版,第123—126页。

家,时作小品,有《艺苑精华录》等。洪炎秋①亦教授文学理论,而所写杂文,深刻而有味,先是1948年出《闲人闲话》、1959年出《云游杂记》;至此期中,又推出多本文集,计有《废人废话》、《又来废话》、《教育老兵谈教育》及《忙人闲话》等。1971年以后还有《浅人浅言》及《常人常谈》,都以不急不缓的语调谈说道理,有随笔风。缪天华先生除教楚辞外,常写散文,用字简练,文多精要,有《寒花坠露》等。"②此外,当时台湾还有一类学者散文家"多旅居于美国、欧洲,其中常有作品发表、出版的,以陈之藩最有名,其《旅美小简》、《在春风里》,均颇受青年学生的喜欢,他的文笔多有情致,且蕴有学理,对于外国事物的观察亦有独到之处。留美学人有许达然,早年有《含泪的微笑》,常有发人思省的情趣,亦为文艺青年所爱读。又水晶有《抛砖记》,文字技巧亦佳。留法攻读艺术理论的,有陈锦芳,写作《旅行日记》、《巴黎画志》。而侨居香港的则有王敬义、也斯,前者50年代即已多写散文,此期转变写法,《不敢面对现实》,富于批判性;后者则颇有现代风味,《灰鸽早晨的话》即是。"③

在70年代以学者身份,在教学、科研之余写作散文的作家人数也颇多。其中如旅美的吴鲁芹④,去美后较少写,至此期间又出版《瞎三话四集》等三四种,继续其杂文的写作。又鹿桥在《未央歌》小说流行之后,又写寓言体的《人子》,也深受青年学子的喜爱。中年学人中傅孝先,60年代即有《藏书杂谈》,至此期又有《无花的园地》,量虽不多,但写杂文小品,而能文体纯净、句法简练、凝重,确得杂文三昧,此与精研修辞有关。同样是西洋文学出身的颜元叔,散文的写作并不算早,但既写出《人间烟火》中的一系列随笔后,就表现其特有的风格。而许达然的散文《历史的讽刺》也颇具代表性,"这篇散文内容丰富,援例中外,论辩宏畅,作者发挥了学人的特长,串联文学、哲学、历史、社会、政治、艺术、科技上名人的智慧,定向叠影,匠心独运。作者在字里行间流露出

---

① 洪炎秋(1899—1980),原名槱,字炎秋,笔名芸苏,台湾鹿港人。1946年6月返台。著作有《文学概论》、《语文杂谈》、《洪炎秋自选集》及其他散文、儿童读物等数十种。
② 余光中主编:《中华现代文学大系·台湾1970—1989》评论卷二,台湾九歌出版社1989年版,第785页。
③ 余光中主编:《中华现代文学大系·台湾1970—1989》评论卷二,台湾九歌出版社1989年版,第785—786页。
④ 吴鲁芹(1918—1983),字鸿藻,上海人。1956年在台湾与友人创办《文学杂志》。1962年赴美,任教于密苏里大学等。主要作品有散文集《美国去来》、《鸡尾酒会及其他》、《瞎三话四集》、《余年集》、《暮云集》、《英美十六家》等。

了高旷的胸襟和悲悯的情怀,造成了强烈的'历史的讽刺'。"①但是这些学者所写的大部分散文,并没有特别强调专门的学术知识以及由此产生的"学术性"特点,并不能归入学者散文的范围内,至多在某种程度上可以看做是学者散文的雏形。

台湾七八十年代学者散文的代表性作家作品,主要有夏志清、李欧梵、康来新、李瑞腾、齐邦媛②、陈芳明、叶石涛、李欧梵、荆棘、叶维廉等散文家和他们发表的散文作品。这些学者的散文创作延长到90年代,甚至在新世纪之后还不断有散文集出版面世,其散文风格具有连续性,基本上没有什么变化,不需要按照创作时间进行分期,像李欧梵、李瑞腾、齐邦媛、陈芳明等人可视为其中代表。为了较完整地呈现台湾学者散文的整体风貌,本章所探讨的台湾学者散文之代表作,不仅包括散文家们在七八十年代发表的,亦包括此后阶段发表的带有学术性和"学者味"的散文作品。

需要注意的是,台湾学者散文作品文本中所具有的学术性或曰"学者味"特点,一方面体现在作为学者和教授的散文家所拥有的专门学术性知识和学养结构,另一方面体现在他们常在散文写作中进行学术研究性质的理性思考。这与大陆90年代中期兴盛的、以余秋雨的散文为代表的大陆学者散文或曰"文化散文"亦有相似之处,而余秋雨的以强调中国古典文人人格特征为内容的《西湖梦》和《风雨天一阁》等代表性散文作品,其"文化味"就体现在用研究中国古典文学的学术思维方式来写作现代散文。这是一个颇为有趣的文学现象,如同五六十年代台湾散文和大陆散文不谋而合地共同呈现出诗化风格和艺术特点那样,几十年之后在大陆和台湾地区又分别先后出现引人注目的学者散文现象,并且海峡两岸的学者散文均呈现出鲜明的学术性之共同特征,这与其说是巧合,不如说是两岸在加强文学、文化交流之后互相影响、互相促进的一个结果,这亦是台湾当代散文是中国当代散文中不可或缺之一部分的一个明证。

具体到台湾学者散文来说,其散文体现出学术性的根本原因在于学者散文家们经常沉迷于学术研究领域,在写作散文时也不由自主地受到其学术思

---

① 李源:《赤诚燃起的理性之光——评许达然的散文艺术》,《广东社会科学》1983年第3期。
② 齐邦媛(1924—　　),辽宁铁岭人,1947年到台湾。主要作品有《千年之泪》、《雾渐渐散的时候》、《一生中的一天》、《巨流河》等。还主编有《中华现代文学大系:台湾1970—1989》、《中英对照读台湾小说》、《二十世纪后半叶的中文文学》等。

想和学术知识的影响，不仅把学术研究化入散文作品中，更把学术研究思维模式也用在散文中，有意无意地增添了作品的文化味。正如康来新在出版于1990 年的散文集《可爱》的自序中所自嘲的："我原被充分授权：或热或冷，或即或离，或褒或贬……总之，我可以自由自在的处理我选择的美人档案。而我竟身不由己，还是重蹈了聊斋书痴的浪漫模式——过度投入，过度陷溺，以致不能自拔的和我的'颜如玉'们称姐道妹起来，也许我一直自我定位于"教师"（而非学者或作家），对古典文学的现代推广怀着无可救药的热情（我多么渴望古老的经典能和当今的世代展开活泼有味、亲和力的对话呵！），但我自知能力有限，于是，努力使古典加以处境化（Contextualization），变成了我最为倚重的方法学。也因此，一个个原该十分轻盈可爱的'颜如玉'，却被我庞大的企图心（人文、历史、审美、宗教的关怀），以及时代性的问题意识（环境污染、两性拔河、两岸来往……等等的发烧话）弄得沉重可厌了"①。实际上这亦可以看做是大部分学者散文家的散文创作宣言。因而在某种程度上，从学者散文作品亦可看出作家的学术研究领域和学术思想观点来。

　　中国现代文学研究专家夏志清的散文集《鸡窗集》第二辑"迷上电影也看戏"中所收录的《〈涡堤孩〉·徐志摩·奥德丽赫本》、《看秀莉·麦克琳演唱》、《好莱坞早期的华侨片和军阀片》等均属于较典型的学者散文。虽然他在自序中说"本书第三辑'谈书忆亲友'几篇，此类散文诚然在以前的文集里也出现过。但第一辑'自传的片段'4 篇，第二辑'迷上电影也看戏'5 篇，也都是一无论文味道的散文（informal essays），因之整本书的内容无非是我的回忆、感想和偏见"②，但是其散文作品中的诸多地方却透露出其学术研究知识和"学者味"来。以写于1975 年的《〈涡堤孩〉·徐志摩·奥德丽赫本》一文为例来说，作者在该文中探讨徐志摩翻译《涡堤孩》的动机和艺术风格，不过在开头部分因谈到自己曾看过《迦茵小传》一书，就自然而然地追溯起该书在中国文坛的翻译史以及对当时中国作家的影响来："此书品质甚低，但在中国却享过盛名，1901 年即有包天笑的节译本，1905 年林琴南的全译本出来后，更风靡全国，梁任公读后也唏嘘不止，当时青少年（郭沫若即一例）读它，莫不涕泪俱下。《忧愁夫人》20 年代初期即有胡仲持译本，相当有名，我国不少作家读

---

① 康来新：《可爱》，台湾汉艺色研出版社 1990 年版，第 15 页。
② 夏志清：《鸡窗集》，上海三联书店 2000 年版，第 19—20 页。

后深为感动,好像最近彭歌在一篇文章里还提起过这本书。"①这些论述,不脱其中国现代文学研究学者的本职专业。

任教于台湾"中央大学"的李瑞腾②教授是中国现代文学研究领域内的著名学者和批评家,他还是《中华现代文学大系·台湾 1970—1989》中两卷"评论卷"和《中华现代文学大系(二)·台湾 1989—2003》中三卷"评论卷"的主编。虽然他从 80 年代即开始陆续写作散文,不过直到 2003 年才把此前所写的散文作品汇编成册出版,这就是他的第一本散文集《有风就要停》。虽然该散文集的内容"基本上采用回忆录的架构,以带有感情的文学之笔追述他的童年,叙述一个贫农之子如何在少年阶段迷失,大学阶段刻苦学习,以及如何走上文学创作、教学、编辑和研究之路的过程"③,但是在这些自叙传的散文中,李瑞腾依然念念不忘繁荣中国现代文学研究学科之重任,用学术眼光来思考台湾纯文学作品的整理和出版工作。他在《一山的雄伟与清脆——记蔡文甫先生》一文中深情回忆其主编《中华现代文学大系·台湾 1970—1989》中的评论卷之经过:"我面对大陆出版的现当代大系,想到巨人版《中国现代文学大系》已出版近二十年,此期间虽有《当代中国新文学大系》(司马卫主编)、《光复前台湾文学全集》(钟肇政、叶石涛主编)、《日据下台湾新文学明集》(李南衡主编),但巨人版大系如能接着编下去,影响一定很大,想到这里,看蔡先生仔细翻阅,乃顺口提意他续编。他当下倒没说什么,大约一年之后,他(指蔡文甫,著者特此说明)告诉我说,九歌决定出版大系,余光中先生已答应担任总编辑,希望我能主编评论卷。"④可以这样说,这部散文集除去第一辑回忆童年和青少年求学经历的散文外,从"辑二——披文入情之路"到最后一辑"辑四——疼惜人间情缘"所收录的共计五十五篇散文,均以第一人称的方式

---

① 夏志清:《鸡窗集》,上海三联书店 2000 年版,第 55 页。
② 李瑞腾(1952—),台湾台中人,代表作有《一曲琵琶说到今——白居易诗赏析》(1978)、《水精帘卷——绝句精华赏析》(1982)、《诗的诠释》(1982)、《寂寞之旅——中国文学论稿》(1982)、《诗心与国魂》(1984)、《披文入情》(1984)、《文学思考》(1986)、《深情》(合著,1990)、《台湾文学风貌》(1991)、《相思千里——中国古典情诗》(1991,2000 再版)、《牧子诗钞》(1991)、《晚清文学思想论》(1992)、《文学关怀》(1992),《文学尖端对话》(1994)、《情爱挣扎——柏杨小说析论》(1994)、《文学的出路》(1994)、《文化理想的追寻》(1995)、《老残游记的意象研究》(1997)、《新诗学》(1997)、《累积人生经验,开创人文空间》(1998)等。
③ 李瑞腾:《有风就要停》,见向阳所写的《序二:有情、惜情、道情——读瑞腾兄的散文集〈有风就要停〉》,台湾九歌出版社 2003 年版,第 11 页。
④ 李瑞腾:《有风就要停》,台湾九歌出版社 2003 年版,第 209 页。

记录下台湾文坛从 70 年代末到新世纪初期的发展、变化和发展趋势,尤其是对刊物《文讯》发展、繁荣过程的详细记载,堪称是写出了具有很高史学价值的《文讯》变迁史。

同为台湾"中央大学"教授的康来新①在"红学"研究领域颇有建树,她在散文《茶余酒后》中就把对《红楼梦》的研究心得也写进来,以此表达个人对生命的感悟、感想:"啜饮千红一哭的好茶,品尝万艳同悲的美酒。想一想,曾经庄严活泼爱过的黛玉、紫鹃。也许,生命有时并不要像妙玉那样精致考究,刘姥姥咕噜噜牛饮茶水又何妨呢? 史湘云挥拳拇战,一饮而尽的豪迈不很痛快吗? 喝醉了就地躺下,芍药枕着,蜂蝶飞舞,梦里还可以嘟囔:泉香酒冽宜会亲友……。对于寒苦的人生,请超越如一只翩飞的鹤鸟吧:寒塘渡鹤影——"②比较文学专家颜元叔③则在散文《舒适与成就》一文中,把"国民性批判"之学术观点融入对国人追求"舒适"、不求进取与进步的老年人心态的抨击中:"我们中国人的心态,就像处处可见的六十五岁退了休的人,拿着这点退休金的月息,住着一幢到死才搬出去的破旧公家宿舍,关着院子门过日子,不让邻居的狗跑进来撒尿,也不让自己家的防盗犬跑出去惹事。早晨提着四两后腿肉,拎着一小瓶五加皮,款步回家,整个的心智就集中于中午的一小顿的味蕾刺激。"④由此可以说,台湾学者散文中的学术性知识并未削弱其散文魅力,某种程度上反而能够增加散文的丰富意蕴和内涵。

李欧梵也是比较知名的学者散文家,其代表作为《我的哈佛岁月》、《狐狸洞话语》、《狐狸洞呓语》、《清水湾臆语》等散文集中的作品。在写于 1979 年的《"刺猬"与"狐狸"》一文中,李欧梵把学术研究分为两类模式:"'狐狸型'的优点是语言的精练和独创,人物塑造的多面性,善用艺术上的叙述观点(point of view)和叙事者(narrator)……'刺猬型'的优点是结构上的完整,一部'刺猬型'的大小说,其艺术上的结构和思想上的架构是分不开的。"⑤这个

① 康来新(1949—),原籍湖北,著有《伶人文学析论》、《红楼梦研究》、《失去的大观园》、《应有归来路》等。
② 陈幸蕙主编:《七十二年散文选》,台湾九歌出版社 1984 年版,第 142 页。
③ 颜元叔(1933—),湖南茶陵人。有散文集《人间烟火》、《平庸的梦》、《时神漠漠》,论著《谈民族文学》、《文学的玄思》及译著《西译文学批评史》等多种。
④ 陈幸蕙:《七十二年散文选》,台湾九歌出版社 1984 年版,第 232 页。
⑤ 李欧梵:《狐狸洞呓语》,辽宁教育出版社 1999 年版,第 88 页。

自称学术上没有严谨系统性的"狐狸"教授在他的学者散文作品中,不但把个人的学术修养——中国现代文学、文化研究和现实生活感受结合起来,而且还经常把自己的学术研究思维方式引进散文小品文本中。例如在写于2003年的《从SARS看香港社会的文化意识》一文中,他把学术散文中的逻辑推理应用到社会现象中:"'非典型肺炎'的英文代号SARS刚好和香港的官方英文名称SAR偶合,遂使人不知不觉之间把香港的疫情视为'典型':从西方的'东方主义'立场看来,香港又成了东方的罪恶代表。虽然非典性肺炎的源头是广东(但广东官方至今仍否认),但外国人当然一口咬定是从香港传来的,因为香港一向是中西交通的枢纽,所以连传染菌的流动性也是首屈一指?"[①]这个例子具有普泛性,李欧梵的大部分散文都具有这种思维特点。

而李欧梵把学术逻辑思维化用在散文中的另一个体现,则以他所写的与"中年"情结有关的《"后中年期"的危机》、《也是情书之一》和《也是情书之二》等散文为代表。从中国现代散文史来说,"中年"问题是诸多现代散文关注的一个焦点。周作人在小品文《中年》中,借"中年"问题表达的是一种"人到中年"的平淡心态;而梁实秋在40年代写过的散文小品《中年》中说:"别以为人到中年,就算完事。不,譬如登临,人到中年像是攀跻到了最高峰","中年的妙趣,在于相当的认识人生,认识自己,从而作自己所能作的事,享受自己所能享受的生活",他从生活角度来写"中年之乐"。苏雪林在40年代亦有同名散文《中年》,是从人类生理机能退化和记忆衰退等角度来写"中年之哀",目的是激励青年不要辜负大好青春,好好用功读书,手法倾向于写实,反映出她与梁实秋写作理念的不同。钟梅音在1962年所写的《四十岁》也表达了对"中年心态"的看法:"而读书、练琴,却治了一般女人到四十岁都难免的毛病——饶舌,我的丈夫如果有比别的丈夫幸福之处,那便是他有免于恭聆太座训话的自由",作者辩证地指出:"四十岁,当然我不会想到要讴歌它,它不是受人欢迎的年龄,但如果上帝愿还我一个二十岁,我也敬谢不敏,因为我已过来了,二十岁,也不过尔尔,如做世界小姐,她仍得准备度过四十大庆;如做不老嫦娥,那是远比凡人更难堪的寂寞际遇。人生,人生,它使我又想起了少女

---

① 李欧梵:《清水湾臆语》,广西师范大学出版社2005年版,第7页。

时代的黄昏。"①亮轩在《哀乐中年》中写道："青年有梦想，老年有回忆，中年，别无选择，只有实践。通常是以实践别人的梦想来蓄积自己的回忆，类似以草料维持自己，以奶水供应别人的母牛。"

李欧梵写"中年"的散文篇什，既是对以上所列举的散文作品的遥相呼应和改写，与他的小说《范柳元忏情记》是对张爱玲的经典小说《倾城之恋》改写的学术目的相似，同时又带有浓厚的学者味。具体来说，《"后中年期"的危机》一文中的"后中年期"概念，则来自于对当时中国现代文学研究领域内流行的"后现代主义"、"后结构主义"等概念的模仿；在《也是情书之一》和《也是情书之二》两篇散文中，李欧梵对中老年教授爱慕、喜欢年轻女学生的心态进行详细剖析，认为其实质是对青春已逝的哀悼之情和对年轻貌美的留恋，不过作者在写作手法上却另辟蹊径——模仿情书的写法，假借一位暮年教授的口吻写一封给女学生的情书。更有意思的是《也是情书之二》，则描写一位意大利女学生给"我"的一封回信，表达年轻女学生对老教授的敬仰和朦胧之爱。这两篇散文一问一答，既有学术性知识，又有妙趣横生的生活感受，颇得五四时期刘半农、钱玄同的"双簧信"之神韵。

台湾学者散文不但在内容上为小品文增添了学术性和"学者味"，而且在艺术手法上亦追求创新求变，与传统的小品文相比，台湾学者散文在语言形式上更开放，追求小说化、诗歌化和戏剧化的散文作品比比皆是。李欧梵的散文有多种风格特点，体现出这位"狐狸"教授的灵活多变。他的散文作品中有不少使用了双关和谐仿的艺术手法，如在《香烟广告》一文中，作者的目的是谈论美国马伯乐（即万宝路）香烟在上海竖立的广告牌，但是他在开头就从自己最熟悉的学术专业领域中引经据典——从20世纪30年代上海新感觉派作家穆时英的一部小说入手，并且谐仿该部小说中的对话，富含双关语，颇具戏剧的语言色彩。他的另一些散文则带有更多个人的主观感受，直抒个人胸臆。在《吃人不眨眼的大章鱼》中，作者这样控诉："洛杉矶，你这个吃人不眨眼的资本主义的大章鱼，已经把我的钞票吸得一干二净，我咒你将来万劫不复！"②李瑞腾的散文则以文字精练为特色："他的文笔干净清淡，不事藻饰，但也正

① 萧萧主编：《七十三年散文选》，台湾九歌出版社1985年版，第296页。
② 李欧梵：《狐狸洞呓语》，辽宁教育出版社1999年版，第27页。

因为如此,所以读来特别真醇。"①而陈芳明所写的学者散文则带有鲜明的诗化特点:"诗的未完成造就了散文的殊胜,陈芳明的散文,穿越了岁月的风声水影,诗的一缕魂魄,一直贯穿其间,未曾片刻远离。"②这种诗化特点与他的散文观密切相关:"散文于我是极为私密的文体,贴近肉体,贴近情感,贴近欲望,贴近记忆。读我的散文,可以窥探到许多'我'。无论是思维上的自我,还是心理上的自我,都成为我建构散文诗的重要支柱。"③从创作实践上来说,陈芳明在 60 年代写作诗歌的同时也创作散文,此阶段的散文可归入早期散文时期,是只有诗意而无学术性的抒情散文,而且散文数量较少。只有到 90 年代他从海外漂泊几十年返台定居后,才激情爆发大量写作散文,并出版了散文集代表作,有的研究者指出,从 1994 年到 1999 年,可说是陈芳明散文最为丰收的时期,这个时候除了学术领域的深耕,其《掌中地图》(1997—1998),结合之前的《风中庐草》(1968—1987)、《梦的终点》(1978—1992)、《时间长巷》(1995—1996)总结为四册散文,近五十万字,是为陈芳明精彩的人生四书"④。其选取的意象和意境亦具有诗情画意:"含忧草、墓前花、苍恒之星、花田小路,沉溺耽美的程度丝毫未减,只是这内省回忆之书,愈来愈风停水定,像站在镜子前面与自己的影子对话,又像沈静绝美,人语喧哗中兀自凉着的一口井。这已经不是感伤,而几近于疗伤,不是觉今是而昨非的忏情,而是一种强悍而美丽的辩护。"⑤概括而言,陈芳明散文的艺术特点在于:"除去纯粹抒情或纯粹论理的篇章不论,一般性的记人记事皆颇为精到,尤其擅长在有限的文字篇幅中,捕捉一种氛围,一种精神。这也正是他和林文义同而不同之处,表面上是流丽而感伤的,事实上在酝酿某一种情境,一种适时要把心情烘托而出的感觉。"⑥举例来说,陈芳明写于 1985 年的散文《远行的玫瑰》,用诗情画意的语言描绘出台湾文坛巨匠杨逵写作和参加社会政治运动的一生。作为一个研究者,杨逵的文学成就自然是陈芳明的研究对象,对杨逵作品的文学史评价可以是一本专著的内容,但是陈芳明却选取"压不扁的玫瑰"作为中心意象,用第

---

① 李瑞腾:《有风就要停》,见向阳所写的《序二:有情、惜情、道情——读瑞腾兄的散文集〈有风就要停〉》一文,台湾九歌出版社 2003 年版,第 11 页。
② 陈义芝主编:《陈芳明精选集》,台湾九歌出版社 2003 年版,第 34 页。
③ 陈义芝主编:《陈芳明精选集》,台湾九歌出版社 2003 年版,第 44 页。
④ 陈义芝主编:《陈芳明精选集》,台湾九歌出版社 2003 年版,第 30 页。
⑤ 陈义芝主编:《陈芳明精选集》,台湾九歌出版社 2003 年版,第 16 页。
⑥ 陈义芝主编:《陈芳明精选集》,台湾九歌出版社 2003 年版,第 39 页。

三人称"他"作为抒情主人公，把叙述个人的历史道路和主观抒情结合起来，仅用两三千字就把杨逵一生的经历生动地描绘出来，并且用诗意语言对其文学成就作了文学史定位："这一朵玫瑰，以盛放的姿态离去。那天他要远行，再次显露他豪放的性格，在清晨雾气中说走就走，丝毫不拖泥带水。他已习惯那混沌的雾，正如他熟悉那两个颠倒错乱的时代。他的去和来，将成为这块土地永远的传说。"①他写于 1989 年的《鲑鱼还乡——台湾，我的母土》一文，以虽然在外流浪但最终会返回故土的"鲑鱼"为中心意象，来形象比喻自己对台湾故乡的深沉热爱："离开台湾后，我几乎无一日不是在望乡的。鲑鱼尚且在远海长征后，记取远航回乡。况且那岛屿，酿造过我最多的梦，塑造过我最大的野心。"②文中同时穿插着他对中国现代文学作家何其芳诗歌成就的肯定性评价，再次凸显出他的中国现代文学研究学者的身份。

　　被古远清称为"台独分子"的台湾学者叶石涛，虽然其政治立场不可取，但是他的散文倒颇具有特点，是具有小说化特点的学者散文。叶石涛的散文作品主要收录在 1986 年出版的散文集《女朋友》中。该部散文集共收录有散文 21 篇，其中《天谴》、《女朋友——amie》等 12 篇是属于小说化的散文，后面的篇章则是以杨逵文学成就评价为主的带有学术性知识的散文。至于其小说化特点，可以散文《女朋友——amie》的一段细节描写为代表："就在这当儿我闻到一股奇异的香味，那是一股热热的、酸馊的，又诱人的气息。我不知道这气味是从哪儿散发的，但在我的潜意识里却知道，这一定来自坐在旁边的银娥。当我侧着脸，找寻的时候，映入我眼帘的是微微涨红了脸，额上渗出小小汗珠的她的脸。她的鼻翼扩张，似乎呼吸很困难的样子。可是她却努力维持笑容，同时伸出手来有力地握住了我的手。她把头靠在我的肩膀，急促的呼吸着，我看见她丰满的胸部以及恰似要撑破薄薄上衣的乳头。她兴奋，她狂热，她把我的手拉起来压住了她的胸部。"③作者不仅通过人物的外貌、活动刻画出生动的人物形象及颇为曲折的故事情节，更重要的是他还把弗洛伊德的利比多理论化用在文本中，把性欲看做是男女感情萌生的心理和生理基础，显然受到具有现代主义色彩的心理分析小说的影响。

---

① 陈义芝主编：《陈芳明精选集》，台湾九歌出版社 2003 年版，第 62 页。
② 陈义芝主编：《陈芳明精选集》，台湾九歌出版社 2003 年版，第 67 页。
③ 叶石涛：《女朋友》，台湾晨星出版社 1986 年版，第 16 页。

　　可以这样说，台湾学者散文的出现，是小品文在艺术上具有巨大创新求变之潜能的一个成功例证，因而在 90 年代之后出现的医学小品——把医学知识化入小品文后所产生的一种新类型小品文，以及以饮食文化为主要内容的台湾饮食文化小品，则再次证明了小品文在艺术上拥有旺盛的生命活力。

下 编

后现代的新变
——90 年代至今的台湾散文

第十三章 后现代主义时代
台湾散文的概况

余光中在其总主编的十二册《中华现代文学大系（二）·台湾1989—2003》的总序言中指出："张晓风指出，'这本选集是在台湾大环境十分低迷之际选成的。'她所谓的'低迷'，该是由许多因素造成：或因'政治正确'的本土化，加上国际接轨的全球化，有意无意将中间的民族文化架空，且在中文程度日降的今天反而要强调全面学英文。或因文学书市萧条，反而轻薄短小媚俗求销的出版品当道，不少新近避重就轻，随机乘势，上下排行，商业挂帅，广告与评论难分。或因科技方便，网路畅通，在泛民主的机会均等之下，人人得而为作家，谁肯耐心苦练呢。于是别字何必计较，不通反成'异化'，简洁、结构、意象、音调等等不过是传统的包袱。日记与作品不分，练琴室且当演奏厅，游戏啦，何必当真。"①这段话既是对20世纪90年代之后台湾散文十几年来发展趋势的概括，亦从中透露出该阶段台湾社会所发生的巨大变化，以及这种变化对现代散文的冲击和影响。如果说余光中是从90年代后社会文化和文学背景变迁的角度，表达出自己对90年代后台湾文学能否生存和继续发展的担心与焦虑之情，那么在《中华现代文学大系（二）·台湾1989—2003》的"散文卷序"中，散文卷的主编张晓风则从90年代之前的老一代散文家和90年代之后新作家之间文学信仰不同的视角来切入：

"'文学这东西'，我说，'太聪明的人碰不得，聪明人就会分心，就会旁骛。老一辈的作者，文学对他们而言就好像风雪暗夜荒原行路人手中所拿的那根

---

① 余光中主编：《中华现代文学大系（二）·台湾1989—2003》散文卷一，台湾九歌出版社2003年版，第10页。

小火炬。因为风大,你只好用手护着火苗——而护得急了,连手都差点烧烂。但你不能不好好护着它,因为在群狼当道的原野中,一旦火熄灭了,你就完了。那火炬成了你的唯一,你忍着手心的疼痛,抵死护好那小小的窜动的火苗。

现在的作者不是,写作是他众多本领中的一项,他靠此吃饭,或者不靠此吃饭,他表演,他享受掌声和金钱,他游走,他回来,他在排行榜上。他翻阅这个月的新书,他的心不痛,从来不痛,他是个快乐的作业者。

而老辈的作者,他们手中捧着火苗前行,那火苗便是文学。那烫得人手心灼痛欲焦的文学。你忍受,只因在茫茫荒郊、漫漫长夜,风雪相侵,生死交扣的时刻,舍此之外,你一无所有。'

相较之下,今日的文学是众多消费品中的一项,是琳琅市场上和肥皂和电池和冰箱除臭器和洋芋片和保险套一起贩售的东西,一旦退货,立刻变成纸浆。"①

颜昆阳亦持有相似的观点:"一切都在变,几乎变到已失其'常',什么都不确定。在这样的社会情境中,'文士阶层'如云雾飘散,大约只有少数出身于人文、社会科学领域的菁英分子,还保持着'士'以'文'为志业的传统精神。因此,文学创作从主体人格、情志而来的'神圣性'虽然还没完全消失,却也仅是表现在以自然生态、社会文化论述与抒发人生理想为题的作家身上。但是,为数更多的写作者,已轻松地将写作'常业化'了。常,是平常,因此写作并没有那么神圣、那么沉重的社会责任。它和一般工商生产业没什么两样,只不过生产工具,并非五金机械,而是语言文字;材料不是有形的物质,而是无形的情意、知识与资讯。常,也是经常,因此写作可以是一种经常性的工作,依靠市场利益以维生。写作,就是一种企划生产的文字手工业,正好与文学副刊形成产销连线的关系,尤其是'散文'的书写。"②张曼娟③在其主编的《九十八年散文选》的序言《致普通读者》中,则从"读者阅读"的角度来说明90年代后台湾散文面临的困境:"这些年来,阅读危机已然出现,文学读者大量流失,新一代成长于网络,寄生于视听世界的声光刺激,更渐渐失去阅读的缓慢能力。阅读,

① 余光中主编:《中华现代文学大系(二)·台湾 1989—2003》散文卷一,台湾九歌出版社 2003 年版,第6—7 页。
② 颜昆阳主编:《九十二年散文选》,台湾九歌出版社 2004 年版,第 16 页。
③ 张曼娟(1961—),河北丰润人,著有散文集《缘起不灭》、《百年相思》、《人间烟火》、《夏天赤着脚走来》、《温柔双城记》、《青春》等。

是一种必须缓慢,才能充分进行的活动。假若是急躁的、速成的,又如何能够体会、感受、思考,进而与作者的思维交锋,如华山上论剑的高手,酣畅淋漓,欲罢不能?"①可说是从不同角度对前三人观点的进一步补充。需要指出的是,上面所列举的观点并非只是这几个人对 90 年代之后台湾散文的悲观看法,而是具有普遍性,也就是说,经历了五六十年代和七八十年代的繁荣之后,台湾散文在 90 年代的后现代主义背景下会面临全新的挑战和困境。

　　从 90 年代后台湾散文家的构成来说,除了余光中、张秀亚、苏雪林、吴鲁芹、罗兰、张晓风等五六十年代就成名的老一代散文家,以及七八十年代登上文坛的阿盛、简媜、陈列、吴晟、蒋勋等新世代散文家,均继续进行散文创作,且不断有佳作问世之外,同时还有比新世代更年轻的新一代散文家登上台湾文坛,为 90 年代之后的台湾散文注入新的生命活力。不过台湾新一代散文家的作品在 90 年代初期并没有产生影响,简媜在通读完台湾的报刊杂志在 1992 年所发表的所有散文后,曾经对此现象表示忧虑:"唯一令我遗憾的是新秀太少。我原先冀望能辟一小辑为散文界的宁馨儿擂鼓,终告流产。二十至三十年龄层的新生代似乎沉寂,值得省思。"②但是这种情况在 1994 年就得到改变,各类报纸刊物和种类繁多的评奖活动鼓励散文创作,因此很多新散文家开始崭露头角。林锡嘉在《九十三年散文选》的"编后记"中对此有过较详细的描述:"就有好多家报纸纷纷为新一代年轻作家开辟园地,进而为他们以专辑方式刊出。例如'中华日报'副刊及'中国时报'人间副刊策划推出'新锐散文选展';'中央日报'副刊更有新一代作品的观察与推介。而联合报副刊则精心策划'这一代的文学',由各大专院校老师指导,浩浩荡荡跨进报纸副刊的大门,演出他们青年学子的精彩散文作品。"③还需要看到的是,由于身处网络资讯发达的后现代主义社会文化中,新一代散文家拥有与此前散文家们完全不同的生活方式,正如吕政达④在散文《游戏夹子》中仔细描述的:"你必须学习聆听游戏机理,复杂的 IC 积体电路,用超过光速的电流迅速交换着讯息和谈话,即使那些音量极小的讯息,都有可能是解答生命奥秘的关键语;你也必

---

① 　张曼娟主编:《九十八年散文选》,台湾九歌出版社 2010 年版,第 2 页。
② 　简媜主编:《八十一年散文选》,台湾九歌出版社 1993 年版,第 393 页。
③ 　林锡嘉主编:《八十三年散文选》,台湾九歌出版社 2005 年版,第 371 页。
④ 　吕政达(1962—),台湾台南人,著有散文集《怪鞋先生来喝茶》等。

须学习分辨在一页页电晶体里,藏着的种种鬼神英雄、金刚夜叉、天龙八部。想象天堂和地狱微缩在电玩卡带里的情景,当'游戏开始'的灯号亮起,审判日一到,天堂和地域只是操纵掣上的两枚按钮,你长长的一生在荧幕里迅速掠过。"①而这种生活方式自然会影响到他们的散文观,与此前散文家的散文观不同,正如上面所引的张晓风在《中华现代文学大系(二)·台湾1989—2003》的"散文卷序"中所指出的。从这个角度来说,现代散文必然会面临新的变化已经成为必然的历史趋势。

但是90年代后台湾散文在面临新的困境和新的挑战的同时,也必然蕴涵着新的机缘和机遇,为该阶段的现代散文在台湾七八十年代散文艺术基础上继续求新求变提供动力。林燿德对现代散文在台湾后现代主义时期的发展持乐观态度,他认为新的社会文化背景反而会对散文的继续发展提供另一种可能性:"事实上,所谓后现代主义是很多思想观念的一个集成、汇流和整合,它最大的特点,是可以无限制的增加或减少;另外,后现代主义具有修正的性格,修正写实主义,修正现代主义,这期间,有批判也有妥协,有反省也有执着。在现代主义沉寂多年、乡土文学论战尘埃落定的八十年代后期,后现代主义出现,这意味着我们的文坛在频频回首,还是勇往直前?"②陈幸蕙也曾以1989年台湾散文的繁盛为依据,乐观地预言过1990年台湾散文的繁盛状况:"时至今日,现代散文不论在题材、类型、表现技巧与手法上,格局均日益复杂扩大,已愈来愈走向多元化的趋势",并且现代散文在艺术手法上吸收、化用其他文类因素,有助于现代散文艺术的进一步创新,甚至可能会产生新的文学类型,"介于诗与小说之间,现代散文作为中间文类的性格日趋明显,散文作者为丰富作品内涵,经常以散文为创作基点,像诗与小说的技巧借兵,故现代散文亦将有可能具备愈来愈多的'混血'成分,而出现综合文体或文类定义模糊的模棱地带"③。简媜在1996年亦持有相似的观点:"我想我们没有办法再要求泾渭分明了,创作行业诡异之处,在于作者的笔总是带刀带刺,不断劈开新的可能。假使,把文类比喻成作品的性别,我们显然必须接受双性、三性的存

---

① 余光中主编:《中华现代文学大系(二)·台湾1989—2003》散文卷一,台湾九歌出版社2003年版,第1320页。
② 林燿德:《林燿德散文》,浙江文艺出版社1999年版,第6页。
③ 陈幸蕙主编:《七十八年散文选》,台湾九歌出版社1990年版,第8页。

在了。"①

　　从 90 年代之后台湾散文的创作实践和出版情况来说,虽然文学创作领域和出版界的商业气息非常浓厚,后现代主义"视觉时代"的来临已经在某种程度上改变了人们的阅读习惯,即通过电脑阅读的"电子文档"和传统的"纸版印刷物"已经平分秋色,而且在 21 世纪前后还有"文学终结论"②观点在祖国大陆文坛的流行,但是 90 年代之后至今的台湾散文却不但保持住七八十年代的繁荣势头,正如焦桐所指出的:"散文,几乎是所有文学传播媒体最主要的刊载文类,报纸副刊又为最大发表场域,副刊几乎无日不登,散文俨然成为日常文字消费的主食"③,而且在内容题材和艺术手法上有更多、更新颖的创新表现。颜昆阳在 2004 年出版的《九十二年散文选》序言中所说的一段话亦为另一佐证:"自从网路打开另类的文学世界而不断扩张以来,很多人就忧虑着平面媒体的文学副刊将会日渐衰微,甚至被取代。到目前为止,从读者数量萎缩来看,衰微是真的,甚至被取代。到目前为止,从读者数量萎缩来看,衰微是真的,但是被取代还未必然。那只是新的媒介形式出现时,所出现的分众现象,以后还会持续如此,各自拥有不同的作者群与读者群。从文学的本质来说,'量'并不一定决定了'质'。即使网路文学写作与阅读的数量已超过报纸副刊;然而在网络文学还没有发展到品质完善之前,文学殿堂中,坐在媒体代表的主席位子上发言的,仍然会是平面媒体的文学副刊。"④与台湾七八十年代的散文相比较,90 年代之后的台湾散文处于后现代主义文学和文化的浸淫之中,它对现代散文艺术的创新求变之追求更加剧烈,艺术实验色彩更加浓厚。

　　首先,从内容题材上来说,90 年代之后的散文领域出现了聚焦某一主题和社会现象的专题散文,正如简媜在其主编的《八十一年散文选》的"编后记"中指出的,"相异于过去散文前辈们广涉生活风貌的题材选择法,现代散文作家有意识地寻找自己的焦点题材,并且以接近专业的学养做深层耕耘,有计划地撰写一系列连作,为自己定位与塑形。多元化、全方位开展的社会,提供了类型建立的可能性,而现代散文作者对台湾这座母体怀抱强烈敬爱,探本溯

①　简媜主编:《八十四年散文选》,台湾九歌出版社 1996 年版,第 263 页。
②　[美]希利斯·米勒:《全球化时代的文学研究还会存在吗?》,《文学评论》2001 年第 1 期。
③　焦桐主编:《八十八年散文选》,台湾九歌出版社 2001 年版,第 9 页。
④　颜昆阳主编:《九十二年散文选》,台湾九歌出版社 2004 年版,第 13 页。

源、潜入历史与文化衍生过程的每一处切面,追索之、传递之,寻问整体族群的共同记忆,亦加速类型的完成。这批作者不仅是社会的观察者,亦积极参与各种新兴组织或协会之属,成为第一线行动者,他们兼蓄报导训练、摄影手法与散文彩笔,实地勘察而成文,举凡考古、少数民族、自然生态、民俗文化、珍奇动物……等,除了部分作者朝报导文学致力外,大多数作品均属优秀的散文范围。"①具体来说,该阶段的散文根据不同的内容题材被进一步细分为不同的类型,除了80年代末就已经出现的游记散文、环保散文、城市散文等类型之外,还新出现了专门描写城市捷运交通(即地铁)的散文(以雷骧②主编的散文集《捷运观察》为代表)、以世界各地旅游为主题的"旅游散文"(以胡锦媛主编的散文集《台湾当代旅行文选》为代表)、以自然风景为描述对象的"自然写作散文"(以吴明益③主编的散文集《台湾自然写作选》④为代表),还有以花卉为主题的"花卉散文"、以饮食文化为主题的饮食文化小品、以海洋为主题的"海洋散文",以及西学小品、音乐小品等等。而某一专题散文则拥有较为固定的散文家群,这是90年代后台湾散文与80年代的一个显著区别,由此出现了"于是乎提到社会文化评论散文,就会想到龙应台、南方朔、杨照、蔡诗萍、孟樊、王浩威、廖咸浩等一串名字;提到自然生态散文,就会想到徐仁修、刘克襄、王家祥、陈玉峰、陈煌、凌拂、廖鸿基、吴明益等一串名字;提到旅行散文,就会想到余秋雨、舒国治、雷骧、邰莹、褚士莹、黄光男、孙秀惠、阿嫚等一串名字;提到饮食散文,就会想到唐鲁孙、逯耀东、林文月等一串名字;提到音乐散文,就会想到庄裕安、吕正惠、马世芳等一串名字;提到性别散文就会想到简媜、张小虹、蔡诗萍、王浩威等一串名字。其他如运动、电影、戏剧、咖啡、服饰、阅读、广告、园艺等,与现代都市生活的消费文化有关的种种专业性散文,也都一一登场,并且在每一专业领域中,都逐渐形成作者群的谱系"⑤。这亦可看做是后现代主义时期散文多元化的一个具体表现。

---

① 简媜主编:《八十一年散文选》,台湾九歌出版社1993年版,第392页。
② 雷骧(1939—),上海人,台北师范学校艺术科毕业。著有《喧闹日课》《爱染五叶》《文学漂鸟》等散文集及《单色风情》《岛屿残念》《流动的盛宴》等绘画散文集,小说集《矢之志》等。
③ 吴明益(1971—),台湾桃园人。著有散文集《迷蝶志》《蝶道》,小说集《本日公休》《虎爷》,编有《台湾自然写作选》。
④ 这些散文集均由台湾的二鱼文化出版集团出版。
⑤ 颜昆阳主编:《九十二年散文选》,台湾九歌出版社2004年版,第18页。

　　出现这种专题性散文的原因,与其说是散文家们拓展现代散文外延的自觉行动,不如说是 90 年代,尤其是 90 年代末期以来的报刊媒体机构的人为推动所致:"明显地可以在某几个大报的文学副刊看到,尤其是《'中国时报'人间副刊》,几乎每天都是以企化性的专题或专栏出现,2003 年的一年之中,配合特定时节、文化现象或社会事件与活动,而设计推出的大大小小专题或专栏,就多达几十个。其中绝大部分都是以'散文'形式去书写,内容虽然也有纯文学创作,但更多的却是广延性的文化社会现象评论、咨询传述与生活经验的话题。而写作群也明显地由一般'文学散文家'扩张到文化评论者或各种文化相关行业的工作者,尤其是具有传播、旅行、饮食、服装、建筑、摄影、自然生态、社会心理……等专业知识、工作经验或长期观察思考的专家。而作品的生产,通常采取的是编者依照做好的专题企划,向适宜的写作者约稿。"①而且各种散文奖的设立亦对该阶段散文的繁荣兴盛起到了推波助澜之作用:"各种文学奖的设立,一直就是散文创作非常重要的摇篮,很多新秀几乎都受到文学奖的哺育。这些得奖作品往往颇能展示当年度文学性散文创作的标竿。几乎有些专题性的文学奖,对散文某些次文类的发展,往往产生推波助澜之力。华航的《旅行文学奖》、原住民文化协会的'山海文学奖'、新闻权益基金会的'生态文学奖'等。"②

　　这些专题性散文虽然以某一专门主题为中心内容,但是其文本亦蕴涵着丰富的社会内容、人类生命意识和"文心",借用颜昆阳③的话来形容,"是一种对宇宙人生现象洞察、诠释、批判、感觉、想象而创获独见的意义或意象,并能运用灵活的叙述形式与精美的修辞表现出来的心灵能力;散文作品的'文学性'就是依靠这种心灵能力所创获的内容和形式去表现。"④举例来说,散文集《台湾当代旅行文选》中所收录的作品虽然以"旅行"为主题,不过每一篇作品的内涵实际上已经远远溢出"旅游"范围:"以焦桐的《远足》开启旅行文选是因为'远足'隐喻我们最初的越界出走经验,有如'汽车离开港口/钟声离开教室/花穗离开凤凰木/眼睛离开课本/皮鞋离开家'。在离家旅行的过程中,

---

① 颜昆阳主编:《九十二年散文选》,台湾九歌出版社 2004 年版,第 13—14 页。
② 颜昆阳主编:《九十二年散文选》,台湾九歌出版社 2004 年版,第 19 页。
③ 颜昆阳(1948—　),台湾嘉义人。学术研究以中国古典美学、文学理论、老庄哲学、诗词学为主。著有小说集《龙欣之死》,散文集《智慧就是太阳》、《圣诞老人与虎姑婆》等。
④ 颜昆阳主编:《九十二年散文选》,台湾九歌出版社 2004 年版,第 20 页。

旅行者也离开自己,忘记自己,有如'我睡去,无异于一只羊,一匹马,一头骆驼,一时尚未命名'(《戈壁行脚》)。又因为放心自在,随机随缘,旅行者发现一只无事闲卧在教堂前的猫是建筑师柯比意设计信念的一个转喻,而去来之间,旅行则是生命历程的隐喻(《柯比意与猫》)。"①由此可以说,现代人热衷旅行,实际上是一个深刻体验个体生命意义的过程。90 年代后的台湾"环保散文",不但保留了台湾七八十年代田园散文对自然风物的诗意描述和热爱,更重要的是通过作品建立起人类的环保观念,正如林锡嘉在其主编的《八十六年散文选》的"编后语"中所分析的:"在台湾,一年之中,富有无数有关生态保育的文章,有呼吁也有批判。辑五中五篇作品,鸟与动物,山林与海洋的不同内容,都带给我们相同的感动和警惕。台湾整个自然环境的恶化,由于动物乃至昆虫与自然大地环境的互动与相依,使它们的生活受到很大的威胁。希望透过作家之笔,振笔疾呼:上山,我们只带一瓶水,不带香烟与啤酒。我们只带望远镜和赞叹的心来应和山鸟的啾叫,而不带猎枪。"②环保散文亦具有高超的文学艺术价值,以吴明益的《死亡是一只桦斑蝶》为例来说,它"融合了个人对亲友死亡的主观感受与有关桦斑蝶丰实客观的生态知识,叙述形式与修辞也都非常鲜美,'文学性'相当高,扭转了自然写作过度客观知识化的偏向"③。而台湾"海洋散文"的一个主题则是对台湾岛的热爱。廖鸿基④在散文《红流》中深情地写道:"以前,黑潮是一个概念模糊的名词,今天我置身在黑潮里,随着黑潮脚步遥望台湾岛屿,那深色的绵绵山脉走向犹如黑潮在千百万年前推起的峰潮,山岭山的巨大林木、潮流里的大鲸大鱼,他们互相悠悠对着。"⑤而他对渔民的热爱就来自于对台湾土地的深情爱恋:"我喜欢渔民,不是因为他们战风浪搏大鱼的冒险英雄形象,我羡慕他们是台湾少数受黑潮感应而血脉里流着黑潮血液的海洋子民。"⑥

至于台湾饮食文化小品,在《风姿绰约的文学胜景——序〈八十九年散文

① 胡锦媛主编:《台湾当代旅行文选》,台湾二鱼文化出版集团 2004 年版,第 9 页。
② 林锡嘉主编:《八十六年散文选》,台湾九歌出版社 1999 年版,第 288 页。
③ 颜昆阳主编:《九十二年散文选》,台湾九歌出版社 2004 年版,第 21 页。
④ 廖鸿基(1957—),台湾花莲人。作品集主要有《讨海人》、《鲸生鲸世》、《漂流监狱》、《来自深海》等。
⑤ 林锡嘉主编:《八十六年散文选》,台湾九歌出版社 1998 年版,第 335 页。
⑥ 林锡嘉主编:《八十六年散文选》,台湾九歌出版社 1998 年版,第 336 页。

选〉》一文中,廖玉蕙①指出它在台湾文坛的流行和兴盛:"顺应经济繁荣之后的需求,深度旅游与精致饮膳几乎成为世纪末台湾文坛注目的新焦点。继去年林文月②女士的《饮膳札记》、焦桐先生的《完全壮阳食谱》之后,余波荡漾,几个重要文学奖的得奖作品,几乎清一色被饮食议题所囊括。本书所选《第九味》、《料理一桌家常》便分别在文建会文学奖及联合报文学奖散文类中抢魁!"但是,饮食文化小品中所包蕴的丰富内涵却远超出"饮食"之外。以 2000年出现的饮食文化散文小品为例来说,"隐地的《饿》,写贫困生活里惶惶然四处打游击的窘境,具体而微地刻画了五十年代虽驳杂、却亲切的人际;高翊峰③《料理一桌家常》以一道道的家常菜准确地梳理了矛盾、纠葛的亲情;徐国能④《第九味》以蕴藉的笔致,成功地传达了酸甜苦辣咸涩腥冲之外的第九味人生哲理;方梓⑤《巴吉鲁》则从花莲的野菜下笔,娓娓细说成长经历中父母疼惜与呵护的情意;而最耐人寻味的莫过于刘心武⑥《藤萝花饼》了!文虽最短,意味却最为深长!写生活中的三宗或者并无直接关联的小事,却沦肌浃髓地凸显了幽微、矛盾的人性,让人读后不禁沉吟再三,堪称小品文中的佳作"⑦。这些散文中的社会意识亦与萧萧在《执"事"——散文的旧格局与新功能》一文中的观点相呼应:"直到二十世纪九十年代、延烧到二十一世纪之初,记'事'之风又起,一种最早的、旧的散文格局,充盈了全新的新世纪功能,这二十年的散文发展不以个人、私己为年年不已之事,不再环绕私密的情事而喜而忧,却也因为情趣、理趣、物趣的旧年冲刷,不至于流为史官的宝录,格局虽旧而大,功能新而开阔,台湾近二十年的散文,翻新出欣赏与评论的高价值",而且"散文往往被视为'散'、被视为'私',然而,翻新出欣赏与评论的高价值的

① 廖玉蕙(1950—   ),台湾台中人。著有散文集《不信温柔唤不回》、《妩媚》、《如果记忆像风》、《五十岁的公主》、《廖玉蕙精选集》等。
② 林文月(1933—   ),台湾彰化人,作品集有《南朝宫体诗研究》、《澄辉集》、《读中文系的人》、《京都一年》、《遥远》、《午后书房》、《交谈》、《作品》、《饮膳札记》等,译著有《源氏物语》、《伊势物语》等。
③ 高翊峰(1973—   ),台湾文化大学法律系毕业,曾任调酒师,现任杂志编辑及爵士舞蹈老师。
④ 徐国能(1973—   ),台湾台北人,现在台湾师范大学任教,暨南大学中文系兼职讲师。
⑤ 方梓(1957—   ),本名林丽真,台湾花莲人。著有散文集《第四个房间》、《采采卷耳》等。
⑥ 刘心武(1942—   ),四川成都人,在海内外已出版个人专著 85 种,除散文创作外,还从事《红楼梦》的研究及建筑评论。
⑦ 廖玉蕙主编:《八十九年散文选》,台湾九歌出版社 2001 年版,第 11—12 页。

近二十年散文,却已从只写自我、具有'排他性'的作品,奔向'借代性'的互动,甚而拥有'互文性'的效果"①。这亦是 90 年代后台湾散文不脱离当时社会生活、具有广大读者群的一个重要原因。

其次,从散文艺术形式的创新来说,经过了七八十年代多方位向其他文类的"出位"之后,90 年代的台湾散文与小说、诗歌、散文等文类之间的界限被进一步模糊。焦桐的散文观颇能代表该阶段大部分散文家的看法:"散文素来被认为是非虚构文类,是一种纪实文学,尤其是一种生活见证,为表述情感、观念而诉诸艺术手段的一种价值。然则虚构与非虚构并非黑白分明,其间的界限相当漂浮,存在着宽广的灰色地带。我们要相信的并非叙事是否属实,而是文本的艺术手段是否高明;在文学世界里,作者是谁不重要,叙述者是否真有其人也不重要,如何叙述才重要。其实我们的想象和记忆,在努力纪实的过程中,或多或少都修改了某些细节。"②也就是说,他们已经清楚地认识到,现代散文"真实观"所包含的"艺术真实",其实质是经过文学艺术手段表现出来的、必然包括艺术虚构的一种"真实",散文无法通过语言文字还原出真实的社会情境。这种散文观体现到创作实践中,则导致 90 年代后的诸多散文作品在后现代主义文学和文化背景下继续向诗歌、小说和戏剧等文学类型"出位",在深度和广度上比此前的散文艺术实验走得更远。具体到作品文本来说,台湾 90 年代后散文向其他文类的"出位",不仅表现在分别化用某一文类的艺术因素,而且还出现了同时化用多种文类或是艺术类型的艺术因素,使其艺术风格经常带有后现代主义的混合、拼贴色彩。张堂琦③在《跨越边界——现代唢呐文的裂变与演化》一文中指出:"九零年代以后,实验性更强,从语言、内容到结构、题材,都与其他文类进行大幅度的融合,像林燿德的《钢铁蝴蝶》即具备了散文的形式、诗的思维以及小说的叙述趣味;简媜《女儿红》中有多篇已是散文与小说的混血体;余秋雨的散文集《文化苦旅》中的《信客》一

---

①　萧萧主编:《九十五年散文选》,台湾九歌出版社 2007 年版,第 19—20 页。

②　焦桐主编:《八十八年散文选》,台湾九歌出版社 2001 年版,第 17 页。

③　张堂琦(1962—　　),台湾新竹人。著有《从黄遵宪到白马湖:近现代文学散论》、《文学灵魂的阅读》等书。

篇,被收入《八十一年短篇小说选》(尔雅版)中;杜十三①《新世界的零件》一书,更是诗、散文、小小说与语言的大融合,成为一难以归类的新文体,而被称为'绝体散文'。"②其实早在80年代末,一些散文家的散文作品已经出现了后现代主义特色,最典型的当推林燿德的散文:"他的文学思想不仅自成一格,也能在文化发展面临剧变的当代台湾,开辟新颖有趣、引领风骚的新面向:解构之必要、冲突之必要、变迁之必要、融汇之必要、乃至世纪交替期间重建文学史的渴望,都可以在其笔下见出端倪。"③具体散文作品则以《幻戏记》等为代表,"林燿德的《幻戏记》,实写林氏系列探讨现代文明的佳构之一。'幻'文受后现代主义,尤其是 Magic realism 的影响;虽然以散文的体材来呈现,但它所包容的内涵却超越了散文,甚至小说的负荷量"④。除此之外,90年代台湾散文化用闽南语人文成为普遍现象,相比此前阶段的散文作品亦是一种语言创新,以简媜、廖鸿基等人的作品为代表。例如,廖鸿基的散文《红流》中的对话采用的语言就是闽南语:

　　"放钩前你甸甸不讲话,作什咪?"

　　"看山板,听流水啦。"(看岸上灯火确定位置,感觉湖水变化。)

　　"怎么看? 怎么听?"

　　"啊,三冬五冬。"

　　"潮水变化有一定规律? 还是……"

　　"有些是经验,大部分是感觉。"

　　"什咪感觉?"

　　"讨海拼生活欻感觉。"

　　"一定得那么严肃、那么紧张?"

　　他朗朗笑了几声说:"坚心决志!"⑤

　　从90年代后台湾散文的"诗歌化"特点来说,余光中、张秀亚、张晓风、杨

① 杜十三(1950—2010),代表作有《人间笔记》(诗画集)、《地球笔记》(有声诗集)、《行动笔记》(行动纪录与论评)、《叹息笔记》(诗选集)、《爱情笔记》(散文诗选)、《鸡鸣、人语、马啸》(散文集)、《火的语言》(千行诗集)、《四个寓言》(小说、剧本集)、《新世界的零件》(散文诗集)、《爱抚》(手工诗集)等。

② 余光中主编:《中华现代文学大系(二)·台湾1989—2003》评论卷二,台湾九歌出版社2003年版,第1170页。

③ 可参考林燿德著的《重组的星空》一文中郑明娳所写的"郑序",台湾业强出版社1991年版。

④ 郑明娳:《现代散文纵横论》,台湾大安出版社2001年版,第143页。

⑤ 萧萧主编:《八十六年散文选》,台湾九歌出版社有限公司1998年版,第332页。

牧、席慕蓉等老一代作家所写散文体现出的诗化特点,与此前的散文作品并无大差别,不过需要注意的是杨牧 90 年代后创作的以散文集《亭午之鹰》中的作品为代表的后期散文作品。杨牧曾经在《亭午之鹰·后记》中指出:"所谓散文,往往就和诗一样必须在一真正准确的修辞与文法驾势里,始能有机地发端、展开、完成,如前文不大厌其烦缕述的,关于'亭午之鹰'的经验,大致如此。"①其"诗歌化"特点不仅表现出西方现代主义诗歌的一些因素,而且亦有后现代主义诗歌的拼贴和黑色幽默等色彩。在庄裕安等人的 90 年代诗化小品中,其诗化特色体现在思维、行文结构的跳跃性和意象拼贴上,把两个不相干的事物联系在一起,既有现代主义诗歌"远取譬"的特色,亦不乏后现代主义色彩。而陈大为②的诗化散文则有不同特点,以《会馆》为例来说:"饮一口令人大醉的醺醺白酒,红霞单薄的在两颊舒展开来,曾祖父眯了眯眼,回味着酒韵,年少的父亲无聊的蹲在阶前,祖孙两人被凝固在傍晚的寂静画面。三十三度的晚风穿过大堂,绕过八间没有鼾声的卧室,在宽阔的天井中央陀螺般打转,把无聊轻轻搅拌,枯燥的画面总算有了动感,曾祖父又灌了大大一口。"③这种描写人物外貌、行动的艺术手法常常用在小说中,可称做是"小说式的诗化散文"。

至于此阶段小说化散文的总体概况,如果说七八十年代的小说化散文家三毛等人,是为了作品行文表达的需要而写出可以当做小说来看的散文作品,那么 90 年代之后的很多作家则有意把小说当成散文作品来处理,焦桐在《博观约取的叙述艺术——序〈八十八年散文选〉》一文中指出:"近几年,台湾的散文擂台似乎倾向虚构发展,时报文学奖散文奖是最明显的例子。一九九六年,张启疆④以小说《失聪者》参赛获散文首奖之后,四年来除了钟怡雯的《垂

---

① 杨牧:《亭午之鹰》,台湾洪范书店 1996 年版,第 206 页。
② 陈大为(1969—),祖籍广西桂林。著有诗集《治洪前书》、《再鸿门》、《尽是魅影的城国》、《靠近一罗摩衍那》,散文集有《流动的身世》、《句号后面》,论文集有《存在的断层扫描:罗门都市诗论》、《亚细亚的象形诗维》、《亚洲中文现代诗的都市书写》、《诠释的差异:当代马华文学论集》、《亚洲阅读:都市文学与文化》等。
③ 林锡嘉主编:《八十六年散文选》,台湾九歌出版社 1998 年版,第 33—34 页。
④ 张启疆(1961—),作品主要有《如花初绽的容颜》(1991)、《泡沫年代》(1992)、《小说,小说家和他的太太》(1993)、《子夜一场》(1994)、《棒球三十六计》(1994)、《台湾职棒怪百科》(1994)、《商战极短篇》(1995)、《六点半男人》(1996)、《红不让》(1996)、《选战极短篇》(1996)、《被租界的梦》(2003)、《变心》(2004)、《阿拉伯》(2004)、《哈啰!总统先生》(2006)等。

钓睡眠》之外,郝誉翔[1]和张瀛太[2]分别以小说《午后电话》、《竖琴海域》参赛,连续获得散文首奖。"[3]也就是说,小说和散文之间的界限完全混淆,现代散文中的"艺术真实"成分完全被"虚构"所取代,这亦在 90 年代到 2010 年期间的台湾散文领域成为一种常见现象。

再以"戏剧化"散文来说,90 年代散文的"戏剧化"特点,不仅体现在对戏剧因素的化用上,而且小说、电影等中的一些因素亦被当做戏剧舞台艺术融入其中。举例来说,"邱坤良[4]的《澎湖蚊子的一生》全文善用对话营造生活感和戏剧性,故事性浓厚,颇有经营情节(plot)的企图,叙述活泼传神,流畅而风趣,隐藏在流畅、风趣的背后,却是乡下小姑娘挣扎于生活的血光泪痕,和对命运无可奈何的感喟。带着一种俚俗生命力的语言,有着丰富的表情。"[5]

当然,最能够体现 90 年代后散文艺术创新之特点的则是那些混合多种文类因素于一体的散文作品。这导致这些散文作品既具有不同于小说、诗歌、戏剧、电影、音乐、美术等艺术文类的特征,某种程度上却又是融合了其他文类因素的"混血"作品,例如简媜、林燿德在 90 年代之后的散文创作,以及 60 年代出生的唐捐、钟怡雯等人的散文作品,已经无法用常规的单一小说化、诗歌化和戏剧化等现代散文艺术手法来概括,不但是各种文类的混合搭配,更以语言表达的奇崛怪异和意象的奇特取胜,可用"奇崛的台湾散文风景"一语来形容,这些散文家亦可称为"奇崛派"。如果说三毛散文首开选用"梦"、"灵魂"、"鬼"等超现实主义意象来表达对神秘莫测人生的感触(但是这类散文在七八十年代的台湾文坛还是少数),那么在 90 年代之后的"奇崛派"散文则普遍使用这些意象,不过目的不是为了营造什么神秘气氛,而是为了寻找语言的张力,以及更具体、更生动地来描摹、书写某种情绪体验。举例来说,以迷离梦幻的"梦"之意象构成散文主题的散文作品颇多,以颜昆阳的《窥梦人》和徐锦

---

① 郝誉翔(1969—　),台湾高雄人。著有《情欲世纪末》、《洗》、《逆旅》、《初恋安妮》、《衣柜里的秘密旅行》等。

② 张瀛太(1965—　),台湾台南人。现任台湾暨南国际大学中文系专任教师。著有小说集《巢渡》等。

③ 焦桐主编:《八十八年散文选》,台湾九歌出版社 2001 年版,第 16 页。

④ 邱坤良(1949—　),台湾宜兰人。著有《日治时期台湾戏剧之研究》、《台湾剧场与文化变迁》、《民间戏曲散记》、《南方澳大戏院兴亡史》、《昨自海上来》、《马路·游击》等书。

⑤ 焦桐主编:《八十八年散文选》,台湾九歌出版社 2001 年版,第 13 页。

成①的《梦十夜》等为代表:"徐锦成《梦十夜》的构成,深具匠心。他以十个意象鲜明的梦,分别介绍了十位日本的文学家,每一个梦境,都指向作家一篇具代表性的文字或一宗耐人寻味的行径,淡香疏影似的不过几笔,却灵动异常,风格和日本文学特殊的风情颇为神似!"②唐捐和钟怡雯的散文作品则多"鬼魂"、"狐狸"等意象,正如焦桐在《想象之狐,拟猫之笔——序钟怡雯〈垂钓睡眠〉》一文中指出的:"里面多数篇章心思细腻,构思奇妙,通过神秘的想象,常超越现实逻辑,表现诡奇的设境,和一种惊悚之美,叙述来往于想象与现实之间,变化多端,如狐如鬼。《发谏》里的一头长发'发起脾气来是一只固执的鬼','老是要以那媲美狐狸尾巴的优雅线条,较暗夜更为鬼魅的发色以及令礼教不安的仪态而沾沾自喜';《说话》的叙述者在换水时,发现鱼缸里的水竟是鱼魂和鱼尸,是金鱼所'倾吐的心事,或许还浸泡着几十尾鱼儿的遗言和魂魄'。"③

在"奇崛派"散文中,与奇异意象相搭配的则是奇崛、怪异的语言。简媜在散文《手工刑场》中这样描绘病痛:"背痛,似病非病,说痛不痛、说不痛又很痛。其发痛之境界有三:初阶者,顿觉被掏空脂膏只剩一副没人要的蟹壳。中阶的痛法让人觉得自己是块砧板,有个笨家伙在上面拿钝刀在上面杀鱼剁蒜切柳丁。高阶者需早晚练习勘破生死,因为活生生的像背了一块檀木棺材。"④显然是对王国维"艺术三境界"之说的后现代主义式谐仿,带有解构的意味。但是相比之下,钟怡雯散文对病痛的描述语言更诡异和奇特:"这九个月来,背上像坐着一个小鬼。它越吃越重逐渐肥硕,压的我腰背疼痛,辗转难眠。静夜里像猴子一样攀在我身上,双手扳着我的脖子像扳一棵树,我的肩颈因此而僵硬疼痛。它脾气不好时,便大力的拍我的左后脑,偏头痛让我跪地求饶,呼叫小祖宗你饶了我吧!"⑤堪与唐捐的《鱼语搜异志》一文的词句相媲美。如果说《鱼语搜异志》开头部分词句的奇异和"月亮"意象已经带有颓废的唯美主义色调:"湖里浮现一对参半的月亮,如溺者泡水数日的乳房,点缀

①　徐锦成(1967—　　),台湾彰化人。著有短篇小说集《快乐之家》、《方红叶之江湖闲话》等。

②　廖玉蕙主编:《八十九年散文选》,台湾九歌出版社 2001 年版,第 19 页。

③　钟怡雯:《垂钓睡眠》,台湾九歌出版社 2006 年版,第 9 页。

④　萧萧主编:《九十五年散文选》,台湾九歌出版社 2007 年版,第 25 页。

⑤　余光中主编:《中华现代文学大系(二)·台湾 1989—2003》散文卷四,台湾九歌出版社 2003年版,第 1458 页。

着一块块深褐色的死斑。夜里的湖泊凝滞如果冻",那么紧接着对水中游鱼的描述则带有更惊悚意味:"他忽然发现鱼也是有头有脸的,由于头部紧紧接契着身体,伸展不出去,使人误以为它们只是一块块游动的骨肉。它们的声带长在鼻孔之内,液态的语言总是在水中淹没,因此又被误以为天生的哑者。它们的眼睛长在两侧,不断从左右边逼压过来的两片视域,总是无法在脑海里完整地统合,如同两片泾濡的画片粘叠在一起,相互渗透渲染,造成迷离恍惚的图像。更可悲的是,头的正前方竟没有眼睛,只有一张突出而宽阔的大嘴,不断得开合吞食,再加上连昆虫那样的触须也没有,只好以口代眼,以食物决定去来的时机与方向。这就决定了触网衔钩的命运,给了钓者无限的乐趣。"[1]而且人类少年和湖泊之间具有母子之间的神秘血缘关联:"湖跟少年之间,其实是有血缘关系的。他出生的村落就在湖底,人工造湖的计划才把村人赶上高处。湖底包含着童年的记忆:水井。阡陌。泡着水牛的池塘。土地祠。祖父母的旧坟。他总是觉得自己与湖之间原来也有一条脐带相连,跟鱼一样。这样想时,他忽然发现湖水和血肉竟是同质同色,交感互通。当人们把钓线垂入湖里,他的肌肤感到痛楚酸疼,像被针灸一样。当钓钩从湖里被拉出,他感觉精气流失,脑海里涌出昏黑的气体,全身虚弱不堪。"[2]这种描述人类和自然界生物之间互相感应和情绪相通的艺术手法,已经超出了以物比拟人类的拟人手法之范畴,实际上是把幻觉和现实相互混淆,连同其中所使用的奇特语言和奇崛意象,均属于魔幻现实主义的范畴。从这个角度来说,"奇崛派"散文融合、化用了魔幻现实主义小说的一些艺术因素。而这种险、奇、怪的魔幻现实主义的表达方式并不仅存在于"奇崛派"散文中,从某种程度上来说,它成为台湾 90 年代后的散文,尤其是新世纪之后的散文中较为普遍的一种现象。不过,奇词异句在大部分 90 年代散文家的作品中出现率并不高,他们常常为了表达某种特殊的思想情绪才使用,例如陈大为、庄裕安等人的散文作品,不像"奇崛派"散文家通篇皆为奇异惊悚之语言和意象。

概而言之,从现代散文艺术创新求变的角度来说,90 年代后的台湾散文,

---

[1] 余光中主编:《中华现代文学大系(二)·台湾 1989—2003》散文卷四,台湾九歌出版社 2003 年版,第 1421 页。

[2] 余光中主编:《中华现代文学大系(二)·台湾 1989—2003》散文卷四,台湾九歌出版社 2003 年版,第 1424 页。

尤其是其中的"奇崛派"散文,已经把散文的创新追求推到了一个后来人不容易超越的艺术高度。90年代年后台湾散文艺术手法上的"混血"现象,极大地拓展了现代散文的内涵和外延,符合现代散文的历史发展规律。从这个角度来说,这种拓展导致广义现代散文概念和狭义的散文概念产生合流现象,也就是说,90年代后的台湾散文不仅包括拥有小说化、诗歌化和散文化等特点的抒情美文和言志小品,而且亦把报告文学、传记、通讯、文艺评论等广义散文概念的因素纳入其中,在某种程度上可说属于广义现代散文的概念。从中国现代散文史的发展来说,广义的现代散文概念和狭义的散文概念之间的分化合流过程,亦是现代散文继续发展及其艺术生命力得以延续的一个必要环节。但是不可否认的是,如何界定现代散文,特别是文学性散文与其他文学类型的界限及其艺术特征,在今日的文学史研究中又被提上议事议程。而且对散文艺术创新的无止境追求还会产生其他一些问题,亦引起当下一些散文家和学者们的忧虑。余光中曾经从语言句法的角度指出过钟怡雯散文语言的缺陷:"目前流行的中文,常有西化之病,就连名学者作家下笔,也少见例外。西化之病形形色色,在句法上最常见的,就是平添了尾大不掉的形容子句,妨碍了顺畅的节奏。《垂钓睡眠》一文有这样两句:昼伏夜出的朋友对夜色这妖媚迷恋不已,而愿此生永为夜的奴仆。他们该试一试永续不眠的夜色,一如被绑在高加索山上,日日夜夜被鸷鹰啄食内脏的普罗米修斯,承受不断被撕裂且永无结局的痛苦。第一句极佳。第二句就不很顺畅了,因为中间横梗着一个不算太短的字句:'日日夜夜被鸷鹰啄食内脏的。'此外,从'承受'到句末的十五个字,也因动词'承受'与受词'痛苦'之间,隔了有点犯重的两组形容词,而显得有点费词,'不断'与'永无结局'乃不必要的重复。"①实际上这亦可看做是对90年代后台湾文坛中一批追求"险"、"奇"、"怪"风格的散文作品的批评。一些祖国大陆学者也从自己的创作实践出发,对无限制的散文艺术创新表示了忧虑,王兆胜②在《散文的常态与变数》一文中明确指出:"归根结蒂,散文要讲创新,没有'变化'就没有发展。但是,这个创新决非无源之水和无本之木,它是离不开'不变'这一根基的。更准确地说,散文的变数存在于它与'不变'所形成的张力结构中。……如果只看到和追求散文的'变数',而忽略和否定

① 钟怡雯:《听说》,台湾九歌出版社2005年版,第18页。
② 王兆胜(1963—),山东蓬莱人。已出版专著《林语堂的文化情怀》、《闲话林语堂》等。

它的'常态',尤其不顾二者的辩证性与互文性,只能使散文失去根本而走向狭隘浅薄,甚至会误入歧途和走火入魔。"①也就是说,现代散文艺术的创新求变和艺术实验应该以现代散文的基本特点为基础,使现代散文艺术的"变化"和"常"取得平衡。从现代散文史的角度来看,这些观点和看法显然为公正、准确地评价台湾 90 年代后散文的艺术成就,提供了另一种尺度和衡量标准。

---

① 王兆胜:《散文的常态与变数》,《文艺争鸣》2009 年第 6 期。

第十四章　诗化散文的变体：90 年代后诗化散文

　　在后现代主义文学和文化浸染下的 90 年代后至今的台湾散文，其"诗歌化"特点既表现为是对五六十年代和七八十年代台湾散文的继承，又是对它们的发展和超越。从继承的角度来说，在七八十年代台湾文坛中已经出现的禅理散文和继承现代白话小诗特点的哲理散文小品，在 90 年代期间和其后继续发展繁盛，汇入 90 年代后的"诗化"散文潮流之中。举例来说，《九十二年散文选》收录有七篇诗化散文小品，分别为张秀亚的《春之颂》、陈克华①的《一座永不被完成的城》、廖鸿基的《海滩偶遇》、阮庆岳②的《我左边的男人》、郝誉翔的《秘密》、洪素丽③的《乌鸦的城市》和郭亮廷④的《口罩·面具》，其诗歌化特点表现为"皆简练、隽永如明清小品，却未必只是无关紧要的生活情趣。好几篇如陈克华、廖鸿基、郝誉翔、洪素丽、郭亮廷的作品，或以寓言性故事，或以隐喻性物象，对某些社会境况或人性人心，做了意在言外得到关怀或讽刺，以小而容大，实有其严肃性"⑤。这类诗化散文在语言和意象上的诗情画意，较多地继承了七八十年代台湾散文的艺术风格，在艺术手法上并没有多少新变。

---

① 陈克华（1961—　　），原籍山东汶上。著有散文集《爱人》、《颠覆之烟》、《哈佛·雷特》等，诗集《骑鲸少年》、《我捡到一颗头颅》、《欠砍头诗》等。

② 阮庆岳（1957—　　），原籍福建福州，现在台湾工作。作品有《林秀子一家》、《重见白桥》、《屋顶上的石斛兰》、《城市漂流》等。

③ 洪素丽（1947—　　），台湾高雄人，著有《十年诗草》、《十年散记》、《守望的鱼》、《浮草》《黑发城市》等书。

④ 郭亮廷，（1977—　　），台湾高雄人。

⑤ 颜昆阳主编：《九十二年散文选》，台湾九歌出版社 2004 年版，第 35 页。

由于"90 年代，散文书写一直持续加强着专业知识化、资讯化的趋向。专业，必然导致分科化与客观知识化，因此作者各自专攻某种特殊题材的次文类，并融入相关的客观知识，长期经营，累积出系列性的作品，而俨然成一家之言。总体观之，这也是由以往'载道、抒情'的主流，分化为多元的书写"①，因而能够体现出 90 年代后台湾诗化散文超越前人的、带有浓厚创新特点的作品，则主要出现在具有专题性质的一些散文小品中，其中尤以庄裕安的医学小品和音乐小品、廖洪基的海洋散文为代表。进而言之，这些散文小品在内容和语言形式上既拥有 90 年代后台湾散文小品的共同特点，即"'小品'之'小'，除了相对于古文所载齐家、治国、平天下之'大道'而有不紧要的'小道'之义外，也有篇幅比较'短小'之义。'小道'故凡饮食、蒔花、养鸟等日常生活小事，皆可入文，追求的是'美趣'，可无关政教道德。这类散文，往往如诗之绝句，文字简练，却情趣隽永，耐人寻味。"②却又同中有异，在具体的文本中表现出异彩纷呈的诗化特点。

作为一名儿科医生，庄裕安最早不是以与其职业密切相关的医学小品登上台湾文坛，而是以专栏性质的音乐小品闻名于台湾散文界。这些音乐小品主要被收录在《音乐狂欢节》、《跟春天接吻的一些方法》、《一只叫浮士德的鱼》和《音乐鞋子》等散文集中。以《装饰奏》一文为例来说，作者以"Conceit"一词的词源兼有两意——英文中指"巧喻"而意大利文指"协奏曲"——为中心来探讨乐谱中的装饰奏之作用，不过又不拘泥于此中心，而是不断以此为生发点广征博引各种知识："Conceit 是个化解矛盾的字，通过明喻或暗喻的桥梁，把两个不协调的事物或情境，巧妙联接在一起。据说最早运用巧喻技巧的，是文艺复兴时代意大利诗人佩脱拉克，李斯特的钢琴曲《佩脱拉克十四行诗读后感》。亚里斯多德用巧喻来衡量诗人的天才，上不了天平的通通是不足斤两的风马牛。"③除音乐小品外，庄裕安还广泛涉猎到时事短评、书评，以及医学小品的写作，其作品均颇具鲜明的个性特征。正如焦桐所评价的："庄裕安的散文很具时代感，尤其是与城市脉动的鲜活结合，目前尚无他人能如此成功。而庄裕安虽擅引经据典，但能活用，理性中富幽默感，又为另一特色。

---

① 颜昆阳主编：《九十二年散文选》，台湾九歌出版社 2004 年版，第 17 页。

② 颜昆阳主编：《九十二年散文选》，台湾九歌出版社 2004 年版，第 34 页。

③ 庄裕安：《一只叫浮士德的鱼》，台湾大昌出版社 1991 年版，第 51 页。

加上他驰骋音乐、文学、艺术、电影的丰富学识,所以很快就在文坛独树一帜。"①具体来说,庄裕安作品的诗化特点主要是体现在思维、行文结构的跳跃性上,他经常把两个不相干的事物联系在一起,并非要寻出两者的相似之处,颇有现代主义诗歌中的"远取譬"特色。而其意象的拼贴特点,亦赋予其作品某种后现代主义的色彩。在散文《一只叫浮士德的鱼》中,抒情主人公"我"把养在鱼缸中的一条鱼取名为"浮士德",其主要目的是为了思考生存和死亡之哲理意义:"像浮士德那样的老人,想到永恒时,大概就是生命的承传,托嘱的对象当然是年轻的,而且是有生孕契机的女子。当他把灵魂交给魔鬼,又换回玛格丽特时,一定有毁灭和再生的双重快感。问题是天道循环自有秩序,最后玛格丽特和她的婴儿甚至家破人亡。而浮士德诗剧的伟大处,除了战胜魔鬼的道德寓意外,更重要的是艺术的想象。"②除了简洁而饱蕴张力的诗歌化语言之外,作者的写作思维从生存的意义跳跃到对死亡的认识,亦是典型的现代诗歌跳跃性思维方式。从这个角度来说,他的很多散文小品都可以看做是不分行的现代诗。

然而,最能够代表其专题性特点和鲜明艺术特征的当推《跟听诊器抬杠》专栏中的一组"医学小品"。所谓"医学小品",严格说来并不是独立的小品文类型,仅是指以医学知识为触发点的一类小品文。在庄裕安的医学小品中,医学知识不再是令人敬畏的职业化知识,而常被拟人化和卡通化,某种程度上带有黑色幽默和喜剧色彩。以《问道于盲肠》一文为例来说,作者把"盲肠"比拟为"拖油瓶",开头部分明显带有黑色幽默色彩:"我所听到过有关盲肠千遍一律的传奇,说的全部是这个拖油瓶,如何被始乱终弃的悲伤故事。在我当实习医师的时候,早就学会铁石心肠,我的主治医师告诉我除恶务尽的道路,快刀斩乱麻间就除了这个小麻烦。"③然后又把"盲肠"比拟为"阿Q的辫子",并把医生比拟为行走"江湖"的"剑侠",这些意象均被拼贴在一起:"盲肠,别号阑尾,长八厘米宽三厘米,一端与大肠相接,另一端为闭锁的狭肌管,生理功能不明,可能是肠之退化器官。有些妇外科医生觉得它好像阿Q的辫子,所以不分青红皂白,在开胆结石或剖腹产时,冤家路窄一刀了断,阁下不必特别塞个

---

① 庄裕安:《一只叫浮士德的鱼》,台湾大吕出版社 1991 年版,第 237 页。
② 庄裕安:《一只叫浮士德的鱼》,台湾大吕出版社 1991 年版,第 105—106 页。
③ 庄裕安:《一只叫浮士德的鱼》,台湾大吕出版社 1991 年版,第 121 页。

红包，其实是剑侠一时技痒罢了。江湖上流传，盲肠上面还留有一些淋巴组织，相当于我们喉间的扁桃腺，割与不割两大派系僵持不下。照老样子的宇宙论，天下万物生于有，有生于无，难怪手术台旁要备个骰子一决胜负。据说也只有高等猿类、毛鼻袋熊和灵猫少数动物，和人类一样拥有盲肠，想来可要敝帚自珍一番。"①除了意象拼贴手法之外，庄子的对话手法也被作者所摹仿："话说庄某人某天在开刀房垃圾筒遇见一节盲肠，就嘲笑它的无用，没想到那节盲肠反唇相讥，你们医生才没有用呢。我就蹲下听它娓娓道来，它本寄生在一婀娜柳腰与小脐之间，昨夜少女腹绞不止，睡眼惺忪的值班医师一声令下刀钺齐备，没想到开刀无所见，遂斩盲肠一节交差示众。这不是无用乃为大用，不然你们医生找到台阶下吗？这一调侃，比当年栎社树托梦给庄子更让人面红耳赤了，栎社树还可以长在大路边，有用的盲肠就要丢弃垃圾筒，羞得我赶快走为上策。"②更严格来说，这是后现代主义中的"谑仿"手法，即作者通过"我"与被丢弃的"盲肠"之间的对话，表面上如同庄子和惠子一样来探讨"有用"和"无用"之道，不过实际上却是抨击医生的不负责任和渎职，与主子的"问道"精神完全是南辕北辙。从这个角度来说，庄裕安的医学小品，是化用了后现代主义谑仿和黑色幽默等艺术因素在内的诗歌化散文小品，在诗情画意中亦不乏社会现实色彩。

与庄裕安的小品相比，廖鸿基的"海洋散文"之诗歌化特点主要体现在对海洋生态环境，包括神秘的大海，海洋中的鲸鱼、海豚等生物，甚至变化莫测的洋流之诗情画意的描述，以及人类与海洋之间相通的生命脉动和情绪感应上。这使得他的海洋散文既常被归类在提倡保护自然生态环境的"环保散文"范围内，又因其独特鲜明的"海洋特色"而成为"海洋"散文的中坚力量。作者在《红流》一文中对"海洋"意象的诗意描述颇有代表性："一直很喜欢走海滩，走在可以让浪涛频频淹覆脚踝的岸缘。冲岸浪涛抹动滩上一片白沫，喧哗着涌起又嚷嚷退去。我常常觉得海洋是个活生生的生命，无论高声低响、无论扬动急走的浪花，都让海洋以动的形态展现其生命力。我晓得，一定有某种庞大、不可探知的力量支撑着海洋的生命，如人体血脉、如大地季候、如天体宇宙的

---

① 庄裕安:《一只叫浮士德的鱼》,台湾大吕出版社 1991 年版,第 121 页。
② 庄裕安:《一只叫浮士德的鱼》,台湾大吕出版社 1991 年版,第 22 页。

引力作用。"①由此可以这样说,作者把海洋"人"化——不仅是修辞上的拟人化,而且是把其看做是一个有呼吸、有生命的、与人类生存甚至命运息息相关的神秘生物体。虽然把自然界的动物和植物,甚至是没有生理生命的一些自然现象,如风、洋流等,均看成是有生命、有感应能力和独立思想情绪之生命体,是90年代后台湾散文塑造意象时常用的一种艺术手法,一种带有魔幻现实主义色彩的手法,但是以《红流》为代表的"海洋散文"中的"海洋"意象之内涵却远超出此,还包括作者欲借海洋广阔深沉之视野来改变台湾民众岛民心态和重塑人民包容精神的人文理想,正如作者在台湾2006年散文奖得奖感言中所说的:"海洋是岛屿自然的生活领域,那广浩无垠与不可探知的深沉,深切影响岛上所有的生态,利用得当的话,将使岛上每个人的内、外在视野,更开阔包容、更活泼进取、更泱泱大度。我们这座长久欠缺海洋的润泽而枯燥的岛屿,若能持续展拓'海洋文学',会在期间搭起一座坚实而美丽的桥梁。"②因此"海洋"意象亦是养育包括自诩为万物之灵的人类在内的世间万物之母体象征,在作者诗情画意的语句中可以感到对海洋的敬畏之感,作者曾经说过:"长年海上生活,我深感受惠于大海,得到许多创作以外的自然启示与生命启发。看看那阳光下的海面,一有机会便尽心尽力地反照灿烂;当乌云密布,海洋便开起门来沉潜深造。种种幻化万端的海上风情,常让我无比悸动,心存感激。"③他的散文《出航》中的一些段落更能够体现出这种对海洋由敬畏而产生的热爱之情,如:"好几年在赏鲸船上担任解说,一年数千人次,出航、返航如潮汐汹涌一波波涌过甲板。海豚群不时配合。海一热闹,甲板欢呼,不同的韵律分别流漾出两股不规则、无可约束的潺潺潮流;时而靠近,时而离开;如理解和认可两条线彼此船首交织蛇行。除掉一些躁动的激情,这两股脉冲的本质是原始的,如未经修饰的铿锵敲击节奏。这一刻,船壳水面都不再是界面,天空、陆地、海洋辐缩焦融在一颗特殊的球体里,这颗球不断地盘绕、带领、流动;什么事都不必做,只要跟随便能轻易涉入。"④

除此之外,作者在《红流》一文中还借助海洋表达对台湾岛和生活于其上的人民的深沉热爱。正是对海洋和台湾人民的真挚热爱之情,才赋予作品中

---

① 林锡嘉主编:《八十六年散文选》,台湾九歌出版社1998年版,第326页。
② 萧萧主编:《九十五年散文选》,台湾九歌出版社2007年版,第7页。
③ 萧萧主编:《九十五年散文选》,台湾九歌出版社2007年版,第7页。
④ 萧萧主编:《九十五年散文选》,台湾九歌出版社2007年版,第305页。

的诗意语言和海洋意象具有深沉的艺术生命力。这亦是廖鸿基"海洋散文"诗化特点的独特之处。

除了专题性散文家的作品之外，还有诗人出身的一些散文家所写的诗化散文作品在该阶段也较为引人注目。从现代散文史的角度来说，诗人散文家"用诗歌的方式写作散文"是台湾当代散文的一个优良传统，五六十年代以余光中、杨牧等散文家的诗化散文为代表，在七八十年代则有许达然等人的散文作品，这些诗化散文对古今中外诗歌因素的化用、融合，既是现代散文在不同历史阶段继续发展和繁荣的一个明显标志，又为90年代后的散文向诗歌的"出位"在艺术实践经验上提供了一定基础。这在前面的章节中已经详细论述过，在此不再赘述。而台湾诗人所写的诗化散文在90年代至今的台湾散文界，依然是一道亮丽的风景。举例来说，台湾《九十六年散文选》中所选用的诗化散文作品包括"陈育虹①的散文长文《魅》、隐地的《旧衣》、陈大为的《细节》、李进文②的《笑一个或者其他》等；尤其是诗人陈育虹少见的散文《魅》，思密情隽，深邃灵动，如她的诗般耐读。散文诗形态之呈现，则是李进文惊艳的另类演出"③。由于作家们不仅把诗歌包括后现代主义诗歌中的很多因素化入散文作品中，而且还广泛吸收后现代主义小说中的某些因素，使其作品带有90年代后散文的独特印记，因而与此前的诗化散文区别开来。杨照、陈大为等诗人所写的诗化散文堪为其中的代表。

杨照④诗化散文的独特之处在于，他经常用简洁而富有张力的诗歌化语言连缀起一个个如同电影画面的场景，有意形成一种视觉冲撞力，达到强烈感染读者的目的。在散文《可怖之美就此诞生》中，"9·11"事件中纽约两座大楼被飞机撞毁的惨烈场面被分解成一幅幅逼真的电影画面："飞机接近、飞机没入，另一端爆炸凸涨，然后等着等着，等到世界贸易中心两栋巨楼相继崩垮

---

① 陈育虹，广东南海人，生于台湾高雄，文藻外语学院英文系毕业。旅居加拿大温哥华数十年后，现定居台北。著有诗集《魅》、《索隐》、《河流进你深层静脉》、《其实，海》、《关于诗》。

② 李进文（1965— ），台湾高雄人。曾任编辑、记者，现任职明日工作室总编辑。著有诗集《一枚西班牙钱币的自助旅行》、《不可能；可能》、《长得像夏卡尔的光》、《除了野姜花，没人在家》；散文集《苹果香的眼睛》、《如果MSN是诗，E-mail是散文》；编有《DearEpoch——创世纪诗选1994—2004》等。

③ 林文义主编：《九十六年散文选》，台湾九歌出版社2008年版，第15页。

④ 杨照（1963— ），本名李明骏。长篇小说有《大爱》、《暗巷迷夜》等，散文集有《迷路的诗》、《杨照精选集》等。

的镜头,明明是固体,最坚固材料组合制成的摩天大楼,在我们眼前融化,一部分如液体般向下,向看不见的某个与地狱一般远的深渊,沉落流泄;另一部分则变形为气体,没有重量,连地心引力都攫抓不住的微粒,不停不停的向上腾升,仿佛可以一直无止息的腾升。"①作者客观冷静的叙述态度以及使用优美的诗歌语言来仔细描摹丑陋、可怖现实灾难的以丑为美之审美观,显然是化用了现代主义诗歌的某些因素。在《长着风的翅翼、无形的火的使者》一文中,可怕的、无法人力扑灭的森林之火所产生的火花,被诗意地形容为一群金光灿烂的精灵,它们"在几百公尺、甚至几公里外轰地复活。整个黄石公园,满空中都飞着无法计数的、几万个几亿个飞翔的隐形小精灵,它们拒绝被观察、拒绝被测知,它们飞到哪里就到哪里复活,再多的消防人员也防不了它们、消灭不了它们。这些长着风的翅翼、无形的火的使者"②。而正是这些美丽的火之精灵烧掉了美国黄石公园中的大部分绿色植被。从这个角度来说,这些诗化散文所选取的意象,以及产生的以丑为美的现代主义之审美感受,其实是对当时丑陋社会现状的直接讽刺,亦在某种程度上带有后现代主义文学特有的黑色幽默色彩。

与杨照的散文相比较,陈大为散文的诗歌化特征则更浓郁和显著。陈大为的被收录于台湾《八十六年散文选》集子中的散文《会馆》一文,曾获1995年度台湾教育主管部门文艺创作奖(现代诗组)第一名。具体到文本来说,这篇散文确实带有浓郁的叙事诗风格,不仅语言凝练、内涵丰富并饱含张力,而且每一个段落中的句子或是每句大致押韵或是隔行押韵,声律整饬,现引用其中的一段来作为例证:"大堂墙上挂满曾经叱咤风云的遗照,都像极了霍元甲。这是我对列祖列宗的第一个呆板印象。但他们永垂的目光如长矛交错,锐利而不留缝隙。目光团团围住他们传下的大堂,一副神圣不可侵犯的样子,我不禁停一下心脏,缩一下胆。那年我才区区九岁,跟父亲来会馆领一个成绩优良奖。这个大堂印象,真是毕生难忘。"③但是,这部作品同时又带有散文化和小说化的特点。例如散文的开头部分:"饮一口令人大醉的醺醺白酒,红霞

---

① 余光中主编:《中华现代文学大系(二)·台湾1989—2003》散文卷四,台湾九歌出版社2003年版,第1365页。

② 余光中主编:《中华现代文学大系(二)·台湾1989—2003》散文卷四,台湾九歌出版社2003年版,第1369页。

③ 林锡嘉主编:《八十六年散文选》,台湾九歌出版社1998年版,第40页。

单薄的在两颊舒展开来，曾祖父眯了眯眼，回味着酒韵，年少的父亲无聊的蹲在阶前，祖孙两人被凝固在傍晚的寂静画面。三十三度的晚风穿过大堂，绕过八间没有鼾声的卧室，在宽阔的天井中央陀螺般打转，把无聊轻轻搅拌，枯燥的画面总算有了动感，曾祖父又灌了大大一口。"①这种家族史的叙事构架、明显的历史意识，"曾祖父"、"父亲"和"我"叙事人称之间的互相转换，对人物外貌、行为举止的描述方式等表达方式，都恰到好处地反映了其内容主题："它主要是通过曾祖父，父亲与我去见证会馆的兴盛与没落史，从中反映出一个时代滚滚烟尘而去的苍茫。'会馆'这一符征，投射出一个极其庞大的南洋华侨历史处境，鉴照了华侨在南洋落地生根的过程，及其下一代在时代递更与社会转型后所必须面对的困局。"②可以这样说，《会馆》与其说是诗化散文，不如说是与莫言的小说《红高粱》具有相似艺术风格的家族史小说，只是篇幅较短而已。从另一个角度来说，可以称之为小说式的诗化散文，由此亦可将其看做是 90 年代后台湾散文"混血"艺术风格的又一例证。

　　除了《会馆》外，陈大为的其他散文作品均包含多种文类的艺术因素，呈现出鲜明的"混血"特点，而且在意象的选取和意境的营造上亦与 90 年代后"奇崛派"散文有相似之处。在《木部十二划》一文中，老家的"榕树"是作品的中心意象，作者通过榕树来深情回忆难忘的童年和少年生活，用诗情画意的语言来渲染童年记忆："叶飘如蝶，忽有丈长的胡须穿过记忆，逗醒我怔怔的冥想。不是哪位高龄的老者，是那几棵很吓人的百年老榕树。在还没有巨细靡遗、大规模地回忆童年之前，老榕树们确实把记忆吃去很大一片，不管如何峰回路转，笔尖终究会扯上几撮吓人的老胡须。"③不过与惯常回忆性散文借景抒情手法不同的是，这篇散文的构思较为独特，开头是从中国繁体汉字"樹"的笔画切入，然后由抽象的汉字贯穿起童年的生活，这样才顺理成章地引出童年生活中必不可少的榕树，这种讲究结构逻辑性和条理性的手法，既可看出该散文结构上注重起承转合之特点，亦可看成是小说式的结构。而榕树具有的"人化"特点，亦带有一种魔幻现实主义小说的色彩："榕树林是村民的

---

① 林锡嘉主编：《八十六年散文选》，台湾九歌出版社 1998 年版，第 33—34 页。

② ［马来西亚］辛金顺：《历史旷野上的星光——论陈大为的诗》，《华文文学》1999 年第 3 期。

③ 余光中主编：《中华现代文学大系（二）·台湾 1989—2003》散文卷四，台湾九歌出版社 2003 年版，第 1469 页。

记忆网络,要是他们有好奇的耳朵,那听进去的闲话势必塞满年轮,连半圈也转不动。我构想过一则童话:榕树林是一群地道的说书人,在萤火的时辰,透过晚蝉这快板,述说白书听来的,增补修订后的家常。榕树甲低声提起——我和小伙伴们偷了一罐杂货店的虾饼,在它那像脚指的板根之间吃了半天,顺便喂肥了馋嘴的胖麻雀;榕树乙和榕树丙唱起某对奸夫淫妇的反目大戏,相互指责,用难听的语意、悦耳的方言;接着是榕树丁的破产故事、榕树戊的未婚生子……榕树的年轮是一部人类读不懂的话本,即使成为纸浆,还继续聆听书写者的心声,或传递发言者的讯息。说书,是它不想告人的宿命。"①

而在《从鬼》一文中,"鬼"的意象并不是指虚无缥缈的超现实事物,而是存在于字典中的一个偏旁,其魔幻现实主义色彩则来自作者的拟人手法和奇特的想象力:"翻开部首索引,我看见好多汉字的内脏和肢体,譬如打字的手、陈字的耳朵、肥字的肉,当然还有一些完整的字形。老师曾经这么比喻:部首是一群十分厉害的酋长,分别统治着他们的属下,并且下令部属将同样的记号涂在身上,这样大家才不会搞乱。这款说法很新鲜,我忍不住翻开鱼部,果然!果然! 我吃过、没吃过和想吃的鱼类——鲑、鲤、鲨、鲳、鲸、鳗、鲈——统统在此,它们根据鱼体结构的简繁来排队。接着我读到眼花缭乱的金部,有兵器如枪、有厨具如铲、又有工具如钳农具如镰,十足一个联营的铁器兼兵工厂。像吃面,我一条一条地吃掉随文的解说,用胃去想象那些看不到的事物,或在远洋深处,或在城堡林立的上古。世界在翻查中急速扩大,字典的厚度告诉我:还有太多还未读到的东西在书页里躺着。"②这种饱含作者主观感情的修辞方式,成为他最惯常的一种写作手法,例如在《我没有到过大雁塔》一文中,陈大为把抽象的阅读感受比喻为攀爬峡谷,其思维方式并不新颖,而其奇特之处却表现在作者用丰富的联想力、汪洋恣肆的诗歌语言,以及无处不在的拟人化手法,把攀爬峡谷的过程仔细描摹出来:"诗句的峡谷意象森严,有无法言说和不准言说的讯息,攀爬在幻变巨测的两面峭壁。长峡追龙确实很费神,山风悄悄酿制我的睡意,伺机偷袭。于是桌灯伸出它八十瓦的巨灵掌,啪啪两声,仿

① 余光中主编:《中华现代文学大系(二)·台湾1989—2003》散文卷四,台湾九歌出版社2003年版,第1470页。
② 余光中主编:《中华现代文学大系(二)·台湾1989—2003》散文卷四,台湾九歌出版社2003年版,第1476页。

佛雷与雷正面撞击的分贝，就这样狠狠刮醒几首催眠的短诗。可那躺在书页上的汉字，竟然也被刮出斜斜的影子；影子恐惧，蹑手蹑脚地翻越他们僵硬的本体，沿着我羊肠般的思绪小径，往脑海中那栋巨塔前进。尾随着他们的足迹吧，你好奇的眼睛将会读到一座古塔，和它崎岖的命运。"①

从这个角度来说，陈大为的诗化散文化平淡意境为神奇氛围，奇异词句的力量功不可没，但是相比"奇崛派"散文来说，陈大为散文的意象主要取自现实生活，并没有刻意去渲染其神秘的超现实意味，虽奇特并不"险"和"怪"，因而作品文本中所运用的比拟手法虽然奇妙和超乎常理，但是却又在现实情理之中，并不突兀和产生惊悚之感。

---

① 余光中主编:《中华现代文学大系(二)·台湾 1989—2003》散文卷四,台湾九歌出版社 2003 年版,第 1482 页。

第十五章　后现代主义时代的故事：90年代后台湾的小说化散文

　　90年代后台湾的小说化散文,主要包括两种类型。一类是指瓦历斯·诺干①和夏曼·蓝波安②等台湾少数民族作家所写的台湾少数民族散文,其中所描绘的台湾少数民族的奇风异俗,以及对人物性格的塑造和对带有民族情调的日常生活场景之仔细描述等等,均赋予散文作品浓郁的传奇色彩和故事性。从这个角度来说,其小说化特点与三毛七八十年代的散文有些相似,均以富有浪漫传奇色彩的故事性取胜。但是从内容主题来说,台湾文坛90年代后出现的少数民族散文,并非有意在作品中渲染有别于汉族生活的异族情调和传奇色彩,而是有其产生的社会背景,有的研究者指出,台湾少数民族文化的逐渐消失,引起不少作家的关注,山地文学的崛起与发展,是近十年来台湾文坛引人注目的文学现象。由于台湾政治、经济、文化的历史演变,以及本地高山族生存环境所受到的根本性冲击,高山族的生活形态、风俗习惯等文化特征发生了改变,出现了'山地人写山地人'的为弱势族群代言的布农族作家田雅各、莫那能、柳翱、波尔尼林等。面对外来文明的冲击,他们深深感觉到族群生存的危机,肩负着文化承传的历史使命感,用自己的笔书写自己的心声,揭示高山族目前面临的政治、经济、文化困境。③ 也就是说,台湾不断推进的现代化进程一方面从物质上改善、提高了台湾各民族人民的生活水准,但是从少数

---

① 瓦历斯·诺干(尤干)(1961—　　),台湾台中人,出生于台湾少数民族泰雅人 Mihou 部落。著有评论集《番刀出鞘》、散文集《永远的部落》、报导文学集《荒野的呼唤》。
② 夏曼·蓝波安(1957—　　),台湾台东兰屿少数民族达悟人。著有散文集《八代湾的神话故事》、《冷海情深》、《黑色的翅膀》、《海浪的记忆》。
③ 倪金华:《近十年台湾散文新观察》,《文艺理论与批评》1999年第6期。

民族文化精神传承的角度来说，都市化和现代化实际上是少数民族全面"汉化"的一个过程，必然伴随着少数族裔生活方式的巨变、族群的衰落以及民族文化的断裂。因而，90 年代后台湾散文界出现的少数民族散文潮流，实质是作家用散文的方式表达出人们的焦虑和抵抗，正如七八十年代台湾的自然田园生活被现代生活侵蚀后遂出现"田园散文"的热潮一样。

因而，少数民族散文的一个主题，就是对逐渐消失的少数民族文化的追悼和怀念。台湾九歌出版社编选的台湾年度散文选从 1992 年开始收录少数民族散文作品，如吴锦发的《重返部落》，以悲悯情怀表现布农人部落在文明与原始角力下的结果，为少数民族部落在商业浪潮驱赶下陷入萎顿的现状而感叹不已。1993 年的年度散文选中特别选入了三篇代表作品，首篇是瓦历斯·诺干的作品《诗与私生活》，反映台湾少数民族文化的逐渐消失，表达少数民族真正的心声。第二篇是庄华堂①的《巴古斯的归乡路》，以汉人的眼光记述少数民族返乡的情景。第三篇是杨柳新②的《印地安夕阳》，写美国印第安保护区的见闻，表现世界各地少数民族所面临的共同困境，显示出少数民族文学独特的现实意义和历史价值③。由于 90 年代写作少数民族散文的作家并非都属于少数民族族群，因而该阶段少数民族散文所呈现出的"小说化"特点，主要是体现在描述有头有尾事件和人物对话的描写上，并没有显露出独特的艺术创新特点。

相比 90 年代，新世纪之后出现的少数民族散文不但在内容主题上有极大的拓展和深化，重点挖掘少数民族在现代化冲击下坚持民族生活方式的顽强精神，以及少数民族自己的历史掌故；而且在艺术手法上亦更加丰富多样，其"小说化"手法亦具有 90 年代后台湾散文特有的"混血"之艺术特点。在写于 2002 年的少数民族散文《浪涛人生》中，作者夏曼·蓝波安浓墨重彩描绘台湾达悟人依海捕鱼的民族生活方式："对达悟族的男人而言，与海洋有情感是不难理解的话，再者达悟男人不会游泳，不从事海里的渔捞生产，不出海捕捞飞鱼，达悟的俚语形容的其中的一句话是：被部落里的家屋之烟火燻的男人，意

---

① 庄华堂(1957—)，台湾桃园人。客籍作家，现任采茶文化工作室主持人、公视《后山平埔志》编剧及制作人。

② 杨柳新(1964—)，本名黄慧嬿，台湾台南人。从 1993 年开始提笔撰写散文，发表于各报刊。

③ 倪金华：《近十年台湾散文新观察》，《文艺理论与批评》1999 年第 6 期。

思是燻飞鱼的烟火青烟袅袅升华,他的家因为没有飞鱼燻,只好闻着其他家屋冒出的烟,直截了当且隐藏很深的讽刺意味是,不出海捕捞飞鱼的男人是依赖女人体温生活的此等人;所以海洋作为达悟男人从事生产的场域,作为定位达悟男人之社会位阶的对象,长久以来,抓鱼于是成为达悟男人的天职,如此之价值观依然深植在社会父执辈们的心中。"①除此之外,文本中八十多岁的"家父"、"大伯"等老一辈族人对世代相传的下海捕捉飞鱼传统之深沉热爱,与其说是为了谋求生活的温饱和富足,不如说是一种精神信仰和对传统人生观的捍卫。而族人下海捕鱼的事迹以及老一辈族人的人生经历,均在作者笔下成为富有民族特色的精彩故事,使这篇少数民族散文带有浓郁的小说化特点。

更能够体现出新世纪少数民族散文小说化特点的作品,当推发表于2003年而被选入《九十二年散文选》中的四篇散文,分别为瓦历斯·诺干的《樱花钩吻鲑》、夏曼·蓝波安的《让风带走恶灵》、霍斯陆曼·伐伐②的《恋恋旧排湾》和奥威尼·卡露斯③的《沉默的人》,这些作品都非常纯熟地操作汉族语言,去表现少数民族在人与自然、人与人、人与神灵互动关系中,所形成的族群文化生活经验和价值观④。不过由于生活在台湾的一些少数民族拥有自己的语言体系和看待世界的独特思维方式,因而与其他汉族散文家所写的作品相比,少数民族散文在语言上更能够体现出"陌生化"和"阻距性"的艺术特点。并且由于少数民族普遍存在"人神相通"的观念,所以文本中对族人与神灵之间相互感应和沟通场景的描述,自然而然就浸染上魔幻现实主义的神秘氛围。举例来说,在散文《让风带走恶灵》中,作者夏曼·蓝波安有意采用富有民族特色的对话来凸显其族群特征,如:"朋友告诉我,说:'先前,我肉体的男人(指他已故的父亲),他面向干柴燃烧的火沉睡的走了,火是我们前辈们的棉被,砍些干柴让他们生火吧,兄弟。'是的,灯只是照明的功能,不会温暖肉体,我说,在心里。"⑤他也用具有魔幻现实主义色彩的一些意象来呈现其民族信

---

① 席慕蓉主编:《九十一年散文选》,台湾九歌出版社2003年版,第141页。
② 霍斯陆曼·伐伐(1958—),汉名王新民,台东海端人,曾任小学教师、主任,现为自由作家。
③ 奥威尼·卡露斯(1945—),汉名邱金士,台湾屏东人。现从事鲁凯人文史记录,并投身"口传文化"相关工作。著有《云豹的传人》、《野百合之歌》、《多情的巴嫩姑娘》等书。
④ 颜昆阳主编:《九十二年散文选》,台湾九歌出版社2004年版,第30页。
⑤ 颜昆阳主编:《九十二年散文选》,台湾九歌出版社2004年版,第340页。

仰："吉祥的预感终究是不会'说谎'的，龙头青哥鱼动也不动昏睡在洞口，只见一张一合的鳃有节奏的呼吸，我毫不迟疑的从上瞄准其双眼中间的头壳，无情的铁条说给鱼听：'你原来就是属于我的'，有情感的我，无情感的铁条，仿佛青哥鱼理解我凌晨造访大海的目的，射穿其头壳的同时，她冲出礁缝带领我上岸。"①他亦用不同于汉语语法的民族语言来叙事："家父'浓缩身躯'侧躺在我水泥凉台的电脑桌下，以桌面当屋顶，以水泥地为床，算是不太好的'睡眠空间'，我看着腕表，时针指向3：30AM，我看见披在他身上的被单有在正常呼吸，'好好睡吧！'我说在心里。我抽根烟，合闭电脑，继续亮着桌灯，看着凉亭外的细雨，看着仍在呼吸的被单，同时等待第一只'正常'的公鸡鸣出黎明前的'钟声'。公鸡鸣出'正常'的钟声，父亲还很'正常'的时候，跟我说过，'那是吉利的夜，那夜潜的良辰，抓鹦哥鱼好时机。'"②而且这种丑曲变形、带有跳跃性的民族语言，与异族风情融合在一起，赋予该篇散文一种诗意情调。从这个角度来说，这是一篇兼具诗化特点的小说化散文。

瓦历斯·诺干的散文《樱花钩吻鲑》则把笔触伸向台湾少数民族反抗当局暴政的历史中，具有极强的故事性，可以当成一篇小说来阅读。具体到作品来说，这篇散文全篇采用对话形式，通过一个台湾少数民族老人的回忆来讲述泰雅人民反抗国民党当局暴政的历史故事，其中革命和告密者叛变的故事情节颇为曲折生动，并且神秘的"告密者"成为推动故事情节发展的一个"谜"。不过作品在结尾部分却通过讲述人的话来揭露出谜底："年轻人，你看不出来我脸上的黑斑吗，我就是那个身材矮小猥亵的告密者帖木·夏得，我活在这里惩罚自己犯下的罪行，像樱花钩吻鲑胆怯的活在封闭的小溪，用这种方式说故事，我才有勇气说完。"③但是这篇散文的小说化特点不仅限讲述故事和塑造人物性格，它还以当地特产樱花钩吻鲑来象征台湾泰雅人既保守又顽强的生命意志，以及犯错后的忏悔意识，具有现代主义诗歌的象征寓意："我最后一次看到他脸上飘荡过来的阴影，确定那不是任何叶影，而是从身体里面用罪恶、胆怯、悔恨凝聚的黑斑。我退出这处状以平静的风暴中心，路旁小溪里的樱花钩吻鲑异乎寻常的奔窜出水面，我回到车上，看一眼山谷，天空竟然像黑

---

① 颜昆阳主编：《九十二年散文选》，台湾九歌出版社2004年版，第343页。
② 颜昆阳主编：《九十二年散文选》，台湾九歌出版社2004年版，第332页。
③ 颜昆阳主编：《九十二年散文选》，台湾九歌出版社2004年版，第340—341页。

墨洒满的布幕,那些蕃刀状的山峦似乎正不安的晃动。"①而最后的结尾亦进一步加深这种象征意味:由于台湾中部发生地震而致使这位老人消失,他讲述的故事亦不可求证其真实性,进而使台湾泰雅人的革命历史亦变得可疑起来,从而导致这篇散文笼罩着亦真亦幻的神秘色彩。

另一种类型的小说化散文,以台湾"奇崛派"散文家在 90 年代后所写的作品为代表,包括 90 年代后的简媜,以及更为年轻的唐捐②、钟怡雯等人的散文。具体来说,"奇崛派"散文以奇、险、怪的语言和独特怪异,甚至超现实主义的神秘意象,来编织精彩的故事情节,把后现代主义文学中的魔幻现实主义、谐仿等艺术手法和古今中外的诗歌因素,以及电影媒体中的某些因素均融合在一起,各种艺术因素在其文本中的"混血"程度远高于同阶段的其他散文作品。从现代散文向其他文学类型"出位"的角度来说,90 年代后"奇崛派"散文堪称代表着 90 年代至今台湾散文艺术创新的最高成就。不过由于钟怡雯的散文作品亦带有显著的戏剧化色彩,因此放到下一章中进行分析,特此说明。

作为 20 世纪 50 年代出生的台湾"新世代"作家,简媜在七八十年代以散文家身份登上台湾文坛以来,不但被归入多产作家行列,而且其散文作品始终以内容主题丰富多样、艺术风格不断变化著称,可说是每一部散文集都具有自己独特的艺术风格,是独特的"这一个"。在出版于 2000 年的散文集《私房书》的"自述"中,简媜曾专文论及自己在不同时间阶段所创作散文集之不同内容和多变风格:"写作,跟庄稼渔猎之事有点儿吻合,钓鱼以竿、猎鹿以莆、耕地以锄,为不同的题材寻找最锋利的表现方式应是创作活动里极迷人的部分。十多年来,我试过以典丽繁复的词藻与怦然心动的情怀歌咏青春时代(《水问》),磨炼出一种空灵文字与境界,渲染佛义、演绎世间之缘起缘灭(《只缘身在此山中》),我又刻意溶解闽南母语于今文书写中,捕捉已消逝的农村风土人情(《月娘照眠床》),而后在独具魔性魅力的台北住久了,我用《胭脂盆地》记录都会面目。平日有写札记习惯,身上随时有一小册跟着行走江湖,写久了便积成十几册草札、小品,挑三拣四,即是《私房书》。喜欢喝茶,喜

---

① 颜昆阳主编:《九十二年散文选》,台湾九歌出版社 2004 年版,第 333 页。
② 唐捐(1968—),台湾南投人。著有散文集《大规模的沉默》,诗集《意气草》、《暗中》等多部。

欢到想把冻顶乌龙茶列入殉葬清单的地步,故写了《下午条》,喝茶岂不是在喝十丈红尘。然后女性议题从地底伏流跃上案头,其实一路的作品处处可见女踪,但真正把它掼在桌上的,要属《女儿红》。"①

　　早在 80 年代,陈幸蕙就从简媜散文集风格变化的角度,来评价她写于1986 年而被收入《七十五年散文选》中的散文《银针掉地》一文的艺术特点:"简媜每一本散文集,对她的创作生涯言,应该都具有断代的意义吧? 从《水问》以校园生活、心情与爱情为主题始,到《只缘身在此山中》把宗教情怀与文学结合,并探讨人际关系止,简媜似乎决定了在题材上不要重复自己,因此两本散文集呈现出相当不同的风貌;而作为第三本散文集的出发,《银针掉地》是否可视为其'只缘'之后的又一变呢('银'文为简媜'只缘'结集后发表的第四篇作品诗)?"②而同样发表于 80 年代的散文《四月裂帛》又呈现出另一种艺术风格:"《四月裂帛》既吸收了小说中的人物刻画手法,戏剧中的对话与冲突,也有诗一般的意象和氛围,而且还大胆点化和借鉴中外典籍里的象征和寓言,从而构筑其特有的艺术氛围,给人以虚实相生、韵味。"③简媜时隔十几年后发表于 2003 年而被收录进《九十二年散文选》中的《圣境出巡——菜市场田野调查》一文,依然体现出与此前作品不同的艺术风格:"简媜独以女性主义、文化人类学、社会学的心眼看到其中真实、复杂的人心人性,并且运用写实却又恣意嬉笑怒骂嘲讽的叙述形式,操弄语言如白居易笔下琵琶女之操弄琵琶,雅俗刚柔长短杂糅交错,其翻腾变化不可限于任何规矩。在现代散文中,这是非常特殊的创体。"④其艺术风格的"混血"特点,亦有意无意地契合90 年代后台湾散文整体的艺术风格。

　　简媜散文艺术风格多变的一个重要原因,则在于她自身独特的散文观。她曾经从中国散文史的角度探讨过自己散文的创作特点:"散文在中国是一个大宗,经过千百年的发展,它的可塑性非常强。它既可以如长江大河,洋洋数万字,自成一个完整的散文世界,也可以是小品文只寥寥二三百字。它可长可短,可重可轻,千变万化……经过不同的作家文体上不断的实验、改变,台湾

①　简媜:《私房书》,九州图书出版社 2000 年版,第 2—3 页。
②　陈幸蕙主编:《七十五年散文选》,台湾九歌出版社 1987 年版,第 93 页。
③　茅林莺:《爱情宣言生命体悟》,《名作欣赏》2006 年第 9 期。
④　颜昆阳主编:《九十二年散文选》,台湾九歌出版社 2004 年版,第 28 页。

的散文在发展中渐渐吸收了诗、小说的质素。这是现在的一种新趋势"，"我觉得有时更重要的是把故事说完整,而说完整有时无法用散文的平面描述来完成,总希望立体一点,而要立体,甚至有些感情必须要让读者透过文字的激荡、摩擦去感受出来,那么就要有情节的设计在里面。有情节才能让这一事件立体起来。而当它立体起来的时候,文字才可以形成一种对立面,形成一种对比的感觉,才有可能摩擦,读者才比较能够透过这样一种搜寻的过程获得阅读的感受"①。由此可以看出,简媜的散文创新试验源于一种自觉意识,而小说化特点亦成为简媜散文作品的一个主要特色。在《摆荡于孤独与幻灭之间——论简媜散文对美的无尽追寻》一文中,钟怡雯高度评价简媜散文的艺术风格:"亦有专攻散文,或可称之为'散文专业户'的创作者,出于本身对散文自觉和要求,以诗和小说的技巧来丰富散文的面貌,显见其对散文的用心和努力,简媜的散文便属此类","简媜致力于散文创作,至今已结集十本。其散文意象繁复,语言更接近诗,对文字的实验更是游走在文法的边缘。她的散文喜以小说的叙事和架构,以及虚构的人物为题材,冶诗与小说为一炉,而其质地仍是绝佳的散文。"②

从现代散文创新的角度来说,简媜在 90 年代后至今日所写的散文皆可归入"奇崛派散文"范畴。除了前面列举的散文《圣境出巡——菜市场田野调查》之外,被选入《中华现代文学大系(二)·台湾 1989—2003》散文卷四中的散文,包括《三只蚂蚁吊死一个人——谈挫折》、《水证据——给河流》和《烟波蓝》亦可作为例证。不过需要指出的是,相比唐捐和钟怡雯的散文作品,简媜所写的"奇崛派"散文并非都具备"险"、"奇"、"怪"之特色,其中一些作品中的"奇"并不怪异和令人感到惊悚,这与简媜散文虽然追求艺术创新,但是并不追求"语不惊人死不休"境界的散文观有关,亦与她习惯在散文作品中编制精彩故事的特点相关。在《水证据——给河流》中,作者根据浊水溪外形的变化,把它形容为小蛇、龙和大蟒:"自中央山脉跃下时,她只是一尾敏捷的银白小蛇,一路穿凿山体、切割幽谷,飕飕然如不畏天地的小龙。她狼吞虎咽急着把自己养胖,就这么嚼食板岩吃下过量黑砂,导致溪水变浊。行至下游,这条

---

① 简媜:《类型化·模糊化·私语化》,《台港文学选刊》2002 年第 8 期。

② 钟怡雯:《无尽的追寻——当代散文的诠释与批评》,台湾联合文学出版社 2004 年版,第 100 页。

泥黄大蟒用尽最后一丝气力,扭身掼出肥沃的冲积扇平原,而后敛目出海。如今,你懂她了,冲积扇平原养出独特的浊水米,乃是一粒粒语句,每日黄昏量米声中,响出她的叮咛:吃壮吃实在了,才挑得动一箩一筐的苦难。"①虽然语言和意象形象生动、奇特,却不怪异。当然,这篇散文亦不缺乏怪异语言和险怪意象,现引用一段加以说明:"浏览这许多河,你有沦陷之感,觉得自己的身体也像一截断河;四肢是支脉来会,食指似田野间的涓涓细流。所以你这么想,或许每个人都可以找到某条河的某段地貌与他的身形合符:发与水草共舞,头颅与乳石并列,或是肩与堤岸接驳。哪一条河是爱恋之所在,则系乎童年铭印或文化地理上的追寻。你相信人会在潜意识领域模拟那条河身、流程、水量,移植其气候、景致及生养,河川神韵慢慢渗透、运行全身,决定一个人的逍遥姿态与沧浪气质。人,不是断河,是浩浩荡荡的一部分。"②

在《三只蚂蚁吊死一个人——谈挫折》中,作者把人类遭受的挫折比拟成"三只蚂蚁"构成的兵团,人类被挫折击倒的过程被描写成一场人蚁大战,并且故事情节曲折生动:"挫折像英勇的蚂蚁兵团,以缜密的作战计划,单点突破,化整为零,逐步展开:头发之役、眼泪溃堤、极机密嘴部坚壁清野策略、手脚大捷,并且运用心战喊话,使名为'人'的这只大虫突破心防,自动倒戈,撞墙抹颈割腕,一时三刻昏厥过去。胜利的时刻终于来了!三只蚂蚁扛着敌人的躯体,踩着漂亮的正步,浩浩荡荡朝着蚂蚁王国的康庄大道前进——事实上只有两只蚂蚁扛人,因为必须有一只蚂蚁在队伍前面打起胜利的旗帜;它们经过激烈且复杂的猜拳才达成协议由黑蚂蚁掌旗——它们顺便决定凯旋时不呼口号,该吹口哨。"其中所用语言和意象虽然新奇但是却并不过于险怪和突兀,反而更增添其形象性和生动性。然后作者就顺理成章地指出挫折的特点:"挫折就是这样。叫人死不了,活着又不爽快。好比春花烂漫的季节里,早晨醒来,发现身上的薄被爬满蚂蚁。在你还没有惊叫之前,它们已经为丰盛的早餐做过祷告了",以及人们对待挫折的两种态度:"挫折不单独来,它带着子子孙孙一块来。被三只小蚂蚁扛走的人,似乎只有两条路:成为俘虏或反败为胜

---

① 余光中主编:《中华现代文学大系(二)·台湾 1989—2003》散文卷四,台湾九歌出版社 2003 年版,第 1238 页。

② 余光中主编:《中华现代文学大系(二)·台湾 1989—2003》散文卷四,台湾九歌出版社 2003 年版,第 1243 页。

毙了它们的蚁王。"①从这个角度来说,简媜写于 90 年代后的散文之"奇崛"特点,主要是作为一种辅助手段,或是使作品中所讲述曲折的故事情节更加生动和形象,或是起到烘托和渲染氛围之作用。

然而简媜在 2008 年发表的散文《小径》,却显然不同于此前"奇崛派"散文的艺术风格,不再追求"险"、"奇"、"怪"的表达方式,而是用细腻笔触形象地描摹微妙情绪的流动变化:"'什么事漫长?'自我追问,像追一条从窗前飘过的黑影,却即问即灭;那缕情思退回深渊之最深处,在永恒暗影中安静了。留下脑海里纷纷扰扰的慌张与骇异,仿佛行船者忽而错觉整座海洋是沙漠,而行路者举步之间误认路面竟是瀚海,皆不免惊惧。但这惊惧只是一晃,脑中立即涌入现实绳索:该买一盏灯,记得约聚餐时间,那篇稿子不能再拖了……活生生被五花大绑。适才的叹息果真沉入深渊之最深处,不再骚扰忙碌且世俗的眼前现实。"②由此可以看出,简媜在 90 年代后所创作的"奇崛派"散文,只是她的散文艺术创新实验的一个必然产物,具有阶段性特点,并不能够代表简媜散文的全貌。而简媜散文的创作势头在当下依然呈继续发展的趋势,散文《小径》或许就是其艺术风格又一次转变的一个预示。

同为"奇崛派"散文的代表作家,唐捐的散文作品比简媜的更能够表现出险怪、惊悚的"奇崛"之艺术风格。具体到作品来说,唐捐不仅选取具有超现实主义色彩的"鬼魂"、"梦"等作为作品的中心意象,同时代表现实生活丑陋面的"死尸"、"弃婴"等意象亦经常出现在其文本中,而且他还把险怪的语言句式融入小说手法中,意在营造出一种神秘难解的意境,从这个角度来说,唐捐的散文亦可看成是用小说手法写出的现代主义诗歌篇什。因为《鱼语搜异志》一文中语言和意象的险怪奇特之特点,在前面章节中已经详细论述过,因此本章就不再重复,而是以《少年游》和《毛血篇》为例进行分析。在《少年游》一文中,作品"险"、"奇"、"怪"的艺术风格不仅表现在"鬼魂"、"梦"、"死尸"、"被肢解的弃婴"等奇异意象和险怪的语言中,作者在结尾部分更进一步借多重梦境强化其"奇崛"的审美效果:"这些不是新闻,少年我知道,甲乙丙丁都是残破的弃婴的脑海里播放过的梦,地藏王朝的壁画里也有相同的版本,

---

① 余光中主编:《中华现代文学大系(二)·台湾 1989—2003》散文卷四,台湾九歌出版社 2003 年版,第 1225 页。
② 林文义主编:《九十六年散文选》,台湾九歌出版社 2008 年版,第 42 页。

绝无马赛克，看起来更过瘾。弃婴的梦继续徒劳的播放着，在第 1999 个梦的第一章第十七节里，他梦见自己变成一名叫做宰我的少年，宰我书寝又做了一个梦，梦见自己长成一名叫做唐捐的少尉，某日无事，在兵营里填了一阕清新婉约的小令，调寄‘少年游’。”①而在发表于 1997 年的《毛血篇》一文中，作品所选用的中心意象"山鼠"并无奇异之处，其险怪之处却是表现在通篇把物——不论是植物还是动物，统统都比拟为人类，它们具有人类的感觉感受和思维方式："树薯跟麻竹笋一样生性粗犷，能够硬着头皮，突破苦瘠崎岖的土壤。它们把太阳的高脂转化成白色的乳汁，由根部发送至枝叶茎干。芳香甜美的气味在溽热的空气中漫衍，如一股夺魂的魔咒，渗入深深的地底，搓揉山鼠的肌胃、侵入脆弱的神经网路，使它们口舌发痒，神昏目眩"，"这些骚动茫昧的生命被薯汁诱引出来，丝毫不能抗拒。它们钻向薯田，伸出颤巍巍的利爪，火速拨开土壤，拖出肥美的块根，用那奇痒无比的齿牙，狠狠地啃食。饱含淀粉的白色汁液融入口涎，渗进血脉，慢慢平息体内的瘙痒，并转化成一股源源不绝的活力，叫它奔跑跳跃，叫它中伏哀嚎"②。这种特殊的比拟手法显然带有魔幻现实主义的意味。而且如此细致地来仔细描摹山鼠偷吃木薯的每一个细节，只有小说手法才能够做到，这亦是其作品具有小说化特点的一个例子。除此之外，作者在作品中还用冷静客观的叙事态度详细展示屠杀动物的血腥过程："瀑布持续掷落，水汽向四方扩散。父亲把手伸进山鼠的体腔，掏出红紫交杂的内脏，仿佛有一股温热腥臊的气息漫向空中，与阴森的水气遭遇，遂凝成坚硬的微尘，淤在眼耳鼻舌之间，难以剥除。"③如果再与《少年游》中描写人类被杀害的场景联系起来，作者在这些散文中体现出的冷静客观的叙事方式，则与大陆小说家余华的《死亡叙述》等充满后现代主义色彩的小说类似，可看出作者一方面努力追求险怪境界，另一方面亦力求避免语言、意象模式化和其风格雷同的苦心。

　　但是，"奇崛派"散文所追求的"语不惊人死不休"的艺术境界，虽然代表着 90 年代后台湾散文艺术创新的最高成就，但是这种一味"险"、"奇"、"怪"

①　余光中主编：《中华现代文学大系（二）·台湾 1989—2003》散文卷四，台湾九歌出版社 2003 年版，第 1433 页。
②　林锡嘉主编：《八十六年散文选》，台湾九歌出版社 1998 年版，第 197 页。
③　林锡嘉主编：《八十六年散文选》，台湾九歌出版社 1998 年版，第 199 页。

的表达方式,以及对多种文学类型艺术因素的大量吸取和化用,贵在因数量少而使读者会产生"惊艳"的艺术审美效果,不过当散文家大量创作和不断发表这种"奇崛"风格的散文之后,其雷同化的行文风格和雕琢的匠气等弊病则在诸多作品文本中显露无遗,无法避免,反而不如一些纯朴自然风格的散文作品更能够体现出现代散文的潇洒自然之特点。

第十六章　"混血"的戏剧化特点：90年代后的戏剧化散文

　　从中国现代散文史的角度来说,现代散文向小说、诗歌的"出位"较为普遍,并且已经积累了丰富的实践经验,因而诗化散文、小说化散文较为常见。但是相比之下,现代散文对戏剧艺术因素的吸收、融合和化用则较少见。究其原因首先是因为戏剧作为一种叙事类型,与同为叙事性艺术的小说有诸多相同和相似之处,例如均具有通过富有个性特征的对话来表现人物性格、生动曲折的故事情节等特点,因此很多散文对戏剧因素的化用,常常被看做是化用了小说的因素,后者反而遮蔽了前者。其次则在于,经过五四新文化运动洗礼的现代戏剧虽然与诗歌、小说、散文均为并列的文学类型,而且经过三十多年的不断积累,到 20 世纪 40 年代末,它已经积累了丰富的戏剧舞台艺术经验,但是相比其他文类来说,戏剧剧本由于主要依靠人物语言和动作来讲述故事和推动故事情节的发展,语言文字所产生的阅读效果远不如小说和诗歌生动、感人,因而亦不如后两者流行,读者数量很少。这也给现代散文化用戏剧艺术因素带来了一定困难,因为戏剧艺术对散文家来说比较陌生,所以他们优先吸收较为熟悉的小说、诗歌中的艺术因素。此外还有一个原因,作为与电视、电影等媒体艺术具有相似艺术特点的一种表演艺术,戏剧表演已经退到了边缘化位置,然而后两者却在大众中日渐普及,它们亦在呈现故事背景、故事情节和人物形象塑造等方面比戏剧占有优势,可以通过摄影镜头的转换、逼真的画面色彩等技术性因素呈现出更精彩的故事,而戏剧观众却越来越少,从而造成现代散文热衷于从电影和电视中吸收、化用艺术因素,有意冷落戏剧艺术。

　　因而,能够把戏剧艺术因素化用到散文作品中的散文家经常兼有戏剧家的身份,他们或是具有剧本写作经验的戏剧家,或是具有戏剧表演经验的艺术家。也就是说,他们需要拥有较高的戏剧艺术修养。张晓风是一个典型例子,她身兼散文家和戏剧家身份,她在七八十年代的一个时期甚至专门从事过剧本创作。具体到散文作品来说,张晓风在 60 年代就开始有意无意地吸收戏剧因素化入散文内,较早地体现出戏剧化的特点来。有的评论家对张晓风散文的戏剧化特点进行过仔细分析,认为张晓风不但"把散文写成一个接一个的戏剧场面;她还为散文增光添彩,把散文写成一段接一段的诗章。散文《母亲的羽衣》一开头是这样的戏剧:

讲完了牛郎织女的故事,细看儿子已垂睫睡去,女儿却犹瞪着坏坏的眼睛。忽然,她一把抱紧我的脖子把我勒得发疼:'妈妈,你说,你是不是仙女变的?'我一时愣住了,只胡乱应道:'你说呢?'

场面温馨如晚上黄金时段合家欢的电视剧集《惊》一文的开端则如午夜的惊悚电影:'有一次去看画展,一进门,冷不防地被一整墙的张大千的大幅墨荷吓了一跳……'这里戏剧的各种元素诸如时间、地点、角色、动作、说白几乎都一一具备。连一些散文集的书名,也这样具有戏剧性:《步下红毯之后》中,不是有'红毯'为布景、有'步下'为动作,有'之后'暗示时间,而其中有人物呼之欲出吗?《星星都已经到齐了》这个书名,则'星星'是角色,'已经'隐含着时间,'到齐'是行动。张晓风以剧为文,奉行亚里斯多德的行动(action)律。至于《常常,我想起那座山》一文,记叙她单独朝山的行动,只有主角一人,而独白之外,还有与途人的对白,且多的是动作。"①

除了张晓风外,在七八十年代期间写作戏剧化散文的知名作家还有阿盛。与张晓风散文相似的是,阿盛散文中的戏剧化特点常常与小说化特点掺杂在一起,这亦是其戏剧化散文常被归入小说化的一个重要原因。不过与张晓风不同的是,阿盛并不是戏剧家,他的散文向戏剧"出位"的主要原因,在于他对散文艺术精益求精的艺术追求,这在前面的章节中已经详细阐释过,此处不再赘言。具体来说,阿盛散文的戏剧化不仅表现在富有戏剧性的语言对白和人物动作中,而且常通过具有喜剧色彩的对比性场景表现出一种幽默感。以阿盛写于 1977 年的散文《厕所的故事》为例,文本中多次出现戏剧性和饱含幽默感的对比场景,像住在城市的表弟在乡下厕所无法大便,与水沟等处皆为乡下小孩流动厕所之间的对比,以及人们对规范化的厕所先喜欢后厌恶的感情

---

① 黄维樑:《美丽的张世界——〈晓风过处——张晓风选集〉序》,《华文文学》2009 年第 4 期。

转变等等,在此不再——列举。除此之外,作者还通过"人像展览式"的戏剧手法来呈现幽默感:"每次开村民大会,他一定会再三说明厕所的重要性,有一次还说'厕所就是生命',六叔跑到台上去,不知道跟他说了些什么,他马上又补充了一句:'厕所为成家之本!'末了,他建议大家不要再用竹片麻秆揩屁股,因为这样会得破伤风,有人站起来发言,说不会得破伤风,应该是会生粪口虫,我们学校一位女老师立刻又发言,她认为应该是生痔疮才对,然后指导员出来解释,他说,应该是会长瘤才合理,他的一位朋友就是这样。到后来,村长说:'统统有可能,不过,得破伤风的机会最大。'那一次大会后有赠送纪念品,每家三包卫生纸,两包樟脑丸,一把长柄猪鬃刷子,乡里派来的卫生员特别交待,刷子是清洗厕所用的,妈说这种刷子这么好,用来洗刷厕所太可惜,所以一直放在厨房里使用。"①生动的语言和传神动作亦塑造出村长的性格形象——有些唠叨啰嗦却不乏精明能干。

相比之下,写于 1986 年的散文《十殿阎君》的戏剧化色彩则更浓厚一些,而且阿盛在对戏剧艺术因素吸收的同时,又融合了强烈的故事性和电影短镜头画面等艺术手法。在这篇散文中,人物性格的对比和场景对比均体现出浓厚的戏剧化特点,如"我"与小学同学林秋田之间的性格差距,同父异母的哥哥与妹妹之间彼此截然相反的人生态度和生活方式。举例来说,作为哥哥的林秋田是这样的:"他以近乎向兄长诉说的语气,道出以前从未说过的心思,他恨生他的父亲,那个连长相都没见过的父亲,他恨贫穷,恨他母亲手上那支月琴,恨老师彻底摧毁他的自尊心,恨人世的势利,恨刻薄嘲笑他的小学同学,恨食油厂老板的寡情压榨,……恨一切,包括当年那些站在电土灯前听故事的人,还有老天,老天瞎了双眼",作为同学和好友,"我则无法附和他说得全对,我曾眼见林秋芬躺在冰凉的地上,眼见她用小手持扇扇灶口,眼见她被小孩笑骂,眼见她在烛前念书……也眼见她排除一切困难读大学"②。此处没有散文常有的说理议论成分,而是依靠林秋田的"诉说"和"我"的"眼见"两种均带有动作性的对比方式,让读者来判断人物观点的正确与否。这亦是现实主义

---

① 余光中主编:《中华现代文学大系(二)·台湾 1970—1989》散文卷四,台湾九歌出版社 1989 年版,第 1931 页。

② 余光中主编:《中华现代文学大系(二)·台湾 1970—1989》散文卷四,台湾九歌出版社 1989 年版,第 1942 页。

小说常用的一种手法。

还有,《十殿阎君》运用电影镜头式的蒙太奇剪接方式,把人物的童年往事极度浓缩,又颇有现代主义戏剧的象征意味:"我站在鹿港婆面前,林秋田很不自在,我故意站远点,他的眼睛不时斜望我一眼……我掏出银角子,轻轻放入大碗里,林秋田转过脸去……我故意将肉蛋偷偷塞在他的餐盒中,他愤怒的夹出丢掉……我出拳殴打嘲笑他的同学,他推开我,独力扑打……我们去偷甘薯,他挑出硕大的包起来,说是给母亲和妹妹……他到我家玩,进门先掏出所有的衣袋裤袋,出门一样动作……他从来不曾打过偶尔不小心冒犯他的好学生……"①

进入 90 年代后,阿盛所写的戏剧化散文在技巧上越发炉火纯青,他已经能够做到把小说、戏剧和电影等艺术类型中的多种艺术因素巧妙融合在一起而无斧凿痕迹,既能够保持原有的戏剧化特点,又呈现出 90 年代后台湾散文"混血"的普遍特点。发表于 2004 年的散文《烟火酱菜》是典型的例证之一。作者不再强调对比性的人物性格和场景,而是通过一个个既富有动作性又带有日常生活特色的生活场景来表现台湾大众的生活:"不富饶的年代,过日子天天第一件事是吃饭,烟火人家老百姓,举火炊烟煮吃的,最是误不得。他样事情由老天做主,下不下雨、起不起风、疾病老死、地震大水,人一点办法也没有,总不能连肠胃腹肚也交给老天管领吧。以是,误了三餐,妇女挨骂挨拳头,顶好别回嘴回手,咬牙忍着,赶紧端饭上桌,半跑返厨房,大灶要烧热水,小灶要煮麦茶,火烟蓬蓬飞漫,烟火熊熊舞颤,十二月天,妇女的发梢颈上滚滚流汗。正切着猪菜呢,婆婆的尖嗓穿墙透壁:'烧水好了未?'那未字的音特长特高。'好了!'妇女放下刀,舀热水,咬牙忍着。终有一天的,待儿子们长大了,自己大模大样当婆婆,到时还忍谁个尻川痒哩。但,急不来。一家老小全吃饱了,妇女双手擦脸,到正厅弯腰请婆婆:'阿娘,烧水准备好了。'平眼问丈夫:'有吃饱?'低首摸儿子:'还是太瘦呢。'然后坐在饭桌前,饭桌上别无好物,这一小盘剩几片腌蒜头,那一大盘剩几寸咸鱼干,另一小盘剩半段菜心。'吃啦!'婆婆喊话,妇女咬牙忍着,开始吃饭了。"②在这段引文中,戏剧的对白和

---

① 余光中主编:《中华现代文学大系(二)·台湾 1970—1989》散文卷四,台湾九歌出版社 1989 年版,第 1943 页。

② 陈芳明主编:《九十三年散文选》,台湾九歌出版社 2005 年版,第 167 页。

动作性均被呈现出来,其中勤劳质朴的台湾妇女形象又具有普遍性,不仅是五六十年代台湾农村生活的真实写照,同时亦折射出台湾女性婆媳两代在家庭生活中的不同地位,暗含着作者对不平等婆媳关系的社会批判思想。这篇散文结尾部分的细节描写如此细致和逼真,显然是用小说手法写成的剧本解说词:"三轮脚踏车慢慢慢慢沿路边前行,酱菜贩脚上的青筋一突一陷。不大不小的风,围着酱菜车的大布片啵啵啵响,鼓出又凹入又鼓出凹入,车底部的木板与四角立木咿咿呀呀磨着。酱菜贩中气五分喊喝:'酱菜喔——赶紧来买唉——。'"①画面感很强,又如同慢慢推进的电影镜头,最后定格在叫卖酱菜的画面上结束全文,亦与开头部分相会呼应,余味悠长。

阿盛发表于 2007 年的散文《蟋蟀战国策》中的戏剧性特点又有所不同,不仅有一幕幕画面感极强的生活场景,更利用具有喜剧色彩的对话来增强其戏剧性:"校长不知是江西或山西或陕西或广西人,一口北京话说得字字走音,毫无平上去入。但巡察时听到学生说闽南话,立即厉声呼来:泥湿补回说郭语马? 沾好来! 立正沾好来! 沾无粉钟! 转头欲走又回头:泥搜上拿地湿啥马东西? 小学生惶惶然:是乌龙。校长扶眼镜:五聋? 啥马东西? 湿太晚话马? 小学生握紧手中物:不素! 校长疑疑惑惑:补湿久好,泥衣厚咬朵朵说郭语! 小学生正正经经点头,嘀咕一句:放屁! 校长旋身:泥说啥马? 小学生立正:棒赛,棒球比赛。校长满意:棒赛好棒赛好,衣厚朵朵看人家棒赛,泥挥去缴室吧。"②对校长不标准"国语"发音的仔细描摹,以及校长和小学生之间因语言不通所产生的幽默感,显然是延续了《厕所的故事》等七八十年代散文的特点。除此之外,作者亦用具有喜剧色彩的动作和画面来进一步强化幽默感:"督学会像偷袭老鼠的猫那般,忽然就出现在校园。工友紧急通报,老师下令关灯,学生全部趴到课桌下,老师蹲踞讲台下。警报解除,开灯,挪椅子,清喉咙,拍衣服,上课。实在烦不胜烦,便干脆议妥屠宰场鱼市场之类的地方,学生夜间行军去上课。荒郊野外,粪堆处处,虫声具具,细心的小孩听声辨位,猛扑上去拔草,手掌覆按,一只蟋蟀在握了。"③其效果又如同一幕短小的舞台剧。

但是在 50 年代到 80 年代期间,从事散文创作的其他台湾作家们却甚少

---

① 陈芳明主编:《九十三年散文选》,台湾九歌出版社 2005 年版,第 167 页。
② 林文义主编:《九十六年散文选》,台湾九歌出版社 2008 年版,第 23 页。
③ 林文义主编:《九十六年散文选》,台湾九歌出版社 2008 年版,第 24 页。

吸收、化用戏剧因素,至多是零星化用其中的独白和人物动作因素,从这个角度来说,与其说散文家们吸收的是戏剧艺术因素,不如说是化用了小说的一些艺术因素。然而,90 年代后期至今的台湾散文界除了阿盛继续坚持戏剧化散文创作外,有一些散文家亦加入吸收、化用戏剧艺术因素的行列,并且取得不俗的文学成绩,其中以杨锦郁①和钟怡雯两位女散文家最为突出。

杨锦郁的戏剧化散文并不强调具有强烈情节冲突的曲折故事,而是通过戏剧艺术手法来展现岁月的沧桑和人世变幻的无常,从这个角度来说,其戏剧化特点颇似曹禺的戏剧《北京人》所追求的"生活化(散文化)的戏剧",找到了散文和戏剧之间的相通之处,并以此为契合点,用平淡清新的语言在充满戏剧性的现实生活中挖掘人生的意义和生命的价值。

在发表于 1999 年的《流离岁月》一文中,杨锦郁用清新朴素的语言勾勒出家族由盛而衰的历史变迁过程。在家族衰落的巨变中,人物由富有而堕入贫穷境地,其间的巨大落差必然会导致其性格发生巨大变化,其间的戏剧性不言而喻,这亦是一些戏剧化散文着重表现的。不过杨锦郁的这篇散文虽然也描绘主要人物"哥哥"的性格在变化前和变化后的强烈对比,不过却有意省略掉"哥哥"由富贵公子转变成自食其力的小买卖人的心理变化过程,只呈现他转变后的形象:"我进门时,哥哥正忙着做肉圆,他埋着头,脸上带着笑意,招呼着说:'这里热,带孩子们楼上坐。'我打发孩子后,不假思索的洗净手,立即加入制作行列,藉由馅料、外皮的厚薄,自然的交谈起来,我松了一口气,为自己先前的不安感到多余","哥哥始终不多话,独自张罗摊上的火候、清洗,几年不见,除了消瘦一些,他那俊美的面庞,英俊的个子一点没变。"②这种写作手法在某种程度上会削弱戏剧冲突的审美效果,但是从另一个角度来说,却也相应削弱了激烈戏剧冲突带来的艺术虚构效果,反而凸显出散文的"有我"和言志特点来。也就是说,作者的戏剧化散文尽管还化用了小说的某些艺术因素,但是作者却把这些艺术因素作为建筑材料,建构起抒情言志的散文大厦来。

---

① 杨锦郁(1958—　　),台湾彰化人,作品有《记忆雪花》、《严肃的游戏》、《用心演出人生》、《温馨家庭快乐多》、《远方有光》和《穿过一树的夜光》等。

② 余光中主编:《中华现代文学大系(二)·台湾 1989—2003》散文卷三,台湾九歌出版社 2003 年版,第 1091 页。

《曾经,在遥远的国度》一文写于 2002 年,开头部分如同一部电影,镜头一转立即从当下切换到 20 年之后:"最先,是坐在台下,聆听着西塔琴大师拉维香卓清然浅拨,藉着时急时缓的琴声诉说着他母国的故事。

然后,是在狮城不经意的闯入那色泽缤纷的庙宇,困惑于泾婆神的多面化身。

当拉维香卓带着亭亭玉立的女儿再次现身舞台,出神的合奏依然古老沧桑的西塔琴音,时间已经过了二十年。"①

作者在此处既运用了电影的蒙太奇手法,又体现出戏剧场幕之间的转换。与前面的作品相比,发表于 2007 年的《我们》一文的戏剧性更强,作者在开头就设立悬念,讲述"我"和"你"两个中年人在时隔 30 年之后的一次约会:"我尾随人群之后,还未及出站闸口,迎上你灿然的笑容,在嘈杂的人声中,那璀璨的笑靥定格扩散了。然后便不由自主的和记忆中的另一张笑颜重叠。那是三十年前我们初次相约时,我所见到的一个男孩的青春笑容。"②读者会认为这是"我"与 30 年前的初恋情人之间的约会,因此会期待看到一个恋人之间悱恻缠绵而又因造化弄人却凄婉分手的爱情悲剧故事,但是作者笔锋一转,却很快揭露出谜底:"我"与"他"实际上是夫妻关系,而两人这次的约会实际上是对青春恋爱往事的一种回忆和重温。由此可以说,作者追求的是"日常生活的戏剧"和现实生活的诗意,因而作者所抒发的思想感情,也就更加真实感人:"三十年来,青春的面容缓慢爬满了岁月的痕迹。我们生活作息的不一,更多时候面对的是转身离去的招呼。'这样也好',我告诉自己,内心充斥着不明飘浮感,在岁月的更迭,所以能够安定的在生活中行走,来自错身而过的释放,自由自在的继续执著于自己的想望。"③可以这样说,杨锦郁用自己的创作实践重新诠释了现代散文对戏剧艺术手法的化用:戏剧化散文并非专指拥有激烈的戏剧冲突、曲折的故事情节或是具有对立性格的人物构成的散文,用诗意的笔触同样能够展示出日常生活的戏剧性,散文写作就是表现人类执著理想追求的一幕戏剧。这亦是她对 90 年代后期台湾散文的一个贡献。

---

① 余光中主编:《中华现代文学大系(二)·台湾 1989—2003》散文卷三,台湾九歌出版社 2003 年版,第 1092 页。
② 林文义主编:《九十六年散文选》,台湾九歌出版社 2008 年版,第 202 页。
③ 林文义主编:《九十六年散文选》,台湾九歌出版社 2008 年版,第 203 页。

作为 90 年代后期台湾"奇崛派"散文的代表作家之一,钟怡雯的戏剧化散文已经有大家之风。余光中从"女性散文"的角度来评价她的散文成就:"人寿以十年为一旬,回顾半世纪女性散文的风景,琦君、罗兰、林海音、张秀亚当为第一旬,林文月当为第二旬,张晓风承前启后,当为第三旬,廖玉蕙、陈幸蕙继起,为第四旬,简媜翻新出奇,为第五旬"①,钟怡雯则被归为第六旬的代表者。

与阿盛、杨锦郁等人的戏剧化散文相比,钟怡雯散文的特点显然带有心理剧的某些特点,在意象的选取和意境的营造上亦别具匠心,其艺术风格带有险、奇、怪的特点。焦桐指出,钟怡雯散文的行文特点在于:"也许是钟怡雯在描述周遭的事物时惯用比拟(personification),她笔端的天地万物皆有生命和情感,和叙述者互相感应、对话;她总是设定相爱相缠又相怨相斥的两方,使得美丽与哀愁、亲密与疏远缠绵不休","叙述者似乎总是能够洞悉它们的精神意志,经常和它们对话、抬杠、拌嘴,形成精神良伴"②。换言之,文本中的"我"和周围事物被有意设置成对立的两个角色,这两个角色之间的对白,以及"我"具有浓厚心理学意味的独白,均赋予作品浓厚的心理剧色彩。除此之外,钟怡雯在散文中随手拈来的比拟手法,看似随意,实际上是作者精心选择的艺术结晶,某种程度上又为作品增添了象征意味。

散文《发谋》一文写于 1997 年,虽然在发表时间上晚于《垂钓睡眠》,但是却比后者更能够表现出钟怡雯散文的戏剧化特点。如果说在琦君的《髻》中,由头发梳成的髻只是承载和贯穿作者往事记忆的中心意象,并且成为贯穿全文的一个线索,始终做为"物"而存在,那么钟怡雯的散文《发谋》则是把头发看做是一个带有独立生命力的形象,不再是"物"而是一种带有魔幻现实主义色彩的"人"的形象,或是代表着"自然人性"的人,具有自己独立的思想和思考能力:"它崇尚彻底的自由主义,坚实散发,讨厌我以方便为由把它束成马尾,'马尾是赶苍蝇用的,我要求唯美的浪漫,优雅的古典,要像少女漫画中的主角那样自然飘逸,我讨厌你一切以方便和效率为考量的现实主义'"③,这亦让人想起斯宾塞提倡的自然万事皆有神性的泛神论思想,从而使文本带有某

---

① 钟怡雯:《听说》,台湾九歌出版社 2005 年版,第 7 页。
② 钟怡雯:《垂钓睡眠》,台湾九歌出版社 2006 年版,第 9—10 页。
③ 钟怡雯:《垂钓睡眠》,台湾九歌出版社 2006 年版,第 40 页。

种哲理意味。而"我"与头发之间的对白和辩论，某种程度上就转变为人与人或人与自身、人性的交谈，自然而然带有心理挖掘的深度和力度："或许应该这么说，我和长发之间根本就是爱恨交缠，接近那种爆烈的爱，蕴藏着相等能量的恨，就像爱一个人恨不得把他搓碎或变小，化成身体的一部分，极度疼爱一只猫便有吃掉它的可怕念头。"①从这个角度来说，《发诔》可以看成是一幕由"我"和"头发"两个角色之间的对白构成的心理剧。而文中的奇特意象——具有独立人格意识的"头发"，带有明显的魔幻现实主义色彩，亦为该文增添"奇"的艺术特色。

如果综观钟怡雯迄今为止已经发表的所有散文作品，读者会发现，其中大部分作品中的语言和意象均表现出"奇崛派"散文的奇特怪异特点。比如，在《藏魂》一文中，作者在图书馆中发现书籍游荡的灵魂，读书的过程就是与书魂交谈、辩论的一个过程："我通过文字开启深邃宽广的知识世界，同时释放囚在坛子里的书魂。我们的交谈安静而无声。这种减音的交谈没有负担，对方的想法不尽完善，就在架上搜寻互为补强的观点，让不同意见的书魂去辩驳。年轻的书魂总是按捺不住脾气，气势凌厉且偏激；老书魂则不动如山，总能败部复活，在逆境里扭转乾坤。"②在发表于2002年的《酷刑》一文中，其艺术风格的"奇崛"不仅在于把医生治疗人类身体疾病的举动看成是人类经受酷刑拷打的过程："复健机器简直是满清十大酷刑的现代版，向这些机器要回健康？生病已经够可怜了，还得被五花大绑？针灸室里，一字排开被针定在床上的肉体，岂不是耶稣受难图的民间版？想到十几根二寸长的针插秧一样插进肉田里，心就一阵抽搐。我拿出一贯的拖字诀，拖吧！忍无可忍时再说"③；与此同时，背痛也被看做是一个具有独立生命意识的意象，而且还是具有超现实主义神秘色彩的一个"鬼魂"："这九个月来，背上像坐着一个小鬼。它越吃越重逐渐肥硕，压得我腰背疼痛，辗转难眠。静夜里像猴子一样攀在我身上，双手扳着我的脖子像扳一棵树，我的肩颈因此而僵硬疼痛。它脾气不好时，便

---

① 钟怡雯：《垂钓睡眠》，台湾九歌出版社2006年版，第41页。
② 钟怡雯：《听说》，台湾九歌出版社2005年版，第152页。
③ 余光中主编：《中华现代文学大系（二）·台湾1989—2003》散文卷三，台湾九歌出版社2003年版，第1458页。

大力的拍我的左后脑,偏头痛让我跪地求饶,呼叫小祖宗你饶了我吧!"①除此之外,钟怡雯在散文作品中常常用特定的气味来渲染这种"奇崛"效果,例如《茶楼》、《渐渐死去的房间》等散文就如此。究其原因,这与作者独特的观察和感受力有关,钟怡雯在其散文集《垂钓睡眠》的"后记"《渴望》一文中说过:"每一个人每一样东西都有它的气息,只要记住了那独特味道,就等于拥有,我不需要霸占一个容易改变和毁灭的实体。我发现猫咪也有这样的怪癖,难怪我和它们特别投缘,猫咪对我也特别亲密。"②这使其作品常常笼罩着一层神秘意味,亦进一步强化了钟怡雯戏剧化散文的"险"、"奇"、"怪"色彩。因而焦桐在《想象之狐,拟猫之笔——序钟怡雯〈垂钓睡眠〉》一文中把钟怡雯散文的艺术特点概括为"想象之狐,拟猫之笔"③。

然而颇有意思的是,钟怡雯散文的艺术成已经得到大陆文坛和台湾文坛的公认,然而对其的具体评价却并不一致,除了上文所列举的焦桐的观点之外,其他的作家和学者亦有自己的看法。其中以余光中的观点颇有代表性。在《狸奴的腹语——读钟怡雯的散文》一文中,余光中指出,"作者的散文多为独白而缺少对话,难见她与世界直接交谈,所以钟怡雯的散文远离戏剧和小说,而接近诗:毕竟她本来也是诗人",而且钟怡雯散文的诗化特点自有其现代散文传统的渊源:"由个人的感性切入,几番转折之余,终于抵达抽象的知性、共相的本质,不是一般作家所能把握。这种笔路由实入虚,从经验中炼出哲学,张晓风是先驱,简媜是前卫,而其后劲正由钟怡雯来发功。"④之所以出现多种评价,除了批评家们切入文本的视角不同之外,更重要的在于作品本身融合、化用了多种文类的艺术因素,这与钟怡雯在创作散文时追求创新、不拘现代散文的艺术成规有关。换言之,钟怡雯是通过散文来"撒野",借用语言文字来释放自己被城市生活压抑的自然天性,或曰在自由挥洒的散文写作中保留一些自然野性,"这样我只好在文学里荡秋千、撒野。至少觉得自己的野性并没有消失,我还可以连用那套和天地万物沟通的语言,去虚构种种似幻疑真的生命影像,去记忆一个现在和过去重叠的自己,让你以为读到了我的身

---

① 余光中主编:《中华现代文学大系(二)·台湾 1989—2003》散文卷三,台湾九歌出版社 2003 年版,第 1458—1459 页。

② 钟怡雯:《垂钓睡眠》,台湾九歌出版社 2006 年版,第 210 页。

③ 可参考钟怡雯的《垂钓睡眠》一书中的"序言"部分。

④ 钟怡雯:《听说》,台湾九歌出版社 2005 年版,第 16—17 页。

影,但实际上没入丛林里的,到底是一只耍弄语言的泼猴,抑或是植物交谈的手语?"①这种对模式化、千篇一律的现代都市生活的反抗意识,遂造就了其散文异彩缤纷的艺术风格特点。从另一个角度来说,这正是钟怡雯散文具有"混血"艺术特点的一个反证。

也正是在此意义上,钟怡雯散文体现出的"混血"的戏剧化特点,是对台湾当代散文的评价标准和散文史写作模式的挑战,正如黄万华在《山水兼得情思双栖——马华新生代作家钟怡雯散文论》一文中指出的:"她的创作再一次提醒我们,文学史不能再用原先的眼光来看待新生代,不能再用原有的格局接纳他们。新生代的消解、颠覆往往是一种历史的再认识,他们在撕破一些东西中也在寻找有意义、有深度的价值。他们仍有生活的激情,只是这种激情会建立于愤怒、绝望、悲观之上;他们仍会体验苦难,只是更多地表现为心灵的逼视;他们召唤回了创造力,只是其创造力有时会回归于'野性';他们仍注重心灵的表达,只是面对心灵时的方式更多样,有拷问,也有游戏;他们推崇现代主义,或执守现实主义,但都有着对现实主义、现代主义传统的反叛。所有这些,都对以往的文学史范式提出了挑战,而使文学史写作进入一种不断调整的状态。"②

---

① 钟怡雯:《听说》,台湾九歌出版社 2005 年版,第 211 页。
② 黄万华:《山水兼得情思双栖——马华新生代作家钟怡雯散文论》,《烟台大学学报》2007 年第 1 期。

第十七章　小品文的饮食书写：台湾饮食文化散文小品

　　在中国现代散文史中,以饮食文化为描写中心的饮食文化小品从 20 世纪 20 年代的萌芽,到 90 年代后至今在台湾文坛的发展繁盛,俨然已经成为一类具有独特风格特色的散文小品。而饮食文化小品的兴盛,可说是对林语堂提倡的"宇宙之大,苍蝇之微"散文观念的具体实践,亦是台湾当代散文不断发展、繁荣的又一个例证。由此可以说,饮食文化小品在艺术的创新,并不在于其语言形式上的求新求变,而是主要体现在对小品文内涵的拓展和丰富上,这不仅赋予作品具有文学性,而且使之具有社会学、历史学、民俗学等方面的文化价值以及艺术美的美学效果。

　　具体到作品来说,虽然国人谈讨中国饮食文化的传统源远流长,著述亦颇多,但是撰写饮食文化的现代散文篇章,则以周作人的小品散文作品为开端,亦最具有代表性。在钟叔河编选的散文集《知堂谈吃》中,专门汇集了周作人所有集中谈论饮食的百余篇诗与文,共分为四部分,分别为"集内文"、"饭后随笔"、"未刊稿和集外文"和"诗"。收录于"集内文"中的 11 篇散文均作于 1924 年至 1945 年二十余年间,分别摘录于《雨天的书》、《泽泻集》和《立春以前》等多部散文集中。从周作人于 1924 年发表的《北京的茶食》一文中,可窥见其对饮食的独特态度:"我们于日用必需的东西以外,必须还有一点无用的游戏与娱乐,生活才觉得有意思。我们看夕阳,看秋河,看花,听雨,闻香,喝不求解渴的酒,吃不求饱的点心,都是生活上必要的——虽然是无用的装点,而且是愈精炼愈好。"①这既代表着作者对饮食文化的看法,也是一种生活态度,

---

① 　钟叔河主编:《知堂谈吃》,山东画报出版社 2005 年版,第 3—4 页。

244

亦是周作人的言志派散文拥有"以自我为中心，以闲适为格调"之特征的一个具体体现。这些散文包蕴着周作人散文所特有的"涩味"，不但对日常生活中常见的各种食物，如野菜、茶、酒、油炸食品、窝窝头、炒栗子和羊肉等等，引经据典地进行探讨，而且涉笔成趣，更重要的是从笔墨情趣中透露出对人生命运的复杂理解。从这个角度来说，这些散文作品其实是以谈论各类食物为表，而深层次上却包含着表达个人性情志向的"里"。

　　周作人的饮食文化小品散文中以《故乡的野菜》一文最具有代表性。周作人以"我的故乡不止一个，凡我住过的地方都是故乡"为开头，把自己的出生地浙东，以及后来呆过的南京、留学过的日本和当下住的北京都当做"故乡"来看待，一方面表达出对凡是有自己踪迹的地方皆是故乡的豁达态度，另一方面却也无法遏止地隐约流露出自己是过客的现代主义式的人生孤独感，这为全文奠定下"涩味"的基调：现代人在享受由空间扩展带来开阔视野的喜悦感的同时，却始终无法摆脱淡淡的孤独感之苦，这二者互相纠缠在一起，构成复杂的"淡而且深"①的人生况味感受。这种复杂的苦、乐相掺杂的人生滋味成为周作人饮食散文文本的一个独特表征。因而可以理解，为何作者会在这篇散文的后半部分把美味的野菜食物和"扫墓"现象联系在一起。更具体而言，正是以苦乐掺杂的人生滋味为基础，作者在此处把孩子吃美味食物的快乐与用食物祭奠死者的悲哀之情紧密联系起来，在以孩子所象征的生存和以坟墓为象征的死亡之间搭起一座桥梁，把生与死、快乐和悲哀融合在一起。既有对生命的珍惜爱护，又有把死亡看做是人类生命不可或缺的构成部分的豁达洒脱。反之亦然。这种独特的生死观是其苦乐观的进一步延伸，不但构成周作人饮食散文独特的情感内蕴，而且开启了现代饮食散文的一个传统——把日常生活中的各种食物作为托物言志的具体意象，借谈论食物来表达作者个人的人生体悟和生活态度。在这种具有"言志派"特色的饮食散文中，周作人显然是把各种食品与"花鸟鱼虫"等同，均当做是其赏玩、怡情和言志的对象，显示某种"名士派"的闲适生活姿态。从美学角度来看，周作人的饮食散文把各种食物从饱腹充饥之物具有的实用功能，提升到怡情养性的超功利高度，从而产生一种超越具体的身体味觉感官的审美感受，在现代饮食文化散文

---

① 可参考钱理群等著的《现代文学三十年》（修订版）中对第一个十年散文的分析，北京大学出版社 1998 年版。

中开始建构起味觉的第一个审美层次——由味觉感受升华而来的一种愉悦的审美体验。

显而易见，这种审美感受产生的一个原因在于作者运用了文学中常用的通感手法。所谓通感，钱钟书的定义是："在日常经验里，视觉、听觉、触觉、嗅觉、味觉往往可以彼此打通或交通，眼、耳、舌、鼻、身各个官能的领域可以部分界限。颜色似乎会有温度，声音似乎会有形象，冷暖似乎会有重量，气味似乎会有体质。诸如此类，在普通语言里经常出现。"①也就是说，人类身体中的各种感觉在某种程度上是相通和相互交叉的，食物引起的味觉感受可以转化为视觉、触觉等其他感官体验，而饮食散文就是通过语言文字的媒介，把味觉转化为阅读的视觉感受，从而能够升华为一种超越味觉感受的审美愉悦感。

不过需要指出的是，在"集内文"中收录的饮食文化散文中，各种食物主要是作者托物言志借用的意象，其"饮食"主题并未被单独凸显出来，或曰饮食在文本中并没有成为一种独特的文化现象。不过，在周作人此阶段的饮食文化散文中，还存有一篇另类风格的作品——《谈油炸鬼》，与其他散文作品相比较而言，它着重突出了食物本身的历史文化感，可说这是一篇较典型的谈论中国饮食文化的现代散文。具体来说，作者把麻花，又名"油炸鬼"这种食物当做一种饮食文化现象来看待，仔细考证其起源和在各个历史时期的发展、变迁。为此文中还专门引用了《越谚》、《庶物异名疏》等历史典籍和唐代诗人刘禹锡的诗歌来充当佐证。不过这篇散文除了充分展示出作者的渊博学识和深厚的中国饮食文化修养之外，更重要的是体现了这个新文化运动先驱者所持的"平民化"立场和平民意识，这主要体现在结尾部分："麻花摊所制各物殆多系寒具之遗，在今日亦是最平民化的食物，因为到处皆有的缘故，不见得会令人引起乡思，我只感慨为什么为著述家所舍弃，那样地不见经传。"②显而易见，作者有意记载下这些普通百姓所食的寻常食物，而不是达官贵人的菜谱。同时，这篇散文还揭示出作者在"闲适"的外表中，其实是含蓄地包裹着一种批判的锋芒的："秦长脚即极恶，总比刘豫张邦昌以及张弘范稍胜一筹吧，未闻有人炸吃其人，何也？我想这骂秦桧的风气是从《说岳》及其戏文里出来

① 钱钟书:《钟书论学文学》第 6 卷,花城出版社 1990 年版,第 92 页。
② 周作人:《知堂谈吃》,山东画报出版社 2005 年版,第 25 页。

的。士大夫论人物，骂秦桧也骂韩侂胄，更是可笑的事，这可见中国读书人无是非也。"①也就是说，作者最终目的依然是借食物来"言志"——批判国人思想意识深处的劣根性，改造国民性。这种进行文明批评和社会批评的杂文手法，无疑为周作人的饮食散文增添了社会现实意义。可惜的是，这个特点并没有在他 1945 年后撰写的饮食散文中延续下来。

　　在思想内涵的丰富性和美感体验的复杂性层面上，现代饮食文化散文在五六十年代的台湾文坛得到了延续和进一步发展。梁实秋的《雅舍小品》中收录了一部分饮食散文，最早由九歌出版社在 1985 年出版、此后又不断被台湾其他出版社和大陆的出版社增添重版的《雅舍谈吃》，则汇集了梁实秋所有的饮食散文，共计一百四十几篇，在很大程度上继承了周作人早期饮食散文的特点，在烤羊肉、烧鸭、锅烧鸡、饺子、白肉、佛跳墙、蟹、黄鱼、粥、面条等各种食物中寄托人生感受和对故土的思念，可说也不脱"闲适"之品味。但是，梁实秋饮食散文中的各种食物不仅是作者托物言志、以舒个人胸臆的物象，而且还是能使品尝者"恣情享受，浑身通泰"（见《饿》）的具体实物。梁实秋在散文《馋》中公开宣称："馋，则着重在食物的质，最需要满足的是品味。上天生人，在他嘴里安放一条舌，舌上有无数的味蕾，教人焉得不馋？ 馋，基于生理的要求，也可以发展成为近于艺术的趣味。"②由此可说，他在强调味觉审美具有超功利一面的同时，也把食物和"吃"的行为紧密联系起来，强调其功利性的另一面——人们通过吃"好吃的东西"来满足自己的具体味觉感官体验。也就是说，其饮食散文具有"偶因怀乡，谈美味以寄兴；聊为快意，过屠门而大嚼"的双重特点，造成超功利性和功利性相结合的味觉审美特点——这亦是梁实秋在饮食文化散文中所构建的味觉审美的第二个层面内涵。

　　之所以会出现这种味觉审美观，主要是由于五六十年代台湾的社会环境和文化环境所决定的。梁实秋娓娓道来的大部分食物是以故乡北京为背景，表达的是思乡思大陆之深情，有意无意地符合当时占据台湾文坛的"思乡"的主流意识形态。而台湾当时经济开始腾飞和走向现代化，出现了台北、高雄等较大规模的都市以及生活于其中的市民阶层。这是吉登斯所谓的现代性发展不可避免的一个世俗化过程。梁实秋的饮食散文兼顾知识性、趣味性和日常

---

① 　周作人：《知堂谈吃》，山东画报出版社 2005 年版，第 26 页。
② 　梁实秋：《雅舍谈吃》，山东画报出版社 2005 年版，第 194 页。

生活中"好吃"的感性体验,既可作雅致的小品文来阅读,也可看做是具体饮食的指导性书籍,雅俗共赏,难怪颇受读者欢迎。

这种超功利和功利性相结合的味觉审美特点,决定了梁实秋饮食文化散文不同于周作人的一个明显特点:重视各类食物"好吃"或是"不好吃"的味觉体验之同时,又不忘把它们放到各地人们不同的饮食背景中来加以描述,以饮食风俗的差异来增加食物自身的历史文化气息。其后唐鲁孙、逯耀东、林文月和焦桐等人的饮食文化散文则继承了这一传统,在此基础上亦分别从社会学、历史学、民俗学等向度切入,亦多有自己独特的阐发。从这个角度来说,梁实秋的饮食文化散文有开创性作用。

在《雅舍谈吃》首篇散文《西施舌》中,作者引用郁达夫散文中的词句,从味觉感受角度来开头:"《闽小记》里所谈西施舌,不知道是否指蚌肉而言,色白而腴,味脆且鲜,以鸡汤煮得适宜,长圆的蚌肉,实在是色香味俱佳的神品。"[1]然后又用自己的味觉体验进一步描述这种食物的外形和滋味:"一大碗清汤,浮着一层尖尖的白白的东西,初不知为何物,主人曰是乃西施舌,含在口中有滑嫩柔软的感觉,尝试之下果然名不虚传,但觉未免唐突西施。"[2]这种在探讨食物历史渊源过程中融合人们"口腹之欲"感官感受的写法,几乎贯穿梁实秋所有的饮食文化散文篇什。当然,梁实秋散文的内涵并不限于此,他还擅长在中西方不同的食物和饮食风俗习惯中发现二者文化上的不同。《饿》一文堪称是描绘以北京饮食习惯为代表的中国饮食文化的典范之作:"开春吃春饼,随后黄花鱼上市,紧接着大头鱼也来了,恰巧这时候后院花椒树发芽,正好掐下来烹鱼。鱼季过后,清蛤当令。紫藤花开,吃藤萝饼,玫瑰花开,吃玫瑰饼;还有枣泥大花糕。到了夏季,'老鸡头才上河哟',紧接着是菱角、莲蓬、藕、豌豆糕、驴打滚、爱窝窝,一起出现。席上常见水晶肘,坊间唱卖烧羊肉,这时候嫩黄瓜、新蒜头应时而至。秋风一起,先闻糖炒栗子的气味,然后就是焦烤涮羊肉,还有七尖八团的大螃蟹。'老婆老婆你别馋,过了腊八就是年。'过年前后,食物的丰盛就更不必细说。"[3]而西方人的饮食习惯则不同,普通美国人的饮食并不讲究,平时喜食火鸡、牛奶和奶酪(见《康乃馨牛奶》)等食物。

---

① 梁实秋:《雅舍谈吃》,山东画报出版社 2005 年版,第 3—4 页。

② 梁实秋:《雅舍谈吃》,山东画报出版社 2005 年版,第 3—4 页。

③ 梁实秋:《雅舍谈吃》,山东画报出版社 2005 年版,第 196 页。

而美国快餐餐厅麦当劳中的牛肉饼夹圆面包："小小的薄薄的一片碎肉,在平底锅上煎得两面微焦,取一个圆面包(所谓 bun),横剖为两片,抹上牛油,再抹上一层蛋黄酱,把牛肉饼放上去,加两小片飞薄的酸黄瓜。自己随意涂上些微酸的芥末酱。这样的东西,三两口便吃掉,很难填饱中国人的胃"①,虽然其味道不如中国食物美味,不过饮食卫生条件却非常具有优势,而不似中国的一些路边餐厅："我们的烧饼油条,永远吃不厌,但是看看街边炸油条打烧饼的师傅,他的装束,他的浑身上下,他的一切设备,谁敢去光顾! 我附近有一家新开的以北方面食为号召的小食店,白案子照例设在门外,我亲眼看见一位师傅打着赤膊一面和面一面擤鼻涕。"②在这种对比当中,中西方饮食文化的不同不言自明。

　　不过,虽然梁实秋的饮食文化散文风格代表着台湾五六十年代,乃至当下饮食文化散文的主流风格趋势,但是需要指出的是,台湾本土作家钟理和③、钟铁民父子的饮食文化散文则呈现出另一种不同的面貌来。如果说梁实秋笔下的精致美食是人们日常生活享受的一部分,满足的是生活在台湾城市里衣食无忧的人们的口舌感官欲望,那么钟家父子则写出了不同于城市市民的普通台湾农民的饮食生活。在钟家父子,特别是钟理和的笔下,食物并非是人们怡情养性的寄托物,而是当时勤劳而贫困的台湾农民,尤其是生活在农村的客家人生存的必需品。作为著名的本土作家,钟理和不仅写过脍炙人口的短篇小说集《夹竹桃》、长篇小说《笠山农场》等小说作品,而且还写过一些篇幅短小的饮食文化散文作品,其中主要包括《猪的故事》、《安灶》、《西北雨》和《旱》,可看做是其小说作品的补充,同样表现出沉重的民生疾苦。但是,由于这几篇饮食文化散文属于带有"自叙传"成分的叙事散文,以台湾五六十年代农村生活为背景,而且带有浓重的小说化色彩,因而不是各种食物,反而常常是与获取食物相关的各种农事劳动成为作者在作品中加以仔细描述的必备内容。这是钟理和与梁实秋在饮食文化散文方面的最大不同。在散文《西北

---

① 梁实秋:《雅舍谈吃》,山东画报出版社 2005 年版,第 218 页。
② 梁实秋:《雅舍谈吃》,山东画报出版社 2005 年版,第 219 页。
③ 钟理和(1915—1960),笔名江流、里禾,号钟铮、钟坚,祖籍广东梅县,1915 年出生于台湾屏东。第一本创作集为《夹竹桃》,1955 年完成唯一的长篇小说《笠山农场》,作品还有《原乡人》、《奔逃》、《烟楼》、《假黎婆》、《钱的故事》、《还乡记》、《西北雨》、《雨》、《阁楼之冬》、《往事》等。

雨》中,作者展示给读者的是一幅繁忙而沉重的农村劳动场面:"我们用最大速度做我们的敲麻工作;心、眼、手、脚、一齐来;翻、抓、敲、丛,同时完成",而当西北雨逼近的时候,农民疯狂地抢收庄稼:"她发疯似地挥动着手,扭动着身躯,在毛阑和麻丛之间狂舞。她的脸孔通红,挂着汗水,沾着麻仁。麻屑和尘土,我被赶得上气不接下气,不得不扔掉棍子一屁股坐落地面休息"。散文《安灶》和《猪》描写出当时农村妇女不但在田间和男性一起辛勤劳作,而且在家庭生活中也要承担起沉重的劳务。作者正是通过这些艰辛的农村劳动场景,从侧面衬托出农民日常生活食物的来之不易,赋予这些饮食文化散文丰厚的台湾乡土色彩。因而其审美风格也为之一变,既不属于周作人式的超功利审美范畴,也与梁实秋的超功利和功利性相结合的审美风格迥然不同,亦无法用这两种审美范畴来衡量,而是拥有现实主义作品的沉郁顿挫的崇高美。

还要指出的是,钟理和的饮食文化散文专写台湾普通农民的艰辛劳作,不但把周作人作品中的"平民立场"推到极致,即站在底层贫苦农民的立场上,而且继承了其借助食物等物象来进行社会批判和文明批判的杂文精神。在《猪的故事》和《旱》两篇散文中,钟理和把批判的矛头指向某些封建迷信的、不文明的社会现象和人们的愚昧思想。对于台湾农民来说,物质生活的贫困固然可怕,而科学知识的缺乏和精神愚昧则更加剧了他们的贫困程度,正如作者在《猪的故事》中所感叹的:"在一个穷人之家,两条大猪的死活非同寻常,然而人们的愚蠢往往把自己搞得更穷。"①从这个角度来说,钟理和在散文作品中同样采用了"托物言志"的手法,只是并非是对"闲适"的、富有情调的饮食生活之抒情,而是在客观叙事中寄托着作者改造国民性的思想意识。

与父亲不同的是,钟铁民②的饮食文化散文则把艰苦的农事劳动场景推到幕后,突出了对当时台湾农家最常吃的各类乡土食物的赞美,包括番薯、木瓜、乌杜子粥、咸鱼番薯饭和飞机草、蕹菜等各种野菜。具体来说,钟铁民的饮食文化散文大概可分为两类,一类是对富有乡土色彩的食物的赞颂,以及人们

---

① 钟氏父子的散文作品皆为钟铁民之女钟怡彦专为著者提供,在此表示感谢。钟理和的这些散文作品亦可参阅郭枫主编的《台湾艺术散文选一》中编选的散文作品,百花文艺出版社1990年版。

② 钟铁民(1941—),出生于辽宁奉天(今沈阳市),1946年随父亲钟理和自北平返回美浓故乡定居。小说作品有《余忠雄的春天》、《约克夏的黄昏》等,结集出版的散文集有《山城栖地》、《山居散记》、《乡居手记》等。

参加农事劳动的喜悦之情。在《大番薯》中，他就盛赞番薯——最普通的食物对台湾农民的巨大贡献："鸡吃、狗吃、猪吃，孩子也吃。既是零食点心，也是正餐主食。喂鸡喂猪用的，将番薯整条倒进土灶用大冬良锅煮熟，早晚各一次掺合粗糠放在鸡食槽中任鸡啄食。孩子喂鸡鸭时挑出光整的自己先咬几口，鸡鸭喂饱了人也吃得差不多饱了。当做主食的番薯则先削皮再刨成签条，掺合一点点不成比例的白米煮成饭。番薯有汁液，在饭锅底下总会结成一层褐色的锅巴，所以番薯饭甜甜腻腻中带有点焦味烟味。如果配上咸鱼酱萝卜之类，年轻的小伙子可以一口气吃六七碗。"番薯不但是日常充饥的普通食物，还可以制成一种精美的点心"番薯糖"，足可登大雅之堂。在《菜季》一文中，生活在乡村的家庭主妇喜欢种植菜蔬："她在果树园的空地上种有长期的蔬菜瓜果，像茄子、番薯叶、龙须菜、匏瓜丝瓜等，用的是有机肥，绝少喷药。雨季蔬菜不足时添上各类野菜，正好雨季是野菜生长得最茂盛。"人们不但在农事劳动中获得没有喷洒农药的安全蔬菜，以饱口福，而且更重要的是也同时收获了快乐、喜悦的心情。《飞机草》中的野草飞机草（又名昭和草）、《蕻菜？好吃》中生长在稻田里的杂草蕻菜（又名鸭舌草）以及《乌杜子粥》中生长在香蕉园的野菜乌杜子，均是农家日常餐桌上的蔬菜。而之所以食用这些野菜，并非是因为生活贫困，而是因为它们新鲜、卫生，有益于人们身体的健康。从这一类散文中不难看出相比较五六十年代而言，生活在七八十年代的台湾农民物质生活上的极大改善。而正是因为时代背景的变迁，钟铁民的饮食文化散文在风格上与其父并不相同，没有后者的苦难感和悲凉情绪，而是充满乐观氛围。

当然，上文已论及，钟铁民散文中的乐观基调建立在其对食物和劳动光荣的赞美的基础之上的，因而他的一些散文，包括《荔枝香》、《木瓜树下好乘凉》、《土狗仔与伯劳鸟》和《椰子》等作品，常常在结尾部分流露出对一些不良农业现象的批判意识："而且不只木瓜一项，台湾的作物几乎全经过杂交改良，土生种惨遭抛弃，好像没有任何机构做妥善的保护，一旦发生病变或适应不良问题，还真是可忧的农业危机哩！"这种忧患意识并没有削弱其乐观基调，反而在某种程度上增加了作品内涵的丰富性。

钟铁民饮食文化散文中的另一类，主要包括《挂纸》、《红蟳》、《红香蕉》、《咸鱼番薯饭》等散文小品，风格有些类似周作人和梁实秋，记述了一些充满生活趣味的饮食小故事。《红蟳》和《红香蕉》篇幅短小，其中对食物螃蟹和红香蕉的描述,不在于滋味多鲜美,而是在于实现吃者愿望实现以及与别人共享它们时的愉快心情。《挂纸》是一篇回忆性散文,作者深情地回忆小时候分吃挂纸扫墓祭品的快乐往事。毫无疑问,这篇散文在内容上颇类周作人的《故乡的野菜》一文,都以扫墓期间乡村孩子所吃的扫墓祭奠食物为主要内容,不过前者重心在于强调以孩子为主的人们在分吃祭品时的"生"的乐观精神,全文充满一种乐观基调。作者对此有详细的描述:"小时候物资极缺乏的时代,只要有人挂纸,从人家伐草清墓起,我们小孩群已在附近聚拢等待了,等着人家分发点心称作'打粄仔'。'打粄仔'时我们玩我们的游戏,只等祭拜结束,鞭炮响完就一定可以分得一或两块红龟粄。碰到假日挂纸的人多,一家给完又一家,一天可以分得一堆,全家人都有得享用,我们放牛的工作没有耽误,又赚了不少甜美的点心,还可以评论谁家米糊烧焦,谁家不够甜,难怪所有的孩子都那么怀念挂纸的日子。"①换言之,钟铁民的饮食文化散文并没有周作人散文中的"涩味"。其原因大概在于,钟铁民的目的不是阐发对苦乐相掺杂的人生滋味的品味,而是赞颂台湾南部客家人顽强的生命力和乐观向上的精神,文中所写的红龟粄等食物亦是客家特有的扫墓祭祀品。

实际上,以台湾客家食物来象征客家人坚忍的生命信仰、勤劳朴实的性格,是贯穿钟铁民所有饮食文化散文的一条红线,他在作品中涉及的各种食物均是客家人日常所食之物。钟理和饮食文化散文中的作品亦有此特点。因此,如果从作家所属族群以及作品所写食物之背景的角度来划分的话,可在钟氏父子的饮食文化散文之前冠以"客家"之名。当然,他们所写的客家食品和农村劳动场面同时又代表着台湾南部农民的日常生活,所谓客家饮食文化散文其实是台湾饮食文化散文中的一脉,他们在作品中也总是把客家饮食文化当做是台湾饮食文化的一部分。在钟铁民的散文《大番薯》中,他不仅写出了番薯作为客家人食物的多样用途,而且以"番薯仔"之喻鲜明地表达出作为一个台湾人的自豪感:"一方面是自嘲台湾人憨直,一方面是整个台湾岛看去俨然就是一条大番薯。番薯生命力强,适应性高,又那么有用,当番薯仔有什么不好?"

遗憾的是,钟氏父子撰写的饮食文化散文篇目较少,其后的追随者并不

---

① 关于钟铁民的散文作品,可参阅郭枫主编:《台湾艺术散文选》一,百花文艺出版社 1990 年版。

多,因而无法形成大规模的广泛影响。但是这些现有的篇章亦可成为台湾饮食文化散文小品风格、形式多元化的例证。

继梁实秋之后登上文坛并且在饮食文化散文领域中独树一帜的是唐鲁孙①。唐鲁孙于 1972 年在台湾的《联合报·副刊》连载发表散文《吃在北京》后,才思泉涌不可遏止,连续发表谈论饮食的文化散文小品若干篇,结集出版饮食文化散文集《中国吃的故事》,成为台湾七八十年代期间著名的饮食文化散文家。夏元瑜在《中国吃的故事》的"序言"中敏锐地指出,唐鲁孙把饮食"吃道"变成一种"吃学"："'吃道'既成了一门'学问',内容并不光是烹饪的技巧,更要知道如何去欣赏,要知道好和歹的区别,以至吃的礼貌等等才是一套完整的'吃学'。"②所以,唐鲁孙的作品除了专门讨论各类食物的散文《谈鲍鱼》、《闲话鱼翅》、《秋风起兮蛇肉肥》等外,还有一些专门谈饮食礼仪与规矩的篇什,篇数亦最多,主要包括《皇家饮膳——从帝王家的吃谈起》、《满汉全席的由来、品式、演变与传说》、《一半酒席的种类》、《中国人的年菜》、《台湾婚俗》等。这主要和唐鲁孙特殊的身份背景有关。众所周知,唐鲁孙生于晚清簪缨世家,属于皇亲国戚,世居北平,在迁到台湾居住之前过着钟鸣鼎食的日子,对上流社会的饮食和清朝宫廷饮食礼仪例均有切身体验,因此他的饮食文化散文多涉及这些内容。例如,他在《入座规矩趣谭》一文中专门谈论宴会酒席上客人的位置问题："关于'上座'应是哪个位置,各省有各省的做法。一般说来,在北方习惯或官场里,首座是坐北朝南的位子,但有些地方则以正对着门的位置为上座,有的地方则以插花式的斜对坐法来分。这种入座规矩因各地习俗而异,客人最好是随着主人的意思而入座。"③由此可以说,唐鲁孙把中国饮食习惯具有的文化意味拓展到社会学和民俗学层面,这亦是他对饮食文化散文的独特贡献。虽然唐鲁孙在 1985 年已经逝世,不过他的饮食文化散文依然在海峡两岸畅销,影响力不衰。

90 年代之后出现的较有影响的台湾饮食文化散文家主要包括逯耀东、林文月、焦桐、蔡珠儿④等人。焦桐曾经以 1999 年为例来说明台湾饮食文学的

---

① 唐鲁孙(1905—1980),本名葆森,字鲁孙。著作有《老古董》、《酸甜苦辣咸》、《天下味》等。
② 唐鲁孙：《中国吃的故事》,百花文艺出版社 2003 年版,第 2 页。
③ 唐鲁孙：《中国吃的故事》,百花文艺出版社 2003 年版,第 34 页。
④ 蔡珠儿(1961—),台湾南投人。著有散文集《南方降雪》、《花丛腹语》等等。

繁荣:"一九九九年的台北,有点像饮食文学节庆,除了我策划了三天议程的'饮食文学国际研讨会'召开,三场大型的宴会——'春宴'、'袁枚晚宴'、'印象主义晚宴'也颇引起一些回应文章;同时许多饮食文学纷纷发表、出版,散文集包括林文月的《饮膳札记》和伊莎贝拉·阿言德的《春膳》等等;逯耀东也以他在人间副刊的专栏,每周引领读者从事舌头的旅行。"①廖玉蕙在《风姿绰约的文学胜景——序〈八十九年散文选〉》一文中指出饮食文化散文的一个特点在于:"虽说:'食色,性也',但单纯对吃食的记录,毕竟有其局限,所有让人击节称赏的文字,其实都是从吃食出发,却微妙地关和了复杂的人情。"②钟怡雯亦在《记忆的舌头——美食在散文的出没方式》一文中详细探讨饮食文化散文的独特书写方式,"书写美食的散文,不离烹饪的技巧,或是嗅香、察色、看形、品味等所有和'食'相关的动作描写,乃至考究器皿和用餐环境等等;一篇成功的饮食散文应该由这些表层的语言符号转化,建构起意义,进入庄子所谓'道'的美学层次,否则极易沦为一篇介绍美食的平面文字,恐怕勾引食欲的效果还不及一张美食图片。换言之,如果所有和美食相关的符号都是符征(signify),它必定要有相应的符旨(signifier),不应该仅停留在饮食符号的表层。因此饮食散文除了具备挑逗食欲的魅力,应该还有意在言外的特色。美食在散文中应该是一种书写策略,一种媒介,它趋使舌头召唤记忆,最终必须超越技术和感官的层面,生产/延伸出更丰富/歧义的意义"③。

林文月和逯耀东是继唐鲁孙之后较活跃的书写台湾饮食文化散文的作家。九歌出版社的《八十七年散文选》(1998 年)收录有林文月的一篇饮食文化散文《秋阳似酒风已寒》,不过饮食只是作者书写个人心理感悟和异国情调的一个起因罢了。虽然林文月早在 1971 年的散文集《京都一年》中就有一篇文章名曰《吃在京都》,记述作者在日本京都一年中所享用的美食佳肴,以及京都人的饮食文化礼节,但是直至 2001 年结集出版,于 2008 年由广西师范大学出版社重版的《饮膳札记——女教授的 19 道私房菜》一书,才真正体现出林文月饮食文化散文的特点。本书共收录有 19 篇饮食散文,每篇都以一个菜名为篇名,包括《潮州鱼翅》、《红烧蹄参》、《佛跳墙》、《台湾肉粽》、《扣三丝

①　焦桐主编:《八十八年散文选》,台湾九歌出版社 2000 年版,第 2 页。
②　廖玉蕙主编:《八十九年散文选》,台湾九歌出版社 2001 年版,第 11—12 页。
③　钟怡雯:《无尽的追寻》,台湾联合文学出版社 2004 年版,第 154—155 页。

汤》和《荷叶粉蒸鸡》等。不过在详细记载烹饪食材和具体做法的同时,作者也不忘对过去时光和人物的怀念,在实用的菜谱中掺杂着往事回忆、纵向的世事变迁,具有散文小品的风格。作者在《楔子》一文中说:"翻着写在花花绿绿不同底色卡片上的宴会记录,时光飞逝,竟在小小纸张里。有些菜肴久不复制作烹调,固然令我怀想,而当时以为只是附记的时间和人名,却也具体地提醒我聚散变化的无奈。"①这可看做是对全书写作思路的一个提示。因此,在《佛跳墙》中,作者在吃佛跳墙这道美食时,"我总是会想起少时阖家飨用吉师手艺的快乐时光。虽然父母已经先后作古,姊妹兄弟也都分散各地,有些甜美的记忆却是永不褪色,舌上美味之内,实藏有可以回味的许多往事"②。文中流露出的感情,真挚、自然、感人;而其中穿插的有趣的饮食文化典故和流畅自然的语言,也均给读者以阅读美感。

　　逯耀东③在饮食文化领域的著述颇丰,迄今已经出版的饮食文化散文集有《只剩下蛋炒饭》、《已非旧时味》、《出门访古》、《肚大能容》和《寒夜客来》等。在《肚大能容》的"序"中,逯耀东指出自己的写作目的在于:"将饮食与社会文化的变迁结合,以历史的考察,文学的笔触,写出更有系统的饮食文化的著作。"④作者在《去来德兴馆》中认为:"因为吃最能反映一个社会的实际生活。这种实际的社会生活才是真的,才是美的。"⑤在《灯火樊楼》中指出:"每到一地,我想探访的就是民间的旧时味,而且只有这种传统饮食,才能反映民间的生活。"⑥上述两篇文章表达的都是同一看法。而周作人早在1938年撰写的散文《卖糖》一文中,就提出了日常饮食能够反映出社会生活变迁的看法:"看一地方的生活特色,食品很是重要,不但日常饭粥,即点心以至闲食,

---

① 林文月:《饮膳札记》,广西师范大学出版社2008年版,第9页。
② 林文月:《饮膳札记》,广西师范大学出版社2008年版,第22页。
③ 逯耀东(1933—2006),出生于江苏丰县。著有《从平城到洛阳》、《中共史学的发展与演变》、《史学危机的呼声》、《胡适与当代史学家》、《魏晋史学思想与社会基础》、《抑郁与超越——司马迁与汉武帝时代》等史学论著。在散文创作上也颇有成就,散文集有《又来的时候》、《丈夫有泪不轻弹》、《剑梅笔谈》、《那汉子》、《那年初一》、《窗外有棵相思树》、《出门访古》、《肚大能容》、《寒夜客来》等。
④ 逯耀东:《肚大能容》,三联书店2009年版,第3页。
⑤ 逯耀东:《肚大能容》,三联书店2009年版,第16页。
⑥ 逯耀东:《肚大能容》,三联书店2009年版,第116页。

亦均有意义。"①可以说逯耀东的饮食文化散文是对周作人观点的并不遥远的一种回应。而这也正是逯耀东饮食文化散文的特点——以各种食品为经，以其社会变迁和历史渊源为纬，饮食的文化气息表现在其历史层面，由此编织出具有浓厚历史气息的散文来。

具体到作品来说，逯耀东在记述一种地方菜时，往往先从这个地方的地理环境、社会历史环境和地方特色风物来入手，在娓娓叙述中引出该地方的特色食物。可举散文《海派菜与海派文化》为例来加以说明。散文共分三部分，起承转合合度，讲究行文章法。在第一部分"菜帮与菜系"中，作者不但把不同菜系产生的源头放到中国南北方不同的地理环境中，而且追溯到晋、南北朝，直至清代和今日，在八大菜谱体系中探讨上海不同菜系的菜帮。第二部分为"菜帮与商帮"，详细探讨徽帮菜、甬帮菜、粤帮菜馆的成因，并且它们"都附着各帮商人在上海发展，相继进入上海。这些菜帮在上海出现与各帮商人在上海的经营与变迁，有不可分的关系。因此，从这些不同的菜帮在上海出现与流行，以及后来的没落与沉浮，也可以对上海近现代社会经济发展有个侧面的了解"②。在第三部分"海派菜与海派文化"中，作者除了讨论扬帮菜、川帮菜合流成的海派菜之外，还把很多笔墨放在对"海派"文化的剖析上。整篇文章与其说是关于饮食的文化散文，不如说是关于饮食文化的一篇论据充分、说理严谨的学术论文。换言之，虽然周作人、梁实秋等前辈作家早就开始在散文中讨论食物的源流和发展，但是身为历史学家的逯耀东却把各类食物的历史感推到极致，赋予中国的饮食文化浓重的"历史考据"意味。这种强调饮食文化"历史学"意义的书写方式，在台湾饮食文化散文领域遂成为一股潮流，最近由二鱼文化出版集团出版的龚鹏程所撰的《饮馔丛谈》一书亦是此风格。

逯耀东在 2001 年出版的《肚大能容》之"序言"中对此后的饮食文化散文家提出了这样的期望："过去十年，我一直想将中国饮食文化的讨论，从掌故提升到文化的层次，事实上我已播下种子，只是现在真的离开了，也不知道将来结果如何。"③当然这也是这个散文家兼美食家的自谦之词，不过从中倒是表达出他希望后来者能够在他的基础上，继续开拓饮食文化新层面之殷殷盼

---

① 周作人：《知堂谈吃》，《上海调味品》1999 年第 3 期。
② 逯耀东：《肚大能容》，三联书店 2009 年版，第 47—48 页。
③ 逯耀东：《肚大能容》，三联书店 2009 年版，第 3 页。

望。而在时隔八年之后，焦桐的饮食文化散文集《暴食江湖》出版，在前人开拓的社会学、历史考据学、民俗学的向度之外，又在饮食文化领域有全新的开创生发，把食物提升为一种艺术品，是和音乐、美术、诗歌处于同等层面的一种艺术品，由此把饮食文化提升到艺术的高度。毫不夸张地说，焦桐实现了前辈饮食文化散文家的期望，并且把饮食文化散文带到了一个新的高度。

具体而言，焦桐主要从以下两个向度入手：

首先，焦桐拥有独特的饮食文化观。在焦桐笔下，每一种食物，包括便当、牛肉面、炒饭等最常见的食物，以及螃蟹、猪脚、火锅、鲑鱼、红酒等较高级的饮食，都是各有千秋的美食和美味。他是这样认为的："然而美味是什么？它包括了优质的农牧产品、地方特色、高超的烹饪技术、感官的愉悦、合理的消费机制等等。"①也就是说，衡量美味的食物的标准是综合的，由此可以理解为何《暴食江湖》专门收录有《论餐馆》和《论厨师》两篇散文，以及作者所说的"好餐馆的服务员都朝气蓬勃，动作利落，不管多么忙碌，都必须维持亲切的笑容与殷勤的态度，令自己餐馆充满活泼的气息"的话了。与前文提到的唐鲁孙在《吃在北京》中侧重描述中国传统饮食规矩的特点相比而言，焦桐则提倡现代的饮食秩序，他把吃美食的外部环境微观化到具体的用餐环境、食材的健康卫生和合理的价位等因素上。具体到散文集《暴食江湖》来说，本书共收录有20篇饮食文化散文，且以《论素食》、《论早餐》、《论牛肉》、《论饮酒》、《论炒饭》等作为篇名，但是所包含的内容却丰富多彩，不仅涉及食物在中西方的历史起源、发展和作者的往事记忆书写，以及舒适放松的餐厅环境之描述，而且亦对食材的炒制过程进行精细描述，可供感兴趣的读者进行模仿。更重要的是，《暴食江湖》旨在告诉人们，真正的美食还是烧制者们丰富想象力的一种体现。因为"高明的厨师都是艺术家，其头脑和双手能令人们的舌头放松"，因此"每一道菜肴都应该像一首诗"②，内涵丰富而富有艺术质感，同时"美食大抵能够被深刻记忆，深沉地，从纯粹的感官经验升华到精神层次，它往往具有某种神秘的气息，有时像爱情的撩拨"③，才能够达到与音乐、美术相同的艺术境界，食物由此能够被提升到艺术品的高度。作者在《论牛肉面》中指出，

---

① 焦桐：《暴食江湖》，台湾二鱼文化出版集团2009年版，第247页。

② 焦桐：《暴食江湖》，台湾二鱼文化出版集团2009年版，第264页。

③ 焦桐：《暴食江湖》，台湾二鱼文化出版集团2009年版，第247页。

至美的食物就如同一首乐曲:"一碗牛肉面的属性宛如一段旋律,我渐渐相信,天下美食都力求臻于音乐的境界,通过身体的味觉和消化系统,使精神达到幸福的状态,一碗高尚的牛肉面常有着欲言又止的表情,某些难忘的地点,某些晨昏,某些掌故,某个人。"①可以这样说,正是基于这种独特的饮食文化观,各种美食在焦桐笔下都成为荡气回肠的诗歌、优美的乐曲和意境深邃的中国画。

当然,这种把食物升华为艺术的饮食观并不是粉饰现实,与此相反,焦桐却借此对当前台湾一些不良的社会现象进行批判和嘲讽。在散文《论蹄膀》中,作者以烧制蹄膀产生焦香的过程,来批判台湾政客们缺乏合作精神:"带着轻度的焦香,又没有真正的烧焦,使蹄膀处于一种临界状态,这时候,危机即是转机,不能蹉跎,就像睿智的政治家高明的手腕,精准控制火候,让冰糖、酱油、蒜、葱、姜各种势力快乐地融合,而不是悲情地对抗。一只烧得好的猪脚,宛如高尚的情操,会产生令人窒息的敬意。我们通过换喻,台湾的政客太缺乏猪脚文化了,每次选举都拼尽全力挑起族群、省籍情绪,他们多蠢得要命,又太耽溺焦香般的选票,将一锅可能的好肉弄苦弄腥。"②他还借美味的面食来讥讽时事:"那碗面像一首抒情诗,没有慷慨激昂的主题,也不强调意识形态,它诉诸情感,意象准确,节奏优美,久煮的面条中伴奏着虾仁、高丽菜、胡萝卜丝、肉丝、鱼丸,形成表情丰富的复调,平静、叙述浓郁的亲情。"③大胆对社会不良现象进行思考和针砭,是现代作家具有艺术良知的一个标志,也只有拥有这种艺术良知的作家才称得上是艺术家,所写的作品亦成为艺术品。

其次,焦桐把口舌满足后产生的味觉审美进一步提升到艺术美的层面。虽然梁实秋、唐鲁孙等散文家都描述过食物入口后给人们带来的快感和满足感,尤以梁实秋在《核桃酥》一文中的描述最为生动传神:"但是看那颜色,微呈紫色,枣香、核桃香扑鼻,喝到嘴里粘糊糊的、甜滋滋的,真舍不得一下子咽到喉咙里去。"④但是周作人在1964年所写的散文《闲话毛笋》中就指出描述人类味觉感受的难度和解决方法:"要说是怎么样的好吃法,那也是一言难

---

①　焦桐:《暴食江湖》,台湾二鱼文化出版集团2009年版,第133页。

②　焦桐:《暴食江湖》,台湾二鱼文化出版集团2009年版,第102页。

③　焦桐:《暴食江湖》,台湾二鱼文化出版集团2009年版,第170页。

④　梁实秋:《雅舍谈吃》,山东画报出版社2005年版,第30页。

尽，其实凡是五官的感受皆是如此，借助于语言文字之末，是不大靠得住的。但是那直接的方法既是不可能，那么只好仍用间接的比喻的说法。"①而焦桐饮食文化散文与前人不同的一个特点，就是尽量不从味觉的物质层面，而是从味觉的精神层面来描摹食物带给吃者的味觉感受。从某个角度来说，这种书写方式是作者独特饮食观——"美食都是艺术品"——在味觉审美向度上的衍生和拓展。在《论早餐》一文中，作者风趣地指出，之所以早晨习惯以鲜美的虱目鱼汤作为早餐，主要是因为"那碗汤有种神秘的力量，为每一个早晨注入生命力，鼓舞我，召唤我打起精神面对新的一天。我将会整天很辛勤地工作，有资格吃这一顿"。美食在精神上起到了激励人们努力工作的作用。从这个角度来说，饱餐一顿满意的早餐，自然就会标志着精神的升华和净化："胸中同时也升起熊熊温情——意味着精神的欢愉，世界呈现美好的光明面，紧缩的眉头会释放灿烂的形容，密布的皱纹舒张了微笑，周围的猫狗草木都显得温柔可爱，忽然好想拥抱背着书包的学童，想热烈地紧握临桌劳工朋友带劲的手。饱餐之后，一种辽阔的慈祥感涌上心头，冲动地想多给孩子两倍的零用钱，隔壁的恶邻居看起来已不那么势利眼，仿佛我不是在红砖道上赶路，而是漫步在琴键上。"②

焦桐还巧妙利用"通感"的文学手法，把口舌上的味觉感受和其他感受，以及一些艺术感受互相联系起来和相互置换。可以《论海南鸡饭》作为其中的一个例子：

"一样是白斩鸡，有的意象分明，一入口就像聆听曼妙的音乐；有的咬起来像咬皮包。一样是米饭，有的咀嚼间会升起饥饿的快乐感；有的面貌模糊，尝一口就沮丧得想轻生。一样是豆腐汤，有的喝起来心生感激；也有人可以把它煮成像洗锅水。……美味的生成就像情感，要紧的是一种真诚对待的态度吧，不虚骄，不欺骗，不浮夸。"③实际上，作者对这种通感手法的运用在其每一篇饮食文化散文中均可找到相应的例证。焦桐正是通过以上所列举的书写方式，成功地把伴随口舌欲望满足产生的味觉审美提升到艺术美感的层次上。

不过需要指出的是，焦桐在饮食文化领域极力开创其艺术向度的深层动

① 周作人：《知堂谈吃》，山东画报出版社 2005 年版，第 190—191 页。
② 焦桐：《暴食江湖》，台湾二鱼文化出版集团 2009 年版，第 43 页。
③ 焦桐：《暴食江湖》，台湾二鱼文化出版集团 2009 年版，第 150 页。

力,来自于他追求的以社会兼容并包、和谐圆融为基本特征的文化理想。他以此为依据,在《论猪脚》中针砭缺乏族群融合意识和合作精神的台湾政客们,在《论火锅》中提倡火锅文化,因为"火锅是一种深锅文化,很能代表中华料理的精神内涵。中华料理追求调和、圆融、团聚,从象征大团圆的圆桌,到火锅类的炊具和煮食法,均属这种调和文化"①。没有收录进这部散文集中的单篇散文《客家小炒》,虽然只是一篇带有菜谱性质的散文小品,但是他对客家菜具有融合所有族群兼容并包之特点的强调,既契合客家饮食文化的精髓,又是对他自己的文化理想的折射。

综上所述,现代饮食文化小品在周作人手中开创,在五六十年代的台湾散文界开花、结果,并且其繁盛之势一直发展、延续到今日,成为台湾当代散文中较发达的一支,出现了梁实秋、钟理和、钟铁民、唐鲁孙、林文月、逯耀东、焦桐等几代饮食文化散文家。正是经过这些作家的努力,台湾的饮食文化散文小品分别开掘出社会学、历史学、民俗学之向度,以及把美食看做是一种艺术品的艺术美之向度。从美感的角度来说,这些饮食文化散文家通过通感等文学手法,以语言文字为媒介,把"口腹之欲"的原始味觉转化为精细的美感——超功利的文化审美感受与超功利性和功利性相结合的文化审美感受。这亦是台湾饮食文化散文形式风格多元化的一个表征。进而言之,随着人们对饮食文化认识的不断深入,将会有越来越多的散文家加入到饮食文化散文小品书写的行列中来,饮食文化散文小品在当前大陆、台湾和香港等地区的兴旺发达就是一个明证。

----

① 焦桐:《暴食江湖》,台湾二鱼文化出版集团 2009 年版,第 78 页。

附录 I：台湾当代散文集出版年表
（1996—2005）[①]

1996 年台湾出版的散文集目录

1 月

小野著:《杂货商的女儿》,麦田出版社。

心情故事创意小组策划:《心情故事6》,皇冠文学出版社。

田连良著:《有关爱情的种种美丽》,探索出版社。

汪曾祺著、丁帆编选:《五味集》,幼狮出版社。

邱永汉著、朱佩兰译:《我的青春,台湾　我的青春,香港》,不二出版社。

金明玮著:《有篷的纸船》,宇宙光出版社。

金明玮著:《甜甜圈》,宇宙光出版社。

周资平著:《儒林新志》,三民出版社。

孟东篱著:《人见素美》,圆神出版社。

施青萍著:《行万里路》,台扬出版社。

殷登国著:《灯塔11》,文经出版社。

---

① 该附录的内容主要参考了北京大学图书馆收藏的《台湾文学年鉴》(由台湾文学馆筹备处出版,从1996年到2005年),以及台湾九歌出版社出版的台湾年度散文选和散文集《散文二十家》中的相关资料。因资料匮乏,所以2006—2009年台湾出版的散文集目录只能以后有机会再补上。特此说明。

陆珍年著:《人生采访》,时报出版社。

陈之藩著:《时空之海》,远东出版社。

张子静著:《我的姊姊张爱玲》,时报出版社。

张放著:《浮生随笔》,文史哲出版社。

张典婉著:《家有多多龙》,九仪出版社。

曹又方著:《成长与生活的智慧》,圆神出版社。

汤为伯著:《小木屋》,先见出版社。

黄国彬著:《禁止说话》,九歌出版社。

黄丽贞著:《岁月的眼睛》,"国家"出版社。

杨明主编:《如果死亡靠近你》,幼狮出版社。

墨人著:《红尘心语》,圆明出版社。

刘墉著:《生生世世未了缘》,水云斋出版社。

邓海珠著:《台北 SOS》,圆神出版社。

戴丽珠著:《戴丽珠的散文作品》,文史哲出版社。

2 月

西沙著:《猫样的女人》,禾扬出版社。

方瑀著:《爱苗生我家》,皇冠文学出版社。

沈定涛著:《清大有种会啄人的鸟》,文史哲出版社。

李宜涯著:《一天一个梦》,健行出版社。

林明谦著:《左撇子眼睛》,皇冠文学出版社。

林清玄著:《柔软心无扑碍》,圆神出版社。

陈秋见著:《一道马不停蹄的旅痕》,晨星出版社。

传佩荣著:《响应人生的挑战》,九歌出版社。

杨锦郁著:《温馨家庭快乐多》,健行出版社。

叶石涛著:《府城琐忆》,派色出版社。

翠屏著:《往事知多少》,草根出版社。

郑丽娥著:《三种风景》,时报出版社。

刘大任著:《无梦时代》,皇冠文学出版社。

刘洁著:《喋喋集》,联经出版社。

蔡康永著：《不乖蔡康永，同情我可以亲我》，商周出版社。

3 月

王昶雄著：《阮若打开心灵的门窗》，前卫出版社。

汪恒祥著：《自在的人生》，水云斋出版社。

吴玲瑶著：《做个快乐的女人》，跃升出版社。

阿嫚著：《性格女子独闯巴黎》，圆神出版社。

林峰丕著：《恋恋爱与愁》，圆神出版社。

周玉山著：《无声的台湾》，东大出版社。

侯文咏著：《亲爱的老婆 2》，皇冠文学出版社。

梁琴霞著：《航海日记》，晨星出版社。

陈瑞献著：《陈瑞献寓言》，联经出版社。

雷骧著：《黑暗中的风景》，尔雅出版社。

褚士莹著：《好人一生平安》，探索出版社。

蔡凤仪编：《华丽与苍凉》，皇冠文学出版社。

谢淑美选编：《生活桃花源》，希代出版社。

钟怡雯主编：《马华当代散文选（1990—1995）》，文史哲出版社。

周庆华著：《文学图绘》，东大出版社。

4 月

小野著：《小小撒个野》，麦田出版社。

金圣华著：《一道清流》，月房子出版社。

胡鼎宗著：《擦亮心灵之窗》，健行出版社。

张宁静著：《陆地的书头》，幼狮出版社。

陈美儒著：《了解青少年的心》，健行出版社。

汤为伯著：《花朋卉友》，先见出版社。

冯辉岳著：《阿公的八角风筝》，民生报社。

曾宽著：《田园散记》，派色出版社。

黄劲连著：《谭仔垹手记》，台江出版社。

传佩荣著:《不同季节的读书方法》,九歌出版社。

杨牧著:《亭午之鹰》,洪范出版社。

杨曼芬著:《小女子茶店》,圆神出版社。

彭歌著:《钓鱼台畔过客》,三民出版社。

彭瑞金:《文学随笔》,高雄市立文化局。

黑野著:《省思札记》,尔雅出版社。

爱亚著:《成长白皮书》,幼狮出版社。

龙应台著:《干杯吧,托玛斯曼》,时报出版社。

李光连:《散文技巧》,洪叶出版社。

萧萧著:《心中升起一轮明月》,九歌出版社。

晓风著:《九死未悔:胡风传》,业强出版社。

谢鹏雄著:《书缘不减》,九歌出版社。

简娓著:《八十四年散文选》,九歌出版社。

蓝振贤著:《浣衣之歌》,先见出版社。

5 月

小民著:《生肖与童年》,三民出版社。

巴陵著:《风中的南美之歌》,圆神出版社。

司马新著:《张爱玲与赖雅》,大地出版社。

石德华著:《很温柔的一件事》,圆神出版社。

林承颖著:《水边的阿第丽娜》,台中市立文化中心。

姚姬著:《年轻的时候》,台中市立文化中心。

夏玉著:《袋鼠妈妈》,探索出版社。

康原著:《欢笑中的菩提》,健行出版社。

郭心云著:《明月几时有》,台中市立文化局。

张典婉著:《郊居岁月》,圆神出版社。

张蕴智著:《小人物自白》,台东县立文化中心。

冯菊枝著:《赏鸟去!春天》,大地出版社。

汤为伯著:《老汤杂记》,先见出版社。

粟耘著:《胡涂岁月、简单生活》,橘子出版社。

栞涵著：《爱，正是阳光》，文经出版社。

黄屏渝著：《私藏美丽》，小报文化出版社。

传佩荣等著、赵卫民主编：《每个人都有大智慧》，联经出版社。

赵云著：《岁月流程》，台南市立文化中心出版社。

郑坤五著：《鲲岛逸史》（上）、（下），高雄县立文化局。

蓝振贤著：《缱绻心声》，先见出版社。

苏芊玲著：《不再模范的母亲》，女书出版社。

6 月

王珠钗著：《青衿岁月》，桃园县立文化中心。

白栋梁著：《征服之路》，台中县立文化中心。

白慈飘著：《在我们的时光中中》，台中县立文化中心。

任真著：《朱琳楼隐》，先见出版社。

李展平著：《来自梦土的呼唤》，南投县立文化中心。

李嘉瑜著：《百年沧桑》，桃园县立文化中心。

李黎著：《世界的回声》，九歌出版社。

吴训仪著：《夜雨寄情》，台中县立文化中心。

吴家动著：《鹿鸣集》，桃园县立文化中心。

林良著：《林良的散文》，国语日报。

林海音著：《静静地听》，尔雅出版社。

周芬伶著：《女阿甘正传》，健行出版社。

徐望云著：《搞笑共和国》，三思堂出版社。

许正动著：《园丁心桥》，台南县立文化中心。

庄世和著：《行脚僧随笔》，屏东县立文化中心。

张庆辉著：《激情路》，屏东县立文化中心。

张靓茜著：《流行都市流行男女》，圆神出版社。

陈秋环著：《美丽大海的女儿》，澎湖县立文化中心。

陈咏著：《一屋苹果》，校园书房出版社。

陈独秀著、台静农先生遗稿及珍藏编辑小组编：《台静农先生珍藏书札一》，"中研院"出版社。

陈庆隆著:《溪边往事》,远景出版社。

陈庆隆著:《桃花源》,远景出版社。

童元方著:《一样花开》,尔雅出版社。

黄碧端著:《期待一个城市》,天下出版社。

杨南郡著:《寻访月亮的脚印》,晨星出版社。

杨宪宏主编:《Pianissiomo 张继高与吴心柳》,允晨出版社。

叶明动著:《感怀续集》,跃升出版社。

褚士莹著:《爱跟人聊天的国度》,皇冠文学出版社。

汉宝德著:《科学与美感》,九歌出版社。

廖明进著:《山中岁月》,桃园县立文化中心。

廖鸿基著:《讨海人》,晨星出版社。

萧秀芳著:《六月的早晨》,台中县立文化局。

黎华亮著:《春雪》,屏东县立文化中心。

庐非易著:《饮食男》,联合文学出版社。

赖传鉴著:《美的巡礼》,桃园县立文化中心。

聂华苓著:《鹿园情事》,时报出版社。

苏晓康著:《远寺钟声碎》,风云时代出版社。

7 月

方兰生著:《年轻有梦》,探索出版社。

王琰如著:《文友书像及其他》,大地出版社。

匡若霞著:《心灵刹那》,双大出版社。

汪家明、于青编著:《丰子恺传》,世界出版社。

李翠琴著:《爱需要学习》,派色出版社。

吴念真著:《寻找〈太平·天国〉》,麦田出版社。

吴福全著:《新新民惊世录》,大村出版社。

利格拉乐·阿女乌著:《谁来穿我织的衣裳》,晨星出版社。

阿盛著:《五花十色相》,九歌出版社。

林玉绪著:《浪漫出走意大利》,方智出版社。

林双不著:《安安静静想到他》,草根出版社。

柏杨口述、周碧琴执笔：《柏杨回忆录》，远流出版社。

苦苓著：《新男人周记》，皇冠文化出版社。

孙玮芒著：《梦幻的邀请》，九歌出版社。

徐蕙蓝著：《让生命发光》，健行出版社。

郭心云著：《心中亮着一盏灯》，观音山出版社。

戚宜君著：《心灵的花朵》，三民出版社。

张文达著：《纵笔》，远景出版社。

张廷抒主编：《追求完美——张继高》，跃升出版社。

张香华著：《沉思·絮语·传真》，台北县立文化中心。

陈若曦著：《我们那一代台大人》，台北县立文化中心。

陈万益编：《闲话与长谈——洪炎秋文选》，彰化县立文化中心。

杨小云著：《乐游四海学无涯》，健行出版社。

杨照著：《迷路的诗》，联合文化出版社。

欧宗智著：《观音山下的沉思》，台北县立文化中心。

欧银钏著：《城市传奇》，跃升出版社。

董云霞著：《饮酒醉》，汉艺色研出版社。

蔡碧婵著：《追日·四季》，台北县立文化中心。

刘静娟著：《老鼠走路》，彰化县立文化中心。

8 月

丁言昭著：《萧红新传》，新潮社。

丁流著：《微风细雨又黄昏》，华智出版社。

小野著：《当我们挤在一起》，远流出版社。

文木、郁华著：《徐志摩新传》，新潮社。

丘荣襄著：《旅行，真好》，稻田出版社。

田连良著：《值得海誓山盟》，探索出版社。

吴玲瑶著：《爱你爱得很幽默》，方智出版社。

吴玲瑶著：《家庭幽默大师》，跃升出版社。

吴娟瑜著：《敢于梦想的女人》，方智出版社。

席慕蓉著：《黄羊·玫瑰·飞鱼》，方智出版社。

马蹄疾著:《鲁迅新传》,新潮社。

桑逢康著:《郁达夫新传》,新潮社。

孙怀萱著:《一念之间》,雅典出版社。

唐韶华著:《文坛往事见证》,传记文学出版社。

席裕珍著:《窗外千堆浪》,黎明出版社。

殷登国著:《灯塔13》,文经出版社。

徐薏蓝主编:《圆作家大梦》,跃升出版社。

郭宛著:《胡适新传》,新潮社。

陈幸蕙著:《爱自己的方法》,尔雅出版社。

陈美儒著:《仰望自己的天空》,圆神出版社。

汤为伯著:《老汤杂记》,华智出版社。

粟耘著:《舞蝶》,张老师出版社。

粟耘著:《树香》,张老师出版社。

零域著:《活着的神话:我为什么活着?》,尔雅出版社。

廖辉英著:《制作多情》,九歌出版社。

刘墉著:《我不是教你诈2》,水云斋出版社。

庐君著:《庐隐新传》,新潮社。

金波等著:《读她写她:桂文亚作品评论集》,亚太经网出版社。

桂文亚等著:《这一路我们说散文:96 江南儿童文学散文之旅》,亚太经网出版社。

9 月

水天著:《长烂的手》,宇河出版社。

古蒙仁著:《同心公园》,九歌出版社。

李岗著:《有点感性,又不失理性》,远流出版社。

李黎著:《晴天笔记》,洪范出版社。

吴钧尧著:《十分真相》,探索出版社。

林文月著:《饮酒及与饮酒相关的记忆》,洪范出版社。

周作人著:《上下身》,洪范出版社。

郁馥馨著:《屋顶上的女人》,派色出版社。

郁馥馨著：《找个人私奔》，派色出版社。

徐世怡著：《五彩梯上天堂》，皇冠文学出版社。

张堂锜著：《域外知音》，三民出版社。

张晓风著：《这杯咖啡的温度刚好》，九歌出版社。

陈义芝、黄秀慧编著：《真女人记事》，联经出版社。

陈乐融著：《晚安，我的爱》，圆神出版社。

黄明坚著：《迷迷糊糊过日子》，皇冠文学出版社。

琦君著：《母亲的书》，洪范出版社。

杨牧著：《下一次假如你去旧金山》，洪范出版社。

郑贞铭著：《热情老师天才学生》，圆神出版社。

郑贞铭著：《人生是自己的建筑师》，九歌出版社。

郑开来著：《多情男人心》，远流出版社。

丰子恺著：《我与弘一法师》，洪范栾梅健出版社。

栾梅健著：《通俗文学之王：包天笑传》，业强出版社。

简娟著：《女儿红》，洪范出版社。

谢佳动著：《意外的旅程》，商周出版社。

韩务本著：《韩涛自选集：韩声隐隐》，"中央日报"出版社。

张春荣：《修辞万花筒》，骆驼出版社。

10 月

王晓寒著：《惜福·惜缘》，健行出版社。

吕大明著：《冬天黄昏的风笛》，三民出版社。

李钦贤著：《国民美学》，草根出版社。

林汉仕著：《锦绣河山见闻》，文史哲出版社。

周伯乃著：《梦回长乐》，台扬出版社。

周芬苓著：《熬夜》，远流出版社。

封德屏编：《风范：文坛前辈素描》，正中出版社。

孙小英主编：《想我少年时》，幼狮出版社。

殷志鹏著：《师友文缘》，九歌出版社。

张正杰著：《调琴高手》，希代出版社。

张光誉著:《语花》,自印。

张放著:《域外采风录》,丝路出版社。

陈辉隆著:《今天天气晴朗》,皇冠文学出版社。

黄耀明著:《神祈也漂泊》,慧众出版社。

蓬丹著:《梦,已经启航》,跃升出版社。

11 月

王炳根著:《冰心新传》,新潮社。

光禹著:《疼惜好生活》,圆神出版社。

林太乙著:《邻家次女》,九歌出版社。

林贵真著:《喜欢自己的人生》,尔雅出版社。

洪立三著:《小小自然观察家》,晨星出版社。

施寄青著:《儿子看招》,皇冠文学出版社。

高雄市绿色协会著:《南台湾绿色革命》,晨星出版社。

孙虹著:《大地过客》,幼狮出版社。

许佑生著:《但爱无妨》,皇冠文学出版社。

张邦梅著、谭家瑜译:《小脚与西服》,智库出版社。

张启疆著:《Hito！Hito！红不让》,探索出版社。

张菊如著:《秋日散步》,尔雅出版社。

陈世一著:《绿色旅行》,晨星出版社。

陈其茂著:《留着记忆,留着光》,三民出版社。

陈星著:《弘一法师新传》,新潮社。

陈星著:《苏曼殊新传》,新潮社。

黄秀慧主编:《新极短篇——全民写作2》,联经出版社。

杨小云著:《享受生命享受爱》,健行出版社。

杨秀娟著:《道情》,派色出版社。

爱亚著:《走看法兰西》,麦田出版社。

郑石岩等著:《八百字小语9》,文经出版社。

郑宝娟著:《远方的战争》,三民出版社。

邓志浩著:《走过红尘》,张老师出版社。

邓志浩、吴芳兰著:《享受平凡》,张老师出版社。

薇薇夫人著:《生活里的诗情画意》,一苇出版社。

杨照著:《人间凝视》,远流出版社。

12 月

小野著:《我还是原来的我》,麦田出版社。

小野著:《酸辣世代》,皇冠文学出版社。

宋明炜著:《浮世的悲哀——张爱玲传》,业强出版社。

沈春华著:《坚强弱女子》,皇冠文学出版社。

李敏勇著:《文化风景》,圆神出版社。

李敏勇著:《人生风景》,圆神出版社。

林文义著:《旅行的云》,联合文化出版社。

东方白著:《真与美(二)——诗的回忆,青年篇》(上),前卫出版社。

纪弦著:《千金之旅——纪弦半岛文存》,文史哲出版社。

娃娃著:《给陌生男子的一封信》,万象出版社。

张小娴著:《贴身感觉》,皇冠文学出版社。

张启疆著:《六点半男人》,探索出版社。

冯菊枝著:《快乐走天下》,大地出版社。

谢丰舟著:《迎接生命的一双手》,正中出版社。

陈星著:《教改先锋——白马湖作家群》,幼狮出版社。

1997 年台湾出版的散文集目录

1 月

梅新主编:《每日一典》,"中央日报"出版社。

瓦历斯·诺干著:《戴墨镜的飞鼠》,晨星出版社。

余光中等著:《八百字小语 10》,文经社出版社。

杏林子著:《心灵品管》,九歌出版社。

汪洋萍著:《生命旅痕》,丝路出版社。

辛文纪著:《灯塔14》,文经社出版社。

娃娃著:《给陌生男子的一封信》,万象图书出版社。

陈煌著:《人鸟之间》,晨星出版社。

陈乐荣著:《初恋24小时》,圆神出版社。

陶馥兰著:《身体笔记书》,万象图书出版社。

黄汉耀著:《心灵小站》,文经社出版社。

杨明著:《她的寂寞她知道》,九歌出版社。

杨牧编校:《徐志摩散文选》,洪范出版社。

管仁健著:《用生命写笑话》,文经社出版社。

刘述先著:《永恒与现在》,新民出版社。

刘墉著:《寻找一个有苦难的天堂》,水云斋出版社。

欧阳林著:《台北医生故事》,麦田出版社。

蒋勋著:《岛屿独白》,联合文学出版社。

墨人著:《年年作客伴寒窗》,中天出版社。

芯心著:《醉在灯海里》,慧众出版社。

罗叶著:《记忆的伏流》,远流出版社。

2月

王中言著:《给我一分钟不想你》,圆神出版社。

王溢嘉著:《虫洞书简》,野鹅出版社。

林俊颖著:《日出在远方》,远流出版社。

林燿德著:《钢铁蝴蝶》,联合文学出版社。

夏小舟著:《东方西方》,三民出版社。

张放著:《拾荒随记》,独家出版社。

梁丹丰著:《丝路上的梵歌》,佛光文化出版社。

陈丹燕著:《年轻人的旅店》,业强出版社。

曾绮华著:《家有椒妻》,太雅出版社。

黄光男著:《旧时相识》,联合文学出版社。

黄芳田著:《辞职去旅行》,方智出版社。

杨淑慧主编：《绝情书》，远流出版社。

路寒袖主编：《公开未公开的情书》，远流出版社。

雷骧著：《逆旅印象》，皇冠出版社。

潘台成著：《请不要遮住我的阳光》，水牛出版社。

徐佳士著：《冷眼看媒体世界》，九歌出版社。

潘向黎著：《独立花吹雪》，业强出版社。

蔡澜著：《大食姑婆》，远流出版社。

蔡澜著：《快刀二郎大决门》，远流出版社。

蔡澜著：《泡菜颂》，远流出版社。

蔡澜著：《玩时间专家》，远流出版社。

霍斯陆曼·伐伐著：《玉山的生命精灵》，晨星出版社。

谢岱玲著：《在全世界交朋友》，方智出版社。

程明埒著：《呜咽海》，三民出版社。

叶嘉莹著：《迦陵谈词》，三民出版社。

李东著：《三毛的梦与人生》，知书房出版社。

3 月

子敏等著：《无尽的爱》，幼狮出版社。

小野著：《第二童年》，远流出版社。

王瑞香著：《一个女人的感触》，女书文化出版社。

何颖怡著：《风中的芦苇》，雅音出版社。

余斌著：《张爱玲专》，晨星出版社。

李中著：《比联考更无聊的事》，麦田出版社。

周愚著：《咖啡黑白讲》，健行文化出版社。

阿盛著：《行过急水溪》，九歌出版社。

殷登国著：《灯塔15》，文经社出版社。

郜莹著：《酿一坛友情的酒》，健行文化出版社。

梅新主编：《中副84年散文精选》，"中央日报"出版社。

桼涵著：《青春的容颜》，文经社出版社。

琦君等著：《永恒的爱》，幼狮出版社。

杨翠屏著:《活的更快乐》,远流出版社。

赵妍如著:《有爱的女人最美丽》,探索文化出版社。

刘轩著:《Why Not？给自己一点理由》,水云斋出版社。

蓬丹著:《流浪城》,幼狮出版社。

晓亚著:《如花世界》,健行文化出版社。

谢芬兰著:《酷妈仙女》,精美出版社。

谢鹏雄著:《条条道路通人生》,大地出版社。

苏明俊著:《真实才会长久》,探索文化出版社。

苏国书著:《让你的生活 New 一下》,圆神出版社。

龚鹏程著:《龚鹏程纵横谈》,幼狮出版社。

4 月

心岱主编:《猫来猫去》,幼狮出版社。

丘引著:《爱走就走》,女书文化出版社。

利格拉乐·阿妈著:《红嘴巴的 VuVu》,晨星出版社。

吴当著:《山海英雄》,九歌出版社。

娃娃著:《爱得自在》,万象图书出版社。

施亚锡著:《牛事一牛车》,草根出版社。

柏杨等著:《全新的一天》,佛光文化出版社。

胡华玲著:《金陵永生》,九歌出版社。

徐薏蓝著:《情浓》,皇冠出版社。

张健伦著:《我儿多诈》,精美出版社。

张镗锜、乐梅健编著:《印象大师》,业强出版社。

邱峤著:《回来就有希望》,希望出版社。

张耀著:《咖啡地图》,时报出版社。

黄友玲著:《阳光情事》,跃升文化出版社。

黄光男著:《南海拾真》,皇冠出版社。

杨稼生著:《杨稼生散文》,丝路出版社。

杨蔚龄著:《知风草之歌》,九歌出版社。

叶海烟著:《人生来回路》,派色文化出版社。

叶海烟著：《猫也会思考》，派色文化出版社。

蔡澜著：《西班牙舞》，远流出版社。

蔡澜著：《给年轻人的信》，远流出版社。

萧萧编：《八十五年散文选》，九歌出版社。

5 月

尤今著：《微笑；在人家》，尔雅出版社。

王鼎钧著：《随缘破密》，尔雅出版社。

石永贵著：《以成功者为师》，健行文化出版社。

吕威著：《三毛夫妻剧场别让电冰箱听见了》，维杰出版社。

李敖著：《李敖回忆录》，商业周刊出版社。

东方白著：《真与美（三）：诗的回忆青年篇》（下），前卫出版社。

林峰丕著：《寂寞快乐私生活》，圆神出版社。

林清玄著：《真正的爱》，圆神出版社。

保真著：《醒来仍在江上》，健行文化出版社。

柏一著：《把自由留给自己》，圆神出版社。

苦苓著：《海湾雾起时》，晨星出版社。

席慕蓉著：《大雁之歌》，皇冠出版社。

殷登国著：《灯塔16》，文经社出版社。

马逊著：《尘沙掠影》，三民出版社。

张健雄著：《馋游偶拾》，远景出版社。

梁望峰著：《叛逆的天空》，大块出版社。

梅新著：《沙发椅的联想》，三民出版社。

陈美伦著：《爱在他乡浪漫时》，希代书版出版社。

杨晓云著：《发现自己的最美》，健行文化出版社。

叶维廉著：《红叶的追寻》，东大出版社。

刘国伟编著：《老歌情未了——流行歌曲六》，华风出版社。

蔡澜著：《孔雀王子的故事》，远流出版社。

邓海珠著：《幽默男女》，圆神出版社。

释依瑞著：《地藏经讲记》，佛光文化出版社。

释慈庄著:《法相》,佛光文化出版社。

6 月

光禹著:《谁来教我爱》,圆神出版社。

江述凡著:《酸甜苦辣怀乡行》,畅流出版社。

吴若权著:《原我》,希代书版出版社。

岑梵著:《生活,其实也可以很美丽》,新路出版社。

李芙眉著:《家有贱夫》,元尊文化出版社。

痖弦主编:《人生散步》,联经出版社。

林雯殿著:《稍息立正站不好》,精美出版社。

姚嘉为著:《深情不留白》,九歌出版社。

徐世怡著:《献神的舞欲》,皇冠出版社。

荆棘著:《金蜘蛛网》,时报出版社。

陈丹燕著:《女人的肖像》,业强出版社。

陈韵琳著:《走出框框的人生》,宇宙光出版社。

曾玲著:《一个台湾女孩的航海日记》,方智出版社。

黄启方著:《多情应笑》,台湾商务印书馆。

廖鸿基著:《鲸生鲸世》,晨星出版社。

简媜著:《顽童小西红柿》,九歌出版社。

东海大学中文系编:《台湾文学中的历史经验》,文津出版社。

7 月

丁伟华著:《与心灵对话》,玉山社出版社。

小野著:《猫头鹰家里蹲》,麦田出版社。

王湘健著:《莒光日作文簿》,业强出版社。

吴念真著:《台湾念真情》,麦田出版社。

吕维著:《我是一只流浪狗》,维杰出版社。

施玉琴著:《生猛家族》,精美出版社。

张作锦著:《史家能有几张选票》,九歌出版社。

梁望峰著:《寂寞里逃》,大块文化出版社。

陶晓清著:《让真爱照亮每一天》,圆神出版社。

栞涵著:《像莲花的心》,汉艺色研出版社。

黄友玲著:《我爱娇妻》,精美出版社。

廖玉蕙著:《妩媚》,九歌出版社。

褚士莹著:《爱要认真又好玩》,圆神出版社。

赵宁著:《赵宁上台一鞠躬》,皇冠出版社。

欧阳林著:《台北医生故事 2》,麦田出版社。

谢芬兰著:《红楼物语》,希代书版出版社。

韩廷一著:《驰骋英伦——皇家女王黛安娜》,幼狮出版社。

谭宁权著:《山中笔记》,远流出版社。

8 月

小野著:《我跳、我跳、我跳跳跳》,元尊文化出版社。

王岫著:《跑腿的爸爸》,健行文化出版社。

周志文著:《冷热》,尔雅出版社。

建中国文科教学研习会著:《建中 86 年度文选》,"中央日报"出版社。

夏宇轩著:《寻找心灵的花园》,智林文化出版社。

马骥伸著:《人生三重奏》,九歌出版社。

张国立等著:《台北今暝有点 High》,新新闻出版社。

庄胡新浩著:《心灵真情书》,张老师出版社。

陈幸蕙著:《乐在婚姻》,九歌出版社。

陈长华著:《美感经验》,联经出版社。

栞涵著:《心灵花园》,文经社出版社。

颜艾琳著:《已经》,欢喜文化出版社。

龚于尧著:《体验花草》,玉山社出版社。

钟星著:《别哭我最爱的人》,耶鲁文化出版社。

9 月

丹萱著:《小精灵的秘密花园》,探索文化出版社。

丹萱著:《好喜欢自己》,探索文化出版社。

方杞著:《人生禅八九十》,佛光文化出版社。

成英姝著:《私人放映室》,联合文学出版社。

吴钧尧著:《梦的原色》,探索文化出版社。

吴钧尧编著:《到秋天散步》,欢喜文化出版社。

沈敏著:《飞将军诗文纵横谈》,独家出版社。

庄因著:《过客》,东大出版社。

林水福著:《他山之石》,欢喜文化出版社。

星云大师著:《一池落花两样情》,时报出版社。

殷登国著:《灯塔17》,文经社出版社。

张健著:《善境与美境》,水牛出版社。

张健著:《请到二十世纪的台北来》,水牛出版社。

张健伦著:《亲密大对决》,精美出版社。

梁寒衣著:《雪色青钵》,远流出版社。

陈黎著:《偷窥大师》,元尊文化出版社。

陈黎著:《声音钟》,元尊文化出版社。

黄威融著:《SHOPPING YOUNG》,新新闻出版社。

杨莉歌著:《金庸传说》,远景出版社。

路寒袖主编:《藏在我心》,元尊文化出版社。

刘墉著:《在灵魂居住的地方》,水云斋出版社。

郑至慧著:《她乡女纪》,元尊文化出版社。

龙应台著:《我的不安》,时报出版社。

龚华著:《情思·情丝》,三民出版社。

吴木盛著:《台美人趣事》,草根出版社。

10 月

王晓寒著：《多开一扇门》，健行文化出版社。

王静蓉著：《电影修练魔法》，新路出版社。

邱荣襄著：《高中生欲望的告解》，精美出版社。

吴淡如著：《成长是唯一的希望》，大田出版社。

吕慧著：《要擦亮星星的小孩》，九歌出版社。

沈定涛著：《加州的夏日风情》，文史哲出版社。

宜和著：《有傻劲的日本人》，健行文化出版社。

保健著：《万花筒人生》，健行文化出版社。

施叔青著：《回家，真好》，皇冠出版社。

高培华著：《魔法萨克斯风》，大田出版社。

张小娴著：《禁果之味》，皇冠出版社。

张妙如著：《在地球表面散步》，大块出版社。

张放著：《大海作证》，独家出版社。

张翊著：《幼愚随笔》，文史哲出版社。

陈煌著：《大自然的歌手》，晨星出版社。

陈谦著：《满街是寂寞的朋友》，欢喜文化出版社。

傅佩荣著：《EQ 命运赢家》，幼狮出版社。

舒国治著：《台湾重游》，作者自印。

杨照著：《Café Monday》，联合文学出版社。

廖玉蕙著：《如果记忆像风》，九歌出版社。

刘墉、别轩合著：《创作双赢的沟通》，水云斋出版社。

黄喜著：《伤痕犹在》，耶鲁国际出版社。

苏晓康著：《离魂历劫自序》，时报出版社。

11 月

心岱著：《发现绿光》，时报出版社。

王家祥著：《四季的声音》，晨星出版社。

吴钧尧编著:《寂静心钟》,欢喜文化出版社。

李性蓁著:《真情书》,元尊文化出版社。

施玉琴著:《人小鬼大》,精美出版社。

张晓风著:《你的侧影好美》,九歌出版社。

陈子善著:《雅舍小品补遗(1928—1948)》,九歌出版社。

顾正秋口述、季季整理:《休恋逝水》,时报出版社。

陈玉慧著:《我的灵魂感到巨大的饿》,联合文学出版社。

焦桐主编:《心灵恋歌 1》,时报出版社。

焦桐主编:《心灵恋歌 2》,时报出版社。

杨照著:《在我们的时代》,大田出版社。

12 月

卜宁著:《在生命中的光环上跳舞》,中天出版社。

卜宁著:《宇宙投影》,中天出版社。

王静蓉著:《丰富小宇宙》,佛光文化出版社。

何颖怡著:《女人在唱歌》,万象图书出版社。

李元贞等著:《回首青春》,女书文化出版社。

徐望云著:《决战禁区》,健行文化出版社。

舒国治等著:《困境在远方》,元尊文化出版社。

黄友玲著:《天下第一酷爸》,精美出版社。

黄永武著:《生活美学天趣》,洪范出版社。

黄永武著:《生活美学情趣》,洪范出版社。

黄永武著:《生活美学理趣》,洪范出版社。

黄永武著:《生活美学谐趣》,洪范出版社。

杨牧著:《昔我往矣》,洪范出版社。

雷骧著:《裸掌》,皇冠出版社。

庞德著:《谁是老大》,联合文学出版社。

1998 年台湾出版的散文集目录

1 月

朱炎著：《情系文心》，九歌出版社。

小彤著：《因为爱，我存在》，希代出版社。

光禹著：《昨日的叛逆》，圆神出版社。

褚士莹著：《哈佛没有教的事》，圆神出版社。

张中晓著：《无梦楼随笔》，台湾商务出版社。

刘墉著：《攀上心中的巅峰》，水云斋出版社。

欧阳林著：《鸡婆医生》，麦田出版社。

子敏著：《丰富人生》，麦田出版社。

乐珊瑚著：《漫步蕾萝湖》，元尊文化出版社。

徐仁修著：《自然四季》，元尊文化出版社。

何春蕤著：《好色女人》，元尊文化出版社。

沈振中著：《鹰儿要回家》，晨星出版社。

何秀煌著：《人生小语（八）》，东大出版社。

夏小舟著：《爱的美丽与哀愁》，三民出版社。

彭歌著：《说故事的人》，三民出版社。

何修仁著：《九十九朵昙花》，三民出版社。

卜宁著：《抒情烟云》（上、下），文史哲出版社。

林少雯著：《爱你的心情》，健行文化出版社。

心情工作室著：《与心情有约》，雅典出版社。

陈智峰著：《新新男人生活手册》，新雨出版社。

张深切著：《张深切全集 1：里程碑》，又名《黑色的太阳》（上），文经社。

张深切著：《张深切全集 2：里程碑》，又名《黑色的太阳》（下），文经社。

张深切著：《张深切全集 3：我与我的思想》，文经社。

张深切著：《张深切全集 4：在广东发动的台湾革命运动史略——狱中记》，文经社。

张深切著:《张深切全集5:孔子哲学评论》,文经社。

张深切著:《张深切全集6:谈日本,说中国》,文经社。

张深切著:《张深切全集7:邱罔舍》(第一部)、(第二部),文经社。

张深切著:《张深切全集8:遍地红——雾社事件——婚变》,文经社。

张深切著:《张深切全集9:生死门·再世因缘》,文经社。

张深切著:《张深切全集10:人间与地狱——李世民游地府荔镜传——陈三五娘》,文经社。

张深切著:《张深切全集11:北京日记书信杂录》,文经社。

张深切著:《张深切全集12:张深切与他的时代1904—1965》(影集),文经社。

黄哲永、邱素绸著:《乡土谜》,嘉义县立文化中心。

2月

程小蝶著:《寻找一片森林》,新雨出版社。

孙震著:《回首向来萧瑟处》,天下文化出版社。

路寒袖主编:《真爱藏一生》,晨星出版社。

白灵著:《白灵散文集》,河童出版社。

江述凡著:《东西南北任飞腾》,畅流出版社。

张曼娟著:《夏天赤着脚走来》,皇冠文化出版社。

张小娴著:《亲密心事》,皇冠文化出版社。

秦梦众著:《寻梦DJ》,文经社。

王溢嘉著:《一只暗光鸟的人生备忘录》,野鹅出版社。

王浩威著:《台湾少年记事》,幼狮出版社。

庄因著:《飘泊的云》,三民出版社。

陈列著:《永远的山》,玉山社。

钟理和、钟肇政、钱鸿钧编著:《台湾文学两种书》,草根出版社。

阿苏著:《我要去找你》,探索文化出版社。

冉亮著:《风闻有你,亲眼见你》,大块文化出版社。

邱贵芬著:《(不)同国女人聒噪》,元尊文化出版社。

邱立屏著:《生命就是做自己》,元尊文化出版社。

黄武忠著：《人间有味是清欢》，九歌出版社。

琦君著：《永是有情人》，九歌出版社。

钟怡雯著：《垂钓睡眠》，九歌出版社。

吴淡如著：《自恋总比自卑好》，圆神出版社。

卜大中著：《恋爱卜一卜》，圆神出版社。

谢鹏雄著：《走入浪漫》，健行文化出版社。

永乐多斯著：《等待那一束花》，健行文化出版社。

平路著：《爱情女人》，联合文学出版社。

平路著：《女人权力》，联合文学出版社。

吕绍炜著：《女人权力》，联合文学出版社。

潘台成著：《绿化心灵》，高宝国际出版社。

田中元著：《相信自己就有奇迹》，雅典出版社。

情话坊策划：《我与春天有个约》，雅典出版社。

3 月

心情工作室著：《黄玫瑰的情书》，雅典出版社。

符芝瑛著：《台湾过唐山》，台湾先智出版社。

郑华娟著：《海德堡之吻》，圆神出版社。

曹又方著：《会玩才会过生活》，圆神文学出版社。

沈从文、张兆和著：《沈从文家书》，台湾商务印书馆。

田运良著：《与情书》，探索文化出版社。

田运良著：《爱情经过》，探索文化出版社。

陈美儒等著、杨明编：《亲情告白》，幼狮出版社。

苏伟贞等著、杨明编：《亲情无价》，幼狮出版社。

王浩威著：《台湾查甫人》，联合文学出版社。

衔月著：《漂漂河上的浮木》，探索文化出版社。

游干桂著：《沉默革命》，探索文化出版社。

杨小云著：《拥抱幸福其实很简单》，健行文化出版社。

苦苓著：《闲情散散》，元尊文化出版社。

舒国治著：《读金庸偶得》，元尊文化出版社。

潘国森著:《话说金庸》,元尊文化出版社。

林锡嘉编:《八十六年散文选》,九歌出版社。

廖鸿基著:《漂流监狱》,晨星出版社。

梅骨气著:《失恋自白日记》,晨星出版社。

游干桂著:《城市有闲人》,洪健全文化基金会。

郑昭铃著:《情话道不尽》,新雨出版社。

李颂雅著:《我搞笑是因为我不想哭》,新雨出版社。

郑清清著:《悠游城市心》,新雨出版社。

刘福士著:《小女生玉米》,探索文化出版社。

孟樊著:《喝杯下午茶》,联经出版社。

杜十三著:《新世界的零件》,台明文化出版社。

沈怡著:《关于单身》,商智出版社。

杜白著:《这些人和那些狗》,幼狮出版社。

子敏著:《小方舟》,麦田出版社。

廖辉英著:《寻找温柔的所在》,皇冠文化出版社。

哈日杏子著:《减肥抽油站》,时报出版社。

马逊著:《晴空星月》,三民出版社。

滕与杰著:《红尘中的暖流》,桃园县立文化中心。

邱晞杰著:《雁行记》,桃园县立文化中心。

谢新福著:《人间关照》,桃园县立文化中心。

4 月

余怡菁著:《与艺术相遇在纽约》,时报出版社。

龙君儿著:《金瓜石的天空》,时报出版社。

李家同著:《陌生人》,联经出版社。

田运良著:《密猎者人语》,探索文化出版社。

韩秀著:《风景》,三民出版社。

李魁贤著:《诗的纪念册》,草根出版社。

钟肇政著:《钟肇政回忆录》(一)、(二),前卫出版社。

王昶雄著:《阮若打开心内的门窗》,前卫出版社。

鲍晓晖著：《种一株花树》，黎明文化出版社。

蔡富浓著：《山河岁月》，黎明文化出版社。

傅佩荣著：《现代心灵的定位》，黎明文化出版社。

刘广华著：《心灵的华唱》，黎明文化出版社。

伊能静著：《为爱而生》，讲义堂出版社。

唐润钿著：《彩色人生》，文史哲出版社。

杨秋生著：《永不磨灭的爱》，三民出版社。

廖玉蕙著：《与春光嬉戏》，健行文化出版社。

刘墉著：《我不是教你诈3》，水云斋出版社。

陈秋见著：《红尘黑手》，尔雅出版社。

游唤著：《老子与东方不败》，九歌出版社。

陈义芝编：《台湾文学二十年集(一九七八———一九九八)：散文二十家》，九歌出版社。

刘静娟著：《被一只狗捡到》，九歌出版社。

友友著：《寂寞喧哗》，新雨出版社。

陈幸蕙著：《法蓝西巧克力的早晨》，幼狮出版社。

周惠玲著：《逛书》，幼狮出版社。

孙小英主编：《心情三重奏》，幼狮出版社。

王尚智著：《转个念头人生会更好》，高宝国际出版社。

寒羽著：《你是自己的杀手吗》，雅典出版社。

苏文博著：《家有儿女初长成》，宇宙光出版社。

罗懿芬著：《出走的麦克风》，元尊文化出版社。

郑开来著：《大不了学个经验》，元尊文化出版社。

游干桂著：《用佛疗心》，元尊文化出版社。

陈文德著：《陶朱公传奇》，元尊文化出版社。

潘樵著：《采风随笔》，南投县立文化中心。

林聪明、胡万川编：《罗阿蜂、陈阿勉故事专辑》，宜兰县立文化中心。

间良助著：《讲东讲西》，宜兰县立文化中心。

林焕彰著：《拿什么给下一代》，宜兰县立文化中心。

5 月

心情工作室著:《风筝情人的外遇》,雅典出版社。

蔡诗萍著:《男回归线》,联合文学出版社。

洪素丽著:《台湾百合》,晨星出版社。

黄友玲著:《每天善用一点情》,方智出版社。

东尼·十二月著:《被自己的果实压弯了的一株年轻的树》,台湾商务印书馆。

张错著:《枇杷的消息》,大地出版社。

林清玄著:《生命中的龙卷风》,圆神出版社。

石德华著:《青春补手》,圆神出版社。

曹又方著:《让自己变生活高手》,圆神出版社。

吴若权著:《明天永远值得期盼》,方智出版社。

叶幸眉著:《30 快乐读本》,麦田出版社。

栞涵著:《情牵一生》,汉艺色研出版社。

蔡登山著:《往事已苍老》,元尊文化出版社。

小彤著:《淘气小彤子》,元尊文化出版社。

李性蓁著:《私旅行》,元尊文化出版社。

江文瑜编著:《阿母的故事》,元尊文化出版社。

吴霭义著:《金庸小说的情》,元尊文化出版社。

吴霭义著:《金庸小说看人生》,元尊文化出版社。

简宛著:《时间的通道》,三民出版社。

简良助著:《男人老实说》,健行文化出版社。

张小娴著:《我微笑是为了你微笑》,皇冠文化出版社。

苏静芬著:《爱情补手》,水晶图画出版社。

逯耀东著:《窗外有棵相思树》,东大出版社。

林莽著:《出门访古早》,东大出版社。

老猫著:《玉兰表婶》,时报文化出版社。

陈惠琬著:《老猫网络大探险》,时报文化出版社。

丁言昭著:《雪地里的太阳花》,宇宙光出版社。

司马啸青著：《在男人的世界里：丁玲传》，业强出版社。

施玲著：《辜振甫家族》，玉山社。

施玲著：《魔幻寓言》，日臻出版社。

林永昌著：《寄情天地》，屏东县立文化中心。

张琼秀著：《目加溜湾社的阳光》，台南县立文化中心。

涂顺从著：《咸鱼出头天》，台南县立文化中心。

林树岭著：《试著改变自己》，台南县立文化中心。

黄志良著：《岁月情》，台中县立文化中心。

蔡秀菊著：《怀念相思林》，台中县立文化中心。

《台中市台湾民间文学采录集》，台中县立文化中心。

6 月

傅佩荣著：《生命重心在何处》，九歌出版社。

蔡云雀著：《心中一条河》，号角出版社。

柯淑玲著：《生命的情怀》，莲魁出版社。

邓荣坤著：《生活录音机》，钟郡出版社。

光禹著：《在勇气边缘》，圆神出版社。

张错著：《倾诉与聆听》，高宝国际出版社。

张开基著：《自然人的心灵》，高宝国际出版社。

游干桂著：《绿光丛林》，探索文化出版社。

周质平著：《胡适与韦莲司》，联经出版社。

黄友玲著：《真情故事》，大田出版社。

张曼娟著：《温柔双城记》，大田出版社。

刘灯著：《背著计算机，去欧洲流浪》，大块出版社。

小野著：《你只要负责笑就好》，皇冠文化出版社。

刘大任著：《晚风习习》，皇冠文化出版社。

唐彭著：《日本惊奇》，联经出版社。

张抗抗著：《女人的极地》，业强出版社。

蔡文怡著：《艺术之都梦幻之旅》，健行文化出版社。

刘安诺著：《风流与幽默》，健行文化出版社。

刘墉著:《对错都是为了爱》,水云斋文化出版社。

欧阳林著:《医生也疯狂》,麦田出版社。

张北海著:《纽约传真》,麦田出版社。

子敏著:《现代爸爸》,麦田出版社。

洛夫著:《落叶在火中沉思》,尔雅出版社。

张默著:《梦从桦树上跌下来》,尔雅出版社。

会秋美著:《台湾媳妇仔的生活世界》,玉山社出版社。

朱红著:《寻找苏州》,幼狮出版社。

MIGI 著:《用指尖谈恋爱》,水晶图画出版社。

哈日杏子著:《我得了哈日症》,时报文化出版社。

郑义著:《自由鸟》,三民书局出版社。

Kevin & 新绿文化工作室著:《不让情人来秤你》,新雨出版社。

木心著:《会吴中》,元尊文化出版社。

木心著:《我纷纷的情欲》,元尊文化出版社。

江宝钗著:《四十花开》,嘉义市立文化中心。

赖台生著:《纵情山水》,嘉义市立文化中心。

江宝钗著:《嘉义市闽南语歌谣集》(二)、(三),嘉义市立文化中心。

江宝钗著:《布袋镇闽南语故事》,嘉义市立文化中心。

江宝钗著:《布袋镇闽南语谣谚》,嘉义市立文化中心。

陈玉姑著:《千转不红的枫》,台东县立文化中心。

叶香著:《微雨》,台东县立文化中心。

邵僩著:《庄世和的绘画艺术》,屏东县立文化中心。

范文芳著:《头前溪的故事》,新竹县立文化中心。

邵僩著:《为心著色》,新竹县立文化中心。

黄劲连著:《番薯兮歌——黄劲连台语歌诗集》,台南县立文化中心。

蔡蕙如著:《与郑成功有关传说研究》,台南市立文化中心。

林胜雄著:《多情难免》,台南市立文化中心。

林美琴著:《情人果》,台南市立文化中心。

胡万川、王正雄编著:《外埔乡闽南语故事集》,台中县立文化中心。

胡万川、王正雄编著:《大安乡闽南语故事集》(一)、(二),台中县立文化
中心。

胡万川、王正雄编著:《泰雅族歌谣》,台中县立文化中心。

邱阿涂编著:《谈天说艺——话兰阳》,宜兰县立文化中心。

李松德著:《庄脚团》,宜兰县立文化中心。

刘钧章编著:《苗栗客家山歌赏析第二集》,苗栗县立文化中心。

胡万川编著:《苗栗县闽南语故事集》,苗栗县立文化中心。

胡万川编著:《苗栗县闽南语歌谣集》,苗栗县立文化中心。

罗肇锦编著:《苗栗县客语故事集》,苗栗县立文化中心。

罗肇锦编著:《苗栗县客语歌谣集》,苗栗县立文化中心。

7 月

吴玲瑶著:《非常幽默男女》,跃升文化出版社。

田雅各布著:《兰屿行医记》,晨星出版社。

李中著:《李中的第 2 脑》,麦田出版社。

隐地著:《荡著秋千喝咖啡》,尔雅出版社。

刘克襄著:《快乐绿背包》,晨星出版社。

裴在美著:《残酷得像诗》,皇冠文化出版社。

蔡康永著:《痛快日记》,皇冠文化出版社。

褚士媭著:《太平洋 somewhere》,探索文化出版社。

褚士媭著:《always 想出去玩》,探索文化出版社。

沈花末著:《关于温柔的消息》,探索文化出版社。

邓荣坤著:《与阿甘对话》,探索文化出版社。

陈克华著:《在城市中迷失的地图》,元尊文化出版社。

郑石岩著:《随缘成长》,元尊文化出版社。

陈庚尧著:《文化·宜兰·游锡》,元尊文化出版社。

吴念真著:《台湾念真情之这些地方这些人》,麦田出版社。

会玲著:《小迷糊闯海关》,大田出版社。

陈克华著:《颠覆之烟》,九歌出版社。

小民著:《桂花月月香》,九歌出版社。

张凤著:《哈佛哈佛》,九歌出版社。

洪淑苓著:《深情记事》,健行文化出版社。

蓬丹著:《花中岁月》,健行文化出版社。

凌拂著:《台湾的森林》,玉山社。

王旭烽著:《绝色杭州》,幼狮出版社。

丫丫著:《女人私春》,红色文化出版社。

阮庆岳著:《男人真好笑》,红色文化出版社。

心情工作室著:《紫水晶的传说》,雅典出版社。

焦桐主编:《航向爱情海》,时报文化出版社。

黄端阳著:《浪漫不死》,新雨出版社。

徐熙媛著:《SOS姊姊的秘密心事》,平装本出版社。

联合报系文化基金会主编:《回家!盖我的房子》,联合报系文化基金会。

彭瑞金著:《台湾文学步道》,高雄县立文化中心。

8 月

王家祥著:《真情书》,晨星出版社。

叶明动著:《感怀三集》,跃升出版社。

位梦华著:《天涯纵横》,三民出版社。

龚静著:《不如从命》,业强出版社。

张堂锜、乐梅健编:《现代文学名家的第二代》,业强出版社。

德亮著:《德亮散文集》,河童出版社。

吴钧尧著:《爱情总是坏坏的》,探索文化出版社。

林文义著:《少年情爱初旅》,探索文化出版社。

吴钧尧、颜艾琳著:《跟你同一国》,探索文化出版社。

陈裕盛著:《把爱找回来》,探索文化出版社。

幼狮文艺主编:《我其实仍然在花园里》,幼狮出版社。

戴凡著:《王洛勇:征服百老汇的中国小子》,文史哲出版社。

小野著:《让我躺在你身边》,麦田出版社。

李敖著:《李敖快意恩仇录》,商业周刊社。

孙维民著:《所罗门与百合花》,九歌出版社。

张拓芜著:《何止感激二字》,九歌出版社。

龚则韫著:《荷花梦》,健行文化出版社。

李昕著:《人生踢踏踩》,大田出版社。

南方朔著:《世纪末抒情》,大田出版社。

林央敏主编:《台语散文一纪年》,前卫出版社。

汪恒祥著:《一生一次》,水云斋文化出版社。

邱馨仪著:《台湾人的品味》,嘉集思出版社。

王淑芬著:《童年忏悔录》,民生报出版社。

沈庆京著:《突围》,商智出版社。

吕政达著:《心想市成》,大村文化出版社。

吴建恒著:《冒险的心》,高宝国际出版社。

王国华著:《男人山与女人纱》,雅典出版社。

统一企业征文著:《心情故事 10》,皇冠文化出版社。

朱晓枫著:《天人菊少女手札》,新苗文化出版社。

9 月

傅佩荣著:《人生需要几座灯塔》,九歌出版社。

陈世一著:《阳明山之旅》,晨星出版社。

周大庆著:《鱼鹰之恋》,晨星出版社。

刘永毅著:《周梦蝶:诗坛苦行僧》,时报出版社。

哈日杏子著:《我要去东京》,时报出版社。

林保宝著:《莿桐最后的望族》,玉山社。

杜白著:《小白要出嫁》,幼狮出版社。

顾澄如著:《人生好比粉圆冰》,麦田出版社。

何天著:《快乐心好自在》,高宝国际出版社。

心情工作室著:《三个人的故事》,雅典出版社。

王国华著:《心灵威尔钢》,雅典出版社。

陈铭磻著:《个性决定命运》,旺角出版社。

蜡笔小岚著:《蜡笔小岚哈拉 BOOK》,平装本出版社。

马世芳等著:《在台北生存的 100 个理由》,大块文化出版社。

会阳晴著:《橙色的幽默》,元尊文化出版社。

10 月

李眉著:《收集梦的女人》,跃升文化出版社。

郑开来著:《再忙也要去旅行》,大田出版社。

吴淡如著:《愿意冒险》,大田出版社。

许旭立著:《表王风采》,独家出版社。

陈芳明著:《风中芦苇》,联合文学出版社。

陈芳明著:《梦的终点》,联合文学出版社。

陈芳明著:《掌中地图》,联合文学出版社。

陈芳明著:《时间长巷》,联合文学出版社。

张小娴著:《悬浮在空中的吻》,皇冠文化出版社。

黄光男著:《静默的真实》,皇冠文化出版社。

李碧华著:《爱情聪明丸》,皇冠文化出版社。

姜捷著:《爱,不会愈分愈薄》,黎明文化出版社。

王云龙著:《爱的种子》,黎明文化出版社。

张慧元著:《在美国写社论的故事》,黎明文化出版社。

刘叔慧著:《病情书》,元尊文化出版社。

陈璐西著:《噪音公寓》,元尊文化出版社。

侯孝贤、朱天文著:《级上之梦——〈海上花〉电影全记录》,元尊文化出版社。

黄文英、曹智伟著:《海上繁华录——〈海上花〉的影像美感》,元尊文化出版社。

杨小云著:《多给自己一点掌声》,健行文化出版社。

刘小梅著:《人生真美》,探索文化出版社。

罗叶著:《从愚人节开始新生活》,探索文化出版社。

魏可风著:《于是,在世界的尽头拈花微笑吧!》,探索文化出版社。

路寒袖著:《郊情·台中》,探索文化出版社。

行政院新闻局策划著:《文学原乡》,正中出版社。

孙秀惠著:《跌倒在旅行地图上》,天下远见出版社。

张惠菁著:《流浪在海绵城市》,新新闻出版社。

朱静著：《真诚无价》，业强出版社。

董懿娜著：《玻璃心的日子》，业强出版社。

余光中著：《日不落家》，九歌出版社。

刘捷著：《我的忏悔录》，九歌出版社。

陈火泉著：《快乐不是越多越好》，九歌出版社。

陈冠宇著：《琴有独钟》，商智出版社。

金成财著：《福尔摩沙的稻草人》，玉山社。

王邦雄著：《一生好看》，幼狮出版社。

寇乃馨著：《寇人馨弦》，幼狮出版社。

何权峰著：《心念的种子》，高宝国际出版社。

张耀著：《彩色罗马》，时报文化出版社。

释依星著：《与心对话》，佛光出版社。

金明玮著：《愈看愈得意》，宇宙光出版社。

邵正宏著：《日子开心走》，宇宙光出版社。

曹又方著：《越看越会爱》，圆神出版社。

吴若权著：《谁能让男人付出真心》，方智出版社。

11 月

洛夫著：《洛夫小品选》，小报文化出版社。

琴涵著：《心情不下雨》，文经社。

郑华娟著：《香水纪念日》，圆神出版社。

蒋丽萍著：《湛蓝的天空》，业强出版社。

路寒袖著：《梦，可以成真》，麦田出版社。

欧阳林著：《少年医生天才事件簿》，麦田出版社。

王盛弘著：《桃花盛开》，尔雅出版社。

王鼎钧著：《心灵分享》，尔雅出版社。

吕政达著：《美丽而丑陋》，科尔文化出版社。

金成财著：《我的 62 个稻草人朋友》，玉山社。

杜文和著：《醉乡绍兴》，幼狮出版社。

罗位育著：《有限关系》，幼狮出版社。

潘台成著:《彩虹心灵》,高宝国际出版社。

心情工作室著:《玻璃屋的爱》,雅典出版社。

应平书主编:《第十一届梁实秋文学奖作品集——番薯王》,"中华日报"出版社。

张妙如、徐玫怡著:《交换日记》,大块文化出版社。

水瓶鲸鱼著:《失恋杂志》,元尊文化出版社。

洪秀銮著:《蜕变——开启心灵的 key》,元尊文化出版社。

彭蕙仙编著:《地球女人心》,元尊文化出版社。

12 月

北岛著:《蓝房子》,九歌出版社。

郑欣雨著:《天使小心》,小知堂文化出版社。

林静昕著:《老师同学再会啦!》,幼狮出版社。

傅佩荣著:《少年维特不烦恼》,幼狮出版社。

张培耕著:《以山为神》,幼狮出版社。

郭哲言著:《艺术之都不再有雾》,雅典出版社。

情话坊著:《月光下的萤火虫》,雅典出版社。

王静蓉著:《美丽的灵魂》,探索文化出版社。

邓荣坤著:《法国梧桐》,探索文化出版社。

古碧玲著:《让我们发生关系》,皇冠文化出版社。

张小娴著:《不如你送我一场春雨》,皇冠文化出版社。

鹿桥著:《市尘居》,时报出版社。

汤士铸等著:《魔鬼·上帝·印第安》,元尊文化出版社。

许俊雅、杨洽人编:《杨守愚日记》,彰化县立文化中心。

瞿毅著:《走马蓬莱岛》,彰化县立文化中心。

施坤鉴著:《欢喜的志业》,彰化县立文化中心。

1999 年台湾出版的散文集目录

1 月

王鼎钧著:《千手捕蝶》,尔雅出版社。

小野著:《生命岂只是三言两语》,麦田出版社。

林贵真著:《生命是个橘子》,尔雅出版社。

张拓芜著:《代马输卒手记》(精华编),尔雅出版社。

柯书品著:《心情捕手》,尔雅出版社。

王邦雄著:《在家、出家与回家》,九歌出版社。

廖辉英著:《赌一场爱的输盘》,九歌出版社。

杏林子著:《在生命的渡口与你相遇》,九歌出版社。

徐蕙蓝著:《人生新境界》,健行出版社。

陈璐茜著:《你飞走了》,探索出版社。

康正果著:《鹿梦》,三民出版社。

刘墉著:《做个快乐读书人》,水云斋出版社。

黄海苗著:《家有小顽子》,奥林出版社。

钟盛裕著:《请活着等我》,科尔文化出版社。

陈深深著:《你的心是闪存》,商周文化出版社。

邱坤良著:《南方澳大戏院兴亡史》,新新闻出版社。

曾郁雯著:《鲸鱼在唱歌》,健行出版社。

赖慧芸著:《巴黎人法国风》,圆神出版社。

金丹元著:《悬浮在心湖上的梦》,业强出版社。

林清玄著:《飞越沙漠的河》,圆神出版社。

陈宁贵著:《让生命微微笑》,宇河文化出版社。

傅孟丽著:《茱萸的孩子:余光中传》,天下远见出版社。

柯玉雪著:《灵感与毒箭》,文史哲出版社。

2 月

柯庆明著:《昔往的辉光》,尔雅出版社。

刘琦香著:《白云悠悠思父亲》,商鼎出版社。

林黛嫚著:《时光迷宫》,健行出版社。

小野著:《最好不在家》,皇冠出版社。

沈鱼著:《高墙里的春天》,探索出版社。

栾涵著:《欢喜田》,宇河出版社。

王克难著:《诺言树》,健行出版社。

吴若权著:《抓住你要的幸福》,时报出版社。

张小虹著:《情欲微物论》,大田出版社。

罗智成著:《亚热带习作》,联合文学出版社。

苏伟贞著:《单人旅行》,联合文学出版社。

林黛嫚编:《中副与我》,"中央日报"出版社。

林黛嫚编:《中副五十年精选第一辑》,"中央日报"出版社。

林黛嫚编:《中副五十年精选第二辑》,"中央日报"出版社。

林黛嫚编:《中副五十年精选第三辑》,"中央日报"出版社。

林黛嫚编:《中副五十年精选第四辑》,"中央日报"出版社。

林黛嫚编:《中副五十年精选第五辑》,"中央日报"出版社。

林黛嫚编:《中副五十年精选第六辑》,"中央日报"出版社。

林黛嫚编:《中副五十年精选第七辑》,"中央日报"出版社。

3 月

北川若瑟著:《嗜好/爱情》,红色出版社。

朱小燕著:《住在温哥华,时光飞逝》,尔雅出版社。

铁木兰著:《遇见自己,错身而过》,探索出版社。

谢宛蓉著:《小草的三年》,正中出版社。

黄明坚著:《活著,理直气壮》,皇冠出版社。

马美伦著:《吧哩吧哩》,探索出版社。

萧秀芳著：《菜鸟校长报到》，玉山社。

黄光男著：《长空万里》，联合文学出版社。

简宛著：《送一朵花给您》，三民出版社。

沈谦著：《林语堂与萧伯纳》，九歌出版社。

周愚著：《美国居，不大易》，健行出版社。

方梓著：《第四个房间》，健行出版社。

南方朔著：《语言是我们的星图》，大田出版社。

朱衣著：《轻轻松松做自己》，圆神出版社。

林玉绪著：《恋恋深情意大利》，方智出版社。

徐世怡著：《找不到的街角》，联合文学出版社。

王尧著：《茶话连篇》，业强出版社。

吴家动著：《童年宵里溪》，探索出版社。

林文月著：《饮膳札记》，洪范出版社。

廖玉蕙著：《没大没小》，九歌出版社。

杨锦郁著：《记忆雪花》，九歌出版社。

吴若权著：《活出生命的能量》，时报出版社。

刘淑慧编著：《幸福密码》，麦田出版社。

陈璐茜著：《迷走地图》，九歌出版社。

简媜编著：《八十七年散文选》，九歌出版社。

洪雪珍著：《勇敢爱自己》，大田出版社。

严歌苓著：《波西米亚楼》，三民出版社。

陈建志著：《天使的五十二个礼物》，方智出版社。

余秋雨著：《霜冷长河》，时报出版社。

王申培著：《哈佛冥想曲》，健行出版社。

谢鹏熊著：《人生高手》，文经出版社。

王盛弘等著：《我在这里散步》，探索出版社。

翁嘉铭著：《你是我的堕落》，探索出版社。

阿盛著：《满天星》，幼狮出版社。

陈璐茜著：《鸟的告白》，探索出版社。

琹涵著：《典藏深情》，汉艺色研出版社。

庄稼著：《看海的人》，联经出版社。

俞明著:《山水尘世间》,业强出版社。

5 月

简媜著:《红缨仔》,联合文学出版社。

谷淑娟著:《恐龙周记》,商业周刊出版社。

梁丹丰著:《大美大爱的路上》,九歌出版社。

梁铭毅著:《欧亚画话之旅》,九歌出版社。

吕正惠著:《CD 流浪记》,九歌出版社。

马森著:《追寻时光的根》,九歌出版社。

曾玲著:《大脚丫惊险记》,大田出版社。

李昕著:《这个妈妈很霹雳》,大田出版社。

杨曼芬著:《活在这个城市必须的快乐》,圆神出版社。

谢芬兰著:《四十女儿心》,张老师出版社。

郑开来著:《每天都有好机会》,圆神出版社。

安妮塔著:《安妮塔·纽约流浪记》,蓝瓶子出版社。

黄武忠著:《经验人生》,宇河出版社。

陈若曦著:《归去来》,探索出版社。

陈双景著:《陈母的甘苦人生》,远流出版社。

洪凌著:《倒挂在网络上的蝙蝠》,新新闻出版社。

于淑雯著:《重新归零的承诺》,月冠出版社。

张小娴著:《幸福的鱼面颊》,皇冠出版社。

陈艾妮著:《月亮到我家来》,陈艾妮工作室。

陈艾妮著:《一杯冰凉的温柔》,陈艾妮工作室。

陈艾妮著:《你是我的小太阳》,陈艾妮工作室。

刘洪顺著:《活得有感觉》,蓝瓶子出版社。

6 月

陈若曦著:《打造桃花源》,台明出版社。

李中著:《没有爱情的日子》,麦田出版社。

鹿亿鹿著：《欲寄相思》，九歌出版社。

蒋勋著：《欢喜赞叹》，联合文学出版社。

徐望云著：《快攻》，健行出版社。

钟文音著：《写给你的日记》，大田出版社。

李静平著：《宝岛曼波》，三民出版社。

王鼎钧著：《活到老，真好》，尔雅出版社。

陈丹燕著：《上海的风花雪月》，尔雅出版社。

刘洪顺著：《月光旅书》，蓝瓶子出版社。

李爽、阿城著：《爽》，联合文学出版社。

宋益乔著：《梁实秋传》，文国出版社。

宋益乔著：《徐志摩传》，文国出版社。

林正杨著：《没有终点的旅途》，文经出版社。

郎云、苏雷著：《老舍传》，文国出版社。

7 月

丘秀芷著：《每个人一串钥匙》，九歌出版社。

鲍晓晖著：《奶爸时代》，健行出版社。

许悔之著：《我一个人记住就好》，大田出版社。

凌佛著：《与荒野相遇》，联合文学出版社。

刘墉著：《你不可不知的人生》，水云斋出版社。

余秋雨著：《掩卷沉思》，尔雅出版社。

爱亚著：《葡萄红与白》，尔雅出版社。

亦瞳著：《下雨天不要见面》，月冠出版社。

陈升著：《寂寞带我去散步》，圆神出版社。

8 月

唐捐著：《大规模的沉默》，联合文学出版社。

李进文著：《苹果香的眼睛》，河童出版社。

路寒袖编著：《狱卒的时候》，麦田出版社。

欧阳林著:《狗咬欧阳林》,麦田出版社。

向阳著:《暗中流动的符码》,九歌出版社。

叶石涛著:《追忆文学岁月》,九歌出版社。

胡华玲著:《一万多个日子里的笑和泪》,九歌出版社。

冰子著:《海风吹进铁窗》,九歌出版社。

邱立屏著:《生命总会找到自己的活路》,健行出版社。

杨小云著:《爱是一生的坚持》,健行出版社。

刘轩著:《作书虫也作玩家》,超越出版社。

邓荣坤著:《人间菩萨》,月冠出版社。

钟友联著:《山中日月长》,南宏出版社。

徐孝恭著:《坐看青山》,南宏出版社。

李南衡著:《女人,男人的心上人》,跃升出版社。

吴若权著:《启动心灵程序》,时报出版社。

李俊东著:《情人就像一只猫》,新新闻出版社。

龙应台著:《百年思索》,时报出版社。

萧蔓著:《勾引》,皇冠出版社。

陈洪义著:《非礼记书囊》,汉斯出版社。

晓亚著:《生活闲情》,跃升出版社。

夏小舟著:《只要我和你》,三民出版社。

9 月

蒋美经著:《嘿!听我唱这首歌》,商业周刊。

路寒袖编著:《搭飞机也疯狂》,麦田出版社。

小野著:《我爱年轻人》,麦田出版社。

张曼娟著:《女人的幸福造句》,时报出版社。

卜大中著:《麻辣台湾》,九歌出版社。

谢青著:《黑色的笑》,健行出版社。

新井一二三著:《心井,新井》,大田出版社。

瓦历斯·诺干著:《番人之眼》,晨星出版社。

温春华著:《生命的斗士》,自然风出版社。

成英姝著：《女流之辈》，联合文学出版社。

朱介凡著：《寿堂难忆》（上、下），文史哲出版社。

钟雷著：《春华秋实》，文史哲出版社。

杜虹著：《比南方更难》，时报出版社。

叶石涛著：《从府城到旧城》，翰音出版社。

雷骧著：《爱染五叶》，麦田出版社。

徐世泽著：《拥抱地球》，文史哲出版社。

萧之华著：《齿痕》，独家出版社。

季欣麟等著：《书与生命的对话》，天下远见出版社。

长工著：《给世纪末人的 42 封信》，亚细亚出版社。

谢鸿文著：《醒来，听我说故事》，月冠出版社。

郁达夫著：《天涯行旅》，月冠出版社。

中国时报浮世绘企划著：《难忘小故事》，大田出版社。

10 月

钟文音著：《台湾美术山川行旅图》，新新闻出版社。

王智弘著：《菜鸟医生上前线》，健行出版社。

郑至慧著：《菜场门口遇见马》，九歌出版社。

殷志鹏著：《回首英美留学路》，健行出版社。

廖清秀著：《能幽默些就好》，九歌出版社。

杨明著：《学会放心和放手》，圆神出版社。

张堂锜著：《旧时月色》，三民出版社。

小彤著：《小彤子闹翻天》，在线捷迟出版社。

李友中著：《春梦与猫》，商业周刊出版社。

林峰丕著：《爱自己更爱生活》，晨星出版社。

王逢吉著：《青春恋歌》，业强出版社。

夏小舟著：《东方不亮西方亮》，汉艺色研出版社。

柯翠芬著：《水色渐渐》，晨星出版社。

蔡季珠著：《秀出自己》，时报出版社。

侯吉谅著：《那天晚上的雨声》，麦田出版社。

木心著:《鱼丽之宴》,翰音出版社。

木心著:《同情中断线》,翰音出版社。

木心著:《马拉格计划》,翰音出版社。

丁果著:《隔海瘙痒》,思想生活屋出版社。

白雨著:《坐看风起时》,亚细亚出版社。

11 月

余光中等著:《消失在长廊尽头》,九歌出版社。

洪淑苓著:《傅钟下的歌唱》,亚细亚出版社。

孙玮芒著:《在世纪末点播音乐》,九歌出版社。

陈大为著:《流动的身世》,九歌出版社。

廖玉蕙著:《随时来取暖》,九歌出版社。

马绍·阿纪著:《泰雅人的七家湾溪》,晨星出版社。

詹雅兰著:《住在荒谬街 7 号》,商业周刊。

潘郁琦著:《忘情之约》,思想生活出版社。

林立铭著:《生命中的感动》,新岛出版社。

杨泽编著:《狂飙八零》,时报出版社。

洪琼君著:《大自然嬉戏记》,晨星出版社。

林清玄著:《突破人生困境的寓言》,圆神出版社。

刘洪顺著:《心情温泉》,博扬出版社。

张泽良编:《肝胆相照:钟肇政、张泽良往返书信集——钟肇政卷》,前卫出版社。

张泽良编:《肝胆相照:钟肇政、张泽良往返书信集——张泽良卷》,前卫出版社。

12 月

阿盛著:《作家列传》,尔雅出版社。

陈丹燕著:《上海的金枝玉叶》,尔雅出版社。

赖瑞和著:《杜甫的五城》,尔雅出版社。

吴若权著：《爱恋 e 世纪，因为有你》，时报出版社。

姜龙昭著：《打破沙锅问到底》，健行出版社。

郑华娟著：《温馨厨房咖啡座》，圆神出版社。

朱衣著：《活得清醒爱得快乐》，圆神出版社。

东方白著：《真与美（四）：诗的回忆·成年篇》，前卫出版社。

黄子音著：《另一种清醒》，圆神出版社。

李碧华著：《别做恋爱傻瓜》，巨蟹出版社。

2000 年台湾出版的散文集目录

1 月

路寒袖主编：《探照生命裂缝的光群——第一届中县文化奖得奖作品集》，台中县立文化局出版社。

李素真编：《一片深情》，正中出版社。

秦文君著：《小捣蛋外传》，民生报。

可乐王著：《可乐王俱乐部》，大田出版社。

张曼娟著：《爱情，诗流域》，麦田出版社。

丘秀芷著：《我的顽皮动物》，百盛文化出版社。

中国时报浮世绘版企划：《爱情网站》，大田出版社。

小野、李中著：《中等野蛮》，皇冠出版社。

杨仿仿著：《窗外是黑海》，智库文化出版社。

侯吉谅著：《河道上的虹彩》，大有国际文化出版社。

唐鲁孙著：《南北看》，大地出版社。

郑森玉著：《抓住生命中一些重要的东西》，郑森玉个人出版。

刘黎儿著：《东京·风情·男女》，麦田出版社。

徐孝恭著：《双溪流音》，南宏出版社。

吴锦罚著：《生命 Hiking》，串门企业出版社。

南方朔著：《有光的所在》，大田出版社。

林清和著：《成长的喜悦》，三永图书出版社。

丘荣襄著:《让心坎的掌声飞起来》,亚细亚出版社。

屈捷妮著:《初次见面,很高兴认识你》,商业周刊。

孙康宜著:《耶鲁·性别与文化》,尔雅出版社。

庄信正著:《展卷》,尔雅出版社。

孤独客著:《爱情炸弹》,新雨出版社。

王溢嘉著:《人间飞翔》,野鹅出版社。

李中著:《比联考更无聊的事》,麦田出版社。

邱秀文、杨美玲著:《成长不寂寞》,正中出版社。

杨美玲著:《啜饮一杯甜蜜清泉》,富春文化出版社。

彭怡然著:《笑颜》,高霖国际出版社。

潘可人原著:《柏林新世纪》,智库文化出版社。

周亦龙著:《心灵写真集》,海鸽文化出版社。

阿古著:《咖啡咖啡》,禾雅文化出版社。

阿古著:《失恋失恋》,禾雅文化出版社。

阿古著:《拖鞋拖鞋》,禾雅文化出版社。

阿古著:《梦想梦想》,禾雅文化出版社。

吴锦发著:《生态禅》,串门企业出版社。

许舜英著:《大量流出》,红色文化出版社。

黄光男著:《实证美学》,天培文化出版社。

栞涵著:《美丽新希望》,宇河文化出版社。

庄凯埙著:《我是角子请你抱抱我》,商业周刊。

赵有为著:《跟著经纬圈一起出轨》,墨刻出版社。

孙虹著:《游走地球村》,幼狮出版社。

八爪熊著:《八爪熊打工记》,高宝国际出版社。

郑开来著:《出发》,圆神出版社。

孙观汉著:《关怀与爱心》,九歌出版社。

孙观汉著:《菜园里的心痕》,九歌出版社。

郭琼森著:《阅读文化流行阅读》,九歌出版社。

杏林子著:《真情是一生的承诺》,圆神出版社。

舒婷著:《预约私奔》,九歌出版社。

庄因著:《大话小说》,三民出版社。

钟凯钧著：《你有幽默感我有快乐心》，祥颖文化出版社。

叶日松著：《阿寒湖的中秋夜》，文学街出版社。

2 月

范泉著：《遥念台湾》，人间出版社。

唐鲁孙著：《老乡亲》，大地出版社。

唐鲁孙著：《故园情》，大地出版社。

林文义著：《手记描写一种情色》，联合文学出版社。

张春凤著：《青春 e 路途》，前卫出版社。

张春凤著：《鸡啼》，前卫出版社。

陈加再著：《心灵小品》，"国家"出版社。

凌明玉著：《宝贝在说话》，博扬文化出版社。

刘大绢著：《STARS，SEX，LOVE》，尖端出版社。

唐先田著：《追求和谐》，文史哲出版社。

叶嘉莹著：《迦陵杂文集》，桂冠出版社。

黄春明著：《等待一朵花的名字》，皇冠出版社。

张宁芬著：《在那东方的海面上》，希德出版社。

李欣频著：《虚拟困境》，大块文化出版社。

孙梓评著：《甜钢琴》，麦田出版社。

杨明著：《记忆中的味道》，朱雀文化出版社。

张小娴著：《思念里的流浪猫》，皇冠出版社。

雷骧文、图：《文学漂鸟》，远流出版社。

欧阳林著：《医生护士跳起来》，麦田出版社。

阿奇著：《世纪末影视男女》，脸谱文化出版社。

王嘉慧著：《拉荷歇尔》，大块文化出版社。

游丕若摄影、散文诗著：《大地的声息》，人人月历出版社。

廖辉英著：《抢救爱情》，九歌出版社。

叶姿麟著：《当公主遇上他》，红色文化出版社。

麦高著：《丑男心事谁知》，健行文化出版社。

徐玮著：《自由的风》，星元素文化出版社。

胡依嘉著:《我的尼泊尔情人》,圆神出版社。

张作锦著:《小人富斯滥矣》,九歌出版社。

田仁著:《因为爱,所以回头看》,方智出版社。

苏意如著:《回家》,商业周刊。

孙家骏著:《逝水沉沙》,诗艺文出版社。

曾晶晶著:《是你说,全世界我最幸福》,商业周刊。

陈美儒著:《寻找真爱,多情无罪》,健行文化出版社。

吴玲瑶著:《请幽默来征婚》,方智出版社。

刘墉著:《抓住属于你的那颗小星星》,水云斋文化出版社。

3 月

柏杨著:《柏杨全集》,远流出版社。

谭宇权著:《人间最后一块净土》,南宏出版社。

谭宇权著:《海角新乐园》,南宏出版社。

苏逸洪著:《心闻主播台》,英特发出版社。

柏杨著:《蛇腰集》,远流出版社。

柏杨著:《剥皮集》,远流出版社。

柏杨著:《牵肠集》,远流出版社。

余秋雨著:《千年一叹》,时报文化出版社。

柏杨著:《红袖集》,远流出版社。

柏杨著:《立正集》,远流出版社。

柏杨著:《圣人集》,远流出版社。

柏杨著:《凤凰集》,远流出版社。

柏杨著:《堡垒集》,远流出版社。

柏杨著:《怪马集》,远流出版社。

柏杨著:《玉雕集》,远流出版社。

黎活仁等编著:《柏杨的思想与文化》,远流出版社。

八王子著:《八王子遗书》,唐山出版社。

胡林森著:《无情岁月有情天》,胡林森出版社。

李昂著:《漂流之游》,皇冠出版社。

毛昭纲著：《学思录》，全华出版社。

陈明仁著：《Pha 荒 e 故事》，台语传播出版社。

胡陵著：《流放远方》，小知堂出版社。

陈祖彦编著：《深情似海》，楷达出版社。

天蝎著：《思想绳子不打结》，雅典文化出版社。

依品凡著：《心，遗落在北海道道》，商智文化出版社。

徐重仁著：《在 7–ELEVEN 写下幸福》，统一超商出版社。

正中书局编著：《台湾，你并孤独》，正中出版社。

赖致宇著：《孩狗的书》，时报文化出版社。

邱文仁著：《爱的西雅图》，红色文化出版社。

阿乌著：《生活原来如此快乐》，驿站文化出版社。

刘澍著：《真爱原来一直在身边》，水瓶世纪文化出版社。

朱崇鹣著：《英文小魔女的妈妈秘籍》，联合文化出版社。

陈铭磻著：《动心》，思想生活屋出版社。

邬迅编著：《老兵日志》，邬迅个人出版。

徐竹著：《做你想做的事》，水晶出版社。

沈志豪著：《爱现大玩兵》，时报文化出版社。

梅于一著：《欲/记事》，祥颖文化出版社。

邓美玲著：《远离悲伤》，三品国际文化出版社。

廖玉蕙编著：《流星雨的天空》，幼狮出版社。

廖玉蕙编著：《等待一只蝴蝶飞回》，幼狮出版社。

史莱姆文、图：《校园土伯特》，红色文化出版社。

林姬莹、江秋萍著：《单车飞起来》，大田出版社。

邵正宏著：《大家一起香》，宇宙光全人关怀出版社。

张晓风等著：《电你一下》，宇宙光全人关怀出版社。

周增祥辑译著：《大人物小典故》，宇宙光全人关怀出版社。

刘洪顺著：《生活的感动》，智达国际出版社。

瞿秀兰著：《尺素寸心》，台湾书店。

叶进吉著：《桥牌故事》，世界文物出版社。

萧传文著：《山水情怀》，正中出版社。

孙观汉著：《菜园拾爱》，九歌出版社。

邱珍琬著:《简简单单的生活哲学》,宇河文化出版社。

潘芸萍著:《好瞻来做先生娘》,麦田出版社。

曾玲著:《64 个小星星》,方智出版社。

吴淡如著:《新快乐主义》,方智出版社。

杏林子编著:《为什么我没有自杀?》,健行文化出版社。

梁从诫编著:《林徽因文集》,天下远见出版社。

萧萧著:《诗人的幽默策略》,健行文化出版社。

李惠绵著:《用手走路的人》,亚细亚出版社。

林清玄著:《身心安顿》,圆神出版社。

林清玄著:《烦恼平息》,圆神出版社。

4 月

雷骧著:《绘日记》,时报文化出版社。

简宛著:《在灵魂上加翅膀》,健行文化出版社。

周文艺著:《大自然的小顽童》,春田出版社。

欧阳林著:《单身男子公寓》,麦田出版社。

心情故事创意小组策划:《心情故事》,皇冠出版社。

陈建宏著:《下弦月书房》,水牛出版社。

蔡季珠著:《明明白白我的心》,时报文化出版社。

逯耀东著:《那年初一》,东大出版社。

曾永义著:《愉快人间》,亚细亚出版社。

吴幸芬著:《新手妈咪宝贝心》,亚细亚出版社。

蔡素芬著:《台北车站》,联经出版社。

黄美之著:《欢喜》,跃升文化出版社。

宋田水著:《作家当总统》,草根出版社。

夏坚勇著:《淹没的辉煌》,尔雅出版社。

陈月霞著:《聪明母鸡与漂亮公鸡》,女书文化出版社。

张妙如、徐玫怡著:《交换日记》,大块文化出版社。

廖翊钧著:《遇见你的幸福天使》,商业周刊出版社。

幼狮公司编辑部编著:《青春封神榜》,幼狮出版社。

李志伟工作小组著：《爱的传说》，传神爱纲信息出版社。

哈日杏子著：《哈日旅行团》，时报文化出版社。

吴鸣著：《浮生逆旅》，联合文学出版社。

孙大川著：《山海世界》，联合文学出版社。

王鼎钧著：《沧海几颗珠》，尔雅出版社。

杨渡著：《三两个朋友》，大块文化出版社。

正中书局编著：《感动不打烊》，正中出版社。

温小平著：《长得不帅也是龙》，幼狮出版社。

少君著：《新移民》，世茂出版社。

张宁芬著：《写给你的情书》，希德出版社。

殷登国著：《我的肚脐眼》，大地出版社。

徐玮著：《心之飨宴》，星元素文化出版社。

小野著：《你不要错过我》，麦田出版社。

曹又方著：《很自我·很自在》，圆神出版社。

胡德成著：《裘琳的日记》，经典传讯文化出版社。

夏目志保著：《古堡里的红色青蛙》，巨蟹出版社。

焦桐编著：《八十八年散文选》，九歌出版社。

孙观汉著：《迷你思感》，九歌出版社。

黄襄著：《让爱漾起来》，水晶出版社。

颜昆阳著：《上帝也得打开》，麦田出版社。

庄因著：《海天漫笔》，三民出版社。

袁永兴著：《梦想·飞行》，时报文化出版社。

王国华著：《一头擦了口红的猪》，亚细亚出版社。

5 月

曹美良编：《第二届南投县文华奖得奖作品选》，南投县文化局。

刘菡著：《35 岁独立宣言》，商智文化出版社。

林爱君著：《沟通是爱的开始》，博扬文化出版社。

姚巧梅著：《京都八年》，大地出版社。

"国立"历史博物馆编辑委员会编著：《"墙"征文比赛专辑》，史博馆。

魏连坤著:《屏东的孩子》,屏东县文化局。

曾喜城著:《恋恋乡土》,屏东县文化局。

蔡森泰著:《每一棵树都是神》,屏东县文化局。

叶继业著:《芳储记》,天山出版社。

郭义编著:《看·见》,台湾师大书院出版社。

王文华著:《蛋白质女孩》,时报文化出版社。

刘锦得著:《今夜叶叶都有月》,彰化县文化局。

夏祖丽著:《天堂鸟与奶瓶刷》,民生报出版社。

苏丽慈著:《足迹》,苏丽慈个人出版。

张如花著:《酒领风骚》,震洋出版社。

洪柴著:《马缨丹》,屏东县文化局。

张启疆著:《爱情圣经》,美丽人生文化出版社。

黄南英著:《因为心疼》,骏达出版社。

逯耀东著:《似是闲云》,东大出版社。

陈凌著:《我想认识你》,思想生活屋出版社。

林少雯著:《顽童阿钦》,百盛文化出版社。

王诚口述:《爱在舒芙礼》,红色文化出版社。

廖和敏著:《母女一起拼生命地图》,麦田出版社。

郝誉翔著:《衣柜里的秘密旅行》,天培文化出版社。

方娥真著:《满树婴孩录》,健行文化出版社。

孙观汉著:《人本能,中国不能》,九歌出版社。

王能著:《面相急诊室》,健行文化出版社。

粟耘著:《空山云影》,宇河文化出版社。

苏意茹著:《我,一个人住》,商业周刊。

莫言著:《会唱歌的墙》,麦田出版社。

王安忆著:《独语》,麦田出版社。

苏童著:《纸上美女》,麦田出版社。

殷登国著:《笑谈古今》,大地出版社。

刘墉著:《爱何必百分百》,水云斋文化出版社。

陈璐茜著:《和你的故事相遇》,圆神出版社。

林海音著:《芸窗夜读》,格林文化出版社。

林海音著：《春声已远》，格林文化出版社。

林海音著：《作客美国》，格林文化出版社。

林海音著：《写在风中》，格林文化出版社。

林海音著：《我的京味儿回忆录》，格林文化出版社。

郜莹著：《妈，你怪怪的哦～～》，圆神出版社。

聂芸等著：《第一次情感接触》，圆神出版社。

钱鸿钧编著：《吴浊流致钟肇政书简》，九歌出版社。

6 月

丘彦明著：《浮生悠悠》，新新文化出版社。

余桂枝著：《征途》，宜兰县文化局。

陈乐融著：《通往幸福的密语》，方智出版社。

秦梅著：《苦瓜的滋味》，稻田出版社。

陈念萱著：《艾丽斯的童年》，汉艺色研出版社。

邓荣坤著：《深情岁月》，月冠文化出版社。

张培耕著：《驾驶与人生》，文史哲出版社。

谢丽娥著：《陪孩子快乐长大》，国语日报社。

蔡诗萍著：《你给我天堂，也给我地域》，联合文化出版社。

徐孝恭著：《天光云影》，南宏出版社。

赖和著：《赖和全集》，前卫出版。

蒋美经著：《一口箱子的秘密》，商周出版社。

蔡鹃如著：《野球之恋》，商周出版社。

朵朵著：《朵朵小语》，大田出版社。

商少真文、图：《梦》，大田出版社。

张让著：《此时此刻》，大田出版社。

琦君著：《琦君散文选》，九歌出版社。

许愿、璞哲明（Benjimin）著：《许愿姑娘 vs・大胡子老公》，水晶出版社。

南琦著：《种一颗心灵的希望草》，阅世界出版社。

李松樟著：《愤怒的蝴蝶》，上游出版社。

黄永武著：《我看外星人》，九歌出版社。

谢鹏雄著:《文学中的对话》,九歌出版社。

孙观汉著:《美国能,中国也能?》,九歌出版社。

余光中著:《逍遥游》,九歌出版社。

赵树海著:《听赵树海说的书》,水晶出版社。

林义雄著:《去国怀乡》,圆神出版社。

丘引著:《长颈鹿、羚羊奔跑的操场》,方智出版社。

郑华娟著:《花内补排排挂》,圆神出版社。

范俊逸著:《温柔心就是天堂》,圆神出版社。

张小娴著:《月亮下的爱情药》,皇冠出版社。

杨曼芬著:《写给26位男子的情色手记》,商周出版社。

曾晶晶著:《拿你没办法》,商周出版社。

朵朵著:《朵朵小语》,大田出版社。

7 月

周锦宏、叶财益、王幼华编著:《苗栗县第三届梦花文学奖得奖作品专辑》,苗栗县文化局。

杨雪婴、黄文进编著:《诗文小圃》,高雄复文出版社。

张俊宏著:《张俊宏狱中家书》,天下远见出版社。

王国华著:《不要跟猪开玩笑》,亚细亚出版社。

魏华夏著:《鸡零狗碎话人生》,魏华夏出版社。

吕自虎著:《蓦然回首》,文史哲出版社。

林嘉翊文、图:《古典的容颜,日本》,锦绣出版社。

愚庵著:《我在雪地上跳舞》,张老师出版社。

丁亚民著:《追寻人间四月天》,星元素文化出版社。

孙希宗著:《井外散记》,方言实业出版社。

余淑文著:《寂寞也是一种幸福》,亚细亚出版社。

詹美玲著:《我与高中生有约》,詹美玲个人出版。

王鼎钧著:《风雨阴晴》,尔雅出版社。

周勉著:《暖阳乡音的岁月》,基隆市文化局。

刘黎儿著:《东京·爱情·物语》,麦田出版社。

台湾查某编著：《台湾女生留学手记》，玉山社。

林文义著：《萧索与华丽》，九歌出版社。

王宁海著：《还要续杯吗》，角色文化出版社。

叶姿麟著：《等待王子一百年》，红色文化出版社。

刘大任著：《我的中国》，皇冠出版社。

李黎著：《寻找红气球》，联合文化出版社。

李黎著：《玫瑰蕾的名字》，联合文化出版社。

陈惠琬著：《不小心我找到了天堂》，张老师出版社。

伊蝉著：《情，如何当然》，星元素文化出版社。

庄秋敏著：《真爱一世情》，国家出版社。

李亦非著：《心灵银行》，水瓶世纪文化出版社。

邱瑜青著：《背著阳光流浪去》，水晶出版社。

丽康编辑小组编著：《感动久久》，丽康文化出版社。

柏杨著：《心血来潮集》，远流出版社。

柏杨著：《越帮越忙集》，远流出版社。

柏杨著：《死不认错集》，远流出版社。

王文进著：《丰田笔记》，九歌出版社。

柯庆明编著：《尔雅散文选》，尔雅出版社。

柏杨著：《大愚若智集》，远流出版社。

孙观汉著：《拜驴为师》，九歌出版社。

吴若权著：《选择幸福，其实你也可以》，时报文化出版社。

李欣频著：《威尼斯的华丽性感带》，皇冠出版社。

柏杨著：《鬼话连篇集》，远流出版社。

林庆昭著：《能相爱在世界末日之前》，圆神出版社。

柏杨著：《闻过则怒集》，远流出版社。

柏杨著：《神魂颠倒集》，远流出版社。

柏杨著：《前仰后合集》，远流出版社。

王盛弘著：《假面与素颜》，九歌出版社。

李敏勇著：《仿佛看见蓝色的海和帆》，圆神出版社。

李敏勇著：《漫步油桐花开的山林间》，圆神出版社。

于恒著：《感动，始终如一》，水晶出版社。

柏杨著:《高山滚鼓集》,远流出版社。

柏杨著:《道貌岸然集》,远流出版社。

秦巴子著:《西北偏东》,上游出版社。

潘台城著:《天天都是有氧天》,高宝国际出版社。

吴冠中著:《生命的风景》,允晨出版社。

林世弘著:《把禅当做一种流行》,海鸽文化出版社。

谢明瑞著:《种一棵树》,利丰出版社。

张维安著:《西雅图夏令营手记》,生智出版社。

李茶著:《蔓延在小酒馆里的声音》,生智出版社。

彭炳进著:《旅游记趣》,馨园文教基金会。

庐胜彦著:《彩虹山庄飘雪》,真佛宗出版社。

8 月

李敖著:《李敖情书集》,李敖个人出版。

冰心等著:《和小朋友一起成长》,仁诚出版社。

简宗梧著:《庚辰雕龙》,三民出版社。

于翊著:《欲望之翼》,唐山出版社。

沈昌百著:《你我有感而动》,联经出版社。

范俊逸著:《乐来乐感动》,华文网出版社。

王文华著:《阳光山城》,南投县政府。

小野著:《让我躺在你身边》,麦田出版社。

林雅人著:《1/2 东京人》,商智文化出版社。

戚玉珊编著:《不信春风唤不回》,戚映元出版社。

欧阳林著:《医生的花 young 心事》,麦田出版社。

桂文亚文、摄影著:《美丽眼睛看世界》,民生报社。

王笑园著:《笑语闲声》,金台湾出版社。

吴妙育著:《迷糊老妈·酷老爸》,健行文化出版社。

吴钧尧著:《我的女巫们》,华文网出版社。

阿乌著:《山顶的黑狗兄》,驿站文化出版社。

李明纯著:《打造城市的花园》,汉艺色研出版社。

王信文，郑慧荷图：《十三座海洋》，联经出版社。

张榆著：《台湾呆伯特·王》，安统文化出版社。

吴知惠著：《晕开的城市》，角色文化出版社。

方基宾著：《台湾炮兵团》，大有国际文化出版社。

张世君著：《世界的眼睛和心灵》，小知堂出版社。

艾晓明著：《活在语言中的爱情》，小知堂出版社。

王丽玲著：《多旅行》，平装本出版社。

曾瑞林编著：《吊著铅球跳芭蕾》，曾瑞林个人出版。

亦瞳著：《忘记骑白马的王子》，亚细亚出版社。

洛夫著：《雪楼随笔》，探索出版社。

角子著：《深夜加减 1∶00》，联经出版社。

庐善栋等著：《姻缘传奇》，智库出版社。

吴慧菱著：《爱恋 City》，世茂出版社。

王晓寒著：《白色恐怖下的新闻工作者》，健行文化出版社。

詹雅兰著：《微笑码头》，商周出版社。

小野著：《欢乐大饭店》，皇冠出版社。

张维中著：《TAIPEI 国际航线》，红色文化出版社。

胡美尚著：《我从家乡来》，松合出版社。

徐玮著：《天堂村》，星元素文化出版社。

红胶襄著：《凉风的味道》，大田出版社。

中国浮世绘版企划著：《恋人絮语》，大田出版社。

曹又方著：《为万事欢喜》，圆神出版社。

狄林莽著：《梦中之马》，上游出版社。

廖玉蕙著：《让我说个故事给你们听》，九歌出版社。

孙观汉著：《互吃口水》，九歌出版社。

徐玫怡著：《1248797》，方智出版社。

陈璐茜著：《Lucy 别跑太快》，方智出版社。

钟怡雯著：《听说》，九歌出版社。

玛哩玛哩著：《Missing You》，维京国际出版社。

海男著：《悬崖之约》，三民出版社。

9 月

沈谦著:《独步,散文国》,读册文化出版社。

王维兰著:《田野·家书》,唐山出版社。

施并锡著:《书说福尔摩沙》,望春风文化出版社。

庐胜彦著:《南太平洋的憧憬》,大灯出版社。

陈铭磻编著:《台湾报导文学十家》,业强出版社。

陈念萱著:《艾丽斯流浪记》,汉艺色研出版社。

陈念萱著:《艾丽斯的天使》,汉艺色研出版社。

赖诚斌著:《边境之身》,屏东县文化局。

叶石涛著:《旧城琐记》,春晖出版社。

钟文凤著:《在夕阳中筑梦》,正中出版社。

戴晨志著:《快乐高手》(星马版),时报文化出版社。

李清志著:《台北方舟计书》,红色文化出版社。

何承颖著:《我用一杯咖啡的时间想你》,朱雀文化出版社。

殷登国著:《闲话爱情》,大地出版社。

许淑惠著:《一定要幸福哦!》,驿站文化出版社。

水天著:《一串串感谢》,骏达出版社。

周宏昌等著:《小人物的大故事》,台湾省政府。

楚云著:《记忆中的纽约版图》,希德出版社。

萧蓉蓉著:《麻辣女教师》,平安文化出版社。

庐丽香著:《活得更精彩》,大灯文化出版社。

林淑宁著:《是男人坏,还是女人笨?》,亚细亚出版社。

超级 E 小子整理著:《台北欧吉桑》,千禧国际文化出版。

柯以琳图、文著:《施工中》,禹临图书出版社。

桼涵著:《圆满珍珠》,文经社。

付娟著:《我们都是这样长大的》,新手父母出版社。

张曼娟著:《幸福号列车》,时报文化出版社。

陈建志著:《在爱的森林中找出路》,时报文化出版社。

朱自清著:《朱自清散文选》,"国家"出版社。

杜虹著:《有风走过》,天培文化出版社。

爱亚著:《秋凉出走》,大田出版社。

爱亚著:《想念》,大田出版社。

孙观汉著:《非人世界》,九歌出版社。

欧银钏著:《等待卡啡馆》,检书堂出版社。

张文亮著:《阳光曾告诉我们回家的路》,校图书房出版社。

颜凤英著:《荷塘记事》,屏东县文化局。

雷骧著:《喧闹日课》,九歌出版社。

赖莉珺著:《刁钻的形式》,商周出版社。

杏林子著:《探索生命的深井》,九歌出版社。

芯心著:《回首依依》,黎明文化出版社。

华姿著:《自洁的洗濯》,上游出版社。

张开基著:《用另一种心情来花莲》,林郁文化出版社。

谷文瑞著:《思考帽和行动鞋》,圆神出版社。

司恩鲁著:《拉长生命的景深》,水晶出版社。

曾肃雅著:《上了瘾》,闻道出版社。

10 月

杜英贤编著:《海峡两岸苏雪林教授学术研讨会论文集》,亚太综合研究院。

王幼华、莫渝编著:《扁担专家》,苗栗县文化局。

庄柏林著:《庄柏林散文选》,台南县文化局。

陈明雄著:《蔗田岁月》,台南县文化局。

叶怡兰著:《Yelan's 幸福杂货店》,皇冠出版社。

几米著:《我的心中每天开出一朵花》,大块文化出版社。

简永光著:《咸水寄居蟹》,简永光个人出版。

林世煜著:《都是为她》,新新闻文化出版社。

张妙如、徐玫怡著:《交换日记》,大块文化出版社。

阿宽著:《男人碎碎念》,四知堂书坊。

柯翠芬著:《猫蚤居事件薄》,晨星出版社。

林耀堂著:《当旅人遇见旅人》,麦田出版社。

王杲著:《翰墨人生》,天晖文化出版社。

耕心杂志社编著:《耕心园》,教会公报出版社。

王若著:《爱情拼图》,华文网。

黄启方著:《一日思亲十二首》,学海出版社。

庄裕安著:《巴哈温泉》,大吕出版社。

方宁著:《童话里的晚年》,苗栗县文化局。

刘丁财著:《旧情绵绵》,苗栗县文化局。

林文福著:《我的小农场》,苗栗县文化局。

杨翠玉文、图:《随心所遇》,格林文化出版社。

米力文、图:《午后,在家喝咖啡》,联经出版社。

王充闾著:《沧桑无语》,尔雅出版社。

刘秀美著:《淡水味觉 & 国民美术悲喜剧》,玉山社。

孙观汉著:《有心的地方》,九歌出版社。

李碧华著:《爱是让心房多住一个人》,美丽人生文化出版社。

刘向仁著:《与村上春树共舞》,亚细亚出版社。

思果著:《香港之秋》,大地出版社。

琦君著:《千年怀人月在峰》,尔雅出版社。

王建生著:《心灵之美》,桂冠出版社。

郭怡如著:《一个人的嘉年华》,商周出版社。

吴家动著:《蒔草手记》,钟郡出版社。

王玮著:《只因有想爱的人》,超越出版社。

苏逸平著:《大自然》,水晶出版社。

鱼夫著:《鱼夫 & 旅行之恋爱地图》,生活情报媒体出版社。

伊品凡著:《在京都找到幸福》,商智文化出版社。

刘永青著:《跟我一起去希腊》,雅典文化出版社。

钟玲著:《日月同行》,九歌出版社。

续伯雄编著:《台湾媒体变迁见证》,时英出版社。

周芬伶著:《恋物人语》,九歌出版社。

吴淡如著:《跟我到天涯海角》,皇冠出版社。

赵良燕著:《爱的生与死》,宏文馆图书出版社。

朱永霖著：《一树红梅集》，海登文化科技出版社。

徐昌国、郭树楷等著：《无非阅读》，无非文化出版社。

刘亮程著：《人畜共居的村庄》，上游出版社。

沈琬著：《我的悲伤是你不懂的语言》，生智出版社。

张文声著：《妙妙毕雷特》，星元素文化出版社。

冯翊纲著：《猫道上的黑客》，幼狮出版社。

J/infidel 著：《卡布奇诺 e 书布》，维京国际出版社。

布丁著：《文人情趣的智慧》，林郁文化出版社。

谭家化著：《梧鼠之乐》，幼狮出版社。

张纯英著：《情悟，天地宽》，三民出版社。

11 月

钟肇政著：《台湾文学十讲》，前卫出版社。

潘家群著：《晚风轻轻吹树梢》，南市艺术中心出版社。

张晋作著：《借酒装疯》，新新闻文化出版社。

戴胜益著：《董事长，爱说笑》，联经出版社。

简静慧著：《撒一把素直的种子》，洪建全基金会出版社。

游干桂著：《活的有品位》，华文网。

郑如方著：《相爱的时刻到了》，华文网。

陈启文著：《宽心》，文萱坊出版社。

柏杨著：《活该他喝酪浆》，远流出版社。

柏杨著：《安牌理出牌》，远流出版社。

柏杨著：《大男人沙文主义》，远流出版社。

柏杨著：《早起的虫儿》，远流出版社。

柏杨著：《踩了他的尾巴》，远流出版社。

方师铎著：《台湾话旧》，台中市文化局。

赵天仪著：《风雨楼再笔》，台中市文化局。

郑丽园著：《日安，大使先生!》，新新闻文化出版社。

林月芬著：《剧本没写的》，麦田出版社。

陈丰伟著：《南方医院小医生》，商周出版社。

李家同著:《幕永不落下》,未来书城出版社。

亦瞳著:《离开我会有副作用》,亚细亚出版社。

吴淑梨著:《吃一颗定心丸》,远流出版社。

谭华龄著:《女巫的城堡》,商周出版社。

龚鹏程著:《知识与爱情》,联合文化出版社。

杨国明著:《心中的信用卡》,健行文化出版社。

陈惠琬著:《非爱情书》,宇宙光全人关怀出版社。

黄碧端著:《当真实的世界模的世界》,九歌出版社。

黄碧端著:《下一步就是现在》,九歌出版社。

刘书晴著:《大哈佛小豆豆》,联合文学出版社。

橘子香水著:《梦、爱情、格子》,星元素文化出版社。

朵朵著:《朵朵小语》,大田出版社。

陈京著:《陈京的 100 道智慧鸡汤》,美丽人生文化出版社。

孙观汉著:《我看中国女人》,九歌出版社。

林志豪等著:《在梦想的地图上》,天培文化出版社。

林俊颖著:《爱人五衰》,千禧国际文化出版社。

李弦著:《蝶翼》,嘉义市文化局。

徐文玲著:《倾听天籁》,高宝国际出版社。

邵婷如著:《天使的声音》,方智出版社。

梅于一著:《用好心情看世界》,大步文化出版社。

区纪复著:《简朴的海岸》,晨星出版社。

林清玄著:《茶味禅心》,圆神出版社。

林清玄著:《茶言观色》,圆神出版社。

吴英如著:《一生一会》,圆神出版社。

12 月

黄源荣著:《稻草人》,黄源荣个人出版。

蔡爱清著:《野菊心事》,澎湖县文化局。

颜玉露著:《大地的心印》,澎湖县文化局。

游淑静著:《倾听四季》,宇河文化出版社。

薛东埠著：《故乡情事》，澎湖县文化局。

林静宜等著：《散文森林》，宜兰县文化局。

徐惠隆著：《盈科斋随笔》，宜兰县文化局。

涂育芸著：《温柔心赤子情》，宜兰县文化局。

李文莉、郭姝吟、陈奕转编著：《我们的爱情，在 7-ELEVEN 相遇》，统一超市出版社。

陈珊妮著：《还好》，商周出版社。

吕孝佛著：《另类文选》，台湾新生报出版社。

阿盛著：《火车与稻田》，南县文化局出版社。

王碧云等著：《凤邑文化奖·海洋文化奖得奖作品合集》，高雄县文化局。

邱上林著：《纵谷飞翔》，花莲县文化局出版社。

欧阳应霁著：《一日一日》，皇冠出版社。

曾维瑜著：《当爱情邂逅日剧》，皇冠出版社。

叶荣钟著：《半壁书斋随笔》，晨星出版社。

胡至宜著：《椅子站起来》，皇冠出版社。

宋国臣、林宜芳著：《抄袭小说》，商周出版社。

钟文音著：《装著心的行李》，玉山社。

杨泽编著：《作家的衣柜》，时报文化出版社。

黄友玲著：《惊艳》，一粒麦子出版社。

黄友玲著：《庆贺》，一粒麦子出版社。

徐玫怡著：《还没有看够，这世界!》，皇冠出版社。

于恒著：《被细麻绳绑住的大象》，水晶出版社。

瑾瑜著：《快乐发生了》，畅通文化出版社。

李志强著：《如果有明天》，晨星出版社。

舒国治著：《理想的下午》，远流出版社。

曾玲著：《乘疯破浪》，大田出版社。

小野著：《杂货商的女儿》，麦田出版社。

子敏著：《和谐人生》，麦田出版社。

邱新德著：《劲风之旅》，草根出版社。

谢鸿文著：《找寻》，雅典文化出版社。

杨丽玉著：《紫艳于红英》，北县文化局出版社。

吴玲瑶著:《Easy 生活放轻松》,健行文化出版社。

孙观汉著:《智能软件》,九歌出版社。

杜白著:《葫芦猫》,幼狮出版社。

徐林正著:《文化突围》,生智出版社。

曹又方著:《每天做聪明的选择》,圆神出版社。

冯菊枝著:《旅鸟之歌》,黎明文化出版社。

林庄生编著:《两个海外台湾人的闲情心思》,前卫出版社。

姜穆著:《作家花边》,大地出版社。

2001 年台湾出版的散文集目录

1 月

林央敏著:《林央敏台语文学选》,真平企业。

陈雷著:《陈雷台语文学选》,真平企业。

许丙丁著:《许丙丁台语文学选》,真平企业。

高行健著:《没有注义》,联经出版社。

林敏玉著:《实现希望的每一天》,驿站文化出版社。

慕容华著:《慕容絮语》,河童出版社。

张错著:《山居小札》,河童出版社。

朱鲁青著:《筑梦大地》,文经社。

三毛著:《我的灵魂骑在纸背上:三毛书信札及私相簿》,皇冠出版社。

2 月

许秋娥著:《@ 的女子公寓》,许秋娥自印出版。

仇小屏著:《下在我眼眸里的雪:新诗教学》,万卷楼出版社。

罗景川著:《九曲堂散文集》,山林出版社。

王子瀚著:《七十忆往:一位征战老兵的故事》,大屯出版社。

吴若权著:《爱情左岸》,时报文化出版社。

冉亮著：《爱是永不止息》，圆神出版社。

傅佩荣著：《那一年，我在莱顿》，天下远见出版社。

朱衣著：《日日是好日》，时报文化出版社。

曹志涟著：《印象书》，开元书印出版社。

里慕伊·阿纪著：《山野笛声》，晨星出版社。

钟文音著：《昨日重现》，大田出版社。

许地山著：《空山灵雨》，桂冠出版社。

3 月

陈千武等著：《绿川文艺》，郑顺娘基金会。

杨孔鑫著：《多少蓬莱旧事：一九四九至一九六三年的台湾记忆》，杨孔鑫
个人出版。

西西著：《旋转木马》，洪范出版社。

西西著：《拼图游戏》，洪范出版社。

廖玉蕙著：《八十年散文选》，九歌出版社。

4 月

思果著：《林园漫笔》，大地出版社。

詹雅兰等著：《停电之夜爱情故事》，大地出版社。

林韵梅著：《寻找后山桃源》，玉山社。

郑开来著：《巴黎逃学天》，皇冠出版社。

角子文、蛮头图：《我想念你》，联经出版社。

廖玉蕙文，蔡全貌图：《曾经的美丽》，天培文化出版社。

江文瑜著：《山地门之女》，联合文学出版社。

程明琤著：《夕阳中的笛音》，三民出版社。

简宛著：《与自己共舞》，三民出版社。

董懿娜著：《叶上花》，三民出版社。

彭树君文、可乐王图：《天使爱听催眠曲》，皇冠出版社。

蓝博洲著：《麦浪歌咏队》，晨星出版社。

郑华娟著:《很森林的爱情树》,圆神出版社。

谢恩雯著:《聆听幸福的声音》,大步文化出版社。

戴文采著:《我最深爱的人》,九歌出版社。

5 月

曹永洋著:《宁毁不锈马偕博士的故事》,文经社。

王蝶著:《在台北飞翔的蝴蝶》,黎明出版社。

郑顺娘基金会著:《第二届绿川个人史文学奖入选作品集》,郑顺娘基金会。

张启疆著:《爱情张老师的秘密日记》,九歌出版社。

6 月

纪明宏著:《第三届磺溪文学奖得奖作品专辑》,彰化县文化局。

杨国光著:《一个台湾人的轨迹》,人间出版社。

李昂著:《迷园》,麦田出版社。

沈花末著:《橘子花香》,九歌出版社。

小野著:《钢琴猫的伟大事业》,麦田出版社。

蓝博洲著:《台湾好女人》,联合文学出版社。

路寒袖著:《台中县文学读本散文卷》,台中县文化局。

黄武忠,阮美慧著:《洪星夫全集》(七),彰化县文化局。

7 月

康原著:《八卦山》,彰化县文化局。

杨照著:《那些人那些故事》,联合文学出版社。

8 月

楮乃瑛著:《玉兰花开》,富春文化出版社。

林玫伶著：《我家开戏院》，民生报出版社。

刘克襄著：《安静的游荡：刘克襄旅记》，皇冠出版社。

柯淑卿著：《一只蝴蝶飞过》，联合文学出版社。

庄信正著：《文学风流》，时报文化出版社。

蓝博洲著：《消失在历史迷雾中的身影》，联合文学出版社。

9 月

陈伟励著：《我们就是春天：文建会第三届台湾文学奖报导文学得奖作品集》，台湾文建会。

林昆成著：《第一届台东县后山文学奖成果专辑》，台东县后山文化协会。

周啸虹著：《马祖、高雄、我》，尔雅出版社。

潘火宣著：《微笑菩萨》，天下远见出版社。

陈春麟著：《前辈作家蓝红绿作品集》，南投县文化局。

陈铭磻著：《出柜》，大庆出版社。

谭玉芝著：《台妈在大陆》，大块文化出版社。

小野著：《轻少女薄皮书》，麦田出版社。

毛治平著：《校园阿肯》，远流出版社。

张腾蛟著：《结交一块山野》，文经社。

罗悦玲著：《女人的四分之一》，女书文化出版社。

王家祥著：《遇见一棵呼唤你的树》，方智出版社。

洛克著：《打开黑盒子》，麦田出版社。

信怀南：《旁观者的旅程》，天下远见出版社。

王月作著：《月光光》，方智出版社。

10 月

叶佳雄著：《第九届南瀛文学奖专辑》，台南县文化局。

黄文成著：《找寻生命的感动：文荟奖——第四届"全国"身心障碍者作品辑》，台湾文建会。

李志薔著：《甬道》，尔雅出版社。

李勤岸著:《新游牧民族》,台南县文化局。

吴若权著:《幸福月光》,时报文化出版社。

王盛弘著:《一只男人》,尔雅出版社。

蔡文甫著:《天生的凡夫俗子:蔡文甫自传》,九歌出版社。

宋路霞著:《上海的豪门旧梦》,联经出版社。

木云著:《窗边剪语》,种籽文化出版社。

11 月

叶佳雄著:《南瀛艺文月刊文化广场选集》,台南县文化局。

吴心怡著:《菊儿胡同六号》,大块文化出版社。

范培松著:《从姑苏到台北》,大地出版社。

吴声淼著:《周伯阳全集》,新竹市政府。

12 月

简明雪著:《埔里风情之爱》,南投县文化局出版社。

曾喜城著:《归乡:第三届大武山文学奖》(一),屏东县文化局。

王书川著:《落拓江湖:回首天涯路》,尔雅出版社。

郑南三著:《府城文学奖得奖作品专集》,台南市政府。

刘安诺著:《乘著微笑的翅膀:刘安诺中英文散文选》,九歌出版社。

何晴蓉著:《女子私密日记》,联经出版社。

萧萧著:《父王、扁担、来时路》,尔雅出版社。

古蒙仁著:《吃冰的另一种滋味》,九歌出版社。

江文瑜著:《阿妈的料理》,女书文化出版社。

吴钧尧著:《寻找一个人》,台北县文化局。

2002 年台湾出版的散文集目录

1 月

郭良蕙著：《人生就是这样！》，九歌出版社。

纪展雄著：《大孩子的小故事》，麦田出版社。

汪恒祥著：《不必问的灵魂》，水云斋文化出版社。

陈丹燕著：《今晚去哪里》，天培文化出版社。

王端正著：《生命的承诺》，天下远见出版社。

陈漱渝著：《冬季到台北来看雨》，黎明文化出版社。

林文义著：《北纬 23.5 度》，宝瓶文化出版社。

琦君著：《母亲的金手表》，九歌出版社。

陈丹燕著：《咖啡苦不苦》，天培文化出版社。

彭蕙仙著：《幸福玫瑰：一个女人与生命的对话》，时报文化出版社。

林静雅著：《林静雅文集》，吕瑞芬出版。

翁明哲著：《红色橄榄》，圆神出版社。

蔡淑玲著：《追巴黎的女人》，INK 印刻出版社。

雷骧著：《晃动》，麦田出版社。

梁实秋著：《雅舍精品》，九歌出版社。

刘黎儿著：《新种美女》，时报文化出版社。

温明志著：《台北》，太雅出版社。

麦高著：《澡盆里的狂想》，健行文化出版社。

席裕珍著：《怀中星沙》，黎明文化出版社。

陈智峰著：《恋恋故乡：期待另一个日出》，培真文化出版社。

东海大学中国文学系著：《台湾自然生态文学研讨会论文集》，文津出版社。

余傅明著：《文坛第一狷者朱自清》，大步文化出版社。

2 月

张中元著:《一点不一样的声音》,禹临图书出版社。

杨炼著:《月食的七个半夜》,联合文学出版社。

聂永真著:《永真急制》,新新闻文化出版社。

徐仁修著:《自然有情》,远流出版社。

林少雯著:《那一夜我们听天籁》,健行文化出版社。

何凡著:《何其平凡:何凡散文》,三民出版社。

陈永昌著:《豆芽菜仔》,禹临图书出版社。

席慕蓉著:《金色的马鞍》,九歌出版社。

王禄松著:《情人的花语》,禹临图书出版社。

徐瑞莲著:《曼波小姐的单身旅行日记》,大庆出版社。

李欣频著:《爱欲修道院:与得不到的爱人之间,十部情书》,时报文化出版社。

施吟宜著:《羡慕的飞行》,大块出版社。

幽兰著:《怀抱乡愁的日子:一位留学生太太的异国岁月》,黎明文化出版社。

陈义芝著:《散文教室》,九歌出版社。

马西屏著:《短评花园:短文写作技巧及示例》,台湾商务印书馆。

朱双一著:《战后台湾新世代文学论》,普音文化出版社。

3 月

杨环著:《15 岁的叛逆日记》,文房文化出版社。

蔡泽玉著:《小女生世界》,九歌出版社。

简媜著:《天涯海角》,联合文学出版社。

郑华娟著:《巴黎小馆秘密情人》,圆神出版社。

宋芳绮著:《因为真心所以幸福》,晨星出版社。

小野著:《企鹅爸爸上班去》,皇冠出版社。

林嘉翔著:《幸福森林》,宝瓶文化出版社。

袁哲生著：《倪亚达脸红了》，宝瓶文化出版社。

张小娴著：《欲望的鸵鸟》，皇冠出版社。

林行止著：《闲在心上》，远景出版社。

陈婉娜著：《喜马拉雅山脚下的臭袜子》，经典传讯文化出版社。

项毓烈著：《雅达散文集》，京洋图书出版社。

王溢嘉著：《智慧的花园》，野鹅出版社。

龚鹏程著：《经典与生活》，健行文化出版社。

卡西·陈著：《爱说话》，尖端出版社。

彭树君著：《想恋爱的女人请举手》，皇冠出版社。

琦君著：《梦中的饼干屋》，九歌出版社。

张秀亚著：《与紫丁香有约》，九歌出版社。

余光中著：《听听那冷雨》，九歌出版社。

4 月

张晓风编著：《九十年散文选》，九歌出版社。

陈大为著：《四个有猫的转角》，麦田出版社。

杏林子著：《打破的古董》，九歌出版社。

周芬伶著：《汝色》，二鱼文化出版社。

熊秉元著：《我是体育老师》，联经出版社。

熊秉元著：《追求司法女神》，联经出版社。

刘黎儿著：《纯爱大吟酿》，新新闻文化出版社。

黄国峻著：《麦克风试音：黄国峻的黑色 Talk 集》，联合文学出版社。

熊秉元著：《寻找心中那把尺》，联经出版社。

庄伯和著：《厕所曼陀罗》，二鱼文化出版集团。

熊秉元著：《会移动的城堡》，联经出版社。

张继高著：《精致的年代》，九歌出版社。

熊秉元著：《灯塔的故事》，联经出版社。

刘心武著：《藤萝花饼》，二鱼文化出版集团。

5 月

黄宝莲著:《仰天 45 度角:一个女子的生活史》,联合文学出版社。

钟铁民著:《乡居手记》,未来书城出版社。

林怀民著:《蝉》,INK 印刻出版社。

6 月

刘墉著:《不要累死你的爱》,水云斋文化出版社。

尤侠著:《只想喝咖啡》,联合文学出版社。

庄芳华著:《行走林道》,晨星出版社。

侯文咏著:《我的天才梦》,皇冠出版社。

钟怡雯著:《我和我豢养的宇宙》,联合文学出版社。

凌烟著:《幸福田园》,晨星出版社。

刘炯锡著:《东台湾原住民民族生态学论文集》,东台湾研究会出版社。

7 月

隐地著:《2002/隐地》,尔雅出版社。

舒婷著:《小器男人与撒谎女人》,九歌出版社。

廖玉蕙著:《五十岁的公主》,二鱼文化出版集团。

苏玉珍著:《太阳的女儿》,圆神出版社。

张翠容著:《行过烽火大地》,马可孛罗文化出版社。

王育德著:《我生命中的心灵纪事》,前卫出版社。

陈庆佑著:《我在北美洲,途中下车》,皇冠出版社。

莎孚著:《完全变态》,麦田出版社。

林文月著:《林文月精选集》,九歌出版社。

郑栗儿著:《放自己一马》,麦田出版社。

周芬伶著:《周芬伶精选集》,九歌出版社。

可乐王著:《青春寂寞国》,联合文学出版社。

匡若霞著：《花与阳光》，黎明文化出版社。

孙梓评著：《飞翔之鸟》，麦田出版社。

李欧梵著：《音乐的往事追忆》，一方出版社。

黄小石著：《留下生命中的感动》，绿格子文化出版社。

琦君著：《格林文化》，桂花雨出版社。

夏曼·蓝波安著：《海浪的记忆》，联合文学出版社。

温小平著：《从过去爱过来》，麦田出版社。

可乐王著：《无国籍者》，联合文学出版社。

李清志著：《街道神话》，田园城市文化出版社。

曾维瑜著：《爱情元素》，皇冠出版社。

杨照著：《杨照精选集》，九歌出版社。

董桥著：《董桥精选集》，九歌出版社。

黄培宁著：《睡不著,醒不来》，绿格子文化出版社。

蒋勋著：《蒋勋精选集》，九歌出版社。

龚鹏程著：《龚鹏程四十自述》，INK印刻出版社。

8 月

吴国祯著：《在历史面前》，海峡学术出版社。

吴克泰著：《吴克泰回忆录》，人间出版社。

刘墉著：《那条时光流转的小巷》，九歌出版社。

平路著：《我凝视》，联合文学出版社。

刘克襄著：《迷路一天,在小镇》，皇冠出版社。

侯吉琼著：《欲盖弥彰》，未来书城出版社。

连雅堂著：《雅言》，实学社出版社。

蔡筱君著：《阅读安邦新村》，正扬出版社。

李欣伦著：《药罐子》，联合文学出版社。

杨牧著：《现代散文选》，洪范出版社。

周芬伶著：《台湾现代文学教程:散文读本》，二鱼文化出版集团。

9 月

林琇琬著:《又是起风时》,大庆出版社。

阿盛著:《十殿阎君》,华成图书出版社。

吴晟著:《不如相忘》,华成图书出版社。

杨小云著:《天使咖啡》,九歌出版社。

萧关鸿著:《百年追问》,联合文学出版社。

林文义著:《多雨的海岸》,华成图书出版社。

徐文玲著:《仲夏夜的秘密花园》,红柿子文化出版社。

蔡珠儿著:《南方降雪》,联合文学出版社。

张清志著:《流萤点火》,九歌出版社。

洪丽玉著:《展翅》,彰化县文化局。

董桥著:《从前》,九歌出版社。

陈铭磻著:《陈铭磻报导文学集》,华成图书出版社。

佐藤春夫著:《殖民地之旅》,草根出版社。

鲍晓晖著:《云游旅痕》,黎明文化出版社。

许正平著:《烟火旅馆》,大田出版社。

李欧梵著:《过平常的日子》,一方出版社。

叶明勋著:《感怀 5 集》,跃升文化出版社。

巫守如著:《震不倒的爱》,黎明文化出版社。

张洪禹著:《警员的一天》,彰化县文化局。

陈幸蕙著:《悦读余光中》,尔雅出版社。

林美秀著:《传统诗文的殖民地变奏》,太普公关出版社。

10 月

小魏著:《小导演的失业日记:黄金鱼将塞缪尔》,时报文化出版社。

司马中原著:《老爬虫的告白》,九歌出版社。

余光中著:《余光中精选集》,九歌出版社。

刘大任著:《纽约眼》,INK 印刻出版社。

魏可风著:《张爱玲的广告世界》,联合文学出版社。

张曼娟著:《曼调斯里》,麦田出版社。

梁实秋著:《雅舍小品补遗》,九歌出版社。

廖辉英著:《爱情要自寻出路》,九歌出版社。

刘再复著:《刘再复精选集》,九歌出版社。

丘念台著:《领海微飙》,海峡学术出版社。

成英姝著:《魔术奇花》,INK 印刻出版社。

11 月

张国立著:《亚当和那根他妈的肋骨》,皇冠出版社。

吴晟著:《笔记浊水溪》,南投县文化局。

王曙芳著:《滑翔梯》,联合文学出版社。

傅天余著:《暂时的地址:格林威治村 832 又 1/4 日》,麦田出版社。

宋泽莱著:《随喜》,草根出版社。

12 月

吴晟著:《一首诗一个故事》,联合文学出版社。

马悦然著:《另一种乡愁》,联合文学出版社。

廖鸿基著:《花莲海岸行旅:台 11 线》,花莲县文化局。

吴晟著:《笔记浊水溪》,联合文学出版社。

董桥著:《董桥语丝》,未来书城出版社。

谢霜天著:《谢霜天散文集·一·清泉淌过我心田》,苗栗县文化局。

谢霜天著:《谢霜天散文集·二·火笼怀旧情绵绵》,苗栗县文化局。

谢霜天著:《谢霜天散文集·三·重回牛背山畔》,苗栗县文化局。

李家同著:《钟声又在响起》,联经出版社。

李瑞腾著:《一座文学的桥:林海音先生纪念文集》,文化保存筹备处。

李瑞腾著:《雅舍的春华秋实:梁实秋学术研讨会论文集》,九歌出版社。

应平书著:《真相一种:第 14、15 届梁实秋得奖作品合集》,"中华日报"社。

2003 年台湾出版的散文集目录

1 月

杨牧著:《奇莱前书》,洪范出版社。

3 月

席慕蓉编:《九十一年散文选》,九歌出版社。
孙大川编:《台湾原住民族汉语文学选集·散文卷》,INK 印刻出版社。
徐玫怡著:《星期三的家事课》,皇冠出版社。
宇文正著:《颠倒梦想》,九歌出版社。

4 月

林文义著:《朱丽叶的指环》,九歌出版社。
路寒袖著:《歌声恋情》,联合文学出版社。

5 月

欧阳琳著:《叫我医生哥哥》,麦田出版社。

6 月

庄裕安著:《水仙的咳嗽》,二鱼文化出版集团。
郑丽贞著:《卡桑:一个杂货商女儿的深情回顾》,一方出版社。
张曼娟著:《永恒的倾诉》,时报出版社。
张小娴著:《把天空还给你》,皇冠出版社。

7 月

路寒袖编：《玉山散文》，晨星出版社。

沈花末著：《加罗林鱼木花开》，INK 印刻出版社。

王文兴著：《星雨楼随想》，洪范出版社。

陈芳明著：《陈芳明精选集》，九歌出版社。

朱天心文，谢海盟图：《学飞的盟盟》，INK 印刻出版社。

8 月

沈萌华编：《巫永福全集 24 文集卷》，荣神出版社。

张曼娟等编：《时光纪念册：五六七年级的物件纪事》，圆神出版社。

9 月

曾维瑜著：《Dear dear》，皇冠出版社。

向阳著：《安住乱世》，联合文学出版社。

洪素丽著：《含笑》，麦田出版社。

韩良忆著：《厨房里的音乐会》，皇冠出版社。

10 月

姚宜瑛著：《十六棵玫瑰》，尔雅出版社。

游唤著：《不俗不毒不胡涂》，九歌出版社。

张晓风编：《中华现代文学大系·台湾 1989—2003 散文卷》，九歌出版社。

颜玉露著：《仰望那·幽微的光》，澎湖县文化局。

刘大任著：《空望》，INK 印刻出版社。

徐国能著：《第九味》，联合文学出版社。

陈义芝编：《刘克襄精选集》，九歌出版社。

吴明益著:《蝶道》,二鱼文化出版集团。

黄仁元著:《蓝夜候鸟》,澎湖县文化局。

陈义芝编:《颜昆阳精选集》,九歌出版社。

11 月

洪致文等著:《台湾之美》,未来书城出版社。

侯吉琼编:《台湾散文:永恒的迷离记忆——人文篇》,未来书城出版社。

林妈肴著:《浴在火光中的乡愁》,联经出版社。

陈亚馨著:《云之乡》,联经出版社。

12 月

侯吉琼编:《台湾散文:海鸥的家乡——地理篇》,未来书城出版社。

李瑞腾著:《有风就要停》,九歌出版社。

蔡珠儿著:《云吞城市》,联合文学出版社。

2004 年台湾出版的散文集目录

1 月

张默著:《台湾现代诗笔记》,三民出版社。

韩秀著:《有一个故事是这样开始的》,未来书城出版社。

席慕蓉著:《我的家在高原上》,圆神出版社。

杨明著:《走出荒芜》,三民出版社。

李安君著:《星星的愿望》,商周出版社。

蔡蕙蓉著:《侧读建中三年》,粘明达出版社。

孙康著:《康庄纪事》,文史哲出版社。

王浩威著:《与自己和好》,联合文学出版社。

蔡诗萍著:《蔡诗萍精选集》,九歌出版社。

曹文轩著：《读小说：小说家曹文轩读小说》，天卫出版社。

2 月

古蒙仁著：《大哥最大》，九歌出版社。

横地刚、蓝博洲、曾健民合编：《文学二二八》，台湾社会出版社。

虹影著：《火狐虹影》，九歌出版社。

刘森尧著：《母亲的书》，尔雅出版社。

林文月著：《回首》，洪范出版社。

黄武忠著：《我愿为她系鞋带》，九歌出版社。

陈克华著：《梦中稿》，小知堂出版社。

3 月

陈幸蕙主编：《49 个夕阳》，幼狮出版社。

刘克襄著：《大山下，远离台三线：刘克襄的小镇风情画》，皇冠出版社。

阿宝著：《女农讨山志：一个女子与土地的深情记事》，张老师出版社。

离毕华著：《心里的光，亮著》，春晖出版社。

王家祥著：《徒步》，天培文化出版社。

陈幸蕙主编：《真爱年代》，幼狮出版社。

颜昆阳主编：《散文选——九十二年》，九歌出版社。

许建昆编：《写作教室：阅读文学名家》，麦田出版社。

4 月

阮庆岳著：《一人漂流》，INK 印刻出版社。

林文月著：《人物速写》，联合文学出版社。

简媜著：《只缘生在此山中》，洪范出版社。

李欣伦著：《有病》，联合文学出版社。

侯吉谅：《冷漠的美感经验：侯吉谅散文》，未来书城出版社。

钟文因著：《最美的旅程》，阅读地球出版社。

官有位著:《乡之情》,万卷楼出版社。

王剑冰主编:《遇见散文:二十世纪名家经典 100》,圆神出版社。

萧萧主编:《压力变甜点:幽默散文集》,幼狮出版社。

钟肇政著:《钟肇政全集·20——22、32,随笔集》,桃园县文化局。

钟肇政著:《钟肇政全集·28,书简集·六·情诚书简》,桃园县文化局。

钟肇政著:《钟肇政全集·29,书简集·七·情纯书简》,桃园县文化局。

琹涵著:《简单的幸福》,正中出版社。

杨涛著:《蓦然回首:杨涛散文集》,杨涛出版社。

5 月

齐邦媛著:《一生中的一天:齐邦媛散文》,尔雅出版社。

王文华等著:《一定要幸福》,联合文学出版社。

隐地著:《人生十感》,尔雅出版社。

刘静娟著:《布衣生活》,INK 印刻出版社。

琹涵著:《生活的简单滋味》,正中出版社。

张拓芜著:《垦拓荒芜的大兵传奇》,九歌出版社。

张放著:《梨花生树:放斋随笔精选》,诗艺文出版社。

6 月

乔傅藻著:《文学的眼光:我是怎样写作的》,民生报社。

陈明磻著:《父亲》,宇河文化出版社。

洪明标著:《冬晨中行走》,洪明标出版社。

杨蔚龄著:《在椰糖树的平原上:台湾知风草的无国界关怀》,智库出版社。

张清清著:《阿妈》,皇城出版社。

韩良露著:《浮生闲情》,INK 印刻出版社。

施懿琳编:《国民文选:古典文学·散文卷》,玉山社。

陈素兰著:《陈千武的文学人生》,时报出版社。

张晓风著:《张晓风精选集》,九歌出版社。

心岱著:《鹿港·优游漫步》,永中出版社。

7 月

胡锦媛主编:《台湾当代旅行文选》,二鱼文化出版集团。

阿盛著:《民权路回头》,尔雅出版社。

萧春雷著:《我们住在皮囊里:人类身体的人文细节》,三言社。

杨佳娴著:《海风野火花》,INK 印刻出版社。

许正动著:《乌面舞者》,台南市台湾语通用协会。

吴敏显著:《逃匿者的天空》,宜兰县文化局。

淳子著:《张爱玲地图》,台湾商务印书馆。

李敏勇著:《诗人的忧郁:写给台湾的情书》,玉山社。

8 月

向明著:《三情随笔》,秀威信息出版社。

柯裕芬著:《恍惚的慢板》,大块出版社。

苏童著:《散文的航行》,麦田出版社。

9 月

白灵著:《一首诗的玩法》,九歌出版社。

李欧梵、李玉莹著:《一起看海的日子》,二鱼文化出版集团。

刘海北著:《人间光谱》,九歌出版社。

席慕蓉著:《人间烟火》,九歌出版社。

陈映真著:《父亲》,洪范出版社。

潭玉芝著:《台妈在上海》,INK 印刻出版社。

阿盛主编:《台湾现代散文选》,五南出版社。

简媜著:《好一座浮岛》,洪范出版社。

华默著:《红楼情深:"永远的师大人"散文集》,台湾师大出版社。

陈万益编:《国民文选:散文卷》,玉山社。

黄雅莉著:《现代散文鉴赏:采撷纷繁人生的心影》,文津出版社。

蒋动著:《给青年艺术家的信》,联经出版社。

施懿琳选编:《传统汉文卷》,玉山社。

简媜著:《旧情复燃》,洪范出版社。

平路著:《读心之书》,联合文学出版社。

10 月

陈田乡著:《人生》,屏东县文化局。

张春凰著:《夜空流星雨》,开拓出版社。

龚万灶著:《阿啾箭个故乡》,苗栗县文化局。

李黎著:《海枯石》,INK 印刻出版社。

廖玉蕙著:《像我这样的老师》,九歌出版社。

11 月

刘大任著:《冬之物语》,INK 印刻出版社。

雷骧著:《生活的风景》,新雨出版社。

纪蔚然著:《好久不见:家庭三部曲》,INK 印刻出版社。

赵海霞著:《老中老美大不同》,INK 印刻出版社。

吴钧尧著:《我所能做的只是失眠》,九歌出版社。

黄富三著:《林献堂传》,台湾文献馆出版社。

紫石作坊著:《咀:七个关于嘴的想象:八个作家最爱零嘴》,雅书堂出版社。

阿盛著;陈义芝主编:《阿盛精选集》,九歌出版社。

薛庆光著:《倒走人生》,时代出版社。

黄宝莲著:《留离》,九歌出版社。

雷骧著:《雷骧·PocketWatch》,台湾商务印书馆。

陈玉慧著:《梦想焚烧时寂静无声》,大田出版社。

纪蔚然著:《嬉戏》,INK 印刻出版社。

12 月

向阳著：《我们其实不需要住所》，联合文学出版社。

苏伟贞著：《倒影台南》，台南市图书馆。

詹澈著：《海哭的声音》，九歌出版社。

向明著：《阳光颗粒》，尔雅出版社。

雷骧著：《随笔北投》，地球书房文化出版社。

莫非著：《擦身而过》，INK 印刻出版社。

2005 年台湾出版的散文集目录

1 月

曹又方著：《灵欲刺青》，圆神出版社。

钟怡雯著：《漂浮书房》，九歌出版社。

郑华娟著：《提著菜篮上米兰》，圆神出版社。

黄宜君著：《流离》，高谈文化出版社。

上官予著：《千山之月》，台湾商务印书馆。

陈桂棣、春桃著：《中国农民调查》，大地出版社。

胡全木著：《近仁随笔续集》，文史哲出版社。

李威雄主编：《遇见现代小品文》，麦田出版社。

王正方著：《我这人长得别扭》，高谈文化出版社。

木子著：《浮生漫笔：七十年之痒》，秀威出版社。

李坤成著：《雪梨情缘游与学》，秀威出版社。

董阳孜策划：《字在自在：三十位学者书法、空间、诗的对话》，天下远见出版社。

孙如陵著：《墨趣集》，三民书局出版社。

王幼华著：《独美集》，苗栗县文化局。

东年著：《给福尔摩莎写信》，联合文学出版社。

张蕴智著:《白金文存之二》,台东县政府。

王成勉著:《品味荷兰:一位历史教授的人文观察》,宇宙光关怀机构。

夏元瑜著:《老盖仙的花花世界》,九歌出版社。

2 月

章诒和著:《一阵风,留下了千古绝唱》,时报文化出版社。

陈义之主编:《平路精选集》,九歌出版社。

余光中著:《青铜一梦》,九歌出版社。

林文义著:《时间归零》,INK印刻出版社。

亮轩著:《2004亮轩》,尔雅出版社。

李欧梵著:《我的哈佛岁月》,二鱼文化出版集团。

东方白著:《浪淘沙之诞生》,前卫出版社。

刘克襄著:《北台湾漫游:不知名山径指南》,玉山社。

逸飞视觉著:《绝版爱情》,天培文化出版社。

陈凝著:《摇晃的天堂:空姐的蓝天日志》,天培文化出版社。

钟宛贞著:《爱让我看见阳光》,健行文化出版社。

隐地著:《身体一艘船》,尔雅出版社。

王鼎钧著:《昨天的云:王鼎钧回忆录四部曲之一》,尔雅出版社。

王鼎钧著:《怒目少年:王鼎钧回忆录四部曲之二》,尔雅出版社。

郑义主编:《不死的流亡者》,INK印刻出版社。

林芝著:《漫卷诗书:伴你我成长的现代作家》,正中书局出版社。

林芝著:《妙笔生花:伴你我成长的现代作家》,正中书局出版社。

李敏勇著:《温柔些,再温柔些:四十位世界诗人编制的声音情景》,联合文学出版社。

沈石溪著:《闯入动物世界:我是怎么写作的》,民生报社。

姜龙昭著:《钱能通神》,文史哲出版社。

刘绍铭著:《灵台书简》,三民书局出版社。

田启文、增进丰、欧纯纯、苏敏逸编著:《台湾文学读本》,五南出版社。

孙玉石编:《星光灿烂的文学花园:现代文学知识精华:散文、诗歌》,雅书堂文化出版社。

张炎宪主编：《王添灯纪念辑》，吴三连台湾史料基金会。

3 月

陈英泰著：《回忆：见证白色恐怖》（上、下），唐山出版社。

廖鸿基著：《寻找一座岛屿》，晨星出版社。

陈芳明：《九十三年散文选》，九歌出版社。

凌性杰著：《关起来的时间》，小知堂文化出版社。

张曼娟：《人间好时节》，麦田出版社。

郜莹著：《行走在美丽的最深处：云南少数民族风情游》，马可孛罗出版社。

李秉宏著：《生命的眼睛》，联合文学出版社。

张小虹著：《感觉结构》，联合文学出版社。

唐诺著：《阅读的故事》，INK 印刻出版社。

紫石作坊著：《驿：通往幸福的八个驿站；停泊与漂流的七种时代》，雅书堂文化出版社。

简媜著：《顽童小西红柿》，九歌出版社。

吴瑞璧著：《猫头鹰的勇敢飞行》，健行文化出版社。

朵朵著、万岁少女图：《朵朵小语：缤纷的寂静》，大田出版社。

刘墉著：《花痴日记》，水云斋出版社。

陈念萱著：《流浪笔记》，智库文化出版社。

尉天骢等编著：《总是无法忘却》，圆神出版社。

曾志成著：《东京制作》，马可孛罗出版社。

王文华著：《史丹佛的银色子弹》，时报文化出版社。

颜忠贤：《明信片旅行主义》，天下远见出版社。

焦桐主编：《台湾医疗文选》，二鱼文化出版集团。

萧萧主编：《开拓文学沃土》，联合文学出版社。

萧萧主编：《攀登生命的巅峰》，联合文学出版社。

李爽学著：《经史子集：翻译、文学与文化记》，联合文学出版社。

张国立、赵薇著：《上海饭团》，时报文化出版社。

洪玉茹执行编辑：《第七届菊岛文学奖得奖作品集》，澎湖县政府文化局。

王嘉良、金汉、胡志毅编著:《众声喧哗的文学花园:现代文学知识精华:小说、戏剧》,雅书堂文化出版社。

陈明才:《奇怪的温度》,联合文学出版社。

陈念萱著:《食色故事》,智库文化出版社。

蔡明云主编,公共电视文化事业基金会策划:《台湾百年人物志》(2 册),玉山社。

4 月

楚戈著:《咖啡馆里的流浪民族》,九歌出版社。

吴超文著:《解释》,木马文化出版社。

阮庆岳著:《开门见山色:文学与建筑相间》,麦田出版社。

张辉诚著:《离别赋》,时报文化出版社。

周芬伶著:《母系银河》,INK 印刻出版社。

楚戈著:《火鸟再生记》,九歌出版社。

张晓风著:《我知道你是谁》,九歌出版社。

邱竟竟著:《千万别去埃及》,高谈文化出版社。

小野、李亚著:《爸爸,我还想玩!》,麦田出版社。

王寿来著:《加油,人生》,联合文学出版社。

朱啸秋著:《铸剑集》,秀威出版社。

莫渝著:《前言后语集》,苗栗县文化局。

康原著:《野鸟与花蛤的故乡》,彰化县文化局。

《第三届红楼现代文学奖专辑:师大红楼文学第三期》,台湾师范大学文学院。

曾信雄著:《文戏人间》,秀威出版社。

莫渝著:《慢慢随笔集》,苗栗县文化局。

5 月

钟铁钧著:《笠山依旧在》,春晖出版社。

徐国能著:《煮字为药》,九歌出版社。

王鼎钧著：《关山夺路：王鼎钧回忆录四部曲之三》，尔雅出版社。

陈平原主讲、梅家玲编订：《晚清文学教室：从北大到台大》，麦田出版社。

萧萧著：《新诗体操十四招》，二鱼文化出版集团。

李黎著：《威尼斯画记》，INK 印刻出版社。

刘黎儿著：《东京满契俱乐部》，台北时报文化出版社。

郭琼森著：《文学公民》，三民书局出版社。

张至璋著：《镜中爹》，三民书局出版社。

林黛嫚著：《你道别了么?》，三民书局出版社。

蓝博洲著：《消失的台湾医界良心》，INK 印刻出版社。

廖鸿基等著：《台湾岛巡礼》，联合文学出版社。

孙康著：《康庄琐记》，文史哲出版社。

龙应台：《孩子你慢慢来》，时报文化出版社。

古嘉著：《13 楼的窗口》，宝瓶文化出版社。

琦君著：《妈妈银行》，九歌出版社。

林芳玫著：《权力与美丽：超越浪漫说女性》，九歌出版社。

鲸向海著：《沿海岸线征友》，木马文化出版社。

朱琦著：《东方的孩子》，尔雅出版社。

武玲瑶著：《幽默伊甸》，金门县政府。

黄美芬著：《飨宴》，金门县政府。

李金昌著：《浯岛启示录》，金门县政府。

朱介凡著：《我爱中华》，新文丰出版社。

余光中著：《余光中幽默文选》，天下远见出版社。

叶日松著：《摩里沙卡的秋天：诗写花莲》，花莲县文化局。

康来新、林淑媛著：《台湾宗教文选》，二鱼文化出版集团。

秦岳著：《山水浩歌》，文学街出版社。

6 月

高翊峰著：《伤疤引子》，宝瓶文化出版社。

宋雅姿著：《作家身影：12 位作家的故事》，麦田出版社。

林宜澐著：《东海岸减肥报告书》，大块文化出版社。

张惠菁著:《你不相信的事》,大块文化出版社。

果子离著:《一座孤独的岛屿》,远流出版社。

师琼瑜著:《寂静之声》,联合文学出版社。

8P 著:《百日不断电:别为文学抓狂》,联合文学出版社。

李季纹著:《北京男孩女孩》,木马文化出版社。

夏元瑜著:《以蟑螂为师》,九歌出版社。

陈绍英著:《一名白色恐怖受难者的手记》,玉山社。

萧萧编著:《台湾现代文选:散文卷》,三民书局。

楚崧秋著:《影响台湾的近代人物:跨世风云》,九歌出版社。

静宜大学台文系第一节报导文学班著:《蒲公英:静宜大学台文系报导文学创作集》,台中静宜大学台文系。

宋雅姿主编:《作家心影:11 位作家作品精选》,麦田出版社。

财团法人郑顺娘文教公益基金会编印:《绿川文艺。第五集》,郑顺娘文教公益基金会。

7 月

王丹著:《我听见雨声》,大田出版社。

王聪威著:《中山北路行七摆》,INK 印刻出版社。

陈柔缙著:《台湾西方文明初体验》,麦田出版社。

蒋勋著:《只为一次无憾的春天》,圆神出版社。

赵吕玲著:《淡水心灵地图》,黎明文化出版社。

小民编:《分享:朋友的爱》,九歌出版社。

宋晶宜著:《我和春天有约》,汉艺色研出版社。

徐薏蓝著:《笑迎阳光》,健行文化出版社。

黄昆严著:《黄昆严谈人生这堂课》,健行文化出版社。

唐恺希著:《我的低传真彩虹生活》,大块文化出版社。

阮桃园、许建昆、彭锦堂主编:《海纳百川:知性散文作品选》,联合文学出版社。

蔡银娟著:《我的 32 个脸孔》,美丽殿文化出版社。

刘静娟著:《店仔头开讲》,麦田出版社。

张燕淳著：《日本四季》，INK 印刻出版社。

傅佩荣著：《孔子的生活智慧：真诚与圆满》，洪建全教育文化基金会。

刘墉著：《跨一步，就成功：发现你的天才点》，水云斋文化出版社。

黄意婷、王伯舒著：《意大利笔记本：自助旅行现场的 24 堂课》，阅读地球出版社。

张放著：《月白风清：放斋随笔精选》，黎明文化出版社。

柯嘉智著：《告别火星》，九歌出版社。

封德屏主编：《亲情图：作家用照片说故事特刊》，文讯出版社。

8 月

郑丽贞著：《多桑》，麦田出版社。

南方朔著：《回到诗》，大田出版社。

杨牧著：《人文踪迹》，洪范书店出版社。

张曼娟著：《不说话，只作伴》，皇冠文化出版社。

韩良露著：《韩良露私房滋味》，麦田出版社。

小野著：《家住渴望村》，皇冠文化出版社。

郑丽贞著：《卡桑》，麦田出版社。

刘贤妹著：《内山阿嬷》，宝瓶文化出版社。

刘大任著：《月印万川》，INK 印刻出版社。

刘剑梅著：《狂欢的女神》，九歌出版社。

钱亚东著：《一个泊时尚的小弟》，大块出版社。

李瑞腾主编：《双连坡上：中大美景写作集》，"中央大学"校史馆。

人二雄著：《熟男热》，联合文学出版社。

林焕彰著、郑慧荷图：《一个诗人的秘密》，民生报社。

曹燕婷著：《我，从八楼坠下之后》，大块文化出版社。

莫夏凯著：《我的异国灵魂指南》，宝瓶文化出版社。

王信智著：《芬芳宇宙》，东观国际文化出版社。

李敏勇编著：《心的风景 50 选》，玉山社。

王建生著：《山涛集》，联合文学出版社。

陈幼馨著：《灯下光影》，彰化县政府文化局。

宋邦珍等编著:《文学与人生:文学心灵的生命地图》,三民书局出版社。

9 月

应凤凰编:《嗨,再来一杯天国的咖啡:沈登恩纪念文集》,远景出版社。

周芬伶著:《孔雀蓝调:张爱玲评传》,麦田出版社。

吕政达著:《与海豚交谈的男孩》,九歌出版社。

新井一二三著:《东京上流》,大田出版社。

阿盛主编:《玻璃瓶里的夏天》,幼狮出版社。

季季著:《写给你的故事》,INK 印刻出版社。

陈芳明著:《孤夜独书》,麦田出版社。

张小虹著:《肤浅》,联合文学出版社。

廖仁义著:《在这个美丽的世界》,联合文学出版社。

童元方著:《爱因斯坦的感情世界》,天下远见出版社。

程乃珊著:《上海探戈》,INK 印刻出版社。

郑贞铭著:《无爱不成诗:郑贞铭学思录》,远流出版社。

曾丽华著:《旅途冰凉》,九歌出版社。

张承志著:《鲜花的废墟:安达庐斯纪行》,允晨文化出版社。

琹涵著,郝丽珠绘:《小小茉莉》,幼狮出版社。

朱振藩著:《食家列传》,联合文学出版社。

王溢嘉著:《裤袜。天花与爱因斯坦:创异启示录》,野鹅出版社。

张春荣、颜荷郁著:《电影智慧语:西洋百部电影名句赏析》,尔雅出版社。

10 月

沈君山著:《浮生再记》,九歌出版社。

谢里法著:《我的艺术家朋友们》,九歌出版社。

隐地著:《草的天堂:隐地四十年散文》,尔雅出版社。

龚鹏程著:《北溟行记》,INK 印刻出版社。

师范著:《文艺生活》,秀威出版社。

蔡珠儿著:《红焖厨娘》,联合文学出版社。

张子静、季季著：《我的姊姊张爱玲》，INK 印刻出版社。

米力著：《我爱花花世界》，方智出版社。

黄宝莲：《芝麻米粒说》，二鱼文化出版集团。

朱天心著：《猎人们》，INK 印刻出版社。

柴扉著：《兰花盛开时》，文学街出版社。

张秀亚著：《北窗下》，尔雅出版社。

台北富邦银行公益慈善基金会著：《生命在歌唱》，相映文化出版社。

曹又方著：《烙印爱恨：自传二》，圆神出版社。

太阳脸著：《我爱一个人》，如何出版社。

11 月

李潼著：《罗东猴子城》，宜兰县政府文化局。

奚密著：《谁与我诗奔》，麦田出版社。

白先勇总策划：《曲高和寡：青春版〈牡丹亭〉的文化现象》，天下远见出版社。

钟文音著：《中途情书》，大田出版社。

龚鹏程著：《孤独的眼睛》，九歌出版社。

陈玉慧著：《遇见大师流泪》，大田出版社。

奚密著：《芳香文学》，联合文学出版社。

孙玮芒著：《无限的女人》，INK 印刻出版社。

沈谦著：《林语堂与萧伯纳：看文人妙语如花》，九歌出版社。

白先勇总策划、许培鸿摄影：《惊梦，寻梦，圆梦：图说青春版〈牡丹亭〉》，天下远见出版社。

白先勇总策划：《姹紫嫣红开遍：青春版牡丹亭纪实》，天下远见出版社。

钟丽琴著：《一个钢琴师的故事》，联合文学出版社。

崔百城著：《一灯才照》，"中央社"。

洪启嵩著：《爱情的 22 个关键词》，网路与书出版社。

傅佩荣著：《生活有哲学》，健行文化出版社。

周腓力著：《幽默开门》，九歌出版社。

杨国明著：《最后的那一堂课》，九歌出版社。

阿沐著:《流浪报告:一个台湾旅人的法国行脚》,INK 印刻出版社。

纪蔚然著:《终于直起来》,INK 印刻出版社。

远流实用历史馆编:《这个人这个岛:柏杨人权感恩之旅》,台北人权教育基金会、远流出版公司。

汪洋萍著:《我的相对论》,文史哲出版社。

12 月

孙梓评著:《除以一》,麦田出版社。

李冰著:《冰屋笔记:李冰自述》,高雄市文献委员会。

杨牧著:《掠影急流》,洪范书店出版社。

余秋雨:《倾听秋雨》,天下远见出版社。

黄国彬著:《逃逸速度》,九歌出版社。

夏祖丽著:《看地圆神游澳洲》,九歌出版社。

鸿鸿著:《过气儿童乐园》,木马文化出版社。

陈冠中著:《移动的边界》,网路与书出版社。

张放著:《放斋书话》,台北县文化局。

林佛儿著:《心缓缓航行》,台南市立图书馆。

李惠绵著:《用手走路的人》,健行文化出版社。

廖清秀著:《命会改》,台北县文化局。

柯锦锋著:《旅痕心迹散文集》,台北县文化局。

陈文荣著:《台湾麻风病救助之父:戴仁寿小传》,台北县文化局。

《第四届红楼现代文学奖专辑:师大红楼文学第四期》,台湾师范大学文学院。

附录Ⅱ：台湾当代散文大事记
（1978—2009） [①]

1978 年台湾散文大事记

4 月

叶庆炳获第一届台湾中兴文艺奖章散文奖。

5 月

梁实秋、叶公超主编《新月散文选》，由雕龙出版社出版。

9 月

林文月散文及评论集《读中文系的人》，由洪范书店出版。

---

① 该附录部分的内容主要参考了北京大学图书馆收藏的《台湾文学年鉴》（由台湾文学馆筹备处出版，从 1996 年到 2005 年），以及台湾九歌出版社出版的台湾"年度散文选"和《散文二十家》中的一些资料。不过由于 2008 的台湾散文大事记资料没有找到，因而 1978—2009 年的"台湾当代散文大事记"独缺 2008 年部分，只能以后找到相关资料后再补上，特此说明。

1979 年

1 月

陈晓林《青青子衿》、陈克环《悠悠我思》获第四届"国家文艺奖"。

9 月

1 日,台湾"中国时报"主笔,散文作家邱言曦(邱楠)去世,享年 64 岁。邱言曦,江西省南昌县人,1933 年创办《华北》月刊,亦是《新闻天地》创办人之一,著有《言曦短论集》、《世缘琐记》等。

10 月

张晓风《许士林的独白》获第二届时报文学奖散文类推荐奖,高大鹏《大雄宝殿下的沉思》获散文首奖,舒国治《村人遇难记》、童大龙《禁锢着花》、林文义《千手观音》、林清玄《过火》等获散文优等奖。

11 月

思果《林居笔话》获第十四届台湾"中山文艺"散文奖。

1980 年

3 月

14 日,洪炎秋病逝,享年 78 岁。洪炎秋,1902 年 10 月生,台湾彰化鹿港人,曾任国语日报社社长,著有《闲人闲话》等。

刘侠（笔名杏林子）荣获台湾第八届十大杰出女青年。

10 月

陈列《无怨》获第三届台湾时报文学奖散文类首奖；高大鹏《感性文化的悲歌》获推荐奖；张晓风《再生缘》、颜昆阳《结婚日记》等获优等奖。

12 月

19 日，女作家陈克环病逝于台北三军总医院，享年 55 岁。陈克环，1926 年生，湖北黄陂人。曾任英文秘书，著《锦绣年华》等 10 部著作。

1981 年台湾散文大事记

3 月

刘静娟《眼眸深处》获第六届"国家文艺奖"散文奖。

5 月

简媜《友情石》获第一届"全国学生文学奖"散文组第一名。

7 月

13 日，作家司马桑敦逝世于美国，享年 64 岁。司马桑敦，本名王光逖，1918 年生，辽宁金县人，曾任台湾联合报驻日本特派员，著有《野马传》等书。

10 月

联合报副刊主编的《宝刀集——光复前台湾作家作品集》，由台湾联经出版公司出版。全书共收 13 篇文章,大多是这些作家光复后第一篇中文作品。

20 日,叶公超病逝于台北,享年 78 岁。叶公超,本名叶崇智,1904 年生,广东番禺人。"新月派"健将,著有《叶公超散文集》。

1982 年台湾散文大事记

10 月

吴鸣《湖边的沉思》、林清玄《箩筐》等获第五届时报文学奖散文奖。

林锡嘉主编《七十年散文选》,由九歌出版社出版。这是第一部年度散文选,往后将逐年出版。

11 月

林清玄获第五届吴三连文艺奖文学类奖。

1983 年台湾散文大事记

2 月

季季主编《1982 年台湾散文选》,由前卫出版社出版。

林锡嘉主编《七十一年散文选》,由九歌出版社出版。

6 月

刘侠(杏林子)《另一种爱情》、丘秀芷《悲欢岁月》获第八届"国家文艺奖"散文奖。

7 月

31 日，吴鲁芹病逝于美国，享年 66 岁。吴鲁芹，本名吴鸿藻，1918 年生，上海市人。曾参与《文学杂志》的创办，著有《鸡尾酒会及其他》、《瞎三话四》等数种散文集。8 月 25 日在台北市台大校友联谊社举行追思会。

10 月

陈冠学《田园之秋》获第六届时报文学奖散文类推荐奖。

11 月

陈幸蕙《把爱还诸天地》获第十八届台湾"中山文艺"散文奖。

1984 年台湾散文大事记

1 月

女作家钟梅音病逝于台北，享年 64 岁。钟梅音，1921 年生，福建人。曾任大华晚报"甜蜜的家庭"版主编，也是第一位制作介绍作家文艺节目的作家。着有散文集《海天游踪》等书。

《散文季刊》创刊，由号角出版社发行，陈铭磻任社长。7 月 20 日出版第三期后停刊。

香港《读者文摘》中文版总编辑林太乙主编《文华集》出版，这是该刊首度出版当代中国作家的作品选集。

2 月

陈幸蕙主编《七十二年散文选》，由九歌出版社出版。

3 月

1 日,女作家萧毅虹病逝于台北,享年 36 岁。萧毅虹,1948 年生,河南人,著有散文集《生命的喜悦》等书。4 月 10 日,萧毅虹文学奖设立。

4 月

林清玄主编《1983 年台湾散文选》,由前卫出版社出版。

11 月

余光中获第七届吴三连文学类散文奖。
亦耕《寻梦与问津》获第十九届台湾"中山文艺"散文奖。

12 月

粟耘《空山云影》获台湾"新闻局"金鼎奖优良图书奖。

1985 年台湾散文大事记

2 月

萧萧主编《七十三年散文选》,由九歌出版社出版。

3 月

林清玄《迷路的云》获第七届时报文学奖散文类甄选奖。

8 月

22 日,唐鲁孙病逝于台北,享年 78 岁。唐鲁孙,笔名香壮、蕴光等,北平市人。著有《中国吃》等散文集。

10 月

蒋勋《萍水相逢》获第八届时报文学奖散文类推荐奖。甄选奖首奖是詹西玉《竹之情》、银正雄《沉痛的感觉》。

11 月

林清玄《白云少年》获第二十届台湾"中山文艺"散文奖。

1986 年台湾散文大事记

2 月

保真《乡梦已远》、琦君《此处有仙桃》获第十一届"国家文艺奖"。
林锡嘉主编《七十四年散文选》,由九歌出版社出版。

10 月

林清玄《黄昏菩提》、白灵《给梦一把梯子》分获台湾"中华日报文学奖"社会组散文第一、二名。
张曼娟《缘起不灭》、侯文咏《看云》分获台湾"中华日报文学奖"大专组散文第一、二名。

11 月

张拓芜《坎坷岁月》获第二十一届台湾"中山文艺"散文奖。

陈冠华《田园之秋》(初秋、仲秋、晚秋三本)获第九届吴三连文艺奖。

林文月《午后书房》获台湾"中国时报"第九届时报文学奖散文类推荐奖。

1987 年台湾散文大事记

2 月

林清玄《迷路的云》获第十二届"国家文艺奖"散文奖。

陈幸蕙主编《七十五年散文选》,由九歌出版社出版。

阿盛主编《海峡散文一九八六》,由希代出版社出版。

5 月

张春荣《草情》获第七届"全国学生文学奖",该届还有吴淡如等人获佳作奖。

11 月

陈义芝《在温暖的土地上》获台湾"新闻局"金鼎奖优良图书奖。

3 日,作家梁实秋病逝于台北,享年 86 岁。梁实秋,浙江省钱塘县人,曾任台湾师范大学文学院院长,著有《雅舍小品》、《秋室杂文》、《雅舍散文》等,译有《莎士比亚全集》等。

1988 年台湾散文大事记

3 月

萧萧主编《七十六年散文选》，由九歌出版社出版。

4 月

逯耀东《那年初一》，获第十三届"国家文艺奖"散文奖。

14 日，沉樱逝世于美国马里兰州，享年 82 岁。沉樱，本名陈锳。山东潍县人。译有《一位陌生女子的来信》、《毛姆小说集》，并著有《沉樱散文集》等。

10 月

纪念台湾"中央日报"创刊六十周年而举办的台湾"中央日报文学奖"散文类得奖者为：第一名从缺，第二名刘还月《暗哑鹤鸣》，风尼《松地之旅》，第三名何光明《火车的轮子走过》。佳作：邓海珠《老乡亲》、王诗婷《夜阑未静》、龙涛《青苔酿岁月》、林金郎《观音脚下》。

11 月

白灵、陈幸蕙、刘定霖、张启疆、张复先、亚兰获首届梁实秋文学奖散文奖。

王鼎钧著《左心房漩涡》散文集，荣获台湾"新闻局"金鼎奖优良图书奖，王鼎钧获颁图书著作奖，并同时获第十一届时报文学奖散文类推荐奖。

1989 年台湾散文大事记

3 月

林锡嘉主编《七十七年散文选》,由九歌出版社出版。

4 月

林文月《交谈》,获第十四届"国家文艺奖"散文奖。

祝基滢《现代人的深思》获第十四届"国家文艺奖"新闻文学奖。

6 月

久大书香世界统计出近三十年来最畅销的文学书与文学作家,龙应台、林清玄、琦君居榜首。

九歌出版社的《中华现代文学大系·台湾 1969—1989》,共 15 巨册,其中散文 5 册,主编为张晓风,编辑为吴鸣、陈幸蕙。

8 月

林清玄《紫色菩提》于 1987 年出版至今突破十万大关,印行第五十版。其他的"菩提"系列作品:《凰眼菩提》、《星月菩提》、《如意菩提》、《拈花菩提》、《清凉菩提》、《宝瓶菩提》。

石德华《开麦拉!春》获第二届梁实秋文学奖散文类第一名,第二名是来自大陆的吴倩《血缘》。

10 月

台静农《龙坡杂文》获第十二届时报文学奖推荐奖。

11 月

周芬伶《花房之歌》，获第二十四届台湾"中山文艺"散文奖。

1990 年台湾散文大事记

3 月

陈幸蕙主编《七十八年散文选》，由九歌出版社出版。
高大鹏《追寻》获第十五届"国家文艺奖"散文奖。

6 月

27 日，旅美作家侯荣生病逝于台北，享年 64 岁。侯荣生，北平市人，1926
年生，著有散文《侯荣生自选集》、《家在永和》、《又见北平》等。

9 月

顾肇森《时光逆旅》获第三届梁实秋文学奖散文创作奖第一名，简媜《鹿
回头》获第三名。

11 月

9 日，台静农病逝于台大医院，享年 89 岁。台静农，安徽霍邱人。生于
1901 年，1925 年与鲁迅等于北京成立未名社，后在台大中文系任二十年系主
任，勤于书艺，造诣颇高，独树一帜，写有《龙坡杂文》、《静农论文集》、《台静农
短篇小说集》等。
杨牧获得第十三届吴三连文学类散文奖。

1991 年台湾散文大事记

1 月

4 日,女作家三毛自缢身亡,享年 48 岁。三毛,本名陈平,浙江省定海县人。著有散文集《撒哈拉的故事》、《稻草人手记》、《哭泣的骆驼》、《背影》、《雨季不再来》、《倾城》等。剧本《滚滚红尘》,所拍摄的同名电影,曾获金马奖最佳影片。

台静农获台湾"中央日报"颁发的文学成就奖。

3 月

梁丹丰的《走过中国大地》、朱炎《我和你在一起》获第十六届"国家文艺奖"散文奖,林太乙《林语堂传》获传记文学奖。夏承楹(何凡)则获特别贡献奖。

7 月

3 日,王大空因癌症病逝于荣总,享年 72 岁。王大空,江苏省泰兴县人,1919 年生,曾任台湾"中国广播公司"节目部、新闻部主任。著有《笨鸟慢飞》、《笨鸟飞歌》等书。

10 月

陈列《永远的山》,获第十四届时报文学奖推荐奖。

1992 年台湾散文大事记

1 月

刘克襄《风鸟皮诺查》获台湾"中国时报"开卷版评选为 1991 年十大好书，及联合文学举办作家票选"八十年度十大文学好书"。

叶石涛《一个台湾老朽作家的五十年代》、杨牧《方向归零》、简媜《梦游书》获联合文学举办作家票选"八十年度十大文学好书"。

2 月

林清玄《有情菩提》在九歌出版社出版，这是佛学散文"菩提系列"第十本，也是完结篇。

3 月

林锡嘉主编《八十年散文选》，由九歌出版社出版。

10 月

简媜《母者》获第十五届时报文学奖首奖。

11 月

郑明娳《教授的底牌》获第二十七届台湾"中山文艺"散文奖。

大陆作家余秋雨《文化苦旅》由尔雅出版社出版，获联合报读书人版"1992 年读书人最佳书奖"。

1993 年台湾散文大事记

2 月

林清玄获金石堂广场票选"年度十大畅销作家"第一名。

4 月

黄永武《爱庐小品》获第十八届"国家文艺奖"散文奖。

9 月

14 日,散文作家叶庆炳教授,因肺癌病逝于台大医院,享年 66 岁。叶庆炳,1927 年生,浙江余姚人,台大中文系第一届毕业生,曾任台大中文系教授、系主任。学术论著外,散文著作有《秋草夕阳》、《一通电话》、《谁来看我》、《晚鸣轩爱读诗》等。

10 月

林燿德《铜梦》获第十六届时报文学奖散文首奖。

12 月

杨牧《疑神》同时获台湾"中国时报"开卷版"1993 年度十大好书"及联合报读书人版"1993 年度十大文学好书"。

刘大任《走过蜕变的中国》、徐仁修《蛮荒探险文学系列》、林文月《拟古》获联合报读书人版"1993 年十大文学好书"。

1994 年台湾散文大事记

3 月

28 日，台湾"中国文艺协会"理事长夏铁肩病逝台北荣民医院，享年 73 岁。夏铁肩，笔名铁伦，1922 年生，湖南长沙人，曾协编"中央日报"副刊，提携年轻新进作家不遗余力。著有散文集《片麟集》、戏剧作品《皖南风雨》、《惊马桥》等。

4 月

萧萧编《八十二年散文选》，由九歌出版社出版，共分七卷：《原住居民》、《心灵中那口清井》、《翻转的年代》、《在护城河右岸》、《跨越边界》、《藏》、《运动散文》。

5 月

张拓芜《我家有个浑小子》获第十九届"国家文艺奖"散文奖。
林文月获台湾"国家文艺基金会"主办第二届翻译奖的翻译成就奖。

9 月

张启疆《吾儿》、林燿德《边界旅店》分获第七届梁实秋文学散文创作类第一、二名，壮裕安《会唱歌的螺旋奖》获吴鲁芹散文奖。

11 月

廖玉蕙《不信温柔唤不回》获第二十九届台湾"中山文艺"散文奖。

12 月

30 年代作家萧乾回忆录《未带地图的旅人》由时报出版公司出版。

1995 年台湾散文大事记

1 月

张爱玲《对照记》、龙应台《看世纪末向你走来》、简媜《胭脂盆地》、余光中《从徐霞客到梵谷》获联合报读书人版"1994 读书人文学类最佳书奖"。

4 月

林锡嘉编《八十四年散文选》,由九歌出版社出版,计分《搬掉一个时代》、《永远的亲情》、《心里的门窗》、《呼吸篇》及《新锐散文》五辑。

林清玄在九歌出版社出版第一百种著作《多情多风波》。

5 月

以笔名"吴心柳"坚持不断出书的张继高,在九歌出版社力邀下出版专栏结集《必须赢的人》,并于本月 6 日,由文友余光中、欧阳醇、齐邦媛、石永贵等为他在台大校友会举行新书发表会。

6 月

21 日,张继高辞世。张继高,笔名吴心柳,河北人,1926 年生,享年 70 岁。他曾创办中广公司新闻部,任中视新闻部经理、民生报总主笔、副社长,《美国新闻与世界报导》中文版社长,台北之音广播电台董事长,创远东音乐社及《音乐与音响》,并长期在联合报副刊撰写"未名集"专栏,著有《必须赢的人》。

7 月

简媜《胭脂盆地》、林燿德《迷宫零件》获"国家文艺奖"散文奖。

8 月

1 日,以幽默散文闻名于世的夏元瑜病逝于台北,享年 84 岁。夏元瑜,北平市人,1913 年生,是动物学家,但杂学丰富,著有《万马奔腾》、《生花笔》等书十余部。

张继高遗作《乐府春秋》、《从精致到完美》由九歌出版社出版,并于 31 日由九歌文教基金会主办,请文艺界朋友徐佳士、朱炎、张己任等发起"怀念张继高先生及其作品座谈会"。

9 月

林燿德《尸体》获第八届梁实秋文学奖散文创作类第一名。

10 月

张启疆《导盲者》获台湾第十八届文学奖散文奖首奖。廖鸿基《铁鱼》获评审奖。

亮轩获吴鲁芹散文奖。

11 月

钟怡雯获第一届"海外华文创作奖"第一名,该项奖由台湾"中央日报"国际版报主办。

1996 年台湾散文大事记

1 月

5 日,由耕莘文基金会、耕莘青年会举办的"散文欣赏写作班"、"编采研究班"开始上课。前者由阿盛担任指导老师,后者则邀请初安民等学者作家授课。

8 日,有"文坛才子"之称的作家林燿德因心脏病猝逝,享年 34 岁。林氏笔耕十余年,共出版小说、诗、散文、评论等三十余部,曾获得多项重要文学奖。

11 日,台湾联合报副刊及台湾"中央日报"副刊制作作家林燿德悼念专辑。

20 日,第八届台湾"中央日报文学奖"揭晓,其中散文奖第一名张启疆《失声的人》;第二名钟怡雯《渐渐死去的房间》;第三名文乐然《藏北行板》;佳作陈维贤《发情》、林树声《荒地有情》、黄丹璇《你遇见……》。

24 日,台湾"中华日报"副刊制作纪念林燿德专辑。

2 月

1 日,《文讯》特别企划"悼念林燿德特辑"。

4 日,彰化师范大学国文系即日起至 12 日举办"全国高中生文艺营"。此次营队邀请诗人痖弦专题演讲,余光中、管管等人讲演新诗;散文家王邦雄、曾昭旭等讲演散文写作技巧;小说家平路、东年等讲演小说创作技巧。

7 日,由台湾"中国时报"与山海杂志合办的"第一届山海文学奖"颁奖典礼,于耕莘文教院举行。此一文学奖计分为文学创作、传统文学、母语创作三类七项,允为最具规模的原住民文学奖,评审结果游里慕伊·阿基(曾修媚)独获散文第一名,其他各类第一、二名皆从缺。

3 月

3 日，文殊院写作会举办"林燿德先生纪念读书会"，合计三场：第一场"一九四七·高砂百合"，有杨丽玲主持；第二场"一座城市的身世"，由叶姿麟主持；第三场"不要惊动不要唤醒我所亲爱"，由王添源主持。

6 日，耕莘青年写作会 1996 年春季写作研习活动展开，共分小说、新诗、散文三组，分别由林佩芬、向明、廖玉蕙担任指导老师，邀请辛郁、陈辛蕙等指导写作。8 日起有"与文学大师交往"系列讲座，邀请南方朔、杨耐冬、张上冠、林永福、刘光能、陈长房讲演。

9 日，台湾政大中文系于该校艺文中心国际会议厅举办以晚明小品为主题的学术研讨会，共发表何寄澎《晚明小品的现代意义》等六篇论文。

30 日，由台湾联合报主办的第四届"读书人一九九五最佳书奖"颁奖典礼在联合报大楼举行，共有文学类、非文学类、童书等三十一本著作获奖。文学类有施叔青《遍山洋紫荆》、刘大任《强悍而美丽》、余秋雨《山居笔记》、张继高《张继高三书》、苏伟贞《梦书》、杨照《文学、社会与历史想象》、吕赫若《吕赫若小说全集》、刘克襄《小绿山之歌三书》、杨牧《星园》、乔斯坦·贾德《苏菲的世界》、中野孝次《清贫思想》。

本月《中外文学》3 月号推出"当代台湾散文十家"专辑，展出林文月、陈冠学、孟东篱、杨牧、洪素丽、陈芳明、阿盛、刘克襄、庄裕安和简媜十位名家的作品。

台湾师大人文教育中心推出"人文学科推广进修班"，共有四十余种课程。新增课程有：李乔"台湾文化与台湾文学"、李敏勇"当代台湾诗选读"、张启疆"现代散文"、履疆"现代小说"、许俊雅"台湾小说选读"。

《联合文学》3 月号制作诺贝尔文学奖得主索因卡及林燿德纪念专辑。

4 月

3 日，中国"台湾时报"人间副刊制作"走过台湾的中心——水沙连游记"专辑，刊载小野《当鸟人遇到诗人》、雷骧《地貌的背后》、施叔青《奇莱山脚下》等文。

14 日,台湾省文艺作家协会主持的台湾"中国文艺奖章"第十九届得奖名单公布,其中包括游记文学奖——许文廷《荒野中哭泣的国王》;报道文学奖——杨锦郁《用心演出人生》。

17 日,台湾师大国文系退休教授江应龙因心脏衰竭病逝于荣综,享年 77 岁。江氏著作等身,除有《一发青山》等散文集外,国学论述也极丰,尤其是三大册《辽金元文汇》,最见学术功力。

21 日,赖和文教基金会曾办理"阅读浊水河"知性之旅田野活动及散文研讨会。行程包括参观赖和纪念馆、拜访名作家吴晟,并在溪州国中举办散文作品研讨会,讨论吴晟散文集《不如相忘》等作品。

27 日,由台湾九歌文教基金会举办第四届现代儿童文学奖赠奖典礼暨 1995 年度散文奖赠奖,及第四届小说写作班结业式,在台北市来来饭店举行举行。台湾 1995 年度散文奖得主为张启疆。

本月第一届府城文学奖公布得奖名单,文学创作奖四大文类首奖者分别为:朱文明(现代诗)、张瀛太(短篇小说)、臧蒂雯(文学评论),散文则从缺。结集成册首奖为叶伶芳。特殊贡献奖则为诗人叶笛。

《联合文学》4 月号制作"王丹"专辑,女作家作品展(分别刊出赖香吟、曹志涟、章缘、刘叔慧的小说凌拂、陈璐茜、林郁廷、刘佩修的散文)。另外本期专访的主角是柏杨。

5 月

1 日,大陆上海文艺出版社推出《龙应台自选集》,共五卷:《野火集》、《龙应台评小说》、《女子与小人》、《在海德堡坠入情网》。龙应台并到上海举行新书发布会,接受电台访问。

6 日,佛光文学奖得奖名单公布,其中散文组得奖名单为:苏炜、仲南萍、林燿德等,儿童故事组分别由欧明慧、黄文进、林富娟等人得奖。

29 日,由大专院校马来西亚同学会主办的第九届大马旅台现代文学奖揭晓,其中散文得奖者陈耀宗《早熟的文本》、陈雪薇《给你》、陈意祥《山的记忆》、杨丽芳《花之旅》。

6 月

1 日，《文讯》杂志六月号制作"作家第二代"专题，探访了十位台湾文艺作家，分别是李中和、杨念慈、艾雯、平鑫涛、向明、小民、徐蕙蓝、雷骧、丘秀芷、爱亚。

28 日，由台湾"中央日报"、明道文艺合办，台湾"行政院"文建会赞助的"第十四届全国学生文学奖"在台湾的"中央日报"礼堂举行颁奖典礼，共有四十二名在校学生获奖。

7 月

4 日，第 31 届耕莘暑假写作班开课，课程分为散文、小说、戏剧、电影、报道文学、人文哲学五组，邀请亮轩、林明德、萧萧、杨昌年、杨小云、向阳、吴晟、凌拂、罗位育、白灵、陈铭磻、温小平、陈幸蕙、梁弘志、渡也、许悔之、路寒袖、焦桐、王墨林、吴念真、王荣文等作家、学者指导。

6 日，春晖影业及雷骧于台北市立图书馆发表"作家身影——现代中国作家影像田野工作报告"，此系列选取五十二位现代中国作家，包括：鲁迅、周作人、郁达夫、徐志摩、朱自清、老舍、冰心、沈从文、巴金、曹禺、萧乾、张爱玲，分为四辑。在制作过程中，编导人员到过中国大陆、亚洲、欧洲、美洲、南洋各地去探访作家本人、亲友、门生或故旧，其中冰心、巴金、曹禺、萧乾均录下其本人容貌。

10 日，由台湾"中山大学"中文系、外文系、田园基金会合办的"西台湾艺营"，自本日起共举办四天，分小说、散文、诗三组，由钟玲、叶石涛、钟铁民等担任授课老师。

14 日，由台湾新闻报举办的第四届西子湾副刊年度最佳作家颁奖典礼，假该报二楼会议室举行。其中散文组一奖得主陈秋见、二奖得主洪博学、三奖得主黄声远，佳作为庄文松、钟顺文、王盛弘。

8 月

15 日,由台湾省新闻处及联合报系联合文学杂志合办的"台湾省第十二届巡回文艺营",分为两梯次进行。第一梯次于十五日假嘉义中正大学举办为期四天三夜的活动、讲习内容主要为诗、散文、小说、新闻、电影五组,各组均采理论和写作实物并重的方式。

20 日,由台湾省教育厅举办的 1996 学年度台湾高中人文及社会科学文艺研习营,假省立台东高中,进行三天两夜的活动。讲习的课程有台湾乡土文学发展、新诗创作和欣赏、小说创作及欣赏、散文创作及欣赏、现代文学的发展、写作与投稿、文学与人生等;讲师有林韵梅、向明、张启疆、黄临甄、吴当、林贵真、亮轩等。

9 月

16 日,第八届台湾联合报文学奖暨吴鲁芹散文奖揭晓:其中散文奖得主第一名为柯嘉智《答问》、第二名陈建志《万宝堂之火》、第三名郑立明《书个一》、张启疆《安宁病房》。吴鲁芹散文奖得主黄碧端,作品《期待一个城市》。

10 月

6 日,台湾"中国文艺协会"于道藩厅举办会员新书发表会,参与的作家与发表的新书包括:郑向恒散文《江山万里》、王晓寒散文《惜福、惜缘》等,并请多位作家及诗人担任评介人。

16 日,东吴大学中文系假外双溪校区国际会议厅,邀请张曼娟发表学术论文《三毛撒哈拉游记文学之艺术风格》,由王国良主持,何寄澎讲评。

台湾"中山大学"设通识讲座,每月均有名家主持。今日特邀余秋雨做两场讲演。讲题为"普通读者与专业读者——略述集中精读的方法"及"谈诗与散文——并朗诵中英文作品"。

29 日,由台湾英文杂志社和"中国儿童文学学会"主办的"第四届陈国政儿童文学奖",得奖儿童散文作家有林芳萍、张嘉、赖西安、张展容等人。

30 日，台湾"中华文艺新传奖"名单公布，共有海内外华人二十人获奖，文艺奖得主为林清玄与郭超凡。

11 月

1 日，旅美作家林太乙于台北市远东远企中心发表她的传记书《林家次女》，书中描述他受父亲林语堂影响的童年时光，点出幽默大师不平凡的教育妙论。

11 日，台湾"中山学术文化基金会"1996 年度学术著作、文艺创作和博士论文奖颁奖典礼于台湾图书馆举行，由基金董事长刘真主持，谢东闵、许水德等人颁奖，文艺创作奖得奖者是：杨锦郁、高大鹏、林进忠、林荣森。

本月，台湾师范大学人文教育研究中心，邀请柏杨为秋季人文讲席之驻校作家，在柏杨驻校的一个月中，安排两次专题演讲，题目分别为"文学 EQ"和"从宋七力的神功到资治通鉴"。

12 月

1 日，第十八届台湾联合文学奖暨第十三届吴鲁芹散文奖增奖典礼，假联合报员工休假中心"南园"举行。

20 日，应台湾历史博物馆的邀请，大陆学者余秋雨来台访问一个月，他以散文《文化苦旅》、《山居笔记》在文坛享有盛名。

23 日，台湾联合报读书人周报刊出"一九九六读书人最佳书奖揭晓特刊"，共分为文学类、非文学类、童书类，文学类获奖者为张大春《撒谎的信徒》、邱妙津《蒙马特遗书》、杨牧《午夜之鹰》、简媜《女儿红》、黄碧端《期待一个城市》、余光中《井然有序》、廖鸿基《讨海人》、吴继文《世纪末少年爱读本》、亨利·梭罗《种子的信仰》、王安忆《纪实与虚构》。赠书典礼暨酒会 30 日于诚品敦南店举行。

1997 年台湾散文大事记

1 月

10 日,台湾省第十二届巡回文艺营于联合报第二大楼举行颁奖典礼。奖项共分四项:小说奖、散文奖、诗奖、报导文学奖。得奖者有柯嘉智、赖佳琦、李国生等。

11 日,第十九届台湾时报文学奖得奖名单揭晓:其中包括,推荐奖:杨南郡;施叔青。散文类:首奖——张启疆;评审奖——王威智;报导文学类:首奖——林云阁;评审奖——杨树清、张焕宇、曾吉贤。由文建会主办民生报与高雄大众电台承办的"书香满宝岛——读书经验大家谈座谈会",假高雄亚太国际会议中心举行,受邀参与座谈者有江绮雯、张明永、周梅春与周春娣等。

15 日,第九届台湾"中央日报"文学奖揭晓:其中包括散文类:第一名子询;第二名陈大为;第三名张瀛太。评审奖:阿苍、钟正道。

19 日,蒋勋出版新书《岛屿独白》,于诚品敦南店发表并演讲。本书汇录作者在报纸副刊上的专栏,共五十篇。本书并获第十四届吴鲁芹散文奖,年底在中时及联合两报好书票选活动中皆入选。

21 日,中副为纪念徐志摩百岁冥诞,特别制作专辑。刊登文章包括赵毅衡《徐志摩创造了剑桥》、孙琴安《元配与红颜知己》、莫渝《访徐志摩故居》等。

25 日,"林燿德与新世代作家研讨会"一连三日,于师大国际会议厅举行,研讨会由台湾"中国青年写作协会"主办,旨在纪念青年作家林燿德逝世周年。

本月,《联合文学》147 期刊出了"恍如南朝——蒋勋小说·散文·诗书画专辑",于"笔阵"专栏中,刊出张大春《一个词在时间中的奇遇———则小说的本体论》一文。

《国文天地》140 期"现代文学"专栏,杨昌年介绍鲁迅散文、林春美谈近十年来马华文学的中国情结;"大专文学社团"介绍政大长廊诗社;"大陆焦点学人"介绍张培恒。

大陆作家余秋雨二度访台,停留月余,演讲二十场,掀起"余秋雨文化旋风",演讲场地由北自南,遍及花东,讲题范围广泛,如"五四以来的中国文化人格"、"旅行与文学"、"写作者的十字架"等。

2月

15日,去年2月不敌先天性血友病去世的蔡宏达,以28岁英年离开人世,但他生前热爱绘画、诗和小说创作。即日起至2月27日他的纪念画展暨诗、文、小说发表会于新台北艺术联谊会举行,他身后留下日记23本、诗、文、小说约50篇,版画近百幅。

27日,台湾文建会主办民生报承办的"书香满宝岛"活动,穿过重重高墙,传送到彰化监狱。请到政大历史系副教授散文作家吴鸣、报导文学作家林云阁、省立台中图书馆教育中心主任江映松、七七读书会前会长陈人孝等与受刑人畅谈读书乐趣与经验。

本月《国文天地》141期,"现代文学"专栏陈鹏翔谈新生代诗人、杨昌年介绍周作人的散文、钟怡雯谈余秋雨散文的故事策略;"大专文学社团"介绍台大诗文学社;"大陆焦点学人"介绍杨义。

3月

14日,台湾"新闻局"、文讯杂志社、成大中文系、成大台南市校友会、成大中文系友会及校友联络中心等,共同于天下饭店为苏雪林教授101岁华延暖寿。22日,政大中文系及苏雪林学术文化基金会在成大文学院举办人文讲座系列"人文VS科学"座谈会。30日,即苏教授农历寿诞,其学生、朋友及大陆文艺界人士在住处为其庆生。台南市立文化中心则于4月1日举办一场祝寿会。

15日,台湾联副推出"淡水捷运线的故事"专栏,邀请了丘秀芷、隐地、林贵真、纪大伟、雷骧、刘叔慧、梁正居、履疆、罗叶、刘季陵、蔡秀女、蔡素芬、罗任玲、陶礼君、张启疆、陈郁、汪用和、赵卫民、王明嘉、孙梓评等多位作家试乘捷连的感受,以极短篇的方式为都市文明谱写记录。

18日,台湾省文艺作家协会创办人兼名誉理事长李升如于2月15日去世,享年 87 岁,今假台北市第一殡仪馆举行告别式。李升如 1932 年开始发表作品,曾获文建会颁奖"文艺之光"纪念奖牌。着有散文《征尘》、《泪浪集》等;诗作有《旭日》、《时代魂》、《复国吟》等。

20 日,台湾"中国儿童文学学会"、民生报、国语日报主办的 1996 年年度最佳少年儿童读物入选名单揭晓,童话最佳奖为《妖怪森林》,诗歌最佳奖为《少年阿田恩仇录》,散文最佳奖为《阿公的八角风筝》。

本月《国文天地》142 期,"现代文学"专栏杨昌年介绍 90 年代五位散文新锐、杨小滨介绍大陆小说家徐晓鹤;"大专文学社团"介绍华冈诗社;"大陆焦点学人"介绍杨海明。

第三届"府城文学奖"揭晓,其中包括:散文——正奖得主庄永清、二奖得主颜忠贤、佳作得主周淑贞、井洁。特殊贡献奖得主为成大历史系教授林瑞明。

4 月

6 日,文殊院写作协会举办"女性文学"写作班,邀请平路、苏芊玲、梁寒衣、凌拂、杨丽玲、纪大伟、赵彦宁、郑至慧、颜艾玲与吴玛琳等,分别就女性主义理论、写作演练、性别论述、作品阅读开设课程,并针对小说、散文、新诗与艺术举行专题讲座,即日起至 6 月份为止。

第二届桃园县散文创作奖征文,收稿一百余件,桃园文化中心邀请作家阿盛、焦桐、应平书、张启疆、陈义芝于该中心会议厅公开决审;黄克全、曹昌廉、邓荣坤,分获一、二、三名。另有卢永山、陈孝慧、陈桂育、黄玉娇等 12 名获佳作奖。

5 月

2 日,文讯杂志社展开"五四探望资深作家"活动,由文工会主任蔡璧煌领军,探视失明作家梅逊及黄得时、陈纪滢、郭晋秀、李牧、陈火泉等资深作家。

台湾省文艺作家协会主办的第廿届中兴文艺奖章,得奖名单揭晓,共 25 人得奖,其中,散文奖为林明德;报导文学奖为叶志云。该协会于 5 月 3 日假台中市议会三楼礼堂举行颁奖典礼。

3日,台湾联合报系泰国世界日报即日起在曼谷国宾大饭店举行"第二届泰华文艺营",邀请台湾知名作家演讲,陈若曦讲小说、向明讲诗、郝誉翔讲散文、孙如陵讲写作与投稿,并与泰国作家座谈,会议期间,泰国世界日报《湄南河副刊》刊登与会作家作品。

10日,九歌文教基金会假台湾师范大学综合大楼国际会议厅举行"台湾现代散文研讨会",议程两天共发表十篇论文,及安排两场散文的座谈会。

22日,资深作家陈纪滢病逝,享年91岁。陈氏为台湾"中国文艺协会"荣誉理事长,《大公报》副刊主编。著有小说、散文、论述等四十余种。5月25日于林森北路中山长老教会,举行追思礼拜。

24日,台湾"中国青年写作协会"第三届散文创作班开课,全期十二周,每周六下午于台北基督教女青年会举办,邀请数十位学者作家担任讲座,26日,由台湾"中央日报"与明道文艺联合主办的"第十五届全国学生文学奖"揭晓,其中:大专散文组——第一名徐金财、第二名李晓雯、第三名梁金群、第四名刘序昭,佳作陈春美、刘照明、林思涵;高中散文组——第一名陈宇盈,第二名黄咏靖、潘妙宜,第三名刘宜佩、陈威泛、李韵婕,第四名李欣宴、萧惠文、简乃秋、吴芷颖,佳作卢焕文、林璧怡、陈婉萍、刘亮廷、陈韦任、胡君兰、黄榆钧、王一樵、赵励励、罗怡绫。

本月《幼狮文艺》521期"主题人物"为杨牧,刊出杨牧《裂痕》、陈祖彦《"文学的代言人"或是"文学的预言者"——生命论述在花莲转折的杨牧》以及王鸿卿《缅怀国度里的杨牧——兼谈杨牧近作〈亭午之鹰〉》、《下一次假如你去旧金山》、《叶慈诗选》、《徐志摩散文选》等多篇文字。

第九届杨唤儿童文学奖揭晓,由住在昆明的吴然以《我的小马》(民生报出版)儿童散文集独占鳌头。特殊贡献奖赠与上海溶溶,表彰他在儿童诗创作及翻译的贡献。

6月

1日,由新竹文化中心首次举办的"1997年竹堑文学奖",今天于该中心举行颁奖。该中心出版的《陈秀喜全集》十册,同时举行新书发表会。本次"竹堑文学奖"散文奖得主为:首奖连瑞枝;二奖蔡佩吉;佳作梁伯嵩、李志强。报导文学奖——胡远智、周增祥。

台湾"中华航空公司"与"中国时报"人间副刊联合主办的第一届"华航旅行文学奖"得奖名单揭晓:首奖——舒国治;优等——钟怡雯;佳作——柯裕棻、刘名崇、彭仕宜。

3日,耕莘暑期写作班,即日起至6月19日举行,本届主题为"文艺心灵的秘密花园",分散文、小说、报导文学、漫画、电影五组,同时另有两天一夜的文艺营、仲夏演唱、咖啡座谈、漫画喜宴、征文竞写等各项活动,分别由阿盛、欧银钏、张典婉、尤侠、王亚维任道师。

本月《国文天地》145期,张堂锜撰《现代散文的新趋向》,"大专文学社团"介绍淡江大学拓诗社,"大陆焦点学人"介绍周汝昌。

《1996年台湾文学年鉴》出版,策划者是文建会,由"文讯"编纂、印刷完成。年鉴分概述与资料两大部分,概述部分:一、"创作现象",分诗、散文、小说三篇;二、"传播、评论和教研",包括文学传播现象、古典文学、现代文学、外国文学与比较文学、文学创作教学等五篇。分别由张默、陈信元、保真、孟樊、张双英、许俊雅、吴潜诚执笔。资料部分:记事、人物、作品、名录。《年鉴》总策划李瑞腾在6月23日联合报的读书人周报上,为年鉴的出刊撰有专文为《文学刻画历史年轮——一个梦想的完成》,文中对台湾出版年鉴的情况,以及《1996年台湾文学年鉴》编纂经过详加介绍,并提出其长远的期许。

7 月

6日,台湾"中国文艺协会"举行新书发表会,由应未迟主持,发表新书及作品有:诗人云飞的史诗《大时代交响曲》、黄文范的散文《万古卢沟桥》、张放长篇小说《与山有约》。并邀请小说家无名氏讲评。

27日,港都文艺学会假高雄文化中心至善厅,邀请作家阿盛演讲,讲题为"战后台湾散文发展现状",此为1997年度"圆一个作家的梦系列讲座"第一场。接下来几场,分别为8月15日张启疆讲"文学的真实性与虚构性";9月10日张德本歌咏"有声诗歌朗诵";10月15日焦桐讲"新诗创作";11月27日钟顺文讲"迈向写诗之路";12月9日,王家祥讲"台湾名称之由来"。

《幼狮文化》523期,主题人物为简媜,由林素芬专访简媜,并刊简媜《牵着时间去散步》。

8 月

6 日，文化大学新闻暨传播学院院长马骥伸新书《人生三重奏》收十辑百篇小品，与作家陈幸蕙的《乐在婚姻》一书于诚品敦南店共同举行新书发表会，由曾昭旭主持、黄肇珩讲评。二书皆由九歌出版社出版。

14 日，第十三届台湾省巡回文艺营于淡江大学举行，共有六百多名学员参加；第二梯次于 8 月 21 日在花莲东华大学举行。课程分为小说、散文、诗、新闻报导、电影等五组，并聘请沈怡、黄美惠、东年、杨照、蔡素芬、苏伟贞、吴鸣、蔡诗萍、沈花末、陈黎、王亚维、王玮、周旭薇、卢非易等担任各组指导教师。

15 日，财团法人吴三连台湾史料基金会主办的"盐乡有约"第十九届盐分地带文艺营，今日起举行五天。课程包括文学艺术专题讲座、吴新荣专题、小说、散文、诗、文学评论分组座谈等。讲师包括叶石涛、羊子乔、吕兴昌、龚显宗等。

本月《台湾新文学》杂志社主办的"第二届王世勋文学新人奖"得奖名单揭晓。小说奖首奖两名：吴菀菱、陈来兴；散文奖首奖一名：王盛弘；新诗首奖两名：吴锡和、杨念德；评论奖首奖一名：石弘毅。

9 月

13 日，作家龙应台发表新书《我的不安》，她在演讲会上剖白个人思想，也与读者回顾走过的岁月。此书由时报公司出版，结集 1996 年在两岸报刊及德国发表于专栏的文字。另外时报公司替龙应台新出版"龙应台作品集"书系，有她过去的作品《人在欧洲》、《看世纪末向你走来》、《干杯吧，托玛斯曼》等。

14 日，席慕蓉、龙应台、蒋勋、舒国治和杨泽等人赴上海与《文汇报》副刊进行交流，另拜访文坛耆宿柯灵并寻访张爱玲故居。

16 日，第十九届"联合报文学奖"得奖名单揭晓，共十九人得奖，总奖金达一百七十四万元，其中包括散文类——第一名钟怡雯；第二名郑景中；第三名邱惠珠。

25 日，编剧家徐天荣教授应台湾"中国文艺协会"之邀，担任"新闻局"协办之"编剧研究班"班主任。课程内容除有徐教授主讲五十四小时的编剧学之外,另请作家黄建业、刘立行、贡敏、李行、痖弦、陈梅靖、谢鹏雄、姜龙昭、姚庆康等授课,辅以小说、诗歌、散文、导演等相关创作之统合。

28 日,由《台湾新文学》杂志社主办的"第二届王世勋文学新人奖"揭晓,其中包括散文类得主:王盛弘、陈志铭、杨照阳今日假台中市议会大礼堂举行颁奖典礼。

台南县立文化中心举办的第五届"南瀛文学奖"得奖名单揭晓:其中包括散文类——第一名吴念融、第二名王承志、佳作庄永清、林幸璇、王展舒。

10 月

2 日,第二十届台湾时报文学奖揭晓,其中包括推荐奖:舞鹤(陈国城)。甄选奖:散文奖——首奖钟怡雯;评审奖简捷。报导文学奖——首奖王诚之;评审奖凌拂。

10 日,著名诗人、台湾"中央日报"副总编辑兼副刊中心主任梅新,下午于台北荣民总医院病逝,享年60 岁。梅新本名章益新,1933 年12 月22 日生,浙江缙云人,早年随军队从大陆来台,文化大学新闻系毕业,曾参加纪弦"现代派"、"创世纪诗社"等,并曾任联合报编辑、台湾时报副刊主编、正中书局编审组长、《国文天地》杂志社长,长期担任《现代诗》季刊策划人,着有诗集《再生的树》、《椅子》、《家乡的女人》。另有散文《正人君子的闲话》等。

本月《国文天地》149 期出专文《从〈学术论文写作指引〉谈中文学界的论文规范》,"大陆焦点学人"介绍钱理群,"大专文学社团"介绍文化大学自闭儿诗社,"现代文学名家的第二代"介绍叶圣陶的儿女。

第五届陈国政儿童文学奖得奖名单揭晓,图画故事类——优选奖:杨雅惠、黄淑华、刘晓蕙和温孟威;新人奖:潘惠玫。儿童散文类——首奖陈素宜;优选奖:林玫伶;佳作奖:吴源戊、赵映雪;新人奖:杨鸿铭。

11 月

1 日,由马来西亚星洲日报主办的"第四届花踪文学奖"公布得奖名单,陈大为、钟怡雯分获诗与散文推荐奖,台湾"中山大学"学生刘艺婉获新秀奖。"世界华人小说奖"部分,则由香港小说家黄碧云获得。

8 日，由钟理合之子钟铁民与钟铁钧整理玩车的《钟理合全集》面世，由高雄县立文化中心发行，全集共分六册，集一是十七篇短篇小说；集二收录十一篇小说及《大武山登山记》；集三为短篇小说、散文及未完成稿计三十二篇；集四为长篇小说《笠山农场》补上被删去的九、十两章；集五为日记，集六为书简杂记。

9 日，"第十九届联合文学小说新人奖"假凯悦饭店举行颁奖典礼，得奖者为李依倩、黄国峻、谢昭华、苏德轩、郭令权、林彬懋等六人。其中黄国峻为黄春明之子，会场因由黄春明亲自将奖项颁给儿子，而备显动人。同时也颁发第十九届联合报文学奖，其中得奖者有：散文——钟怡雯、郑景中、邱惠珠；报导文学——杨树清、丁曙、林福岳。

11 日，1997 年中山学术著作、文艺创作暨博士论文颁奖典礼，于台湾图书馆举行。文艺创作得奖为：散文——徐佳士、杨蔚龄；小说——魏子云。

12 日，《林海音作品全集》在大陆出版，作品由中国现代文学馆学者傅光明编选，共分五卷，长达一百五十万字，由浙江文艺出版社出版。

14 日，第二十届吴三连奖举行颁奖典礼，文学奖散文类得主为张晓风、国画类为陈牧雨、音乐类为李泰祥、人文社会科学教学类得奖为詹栋梁。

17 日，台湾文建会、台湾"中华日报"及台湾"中国笔会"合办的第十届梁实秋文学奖得奖名单揭晓，共二十七人获奖。散文类：前三名依次为——唐捐、王威智、钟怡雯。佳作为张维中、陈毓芳、邓荣坤、樊雪春、吴均尧。

本月，北京新华书店公布新书畅销排行榜，台湾作家罗兰的作品《罗兰情话》（上下册）排名第六，意味着罗兰作品长期在大陆受欢迎的程度，1996 年 6 月天津社科院台湾研究所为罗兰举办作品研讨会。

12 月

12 日，由《人间副刊》主办的第二十届时报文学奖暨第十四届吴鲁芹散文奖赠奖酒会，假福华饭店"福华厅"举行。

第十届梁实秋文学奖假台北市来来饭店举行赠奖典礼。

16 日，由《人间副刊》和台湾"中华航空公司"合办的"第一届华航旅行文学奖"，十四位得奖者的精选作品结集出书，书名《困境在远方》由元尊文化出版。今举行新书发表会，并邀请作家席慕蓉、杨泽、罗智成、张国立座谈旅行文学。

31 日,台湾"中央日报"副刊制作"1997 作家的成绩单"专题,刊出 14 则;罗兰上大陆畅销书排行榜、张晓风获吴三连奖、黄永武趁暇整理清人杭州谚语诗、谢鹏雄忙着写专栏、隐地"诗心在,童心在",廖辉英关怀青少年问题、朱天文改写《海上花》再度与侯孝贤合作、严歌苓小说创作改编剧本并进、白灵卸下诗刊主编重担、管管这一年十分热闹、简宛主编儿童文学丛书、陈义芝工作创作皆丰收、路寒袖度过"忙翻"的一年,廖玉蕙有了自己的 Homepage。《联合文学》158 期的特辑为"回顾与再思:乡土文学论战二十年",刊出陈映真、施淑、吕正惠、林载爵的论文。并刊出台湾省第十三届巡回文艺创作奖其中包括,散文奖:首奖——许正平,佳作——陈泰桦、谢采秀、杨佳娴。报导文学奖(取三名)——简怡萍、张扬干、蔡淑芬。

金石堂推出"原住民文化探险"展,以平面出版品为主,包括小说、散文集、诗歌、传记、神话故事、摄影、报导、杂志约百种,分为"自然生活情报"、"自然环保"、"原住民文化"等三种主题。

1998 年台湾当代散文大事记

1 月

5 日,台湾"中央日报"副刊本日起连载龚华所辑《中副大事记》(1987 年至 1997 年)。

17 日,台湾国民党中央文化工作会,展开春节"探访作家"活动,本日由文工会主任黄丽卿与文讯杂志总编辑封德屏等人,前往刘侠住处探访,刘侠则准备一套即将出版的有声书《生命之歌》送给黄丽卿。陆续探访的对象,还包括视力严重衰退的资深作家杨乃藩、才动手术的诗人尹玲、中风后在家静养的前辈作家彭品光。

本月,作家张晓风有感于泰北少数民族读小学的儿童,因为物资缺乏,生活贫困,没有机会多读书,特别在报上为文呼吁捐字典到泰北。

金石堂公布台湾 1997 年文学类前 20 名畅销新书,中文创作部分为:光禹著《谁来教我爱》、戴晨志著《幽默高手 2》、李昂著《北港香炉人人插》、吴念真著《台湾念真情》、吴淡如著《其实还是很在意》、刘墉著《杀手正传》、玫瑰工作小组著《温馨小品 1》、周大观著《我还有一只脚》、刘轩著《why not 给自己一点自由》、张曼娟著《火宅之猫》、吴若权著《哪个男人不偷心》、小野著《春天底下三条虫》、侯文咏著《顽童三部曲》、吴若权著《爱在鱼水交欢时》、戴晨志著《风趣高手》、林清玄著《真正的爱》、吴淡如著《命运的同学会》以及玫瑰工作小组著《温馨小品 2》。

80 年代，龙应台在台湾造成旋风，这几年她的作品在大陆也成为焦点，引起广泛的注意与讨论。本年年初，上海《文汇报》副刊《笔会》颁发散文随笔奖向她致敬。由柯灵担任主任委员的评审团选出龙应台"上海男人"系列为第一届笔会文学奖的散文随笔得主。龙应台将奖金一万元人民币捐给江西一所中学的"笔会图书馆"。

2 月

9 日，台湾师范大学国文系教授缪天华因心脏衰竭，中午 12 时 10 分于中心诊所病逝，15 日举行公祭。他的旧文学造诣颇深，从他的小品文章里，随时可以看到古人诗文镕铸其中。

25 日，甫由国语日报退休的薇薇夫人，是早年最知名的"情感与婚姻"专栏作家，这次由探索文化出版首套有声书《做个热爱生命的女人》，用美好的声音，将感情、经验传播出去，让更多人感染热情。

刘侠头一次由圆神文化出版《生命之歌》有声书，一册书、十八卷卡带，从写作到录音完成，花了三年的时间，现在五十七岁的刘侠，在十二岁时罹患类风湿关节炎，从此与病魔无止境的搏斗，这本有声书充满她对生命的热情与深刻体悟。

作家卜宁（无名氏）继去年年底出版二本作品后，又推出《无名氏全集》第十一卷上下册，书名《抒情烟云》。上册是无名氏平生的爱情故事，下册辑作者各时期散文。

12 日，诚品书店即日起至 3 月 22 日举办系列周年庆活动，包括：开卷年度好书回顾展（全省诚品书店）、"开卷十年·菁华读本"等系列讲座（敦南店）、"天桥赏花去——天桥影像展"（站前店）、"史记里的故事"系列讲座（新竹店）、"南部文学相见欢"系列演讲（高雄汉神店）等。

文坛耆宿苏雪林在成功大学师生祝福下,欢度一百零三岁生日。成大中文系已开始整理苏雪林的全集,预计当苏雪林一百零四岁寿诞时出版日记部分。

31日,九歌创业二十周年,编选"台湾文学二十年集"系列,白灵主编《新诗二十家》、陈义芝主编《散文二十家》、平路主编《小说二十家》、李瑞腾主编《评论二十家》等四书。此外,重新印行梁实秋《雅舍散文》、吴鲁芹《瞎三话四集》、林以亮《更上一层楼》及张继高《必须赢的人》等当代文学名著四册,以显示文学传承之脉动。另由李瑞腾编《九歌二十年》,记录九歌出版社二十年经营的历程。新书发表会假台北来来大饭店举行。

本月,《国文天地》154期,大陆焦点学人介绍余秋雨;现代文学部分:杨昌年介绍徐纡的中篇小说、田应国撰《大陆当代文学(八):九十代散文的主体人格形象浅论》、奚密撰《台湾现代文学(十):台湾现代诗论战——再论"一场未完的革命"》。

第四届府城文学奖揭晓,其中包括(一)单篇部分:散文——正奖得主施俊州;二奖得主李进文;佳作许忠钦、林昱甫。(二)结集成册部分:正奖朱文明诗集《素描——一个建筑师的诗路历程》。(三)特殊贡献奖:许达然。

4月

11日,为纪念姚一苇先生逝世周年,台湾国立艺术学院举行"姚一苇先生纪念研讨会",在4月11日早上,首先播映陈傅与拍摄剪辑的"姚一苇传记影片",而后由许天治、焦桐、尉天骢、蒋维国、林国源、纪蔚然、陈傅与等人发表论文,展现姚一苇先生在诗、散文、剧作、文学评论等多面向的才情与成果。另外,从4月8日至15日在该校图书馆有"姚一苇先生生平著作特展"。

16日,资深作家林海音欢度八十大寿,家族亲友及艺文界的齐邦媛、余光中、林良、痖弦、潘人木、朱炎、罗兰、席慕蓉、邱秀芷、黄春明、季季、殷允凡、杨泽、陈义芝、桂文亚、隐地、姚宜瑛、叶步荣、蔡文甫、郝广才等数十位文友前来祝寿。

22日,由台湾文建会策划、台湾大学主办的台湾"第一届全国大专学生文学奖"得奖名单揭晓,其中包括散文组首奖杨惠椀,赠奖典礼于5月9日假台湾大学生活中心大礼堂举行。

长年与病痛结下不解之缘的作家杏林子，最近改变风格，在皇冠出版了一本探讨男女感情的《身边爱情故事》。

本月，欧阳子选了《文化苦旅》中的十篇写出评析，出版文学评论专书《跋涉山水历史间——赏读"文化苦旅"》，欧阳子现长居美国德州，1960年她参与了《现代文学》的创办，曾出版小说、散文集，70年代中所出版的文学评论专著《王谢堂前的燕子》是研析白先勇小说《台北人》的重要论述。

5月

3日，台湾省文艺作家协会假逢甲大学举行文艺节庆祝大会，并颁发第二十一届中与文艺奖章，获奖者为：文学理论奖林玫仪，文学评论奖龚显宗，译学奖王文颜，散文奖于模等。

台湾"中国文艺协会"公布第三十九届文艺奖章得奖名单，将于4日下午假环亚饭店举行颁奖典礼。今年的得奖名单中，有4位获得1998年荣誉文艺奖章，获得文艺奖章的共二十六位，涵盖各艺术类型，其中文学方面得奖人包括散文创作奖林少雯，报道文学家李玉屏等，文艺工作奖邱秀堂、赖益成，海外文艺李宗伦、孙淡宁、游蓬丹、叶莉莉等。

22日，文坛耆宿苏雪林以103岁的高龄，于5月22日起程返回睽违半世纪的老家安徽太平，并参加安徽大学创校70年校庆，29日返台。陪同苏教授前往的有成大中文系的唐亦男教授，以及美德养护之家董事长蔡明辉与护士曾淑贞。此次返乡先至安徽大学，她捐赠楚辞著作共200万字、传记《浮生九四》、旧诗《灯前诗草》、散文及画集作为贺礼，其他大学亦前来拜访。64岁的嗣子张卫，特地从黑龙江赶来会面。

30日，由台北市政府与台北市文化基金会共同主办的"第一届台北文学奖"，于5月30日在台北市市民广场音乐台举行颁奖典礼。典礼中有得奖作品片段朗诵，歌手演唱新诗谱成的歌曲，得奖者在地砖上留下创作的手印，将来将铺成一条"台北文学奖步道"。

本月，作家子敏将八本旧作交由麦田出版社公司重新改版出齐，金石堂书店也选择子敏作为6月的焦点作家，设置专辑，这八本书为《小太阳》、《月光下织绵》、《乡情》、《小方舟》、《和谐人生》、《丰富人生》、《陌生的引力》、《现代爸爸》等。

6 月

1 日，作家林清玄在沉潜一年后，以公开记者会发表他的第 107 本书《生命中的龙卷风》，这是自去年 6 月因婚变而停止一切活动后，第一次公开和读者面对面。

2 日，台湾"教育部"1997 年度文艺创作奖优秀名单揭晓，今日假台湾艺术教育馆举行颁奖，共计十一类六十四人获奖，散文组得奖者为第一名吴岱颖，第二名林美琴，第三名杨尹瑄，佳作陈大为、许琇祯、陈惠琬。

作家柏杨曾因案系狱，在绿岛囚禁多年。近年来，柏杨除了积极参与世界人权自由组织的活动外，并深切关切绿岛那片土地，希望能在那里筑立人权自由纪念碑，以反思一个时代的悲剧。今日下午 3 时，柏杨及画坛人士王信丰、张金玉、张颂仁等人于台北市仁爱路四段三零六号地下一楼汉雅轩演讲："由文学绘画关心台湾土地——从绿岛谈起"。

16 日，九歌文教基金会今日下午 2 时假福华大饭店举行"小说写作班结业"、"第六届现代儿童文学奖"、"年度散文奖"赠送典礼。

本月，联经出版公司出版《人与海——台湾海洋环境》，集合十九位作者，从科学、人文、艺术等不同角度，讨论海洋环境，提出问题，敲起警钟，希望为下一代留下一个干净的海。本书分成"潮来潮去"、"海是家"、"听海的呻吟"、"给海治病"等四个主题。

7 月

4 日，1998 竹堑文学奖颁奖典礼，于本日下午 2 时 30 分在新竹市文化中心四楼礼堂举行。同时并举办新竹文坛前辈张纯甫、林钟英的遗作集《张纯甫全集》、《梅鹤斋吟草》新书发布会。《张纯甫全集》共六册，主要的原稿由其子张子唐提供；另一部《梅鹤斋吟草》的内容是林钟英的毕生诗作集。此次文学奖共有十八人获奖，其中散文二奖陈广道、陈家如，佳作韩必晴、卢永山、叶焕顺。

6 日，耕莘暑期学作班即日起至 18 日，一连举行 13 天，共分散文、新诗、小说、歌词、大自然生态五组，班主任陈铭磻，副班主任陈谦、班道师阿盛、许悔之、罗位育、范俊逸、刘克襄。

本月，丰原市下南坑人张丽俊自 1896 年到 1937 年写成的"水竹居主人日记"27 册，由其后人张德懋提供给"中央研究院"，并与台中县政府共同出版。

澎湖鼎湾写作班受刑人作品集结成的《来自边缘的故事》由探索文化出版。欧银钏、张典婉、沈花末、吕则之等几位作家指导的澎湖鼎湾学作班，先后有 1000 多位学员参加，《来自边缘的故事》是从 5000 多篇书信和文章选出来的，收录 46 名受刑人的真实故事与作品。

8 月

5 日，罹患重度脑性麻痹的艺术工作者黄美廉，于 8 月 5 日出版自传式的散文集《心灵的颜色》，她以坚忍的毅力，在基督信仰和亲友关爱的支持下，克服生理障碍，从事美术创作，并赴美接受教育，在 1992 年取得洛杉矶加州州立大学艺术博士学位。她这本书所谈的是她的成长、求学及遭受困苦的经过。

13 日，由台湾省新闻处、联合文学合办的第十四届"台湾省巡回文艺营"，第一梯次于 8 月 13 日至 16 日在国立台北艺术学院，第二梯次于 8 月 20 日至 23 日在南投国立暨南国际大学，课程分为小说、散文、诗、影剧、新闻五组，讲习课程理论与实务并重。

15 日，由台湾"中华日报"与文建会合办的"文学与社会关怀"系列座谈从 8 月 15 日开始，共有 20 场。第一阶段先安排 10 场座谈，内容有亲子沟通问题、男女感情问题、对动物的关爱、人际的沟通、协调等，范围多样化，也展现出当代文学家的多种风貌。跟文学比较有关的有 11 月 21 日的"读书与阅读"讲座，由杨和平主持，黄昆岩、李瑞腾、爱亚主讲。

24 日，由台湾省政府文化处主办，省立台中图书馆承办的"第一届台湾省文学奖"征文，经初审和决审，共选出 34 篇得奖作品：散文类首奖王威智、评审奖张清志、杨永颖，优选吕政达、李志强、林思涵，另录取佳作陈俊志等 28 名。

"李江却台文学奖征文比赛"评审会公布评审结果，散文类作品方面入围者有郑雅怡、施丽香、陈金顺、丁凤珍、江秀凤、郑芳芳、张顺情、王淑秋、杨照阳及林明哲。

9 月

24 日,由台湾"中华航空公司"及台湾"中国时报"共同主办的第二届华航旅行文学奖,从一千一百四十七件作品中挑选出十五位得奖者,在今日于西华饭店三楼举行颁奖典礼。《汉声》文字编辑汤世铸,以《魔鬼·上帝·印地安——记伊瓜苏瀑布之旅》一文从高手云集的作品中获得首奖;画家林铨居以《旅行的地图——拉贾斯坦之梦旅》一文,获优等奖。获佳作奖有钟怡雯、张惠菁、曹凡、郑宝娟、李怡芳;有八位获入围奖。

10 月

1 日,前台湾大华晚报发行人兼社长耿修业,于本日上午 9 时 28 分因急性心肌梗塞并发心因性休克,病逝于台北中心医院,享年 84 岁;13 日于台北第二殡仪馆举行公祭。耿修业生于 1915 年,中央政治学校大学部新闻系毕业,曾任职于中央社编译及南京中央日报,并以茹茵为笔名写方块文章,出版有《茹茵散文集》及《第一笔》等书。

5 日,第十一届梁实秋文学奖名单出炉,共有二十四人获奖,将于 11 月 7 日下午在来来大饭店金凤厅举行颁奖。

10 日,台湾副刊与晨星出版社联合举办"原住民文学月",今天是第一场,由瓦历斯·诺干谈"原住民文学本质性的问题"。第二场在 10 月 17 日,由拓拔斯谈"拓展原住民文学的视窗——从女性观点出发";第三场在 10 月 24 日,由莫那能谈"寻找土地的种籽";第四场在 10 月 31 日,由夏曼·蓝波安谈"冷海情深"。

17 日,由台湾财团法人春泉文教基金会与台湾新文学杂志社合办的"王世勋文学新人奖"揭晓,其中包括:散文首奖得主江冠明《跟着风往前走》,佳作岩心、张馨。

20 日,联合报文学奖揭晓,今年共有十六位得主,其中包括散文奖第一名唐捐,第二名简捷,第三名瓦历斯·诺干;吴鲁芹散文奖由周芬伶获得。

29 日,第三十四届台湾"国军文艺金像奖"文学类获奖名单揭晓,其中包括散文类金像奖柯志明、银像奖李忠孝、铜像奖丘树华。

31 日，由台湾新闻权益基金会与台湾自然生态教育基金会举办的"第一届生态文学暨报导奖"，下午 2 时于西华饭店举行颁奖典礼，会中除了运用多媒体呈现得奖作品外，也邀请文坛作家一同共襄盛举。奖项有童诗、新诗、散文、报导文学、照片、影片等，计有四十位作家得奖。其中散文组首奖从缺，新诗及报导文学的首奖是刘洪顺和浦忠成。

本月《千年之泪》出版十年后，齐邦媛才又出版新书《雾渐渐散的时候——台湾文学五十年》，这本评论集分为两卷，卷一汇有专题论文及大型编译计划导言十二篇，卷二则借十八篇散文及小说评介，勾勒现代台湾文学的不同风貌。

11 月

11 日，由台湾财团法人中山学术文化基金会主办的 1998 年度中山文艺创作奖、学术著作奖及博士论文奖，于台湾图书馆会议厅举行赠奖典礼。其中台湾师大附中教师郑明痕将十七年的教学心得写成《爱在蓝天》，获散文奖。

13 日，今天是吴三连先生的百岁冥诞，第二十一届吴三连奖颁奖典礼在国宾饭店举行。获报导文学奖是从事自然生态写作多年的徐仁修。

17 日，台湾省文化处主办的"第一届台湾省文学奖暨台湾省特殊优良文化艺术奖"颁奖典礼，下午在台中市中与堂举行，共有六十八人获奖。此次共有七百多件作品，作者年龄从 13 岁到 86 岁，实行了"全民写作"的宗旨。散文奖首奖王智威，评审奖张清志、杨久颖，优选吕政达、李志强、林思涵，佳作陈俊志等二十八人获奖。报道文学类首奖施锡政，评审奖余昭玟、李展平，优选白恣票、林少雯、林秀兰，佳作王正善等二十八人获奖。

本月由台南县立文化中心主办的第六届南瀛文学奖得奖名单揭晓，南瀛文学奖黄劲连；散文类第一名陈明雄，第二名黄肇阳，佳作翁月凤和许忠钦。

《幼狮文艺》539 期是"幼狮公司四十周年庆特别报道"，刊登由邱秀芷撰写的"两岸文化破冰之旅——优良文学杂志代表大陆访问记"及"青少年文学山水邀约"散文征文比赛决赛。

12 月

10 日,台湾时报出版公司为鹿桥举办《市尘居》新书发表会,此书集结了 20 年来的文稿,内容多是人文观察和生活观。鹿桥回顾了个人创作,形容《未央歌》是大女儿,虽朴素,但风度人品都好;而《人子》是聪明的二女儿,漂漂亮亮穿着花衣服,但所说的话未必每个人都懂;这本 20 年来的散文随笔《市尘居》,则像一门亲戚,可以告诉朋友们很多经验及对生活的看法。

20 日,赖国洲书房公布台湾"1998 十大读书新闻暨网路阅读话题",提供读者从览年度阅读趋势,包括一、《杨达全集》出版。二、台湾文学馆决定独立社馆。三、金庸小说热潮不断,并且被提升到学术层面开会研讨。四、台湾出版法废止。五、台湾学者赴北京参加"黄春明作品研讨会"。六、余光中七十大寿,发表新作、出版新书,并有多项活动。七、台湾成立首座漫画公共图书馆。八、饮食休憩出版品大量出现,反映出一股都市特有的消费文化。九、大陆知名作家莫言、苏童等九人,应邀来台参加研讨会。十、澎湖顶湾监狱受刑人出书。

本月,三毛已过世七年了,她的作品却仍然感动着一批又一批新生的读者,为使三毛遗下的手稿、画作留在台湾,在台湾文学馆筹备处的积极争取下,三毛的弟弟陈杰同意捐出三毛的遗物供文学馆收藏。目前已知三毛《我的宝贝》一书中所有收藏品、部分手稿、画作、衣服都将捐给台湾文学馆。

台湾作家在大陆甚受欢迎,他们的作品经由国际出版集团打入大陆市场,最近德国贝塔斯曼集团与台湾麦克公司、大陆汉霖版权代理公司共同签订作家林清玄的作品以简体字在大陆发行,双方签约五年,每年出版十二种书,首批十二种书于十二月下旬在大陆各大城市推出,林清玄是继薇薇夫人、李敖、刘墉、曹又方、梁琼白等人,又一位被贝塔斯曼集团签约在大陆出书的台湾作家。林清玄的"菩提系列"四年前经九歌出版社介绍到大陆,受到广大读者的喜爱,是大陆知名度很高的作家,这次三家版权公司联手为林清玄在大陆出书是出版界一件大事。

1999 年台湾当代散文大事记

1 月

1 日，由台湾文建会委托联合报副刊评选"台湾文学经典名著"，决审书单出炉，入选的三十本书中，散文类有梁实秋《雅舍小品》、陈之藩《剑河倒影》、杨牧《搜索者》、王鼎钧《开放的人生》、陈冠学《田园之秋》、琦君《烟愁》与简媜《女儿红》等七部。

6 日，由台湾观光局委托"中国妇女写作协会"举办的"观光文学奖征文比赛"，得奖名单揭晓：散文组第一名黄克全先生；第二名蔡富浓、杨沧池；第三名刘爱微、王良友；佳作王昌焕、黄玲玲、杨丽玲、吕洁音、潘郁琦、吴匀尧、郑宗弦、王玉如。

24 日，由澎湖县立文化中心办理的"第二届菊岛文学奖"揭晓，名单如下：大专组首奖赵启宏《海之子的乡愁》；优等陈文瑶《我在山里》；佳作杨丽春《澎湖双雀》、王圣贤《走过爱情》、钱弘捷《大海的女儿》。高中组方面，优等郑如舜《倾城之恋》；佳作严佳仪《故国神游，多情应笑我》、黄心慈《哀思》。社会组佳作王雀珠《沧海》、吴明喻《童年溶液》。

30 日，"第一届南投县文学奖"揭晓，得奖名单如下：散文奖陈素樱《清水溪谷岁月》；散文评审奖红中周《青山妩媚十六贴》。

2 月

第十一届台湾"中央日报"文学奖揭晓，散文组第一名邱稚亘《魔力拉环》；第二名张维中《空间密码》；第三名张瀛太《地上的流星》；评审奖马睿欣《伤疤传》、李志强《游牧者》、纪大伟《蚊帐》。

3 月

"竹堑文学奖"名单揭晓，散文首奖从缺；二奖得主张芳慈、官佳筠；佳作李志强、彭渊灿、刘得京。

15 日,第一届花莲文学奖揭晓,得奖名单如下:花莲文学特别奖优等林翠华《致锦帆》、钟亦琳《花莲岁月》;评审奖张兰石《石头记》、王威智《回首》。散文组首奖蔡逸君《情景》;评审奖刘维茵《另一边的另一边》、廖历慎《十一月的每一天》;优选庄秀峰《在月台转弯》、张辉诚《乎红龟仔捡到》。

22 日,由《基督论坛报》举办的"第四届雅歌文学奖"揭晓,散文奖优选三名:马睿欣《追逐贫穷的一生》、李欣怡《日子》、张一萍《声音》。佳作两名:苏绚慧《拯救者》、童贵珊《蝴蝶觉醒时》。

4 月

10 日,苏雪林百龄晋四华诞,成功大学在成大医院为苏雪林教授举办一场生日会,并以新出版的《苏雪林作品集·日记卷》十五大册作为生日贺礼。

台中市立文化中心举办的"大墩文学奖创作比赛"揭晓,散文组第一名洪惠燕《我和我的父亲》、《人生散曲》;第二名杨琼梅《公公做头七》、《歹竹不能出好笋?》;第三名林思兰《百杰老公》、《罗刹》。

台湾《人间副刊》与大爱电视台合作企划了《人生采访——当代作家印象》专辑,结合影像与文字,纪录当代 12 位台湾作家,其中散文家有余光中、张晓风、杨牧、林文月、龙应台等人。22 日首先推出余光中专辑。

5 月

2 日,台湾中兴文艺奖章揭晓,散文奖由廖玉蕙的《妩媚》获得。

4 日,由文讯杂志社主办的第二届五四奖举行颁奖典礼,其中青年文学奖由散文家王家祥获得。

4 日,台湾"中国文艺协会"主办的文艺奖章举行颁奖典礼,散文创作奖由郑贞铭获得。

15 日,第二届台北文学奖揭晓,散文奖首奖得主林铨居,评审奖邱惠珠、张惠菁、唐捐。全民写作奖,王秋蓉、王碧霞、李咏青、吴均尧、吴筱涵、许正平、杨佳娴、葛大为、郑守福、薛良媛。

20 日,台湾省籍作家陈火泉先生因肾脏病引发并发症,病逝于台北万方医院,享年92岁。其散文名著有《悠悠人生路》、《青春之泉》、《个性的发挥》等,合称人生三书。

21日至23日,由台湾文建会主办,辅大外语学院、人间副刊合办的"饮食文学国际研讨会"在台湾图书馆会议厅举行。

22日,由台湾"中央日报"、明道文艺合办的"第十七届全国学生文学奖"揭晓,得奖名单如下:散文组第一至四名为吴岱颖、杨佳娴卢友伟、王琼涓;佳作得主陈婉菁、陈春美、郑雅文。高中散文组第一名王湘仪;第二名张荣仁、吴昌政;第三名曹琮琇、黄得恩、李韵婕;第四名白品键、陈奕君、赖逸娟、施佩宜;佳作王琬柔、李柏青、谢卓伦、傅家庆、赖向晶、陈信安、林杰儿、林侑青、江凌青、蔡慧君。

22日,台湾"行政院"文建会委托爱盲文教基金会承办的"用爱织情——第二届全国身心障碍者文艺奖",举行颁奖典礼,得奖名单如下:散文组第一名王秋蓉《并枕怜柔》;第二名黄文成《再看一次海王子隐隐的幽光》;第三名黄招荣《大爱——梵而不悔》;佳作许林《穿过孤雨的人》、苏义称《钓狂之歌》、何进益《企鹅爸爸的孩子日记》、糖果《记得一种腔调》、南照《陪我一段》;入围谢鸿文《水畔行吟》。

屏东县大武山文学奖揭晓,散文奖第一名郭汉民《重量》;第二名李佳倩《母女情缘》;第三名陈玉贤《年过半百看教改》;佳作黄庆祥《种番薯食番薯》、岑澎维《风河》、陈秀容《生活札记》。

泰山文化基金会与联合文学共同策划的"蒋动讲心"全省巡回演讲,31日起,在台北、台南、彰化举行系列讲座。

6月

台湾"国科"委托中兴大学外文系教授董崇选主持"电子媒体对文学创作的影响"研究计划,并于6日举办"网路文学座谈会",邀集作家与学者共同探讨网路文学的定义与发展。

11日,"苗栗县第二届梦花文学奖"举行颁奖典礼。散文类首奖李崇建,优等奖连晖慈、吴秀徐,佳作奖谢苍松、刘嘉琪、邓建朋。

第五届府城文学奖揭晓,得奖名单如下:散文类正奖蔡雪花;二奖得主王裕庭;佳作许忠钦、储诚芬。

7 月

由台北师院语教系副教授浦忠成、作家夏曼·蓝波安及瓦历斯·诺干等人发起的《原住民文学奖季刊》自七月中旬正式出刊。

10 日,台湾财团法人辜公亮文教基金会假台北市台泥大楼举行《严复合集》新书发表会。

8 月

苏雪林先生于今年 4 月 21 日病逝,成大中文系师生遵其遗愿,在本月 20 日护送骨灰归葬安徽黄山市故里。

9 月

龙应台于 4 日出任台北市政府参事,并兼任台北市文化局筹备处副召集人,着手规划即将于 11 月 6 日成立的文化局相关事宜。

由台湾"中国时报"与时报育乐公司合办的"旅行文学营"在 10 日结束,结业式中并颁发旅行文学奖。得奖名单如下:第一名李欣伦《湿季》;第二名刘吉纯《出走》;评审奖张清香《借情》、李尘涓《新天鹅堡之心》;优等奖雷源澎《旅行的乐趣和分子》、余雅慧《冬日的南半球》。

第二十一届联合报文学奖于 16 日揭晓,散文类第一名陈大为《木部十二划》,第二名钟文音《我的天可汗》;第三名李志薔《天暗啦,转来去烧香啰!》。

台南县南瀛文学创作奖揭晓,得奖名单如下:散文类第一名许忠钦《在雪山,我遇见鹿野忠雄》;第二名陈明雄《爱在饭暖茶香时》;佳作李庆章《与大自然有约》、王承志《刹时间》。另南瀛新人奖散文得主是郭梅霞《红瓦厝之歌》。

10 月

第二十二届台湾时报文学奖得奖名单揭晓,推荐奖由林文月《饮膳札记》获得,散文组得奖名单如下:首奖张瀛太《竖琴海域》,评审奖陈大为《从鬼》、钟怡雯《芝麻开门》。此外，余光中以《日不落家》获吴鲁芹散文奖。

11 月

7 日至 8 日，由文讯杂志社主办的第三届青年文学会议在台湾图书馆召开，发表《世纪末男性散文中的性别书写》等论文十篇。

12 日至 14 日，"文化、认同、社会变迁——战后五十年台湾文学国际学术研讨会"在台湾大学举行。与散文相关的论文，有何寄澎《当代台湾散文的蜕变》、郑明娳《散文与新诗的文类交集》、陈昌明的《人与土地——台湾自然写作与社会变迁》等。

第一届台中县文学奖揭晓，散文类得奖名单如下：陈淑容《花语·人语》、王怡仁《书桌及其他》、刘怡君《返乡手札》。

由台湾文建会与《联合文学》主办的"1999 年全国巡回文艺营创作奖"揭晓，散文首奖林蔚昀《我的强迫症及其他》；佳作张琼方《蓝与雨的双人舞》、李欣伦《梦土上》、许芳儒的《寄给你的旅途四色》。

高雄县第二届凤邑文学奖 27 日揭晓，散文类创作奖由刘菊英《天色渐渐光》获得；散文类新人奖第一名黄肇阳《春杀》；第二名傅正玲《下晡的日头》；佳作温任清《阳关三叠》、张慧玉《不屈的粽子》。

30 日，林清玄至台中炎区演讲"身心安顿·烦恼平息"，并赠送两千本《身心安顿》、《烦恼平息》。

12 月

由台北市政府主办，台湾"中国时报"人间副刊协办的"公车暨捷运诗文征选活动揭晓"，得奖名单如下：小品文首奖得主翁昭凯《缓慢》；优选汪正晟的《面子之后》、诚芬《拍背》；佳作林辉熊《礼金》、耶律宝《香味》、侑宇《公车图书馆》、廖薇华《捷运的味道》、陈德胜《小枕头与耳挖》；入选小两《旅行，在我们的城市里》、黄馨仪《236 公车》、夏霏栅容《再生纸》、张锦宜《公车上的足球赛》、江佳璐《爱的另一种模样》、廖尉岑《御批圣经》、周志美《暮色中的灵魂》、杨璐安《手机城的末日》、木容《群像》、牧野《公车是一条泅水的鱼》、杨佳娴《传染》、杨宗翰《第 20 路乐章》、李芸蝉《旅行是浪漫的移动》、刘致良

《我的会话课》、蔡智勇《黑色台北》、蔡怡芬《台北旅人》。

第二十届梁实秋文学奖揭晓，得奖名单如下：散文创作类第一名吕政达《九面埋伏》；第二名吴亿伟《迷路》；第三名罗任玲《雪色》；佳作吴文超《在时间里飞翔》、杨佳娴《衰旅》、陈建志《新肉体主义》、王盛弘《歌舞春风》、张素卿《模范之家》。

台湾联合报"读书人"1999 年最佳书奖于 27 日揭晓，散文作品得奖者有林文月《饮膳札记》、简媜《红婴仔》、龙应台《百年思索》、邱坤良《南方澳大戏院兴亡史》。

2000 年台湾当代散文大事记

1 月

4 日淡水真理大学颁赠第四届台湾文学家牛津奖给予王昶雄，由夫人书家林玉珠，其子王凌洋代表接受，当天举办王昶雄文学研讨会。

5 日台湾前辈作家王昶雄逝世，享年 85 岁。王昶雄是一位牙科医生，在日据时期写有《奔流》等小说，光复后与作曲家吕泉生合作，填词《阮若打开心内的门窗》，是白色恐怖时期蕴藉人心、最具代表性的闽南语歌曲。王昶雄的散文作品感情内敛用字精确，他晚年参加各项文学活动，对于青年进行文学创作总是给予热情的鼓励。

5 日，作家谢冰莹在美国旧金山病逝，享年 95 岁。

2 月

10 日，传记文学杂志社长刘绍唐病逝，享年 80 岁。刘绍唐自 1962 年创办传记文学杂志，该刊为民国史留存历史记忆，并出版诸多人物传记。

3 月

1 日，作家杏林子在联合报发表《张拓芜卖彩券》，引起媒体的争相报道，张拓芜是知名散文作家，曾获"国家文艺奖"（旧制）、"中山文艺奖"、"国军文艺奖"的张拓芜，以 73 岁高龄，身患高血压、糖尿病，寒凉冬季在市场贩卖彩券，令人不忍，台湾"新闻局长"赵怡 3 月 2 日前往其住家探视，致赠慰问金十万元，台北市文化局亦派人探望。

3 月 4 日是作家柏杨当年被捕入狱的日期，不知个人生辰的他就以这一天当做生日，远流出版公司与人权教育基金会曾为柏杨办 80 寿宴，也宣告《柏杨全集》出版。生日宴会上，柏杨在大陆的女儿女婿孙儿皆陪伴在旁，87 岁高龄的"中国原子科学之父"孙观汉、资深记者陆铿、难友施明德等人都出席这场盛会，柏杨发愿将这些友情化为文字，持续写作。

《柏杨全集》出版计划由台湾中央大学中文系教授李瑞胜担任主编，共计二十八册，首先出版散文卷杂文类第一册，1999 年在香港大学举办的柏杨研讨会论文集《柏杨的思想与文学》也同时问世，作为祝寿贺礼。

4 日，以《文化苦旅》一书在台拥有高知名度与高影响力的大陆作家余秋雨来台，参与台湾时报出版与文建会主办的"2002 全民阅读运动"，在台北市立图书馆总馆以"旅行，阅读"为题进行专题演讲，畅谈跨越千禧年期间他造访四大文明遗迹的感触与心得，该趟旅行写成书籍《千年一叹》。

香港散文家董桥散文集出版。董桥的作品在北京等大陆重要城市热销，他也成为知识分子喜爱的作家，甚至开启大陆"书话"、广义的文化批评与学者随笔文章的出版路线热潮，不过，董桥作品于台湾仅在 80 年代出版过《另外一种心情》、《这一代的事》、《跟中国的梦赛跑》、《辩证法的黄昏》，此后与台湾读者阔别多时。本月远流出版推出董桥作品集六册：《天气是文字的颜色》、《红了文化，绿了文明》、《竹雕笔筒辩证法》、《锻句练字是礼貌》、《给自己的笔进补》和《酒肉岁月太匆匆》。

5 月

6 日，涵括原住民族群十三种母语教材的《台湾南岛语言》系列书籍，由远流出版公司出版。

7 月

23 日,在叶荣钟百岁冥诞前,家属与晨星出版公司宣布将在两年内出齐十二卷的叶荣钟全集,叶荣钟女儿叶芸芸担任主编,当天首先发表《日据下台湾政治社会运动史》、《台湾人物群像史》、《日据下台湾大年表》,台湾“国家文艺基金会”曾辅助全集出版经费有 250 万元。

10 月

作家林海音女儿夏祖丽执笔的林海音传《从城南走来》由天下文化出版,夏祖丽耗时一年收集资料笔耕写成,长达二十三万字。唯林海音高龄入院,夫婿作家何凡则亲自出席新书发布会。

25 日,夏祖丽与其兄夏烈、出版《林海音文集》的格林文化总编辑郝广才出席北京中国现代文学馆举办的“林海音作品研讨会”。

2001 年台湾当代散文大事记

1 月

4 日,皇冠文化集团与三毛的家人联合举办“三毛逝世十周年纪念追思会”,并发表新书《我的灵魂骑在纸背上——三毛的书信札与私相簿》,刊出三毛生前未公开的书信和影像,提供重新认识这位谜样作家的资料。

2 月

6 日,台湾“中央日报”颁发“第十三届中央日报文学奖”、评选“出版与阅读 2000 年十大好书榜”。

9 日,台东后山文化工作协会主办的“第三届后山文艺营”于 2 月 9 日到 11 日举行。课程有诗、散文、小说,由张香华、李瑞腾、东年、李元贞等人主讲。

10 日,《传记文学》创办人刘绍唐的周年忌日,《新开天地》创办人卜少夫逝世百日,政、学、艺文界人士举办追思茶会。

27 日,主张"喙讲父母话,手写台湾文"的《海翁台语文学杂志》创刊,收录闽南语现代诗、散文、小说、囡仔诗以及评论等,总编辑为黄劲连。

28 日,由许雪姬主编、台湾"中央研究院"出版的林献堂《灌园先生日记》面世。这部日记始于 1927 年,止于 1955 年,中缺 1928 年、1936 年,整部日记共有 27 册,跨越日治、战后两个时代,被台湾史研究者认为是"台湾最珍贵的私人资料"。

3 月

6 日,前台湾"清华大学"校长沈君山及其夫人散文家曾丽华同时发表散文选集《浮生三记》和《旅途冰凉》。

7 日,"第二届中华汽车原住民文学奖"开始征件。征集范围有短篇小说、散文、诗歌等文类,今年新增"报导文学奖",并首创"文艺贡献奖",向原住民文学影响或发展有特殊贡献者致敬。

15 日,九歌"年度文学奖"出炉。2000 年度小说奖、散文奖之得奖人和作品分别是平路的《血色乡关》和颜昆阳的《窥梦人》。

26 日,为纪念已故幽默大师林语堂逝世 25 周年,台北市图书馆与所属的林语堂先生纪念图书馆举办座谈会。

4 月

1 日,台湾"行政院"文化建设委员会主办之"文荟奖·第四届全国身心障碍者文艺奖"开始受理投稿。计分短篇小说、散文、新诗、词曲创作、报导文学五组。

14 日,台大图书馆举行"林文月教授手稿资料展",展出台大中文系荣誉教授林文月的著作手稿、手绘图画仕女图、铅笔插画以及捐赠给台大的著作自藏本。

5 月

23 日,台湾"行政院"文化建设委员会主办的、高雄县政府承办的"第三届台湾文学奖"揭晓。散文类、报导文学类24 人获奖。阮庆岳、陈伟励分别获得散文、报导文学类首奖。

26 日,北美华文作家协会在纽约召开,琦君、郑愁予、夏志清、王鼎钧四位作家获颁赠"杰出会员"奖牌。

31 日,台湾"中国文艺协会"第四十二届文艺奖章揭晓,其中散文创作奖:王志诚(路寒袖);文学类获奖人分别是:文学类:张秀亚、钟肇政;文学工作类:蔡文甫。

6 月

7 日,科学家孙观汉 78 岁生日,作家柏杨及许素朱以编辑、出版《孙观汉全集第十三卷——书信集》为他庆生。

23 日,明道文艺、台湾"中央日报"主办的第十九届"全国学生文学奖"举行颁奖典礼,分大专小说、散文、新诗,高中散文、新诗等组。每组取前四名,另有佳作奖,获奖者共51 名。

29 日,女作家张秀亚于美国加州橙县医院辞世,享年83 岁。

7 月

14 日,彰化县第三届磺溪文学奖暨作家作品集入选作品颁奖,磺溪文学奖分为新诗、散文、小说三类,共有 19 位获奖者。

20 日,赖和文教基金会首次举办"大专生台湾文学营",此次主题定为"日治时期台湾文学",由成功大学台湾文学研究所负责规划课程,内容包括日治时期背景介绍、赖和研究、小说、散文、新诗、乡土文学论战、本土论述、左翼思想、"皇民文学"评述等等。

25 日,台湾"行政院"震灾灾后重建推动委员会委托台湾省政府举办九二一震灾灾后重建成果征文比赛,主题"奋力而行",分为散文、短篇、小说三类,开始征稿。

台湾"全国老残关怀协会"举办第一届"慈恩奖"征文活动,林文雄《我的母亲——阿甘姑仔》荣获第一名。

8 月

4 日,"第二届中华汽车原住民文学奖"颁发短篇小说、散文、诗歌和报导文学等奖项,今年增设的文艺贡献奖颁发给长期从事阿美族文化调查采集的黄贵潮。

9 日至 18 日,台湾"行政院"文化建设委员会、《联合文学》共同策划主办的"全国巡回文艺营",将巡回于关渡艺术学院与台南成功大学。台北的梯次开办小说、散文、新诗、新闻、电影、戏剧六组,台南的梯次开办小说、散文、新诗、影剧四组。

18 日,台北市文化局、联合报副刊、"中国文艺协会"合办第四届台北文学奖"街道书写"座谈会,于台北 fanc 书店艺文沙龙举行。邀请陈义芝主持,龚鹏程、张蕙菁、李昂出席座谈,主题为"老地方,好时光"。

9 月

16 日,第二十三届联合报文学奖揭晓,共分为短篇小说、散文、新诗及大众小说四类,共有 9 位作家获奖。

10 月

27 日,由台湾"行政院"文化建设委员会主办的"文荟奖——第四届全国身心障碍者文艺奖"得奖名单揭晓,共有黄文成等 6 人获奖。

11 月

9 日,第三十六届台湾中山学术文化奖得奖名单揭晓,此届文艺创作类中的小说类得主为陈若曦的《慧心莲》;散文类则由陈作锦《小人富斯滥矣》

获得。

15日,第二十四届"吴三连奖"举行颁奖典礼。其中文学奖散文类获奖者为许达然。

17日,台美基金会颁发人文科学奖给黄娟,社会服务奖给刘侠。

29日,"两岸文学杂志出版概况"座谈会,于台北市长官邸艺文沙龙举行。总部设在台湾的"世界华文作家协会"成立世界华文文学奖。分短篇小说、散文、诗歌、报导文学四类征文。

12 月

1日,作家林海音病逝,享年83岁。公视制作节目"永不熄灯的客厅"以为追念。郑顺娘文教公益基金会主办的第三届"绿川个人史文学奖"开始征文。内容以个人生涯史、传记形式为主,或以自身经历的社会事件、自然灾难与生态变故等为创作题材。

8日,台北市文化局举办怀念林海音座谈会。

22日,由台湾"行政院"文化建设委员会主办,台湾"中华日报"协办第十四届"梁实秋文学奖"得奖名单揭晓。散文创作类由胡淑雯等得奖;翻译类译诗组由曾志达等得奖;译文组由陈纯如等得奖。

27日,台湾"教育部"主办的文艺创作奖于台湾艺术教育馆举行颁奖典礼,奖项分为六大类,得奖人数众多。

2002 年台湾当代散文大事记

1 月

5日,"第二十届台湾时报文学奖"、"第十八届吴鲁芹散文奖"、"倪匡科幻奖"同时于台北市长官邸举行颁奖典礼。时报文学奖之推荐奖张贵兴;甄选奖短篇小说首奖从缺,二、三名为傅天余、高翊峰;散文奖吕政达、简隆全、李欣伦;新诗奖迟钝、纪小样及孙维民。吴鲁芹散文奖得主为钟怡雯。

11日,由金石堂书店主办票选2001年的台湾"年度出版纪事"公布,包括年度出版风云人物、年度十大出版新闻以及十本年度最具影响力的书。"年度出版风云人物"首奖颁给杂志人，由天下杂志发行人殷允芃与作家琦君获选。年度最具影响力的书则有《费曼的主张》、《破局而出》、《葛林史班传》、《看不见的新大陆》、《遣悲怀》、《富爸爸、穷爸爸》、《行者无疆》等书。

22日，台湾"行政院"文化建设委员会主办、台中县文化局承办"文学讲古——乡镇的故事"征文，评选出150篇结成册出版，取名《乡镇的故事》，以文学性、故事性、趣味性为特色。

2月

26日，台湾"中央日报"副刊举办"全国作家新春联谊茶会"，同时举办第十四届"中央日报"文学奖颁奖典礼。

3月

28日，九歌出版主办的台湾"年度文学奖"公布：其中诺贝尔文学奖评审、前瑞典皇家学院院士马悦然首度尝试中文写作的《报国寺》，获选为九歌"年度散文奖"得奖人。九歌年度散文奖20年来首度颁给外国人，马悦然从事中文作品翻译，出版著作有五十多本，过去他的读者主要在瑞典以及学术社群。他自去年开始在台湾的报章发表文章，以中文写作专栏散文，颇受瞩目，曾入选《文讯》杂志问卷调查十位最受读者欢迎的专栏作家。

31日，由台北市文化局主办的以台北街道为书写主题的第四届台北文学奖，于中山堂举行颁奖典礼。共有20位优秀选手赢得"街道书写"市民写作奖。另外，"文学年金"写作计划则由雷骧《大台北捷运观测描绘》、颜忠贤《台北学忧郁》获得。

《张文环全集》全八卷，含长、短篇小说五卷，随笔集二卷，文献集一卷，由台中县立文化中心出版，陈万益主编。

4月

20日，台湾"中央研究院"评议会票选出第二十四届"中央研究院"院士，李欧梵获选为人文及社会科学院组院士,是历年来罕见的以现代文学为钻研重点而当选的院士。

5月

4日,台湾"中国文艺协会"颁发第四十三届文艺奖,其中散文类蔡诗萍,并颁发荣誉文艺奖:文学类黄春明;文艺类皇冠出版社发行人平鑫涛;美术类画家陈慧坤;新闻类叶于模。

18日,杏林子从5月开始与远东广播公司合作,在空中对大陆听众传福音。九歌出版社在杏林子欢度六十花甲期间出版《名家名著选——杏林子卷·打破的古董》,别具意义,也是送给杏林子的一份生日礼物。

22日,彰化县文化局出版"矿溪文学第十辑(彰化县作家作品集)",其中包括散文《展翅》(洪丽玉),散文《放牛老师手札》(陈利成),儿童文学《好大的月亮》(陈瑞璧),儿童文学《北斗我的最爱》(蔡荣勇)。

6月

21日,南投县文学奖已举办三年,今年改名为"玉山文学奖"。"第一届玉山文学奖"获奖者有:文学贡献奖得主:向阳;散文组正奖:叶国居;评审奖:李崇建;佳作奖:陈玉钏、陈室如、李仪婷。

22日,台湾"中央日报"、明道文艺主办,台湾"行政院"文化建设委员会指导的台湾"第二十届全国学生文学奖"得奖名单出炉。大专散文组:第一名许荣哲,第二名吴文超,第三名张辉诚;佳作郑郁萌、吴亿伟、张琬琳;优选江凌青。高中散文组:第一名汤舒雯,第二名邱怡瑄,第三名李雨洁;佳作林佩蓉、邱熏莹、李则仪、詹于慧、洪雅音、许俐葳、林育伟、王振宇、黄诗闵、许翠芬。

7月

10日,去年(2001)辞世的作家张秀亚旅居美国的子女日前成立"张秀亚文学创作基金会",以鼓励青少年对文学的喜好与研究,促进东西方文学交流,设置大专院校的文学讲座,并编辑《张秀亚纪念文集》。

13 日，苗栗县第五届梦花文学奖散文类评审揭晓，首奖：《南国之境，国境之南》（罗仕龙），优等奖：《寂寞荒凉地》（林士兴），佳作奖：《赤脚司仪》（陈明雄）、《江山如画》（林惠苓）、《芭比新娘》（张轩哲）、《流光四月》（叶益青）。县籍作家张典婉设有张汉文纪念奖，并和县籍作家梁寒衣共同设立生命光辉奖。

18 日，九歌出版社出版由陈义芝主编的《新世纪散文家》新书系，精选林文月、董桥、蒋勋、周芬伶、杨照等五家散文选，作为第一批出版的作家。

30 日，台湾联合报副刊和台北之音共同主办的"声音的故事"征文活动，入选的有：渡也：《天籁》；王岫：《猫啼》；古木台：《呼口号》；周念芝：《我的贝壳耳朵》；陈义平：《老鹰之歌》；王风：《一种用看的声音》；茶舞：《元音、子音》；张丽娥：《国王和黑武士》；郭丽芯：《风，穿越树林》；林惠珍：《哭》。

8 月

30 日，由彰化县文化局主办的第四届"磺溪文学奖"揭晓，特别贡献奖得主为诗人吴晟，文学创作奖部分不分名次，其中散文类得主有谢昆恭《悬念在沙地与海岸之间》、纪明宗《村与路》、陈芷凡《发禁》、谢博仁《拼贴》、陈室如《流动的山脉》。报导文学类得主有陈利成《被囚禁的家庙》、余益兴《竹管厝的流金岁月——以永靖乡竹子村为例》、邹天佑《愿化春泥更护花——齐心打造一座"国家花卉园区"》。

由新竹市文化局主办的"竹堑文学奖"揭晓，其中散文类首奖从缺，二奖得主张春凰《夜空流星雨》、李忠一《影像的追寻》，佳作洪子薇《梦行者》、陈家如《抹不去的皱纹》、李政亮《古都光与影》。

9 月

9 日，任教于"中央大学"的诗人焦桐邀集多位具作家身份的学者，编辑出版了《台湾现代文学教程》系列书籍。首批有小说、散文、新诗、报导文学、当代文学五种读本出版。

16 日，第二十四届联合报文学奖揭晓，散文奖大奖徐国能《毒》，评审奖许正平《婚前》。联合报第十九届吴鲁芹散文奖得主廖玉蕙，得奖作品《五十岁的公主》。

第二十五届时报文学奖得奖名单揭晓,推荐奖分别由朱西宁《华太平家传》与夏曼·蓝波安《海浪的记忆》获得。甄选奖获奖者有散文类首奖吴文超《解释》、评审奖孙维民《红蜉》。

10 月

1 日,台南县文化局主办的第八届府城文学奖揭晓。特殊贡献奖马森;散文类正奖得主黄毓婷《致过去》、二奖得主王碧云《蝉鸣深处》,佳作胡志伟《伞下读雨》、侯浩生《所谓的幸福》。

由台湾"行政院"文化建设委员会、联合文学、统一梦公园等单位联合主办、联合报系协办的台湾 2002"全国巡回文艺营创作奖",得奖名单揭晓,其中散文类首奖许家菱《小孩》,佳作有黄香瑶、曾馨霈、陈柔安等人。

11 日,澎湖县文化局主办的"第五届菊岛文学奖"评审结果揭晓。其中散文类社会组:首奖黄仁元,优等谢廷理、李锡文、黄东永;大专组:优等颜佳仪、陈文瑶、钱弘捷;中学组:首奖高芳仪,优等欧佳华,佳作王艺洁、吕冠伯。

13 日,由台湾"行政院"文化建设委员会主办、爱盲文教基金会承办的第五届"文荟奖"揭晓。共有三十多位获奖者,其中读书心得组:吴雅蓉、李湘华、高世泽、周弘裕、简秀娟、张翠苓;心情故事组:李志强、朱孟庭、朱克勤、钟宛贞、宋玉冰、蔡宓章。

22 日,《王昶雄全集》(共计十一册,包括小说、新诗、散文、翻译、评论、书信、日记、影像集)由许俊雅主编、台北县政府文化局出版,并制有光盘版。

11 月

10 日,桃园县文化局"第七届文艺创作奖"颁奖,散文类:第一名林惠珍《衣恋》,第二名李志强《雨天晴》,第三名郭昱沂《大水》,优选徐欣娴《意外惊喜——潘尼步道健行记》、沈淑萍《河塘记事》。

12 日,在大陆的上海文汇报社总编辑萧关鸿的策划下,林怀民、蒋勋、席慕蓉、陆蓉之四位台湾文化界菁英,在上海新地标"新天地"大楼联合举行新书发表会,新书分别为:林怀民《云门舞集与我》、蒋勋《梦想与创造》、席慕蓉

《走马》、陆蓉之《破后现代艺术》，一改过去台湾文人单枪匹马发布新书的惯例，这是台湾文化界少有的联合发表阵容。

16日，由屏东县政府主办的"大武山文学奖"揭晓。散文奖：第一名薛淑丽《灵山》，第二名邱秀莲《苦涩的成长》，第三名林文珍《想飞》。报导文学奖：第一名杨士范《大武流浪到台北》。

19日，由台湾文化总会中部办公室发起的登玉山活动获得台湾"行政院"文化建设委员会的支持，在陈郁秀主委的号召下，多位作家应邀投入登爬玉山的行列，这支由台湾各地作家组成的登山队伍，计有黄武忠、方梓、丘秀芷、向阳、沈花末、东年、吴均尧、林文义、林韵梅、郝誉翔、陈列、陈义芝、陈宁仁、庄芳华、黄秋芳、刘克襄、萧萧、霍斯陆曼·伐伐、罗任玲等二十多人，文化总会计划把这些作家登临之作编印成《玉山散文集》。

11月30日到12月1日，为了纪念林海音辞世一周年，由台湾文化资产保存研究中心筹备处委托台湾"中央大学"中文系策划举办"林海音及其同辈女作家学术研讨会"。

12 月

5日，第十五届梁实秋文学奖在台南市"中华日报"社颁奖。散文创作类：优等奖吕政达《子王》，佳作李仪婷《米布斯最后的祝寿》、刘叶慈《奴呓》、江凌青《努力工作》、吴伟《画室里的斑光》、黎赛拉（本名李秀华）《一个人的城堡》。

11日至12日，由台北市文化局赞助，九歌文教基金会及台湾师范大学联合举办"梁实秋先生百岁冥诞学术研讨会"，在台湾师大综合大楼举行。纪念梁实秋百岁冥诞，并研讨其在现代中文文学史上的地位及在翻译、教学等领域的表现。

第十届"南瀛文学奖"在台南县北门乡南鲲鯓槺榔山庄举行颁奖典礼。由叶石涛、林央敏等人主持。蔡素芬获得南瀛文学奖贡献奖。南瀛文学创作奖的散文类第一名：王碧霞《锦湖蜜世界》，第二名：杨淑娟《岁月的容颜》，佳作：林奇伯、吴宗璘、林金郎；儿童文学类第一名：陈榕笙《小延的金银岛》，第二名：林哲璋《善化阿嬷》，佳作：欧娇慧、范富玲、杨宝山。

21日，台中县立文化中心第四届台中县文学奖颁奖。散文奖：孙雅芳、张琬贻、王怡婷、江凌青、施秀好、李崇建;新诗奖:王智忠、吴国源、王琼涓、林世明、刘志宏、谢昆恭;报导文学奖:李杰颖、林松范、白元勋等21人。

《联合报》副刊专栏《玻璃垫上》的著名专栏作家何凡病逝,享年93岁。

22日,由台北市文化局主办的第五届台北文学奖、2002年公车暨捷运诗文奖于中山堂颁奖。"台北文学奖"、"文学写作年金"由钟文音、王盛弘获得,各获30万元的写作资助;而以"季节书写"为征奖主题的"市民写作奖",则有高千智、谢金源、苏丹、林昱辰、达瑞、朱国珍、于国华、陈宛瑜、李晓菁、张明敏、叶国居、徐建婷、许婉姿、陈俊彦、李冠畿、吴亿伟、张若虹、卓玫君、沈丽文、郭昱沂20人不分名次获奖,分获奖金2万元。公车暨捷运诗文奖分现代诗、小品文、打油诗三类,评选后计有43人得奖,三类的首奖得主分别为:现代诗官志成《诺言》、小品文邵霖《夜夜花火节》、打油诗贝尔《试乘六六九线公车有感》。

26日,台湾"行政院"举办的第二十二届"行政院文化奖"颁奖,得奖者为知名文化人柏杨。

27日,台湾"教育部文艺创作奖"颁奖。分为舞台剧剧本、短篇小说、散文、新诗与古典诗五类奖项,首奖分别由陈纬恩、吴俊龙、陈政国、陈隽宏、许永德获得,每人获12万元奖金。声乐曲和国剧剧本两类首奖从缺。

台湾出版业第一家上市公司时报出版公司,在"时报阅读屋"举行开幕仪式暨股票上市三周年发表会,将2002年"白金作家"与"白金翻译家"奖项给余秋雨、王文华、潘震泽、罗耀宗、吴继文、温洽溢等六位作家及译者,肯定其专业成就。

30日,彰化作家洪丽玉第二本散文集《展翅》荣获台湾"国军第三十八届文艺金像奖散文类金像奖"及6万元奖金。此书亦入选"矿溪文学第十辑",由彰化县文化局出版。

31日,刚获得"联合报文学类散文奖"的作家徐国能入选幼狮文艺"六出天下"散文展;孙梓评则以新诗入选创作展。

2003 年台湾当代散文大事记

1 月

7 日第四届台湾"国家文化艺术基金会文艺奖"颁奖，文学类杨牧、美术类夏阳、音乐类朱宗庆、舞蹈类罗曼菲、戏剧类王海鸰等 5 位获奖者的传记出版，文艺奖的影响力将通过这项出版工作逐渐扩散开来。

2 月

8 日，作家杏林子（刘侠）与风湿病奋斗 50 年，今日意外猝逝，享年 61 岁。

9 日，统一企业主办的"手稿情书大赛"活动，于台北京华城百货公司举行颁奖典礼，得奖作品由主办单位结集出版《越界抚摸》一书。

12 日，台湾"中央日报"副刊主办一场名为"E 化时代的阅读与出版"座谈会，邀请须文蔚、蔡诗萍与焦桐等人参与讨论。

3 月

15 日至 17 日第五届"世界华文作家协会会员大会"在北京故宫博物院举行，并举行首届"世界华文文学奖"颁奖典礼。奖项分为诗歌、散文、小说、报导文学奖；终身成就奖由资深作家罗兰及郑清文获得。世界华文作家协会并委托"中央大学"于 16 日主办"世界华文文学新世界"研讨会，假台北故宫博物院举行，分别由龚鹏程、梁竣璀、蔡雅熏、张锦忠、何金兰、许壬馨、释永芸、张娣明等学者共发表 8 篇论文。

4 月

18 日，孙大川主编、印刻出版公司与山海文化杂志社合作出版《台湾原住民汉语文学选集》（共 7 册），内容包含诗歌、散文、小说、评论等，获得"行政院"文建会、台北市文化局、台湾"国家文化艺术基金会"、原住民作家群及关心原住民文学发展者辅助及支持。

5 月

1 日,由台东县实桑教育基金会、台东县后山文化工作协会合办的"台东县第二届后山文学奖"揭晓,共有散文与新诗两大奖项。

4 日,文讯杂志社主办的"五四奖"揭晓。以"奖励长期投入创作以外的文学工作者,采主动给奖方式,强调奉献精神"为诉求的"五四奖",在连续举办四年后,去年因缺乏经费而停办,2003 年在桃园县文化局、台北市文化局合作下恢复举办。本届奖项有六类:文学编辑奖、文学教育奖、文学评论、文学活动奖、青年文学奖、文学贡献奖,共 6 人获奖。

30 日,花莲县政府主办的第三届"花莲文学奖"以"爱上花莲的理由"为主题举办征文比赛,23 位优胜者名单出炉。

由台湾"行政院"文建会指导、台湾"中央日报"和明道文艺主办的第二十一届"全国学生文学奖"揭晓,奖项分为大专小说组、大专散文组、大专新诗组以及高中散文组、高中新诗组,共 5 组 42 人获奖。

6 月

15 日,彰化县文化局举办的第五届"磺溪文学奖"揭晓,奖项分为新诗类、小说类、报导文学类等。

7 月

1 日,台湾"中国文艺协会"主办的"青年文学创作奖"揭晓,本年度的奖项分为小说组、散文组和新诗组。

5 日,小说家、散文家林太乙因胰脏癌病逝美国弗吉尼亚州,享年 77 岁。

6 日,为配合"2003 年文建会台湾文学奖"征奖活动,鼓励文学创作,培养发掘文艺人才,由"行政院"文建会主办、文学台湾基金会承办、文学台湾杂志社、台湾书会、台湾日报、台湾新闻报共同协办的"散文、报导文学讨论会"举行征奖宣传活动。本届征文项目为散文、报导文学。

15 日，《文讯》为庆祝创刊 20 周年，策划"台湾文学杂志展"，自 7 月中旬到 11 月，在台北、台中、桃园、嘉义、台南等地展出 300 多种文学杂志，从 1915 年台南发刊的《台湾少年》到今年 5 月间创刊的《文学人》，近 600 册杂志汇集起来，呈现出台湾文学杂志的发展历史。

8 月

14 日至 18 日，吴三连台湾史料基金会第二十五届"盐分地带文艺营"于台南县南鲲鯓举行。今年盐分地带台湾文学贡献奖颁发给旅居加拿大作家东方白。

15 日，屏东县文化局第五届"大武山文学奖"揭晓，奖项分为短篇小说、报导文学、散文、新诗 4 类，共计 31 人获奖。

26 日，南投县政府文化局第二届"玉山文学奖"揭晓，奖项分为文学贡献奖与文学创作奖，文学奖分为新诗、散文、短篇小说 3 类。

30 日，台中市文化局第六届"大墩文学奖"揭晓，奖项分为文学贡献奖与文学创作奖，文学创作奖又分为短篇小说、散文、新诗 3 类。

台湾文坛常青树、91 岁高龄的巫永福，自 1996 年起陆续出版《巫永福全集》，由沈萌华主编，传神福音出版社出版，到 1999 年已出 19 册，2003 年又推出续集 5 册，由荣神实业出版，有《诗卷 VI》、《台语短句卷》、《台语俳句卷》、《俳句卷》以及《文集卷》，合计共出版 24 册。

9 月

1 日，台南县政府第十一届"南瀛文学奖"由佳里镇出生的周梅春获得。"南瀛文学创作奖"分为现代诗、传统诗、散文、短篇小说、儿童文学奖等 5 类。

2 日，桃园县文化局第八届"桃园县文艺创作奖"揭晓，奖项分为散文奖、短篇小说奖。

15 日，台中县文化中心及台中县文化基金会第五届"台中县文学奖"揭晓。奖项分为短篇小说、散文、新诗、报导文学 4 类。

10 月

6 日,澎湖县文化局"菊岛文学奖"揭晓,分为现代诗、散文、短篇小说、近体诗、儿童文学等 5 类。

10 日,九歌出版社继 1989 年推出《中华现代文学大系(一)》后,于 25 周年社庆时推出《中华现代文学大系(二)·台湾 1989—2003》,同样为诗、散文、小说、戏剧、评论,共 5 卷、12 册,完整呈现跨世纪文学风貌。

20 日,台湾"中国时报"社第二十六届"时报文学奖"揭晓,奖项分为短篇小说奖、散文奖、新诗奖、乡镇书写奖。

由台湾"中国时报"社承办的第二十届吴鲁芹散文奖,颁给作家蔡珠儿。

25 日,东吴大学中文系主办的"时代与世代:台湾现代散文学术研讨会"于外双溪东吴大学校区国际会议厅举行。

31 日,远流出版社出版《柏杨全集》,全套 28 册,总字数约 800 万字,由李瑞腾主编,自 2000 年 3 月起陆续出版,历经 3 年,于 2003 年 10 月全部出齐。

11 月

10 日,台湾"中华日报"第十六届"梁实秋文学奖"揭晓。

11 日,吴三连奖基金会举行"吴三连奖"颁奖典礼,其中文学类报导文学奖由翁台生获得。

15 日,李江却台语文基金会发行《台文 bong 报》与《台文通讯》,所主办的"2003 阿却赏——台语文创作奖"揭晓,社会级分福佬语、客语和原住民语 3 组,其中原住民语分文、诗 2 类;青年级分福佬语、客语、原住民语 3 组,其中福佬语分文、诗 2 类,客语和原住民不分类。

22 日,由耕莘文教基金会主办的第二十四届"耕莘文学奖"举行颁奖典礼,奖项分为报导文学奖、散文类、小说类、散文类。

30 日,台南市政府"第九届府城文学奖颁奖典礼暨台南市作家作品集新书发表会",于台湾文学馆举行。奖项分为特殊贡献奖、现代诗奖、散文奖、短篇小说奖、剧本、文学论述奖。

金门县政府与联经出版公司合作出版《金门文学丛刊》第一辑,全套 10

册,分为小说、散文、新诗等 3 类,为当地首度以现代文学为主的出版品,多部内容均以金门庶民生活为背景。

12 月

6 日,苗栗县文化局第六届"梦花文学奖"揭晓。奖项分为新诗奖、小说奖、报导文学奖、散文奖。

26 日,台湾"教育部"文艺奖举行颁奖典礼。今年的奖项类别才由 1981 年以来的 7 项增为 9 项,分别为传统戏剧剧曲、现代戏剧剧本、短篇小说、散文、新诗、古典诗词、室内乐曲、合唱或重唱曲、独奏或独唱曲等。

31 日,台湾"中国时报"选出年度"开卷好书奖",预定 10 本,7 本入选、3 本从缺。入选作品有杨绛《我们仨》、张大春《聆听父亲》、黄美秀《黑熊手记》、吴明益《蝶道》、孙秀蕙《爵士春秋》、黄凡《躁郁的国家》、凌志军《变化》等 7 本。

2004 年台湾当代散文大事记

1 月

28 日至 2 月 2 日,由台湾"中华图书出版事业发展基金会"举办的第 12 届"台北国际书展",于台北世贸中心举行,计有 51 个国家的 925 家出版社参展。以"出版艺术的新定位"、年度出版设计"金蝶奖"及"国际图书艺术研习营"、"数位汇流高峰论坛"、"出版艺术大展"等为书展主题。

2 月

29 日,九歌出版社主办"九歌年度文学奖"揭晓,其中年度散文奖得主为龙应台。

5 月

4 日,成立于 1974 年 5 月 4 日的联经出版公司,以出版《胡适日记全集》庆祝 30 周年庆。

24 日,文艺评论家、知名政论家胡秋原,因心脏衰竭病逝于台北,享年 95 岁。

6 月

8 日,资深作家思果(蔡濯堂)病逝于美国,享年 86 岁。

台湾"中央日报"、明道文艺举办的第二十二届台湾"全国学生文学奖"举行颁奖典礼。奖项分为大专小说组、大专散文组、大专新诗组、高中散文组、高中新诗组。

7 月

1 日,海翁文教基金会主办的第一届"海翁台语文学奖"揭晓,奖项分为诗类、散文类、小说类、儿童文学童诗类。

16 日,台湾财团法人耕莘文教基金会主办的第二十五届"耕莘文学奖"揭晓,奖项分为散文、新诗、小说类。

18 日,由台北市文化局举办、配合台北建城 120 周年并以"时间·空间·台北城"为征文主题的"台北市公车暨捷运诗文奖"举行颁奖典礼,奖项分为现代诗成人组、现代诗少年组、古典诗组、小品文组。

8 月

3 日,苗栗县政府主办的第七届"梦花文学奖及张汉文先生文化纪念奖"揭晓。梦花文学奖奖项分为新诗、散文、短篇小说、报道文学。

8 月 10 日至 2005 年 2 月 28 日,台湾文学馆于该馆展出"文学的容颜——台湾作家群像摄影展",展出林柏梁拍摄的东方白、钟肇政、叶石涛、杨牧等老中辈台湾文学作家照片。

18日至22日，由吴三连史料基金会举办第二十六届"盐分地带文艺创作营"，于台南北门南鲲鯓庙举行，并颁发"盐分地带文艺创作奖"，作家林宗源获台湾新文学贡献奖。创作奖分小说、散文、新诗等类。

30日，新竹市政府文化局颁发"2004竹堑文学奖"，奖项分为现代诗一般组、现代诗儿童组、散文组和短篇小说组。

新竹县政府颁发"2004年新竹县吴浊流文艺奖"，奖项分为现代诗及散文两类。

9 月

7日，台南县政府主办的第十二届"南瀛文学奖"揭晓，南瀛文学杰出奖由李勤岸获得，文学创作奖项分为现代诗、古典诗、散文、短篇小说、儿童文学。

15日，台湾"国军新文艺运动辅导委员会"举办台湾"国军第四十届文艺金像奖"颁奖典礼，共分短篇小说、散文、新诗、剧本及报道文学5个项目。资深诗人张默获特别贡献奖。

16日，台中市文化局主办的第七届"大墩文学奖"揭晓，文学贡献奖由诗人林广获得，奖项分为短篇小说、散文、新诗、传统诗4类。

10 月

2日，彰化县政府主办的第六届"磺溪文学奖"举行颁奖典礼。特别贡献奖颁给作家康原，文学创作奖分为新诗类、散文类、小说类、报导文学奖。

9日，南投县政府主办第三届"玉山文学奖"，于南投县政府文化局演讲厅举行颁奖典礼，奖项有新诗、散文、短篇小说类。

16日，宜兰县政府主办第一届"兰阳文学奖"于宜兰县文化局举行颁奖典礼，奖项分为传统诗、散文、小说。

17日，台中县文化局主办的第六届"台中县文学奖"举行颁奖典礼，奖项分为短篇小说、散文、新诗、报道文学类。

31日，联合文学杂志社于台北101大楼举办创刊二十周年庆祝茶会，同时举办第十八届"联合文学小说新人奖及2004全国巡回文艺营创作奖"颁奖典礼。"小说新人奖"奖项有短篇小说、中篇小说与新人奖;"文艺营创作奖"则有新诗、散文、小说奖。

11 月

1 日,桃园县政府主办的第九届"桃园文艺创作奖"揭晓,奖项分为短篇小说及散文两类。

台湾"中国时报"人间副刊主办的第二十七届"时报文学奖"举行颁奖典礼,奖项分为小说、散文、新诗、乡镇书写。

14 日,灵鹫佛教基金会主办的第三届"宗教文学奖"举行颁奖典礼,奖项有短篇小说、散文、新诗。

20 日,屏东县政府主办第六届"大武山文学奖"揭晓,奖项分为报道文学组、散文组、短篇小说组、新诗组。

24 日,基隆市政府主办的"基隆市海洋文学奖"揭晓,奖项有散文、现代诗。

12 月

1 日,台湾"中央大学"图书馆主办"水是故乡甜——琦君作品研讨会及相关资料展",除展示相关图书、影像及研究资料外,也邀请张瑞芳、林秀兰、庄宜文发表论文。

3 日,台湾"教育部"主办的"教育部文艺创作奖"举行颁奖典礼,文学类奖项分为传统戏剧剧本、现代戏剧剧本、短篇小说、散文、新诗、古典诗词。

台湾"中华日报"主办的第十七届"梁实秋文学奖"举行颁奖典礼,奖项分为散文创作组、翻译类译诗组、翻译类译文组。

4 日,金门县文化局主办的第一届"浯岛文学奖"揭晓,奖项设有散文类。

18 日,高雄县政府主办的第四届"凤邑文学奖"举行颁奖典礼,文学贡献奖颁给王家祥,文学新人奖分为现代诗、散文、小说三类。

19 日,台湾"行政院"文化建设委员会主办"2004 文建会文荟奖——第六届全国身心障碍者文艺奖"颁奖典礼,奖项分为极短篇组、小品文组、新诗组、心情故事组。

台南市政府主办的第十届"府城文学奖"举行颁奖典礼,文学创作奖分为现代诗、散文、短篇小说、剧本、文学论述,另有书写府城奖,并颁发特殊贡献奖给台南大学退休教授赵云。

澎湖县政府主办的第七届"菊岛文学奖"举行颁奖典礼,奖项有短篇小说、现代诗、散文。

20 日,儿童文学、小说以及散文作家李潼因癌症病逝于宜兰,享年 52 岁。

台湾文学馆主办的第一届"故乡的文学记忆"散文奖举行颁奖典礼。

台湾文学馆、山海文化杂志社主办的"台湾原住民族散文奖"揭晓。

30 日,台北市政府文化局主办的"台北文学奖"揭晓,奖项有市民写作奖、文学年金奖等。

2005 年台湾当代散文大事记

1 月

16 日,三民书局重新出版 12 位六七十年代文学名家龙孟武、余光中、张秀亚、孙如陵、林海音、郑清文、林双不、钟梅音、白萩、刘绍铭、蓉子、琦君等人之 15 部经典作品。

2 月

24 日,联经出版公司与上海季风书园合作的中文简体字书店"上海书店",于台北正式开业。

3 月

8 日,九歌出版社策划编选的"年度散文选"、"年度小说选"及"年度童话选"正式出版,分别由陈芳明、陈雨航、徐锦成担任主编。作家季季、甘耀明、黄秋芳分获年度散文奖、小说奖与童话奖。

24 日,台湾文学发展基金会及其所属的文讯杂志编辑印制、台湾文学馆出版的《张秀亚全集》在台北市长官邸艺文沙龙表演厅举行新书发表会。

本月诗人郑愁予和散文家雷骧,分别应台湾东华大学创作与英语文学所、世新大学邀请,担任驻校作家。

5月

作家王琰如去世,享年 91 岁。王琰如,1917 年生于江苏省武进县,1949 年来台。早年参与妇女写作活动,曾担任台湾省妇女写作协会总干事、"中国妇女写作协会"常任理事,对于推动妇女写作工作不遗余力,还曾担任《畅流》半月刊编辑多年。著有《我在利比亚》、《旅非随笔》等。

30 日,台湾"中央日报"、明道文艺合办的"第二十三届全国学生文学奖"揭晓。奖项分为大专小说组、散文组、新诗组及高中散文组、新诗组。本次征文共有 41 人获奖。

6月

5 日,台湾海翁台语文教育协会主办的"第二届海翁台语文学奖"揭晓。奖项分为小说类、散文类、诗类及儿童文学奖童诗类,胡长松、陈正雄等 8 人获奖。

17 日,由金门县政府文化局主办的"第二届浯岛文学奖"揭晓。奖项分为小说、散文两组,分别由郭宏升和黄信恩等 20 人获奖。

25 日,散文家暨木刻版画艺术家陈其茂去世,享年 80 岁。陈其茂,1926 年生于福建省永春县,厦门美专毕业,曾任报社编辑、《文艺列车》主编、东海大学美术系副教授。作品曾获 1952 年"自由中国美展"版画金牌奖、台湾"中国文艺协会奖章"等奖项。

7月

1 日,金门县政府文化局主办的"第一届金门文艺研习营"于 1—3 日在该局会议室举行。课程分为小说、散文、新诗三组。

7 日,花莲县政府主办、文化局承办的"2005 花莲文学奖——书写花莲"

揭晓。奖项分为散文菁英组、散文新人奖、新诗菁英组和新诗新人奖，16 个奖项有 14 人获奖。

8 月

2 日，台中市政府主办、文化局承办的"第八届大墩文学奖"揭晓。奖项分为散文、新诗、儿童文学与报导文学四项，共有 21 人获奖。

4 日，徐元智先生纪念基金会、《联合文学》合办的"青春歌声唱不完——2005 全国巡回文艺营"4—6 日在元智大学举行。本活动分为小说、散文、诗、电影、戏剧、传播及动漫组，共有七大组 12 个研习班，参加人数近七百人。

9 日，台湾文建会主办，秋雨文化《大地地理杂志》承办的"寻找心中的圣山"征文比赛揭晓。奖项分为散文、新诗两组，谢旺霖、陈玉慈等 17 人获奖。

10 日，南投县政府主办、文化局承办的"第四届玉山文学奖"揭晓。奖项分为短篇小说、散文、新诗三类，17 个奖项共有 16 人获奖。

28 日，苗栗县政府主办、文化局承办的"梦花文学奖暨张汉文先生文化纪念奖"揭晓。奖项分为短篇小说、散文、新诗、报导文学四类，25 个奖项共有 23 人获奖，其中散文首奖从缺。

9 月

2 日，桃园县政府主办、文化局承办的"第十届桃园县文艺创作奖"揭晓。奖项分为短篇小说和散文两类，共有 18 人获奖。

3 日，台湾文学馆主办、成大台文系承办的"第五季周末文学对谈——诗与散文的飨宴"，本日起至 12 月 3 日于该馆演讲厅举行。

7 日，台南县政府主办、文化局承办的"第十三届南瀛文学奖"揭晓。除南瀛文学杰出奖外，文学创作奖项分为短篇小说、散文、儿童文学、现代诗、古典诗五类，25 个奖项共有 21 人获奖。

16 日，联合报副刊主办的"第二十七届联合报文学奖"揭晓。奖项分为短篇小说、新诗、散文三组，共 9 人获奖。

26 日，台湾"教育部"、文化总会主办，台湾艺术教育馆承办的"年度教育部文艺创作奖"揭晓。与文学相关的奖项包括传统戏剧剧本、现代戏剧剧本、短篇小说、散文、新诗、古典诗词六类,计有 36 人获奖。

10 月

1 日,台湾文学馆主办、台湾文学发展基金会所属文讯杂志社承办的"永不凋谢的三色堇——张秀亚文学研讨会"在该馆国际会议厅举行。会中邀请何寄澎以"张秀亚散文在文学史上的价值"为题进行专题进行演讲,周芬伶、许琇祯、吴伟特、石晓枫、曾进丰等人发表论文,计有 9 篇。

1 日,台中县立文化中心、台中县文化建设基金会主办,台湾日报承办的"第七届台中县文学奖"揭晓。奖项分为洪醒夫小说奖、短篇小说、散文、新诗、报导文学五类,共有 20 人获奖。

2 日,台湾"中国时报"人间副刊主办的"第二十八届时报文学奖"揭晓。奖项分为短篇小说、散文、新诗和报导文学四类,共 14 人获奖。

6 日,台南市政府主办、台南市立图书馆承办的"第十一届府城文学奖"揭晓。

15 日,高雄市政府文化局、高雄市文化基金会合办的"2005 打狗文学奖"揭晓,奖项分为长篇小说、短篇小说、散文和新诗四类,共有 20 人获奖。

20 日,屏东县政府、屏东县文化基金会主办的"2005 大武山文学奖"揭晓。奖项分为小说、散文、新诗和报导文学四类,共有 23 人获奖。另于 11 月20 日举行颁奖。

27 日,澎湖县文化局举办的"第八届菊岛文学奖"揭晓。奖项分为短篇小说、现代诗与散文三类,共有 13 人获奖。

31 日,台湾"中华日报"主办的"第十八届梁实秋文学奖"揭晓。奖项分为散文创作类、翻译类译诗组、翻译类译文组三类,16 个奖项共有 14 人获奖,其中散文创作类优等奖和翻译类译诗组优等奖均从缺。

作家洛卡本月中旬去世,享年 57 岁。

11 月

15 日,吴三连基金会主办的"第二十八届吴三连奖"揭晓,并与同日举行颁奖典礼。文学奖散文组由钟文音获奖。

19 日，林荣三文化公益基金会主办的"第一届林荣三文学奖"举行颁奖典礼，同日以唱名方式公布获奖名单。奖项分为短篇小说、散文、新诗、小品文四类。

23 日，台北县政府主办、文化局承办的"第一届台北县文学奖"揭晓。奖项分为长篇小说、短篇小说、散文、新诗四类，共有 12 人获奖。

28 日，台湾文学馆主办的"2005 台湾文学奖"揭晓。奖项分为短篇小说、散文、剧本三类，11 个奖项共有 9 人获奖。

12 月

15 日，台湾"中央大学"中文系主办的"永恒的温柔——琦君及其同辈女作家学术研讨会"，15—16 日在台湾师范大学国际会议厅举行。

27 日，作家兼评论家魏子云去世，享年 87 岁。

2006 年台湾当代散文大事记

1 月

2 日凌晨，知名学者沈谦因心脏梗塞骤逝台大医院，享年 58 岁。沈谦，笔名思谦，江苏人，1947 年生，台湾师范大学国文研究所文学博士，历任杂志主编、出版社总编辑、大学教职，近几年任教于玄奘大学中文系。沈谦以文学批评、修辞学研究著称，曾出版相关论述数十种，并著有散文《饶己处且饶己》。

2 月

13 日，著名历史学家逯耀东病逝于高雄荣总医院，享年 74 岁。逯耀东，1933 年生，江苏人，香港新亚书院研究所毕业，台湾大学历史研究所博士。历任香港中文大学、台湾大学历史系教授等职。逯耀东钻研史学领域多年，著有多部史学论述，也曾出版散文著《异乡人手记》、《只剩下蛋炒饭》、《窗外有棵乡思树》、《肚大能容》等。

学者陈芳明、张瑞芬历时四年合编的《五十年来台湾女性散文》,由麦田出版社出版。本书共收五十篇女性散文作品,每位收两篇,按生年排序,最年长者为苏雪林,最年轻者为张惠菁。张瑞芬并以此文本撰《五十年来台湾女性散文·评论篇》。

3 月

3 日,幽居山林数十年的资深作家粟耘病逝,享年 61 岁。粟耘本名粟照雄,1945 年生于台北,是一位多才多艺的艺术家,写散文时名为"粟耘",写儿童文学时化身"西米叔叔",写书法时是"关渡人",画油画时则署名"粟海",还曾为妻子亲造古琴。作品曾获台湾"新闻局"图书金鼎奖、台湾省政府新闻处优良文艺作品奖,出版文集《空山云影》、《出山林记》、《糊涂岁月、简单生活》等近二十本,2006 年年初由联合文学出版《沙子自己知道》精选集。

9 日,台湾"年度散文选"、"年度小说选"、"年度童话选"由九歌出版,并邀请各类别的年度获奖人出席颁奖典礼。散文选的主编为钟怡雯,"年度散文奖"颁给沈君山《二进宫》。

30 日,资深女作家陆白烈于因心脏病发逝于嘉义居处,享年 75 岁。陆白烈,江苏武进人,1931 年生,笔名有路白、唐贻宁等,台北女子师范学校毕业,曾任教职 30 年。陆白烈的写作范围颇为广泛,包括小说、散文、评论、儿童文学及剧本等多种文类,著有评论集《创作与人生》,散文集《小妇人》、《朝露集》,小说《晨曦》、《红叶情》,儿童文学《给孩子们》等二十余部。

4 月

1 日,"第八届台北文学奖"征文结果揭晓,并在 5 月 6 日举行颁奖典礼。本届征文主题为"面向海洋",分为市民组(古典诗、现代诗、散文)与青春组(故事写作、现代诗)。市民组散文类得奖者为:散文罗漪文《在盆地边缘上》,优选王文美《深海》、郑顺聪《涵》、郭晓雯《捕鲸》,佳作李仪婷《迷路的水手》、严嘉琪《再渡》、陈素樱《父境》、陈牧宏《漂》、祁立峰《大风吹》、吴易澄《自由之境》、廖晋仪《我城》、连明伟《海发》。

5 日,资深女作家徐钟佩病逝于台北振兴医院,享年 90 岁。徐钟佩,江苏人,1917年生,曾任记者、驻英特派员、"国民大会代表"等职务。著有散文集《我在台北》、《追忆西班牙》、《多少英伦旧事》,长篇小说《余音》等作品。

30日,亚洲华文作家文艺基金会于在台北举办"向资深作家琦君女士致敬"活动,琦君由夫婿陪同出席受奖,作家司马中原、丘秀芷、林焕彰、初安民、钟鼎文、李蓝、季季、封德屏、杨泽等人皆出席观礼。

5月

台湾"中国文艺协会"于5月4日举办"第四十七届文艺奖章"颁奖典礼,荣誉文艺奖章:星云(笔名宇文正)、新诗创作奖:郑金凰(笔名亚微)、艺文报导奖:陈康顺。

9日,本名叶寄民的资深作家叶笛病逝台南,享年75岁。叶笛生于1931年,祖籍台南湾里,少年时即展露文学创作才华,曾与文友郭枫创办文学杂志《新地》。1969年留学日本,曾于东京的大学任教职,1993年才返回台南市定居。叶笛早年以诗闻名,晚年着力散文与评论,回台定居后,全力译介台湾日治时期作家的日文作品。台湾文学馆已拟订"叶笛全集"出版计划,包括散文及诗作。

巫永福文化基金会举办的2006年巫永福三大奖揭晓得奖名单:"巫永福文学奖"得奖人廖鸿基,作品《漂岛》;"巫永福文学评论奖"得奖人黄美娥,作品《重层现代性镜像》;"巫永福文化评论奖"得奖人曹长青,作品《理性的歧途》。

高雄县文化局主办的"第五届凤邑文学奖"公布得奖名单,征文类别为现代诗、散文和现代戏剧剧本。散文类得奖者为:首奖欧阳嘉《摇滚皮影的那口光》,优选王文美《记忆的风景》,评审奖方秋停《茄萣海边》,佳作胡蕴玉《逆光进行曲》及蔺奕《推拿部落》。文学贡献奖由笔耕多年深具创作热忱的蔡文章获得。

6月

7日凌晨,琦君因肺炎辞世,享年90岁,6月19日举行公祭。琦君作品曾获台湾中山文艺奖、台湾"新闻局"优良图书金鼎奖、台湾"国家文艺奖"。创作文类包括散文、小说与儿童文学,著有《母亲的金手表》、《橘子红了》、《三更有梦书当枕》、《青灯有味似儿诗》、《泪珠与珍珠》、《水是故乡甜》、《万水千山师友情》等四十余部作品。

16 日,知名散文作家张晓风自阳明大学退休,教医学院学生国文 38 年的教学生涯画上句点,校方为其举办退休学术研讨会。

17 日,台湾"第二十四届全国学生文学奖"颁奖典礼在明道文艺杂志社举行,本届征文类别分为大专小说组、大专散文组、大专新诗组及高中散文组、高中新诗组。大专散文组得奖者为:第一名许惠琪《父亲?》,第二名谢韵茹《触键》,第三名黄文成《苦楝之行板》,佳作张辉诚、颜讷、李仪婷,优选赖玉婷;高中散文组得奖者为:第一名陈燕欣《神曲》,第二名胡明杰《棋谱》,第三名吴宣莹《甜咸》,佳作林孟寰、朱宥动、林忆欣、黄俊尧、蔡学文、邵宏儒、林慧秋、廖佩均、谢博元、颜枢。

彰化县文化局主办的"第八届矿溪文学奖"公布得奖名单,本届征文分为新诗、散文、小说及报导文学四类。散文类得奖者为:陈德翰《蛙鸣深处》、洪长源《无米不乐》、吴易澄《话魂》、宋怡慧《母爱的坐标》、赵永楠《寄情山林》。报导文学类得奖者为:余益兴《重返九号仔移民村》、洪庆宗《见证百年糖业风华——唐铁田林线踏查》、张碧霞《兴贤书院异彩》。

7 月

新竹市文化局主办的"2006 竹堑文学奖"公布得奖名单,本年征选作品分为现代诗、儿童诗、散文、短篇小说四类,征文主题为"花园城市——风城印象"。散文类得奖者为:首奖方秋停《鱼型风筝》;二奖得主林秋玫《海堤上的凝视》;佳作张耀仁《父亲的蚵田》及王文美《花间心事》。颁奖典礼于 11 月 5 日举行。

8 日,长年旅居美国的资深女作家叶蝉贞逝于美国旧金山,享年 96 岁。叶蝉贞,1917 年生,武昌中华大学肄业,于战时主编《妇女共鸣》。曾获第一届中山文艺奖。创作以散文为主,亦有小说作品,著有《灯下》、《青春》、《欧洲艺术之旅》等,多为反映时代的写实之作。

花莲县文化局主办的"2006 年花莲文学奖"公布得奖名单,本年征文以"给花莲的恋人絮语"为主题,征选散文与新诗类作品。散文得奖者为:精英组首奖吕政达《沙滩上的陌生人》，二奖谢金玫《给花莲的恋人絮语》，优选欧阳嘉《回栏》、徐振杰《安静街》、苏量义《越过这座山看见海》；新人组由蔡思盈《给花莲的恋人絮语》、彭耀德《终点之后》、徐悦洲《往事》获得。

"兰阳第五届青年文学奖"于7月下旬公布获奖名单，本届征文分为小说、散文、及新诗三类。散文类得奖者为：首奖林自华《遇见白鹭鸶》，优选杜皖琪《记忆·季忆》、刘雅筑《品茗》，佳作林廷珊《手中的面团》、李睿中《水田》、谢青荣《旅行》、陈麒安《十七级阶的爱》、林佳谕《卖包子》、陈丽生《宝藏》、陈霈庭《雨》、郭芝颖《我有梦》。

"第三届海翁台语文学奖"得奖名单出炉，征文分为散文、新诗、小说及儿童文学奖小说类，陈廷宣以《旧街印象》获散文类正奖，副奖得主为杨国明、柯柏荣。

8月

3日，台湾"行政院"文建会主办、台湾北社承办的2006"出海印象·岛国之恋"山海文化奖举行颁奖典礼。"山海文化奖"系首次举办，征件组别分成诗歌组、散文组及摄影组，奖项命名为"大山奖"（首奖）、"大海奖"（二奖）、"大树奖"（三奖）及"新星奖"（佳作）。散文组得奖者为：大山奖郑立明，大海奖薛好熏，大树奖庄锦津，新星奖廖佩晴、游富永、欧阳嘉、费启宇、郭汉辰、郑维钧、吴俊杰、庄华堂。

苗栗县文化局主办的"第九届梦花文学奖"，8月下旬公布得奖名单，本届征文分为新诗、散文、短篇小说、报导文学四类。散文类得奖者为：优等奖方秋停《雾里雕刻》、林明亮《最防卫的死》，佳作郑宗弦《黑炭伯》、张耀仁《半夏》、薛淑丽《红癌中盛开的苦花》、彭维建《三角公园，这老家伙……》、林蕙苓《潮音》。报导文学类得奖者为：优等奖许胜雄《咀嚼流动的古道记忆》、湛敏佐《与快乐相约、与诗仙相遇——詹冰专访》，佳作胡远智《从"台湾的蛇灶"调查研究案谈"蛇灶"商标的争议》。

南投县文化局主办的"第八届玉山文学奖"在8月下旬揭晓得奖名单，征文分为散文、新诗、短篇小说与古典诗四类。散文类得奖者为：第一名郑宇辰《梦谷》，第二名宋彩玉《想念姆姆》，第三名李晓菁《微物之旅》，佳作陈建男《近距离》、蔺奕《茹盒》、石进益《搭嘛（父亲）的最后一堂课》。

新竹县文化局主办的"2006年吴浊流文艺奖"揭晓得奖名单,本年征选现代诗、散文及报导文学三种文类。散文类得奖者为:首奖蒋文鹃《末代贵族》,二奖得主董欣《猪门血泪》,参奖方秋停《山林之歌》。报导文学类得奖者为:首奖郑立明《层线上的苹果在跳舞》,二奖胡湘彗《泥土,爱与生命之源》。

九歌出版社推出"典藏散文书系",计划挑选已较少动笔或已过世散文家的散文作品集重新出版。首先出版林以亮《更上一层楼》、夏济安《夏济安日记》及吴鲁芹《低调浅谈——瞎三话四集》,接着出版夏志清《鸡窗集》、胡品清《砍不倒的月桂》、思果《雪夜有佳趣》等。

9月

台湾文学馆、静宜大学台湾文学系主办的"女性文学学术研讨会",于9月30日至10月2日假静宜大学举办。此次研讨会的特点在于邀请作家亲临会场,在散文、小说、诗领域各有专长的女作家,或撰写本身的创作经验、理念,或写作历程的陈述,并延伸至"女性文学"此一特定类型的意见分享。

30日,资深女作家胡品清病逝于台北,享年85岁。胡品清一生致力于中文法文互译,曾获法国一等文艺勋章及教育特殊勋章,也创作诗与散文,著有诗集、散文、小说、评论集约五十余种。

"第二十八届联合报文学奖"揭晓得奖名单,本届征文类别为小说、散文与新诗三类,散文类得奖者为:大奖王威智《我的不肖老父》,评审奖许荣哲《遗落关键字的故事》、米尔《舒缓的世界》。同时亦公布"第二十三届吴鲁芹散文奖"得主为夏曼·蓝波安。

金门县文化局主办的"第三届浯岛文学奖"公布得奖名单,本届征文分为小说及散文两项,散文类得奖者为:第一名蔺奕《无岛》、第二名刘思坊《边境的岛屿》、第三名吴淑铃《杂货店之歌》,佳作翁国钧《禁忌海峡》、余益兴《守着你守着我》、黄姿容《碉堡旁的西瓜田》、柯荣三《战车走过·洋楼古厝》、甘照文《来自热带的明信片》、欧阳嘉《红豆屿》。

10月

2日,台南市立图书馆举办的"第十二届府城文学奖"公布获奖名单,散文类得奖者为：正奖翁丽修《府城边陲的一页奋门》，二奖简俊雄《德纪洋行、书屋下的呢喃》，佳作陈素樱《台南媳妇的市场路》。特殊贡献奖颁给苏伟贞，以其出版文学著作二十余册，文学成就深获肯定。

14日，宜兰县主办的第二届宜兰文学奖举行颁奖典礼，本届正选作品分为散文、新诗、童话、歌仔剧本四类，散文类得奖名单为：第一名高自芬《雾雨风声———一八九五年海边传说》，第二名欧阳嘉《抢孤》，第三名李清钿《0914故世的人情》，佳作蔺奕《肥·满》、赖炳龙《走在"回去"的路上》、连明伟《龟山之光》。

9日至22日，台湾"中华日报"主办、台湾文建会协办的"第十九届梁实秋文学奖"公布得奖名单，散文创作类优等奖从缺，优秀奖黄秀恩《时差》、葛爱华《相片》，佳作吴亿伟《扩音机》、许荣哲《姊姊的房间》、江幸君《肉身地》、冯杰《树知道自己的一天》、郭昱欣《婆罗多舞》。

22日，台中市政府主办的"第九届大墩文学奖"举行颁奖典礼，本届征文类别为新诗、散文、儿童文学及报道文学，散文类得奖名单为：第一名兰奕《河铁道上的黑头仔》，第二名欧阳嘉《三教街仔》，第三名陈室如《百货图考》，佳作林金郎《观音门城隍》、黄耀贤《俑夜》、吴玮婷《中暑》。报道文学类得奖者为：第一名黄丰隆《碉堡挽歌》，第二名赖美彩《松林里古早叫做三分埔》，第三名黄庆声《万和宫老二妈回西屯省亲的文化故事》。

"第二十九届时报文学奖"揭晓得奖名单，征选文类有小说、散文、新诗和乡镇书写四类，散文类得奖者为：首奖黄以淮《变奏独舞（或独奏变舞）》，评审奖凌性杰《泾乐园》、薛好熏《鱼缸》。乡镇书写：首奖黄信恩《空白海岸》，评审奖陈荣昌《麻疯岛》。今年度新设的人间新人奖得主为吴音宁。

澎湖县文化局承办的"第九届菊岛文学奖"公布得奖名单，本届征文类别分为现代诗及散文两类，各类又分为社会组与青少年组。散文类得奖者社会组：首奖柯延婷《吞海》，优等邱致清《孤岛》，佳作徐嘉泽《乞水》、林立坤《我的父亲与母亲》、薛淑丽《菊岛上的内在风景》、方秋停《吉贝石泪》。青少年组：首奖洪筱梅《童年之墙》、优等王瑞仪《童年、碎石小路、大海》，佳作胡乔钧《大海啊故乡》、蓝雅馨《天人菊》。

25日，台南县文化局承办的"第十四届南瀛文学奖"举行颁奖典礼，本届征文类别有长篇小说、短篇小说、散文、现代诗、儿童文学、剧本、古典诗。散文类得奖者为：首奖许荣哲《拉瓦尔群的寓言》，优等蓝淑贞《细汉阿妈》，佳作田连良《洞孔》、何景芳《白痴箱》、陈怡君《调阅出的记忆》；此外南瀛文学奖杰出奖由阎鸿亚获得。

台湾"中央大学"中文系教授李瑞胜与其子李时雍，共同出版散文集《我逐渐向你靠近》，父子对谈彼此对文学、写作及人生的看法。作家陈义芝则在丧子三年后，以散文《为了下一次的重逢》面对爱子遽逝的伤痛，描述三年来与家人一起走过的历程。

11月

9日，台湾中山学术文化基金会举行"第四十一届中山学术著作暨文艺创作奖"颁奖典礼，台湾历史博物馆馆长陈康顺以《魔术馆长的故事/当代难忘艺文人物》获散文类奖。

17日，台湾"教育部年度文艺创作奖"举行颁奖典礼，本年正选项目包括有教师组：戏剧剧本、短篇小说、散文、新诗、古典诗词、音乐作曲；学生组：戏剧剧本、短篇小说、散文、诗词、音乐作曲。教师组散文得奖者为：特优陈津萍《方舟》，特优杨家旺《诞生自一枚蠑螺》、黄丽秋《蜗牛》，佳作林丽云《回家》、金美琴《鞋》、陈政国《门》；学生组散文得奖者为：特优黄文钜《就木》，优选陈柏青《赌神》、蔡莹莹《入市》，佳作甘照文《"生"字》、萧吟薇《追杀》、吴亦伟《背影相遇》。

20日，基隆市文化局承办的"第四届海洋文学奖"揭晓得奖名单，本届征选短诗、小品文和童话故事类，小品文首奖裴学儒，优胜蔡欣儒、孙伟迪，佳作付家庆、郑淙仁、罗圣霖、陈儒逸、刘懿萱、简绮崴、欧阳嘉、张明珠、邓荣坤、陈姿颖。

25日，由灵鹫山佛教基金会与《联合报》副刊合办的"第五届宗教文学奖"举行颁奖典礼。本届征选短篇小说、散文与新诗。散文组得奖名单为：首奖王文美《遇见一只猫》，二奖米尔《无有象》、三奖谢韵茹《看画》。另外，举办单位与九歌出版社合作，将历届得奖作品整理出版《喜欢生命——宗教文学奖得奖作品精选》。

25日，由台湾"商务印书馆"及"台湾中国文艺协会"共同策划的"现代文学典藏系列"，举行新书发布会，发表五本新书：《林黛嫚短篇小说集》、《段彩华小说集选》、《蔡诗萍文选》、《鲍尔吉原野散文选》及《绿蒂诗选》。

25 日，台中县立文化中心承办的"第八届台中县文学奖"举行颁奖典礼，本届征文类别分为新诗、散文、短篇小说和报导文学，散文类得奖名单为：欧阳嘉《山手线》、王俊杰《有一年我养了一只小猫》、方秋停《炉边的花儿红了》、林亭君《织锦》、林蕙苓《风景在远方》、陈津萍《井》；报导文学类得奖者为：白栋梁《炮台上的葡萄架》、吴俊杰《都是水沟惹的祸》、林惠敏《不在纺麻——独留布袋史话在隆丰社区流传》。

27 日，林荣三文化公益基金会主办、《自由时报》协办的"第二届林荣三文学奖"举行颁奖典礼。散文组得奖名单如下：第一名刘梓洁《父后七日》，第二名叶国居《相片里的公鸡叫声》，第三名张芬龄《生活仪式》，佳作吴轩宏《残念笔记》、刘淑贞《马纬度无风带》。小品文组：何美瑜《木味》、吴亿伟《打钟卡》、马景珊《三个永远》、许俐葳《美少女战士的变身》、曾谷涵《晨跑》、刘碧玲《倚门望只因为下雨了》、花柏容《痒》、胡志伟《读报》、张芬龄《洗衣》。

台北县政府主办、文化局承办的"第二届台北文学奖"，本届征选作品为散文、新诗、短篇小说、长篇小说四类，散文类得奖名单为：首奖蔺奕《水矿坑》、优选李振弘《边境之身》，佳作黄惠真《黑影飘摇》、徐郁晴《在雨天，跳舞》、彦汇增《登山》。

澎湖鼎湾监狱写作班与澎湖县文化局合办"第一届澎湖关怀文学奖"，旨在鼓励监狱收容人勤于笔耕，学习生命的真谛，11 月公布得奖名单：首奖未蕊湖《真想回到那个夏天》，优等康少侠《生命的味道》，佳作一停《追月之旅》、陈杰《岁月行者》、百川《失去年轮的树》，阿球《生命的旅游》。

自工作岗位退下来以后，作家季季重回写作，以散文集《行走的树》面对在婚姻中所遭受的所谓创痛，同时也向这些伤痛告别。詹宏志的散文集《人生一瞬》则带着怀旧情调，回顾童年与父亲的记忆。

12 月

3 日，由怀恩基金会与《联合报》副刊主办的第一届怀恩文学奖举行颁奖典礼。得奖名单如下：社会组首奖许蓓苓《灶脚》，评审奖邑东《卵葩》、顾玉玲《烈女》，推荐奖黄斯骏《发事》、柯裕嘉《贫穷的颜色》、林树吉《葡萄成熟时》、优胜奖林彦《春雨·纸鹤》、石芳瑜《路过的英雄》、斐学儒《门》、欧玲君《"爱"没有终点》、何景芳《小水蛭的感激》、刁肇华《城里的月光》、万家《阿容伯和他的铁盒子》、陈德华《说谢谢,世界跟着你笑》、辛金顺《守候的阳光》。学生组首奖张婷咏《直到爱成伤》,二奖林钦德《我知道》,三奖李军谚《绊》,优胜奖郑惠文《拉不出的高音》、周江明《父亲的体味》、韩强《渡女》、林恕全《花、绽放在你肩上》、陈家如《人形的燕子》、廖家瑜《绿色微笑》、柯品文《阿旺师》、谢鸿文《贵人》、罗志强《胶着》、吕亭咏《阿嬷与柠檬花》、颜智洋《精卫鸟》、田威宁《围巾》。

16 日,台湾文学馆主办的"2006 年台湾文学奖"举行颁奖典礼,本届征选长篇小说、散文及新诗三类,散文类得奖名单为:首奖陈宛瑜《中指》,推荐奖田威宁《猴子》,佳作洪慧娟《早点》,入选庄佳颖《升记号》和黄信恩《口音》。

17 日,第九届"台北文学奖"公布得奖名单,本届共收到近 2400 件来自欧美、亚、非洲等地的作品,征文分为社会组(古典诗、现代诗、散文)与青春组(小说、现代诗),其中社会组散文得奖者为:首奖马千惠《母城》,优选冯杰《城市里的中药房》、张清志《饕餮纹身》、辛金顺《鳖迹》,佳作张晓惠《失声》、翟筱葳《城土》、欧阳嘉《围城台北》、薛好熏《海田妇女》、吴妮民《青春旗》、冯子纯《鬼迹》、叶琮铭《豹与蝶》、刘启贞《从妓》。年金类四名入围者分别为:柯裕棻《茶姬》、顾玉玲《我们——移动与劳动的生命记事》、胡淑雯《台北人》、陈建志《台北恶之华》。

台湾"中国时报"开卷周报揭晓"2006 开卷好书奖",十大好书中文创作类入选书与散文相关的有:刘大任《园林内外》、陈柔缙《宫前町九十番地》。

《联合报》读书人版岁末推出台湾"年度名家选书",邀请朱天心、李爽学、钟怡雯、庄裕安、张嘉泓、辜振丰 6 人,分就文学类、非文学类推荐各自年度的首选爱书,文学类获选书与散文相关的有:舒国治《流浪集》、季季《行走的树》、刘大任《园林内外》、林文月《写我的书》、詹宏志《人生一瞬》。

2007 年台湾当代散文大事记

1 月

25 日,本名刘长民的资深女作家小民病逝于台大医院,享年 78 岁。初期写作题材都以亲子之情为主轴,尤其以三子多儿为题材的一系列散文,日后以

《多儿的故事》结集成书，深获读者喜爱，曾获"第二十五届中国文艺协会散文奖章"，结集出版的散文著作有二十多本。金石堂书店 1 月公布 2006 年十本最有影响力的书籍及十大出版新闻，十大书籍与散文创作相关的有：《人生一瞬》（司马孛罗）、《门外汉的京都》（远流）。

3 月

5 日，2006 年九歌年度文学奖举行新书发表会暨台湾年度散文奖颁奖典礼，"年度散文选"由萧萧主编，年度散文奖颁给廖鸿基的《出航》；年度小说奖颁给夏曼·蓝波安的《渔夫的诞生》，夏曼·蓝波安的另一篇散文《航海家的脸》也被收入当年的散文选。

21 日，台南大学举办"柏杨文物捐赠及典藏"仪式，由张香华代表柏杨出席，将一批重要手稿文物捐赠台南大学，台南大学图书馆并同时举行柏杨文物手稿典藏展，"网络版"的柏杨文物馆也同时启用。

20 日，由台北市文化局主办的"台北市第一届青少年文学奖"揭晓获奖名单。征文分为新诗、散文、极短篇及小说四类，高中职类散文类得奖者为：首奖王丽雯《我也试着漫游花园》，优选曾馨仪《谁是凶手》、陈建安《香菜酱油花生米》，佳作张婷雅《在彩虹面具之下感激你》、黄绣雅《台北女儿》、许椀婷《我的台北指标》；中学组散文类得奖者为：首奖赖怡《我的台北地图》，优选林欣苹《感觉台北》、林佳苇《漫游台北》，佳作高禛《感觉台北——由古至今》、张雅雯《感觉我的家》、陈姿盈《感觉·台北》。

5 月

台湾"中国文艺协会"于每年 5 月 4 日文艺节，致赠文艺奖章，表扬杰出的创作者、艺文工作者。本年度颁发第四十八届文艺奖章，文学类得奖者为：南方朔（文学评论奖）、成英姝（散文创作奖）、陈祖彦（小说创作奖）、陈育虹（新诗创作奖）。小说家司马中原、诗人一信获荣誉文艺奖章。

前台湾"中央研究院"近代历史研究所所长王聿均，曾主办报纸副刊，并先后任教于多所大学。1995 年进入"中央研究院"任副研究员，1973 年担任近代史所所长直至退休。王聿均终生除从事学术研究外，对文学创作持续不辍,创作文类以散文为主,曾以散文集《謇謇录》获"第三届台湾中兴文艺奖章"。

6月

5日,由高雄市文化局主办的"2007高雄文学创作奖助计划",征选类别包括新诗、散文、小说及报导文学,6月公布获奖名单,散文类为钟丽琴、郭桂玲;报导文学类为李宥楼、谢美萱。入选者将展开创作,至11月完成提交作品。

8日,本名胡秀的资深作家呼啸辞世,享年85岁。呼啸曾担任台湾《青年战士报》新文艺副刊主编、台湾青溪新文艺学会常务理事兼秘书长,写作文类以散文及小说为主,主题多取材自现实社会,文笔简朴且深富哲理,出版作品二十多部。

16日,第二十五届台湾"全国学生文学奖"于明道中学举行颁奖典礼,本届征文类别为大专小说组、大专散文组、大专新诗组及高中散文组、高中新诗组,得奖名单为:大专散文组:第一名马翊航《男身女相》,第二名黄瑜婷《吊发》,第三名吴妮民《我的缠足史》、叶琼铭《映山红》,佳作杨弦陵《那一大片田》、萧吟薇《鸽人》;高中散文组:第一名杨舒涵《果陀》,第二名林禹瑄《剖白书》,第三名潘若婕《越过之后》,佳作李冠颖、颜枢、田美娟、徐瑞鸿、吴佩珊、魏扬、尹俞欢、麦津维、高晟泰、赖怡。

7月

2日,第十一届台湾"国家文艺奖"揭晓得奖名单,文学类得奖者为李敏勇。

18日,本名施卓人的资深女作家重提病逝,享年88岁。其创作文类包括散文及小说,作品朴实自然,平易清晰,出版著作二十多部。

25日,资深女作家刘枋病逝于台北,享年88岁。刘枋,曾任多家报纸副刊编辑、《文坛》月刊主编、台湾"中国妇女写作协会"常任理事会兼总干事,创作文类以小说和散文为主,塑造人物生动,散文刻画细致,出版著作二十余部。为感念刘枋常年对妇女协会与文坛的贡献,台湾"中国妇女写作协会"联合

"中国文艺协会"、文讯杂志社与台湾文学馆，于8月28日举行"逝水——刘枋女士追思纪念会"。

25日，资深作家王书川7月病逝于台北，享年87岁。王书川曾创办台湾联合通讯社、新创作出版社，主编报纸副刊，任高雄市议员，参与文学社团，创作文类以小说和散文为主，笔触清新朴实，出版著作十多部。

由桃园县政府主办、文化局承办的"2007年一书一桃园"评选活动，旨在推广阅读，经历初副决选，7月公布得奖好书，蒋动《美的觉醒》获选为"2007桃园之书"。

8 月

2日至5日，由海翁台语文教育协会主办的"第三届海翁台湾文学营"在淡水真理大学举行，同时颁发"第四届海翁台语文学奖"，散文得奖者为：正奖王昭华，副奖赖彩美、王荟雯。

6日，资深女作家严友梅病逝于美国，享年82岁。严友梅曾任文星书儿童读物编辑、《少年文摘》杂志主编、大作出版社发行人，后旅居美国。严友梅早期创作以散文小说为主，1952年开始童话创作，是台湾最早从事童话创作的先行者之一。

8日，由花莲县政府主办、文化局承办的"2007花莲文学奖"，征文主题为"生活在花莲"，征选诗、散文两种文类。获奖名单为：散文类精英组：首奖陈育萱《适应一对崭新的眼睛》，二奖鲁志玉《家》，优选欧阳嘉《行在哆啰满》、何晋动《生活在他村》、马翊航《海岸的发声练习》；新人组：优选孔祥瑄《上帝的礼物》、黄茹钰《动与静的缠绵——嘈嘈切切的交响曲》、沈盈婷《故乡》。

9日，由台中市文化局、远东集团徐元智先生纪念基金会共同主办的台湾"2007全国巡回文艺营"，分别于8月9日至11日、16日至18日假东海大学及元智大学举办二个梯次，本届文学主题为"帕慕克与后殖民"，分成小说、散文、新诗、传播、电影、戏剧、动漫游戏等七大组别。

11日至14日，由吴三连台湾史料基金会主办的第二十九届"盐分地带文艺营"，以"女性书写与台湾文学"为专题，假台南各乡镇举行，并举办文艺营创作奖竞赛。

17日，"第三十一届台湾金鼎奖"举行颁奖典礼，特别贡献奖得主为三民书局发行人刘振强,其他与文学相关的得奖名单为:最佳文学奖与艺术类杂志奖:印刻文学生活志;最佳人文类图书奖:《失落的蔬菜》(二鱼);最佳文学语文类图书奖:《神秘的消失——诗与散文的鲁凯》(麦田);最佳著作人奖:吴祥辉《分栏惊溢》(远流)。

26 日至 28 日,为培养民众的写作兴趣,同时开发潜在的文艺创作者,由屏东县政府举办的迈入第三年的"大武山文学营"以旅游文学为主题,邀请国汉辰、涂昌耀和张月环三位屏东作家指导写作技巧。

28 日,为了怀念已逝作家琦君,并积极收集琦君的资料,台湾文学馆委托"中央大学"中文系琦君研究中心编辑《天涯若比邻——琦君书信集》,并举行新书发表会暨座谈会。

29 日,由苗栗县文化局承办的"第十届梦花文学奖",征文类别包括新诗、散文、短篇小说、报道文学、小梦花童诗。得奖名单为:散文类:优等奖蔺奕《山芙蓉》、邱学智《病》、张耀仁《母亲的餐桌》,佳作彭维建《雨天,我在山中漫游》、柯品文《远行》、秋婷《草莓的天空》,入选曾谷涵《贝阿提丝》、道路《牛》、张玉婷《橘子堆成的家》;报导文学类:优等奖言之《咀嚼流动的史迹记忆》、阿幸《在家自学》,佳作胡远智《金色中港——金银纸的故乡》、侯刚本《发现福尔摩莎的西乃山——苗栗祷告山的印象之旅》。

本月中旬,以鼓励宜兰县籍大专及初高中写作青年为主的第六届"文雨飞扬"暨"兰扬文风"青少年文学奖举行颁奖典礼。"文雨飞扬"青年文学奖分为新诗、散文、小说三组,散文类得奖者为:首奖李睿中《乌鹜的偶像》,优选奖黄舒旻《矛盾》、曹振祥《独》,佳作林纯卉、邓依涵、陈庭、蓝雨桢、王欣如、宋怡宣、李挺维、张宏鸣。"兰扬文风"少年文学奖分散文及新诗两大类,散文类得奖者为:第一名李赋萱《山棱上的苦行》,第二名林冠苹《与海对话》,第三名曾茗妮《成长》,佳作游凯捷、林佳萱、廖镁瑜、张宇萱、简匀净、王意媄等。

由澎湖县文化局承办的"第十届菊岛文学奖",征文类别为现代诗、散文,分社会组及青少年组,散文类社会组得奖者为:首奖颜嘉琪《岛之风景》,优等陈雅雯《菊岛五观》,佳作欧阳嘉《五德》、颜兆岐《夜归·华痕》、方秋停《憨风又吹》、罗世孝《天空》;散文类青少年组:首奖蔡嘉真《早安!菊岛》,优等奖薛宏伟《角落》、陈莘《回忆童年》,佳作阙永霖《渔村的微笑》、胡乔钧《练习曲》、许维真《亘古跃动》、洪佩绮《童年的街》。

9月

3日，由台中市文化局承办的"第十届大墩文学奖"，以"书写台中"为主题，征选新诗、散文、小说、报导文学四类。得奖名单为：散文类前三名分别为方秋停《枫神八家将》、徐嘉泽《我的戏偶人生》、张经宏《法然院的雨》，佳作郭汉辰《血河》、黄晨扬《缤纷角落》、杨梦珠《荒谬与荒凉》；报导文学类：前三名为余益兴《在见旱溪米粉寮》、黄丰隆《戏说字姓——南屯字姓戏百年风华》、许喜梅《在都市插枝求活得'原'乡人》，佳作张明德《我的第二故乡——南台中》。

16日，由《联合报》与联合报系文化基金会主办的"第二十九届联合报文学奖"，征文类别包括短篇小说、散文、新诗。得奖名单为：散文类大奖杨佩真《平安夜》，评审奖侯纪萍《雪原年糕》、冯平《切》。

17日，由台湾"行政院"文建会指导赞助、台湾"中华日报"社主办的"第二十届梁实秋文学奖"得奖名单揭晓，散文创作类：优等奖从缺，优秀奖为辛金顺《燕子》、侯纪萍《脏话记事簿之生活在脏话》，佳作为神小风《寂寞马赛克》、米尔《出走》、吴柳蓓《老夜》、昆罗尔《解码》、冯杰《瓜谱及一地瓜子般碎语》。

19日，由台中县立文化中心承办的"台中县文化奖"公布得奖名单，征文类别包括短篇小说、散文、新诗、报道文学。散文类不分名次六名得奖者为：汪建《父亲来看我》、欧阳嘉《特优梅》、球宗翰《家》、张经宏《黑暗之门》、陈柏青《垃圾桶里的旅行》、黄静品《身世》。报导文学类不分名次三名得奖者为：邓荣坤《在大肚溪旅游》、郑泽文《穿越定泊——大提琴家张正杰的溯源之旅》、张轩哲《温馨送餐情——纪老五老基金会中县山城志工》。

19日，由金门县文化局承办的"第四届浯岛文学奖"揭晓得奖名单，征文类别分为散文、小说、新诗三组。散文组前三名为周志强《深潜，浯岛冬景》、赵惠芬《昨夜太湖梦花落》、宋梦琪《蚵田里母亲的容颜》；佳作许国强《不辞长作金门客》、张爱金《如果记忆可以像风》、杨文玮《来跳舞吧》、林玉宝《烈屿阿伯》、辛育安《望乡》、王美玉《浯洲风情》、张启文《烈屿思想起》、杨惠萍《岛屿女子》、吴淑玲《天际线》、陈秀竹《读自然——缤纷的蝶》。

29日，由台湾"行政院""国家委员会人文研究中心"指导、台北教育大学语文与创作学系主办的《学院作家学术研讨会》在台北教育大学举行,深入探讨台湾"学院作家"的崛起现象及台湾文学与作家的关系,共计发表10篇论文,与散文相关的有:应凤凰《论许达然散文的艺术性与台湾性》、朱嘉雯《永远的诗人——胡品清的散文艺术》、黄维樑《博雅之人,吐纳英华:余光中学者散文〈何以解忧〉析论》。

30日,由资深出版人、散文家郭枫创办于1990年4月的《新地文学》(双月刊),曾于1991年8月休刊,2007年以季刊的形式重新发刊,9月30日举行发刊茶会。《新地文学》季刊创刊号厚300页,由郭枫担任总编辑,分为评论、诗歌、随笔、散文、小说五个栏目,执笔阵容含海内外名家,皆为一时之选。

10月

1日,由台湾"中华时报"人间副刊主办的"第三十届时报文学奖"公布获奖名单,征文类别分别包括散文、新诗、短篇小说、乡镇书写。散文组获奖者为:首奖廖伟堂《达摩山下,写给达摩流浪者们》,评审奖吴亿伟《花莲的恋人》、阿贝尔《零度水》。乡镇书写组:首奖从缺,评审奖石芳瑜《重回社子岛》、颜嘉琪《酸菜故乡》。而为挖掘具有潜力的文坛新锐,第二届"人间新人奖"从2006年9月起至2007年8月底止投稿台湾"中国时报"人间副刊的作品中进行挑选,最后由林郁庭获奖。

1日,为纪念吴鲁芹在散文上的成就,于吴鲁芹逝世后创设的"吴鲁芹散文奖",由联合报及台湾"中国时报"轮流主编,今年由台湾"中国时报"主办第二十四届,杨照为得奖者。

4日,由台湾资深青商总会主办的"全球中华文化艺术新传奖"公布第十四届获奖名单,其中中华文艺奖——文学创作:林佛儿;文学创作(海外):涂白玉;台湾原住民奖——原住民文学:黄荣泉。台湾客家文化奖——客家文学:黄荣洛。

5日至6日,由台湾"中央大学"中文系主办的"饮食文学与国际学术研讨会",在台湾师范大学综合大楼举行,会议内容包括流畅研讨会及圆桌会议,共计发表15篇论文。

6日,由彰化县文化局承办的"第九届磺溪文学奖"举行颁奖典礼,征文类别包括散文、新诗、短篇小说、报导文学。散文类得奖名单为:黄慧芬《赋别书》、蔡文杰《转折》、陈广道《书树》、陈铭堉《再见春天》、林丽云《故乡的九重葛》。报导文学类得奖名单为：赵启明《最大的是爱》、邹天佑《又见青蚵嫂》、陈可欣《鸡连》。

13 日，由林语堂故居、东吴大学共同主办的"第一届林语堂文学创作奖"公布得奖名单，征文分小说、散文两类。散文组得奖者为：首奖林秋玫《春风召唤》，二奖田威宁《摇椅》，三奖连明伟《废墟的□□》，佳作何晋勋《失嗅时光》、曾翊龙《最后的马戏团》。

13 日，由怀恩慈善基金会及联合报副刊主办的"第二届怀恩文学奖"揭晓得奖名单：社会组：首奖杨芳宜《爸，好久没听到你的声音了!》，二奖黄柏龙《春风无语》，三奖郑立明《伊达邵盖房子》，优胜蔺奕《月娘的光》、沈雪芳《亲爱如父》、刘素杏《炙心蝶舞》、许倩仪《大副与小兵》、程轩《最棒的老师》、刘韵诗《有爱不孤单》、廖文伶《婶婶》、曾湘绫《天才与白痴》、黄清助《寻找脚印的人》、刘叶慈《五楼养护所》、曾文保《苏阿姨的卖菜金》、冯瑜华《我的父亲母亲》。学生组：首奖刘雅郡《这个夏天热的……》，二奖韩强《单行道》，三奖蔡学文《无糖新生活》，优胜王景新《自老父的野狼开始》、方若谊《微笑的理由》、冯国瑄《不忘迎妈祖》、邝介文《阮容》、郑慈芳《孤岛之鬼》、林欣德《小孩》、林友仁《拳头里的掌心》、吴宜莹《耳朵》、林雨柔《开始》、田威宁《转捩》、郭汉辰《迷路的父亲》、马世昌《在黑暗中的一束光》。

26 日，《讲义》杂志颁发第四届"年度最佳作家奖"，得主分别为"旅游作家奖"张曼娟、"美食作家奖"黄宏辉、"漫书家族"可乐王、"插书家族"弯弯。

26 日，台湾年度"教育部文艺创作奖"举行颁奖典礼，本年度征选项目为教师组的戏剧戏本、短篇小说、新诗、散文、古典诗词、音乐作曲，学生族的戏剧戏本、短篇小说、散文、诗词、音乐作曲。教师组散文类得奖者为：特优徐孟芳《试卷》，优选郑宗弦《香》、张燕辉《枫香》，佳作林聪吉《彩翼蝙蝠》、林丽云《我们的父亲与母亲》、陆丽雅《迷宫蛮音》。学生组散文类得奖者为：特优王丽雯《清明》，优选林育靖《牵你们的手》、廖启宏《东西南北》，佳作傅凯羚《我的父亲与我与我的母亲》、李时雍《一片深湛幽黯的湖》、赵启明《一粒麦子，落在埔里》。

由屏东县政府主办的"第八届大武山文学奖"公布得奖名单，散文类：第一名徐嘉泽《茧》，第二名陈秀容《思念，月记，待续》，第三名吴育仲《师·父》，佳作黄碧燕《秀菊》、王业翰《胜利路武盛若九号》、方秋停《恒春新娘》、张百文《屏东县竹田乡忠孝东路上》、张晓惠《四方城》。报导文学类：第一名翁丽修《红色的幸福》，第二名胡远智《不想老天爷认输的独臂渔夫》，第三名黄庆祥《做戏看戏》，佳作黄赞苍《横卧在新园地的轨迹》、石进益《接开水门村的神秘面纱》、钟仁忠《大武山下的田园哲人陈冠学》。

由新竹市文化局承办的"2007 竹堑文学奖"，以"花园城市——四季风城"为主题，征选现代诗、短篇小说、散文、青春散文（分初、高中组）、儿童诗（限小学生）五种文类，其中青春散文是新增文类，借以培育年轻文学种子。得奖名单为：散文类：首奖张培哲《左半球漩涡》；二奖黄令名《雷雨通话》；佳作张珈苑《相遇》、许雅筑《那年夏天》。青春散文（中学组）首奖彭少育《那年夏天，我遇见》；二奖郑凯轩《春雨·少年·竹堑城》；佳作余巧婕《再见，记忆海》、张菁育《梅雨·霉雨·美雨》。青年散文（高中组）：首奖吕安琪《这城吹起了四季更迭的风》；二奖林建动《四时"啄龟乐"》；佳作刘婕柔《之于风》、陈彦竹《午后》。

由高雄市政府主办的"2007 打狗文学奖"，征文不限写作主题，唯需呈现具有高雄特色的海洋文学精神与内涵，征稿类别分为长篇小说、短篇小说、散文、新诗。得奖名单为：散文类首奖欧阳嘉《伊图阿巴》，第二名薛好熏《远去的船影》，第三名万爱华《永明十八号》，佳作郑玉姗《舞台·状》、王文美《彼岸》、钟丽琴《对镜》。

由桃园县政府主办的"第十二届桃园县文艺创作奖"，取消小说类，只剩散文类，且明定主题为旅游书写。得奖名单为：首奖王君宇《旅者》，二奖欧阳嘉《无光害遗址》，优选陈宗辉《海浪他们都知道》、谢旺霖《红尘》、蔺奕《古墓谜旅》。

11 月

10 日，自 2004 年开始进行的《吴新荣日记全集》整理编辑工作，至 2007 年完成出版，本月 10 日举行新书发表会。计划承办单位吴三连台湾史料基金会，总编纂张良泽。

10 日、11 日，由台湾"教育部"及台湾"行政院"文建会主办，台南大学人文学院主办的"2007 柏杨学术国际研讨会"假台南大学举行，邀请海内外学者入会，会议内容包括三篇专题演讲及十一篇论文发表，探讨柏杨的文史哲相关作品及人道、人权关怀、文化批判。

11 日，由中山学术文化基金会主办的"第四十二届中山文艺创作奖"征选活动，本月举行颁奖典礼，陈义芝散文集《为了下一次的相遇》、楚戈学术散文《咖啡馆里的流浪民族》获选文艺创作奖。由林荣三文化基金会主办、自由时报协办的"第三届林荣三文学奖"，征文类别包括散文、新诗、短篇小说、小品文。11 月 7 日举行颁奖典礼，散文类得奖名单为：首奖黄文钜《宅男物语》、二奖吴美丽《番仔田记事》、三奖黄信恩《蝉》，佳作王盛弘《天天锻炼》、吕郑达《寻找红莓果》。小品文奖不计名次取十名：花柏容《街浪机》、郑丽卿《茶米茶》、侯纪萍《一枚印章》、湖南虫《大象》、林怡君《琥珀》、石芳瑜《低腰裤》、李时雍《拇指印》、吴柳蓓《剪·指甲》、韩曦瑛《墨刻》、陈斐翠《临别》。

25 日，由台积电文教基金会、"中国时报"人间副刊、诚品书店及中天书坊合办的"2007 全国台湾文学营"，举办文学营创作奖颁奖典礼，分散文、新诗、小说三类，其中散文类得奖名单为：首奖庄子轩《成为轻食的星期丑》，佳作龙安《无题》、黄胤诚《解脱》、谢明成《读音》。

由台湾文学馆指导、东华大学数位文化中心主办的"第一届台湾文学部落格奖"，11 月公布奖项：首奖黄翊《言灵》、优选昆罗尔《24 小时不打烊》、张苇菱《鸟可以澄明我很鸟》、林晓菁《离家出走之自助旅行》、郭汉辰《南方文学不落城——郭汉辰文学馆》。同时为了肯定和奖掖文学创作与部落格经营，特设推荐奖一名，颁给苏邵连部落格的"意象轰趴密室"。

马华（马来西亚华人）作家在台湾文坛向来拥有不可小觑的力量，由万卷楼出版，钟怡雯、陈大为主编的《马华散文史读本 1957—2007》，11 月出齐三册，以马来亚联合邦独立后 50 年的散文为基础，对 30 位马华作家的二百多篇散文进行导读和评论，试图构建不同以往的马华散文史。

由杨明海连公司主办、《印刻文学生活志》规划执行的"台湾海洋文学奖"，征求以海洋为主题的散文创作，11 月公布得奖名单：首奖潘庆年《海洋之子》，甄选奖张辉诚《尾闾》、廖律清《后山鲸书》、包念澄《独自繁华的海岸》，佳作陈育萱《夜神月》、薛好熏《海梦》、范钦慧《黑水沟上的家书》、刘晓慧《蓝海日志》、张祖德《愿君伴我度海洋》。

12 月

8 日,资深作家陆英育辞世,享年 81 岁。陆英育曾获艺光编剧奖、中兴文艺奖章、话剧协会最佳编剧奖、最佳电视剧奖等。陆英育创作文类包括散文、小说和剧本,曾编导过许多综艺节目和各类电视剧本,出版作品二十多部。

12 日,由台湾原住民族文化发展协会及山海文化杂志社主办的"2007 台湾原住民族山海文学奖",征选类别为短篇小说及散文举行颁奖典礼,散文类得奖者为:第一名 A-Biang(程廷,太鲁阁族)《洄游》,第二名马督雷扬·迪样(幸光荣,布农族)《关于一根尾羽》,第三名张明兴(布农族)《与家禽共舞的 Adula》、惹丝日志·嘎古力哀(吴竹萍,排湾族)《走一条回家的路》、佳作尹替·达欧索(跟阿盛,赛夏族)《山里人的粗活》、尤道·伊古(张健龙,太鲁阁族)《在油菜花田找到幸福》、犹惜福(落聪福,阿美族)《蜗牛》,评审推荐福定·巴瓮(梁明祥,阿美族)《淡水纪行》、陈康妮(泰雅族)《我写故我在》。

15 日,由台北县政府主办的"第三届台北县文化局奖"举行颁奖典礼,征文类别包括散文、新诗、报道文学、全民书写。其中散文类得奖名单为:首奖王文美《漫游地底城》,优选李振豪《哨犬》,佳作夏婉云《三芝的父亲》。报导文学类:首奖从缺,优选胡远智《鼓动奇迹的音仁和》,佳作杨乃甄《通往坪林的路》、吴品慧《话我故乡——金矿山城》。全民书写类:徐正雄《放声夜鹭》、杜弘毅《跳跃的音符》、宋淑芬《在淡水遇见一只猫》、蔺奕《外籍新娘的团仔》、周郁文《纸箱兄弟》、欧阳嘉《消失的密室》、王意甄《十分之一的台湾》、林金郎《农村曲四首》、陈佳徽《手心空空的》、黄耀贤《夜厝》、谢鸿文《海的微笑》、李庆国《端午的距离》、石尚清《妈妈的盘子》、黄志凯《春末随想曲》、薛好熏《门前的海》。

23 日,由南投县政府主办的"第九届南投县玉山文学奖"举行颁奖典礼,征文类别包括散文、新诗、短篇小说、古典诗,因历届得奖者大都为外县作者,为鼓励县内作家多创作,本届特别增加"南投新人奖"给县级作者有得奖机会。散文类得奖名单为:第一名方秋停《伊达邵之歌》,第二名甘照文《竹笋记载》,第三名欧阳嘉《菰》,佳作石进益《烟斗话语》、徐嘉泽《铁匠的家》、简明雪作品《Long Stay 事件》,新人奖李品谊《母者》。

26 日,由台湾文学馆主办历时三年的"周末文学对谈"活动,在台北市明星咖啡屋举行对谈成果专书发表会，包括《风格的光谱》、《犹疑的坐票》、《彷徨的战斗》、《想象的壮游》等。2003 年起进行的"周末文学对谈"活动，主题内容涵盖散文、诗歌、小说、戏剧、原住民文学、女性文学、台语文学、纪录片、推理小说、绘本文学等。

　　30 日，《联合报·读书人》公布台湾"2007 年度最爱好书"，邀请名家推荐心目中的好书，其中与散文相关的有：文学类推荐人骆以军推荐黄锦树《焚烧》、邱妙津《邱妙津日记》；人文类推荐人傅月庵推荐张大春《记得几个字》、郝明义《越读者》、李长声《居酒屋闲话》。

　　由台湾"中国时报"开卷周报举办的台湾"2007 开卷好书奖"，奖项包括十大好书、最佳青少年图书、最佳童书、美好生活书，年底公布了好书名单，其中十大好书入选书与散文相关的有：蒋勋《孤独六讲》、吴明益《家离水边那么近》；美好生活书入选书与散文相关的有：龙应台、安德烈《亲爱的安德烈》。

2008 年台湾当代散文大事记（缺）

2009 年台湾当代散文大事记

1 月

　　14 日，作家沙漠辞世，享年 77 岁。沙漠本名钱四维，创作以诗、小说为主，兼及散文和剧本，著有《失去的驼铃》、《故乡组曲》等。

　　27 日，作家孙如陵辞世，享年 95 岁。孙如陵从 1950 年起担任台湾"中央日报"副刊主编 20 多年。著有《斗方集》、《抓住就写》等。

　　《文讯》杂志自 1 月号开辟"银光副刊"专栏，这是专为 65 岁以上的资深作家、爱好写作的银发族设计的写作园地，刊载散文、小说、新诗、图文作品等。

2 月

　　4 日至 9 日，台北国际书展在台北世贸登场，开幕当天颁发书展大奖"年度之书",小说类由刘可襄《永远的信天翁》夺得,非小说类为严长寿《我所看见的未来》。

3 月

4 日,九歌出版社举办台湾"年度文学奖赠奖典礼暨座谈会","年度散文选"主编为周芬伶,选出年度散文奖为曾丽华《我寂寞故我在》。作家杨照、钟怡雯在颁奖典礼后进行座谈,畅谈"年度文选的变与不变"。

由台北市政府举办的"第十一届台北文学奖",征选散文、现代诗、古典诗、舞台剧剧本及文学年金,前两种又区分为成人组和青春组,成人散文组得奖者依序为吴柳蓓、祁立峰;青春散文组得奖者依次为林子洋、洪毓婷。

24 日,作家曹又方病逝,享年 67 岁。本名曹旅铭,世界新闻专科学校编采科毕业,历任副刊编辑及出版社总编辑、发行人等职。创作文类有散文、小说和传记,出版《做一个有智慧的女人》、《灵欲刺青:曹又方自传》等。

4 月

11 日,自 1992 年 4 月 16 日创刊的《联合报·读书人》,不敌平面媒体大环境的困厄,持续缩编后,于 27 日出版第 872 号后宣布停刊。而台湾"中国时报"的"人间副刊"、"开卷周报"亦自 11 日起,在周日并进假日版"旺来报",略改名称为"人间新舞台"、"开卷有新书"。

5 月

2 日,作家戚宜君辞世,享年 80 岁。出版著作有《撷英拈蕊集》、《湖上春痕》等。

4 日,台湾"中国文艺协会"举行台湾"第五十届中国文艺奖章及荣誉文艺奖章"颁奖典礼。本年度的荣誉文艺奖章文学类获奖者为张晓风,文艺奖章散文创作奖获奖者为杨明。

5 日,被誉为"纸上风云第一人"的资深报人高信疆病逝,享年 65 岁。高信疆 70 年代引领文坛风骚,掀起"高信疆现象",为台湾报纸副刊开创出前所未有的格局。

6 月

由明道文艺举办的台湾"第二十七届全国学生文学奖"，征选大专组小说、散文、新诗及高中组散文、新诗。大专散文组得奖者依次为余峰、江凌青、苏俞帆；高中散文组得奖者依序为林孟洁、吴鉴轩、蒋媛卉。

桃园县政府主办的"一书一桃园"活动评选结果揭晓，本届桃园之书为顾玉玲《我们：移动与劳动的生命记事》，另外年度推荐好书与散文组相关者有陈芳明《昨夜雪深几许》、舒国治《穷中谈吃》、詹宏志《绿光往事》、林良《林良爷爷写童年》。

7 月

1 日，由金门县政府举办的"第六届浯岛文学奖"举行颁奖典礼。本届征选小说、散文与新诗，散文类得奖者依序为宋梦琪、刘韦利、杨文玮。

25 日，"台湾原住民文学作家笔会"成立，笔会对"作家"身份的认定采从宽方式，相约每年至少办一次内部聚会，并规划举办原住民文学研讨会。

由苗栗县政府国际文化观光局主办的"第十二届梦花文学奖"，征选新诗、散文、短篇小说、报导文学、小梦花儿童诗及青春梦花（诗歌）初中组、高中组，散文类获奖者为：首奖从缺，优选陈韦任、林鸿瑞。

8 月

2 日，由白阳大道教育基金会与台湾《青年日报》等单位合办的"第八届全国联合征文比赛"举行颁奖典礼，本届征选的散文作品获奖名单：社会组依序为陈德翰、蔡顺源；高中组依序为郑皓中、刘仲轩；大专组依序为戴宏名、罗梵文；"国军组"依序为何慧雯，蔡沛辰。

由花莲县政府主办的"2009 花莲文学奖"，征选散文与新诗，各分为菁英组和新人组，散文类得奖者：菁英组依序为王威智、徐庭瑶、陈栢青；新人组则优选 5 名。

14 日,台湾"行政院""新闻局"举行"第三十三届金鼎奖"颁奖典礼,颁发特别贡献奖及三十四个奖项,特别贡献奖得主为联经出版公司前发行人刘国瑞,林良以《林良爷爷写童年》获儿童及少年图书类最佳著作人与文学图书两大奖,一般图书类出版奖:最佳文学类图书奖陈芳明《昨夜雪深几许》,最佳著作人奖骆以军《西夏旅馆》。

由台南县政府主办的"第十七届南瀛文学奖",征选创作奖、剧本奖及文学部落格奖,创作奖又分现代诗、古典诗、散文、短篇小说、儿童文学(童诗或故事、童话、寓言)。散文类得奖者依序为何儒育、方秋停。

27 日,作家艾雯病逝,享年 87 岁。她在 1951 年出版第一本散文集《青春篇》,2008 年以 86 岁之龄出版散文集《孤独,凌驾于一切》。

由南投县政府主办的"第十一届南投县玉山文学奖",征选文学创作奖及文学贡献奖,创作奖类别为新诗、散文、短篇小说、古典诗文及报导文学,各类另设南投新人奖。散文类得奖者依序为杨富闵、方秋停、周娇娥。新人奖杨秀然、吴佩瑜。文学贡献奖得主为曾西霸。

9 月

6 日,作家余我辞世,享年 78 岁,台湾政治大学教育所硕士。出版著作《文学的境界》、《我是盲聋教师》等 70 多种。

由台中县立文化中心承办的"第十一届台中县文学奖",征选短篇小说、散文、新诗、报导文学。散文类得奖者为:方秋停、王宗雄、陈津萍、郭令权、李长青、张俐璇。

13 日,作家汤秀琼病逝,享年 46 岁。其创作以散文为主,著有《逆风飞舞:一个女人的情伤与成长》、《都是爱情惹的祸》等。

由联合报主办的"第三十一届联合报文学奖",征选短篇小说、散文、新诗,散文奖得奖者:大奖黄信恩,评审奖吕政达,佳作林力敏、王文美。

21 日,以自然写作驰名的作家孟东离病逝,享年 73 岁。他在 20 世纪 70 年代翻译了不少文史哲作品,80 年代初卜居花莲盐寮,写作许多自然体验的散文和札记,如《素面相见》等。

由台北县文化局承办的"第五届台北县文学奖",征选散文、新诗、短篇小说、小品文。散文组得奖者依序为郑丽卿、陈逸璟、刘奎兰;小品文组入选

15 名。

由台中市政府主办的"第十二届大墩文学奖"，本届征选散文、新诗、小说、儿童文学、报导文学。散文类得奖者依序为林金萱、张经宏、张俐雯。已有四年未办理甄选的文学贡献奖恢复举办，由路寒袖获得。

彰化县政府文化局承办的"第十一届矿溪文学奖"，征选散文、新诗、短篇小说及报导文学。散文类得奖者：蔡文杰、黄乙芳、蔡佳柔、隋云、林金郎。

26 日，作家王晓寒辞世，享年 80 岁。创作文类以散文为主，著有《惜福·惜缘》《多开一扇门》等。

27 日，作家郑至慧病逝，享年 60 岁。创作文类以散文为主，从女性主义观点书写性别议题。

台湾年度教育部文艺创作奖，征件对象分为教师组及学生组，分别征选传统戏剧剧本、短篇小说、散文、古典诗词、音乐作曲，教师组另征选童话。散文类得奖者教师组依序为杨家旺、方秋停、薛好熏；学生组得奖者依序为张映涵、谢桂祯、陈文豪。

10 月

由台湾"行政院"文建会指导、九歌文教基金会主办的"第二十二届梁实秋文学奖"，征文类别分为散文创作类及翻译类，散文创作类得奖者依序为许裕全、冯杰、李云景、薛好熏、顾燕翎、林育靖、谢孟宗。

20 日，由高雄市政府主办的"2009 打狗文学奖"公布得奖名单。本届征选短篇小说、散文、新诗及电影剧本，散文类得奖者依序为黄信恩、方秋停。

由台南市立图书馆举办的"第十五届府城文学奖"，征选现代诗、散文、短篇小说、台语文学散文类、台语儿童绘本。特殊贡献奖由成大中文系教授陈昌明获得；散文类得奖者正奖从缺，二奖得主詹俊杰，佳作三名；台语文学散文类得奖者正奖施俊州，二奖周华斌，佳作两名。

由郑福田文教基金会主办的"第一届郑福田生态文学奖"，征文类别分为散文、闽南话诗、"珍爱老树记忆"校园征文三项。散文组得奖者依序为张英珉、李淑君、谢国发。

11 月

由高雄县政府主办的"第七届凰邑文学奖"。散文类得奖者：首奖从缺，评审奖郑玉姗、郭正伟，佳作四名。

由云林县政府文化处办理的"第五届云林文化艺术奖"。本届征选类别为文学奖、美术奖、表演奖。文学奖散文类得奖者依序为沈文台、游淑如、廖淑华。

13 日，台湾中山学术文化基金会公布年度得奖名单，文艺创作散文奖得主为罗文森《当机会被我遇见：从实验室小子到总经理》。

由桃园县政府文化局主办的"第十四届桃园县文艺创作奖"，以"旅游文学"为主题征选散文作品。得奖者依序为张轩哲、郭昱沂、吴柳蓓。

由连江县政府主办的"第一届马祖文学奖"，本届征选散文、新诗、图文小品。散文组得奖者依序为陈世钻、叶衽杰、秦就。

由林荣三文化公益基金会主办的"第五届林荣三文学奖"，本届征选短篇小说、散文、新诗、小品文。散文组得奖者依序为陈允元、李顺仪、吴淑娟。

12 月

9 日，客籍作家林柏燕病逝，享年 74 岁。其创作以散文和小说为主，晚年积极投入地方志和文史工作。著有《垂泪的海鸥》、《策马渡河》等。

由台湾"中国时报"人间副刊主办的"第三十二届时报文学奖"，征选短篇小说、散文、新诗及书简。散文组得奖者：首奖从缺，评审奖冯杰、谢韵茹、神小风。

由新竹市政府主办的"2009 竹堑文学奖"，征选现代诗、散文、短篇小说、初高中青春散文及儿童诗。散文类得奖者依序为方秋停、张耀仁。青春散文初中组依序为叶珊、何平；高中组依序为王大邦、徐敏雅。

由怀恩慈善基金会、《联合报》副刊主办的"第四届怀恩文学奖"，征文文类为散文，分为社会组及学生组。社会组得奖者依序为刘雅郡、卓晓然、何美谕；学生组得奖者依序为李冠颖、林子策、吴建兴。

27 日，由台湾"中国时报"主办的"2009 开卷好书奖"揭晓，中文创作类十大好书与散文相关者有：龙应台《大江大海一九四九》、王鼎钧《王鼎钧回忆录四部曲》。

29 日，金石堂书店公布十本"年度最具影响力的书"，传记性质书籍占了一半，包括圣严法师自传《雪中足迹》、《建筑家安藤忠雄》、李开复《世界因你不同》、齐邦媛自传《巨流河》及龙应台《大江大海一九四九》，另外散文类书籍有侯文永《没有神的所在》、蒋勋《汉字书法之美》。

2009 年为台湾国民党当局迁台一甲子，书市上出现了不少回溯 1949 当年和 60 年来记忆的书籍，包括王鼎钧《文学江湖》、龙应台《大江大海一九四九》、齐邦媛《巨流河》、张典婉《太平轮一九四九：航向台湾的故事》、林博文《一九四九：石破天惊的一年》和《一九四九：浪淘书英雄人物》、隐地《遗忘与备忘：文学年记一甲子（1949—2009）》等。

责任编辑:田　园
装帧设计:东昌文化
封面设计:肖　辉

图书在版编目(CIP)数据

台湾当代散文艺术流变史/张清芳　　陈爱强 著. -北京:人民出版社,2011.4
ISBN 978-7-01-009720-6

Ⅰ.①台…　Ⅱ.①张…②陈…　Ⅲ.①散文-文学史-台湾省-当代
　Ⅳ.①I207.6

中国版本图书馆 CIP 数据核字(2011)第 033586 号

台湾当代散文艺术流变史

TAIWAN DANGDAI SANWEN YISHU LIUBIAN SHI

张清芳　陈爱强　著

人 民 出 版 社 出版发行
(100706　北京朝阳门内大街 166 号)

北京瑞古冠中印刷厂印刷　新华书店经销

2011 年 4 月第 1 版　2011 年 4 月北京第 1 次印刷
开本:710 毫米×1000 毫米 1/16　印张 28.5
字数:470 千字

ISBN 978-7-01-009720-6　定价:52.00 元

邮购地址 100706　北京朝阳门内大街 166 号
人民东方图书销售中心　电话 (010)65250042　65289539